四川
乡土小说论

向荣 等⋯⋯⋯⋯著

四川文艺出版社

图书在版编目（CIP）数据

四川乡土小说论 / 向荣等著. -- 成都：四川文艺出版社，2020.9

ISBN 978-7-5411-5765-3

Ⅰ.①四… Ⅱ.①向… Ⅲ.①乡土小说—小说研究—四川—当代 Ⅳ.①I207.42

中国版本图书馆CIP数据核字(2020)第176189号

SICHUAN XIANGTU XIAOSHUO LUN

四 川 乡 土 小 说 论

向荣 等著

出 品 人	张庆宁
责任编辑	柴子凡
封面设计	魏晓舸
内文设计	史小燕
责任校对	蓝 海
责任印制	桑 蓉

出版发行　四川文艺出版社（成都市槐树街2号）
网　　址　www.scwys.com
电　　话　028-86259287（发行部）　028-86259303（编辑部）
传　　真　028-86259306

邮购地址　成都市槐树街2号四川文艺出版社邮购部　610031
排　　版　四川胜翔数码印务设计有限公司
印　　刷　成都勤德印务有限公司

成品尺寸	168mm×238mm	开	本	16开
印 张	23.75	字	数	400千
版 次	2020年9月第一版	印	次	2020年9月第一次印刷
书 号	ISBN 978-7-5411-5765-3			
定 价	70.00元			

┃目录┃

下篇 \ 作家作品论

乡土四川：百年历史的文学想象及流变

　　四川地处中国西南内陆腹地，特殊的地理位置和丰富的自然资源，使四川自古以来就成为华夏西部的农业大省。据东晋地方志《华阳国志·蜀志》记载，早在公元前308年的战国时代，"司马错率巴蜀众十万，大舶船万艘，米六百万斛，浮江伐楚"。一斛等于十斗，六百万斛便是六千万斗大米。可见当时巴蜀农业生产的兴旺富足。[①]自汉以降，四川的农业文明虽经历代沧桑之变，却一直以"天府之国"的称号享誉天下。但是，直至中国近代社会转型的"千年之变"后，四川作为西部农业大省的传统经济结构依然如故，粗放自足的小农经济仍然占据着主导地位。在现代工业文明的参照之下，这种封闭落后的小农经济无疑抑制了四川社会的现代化转型，造成四川经济发展的沉滞徘徊。抗战时期，随着外省工厂及机器设备内迁，四川工业才得到一定程度的发展。中华人民共和国成立后的"三线建设"，虽然加快并提升了四川的工业化进程，但农业经济仍在四川经济结构中占着主导地位，直到1991年，四川工业产值才第一次超过农业。与此同时，四川城镇化进程也滞后于全国平均水平。2011年中国城镇化率达到51.27%，其中东部沿海地区的山东省和浙江省均为50.9%，中部的湖北省是51.8%。而四川省的城镇化率到2017年才达到50.4%。[②]

　　社会学家认为，中国城市人口在2011年达到51.27%，标志着中国已然从一个农业大国进入以城市化社会为主的新发展阶段。城镇人口占比发生变化并不

<hr>

① 段渝：《四川通史·先秦卷》，四川人民出版社，2010年，第209页。
② 参见《山东省人民政府2011年工作报告》《湖北省2011年国民经济和社会发展统计公报》《2017年四川省国民经济和社会发展统计公报》等文献。

完全意味着传统农民的生活方式与价值观念同步变化，"一个由血缘、亲缘、地缘、宗族、民间信仰、乡规民约等深层社会网络联结的村落乡土社会，其终结问题不是非农化和工业化就能解决的"[①]。换句话说，乡土性的历史终结仍是一个比较缓慢的嬗变过程。而对于2017年城市人口占比才达到50.4%的四川省来说，乡土性应当还是四川社会的一种基本属性。"乡土四川"则是四川社会自古以来最显著的经济文化特征。同时，从文学史的意义上说，"乡土四川"也是四川新文学百年史上乡土文学发生的历史背景和文化语境。可以说，正是"乡土四川"根脉不断的历史风雨和现实土壤，孕育和催生了四川一个世纪的乡土文学，使四川乡土小说成为影响最深、成绩最大的主流文学。四川作家特别是乡土文学作家，从20世纪初到21世纪，他们中的绝大多数人都来自乡村，在乡村度过了人生最重要的岁月，与乡土四川维系着深厚的血亲关系，其情感体验和文学想象与乡土经验和故乡记忆存在着千丝万缕的精神联系。他们的文学创作便更多地选择了亲历过的乡土题材，并以乡土作为原点，观察和反思乡土四川乃至中国传统社会的历史和文化。所以，四川新文学史上的名家名作差不多都产生于乡土创作的丰沃土地之中。从《死水微澜》《南行记》《淘金记》到《达吉和她的父亲》《许茂和他的女儿们》《尘埃落定》和《声音史》，四川乡土小说的笔触以丰沛的情感深入到乡土四川东西南北的每一个地方，书写着乡土四川艰难坎坷的历史嬗变和社会转型，彰显出浓郁的乡土气息和地方色彩，进而以文学想象的方式从整体上建构了乡土四川百年来现代转型的沉重历史，描绘了一部四川农民在近现代社会变迁过程中忍辱负重、艰苦奋斗的生活史，亦为中国新文学人物长廊贡献了蔡大嫂、罗歪嘴、野猫子、白酱丹、丁跛公、许茂、四姑娘、麦其土司、傻子等丰富多彩的文学形象，四川乡土小说在中国现当代文学史上拥有一席重要地位。

一

　　乡土小说是中国社会由传统向现代转型的文学产物，也是农耕文明与工业文明冲突碰撞的文化结果。当传统的乡村在现代工业和城市文明的语境中，被作家们凝视和书写时，现代意义的乡土小说才得以最终浮现在历史的地平线上。

　　那么，在本书中"乡土小说"的概念内涵及其指称对象应当如何界定？

---

① 王兴周：《"都市乡民"与乡土传统的复活》，《学海》，2015年第2期。

作为一种文学类型的乡土小说，其理论源头无疑发生于五四之后出现的"乡土艺术"和"乡土文学"范畴。鲁迅的乡土小说创作实践及其文学观念更为新文学史上乡土小说的壮大发展提供了影响深远的美学范式。百多年来斗转星移，中国乡土小说的发展尽管历经沧桑却始终不渝地在探索中砥砺前行，先后出现了乡土启蒙小说、乡土田园小说、乡土革命小说、乡土家族小说和乡土村落小说等多样化的乡土叙事，并在21世纪初抵达了新的历史高度。"21世纪中国文学在乡土叙事这一维度上抵达高度，这一点是毋庸置疑的。"① 因此，无论是从中国乡土小说创作史抑或是乡土文学理论史的多重维度上看，所谓乡土小说正如严家炎先生在《中国大百科全书》中给出的定义："通常指以农村生活为题材、具有较浓的乡土气息和地方色彩的一部分小说创作。"② 在这个简明扼要的定义中，乡土小说的描写对象被规约成"农村生活"，而"农村生活"的地理空间在中国是指城市以外的生活聚居之地，包括了乡村生活与乡镇生活。在本书研究的视域中，由于在前现代农耕社会里，四川县治制度特殊的历史沿革，不少县城所在地通常也是普通的乡镇，特别是城关镇往往与县城同处一地，这样的县城本质上也是乡土性而不是城市性的。因此凡小说文本的人物故事发生在前现代社会的历史背景中，地域指涉到县城的作品，我们也视为"乡镇生活"的地域性伸展、纳入乡土小说的范围，如周文的《烟苗季》（1937）和尹向东的《风马》（2016）等长篇小说。而从时间体系上说，"农村生活"无疑蕴含着历史与现实、传统与现代的时间内涵，所以乡土小说自然涵盖了乡土历史小说和乡土现实小说。至于"乡土气息"和"地方色彩"，既是对乡土小说美学特征的概括，也是乡土小说创作审美原则的总结。"乡土气息"意味着土气息和泥滋味，是指乡土生活叙事中呈现出来的乡土性。"地方色彩"是早期乡土文学理论的一个核心概念。虽然文学批评界至今仍有各种不同的解读，但更多是指乡土小说的地方性特色，主要包括地方的自然和人文景观、地方的风土人情与乡风民俗、地方的方言俚语等层面的地方性内容。早在1928年，茅盾就在《小说研究ABC》一书中指出："地方色彩是一地方的自然背景与社会背景之'错综相'，不但有特殊的色，并且有特殊的味。所以一个作家为了要认识地方色彩而实地考察的时候，至少要在那地方勾留

---

① 陈晓明：《乡土中国、现代主义与世界性》，《文艺争鸣》，2014年第7期。
② 严家炎：《乡土文学》，《中国大百科全书·中国文学卷》第2卷，中国大百科全书出版社，1986年，第1077页。

几个星期，把那地方的生活状态，人情，风俗，都普遍地考察一下。"①1957年艾布拉姆斯在他主编的《文学术语词典》中，对"地方色彩"（local color）的诠释是"指散文体小说作品中对具有某个地方特色的背景、方言、风俗、服饰、思维方式与情感方式的细致描写"②。在《简明不列颠百科全书》的词条中"local color"（地方色彩）被直译成"乡土文学"："它着重描绘某一地区的特色，介绍其方言土语，社会风尚，民间传说，以及该地区的独特景色。"③王德威先生在研读沈从文的乡土小说时，对"地方色彩"也有相关解释："乡土小说的特征在于它对于乡野人物、地方风俗、俚俗言语、节日传统、礼仪风俗等等的记述，这些特征构成所谓地方色彩（local color）的效果。"④严家炎先生在分析中国现代乡土小说流派对文学地方色彩的促进作用时，也是从"风土人情、景物描写、地方语言"三个方面展开论述的。⑤所以上述有关"地方色彩"的诠释，话语表达方式虽然殊异，但其内容含义是大体相同的。一百年来，四川乡土小说一直葆有鲜明的地方色彩。在四川乡土作家笔下，乡土四川东南西北中各地、大山深处——河谷平原、汉藏边地的乡风民俗、乡土景观、地形地貌都得到了丰富多彩的审美表达。更重要的是，四川乡土小说关于地方性的表达，已然超越了一般意义上的"地方色彩"，关注并彰显了乡土四川的特殊历史和特殊经验，比如袍哥的故事以及漫长的地方军阀统治史，这就把乡土小说的"地方色彩"提升到地方史和地方性知识的层面，从而极大地拓宽了"地方色彩"的意涵空间。

我们也注意到，严家炎先生为《中国大百科全书·中国文学卷》所撰写的"乡土小说"的"权威定义"，出版时间是1986年。而中国乡土小说在20世纪90年代以后，伴随着中国城镇化进程的加速发展与社会转型的急剧变化，已然发生了空间性变化，乡土小说的题材范围有了新的拓展和变异，"乡下人进城"了，还出现了"打工文学"。如此一来便对传统的"乡土小说"概念产生了时代性的冲击。⑥有学者因此提出"新乡土小说"或"乡村小说"的概念，意图涵盖那些

①　茅盾：《茅盾全集》19卷，《中国文论二集》，人民文学出版社，1991年，第76页。
②　［美］艾布拉姆斯等著，吴松江等译：《文学术语词典》，北京大学出版社，2014年，第200页。
③　《简明不列颠百科全书》第8卷，中国大百科全书出版社，1986年，第540页。
④　王德威：《写实主义小说的虚构》，复旦大学出版社，2011年，第274页。
⑤　严家炎：《中国现代小说流派史》，长江文艺出版社，2009年，第74页。
⑥　贺仲明：《论1990年代以来乡土小说的新趋向》，《南京师范大学学报（社会科学版）》，2005年第6期。

描写乡下人进城打工或农民在城乡两地往返奔波的生活故事。这类观点关注到"乡土小说"概念的历史局限性及其与时代的某种悖论关系，但如果要从精确的含义上辨析的话，一篇小说假如主要描写乡下人进城打工的生活故事，虽然主人公的旧身份还是农民，但同时他或她亦获得了"农民工"的新身份，而"农民工"则是地道的城市身份，乡村中只有农民，没有农民工。与此同时，故事发生的空间已是远离乡村的城市，是发生在某个城市中的某个故事。因此，无论从小说人物身份还是故事发生场所等维度考量，"乡下人进城"打工的生活故事，已不再属于"农村生活"的范畴，而是属于城市的故事；它们是城市小说应当关注的生存经验，理论上应归入城市文学的范畴。作为一种过渡性文学，可以视为城市文学的一种亚叙事类型。基于这个理由，本书指涉的"乡土小说"便未将主要描述乡下人在城市中的"打工小说"囊括其中。但如果题材涉及进城打工，而人物与故事的主体仍在乡村的小说，则依然视为乡土小说。

二

在《中国乡土小说史》中，丁帆先生认为现代意义上的中国乡土小说经历了一个从萌生、繁盛、蜕变到复归再到新变的复杂曲折的发展过程。[①] 四川乡土小说是中国乡土小说的重要组成部分，它在百年的历史中同样也经历了一个萌生发轫、成熟壮大、徘徊探索到回归繁盛的发展过程。

我们说四川乡土小说也有百年的历史，不仅因为第一篇现代意义上的四川乡土小说发表于1920年，而且五四时期，即20世纪20年代还是四川乡土小说萌生的发轫期。关于四川现代乡土小说的萌发年代，现代文学史专著通常着眼于20世纪30年代，以沙汀乡土小说创作为代表的四川乡土作家群，而忽略了20世纪20年代的四川现代乡土小说，五四时期的四川现代乡土小说成了被现代文学史遗忘的历史角落。事实上，以浅草-沉钟社为团体的一批"侨寓在外"的四川作家，如林如稷、陈炜谟、高世华和李开先等人，他们在鲁迅乡土小说创作的感召和激励下，怀着乡愁凝望故乡，在20年代就发表了为数不少的乡土小说作品。浅草-沉钟社的主要发起人林如稷1920年12月17日在《晨报》副刊发表的《伊的母亲》，是四川新文学史上的第一篇现代乡土小说。文字不多，却描述了四川乡村中农户

---

① 丁帆等：《中国乡土小说史》，北京大学出版社，2007年，第1页。

典妻的悲剧故事。此后一段时期中，陈炜谟、高世华等人也相继发表和出版一批小说作品，其中近一半的小说都是书写故乡经验的乡土小说，在当时也产生了一定的社会影响，并得到鲁迅的赞扬和关注。鲁迅主编的《中国新文学大系·小说二集》就选发了林如稷、陈炜谟、陈翔鹤和高世华等川籍作家的小说。陈炜谟有四篇小说入选，其中《狼笁将军》《夜》和《寨堡》三篇都是乡土小说。而在这本著名的选集中，有四篇小说入选者只有鲁迅、台静农和陈炜谟三人，可见鲁迅对陈炜谟小说的关切和重视。在茅盾主编的《中国新文学大系·小说一集》导言中，他认为四川作家李开先1922年发表的小说《埂子上的一夜》，这篇描写"棒老二"的乡土小说，超越了当时小说描写"学校生活和恋爱关系这狭小而被滥用的范围"，"在找取广大的社会现象来描写"，小说对话也符合人物身份。[1]这在20年代初期的小说创作中亦是难能可贵的。除浅草–沉钟社的四川作家外，20年代创作和发表乡土小说的四川作家还有李劼人、陈铨等人。李劼人的《捕盗》（1925）、《棒的故事》（1925）、《失运以后的兵》（1925）和《兵大伯陈振武的月谱》（1926）等作品都可以纳入乡土小说范围。四川富顺人陈铨1928年出版的《天问》则是四川作家在20世纪20年代发表的第一部长篇乡土小说，全书近20万字，由新月书店出版。

上述文学史实表明，20世纪20年代四川作家发表和出版了包括长篇和短篇在内的多篇（部）乡土小说，其中较为优秀的乡土小说在当时还得到了鲁迅的重视和肯允，产生了一定的文学影响。因此，20世纪20年代是四川乡土小说的发轫时期，是现代文学史研究应当关注的一个历史时期。因此本书第一章就率先展开对20世纪20年代四川现代乡土小说的综合论述，或许这也是一个创新点。

20世纪30至40年代是四川乡土文学发展成熟的历史时期。四川现代乡土小说的名家杰作都集中出现在抗战前后的艰难岁月之中。

李劼人（1891—1962）1935年辞去重庆民生机器修理厂的职务，潜心于"大河系列"小说的创作，并在1936年出版了著名的长篇乡土历史小说《死水微澜》。这是中国新文学史上第一部长篇乡土历史小说，在后来的乡土小说创作实践中，特别是新时期以来的乡土家族历史小说、乡土革命历史小说等众多乡土历史小说中，都可以隐约地发现《死水微澜》在其创作中的深远影响和历史意义。

---

[1] 茅盾主编：《中国新文学大系·小说一集》（影印本），上海良友图书印刷公司，1935年，第14页。

可以说《死水微澜》是中国新文学史特别是中国乡土文学史上，堪与《阿Q正传》《边城》《呼兰河传》并肩而立的经典杰作，是具有无穷艺术魅力的长篇乡土历史小说。然而，学界在关于李劼人小说创作的诸多研究中，大多集中于"大河小说"三部曲，即《死水微澜》（1936）、《暴风雨前》（1936）、《大波》（1937）的审美价值及其文学史意义层面的分析，而他作为长篇乡土历史小说开拓者、作为乡土文学著名作家的形象及地位，却被不经意地忽略了。唯其如此，本书将绕开诸多热门问题，专就李劼人对乡土小说创作的艺术贡献及其被低估的历史和地理原因做出相关的学理阐析。

　　被誉为左翼文坛"双子星座"的四川著名作家沙汀（1904—1992）和艾芜（1904—1992），都在20世纪30年代初期加入左联并开始从事文学创作。沙汀、艾芜在1931年冬天联名致函鲁迅，请教小说创作问题并得到鲁迅回复一事（即《关于小说题材的通信》），早已成为中国新文学史上的一段佳话。沙汀和艾芜都来自乡土四川的山区和平原，在乡村经历过艰难困苦的生活。两人又是四川省立师范学校的同学，都有远大的文学理想。在鲁迅的文学引导和茅盾等人的多方关切下，他们的文学创作逐渐成熟起来。1935年是沙汀小说创作的一个重要节点。是年他奔丧返回川西北乡镇。作为左翼文学作家，此时的沙汀已具有五四以来的新文化思想和革命文学的阶级观念，因此故乡那种封闭沉滞，腐朽溃烂的乡镇封建社会图景在他眼里已然有了中世纪黑暗的面相。满目疮痍激起了笔底波澜，他写出了乡土小说成名作《丁跛公》，其副题是"一个道地的四川故事"。沙汀自己认为这是他"改换作风的起点"作品。此后十多年，他深入故土书写故土，以冷峻深沉的讽喻风格呈现了一个野蛮溃败、城狐社鼠的乡土四川社会，特别是1940年发表的经典短篇《在其香居茶馆里》和1943年出版的长篇乡土小说《淘金记》堪称沙汀乡土小说的集大成之作，从而使他成为三四十年代书写地方宗法制乡村社会最深刻独特的乡土作家之一。1925年艾芜怀揣一双草鞋和"劳工神圣"的理念，开始了滇缅的漂泊之旅。五年贫病交加的流浪生涯使他意外地发现了一个刻骨铭心、奇异神秘的边缘世界。在被遣返回国并与沙汀相遇上海后，他提笔讲述了他的洋溢着异域情调、渗透着辛酸血泪的流浪故事。1935年底短篇小说集《南行记》的出版使他一举成名，从而为中国新文学打开了南国边陲神秘奇异的另类人物和地理空间，那些强盗、小偷、马帮夫、走私贩在秘境似的边地世界中纷纷亮相，令人大开眼界。《南行记》的文学史意义在于，它建构了乡土文学范畴中流浪小说的抒情范式。1937年初艾芜发表中篇乡土小说《春天》，1945年发表《落花时节》，两个中篇结集成他的第一部长篇乡土小说《丰饶的原野》，最后一部分《山中历险记》则完成于1979年。值得关注的是，《丰饶的原野》是艾芜首部书写四川乡村的小说。20世纪40年代写的另外两部长篇小说《故乡》和《山野》，描写的是外省的乡村故事。

在那个年代，四川著名的左翼乡土作家还有周文（1907—1952）。周文是川康荥经县人，十多岁便到地方军阀部队中讨生活。同沈从文一样，他出生入死的军旅生涯成为他小说创作的重要题材和宝贵资源。他的乡土小说多以反军阀为主题，正面直接地书写了地方军阀在西康乡土之上的血腥混战和暴政统治，其成名作《雪地》（1933）和《山坡上》（1935）得到鲁迅的关注和推荐，茅盾还为他的长篇小说《烟苗季》（1937）写了评论。由于他的乡土小说始终同反军阀主题融为一体，因而在乡土文学领域也彰显出自己的个性特色。

20世纪30至40年代的四川现代乡土小说及作家，是学界迄今为止研究最多，实绩最大的一个领域。文学史研究中既有从流派角度展开阐释的，如社会剖析派①；也有从地域作家群体视角从事研究的，如四川乡土作家群②；从地域文化或民俗学着手解读这个历史时期的四川乡土小说，也为数甚多，如张永的《民俗学与中国现代乡土小说》，李怡的《现代四川文学的巴蜀文化阐释》，张瑞英的《地域文化与现代乡土小说的生命主题》等。至于作家论或作品论，如李劼人、沙汀和艾芜等，抑或作家间的比较研究更是琳琅满目、丰富多彩。据相关查询的数据，研究李劼人的学术论文有420篇，专著与论文集9部；特别是四川文艺出版社出版的20卷本《李劼人全集》，全套500多万字，为持续深入研究李劼人及其作品提供了扎实厚重的基础文献；沙汀研究成果丰硕，知网查询的研究论文就有537篇，专著与论文集8部，其中王晓明的《沙汀艾芜的小说世界》、吴福辉的《沙汀传》、黄曼君的《论沙汀的现实主义创作》等著作在学界都有不小的学术影响。四川文艺出版社出版的10卷11册《沙汀文集》，收录了沙汀自1931年从事文学创作以来的全部作品，还包括沙汀生前未编辑和未发表的作品，全面展现了沙汀的创作历程和审美风格，对于现代文学史研究和作家作品研究都具有重要的价值。

---

① 参见严家炎：《中国现代小说流派》，长江文艺出版社，2009年；丁帆等：《中国乡土小说史》，北京大学出版社，2007年。
② 参见杨义：《杨义文存·第二卷·中国现代小说史（中）》，人民出版社，1998年。

艾芜研究亦不分轩轾，知网查询相关研究论文476篇，专著与论文集8部。四川文艺出版社与成都时代出版社共同出版的19卷本《艾芜全集》，是收录艾芜作品最全的版本，它为持续深入研究艾芜作品提供了珍贵的文本。相对来说，周文研究要薄弱一些。这自然与周文作品量少、知名度较低有直接关系。知网查询相关的研究论文有54篇，但专著与论文集也有7部。

根据四川现代乡土小说上述实绩丰盛的研究态势，本书为避免无意义的重复，除李劼人外，不再做四川现代乡土小说的作家作品论，而是采取专题研究的综论方法，在四川现代乡土小说创作中，选择一些更具地方性知识、与乡土四川历史发展关联度更紧密的题旨，如军阀叙事、袍哥叙事、妇女叙事等，加以深入研究分析。

20世纪50至70年代是四川乡土小说的徘徊探索期。社会主义制度是中国历史上一种崭新的政治体制。为进行社会主义革命和建设，国家把文学活动纳入"一体化"的进程，规定了文艺创作的新方向，要求文学以艺术方式形象地阐释国家在革命和建设中的政治任务。中国新文学由此进入当代文学发展阶段，乡土小说也被重新命名为"农村题材小说"。在当代文学的"十七年"时期中，四川著名的乡土作家沙汀和艾芜等人，怀着建设新中国的热情投入"农村题材小说"的创作实践中，努力歌颂四川农村合作化运动中的新人新事物。沙汀的《卢家秀》《你追我赶》、艾芜的《野牛寨》、李劼人的《天要亮了》等小说都是这种努力的探索和尝试。这类小说也都不同程度地烙印着"主题先行"的历史痕迹。也是在这个历史时期，四川新一代乡土作家逐渐形成。高缨的《达吉和她的父亲》《大河涨水》、克非的中篇小说、周克芹的短篇小说，在新的农村题材小说创作规范中书写着乡土四川的新经验、新故事，得到了文坛的关注和重视。值得一提的还有克非的长篇小说《春潮急》上下两卷。这部动笔于1956年，完稿于1959年，并于1965年修改一年，直到近十年后的1974年才出版的农村题材小说，在当时可谓"轰动一时"，首印20万册不到一天便被售空。《春潮急》与《金光大道》是同类主题、相同题材的小说作品，烙印着"文革"时期的特殊政治色彩。但由于作者丰富的乡村生活经验及其对现实主义创作方法的独特理解，其鲜活的乡土特色及人物形象仍然值得重读。

有论者认为：20世纪50至70年代即"建国后的三十年里，几乎所有的村庄叙事都在讲述社会主义建设的不同历史阶段，新与旧，先进与落后的人民内部斗争，以及村庄英雄人物和革命群众与阶级敌人的斗争。这些村庄叙事更看重的是村庄的政治生活和人物的政治属性，至于落后人物身上具有的一些农民的缺点，也极少用现代意识来观照，多是纳入政治的范畴来阐释"①。这样的判断与反思，自然亦适用于中华人民共和国成立后四川农村题材小说的"村庄叙事"。但有必要说明，这亦正是当时国家意识形态对"村庄叙事"的文学诉求和创作规训。文学研究在反思这三十年的"村庄叙事"时，应当重视和关切这个特定历史时期的文化政治语境。

新时期以来的四十年是四川乡土小说再度壮大的繁盛时期。在改革开放和思想解放的文化语境中，四川乡土小说创作得到了极大的发展，呈现出"四世同堂"、共襄盛举的乡土小说创作气象。前辈作家沙汀和艾芜回归"乡土"，壮心不已。沙汀推出三部中篇乡土小说《青枫坡》《木鱼山记》和《红石滩》，其中《木鱼山记》是对乡村历史命运的深刻反思之作。艾芜先后完成中篇乡土小说《山中历险记》和长篇小说《春天的雾》。《春天的雾》是对农村"四清"运动的历史反思，《山中历险记》则是长篇小说《丰饶的原野》的收官之作。与此同时，共和国培养的第一代乡土作家和知青群作家，在20世纪80年代初至90年代担纲大任，成为四川乡土小说创作的中坚力量，他们共同努力拓宽了四川乡土小说的叙事空间，丰富了乡土小说创作的美学经验，扩大了四川乡土小说在中国文坛的影响力。周克芹忧愤深广的长篇小说《许茂和他的女儿们》，书写了乡村农民在三十年政治风云中的历史命运和复杂性格。在新时期文学的初创期，他的乡土小说摆脱了"阶级斗争"的主流模式，开创了从情感关系视角探索历史阴影和家庭生活的乡土叙事，震动了20世纪80年代初期的中国文坛并获得首届茅盾文学奖。很多年后，还有学者认为"在农村题材的文学发展进程中，《许茂和他的女儿们》可称之为旧时代最后一部小说和新时代第一部小说"②。周克芹的短篇小说《勿忘草》和《山月不知心里事》也两度获得全国优秀短篇小说奖。与周克芹同代并在共和国前三十年已成名的乡土作家克非，这个时期的乡土创作进入火山爆发般的激情状态。长篇小说《山河颂》《鸦片王国沉浮记》，中篇小说《头儿》《无言的圣山》等一批乡土作品相继问世，无论在思想主题或是艺术手法上都极大地超越了他的前期作品。知青作家群从乡村返回城市后，抚摸乡下岁月的时代烙痕，开

① 韩春燕：《窗子里的风景：中国新文学村庄叙事视角研究》，《扬子江评论》，2014年第5期。
② 张陵：《农村题材小说与乡土小说》，《四川文学》，2019年第7期。

始书写他们难忘的乡村经验。高旭帆的"崩岭山系列小说"用现代文明眼光反顾汉藏之地的荒山野岭，在一种艰辛沉重的生存状态中书写山民们坚忍顽强的生命意志；大巴山知青作家雁宁的《牛贩子山道》《巴人村纪事》和《小镇风情画》等乡土小说，描绘大巴山雄浑壮丽的自然景观和淳朴厚道的山民，为大巴山灌注了文化之灵和历史之魂，其中《牛贩子山道》获得1987年全国优秀短篇小说奖；傅恒关注川中乡村农民的生活史和心灵史，他获《当代》文学奖的乡土小说《幺姑镇》，讲述了新时代精神在一个封闭乡镇缓慢觉醒的戏剧化过程，浓郁的风土人情和主人公微妙的心理意识，使这部抒情的乡土小说充满了艺术张力。

20世纪90年代后，中国乡村经历着艰难曲折、意义深远的复杂变革，传统农耕文化遭遇现代工业文化和市场化进程的剧烈冲击，时代的巨大发展携带着乡村的社会转型，同时也为乡土叙事的文学想象带来了辽阔的视野和纷繁的表达。四川的乡土小说创作也进入多元化和个性化的书写时代。传统的现实主义乡土叙事逐渐走向开放的现实主义乡土叙事，一些与知青作家同代的"农民作家"在乡土小说创作中崭露头角，其浃肌沦髓的乡村生存经验和朴实厚重的写实能力，使他们的小说不仅洋溢着浓郁的乡土气息，而且还有强大的乡土自在的真实感。1991年四川南充作家李一清发表中篇乡土小说《山杠爷》，以现代法治文明观照乡村传统的宗法治理，在蒙昧的历史阴影中再现民间传统文化的影响力。小说影响甚大，1994年被改编成电影《被告山杠爷》，获得第15届中国电影金鸡奖最佳故事片奖。此后李一清创作勤勉，先后出版三部长篇乡土小说《父老乡亲》《农民》和《木铎》，前两部在农民与土地繁复纠结的关系中，表现乡村农民在市场化和城镇化进程中的困惑，沉痛与艰难的现实经验。2011年的长篇乡土历史小说《木铎》从家族史深入乡土四川的乡村历史，以一个铎人家庭几百年的家族史书写作家的家国情怀，沧海桑田，悲壮激越。李一清的同代人贺享雍，一个来自大巴山区的农民作家，有近四十年务农经历和三十年创作实践，真正实现了作为农民书写农民的文学理想。自1996年发表长篇乡土小说《苍凉后土》至今，他以一个农民作家的良知和勤奋，发表了多种长中篇乡土小说。特别是新世纪后陆续出版的全景式10卷本《乡村志》，以300多万字的巨制体量，描绘了我国乡村四十年来"千年未有的大变局"，从土地制度改革、乡村治理，乡村民主与法制建设等多维度多层面，再现了改革开放以来乡土社会的发展变革历史，践行了作家"为时代立传，为乡村写志，替农民发言"的创作宗旨。在叙事方式上，《乡村志》既是对赵树理、柳青乡土民间和主流叙事传统的致敬，亦有对李劼人乡土地域叙事传统的承传和弘扬。这部中国乡土文学史上迄今体量最大的全景式10卷本乡土小说，在新世纪乡村溃败与乡村振兴错综交织的纷繁时代，是一部有待深入研究的"巨型文本"。

20世纪90年代后，四川少数民族乡土作家，特别是藏族作家群的崛起及其乡土小说创作的实绩，是四川文学史乃至中国乡土文学史上的一个重要文学事件。四川是中国第二大藏族聚居区，藏族人口仅次于西藏，分布在四川的甘孜、阿坝、木里等州县地区，是"康巴文化"的核心地区。阿来说："这一区域，历史悠久，山水雄奇，但人文的表达，却往往晦暗不明……直到两百年前，三百年前，这一地区才作为一个完整明晰的对象开始被书写。但这些书写者大多是外来者，是文艺理论中所说的'他者'。……'他者'的书写常常导致一个问题，就是看到差异多，更有甚者为寻找差异以至于'怪力乱神'。两三百年过去，这片土地在外力的摇撼与冲击下剧烈震荡，这块土地上的人们也终于醒来。其中的一部分人，终于要被外来者的书写所刺激，为自我的生命意识所唤醒，要为自己的生养之地与文化找出存在的理由，要为人的生存找出神学之外的存在的理由，于是，他们开始了自己的书写。"[①]这里的"他们"正是以阿来为代表的包括"康巴作家群"在内的四川藏族作家群。这些以"60后"为主体的作家群，在东西方文明及传统与现代文化的启迪之下，不仅拥有民族自我认同的历史感，而且有国族一体的文化情怀，这使他们神奇壮丽、慷慨激越的"自我表达"和文学想象，超越了地域性的族群界限，向世界呈现并宣示了纷繁的文化意涵和历史意义。2000年阿来的《尘埃落定》获茅盾文学奖，这是继周克芹之后四川第二部获奖长篇乡土小说，他也成为史上最年轻的茅盾文学奖获得者。不久后阿来又出版长篇乡土小说《空山》。他的中篇乡土小说《蘑菇圈》也在2018年获鲁迅文学奖。达真的长篇小说《康巴》，将宗教情怀与英雄主义融为一体，视野开阔气势宏大，摘得全国少数民族文学骏马奖。格绒追美的长篇乡土小说《隐秘的脸》是一部关于藏地村庄历史演绎的诗意之作。亮炯·郎萨的《布隆德誓言》讲述了康巴高原翁扎土司家族由盛而衰的历史故事，是一部荡气回肠的康巴汉子的传奇史、一部爱恨交集的康巴女人的悲情史。尹向东的第一部长篇乡土历史小说《风马》，以

---

① 阿来：《为"康巴作家群"书系序》，格绒追美主编：《康巴作家群评论集》第2辑，作家出版社，2013年。

一对藏族兄弟逃亡康定的情节，演绎了晚清以来半个世纪康定高原动荡不安的社会变迁，于日常经验的场景和细节中捕捉历史风云影响下的家族命运和个体人生，由底层人生而至上流社会，从民间俗物到军阀战争，历史纵然惊涛骇浪，却在沉稳与冷静中被作家娓娓道来，掩卷沉思，回味无穷。

四川"60后"乡土作家群中，罗伟章是一个备受文坛关注、具有较大影响的小说家。他来自川东的大巴山区，像莫言一样，他的童年记忆中有切肤之痛的饥饿感觉和艰难坎坷的人生体验。大学毕业后当过教师和记者，2004年发表深受瞩目的中篇乡土小说《我们的成长》后，已出版《饥饿百年》《大河之舞》《声音史》等8部长篇小说和3部中短篇小说集，其中大多数是乡土小说。罗伟章的乡土小说创作既有乡梓情结亦有悲悯情怀，这样的"情感结构"使他的乡土叙事具有一种诗性流动的审美感，一种沉痛压抑的抒情性。他来自乡村的刻骨经历和大学毕业的知识分子身份，使他的乡土书写既与故乡的苦难感同身受，又对乡村的丑陋和人性的晦暗持以警醒的距离乃至批判的目光。这种纷繁的情怀与理性的认知互相纠缠，在情感与理性之间往返冲突，反而使他的乡土小说弥漫着迷惘的意味和苍凉的张力。因此，罗伟章的乡土小说是具有个性风格和审美标识的小说文本。另一个"60后"的乡土作家马平，在十年中先后创作的两部长篇乡土小说《草房山》和《高腔》，也是文坛关注的作品。《草房山》的叙事把梦幻与现实糅为一体，形式上突破了乡村叙事传统的写实方式；《高腔》是主旋律乡土创作的一种探索尝试，成功地塑造了乡村新型女性、帮扶干部等人物形象。小说穿插了川剧高腔、川北薅草锣鼓等独具四川特色的文化元素，具有浓厚的地方色彩。还有两个"60后"作家邹廷清和凸凹创作的长篇乡土小说《金马河》与《甑子场》，其明显的民间立场和复杂的历史表达也值得更多关切。

四川"80后"作家颜歌是一个擅长新乡土小说创作的作家。她讲述平乐镇青年成长的长篇乡土小说《五月女王》，以及讲述平乐镇一家三代人故事的长篇小说《我们家》，其浓郁的地方色彩和城乡接合部的乡镇人物形象，在类似麻辣火锅味道的方言土语烘托下，获得了饱满生动、妙趣横生的审美表达。《我们家》的发表和出版使颜歌已然成为"80后"作家群中最值得期待的新锐作家。而她的"平乐镇系列故事"亦是值得人们阅读的新乡土小说。

三

近百年的四川乡土小说，经历了发轫、发展、徘徊和繁盛四个历史阶段。每个阶段都有重要的作家及其作品。其中20世纪30至40年代和新时期四十年是四川乡土小说发展史上的两个重要阶段，堪称"高潮"阶段。中国新文学史上四部公认的乡土小说经典之作《死水微澜》《南行记》《淘金记》和《尘埃落定》，就产生在这两个重要阶段之中。在前一个重要的历史阶段，四川乡土小说创作建构了写实主义和抒情主义两大文学传统。以李劼人、沙汀为代表的写实主义传统，强调乡土叙事的本真状态，以客观冷静的叙事态度描绘乡镇生活与人物行为，把讽刺批判的倾向隐藏在不露声色的字里行间。这个叙事传统的源头之处，屹立着鲁迅的巨大身影，闪耀着19世纪俄罗斯、法国批判现实主义文学的星光；而以艾芜为代表的抒情主义乡土叙事，饱满的情感弥漫在自然风景的沉醉描写和良善人性的衷心礼赞之中，即便面对丑陋沉重的乡村生活，作家也会拨开迷雾、在重重阴霾中寻找美好的情感和明朗的性格。这样的叙事传统，其源头深植于中国古典文学的抒情传统之中，同时亦有沈从文乡土小说的创作启迪。这两个叙事传统对后来的四川乡土小说创作都产生了程度不同的文学影响。写实主义传统在克非、李一清和贺享雍的创作中有明显影响。而周克芹、高缨、傅恒和阿来等更多体现抒情主义的叙事踪迹。在后一个重要的历史阶段，特别是20世纪90年代之后，四川乡土小说创作在表现方式和艺术形式上出现了创新性的变化。传统的现实主义叙事呈现开放兼容的姿态，现代主义、新历史主义的叙事手法被融会到传统的叙事之中，写实与魔幻、抒情与反讽、再现与表现等各种现代修辞手法及叙事方式被作家们兼收并蓄且融会贯通到各自的创作实践中。《尘埃落定》成为这种兼收并蓄的叙事风格的集大成之作，它的出版及其获奖象征着四川乡土小说创作完成了从传统到现代的美学转型。四川近百年的乡土小说创作历程表明，深入乡土书写现实的现实主义传统，关注底层感同身受的人道主义情怀，反思历史立足当前的时代意识，独立探索从不趋众的艺术个性，正是四川乡土小说创作最显著的文学精神，也是四川乡土小说薪火相继的优良传统。这种文学精神势必影响到乡土小说创作的主题价值取向：表达民生疾苦，书写农民生存状态，再现苦难人生中的坚忍性格和善良美德，是百年四川乡土小说创作的第一大主题。从1920年第一篇乡土小说《伊的母亲》到当下的《蘑菇圈》等众多作品都在反复不断地践行和探索这个原型母题。而讽刺丑陋的人性、批判邪恶的势力亦是四川乡土小说百年不离不弃的创作题旨。从李劼人、沙汀到周克芹、阿来和罗伟章等众多作家,他们把对阴暗人性、邪恶势力的批判同社会体制变迁和乡土文化的改造糅为一体,并在对历史的追问和反思中,洞察和表现其或敏锐或深邃或博大的思想力量。李劼人对乡土四川袍哥势力和军阀暴政的历史书写,沙汀对乡镇地方基层邪恶官吏的形象讥讽,周克芹对时代变迁中人物性格异化的审美拷问,罗伟章对乡村道德崩解中世风日下的深远忧伤等,无不表达出四川乡土作家对社会正义和改造现实乡土的向往和追求。四川乡土小说的这个特色鲜明的主旋律,在写实和抒情的叙事传统中,像一部宏大的多声部大合唱,百年常新、不绝余响。这部大合唱的元素和题材绝大部分来自乡土四川,把这些丰富多彩的四川乡土小说按历史时间连接起来,从明末清初的"湖广填四川"到晚清的袍哥人家,从民国初年的典妻悲剧到军阀暴政,从中华人民共和国成立初期农村合作化道路到联产承包制再到当下的乡村振兴,一部由文学话语书写的四川乡土社会近现代转型史就生动形象地建构起来了。它渗透着丰富的历史细节、浓缩着深切的人性内涵,融入了作家的人文情怀,体现出浓郁的地方色彩,因而比历史叙事的乡村史更人道、更形象、更丰盈、更饱满、更辽阔,亦更有历史意义和审美价值。唯其如此,可以说四川同陕西、山西、河北和湖南等省一样,是中国乡土文学大省,值得文学史和文学批评深入地研究阐释。

但从现有的研究现状和格局来看,学界对四川乡土小说的研究和批评存在着一个盲区和两种倾向。所谓"盲区"即上文所述的对五四时期四川现代乡土小说发轫期的忽略和遗忘。"两种倾向"之一是指重现代轻当代的研究现象。关于四川现代乡土小说特别是以沙汀、李劼人为代表的20世纪30至40年代的四川乡土作家群的研究如上所述,林林总总,堪称成果丰硕。而四川当代乡土小说创作,除个别名家名作,如阿来和他的《尘埃落定》之外,其他乡土作家的研究则难尽人意。特别是一些影响甚大的当代文学史或当代乡土文学研究专著,很难看到有对四川当代乡土小说的阐释和研判,以致周克芹这样重要的乡土作家及作品,也难寻踪影。近期因有四川大学编辑的书刊《阿来研究》出版发行,这种倾向略有缓解。但《阿来研究》更多地关注少数民族,尤其是藏族作家,因而其他四川当代乡土作家的小说创作仍需得到学界更多的重视和研究。南帆认为:"当代文学提供的乡村空间远远超过了数千年古典文学的总和,一个醒目的乡村形象谱系存留于当代文学史中。在某种程度上也可以说，当代文学史内部存在着一部隐形的乡村文学史。"① 四川当代乡土小说亦复如此，众多作家作品所提供的纷繁的乡村形象及其错综的乡土经验，或许已超越了四川现代乡土小说，真正具有深度研究的必要性。"碎片化"则是另一种倾向，是指在四川乡土小说研究中一直缺少整体的系统的研究。迄今为止没有一部系统性的四川乡土文学史或四川乡土小说史。大多数研究集中于单个作家或单一作品的个案研究，宏观层面的综合研究则比较匮乏，且罕有精论。根据这样的研究现状，本课题拟将采取以论为主，兼顾于史的研究路径，不以文学史的编年轨迹展开论述，而以宏观性的综论（专题研究）和微观性的作家作品论（个案研究）为主，从宏观和微观两个阐释维度和视域层面，侧重从文学与社会、文学与历史、文学与时代、文学与人生、文学与地方性知识等诸多错综复杂的关系中，梳理和描述四川乡土小说近百年的发展轨迹和文学版图，从中探讨和彰显百年来四川作家关于乡土四川的现代化进程、乡土社会的嬗变转型及乡村社区的改革发展的历史反思、情感体验、思想认识、审美想象与乡土叙事，尝试为综合性和系统性研究四川乡土小说梳理出一种思维路径，为将来的四川乡土文学史的写作提供一种阐释架构，提示一种可供反思的学理轨迹和写作经验。在具体的实践中，鉴于四川现代乡土小说研究，特别是作家作品的个案研究及作家群体的专题研究，已有较多专著和论文从学术上做了充分扎实的阐述，因此，本书不再就相同主题和相同作家做重复分析，比如从流派、左翼文学或地域文化等视角重复分析沙汀、艾芜或周文的乡土小说。我们更倾向于从综合性的专题角度，特别是过去研究中一些不曾被学界重视的专题，比如军阀叙事和袍哥叙事等维度开展专题研究，从而达到拾遗补阙的学术目的，进一步拓展四川现代乡土小说研究的思考空间。但李劼人的乡土作品，我们单列了一章。这是因为李劼人作为乡土文学大家的地位和意义，特别是《死水微澜》在中国乡土文学史上的独创性价值，很少被人专题研究。正如丁帆先生所说：李劼人的"川味乡土小说富于独创性，在20世纪小说史上应占有一席重要的地位，但在很长时间里并没有得到应有的评价"②。我们认为，李劼人乡土小说的"独创性"，首先在于他开创了一种独特的乡土小说范式，即长篇乡土历史小说。《死水微澜》就是这种乡土小说文体范式的经典之作。所以本书第六章专门就李劼人

① 南帆：《中国当代文学史的乡村形象谱系》，《文艺研究》，2019年第6期。
② 丁帆等：《中国乡土小说史》，北京大学出版社，2007年，第207页。

作为乡土小说家的重要性及其被忽略低估的原因提出了一些看法和意见。自然，本书的研究重点会更多地倾向于四川当代乡土小说的创作。其主要研究思路是择取四川当代文学发展各个阶段中、具有代表性的乡土作家和重要作品，采用综合与专题结合的方法展开分析阐释，尽可能全面地彰显每个代表性作家的形象及作品风貌，以代表性作家和重要作品为核心线索，勾连起四川当代乡土小说的历史脉络和发展轨迹，从而以"抓大放小、挑重避轻"的筛选法着力呈现四川当代乡土小说近七十年创作实绩的总体性概观。

四川当代文学前三十年，克非无疑是具有代表性的重要作家。他的乡土创作深受沙汀小说的影响，是共和国培养的第一代乡土作家。而且他的《春潮急》是四川前三十年中唯一的长篇乡土小说。20世纪80年代的周克芹是新时期四川乡土小说创作的领军人物。他的乡土小说既获得了茅盾文学奖，又两次获得全国优秀短篇小说奖，这个纪录至今无人超越。20世纪90年代以后是四川乡土小说全面兴盛、多元发展的时代，人才辈出、佳作纷呈。李一清、贺享雍以农民身份书写农民，其乡土叙事沉重朴实，令人刮目相看。阿来的《尘埃落定》和《空山》是史诗风格的长篇乡土小说，深邃厚重，独具匠心，即便在中国乡土文学史上也将占有一席之地。21世纪后的"康巴作家群"以藏民族的文学想象，书写康巴高原的历史经验和生存状态，极大地拓展了乡土文学的题材空间和叙事维度，其文化蕴含和美学价值均有重要的文学史意义。在四川比较年轻的乡土作家中，罗伟章是代表性作家。他的乡土小说创作从"底层叙事"到"历史叙事"再到"文化叙事"的多重向度，为乡土小说创作提供了值得关注的书写经验。因此，这些重要的乡土作家及其作品就成为我们重点阐释的研究对象。

很显然，这样的"筛选法"难免也有见仁见智的纷议，同时也还有无法避免的遗珠之憾。但在正式的四川乡土小说史问世之前，先行的《四川乡土小说论》探出的一串前行足迹，或许可以为未来的四川乡土文学史研究提供一些方法性的思考和经验。

上篇

综论

第一章　20世纪20年代四川现代乡土小说

在中国新文学史上，四川乡土小说发端于20世纪的20年代。但在中国乡土文学史的研究中，这是一个被忽略了的年代。20世纪90年代后，中国现当代文学史叙述的精英主义范式是"重写文学史"实践的一个硕果。精英主义的叙述范式程度不同地改写了国家主义大一统的文学史叙述格局，拓宽了文学史叙述的空间疆域，凸显了文学史叙述中的个性化和差异性风格。但是，以现代性为主导价值的精英主义叙述范式由于主体视域的知识结构和思想局限，在过度推崇文学审美原则的背后，也存在着偏至和片面的叙述症候，缺少文学史建构应有的整体性和包容性，从而导致一些重要的作家作品被压抑或者被遗忘的遗憾现象。其中，20世纪20年代的四川现代乡土小说发轫期，就是现代文学史叙述中"被遗忘"的一个较为典型的案例。

一、被遗忘的文学年代：四川乡土文学发轫期

在中国现代文学史和乡土文学研究中，20世纪20年代的四川乡土文学，即五四四川乡土文学，是一个完全被遗忘了的文学年代。翻阅一些重要的现代文学史和乡土文学专著，可以看到，迄今为止关于四川现代乡土文学的描述通常是从20世纪30年代开始的，比如，严家炎先生的《中国现代小说流派史》、杨义先生的《中国现代小说史》（三卷）、钱理群先生等人撰写的《中国现代文学三十年》以及丁帆先生的《中国乡土小说史》等。《杨义文存·第二卷·中国现代小

说史（中）》一书，虽在第八章专章论析"四川乡土作家群"，但杨义将四川乡土文学的"崛起"时间确定在"三十年代前期"的左翼文学范畴之中。[1]在为数不少的关于四川现代乡土文学的专题论文中，时限也大致划定在20世纪30年代之后。至于专论20世纪20年代中国乡土小说的文献，竟无一篇涉及四川作家的乡土小说。这种情形表明，四川现代乡土文学发端于20世纪30年代，似乎已成学界共识。略感欣慰的是，秦林芳的《浅草-沉钟社研究》（2002）一书[2]，曾在第四章第一节中专门描述分析了浅草-沉钟社作家群的乡土小说，其中多数是四川籍作家，如林如稷、陈炜谟、高世华等人在20世纪20年代创作的乡土小说，但由于专题研究的原因，四川作家的乡土小说只局限在文学社团的研究视域中，作者并没有专门讨论20世纪20年代四川现代乡土小说的问题。

事实上，20世纪20年代是四川现代乡土小说的发轫期。早在1920年年底，在北京读书的林如稷就在北京《晨报》副刊发表了既是他本人也是四川作家的第一篇现代意义的乡土小说《伊的母亲》[3]。小说描写一个佃农因无力支付地主年租只得典妻给人当妾的悲痛故事。从发表时间上看，《伊的母亲》应是中国新文学史上，最早描述乡村社会典妻故事的乡土小说，比许杰的《赌徒吉顺》（1925）还早五年。但学术界通常将《赌徒吉顺》作为新文学史上最早描写典妻制度的乡土小说。比如，严家炎先生在《中国现代小说流派史》中就认为，《赌徒吉顺》"大概是一篇最早写了典妻制度的小说，比柔石的《为奴隶的母亲》和罗淑的《生人妻》都要早"。[4]除林如稷外，20世纪20年代的四川作家陈炜谟、李开先、李劼人、高世华和陈铨等人，都发表过乡土小说，其中较有影响的作品有林如稷《伊的母亲》（1920）、《死后的忏悔》（1921）、《太平镇》（1923）、《葵堇》（1923）、《故乡的唱道情者》（1925），陈炜谟的《烽火嚓唉》（1923）、《狼筅将军》（1925）、《寨堡》（1926）、《夜》（1926）和《旧时代中的几幅新画像》（1926），李开先的《埂子上的一夜》（1922），李劼人的《捕盗》（1925）、《棒的故事》（1925）、《失运以后的兵》（1925）、《兵大伯陈振武的月谱》（1926），高世华的《沉自己的船》（1923）等，而陈

① 杨义：《杨义文存·第二卷·中国现代小说史（中）》，人民出版社，1998年，第425页。
② 参见秦林芳：《浅草-沉钟社研究》，中国社会科学出版社，2002年。
③ 《晨报》，1920年12月17日。
④ 严家炎：《中国现代小说流派史》增订本，长江文艺出版社，2009年，第56页。

铨的《天问》则是四川作家在20世纪20年代发表的第一部长篇乡土小说，全文近20万字，1928年由新月书店出版。

由此可见，从1920年到1928年期间，四川作家已经发表出版了包括长篇和中短篇在内的现代乡土小说多篇（部），从时间上看，完全与鲁迅开创的中国现代乡土小说流派的发轫期并肩同步。不仅如此，其中一些比较优秀的四川乡土小说在当时还产生了一定的文学影响。杨义认为"在文学研究中，数字统计往往也能从某个侧面说明问题"。他以台静农小说为例，指出在鲁迅主编的《中国新文学大系·小说二集》中，台静农的小说有四篇入选，"与鲁迅的篇数相等，而超过其他作者。这足以说明，在鲁迅看来，台静农的小说是不容忽视的"[①]。实际上，在这部著名的选集中，有四篇小说入选的作者，除鲁迅、台静农外，还有四川作家陈炜谟，入选的是《狼筅将军》《破眼》《夜》和《寨堡》。除《破眼》之外，其他三篇都是乡土小说。若借用杨义的话来说，陈炜谟的小说也是不容忽视的。此外，高世华的乡土小说《沉自己的船》也入选此书。在茅盾主编的《中国新文学大系·小说一集》中，四川作家李开先1922年发表在《小说月报》上的《埂子上的一夜》虽未入选，但在《导言》中，茅盾认为这篇描写"棒老二"的乡土小说，超越了当时小说书写"学校生活和恋爱关系这狭小而被滥用的范围"，小说对话也符合人物的身份。这在20世纪20年代初期的小说创作中是难能可贵的。从时间和题材上看，《埂子上的一夜》应当是新文学史上直接描写土匪绑票经验的开山之作。至于陈铨的长篇乡土小说《天问》，则"以其独特的叙事旨趣，悲剧意识和形式技巧，不仅是1920年代长篇小说草创期的重要收获，而且在现代长篇小说发展史上，也应占有一席之地"[②]。1929年朱自清在清华大学开设《中国新文学研究》课程，将陈铨的《天问》与老舍、巴金和沈从文的小说并列，做专节讲授。此外，《天问》分别于1931年、1936年和1985年被不同的出版社多次再版发行，也从另一个侧面表明了这部小说的文学影响力。

20世纪20年代的四川作家群中，可能没有严格意义上的乡土小说作家。浅草社团的四川作家们既写充满乡愁的乡土小说，也写郁达夫似的自叙传小说。林如稷和陈炜谟的创作实践为四川现代乡土小说的产生和发展做出了重要的贡献，他们是四川现代乡土小说发轫期的两个代表性作家。林如稷和陈炜谟也是浅草-沉

---

① 杨义：《杨义文存·第二卷·中国现代小说史（上）》，人民出版社，1998年，第505页。
② 孔刘辉：《人性拷问与哲理玄思》，《现代中文学刊》，2012年第4期。

钟社的发起人和负责人。《浅草》季刊共出四期，其中一、三期由林如稷主编，二、四期则由陈炜谟主编。他们创作的乡土小说也大多发表在《浅草》和后来的《沉钟》杂志上。林如稷（1902—1976）是四川资中人，他是四川现代乡土小说的开拓者。1920年在北京发表第一篇乡土小说《伊的母亲》时，年仅18岁。他在20世纪20年代还发表了多篇小说，其中《死后的忏悔》（1921）、《故乡的唱道情者》（1925）、《太平镇》（1923）和《葵堇》（1923），都是描写故乡苦难经验的乡土小说，而《故乡的唱道情者》和《太平镇》至今仍是早期四川现代乡土小说的代表性作品；与林如稷相似，四川泸县人陈炜谟（1906—1955）20世纪20年代就读于北京大学时也创作了多篇小说，并有两个小说集《炉边》（1927）和《信号》（1925）出版，共收小说十二篇，其中近半数是乡土小说，直接取材于故乡的农村生活，反映出当时四川乡土社会的沉重现实。[①]鲁迅主编《中国新文学大系·小说二集》选陈炜谟四篇小说，其中三篇是乡土小说。鲁迅还在该书的《导言》中，引用陈炜谟小说集《炉边·序言》中的一段话，阐发其"未尝自馁"的创作态度。[②]陈炜谟的多篇乡土小说，如《狼筅将军》《烽火嚓哛》和《寨堡》描写了当时的兵灾匪祸给川南乡土社会造成的深重灾难，其中对心理恐慌和精神危害的描写，在20世纪20年代的中国作家中也是出类拔萃的。可以说，在同类题材的乡土小说中，陈炜谟的反军阀叙事已抵达了那个年代乡土小说所能提供的精神深度。而他另外的乡土小说《夜》和《旧时代中的几幅新画像》，对乡村家族生活及破落世家的人性书写，即便今天来读，仍然不减其张弛有度的艺术魅力。在被遗忘的四川现代乡土文学发轫期里，陈炜谟的乡土小说抑或是最不应当被遗忘的作品。

二、鲁迅的影响：20年代四川现代乡土小说的创作取向

乡土文学作为一个文学史概念，历来就有广义和狭义之分。广义的乡土文学概念是指以农民和乡镇生活为主要叙事对象，描述乡土经验，具有乡土气息和地方色彩的文学作品。而狭义的乡土文学概念，通常是指以鲁迅为代表的五四乡土文学，亦即20世纪20年代的乡土文学。在《中国新文学大系·小说二集·导言》中，鲁迅提出了后来被广泛引用的"乡土文学"概念，也就是专门指称五四乡土

① 刘传辉：《诚实坚韧的作家》，《陈炜谟文集》，成都出版社，1993年第6页。
② 鲁迅主编：《中国新文学大系·小说二集》影印本，上海良友图书印刷公司，1935年第6页。

文学的狭义概念："蹇先艾叙述过贵州，裴文中关心着榆关，凡在北京用笔写出他的胸臆来的人们，无论他自称为用主观或客观，其实往往是乡土文学，从北京这方面说，则是侨寓文学的作者。但这又非如勃兰兑斯（G. Brandes）所说的'侨民文学'，侨寓的只是作者自己，却不是这作者所写的文章，因此也只见隐现着乡愁，很难有异域情调来开拓读者的心胸，或者炫耀他的眼界。"①

在鲁迅关于五四乡土文学的界定中，有三个关键词分别从创作主体和文本层面规范了乡土文学的特征和属性，即"侨寓的作者""乡愁"和"异域情调"，"异域情调"也就是"地方色彩"。上述五四时期的四川作家，林如稷、陈炜谟、李开先、高世华、李劼人和陈铨等人无一例外都是"侨寓的作者"。他们或侨寓北京、上海，或侨寓法国和德国，其乡土小说题材也都来源于故乡的记忆和地域的经验，"隐现着乡愁"，体现出"地方色彩"。林如稷、陈炜谟和陈铨讲述着川南乡镇在军阀混战中的动荡岁月；李劼人描述过川西坝子那些惨烈的乡村往事；李开先和高世华则展现了川东家乡的兵灾匪祸。他们的创作实践和叙事范型不仅表现出"感时忧乡"的深切乡愁，而且完全符合鲁迅关于五四乡土文学的规范定义。不特如此，20世纪20年代的四川乡土小说与当时国内其他乡土小说一样，也是在鲁迅的影响下逐渐发生发展起来的。其中的代表性作家林如稷和陈炜谟，就像后来的沙汀、艾芜和周文一样，都曾与鲁迅有过直接或间接的交往，并受到鲁迅深厚的关切和深刻的影响。

鲁迅作为中国现代文学的奠基人和五四乡土文学的开创者，他的文学实践和乡土小说对当时乃至后来的乡土文学产生了巨大的影响。"启发了许多从农村来的有一定生活经验的爱好文艺的青年，帮助他们开窍，使他们懂得怎样用自己的审美积累。当时出现的乡土小说作家，有些是经常与鲁迅接触的青年（如许钦文、台静农），有些是听鲁迅讲课的学生（如鲁彦、蹇先艾），有些是鲁迅直接扶植的文学社团的成员（如冯文炳），更多的是仰慕他的文学爱好者（如王任叔、彭家煌），他们几乎没有哪一个不受鲁迅的影响。"②在这里，严家炎先生将五四时期受鲁迅影响启发的乡土作家概括成四种类型，即与鲁迅交往接触者、听鲁迅讲课的学生、在鲁迅扶植下的文学社团成员和鲁迅的仰慕者。严家炎的概

① 鲁迅主编：《中国新文学大系·小说二集·导言》影印本，上海良友图书印刷公司，1935年，第9页。

② 严家炎：《中国现代小说流派史》，长江文艺出版社，2009年，第51页。

括全面准确，不仅符合上述乡土作家，也符合当时侨寓在京的四川作家的情况。作为浅草-沉钟社的重要成员，陈炜谟、李开先和高世华等人在北大读书时都听过鲁迅的《中国小说史略》课程。而陈炜谟等人还与鲁迅先生有直接的交往接触。在《我所知道的鲁迅先生》一文中，陈炜谟说："我也是他（鲁迅）的小小一个文友。他在北京的时候，我同几个朋友，是常常到他的寓所的。"①除此之外，当时他们出版的《浅草》季刊，也是由陈炜谟负责呈送给鲁迅的。为此，鲁迅1926年写的《一觉》（收入《野草》），专文记述了此事。他说两三年前，在北京大学教员预备室，进来一个青年，"默默地给我一包书，便出去了，打开看时，是一本《浅草》。就在这默默中，使我懂得了许多话。啊，这赠品是多么丰饶呵！可惜那《浅草》不再出版了，似乎只成了《沉钟》的前身。那《沉钟》就在这风沙澒洞中，深深地在人海的底里寂寞地鸣动"②。而那个"默默地"青年正是陈炜谟。③可以确切地说，以四川作家为主要成员的浅草-沉钟社也是得到了鲁迅关怀和扶植的文学社团。陈炜谟回忆说："鲁迅先生对于我们的刊物很热心扶助，他是每期必读，而且还随时奖掖。"④1935年在《中国新文学大系·小说二集·导言》一文中，鲁迅也特别指出浅草社-沉钟社："向外，在摄取异域的营养，向内，在挖掘自己的魂灵，要发见心里的眼睛和喉舌，来凝视这世界，将真和美歌唱给寂寞的人们。"并且还称赞"沉钟社却确是中国的最坚韧，最诚实，挣扎得最久的团体"⑤。

四川现代乡土小说的开拓者、浅草-沉钟社主要发起人林如稷是作为鲁迅的仰慕者，受到鲁迅的启发和影响的。1919年当时在北京读中学的林如稷从《新青年》杂志上读到鲁迅的《狂人日记》《孔乙己》和《药》三篇小说。"很为感动甚至震惊。"他说，"我之所以会在中学时代就发展了对文艺的爱好，乃至在次年也学着写过两篇以川中兵祸为题材的不成样子的短篇小说，并且大胆地发表在《晨报》副刊上，主要就是从那时读鲁迅先生作品得来的一点启发。"⑥林如稷

①　陈炜谟：《陈炜谟文集》，成都出版社，1993年，第260页。
②　鲁迅：《野草·一觉》，《鲁迅散文诗歌全集》，北京燕山出版社，2013年，第152页。
③　林如稷：《鲁迅给我的教育》，《草地》，1956年第10期。文中说："陈炜谟那时在北京大学读英国文学系，但他却选听鲁迅先生讲授的《中国小说史略》。《浅草》和我们另一姊妹刊附在当时《民国日报》出刊的《文艺》旬刊每期寄到北京后，陈炜谟便亲自送给鲁迅先生。"
④　陈炜谟：《我所知道的鲁迅先生》，《陈炜谟文集》，成都出版社，1993年，第260页。
⑤　鲁迅：《中国新文学大系·小说二集》影印本，上海良友图书印刷公司，1935年，第7页。
⑥　林如稷：《鲁迅给我的教育》，《草地》，1956年第10期。

所说的两个短篇小说，正是他的乡土小说《伊的母亲》和《死后的忏悔》，分别发表在1920年底和1921年初的《晨报》副刊之上。由此可见，四川现代乡土小说的开山之作，就是在鲁迅小说的直接影响和启发下产生的。

具体来说，鲁迅的文学思想和小说艺术对20世纪20年代四川早期乡土小说现实主义创作方法的形成产生了深远的影响。

启蒙主义的文学观念和现实主义的创作方法是鲁迅小说建构的美学范式。这一现代小说的美学范式对于中国新文学的巨大贡献和深刻影响已经载入史册。20世纪20年代的中国乡土小说总体上说就是鲁迅乡土文学范式影响下的文学实践，即使如废名等人的田园乡土叙事，也无不受到鲁迅的启示或影响。五四时期的四川乡土小说创作自然也不例外。当时的四川作家因"蜀中的受难之早"[1]，便对鲁迅小说的现实主义精神有一种刻骨的认同和深切的感悟。陈炜谟说："作家鲁迅给我们的最伟大的贡献，是在于他的一切作品中都反映出极强烈的现实性。或者，我可以更直捷地说，他的最伟大之处在于他能睁了眼看！"[2]"睁了眼看"，就是直面人生、正视现实的现实主义创作精神，就是直面"这整个的病态社会。而且，我们亦可以说，他所战斗的对象就是整个中华民族的劣根性。换句话说，他的敌人至少就有两个：一是封建，一是愚昧。惟有揭出封建社会的痛苦，才能引起疗救的注意；所以，他将一生的精力，去反对封建。惟有扑灭愚昧，才能启创开明；所以，他振臂大呼，竭力倡导启蒙主义"。[3]而"病态社会"中的"病"与"苦"，其所指内涵在当时的四川作家眼中，就是四川乡土社会的"国民劣根性"和"苦难经验"。因其如此，在小说创作中，着力于揭出四川辛亥革命前后到北伐年间"乡间的死生"和"运命的挣扎"，就成为五四时期四川作家从事乡土叙事的核心主旨和重要的创作取向。由于当时正值四川军阀混战、兵匪横行、民不聊生的血腥岁月，他们笔下的乡村苦难叙事就在有意或无意间，凸显出"乡间死生"的"四川经验"和"地方色彩"。除了通常的乡村破败、贫困饥馑和蛮风陋习的苦难叙事之外（《伊的母亲》《故乡的唱道情者》《夜》《棒的故事》），他们还用更多的笔墨讲述了长年动荡的兵灾匪祸给乡土四川造成的种种残暴悲惨的故事，反映出四川乡土社会如中世纪一般的野蛮

① 鲁迅主编：《中国新文学大系·小说二集·序》，上海良友图书印刷公司，1935年，第6页。
② 陈炜谟：《我所知道的鲁迅先生》，《陈炜谟文集》，成都出版社，1993年，第264页。
③ 陈炜谟：《我所知道的鲁迅先生》，《陈炜谟文集》，成都出版社，1993年，第261页。

性和黑暗性。陈炜谟的《狼筅将军》和《烽火嘹喤》，林如稷的《死后的忏悔》和《葵堇》，李开先的《埂子上的一夜》，高世华的《沉自己的船》，李劼人的《捕盗》和《失运以后的兵》以及陈铨的《天问》等长短篇乡土小说，都从不同层面和不同视角，以沉痛冷峻的写实手法，真实地呈现了军阀混战背景下乡土四川的恐怖情境和底层人民血腥挣扎的生存际遇，在表达出人道主义的深切同情和无限悲悯时，也彰显了"哀其不幸，怒其不争"的"鲁迅风"。

三、"乡间的死生"：苦难叙事中的地方经验

20世纪20年代的四川乡土小说，在鲁迅影响下，一方面其主题表达和题材选择与同时期的乡土小说有着明显的共同性和相似性；另一方面，也有较为突出的地方特点和艺术个性。大体而言，此间的差异又与当时四川社会动荡、军阀混战的地域经验有着深刻的历史关联性。

从1916年到1928年，中国进入军阀统治及混战时期。而四川的军阀割据和军阀混战无论在时间长度或战争次数上，在当时可谓中国之最。从1917年的川滇黔军阀混战，到1933年的四川军阀之间的"二刘大战"，大小军阀战争竟有470多次，长达16年之久。平均来算，一月就有两战。其混战频繁、危害之烈、灾难之深，由此可见一斑。而军阀割据中形成的"防区制"统治形式，则是四川军阀统治时期的重大特点，亦属全国罕见。防区制实际上就是各路军阀拥兵自重、割据一方的独立王国。"举凡官吏之任用，制度之废置，行政之设施，赋税之征收，皆以部队长官发布命令行之，无论省府或中央政府之法令，不得此部队长官许可，皆不得有效通行于区内。"[①]坐镇防区的军阀，在所辖防区内肆虐成性、横征暴敛、鱼肉百姓，不但为所欲为，而且滥杀无辜，充分显示出军阀暴政专制的野蛮性和黑暗性。陈旭麓认为："军阀是一种封建势力，但又有着异乎寻常的特点。一、在他们手里，本是国家的统治工具的武装、军队变成了一己私有之物；二、私有的武装、军队又分割地方，形成了私有的地盘。没有无军队和地盘的军阀。因此，军阀统治的实质是实力之下的武治，它比寻常的封建统治带有更多的动乱性和黑暗性。"[②]

由于四川军阀的上述特点，四川的军阀暴政就不仅具有一般意义上的动乱性

---

① 贾大泉主编：《四川通史》卷7，四川人民出版社，2010年，第28页。
② 陈旭麓：《近代中国社会的新陈代谢》，中国人民大学出版社，2013年，第356页。

和黑暗性，而且还具有中世纪式的野蛮性。而这些野蛮和黑暗的动乱岁月，既造成了乡土四川"流不尽的眼泪、铲不完的灾难"，亦成为四川作家难以承受的乡土记忆和沉痛经验，进而成为他们从事乡土叙事，再现乡村苦难的重大主题。

陈炜谟的《狼筅将军》（1925）描述了主人公赵惕甫一家于兵匪祸乱中遭遇的灭顶之灾。两年之中，他的长女被兵痞掳去音信杳无；长子因无力缴纳军款惨死狱中；而他的叔父因办团练又被土匪抓去挖了心肝；接踵而至的巨大灾难摧毁了赵惕甫的生命意志，最终在疯狂中跌崖而死。陈铨的《天问》描写军阀部队开赴川南某乡镇，入镇后抢掠奸淫，派捐拉夫，无恶不作。"只要穿得稍为褴褛一点的人，都用绳子系上，一个兵牵了一群，带回营去。到后来街上的人渐次少了，下力的人都不敢出来了，他们简直无论什么人都拉起来。"[1]李劼人的《失运以后的兵》（1925）在军阀混战的背景下描写一伙战败后被追杀的逃兵，竟在亡命逃窜于乡间的过程中，一路仓皇奔逃、一路抢掠烧杀的残忍行径。高世华《沉自己的船》（1923）也写了一群战败逃亡的兵痞，在长官号令下毁民财物，抢民船只，暴打船夫，疯狂逃窜的残暴行状。被迫行船的船夫面临无法生还的绝境，最终悲壮地撞礁沉船、葬身江底。小说以悲痛沉郁的基调表达了底层百姓绝望的生存唱叹："兵就是匪，打了败仗更利害，受了匪害，还可以告状出气，遭兵害了，话都不敢说。"[2]数年后，鲁迅将《狼筅将军》和《沉自己的船》选入他主编的《中国新文学大系·小说二集》，并在《序》里说，"蜀中的作者""唱着饱经忧患的不欲明言的断肠之曲"，"蜀中的受难之早，也即此可以想见了"。[3]

五四时期，四川作家的乡土小说七成以上的作品都直接或间接地描写了军阀割据混战的黑暗现实，真实强烈地反映出军阀统治时期乡土四川的地方经验和重大特征。这在我国同时期的乡土小说中是一大突出的特点。不特如此，他们在书写"兵灾"的同时，还用许多笔墨状写了危害炽烈的"匪祸"。

"无地不兵、无地不匪"也是当时四川社会的现实写照。土匪势力的强大，成为各路军阀扩军的重要兵源。招匪成兵，而兵败成匪，于是兵匪祸结，使乡土

---

① 陈铨：《天问》，新月书店，1931年，第110页。
② 高世华：《沉自己的船》，《浅草》，第1卷第3期，1923年12月。
③ 鲁迅主编：《中国新文学大系·小说二集·序》影印本，上海良友图书印刷公司，1935年，第6页。

四川饱经摧残、灾难迭起。李开先的《埂子上的一夜》以第一人称的叙述视角摹写土匪绑票勒索的亲历故事。其中，土匪随意开枪射杀百姓的"放肉花"游戏，令人心惊胆寒。《捕盗》中一家人为避兵灾逃至乡里，却不料躲过了兵灾，却又遭匪劫。偌大的巴蜀天地，竟无一处安身之地。而陈炜谟的《寨堡》则以返乡又离乡的情节结构，再现了兵匪肆虐之下，故乡传统人伦关系和道德体系的崩溃解体。大学毕业后四处漂泊的熊震东，满以为故乡是游子安身立命的最后"寨堡"，返乡后才发现故乡早已面目全非，昔日的田园破败凋敝，乡民壮男或弃农从军或占山为匪，人情冷漠，邻里纷争，兄妹疏离，故乡的"寨堡"已在兵灾匪祸中毁于一旦。心灰意冷的主人公只得逃离故乡，再度流浪。

20世纪20年代的四川乡土小说在反映军阀暴政兵匪肆虐对乡村百姓的野蛮摧残时，也对乡绅人家的不幸命运给予了表达和关切。《狼笑将军》《捕盗》《葵堇》《埂子上的一夜》和《天问》等小说，都直接或间接地书写了乡绅人家在军阀暴政和兵灾匪祸中遭受的不幸厄运。有时候，他们还成为兵匪抢掠首当其冲的对象。这个颇有意味的叙事现象既反映出创作主体人道主义的历史局限性，亦从一个侧面表现出军阀割据、长年混战状态下某种程度的历史真实性。

四川作家的苦难叙事，在表现四川"乡间的死生"和农民"运命的挣扎"时，也尝试对乡村苦难的社会根源做出某种程度的历史反思，他们在创作实践中意图梳理乡村苦难与地方割据、军阀混战和封建专制统治的现实关系，使乡村苦难与造成苦难的社会环境及其地方政治生态历史地连接起来，一方面彰显出乡村苦难命运的历史感和社会深度，另一方面也体现出一种坚忍的现实主义批判精神。这在五四时期的乡土小说中是比较突出的思想特点。林如稷发表于1921年的《死后的忏悔》描述一个投笔从戎、不幸死于军阀战争的青年军官。他在死前寄给中学同学的书信中，已然觉悟到军阀混战的实质无非是"此争彼夺，不过争一己之利欲；而不惜驱无辜同胞以殉亡"[①]。他的另外两篇小说《葵堇》和《太平镇》则尝试对旧民主主义革命及其战争中鱼龙混杂的制度性漏洞做出较有深度的历史反思，虽不免稚拙，但仍是现代乡土文学中最早反思革命伦理和道德机制的小说之一。

---

① 林如稷：《林如稷选集》，四川文艺出版社，1985年，第11页。

四、畸变的人格：刀光剑影下的人性戕害

反对军阀暴政、书写兵灾匪祸是五四乡土小说的一种类型。其中文学史上较有影响的小说是《一只破鞋》《喜期》和《瘟疫》。徐玉诺的《一只破鞋》直接书写了兵匪战乱的惨烈情景。伯父进城给读书的侄儿送钱，不料遭遇兵匪混战。土匪攻城血流成河，伯父不幸被流弹击伤，血流遍体，却哀告无助，最终血尽而亡。悲惨命运，令人心悸。彭家煌的《喜期》写一对乡村恋人青梅竹马，但女方静姑却被重男轻女的父亲嫁给邻村张家儿子。静姑抗婚不成，无奈嫁到张家。婚宴时突遇军阀队伍袭击，老公被打死，静姑被奸淫，最终投水自尽。军阀的残暴血腥，跃然纸上。王思玷的《瘟疫》则书写了军阀混战给乡民造成的心理恐惧，把反军阀统治的主题深入到了精神创伤的层次。兵来灾到，意味着血腥和死亡。所以，村民闻风丧胆，纷纷躲进门内。仅留一个酩酊的屠户于村头树下，宰肉奉候，以避兵灾。但屠户也因恐惧而失常，引来一场恐慌和混乱。

与上述小说相比，五四时期的四川乡土小说则将兵灾匪祸的书写提升到了人性的历史深度。在主题开掘和题材挖掘上更见艺术功力，也更显思想深度。四川乡土小说不仅描写了军阀混战造成的社会苦难和民不聊生的命运悲剧，而且还深入描写了军阀暴政造成的心灵戕害、人性扭曲和心理变态等深刻的精神创伤，发现并建构了"受害者人格变异"的人物形象，在同时期同类型的乡土小说中独树一帜，应当是五四四川乡土小说对中国新文学提供的独具特色的艺术经验，也是对中国乡土文学史的卓越贡献。其中，陈炜谟和陈铨的小说成就尤其引人瞩目。他们的小说《烽火嘹唳》《狼笉将军》《寨堡》和《天问》，分别从"梦呓""疯癫"和"现实"等多个层面深刻形象地表现了军阀混战对乡土四川的人性戕害，揭示了"受害者人格变异"的精神创伤。《烽火嘹唳》以川滇军阀战乱为历史背景，描写两个农校学生战乱中仓皇逃亡的艰危环境和恐惧心态。在逃避兵灾的逃亡路上又险遭匪祸，兵灾匪祸，联袂而至。更深刻的是作者还从精神分析层面书写了恐惧意识给受害者造成的心理变异和人格异化。主人公雨京从学几年饱受兵燹匪祸的精神困扰，为了摆脱兵匪之灾的恐怖阴影，他竟有成为兵匪一员的冲动与欲望，并在逃亡路途的梦境中凸现出来。在梦呓中他摇身一变成了军阀排长，亲率众兵抢夺民财、奸淫妇女，无恶不作还心生快意。而在《狼笉将军》中，这种"受害者人格变异"的精神悲剧，已从潜意识的梦呓状态发展成现

实的疯癫形态。乡村士绅赵惕甫一家遭受兵匪灾祸的灭顶之灾后，人就疯了。疯癫中的赵惕甫自命狼筅将军，并将子女逐一封官许将，私设衙门，自许军阀以逞权势之威，最后悲惨地跌崖而死。而到陈炜谟写《寨堡》时，"受害者人格变异"已经完成了从精神到物质，从心理到现实的社会化过程。在军阀暴政统治下不少乡民为求自保弃农从军，依附军阀捞取私利。几年战乱经历后一些人死于非命，也有人摇身一变成为师长、旅长，作为故乡的"寨堡"已然面目全非。

陈炜谟小说的心理描写既以经验事实为创作根据，同时也彰显出他对"受害者变态人格"的深刻观察力和独到的想象力。在纪念鲁迅逝世十五周年写的文章《萌芽与发展》中，他就陈述了当年写作《狼筅将军》的主体意图：

> 那时候有一回我从北京回到四川，正是四川军阀混战，封建割据的时候，我所接触到的朋友亲戚，几乎都想要趁浑水捞鱼，弄到一官半职，乘机发一笔横财。我当时很生气，回到北京后就写了这样一篇讽刺小说。论思想意识，这一篇小说在当时当地也许并不算落伍的。[①]

如果说在陈炜谟的小说中，"受害者人格变异"的书写还更多地呈现在心理和精神层面，那么，陈铨的长篇小说《天问》则把"受害者人格变异"的书写拓展到现实空间的社会层面了。《天问》描写了一个自幼失怙的乡民林云章"从奴隶到将军"的传奇人生故事。这个川南乡土的传奇故事发生在护国战争后军阀混战的历史背景中，正是四川军阀割据彼消此长，"你方唱罢我登台"的动荡时局，为个体命运转变的传奇性提供了现实空间。孤儿林云章贫苦无依，只得从乡下到镇上做药店学徒，在遭受老板压迫的凄惶岁月中竟爱上老板的女儿张慧林。由于身份卑微，他不敢大胆表白，只能俯首从命。但在军阀混战的动荡时局中，他从被欺辱的生存状态中竟悟出了乱世枭雄的成功玄机。于是他寻找机会外逃从军。历经一番腥风血雨的混战厮杀，三年后他在军阀队伍中升任旅长，重返故乡驻防当地，成为军阀防区制统治背景下的军政强势人物。"从前的土匪头子，无赖子，穷光蛋，现在一个个都当连长营长团长旅长了"，[②] 于是从前的"受害者"，转而成为今天的"施虐者"。为夺取已为人妻的老板女儿张慧林，以逞报

---

① 陈炜谟：《陈炜谟文集》，成都出版社，1993年，第278页。
② 陈铨：《天问（上）》，新月书店，1928年，第233页。

复之欲，他精心设计谋杀了张慧林的丈夫后又杀人灭口，还嫁祸于人，可谓丧尽天良。然而，不久之后为争夺地盘，军阀重开战，一场军阀间的内讧之乱使林云章一落千丈，不仅丢了旅长宝座，还遭军队追缉，最终被迫挥剑自杀。他短暂而传奇的一生形象地演绎了"受害者人格变异"的历史性悲剧。

《天问》在叙事艺术上追求历史性与传奇性相统一的史诗效果，以传奇见证历史，借历史书写传奇，不仅凸显出当年军阀混战的地方性经验，并且还比较深刻地反思了军阀战争与人性的关联性及其在战乱中的善恶复杂性，取得了不俗的艺术成就，无疑是20世纪20年代新文学史上为数不多的长篇小说中独具特色的一部。1928年《天问》甫一出版，吴宓就评论道："此书虽写鹏运慧林云章等数人数家之事，而实以民国元年至十二年之四川省富顺县为全书之背景（setting）。……而中国政治世界潮流之大变迁，亦隐隐然淡淡焉现于其后方。"[1]

五四文学近百年光阴转瞬而逝，作为五四乡土文学有机组成部分的四川现代乡土小说，很多年来，虽然悄然无息地沉寂在历史角落，被遗忘在文学史的殿堂之外，但作为一段充满激情和想象的文学岁月，无论如何也是文学史书写难以绕过的文学史实。1951年王瑶完成并出版了《中国新文学史稿（上册）》。这部新文学史体现出来的整体性和包容性原则在当时受到了错误的批判，由此开启了新文学史叙述中的等级秩序。[2]六十多年后，在"重写文学史"的文学实践中，回到新文学史源头的《中国新文学大系》，重建文学史叙述的整体性和包容性原则，或许也是一条必须重返的"重写"之路。而五四时期的四川现代乡土小说，也将在"重写文学史"的实践之中重新回到中国乡土文学的怀抱。

---

[1] 吴宓（余生）：《评陈铨〈天问〉》，《大公报·文学副刊》（天津），第46期，1928年11月19日。

[2] 旷新年：《文学史视阈的转换》，《中国现代文学研究丛刊》，2013年第1期。

第二章　四川乡土小说的军阀叙事

在中国百年乡土文学史上，四川乡土小说的军阀叙事以其独具一格的地方经验和历史记忆，做出了特别重要的贡献。但这种文学贡献及其美学经验迄今为止尚未得到文学批评与文学史应有的关注。除零星三两篇研究沙汀军阀小说的论文外，其他四川作家的军阀叙事还不曾进入文学研究视域。在文学记忆的忘川中，打捞和梳理四川乡土小说悲情难抑、沉痛发力的军阀叙事，探索其独具特色的地方经验及历史意义，正是本章的核心题旨。

一、四川军阀史与乡土文学的军阀叙事

美国学者齐锡生在他的史学名著《中国的军阀政治》中说："任何一个稍微对中国现代史有所了解的人都知道，1916—1928年的中国具有两个显著特征：第一，那是一个'军阀'统治的时期；第二，那是一个混乱的破坏性时期。"① 很显然，齐锡生指的是中国现代史上北洋军阀的统治时期，从1916到1928年，长达十二年。这与费正清主编的《剑桥中华民国史》的观点是一致的。② 对这个动荡而混乱的军阀时期，孙中山曾痛心疾首地说"夫去一满洲之专制，转生出无数

---

① ［美］齐锡生著，杨云若、萧延中译：《中国的军阀政治（1916—1928）》，中国人民大学出版社，2010年，第1页。
② ［美］费正清编，刘敬坤译：《剑桥中华民国史》，中国社会科学出版社，2007年，第277页。

强盗之专制，其为毒之烈，较前尤甚。于是而民愈不聊生矣！"①而从地方史来说，四川军阀的统治时期则是从1917年的川、滇、黔军阀混战到1935年国民政府中央势力入川、废除防区制为止，时间长达十八年，比北洋军阀的统治时期还多了六年，其混乱的破坏性程度自然就更加深重了。②

在中国的历史语境中，"军阀"通常是指拥兵自重，割据一方，以军队控制政权，自成派系的军人或军人集团。③陈旭麓认为：军阀是一种封建势力，"在他们手里，本是国家的统治工具的武装、军队变成了一己私有之物；私有的武装、军队又分割地方，形成了私有的地盘。没有无军队和地盘的军阀"。但与北洋军阀或其他地方军阀不同的是，四川军阀并不是个统一的军事集团，而是四川境内各派系军阀的总称。同北洋军阀相比，四川各派军阀其体量和势力都要小得多，只是从属于国内南北大军阀的小军阀。其割据之地，大到十几县，小则数县，把四川这个内陆盆地分割得支离破碎。因其如此，四川军阀就在割据之地实施了全国罕见的防区制，各派军阀在所驻防区内实行"就地筹饷"，从而使防区成为各派军阀统治的独立王国。在各个防区内，"举凡官吏之任用，制度之废置，行政之设施，赋税之征收，皆以部队长官发布命令行之，无论省府或中央政府之法令，不得此部队长官许可，皆不得有效通行于区内"④。防区最高长官事实上俨然就是独霸一方的诸侯王，不但统揽防区的军政事务，而且对防区内的人民拥有生杀予夺的大权。在财政经济上，军阀们在防区内推行掠夺性的苛捐杂税。他们大搞田赋附加和预征，不少防区的预征税超前到几十年甚至上百年之后；普通税负外，还有各种名目荒谬的特税。仅鸦片种植一项便有所谓"窝捐""秤捐""护送费""红灯捐""锅炉捐"及各种附加费，而拒种鸦片则要缴纳"懒捐"，完全是竭泽而渔、杀鸡取卵的残酷掠夺。与此同时，军阀们为了扩张实力争夺更多资源，形同敌国的防区之间，势必经常发生战争。从1917年的军阀混战到1933年的"二刘大战"，十多年间，四川军阀混战高达470多次，创全国之最。⑤在军阀混战中形成的防区制，反过来又加剧了军阀的混战，从而导致

---

① 孙中山：《孙中山选集》上册，第104页，转自陈旭麓：《近代中国社会的新陈代谢》，中国人民大学出版社，2013年，第369页。
② 匡珊吉、杨光彦主编：《四川军阀史》，四川人民出版社，1991年，第1页。
③ 《辞海》，上海辞书出版社，1996年，第423页。
④ 陈世松、贾大泉主编：《四川通史》卷7，四川人民出版社，2010年，第28页。
⑤ 任昭坤、龚自德：《四川战争史》，四川人民出版社，2009年，第266页。

恶性循环。

　　"军阀统治的实质是实力之下的武治，它比寻常的封建统治带有更多的动乱性和黑暗性。"四川军阀野蛮的统治、残酷的掠夺、血腥的混战给四川经济社会造成了极其严重的破坏，使广大川民陷于无穷深重的灾难之中，他们流离失所、哀鸿遍野，是四川近现代史上最黑暗、最动乱的历史时期。就连四川军阀、原四川督军熊克武后来回忆也说："长期的连年战火，四川真是到了疮痍满目、民不聊生的境地。"①

　　对于那些出生在四川的川籍现代作家来说，四川军阀的黑暗统治和残酷掠夺，无疑是他们刻骨铭心、难以忘记的人生经历和创伤记忆，从而也自然成为他们写作小说的重要素材。军阀统治时期，李劼人任编辑的报馆先后两次被军阀查封；他任教的大学中进步学生也遭军阀杀戮；他回忆说："十余年间，受尽军阀政客、劣绅土匪的异式异样的迫害摧残，使我对于旧政权、旧社会、旧制度发生了非常反感，至今思之，犹有余恨。"②正是因为极度的反感和愤恨，还在军阀统治的黑暗年代，从1918年起，李劼人就创作了五篇反军阀主题的乡土小说，即《强盗真诠》（1918）、《捕盗》（1925）、《两个失运的兵》（1925）、《请愿》（1926）和《兵大伯陈振武的月谱》（1927），其中1918年发表的《强盗真诠》是四川新文学史上第一篇书写军阀题材的小说。此外，李劼人的中短篇小说《大防》《只有一条路》《编辑部的风波》《胡团长本领真大》等，都涉猎四川军阀暴政题材，但由于这类小说描述的是军阀统治时代的城市生活，不在乡土小说范畴之中，兹不旁论。

　　沙汀的舅父曾任军阀旅长，驻防灌县（今都江堰市）。他在去成都读书前，在舅父的身边生活了较长时期，对军阀统治及其罪恶行径有近距离的洞悉和认知。20世纪30年代初在鲁迅和茅盾的关切和启示下，他激发起用冷静的现实主义手法，揭露旧中国的黑暗腐朽，展现四川地方军阀统治下农村生活真实面貌和农民灾难深重的共同命运的创作意愿。③沙汀乡土小说的军阀叙事从早期写作的《风波》直至抗战前夕的《代理县长》，共有16篇小说涉及军阀叙事范

---

① 熊克武：《四川护法期间内部分裂与滇唐入侵》，《民国四川军阀实录》第1辑上，四川人民出版社，2011年，第79页。
② 李劼人：《李劼人全集》第8卷，四川文艺出版社，2011年，第197页。
③ 参见《沙汀短篇小说集》后记，《沙汀研究资料》中国社会科学出版社，1986年，第182页。

畴，即《风波》（1931）、《恐怖》（1932）、《野火》（1932）、《战后》（1933）、《老人》（1933）、《土饼》（1933）、《有才叔》（1933）、《老太婆》（1933）、《夫卒》（1934）、《祖父的故事》（1934）、《丁跛公》（1935）、《凶手》（1935）、《苦难》（1936）、《兽道》（1936）、《在祠堂里》（1936）、《代理县长》（1936）。他是20世纪四川乡土文学史上描写地方军阀黑暗统治最多产的小说作家。

另一个川籍左联作家周文因家境贫困，在16岁时就通过亲戚关系在西康边防军阀部队中担任文书职务，从军四年中亲历过三次军阀战争，直接经历了军阀割据混战、贪污腐败、民不聊生的黑暗事件，从而为他的小说创作积累了沉重而丰富的素材。他在20世纪30年代创作的几篇有关四川军阀故事的小说，都曾获得鲁迅的关注与推荐，茅盾还写过评论文章。其代表作是《雪地》（1933）、《山坡上》（1935）、《山坡下》（1935）、《俘虏们》（1936）、《退却》（1936）以及长篇小说《烟苗季》（1937）。值得注意的是，因其有过四年军阀部队从军的个人经历，周文的军阀叙事并非只是作为故事背景，而是直接进入到军阀部队的内部空间，书写军阀混战的血腥和复杂的社会关系，从而拓宽了军阀叙事的视域空间，揭露了军阀内部相互倾轧的腐败真相。他在1937年发表的《烟苗季》是四川作家迄今为止唯一的专门描写四川军阀部队内斗的长篇小说。在《烟苗季》后记中，周文低调地表达了他的写作意图："如果把它作为过去了的历史的某一角的镜子看，或者对于我们现在起一点借鉴的作用，所谓'以古为鉴，可知兴替'，也未使不无多少的意义吧？"[1]

浅草社的发起人之一林如稷，虽然1919年就离川去北京求学。但军阀在川南地区的混战情景仍给他留下了深刻的创伤记忆。所以他最早创作的小说习作中，就有讲述军阀故事的作品《死后的忏悔》（1921）和《葵堇》（1923）。其他侨寓在外的川籍作家，如陈炜谟、高世华、陈铨等，他们或多或少都曾有过在军阀统治下的人生经历。因此他们在小说中书写的乡愁便有难以挥去的军阀创痛。陈炜谟的《狼笼将军》（1925）、高世华的《沉自己的船》（1923）都是讲述军阀暴力的乡土文学名篇，均选入鲁迅主编的《中国新文学大系·小说二集》。而陈铨于1928年出版的《天问》，则是四川新文学史上第一部涉及军阀题材的长篇

---

① 周文：《烟苗季》，《周文选集》上卷，四川人民出版社，1980年，第230页。

乡土小说，1929年朱自清在北京大学专门开设了关于《天问》的讲座。艾芜早在1934年就发表了《左手行礼的士兵》，到1978年写的《山中历险记》还有相关的军阀叙事。对当代四川作家来说，只要他们从事四川近现代历史小说的写作，四川军阀史就是一段绕不过去的黑暗历史。阿来的《尘埃落定》（1998）、李一清的《木铎》（2011）、尹向东的《风马》（2016）等长篇小说，都有对四川军阀的相关书写。从1918年李劼人发表四川新文学史上第一篇有关军阀的乡土小说《强盗真诠》起，到2016年的尹向东的《风马》，近百年四川乡土小说的军阀叙事可谓绵延不绝、代有传人。

二、乡土小说叙事中的四川军阀及其特征

综观四川乡土小说一百年的军阀叙事，可以清晰地梳理出各种文本中军阀叙事的三种维度或三个面向：即揭露军阀野蛮的暴力统治，描写军阀残酷的经济掠夺，呈现深重的民间灾难。这三个面向分别从政治、经济、军事和社会等层面，建构起四川乡土小说军阀叙事的历史诗学和创作主旨，从而真实地展现了四川地方军阀血腥暴力的混乱历史，客观地还原了那个黑暗时代四川人民恐怖饥馑、动荡不安的艰难岁月。

（一）野蛮的暴力统治

在《关于暴力的思考》中，阿伦特认为20世纪"正如列宁所预测的那样，这个世纪是一个战争与革命的世纪，也是一个充满暴力的世纪。暴力正是这些战争和革命的共同点"[1]。20世纪前期的四川正是一个革命和战争的时期，而军阀的暴力统治也是革命和战争的一种历史结果——在推翻袁世凯企图再建帝制的暴力战争中，政府军队逐渐蜕变成私人武装，那些拥兵自雄的军阀们获得了国家和地方的统治权力，从而开始了近二十年的暴力统治。在军阀割据的统治时期"四川军队的急速增加，一个能发挥实际效能的省级政府便不复存在了。政府的职能——征税、任命官吏、维持秩序、行使审判职权、维修公共设施——都落入了拥有武装和地盘的军事首脑们之手。这种基于地理政治的割据状态，在整个二十

---

① 　[美]汉娜·阿伦特著，王晓娜译：《关于暴力的思考》，《暴力与文明》，新世界出版社，2013年，第3页。

年代和三十年代的大部分时间都一直存在着"①。当时，四川军阀独具特色的防区制不仅使军阀割据合法化，而且使军阀首脑大权独揽、军政一体的暴政得以肆虐逞行。"在防区内军阀成了一切政治、军事、财政的独裁者。他们凭借武装力量，勾结地主豪绅，残酷压迫、剥削人民。"②而在军阀混战的历史背景中，不仅军阀们的政权和地盘通过暴力获得的，而且政权的巩固、秩序的稳定、地盘的扩大乃至扩军备战，都只有靠暴力来维持和掠夺。因此，野蛮的暴力统治必然是军阀混战时代的根本特征。四川乡土文学中关于军阀统治的暴力书写，跟当时的军阀充满暴力和残杀的惨烈历史紧密相连，是四川现代乡土作家刻骨铭心的创伤记忆。他们以文学的方式介入四川的近现代史，以暴力书写的方式记录并见证四川军阀的暴力统治，从而批判军阀社会，揭露其血腥黑暗的种种罪恶。

乡土作家们对于四川军阀统治的暴力书写指涉着内外两个空间。内部空间是指军阀集团内部的统治和管理，尤其是官兵之间；外部空间直接指向地方防区内的社会空间，特指军民之间。空间虽有不同，但其暴力统治的特征大都相近：恐怖镇压、滥施酷刑、残暴杀戮。

滥施酷刑和残暴杀戮是四川军阀暴政统治的基本手段。李劼人写于1926年的中篇小说《兵大伯陈振武的月谱》以一个23岁的军阀士兵口述的方式，讲述了他的从军经历。在他为时不到一年的从军经历中，他多次亲见军阀长官滥杀无辜的血腥场景。先是在一次所谓的赌博斗殴中，军阀督理随意抓来两个普通人：一个木匠和一个轿夫，当街跪下。两人均否认斗殴之事，但军阀督理却说无论是否，都要拿你们做示范。手起枪响，两个平民便倒毙街头。而在另一场军阀之间的征战中，两个15岁的小兵因恐惧战乱，潜逃被抓。营长就在广场上集合全营，"问也不问，每人倒地一千军棍。两个孩子拼命地号哭起来，营长更是大怒，打到三百上，便叫不打了，用刺刀给戳死罢"。于是"四五把上在枪尖上的刺刀，高举起来，一齐戳下去，那惨呼的声音——还未成人的孩子声音，陡然传在空气中……直到第四次刺刀下去时，才默然无声息"。其后他听行刑手们笑谈之中，"才晓得这原来是军中的家常便饭，据说还有比这个更惨的死法哩"。十年后，沙汀的《凶手》就描写了"这个更惨的死法"。两兄弟在乡场上被军阀部队拉夫

① ［美］罗伯特·柯白著，殷钟崃译：《四川军阀与国民政府》，四川人民出版社，1985年，第14页。
② 贾大泉主编：《四川通史》卷7，四川人民出版社，2010年，第28页。

成丁。兄弟俩无法忍受残酷的军旅生活开差逃跑，却被抓回。军阀长官竟残忍地强迫哥哥亲自枪杀了弟弟；在沙汀更著名的小说《在祠堂里》，被迫嫁给军阀连长的贫家之女不甘于被欺侮的婚姻生活，爱上了他人却不幸被发现。军阀连长竟然伙同几个兵痞就在众目睽睽之下将其活活钉死在棺材中。艾芜的《山中历险记》里，两个反抗恶霸地主欺诈的雇农在逃亡途中，被军阀部队当成逃兵抓了起来，军阀官员根本不问青红皂白，就将其中一人枪杀。如果说李劼人、沙汀和艾芜的暴力书写更多从民间的外视角去表现的话，周文则擅长从军营内部的内视角呈现军阀的血腥和暴力。周文有在军阀部队中任职四年的特殊经历，他对军阀统治及其战争有直接的经验和观察，因而他的暴力书写也就自有一种现场感和直接性。他受鲁迅关注并推荐的处女作《雪地》，描述军阀部队从川藏边地换防的一次悲惨经历。士兵们在翻越雪雾纷飞的雪山时，不仅冒着手指脚趾被直接冻秃的风险，而且还冒着被军阀长官滥杀的风险。只是因为积雪太深有些伤兵行走过慢，骑在马上的军官就肆意鞭打，最后甚至将伤兵踢下了悬崖。其惨烈之状令人不寒而栗。在周文的长篇小说《烟苗季》中军阀旅长听信妄言，把身边的勤务兵和女佣当刺客，不做任何调查，便亲手击杀两人："一大群马弁七手八脚把吴刚和秋香拖到了天井当中来。两边两盏昏黄的风雨灯光，照见各人死一般的脸色。而吴刚和秋香的脸简直变成黄纸色一般，全身直打抖……旅长从一个弁兵手上接过手枪，手指扣定扳机，指着他两个一扫。"

至于滥施酷刑，在军阀暴政之下更是家常便饭。周文的《烟苗季》中军阀抓了被污名反抗的农民到大堂刑讯："一盆红火放在他面前了，火焰尖熊熊地乱跳，张着它那吃人的嘴巴。一个兵铲了一铲红炭就向他背上的洋油桶倒进去，接着，二铲，三铲，只见那农民哇的一声大叫起来了，身子向前乱躲，挣扎，可是两手却被紧绷着在。一阵焦臭味儿扬溢出来，夹着皮肉的吱吱声，那农民已哭不出来了，把变成乌白的嘴唇咬紧，脸就成了死灰色。"

作为左翼作家的沙汀对军阀暴力专制的书写，还有一个特点是军阀统治者屠戮革命力量的残酷性。在他早期的两篇小说《恐怖》和《老太婆》中，地方军阀一边围剿川陕根据地的红军，一边强化防区暴政的白色恐怖。一个孤寡破落的乡村老太婆在白色恐怖中为使在外读书的儿子安全返乡，不惜以唯一的房产做抵押借了一笔路费给儿子，但儿子在返乡途中仅仅因为行囊中有一本所谓"禁书"，就被逮入牢房；而在《恐怖》中，军阀兵痞在防区"清共"，抓不到共产党人，就把一个未成年的学生当成"罪犯"枪毙在学校的围墙下。

惨无人道、随意任性地滥施酷刑和滥杀无辜,充分地暴露了军阀统治的暴力本质—— 一种野蛮的专门戕害肉体的"身体政治"。而众多四川作家对军阀统治的暴力书写,无疑是批判现实主义的真实描写,以文学的集体方式再现并见证了军阀暴政的反人类行径。

（二）残酷的经济掠夺

1918年防区制形成后,四川各路军阀获得了各自的势力范围及统辖区域。为了扩张武力、扩大地盘乃至军阀头子们中饱私囊,横征暴敛的苛捐杂税和贪得无厌的经济掠夺就成为军阀统治赖以存在的经济基础。辛亥前清军在川人数是5万多。1916年讨袁战争后到1924年,四川军阀部队便增加到20万人[1],而柯白援引的档案数据则表明,在1919年四川军阀队伍就已达到30万人[2]。军队数量的急剧扩张必然造成军费的大量支出。1917年四川军费支出783万元,到1934年军费支出高达9000多万元。18年间,军费开支增加了11倍还多。各路军阀大量增长的军费来自何处?当然只能来自不断增加的财政收入。从1916年到1934年,军阀统治的四川财政收入增加10倍之多。[3]而如此庞大的财政收入就来自军阀对地方经济和防区人民的横征暴敛的苛捐杂税与残酷无度的经济掠夺。置身那个年代的四川作家对军阀的经济掠夺有刻骨铭心的历史记忆,他们以笔为旗、用一个又一个惨痛的故事再现了军阀们凶狠无比的经济掠夺。

军阀暴政的苛捐杂税和荒谬透顶的田赋预征在现代四川乡土作家沙汀的《风波》《野火》和《丁跛公》,周文的《烟苗季》等小说中都有直接或间接的表现。而作家们更多反映的是在非战时期和战乱时期,军阀部队肆意妄为的各种捐费勒索和横行霸道的财产掠夺。其勒索和掠夺对象除底层乡民之外,也包括乡绅粮户及富裕人家。军阀部队开拔要勒索当地乡民的"开拔费",清乡时就要掠夺当地乡民的"犒劳费",兴之所至又师出无名时就干脆派个"门户捐"以及只借不还的"借饷"。早在1918年军阀防区制初建之时,李劼人的小说《强盗真诠》

---

① 陈志让:《军绅政权》,三联书店,1980年,第50页。
② ［美］罗伯特·柯白著,殷钟崃译:《四川军阀与国民政府》,四川人民出版社,1985年,第11页。
③ 匡珊吉、杨光彦主编:《四川军阀史》,四川人民出版社,1991年,第352—353页。

就以纪实性的直录方式描述了军阀们疯狂的掠夺行径。某地军阀一营官兵以清乡抓匪为名，勒索了乡民大笔"辛苦费"。却因军阀内讧，这支部队将被整饬编遣。结果他们变兵为匪，将县城抢劫一空后逃亡乡镇，且边逃边抢。另一支追兵赶来后不去追匪，却把当地绅商人士押进一座大庙，在刺刀包围中，军阀团长以"借饷"为名强行勒索数万元巨款。更荒唐的是面对那支变兵成匪的逃亡部队，军阀团长竟又要以招安名义征索乡民们的"招抚费"。其掠夺钱财的贪婪行径比土匪更嚣张邪恶，掠夺成性无疑是当时地方军阀的本质特征。据史书记载，1926年四川军阀杨森的一支部队从隆昌开拔时，就把当地绅商骗进一座文庙，强行摊派勒索12万元的开拔费，并以武力逼交，有违抗者则军法从事。以至"隆昌市面现金被搜括殆尽，妇女的绩麻钱，小孩的压岁钱，也都拿了出来"[①]。其掠夺行径竟完全类似于1918年刊发的《强盗真诠》。文史互证并非是说文学成了一种预言，而是说明在当时类似的经济掠夺的普遍性和经常性。此外，李劼人《兵大伯陈振武的月谱》和《两个失运的兵》、周文的《烟苗季》、陈铨的《天问》以及沙汀的一些短篇小说都揭露了军阀经济掠夺的残酷罪行。李一清的长篇小说《木铎》还讲述了军阀战争造成防区易手之后，"新来的军阀又要开征捐税钱粮"。而被打跑的那帮军阀早已搜刮了乡民一年的全部赋税。军阀换了几茬儿，税负也跟着重新征收。至于军阀混战期间，经济掠夺就直接演变成持枪抢劫。特别是在攻城略地的军阀战争中，失败一方是抢劫后逃跑，打胜一方更是明目张胆地抢劫当地乡民钱财。在1926年的中篇小说《兵大伯陈振武的月谱》中，李劼人还曾描写混战中那些后来的军阀兵痞们在当地钱财被洗劫一空后，就直接去抢劫那些先行抢得财物的士兵。野蛮如此，令人发指。"兵大伯"陈振武在队伍溃败后路遇作家时就直截了当地说："这兵荒马乱没有王法的时候，大家的命运都是提在手上玩的，为什么不趁机图个开心乐意呢？我们就干了坏事，受害的也不敢把我们怎样……那时候的军队哪个不是这样的，早已成了风气。"军阀老兵陈振武的自述无异于一份直白的供词，以其自身从军的真实经验，把当时军阀抢掠成性的社会心理公昭于世。而直到1976年，也就是小说《兵大伯陈振武的月谱》发表50年后，美国学者齐锡生才在《中国的军阀政治》一书中，从社会学视角阐释了军阀兵痞们抢掠成性的社会心理。他认为军阀士兵从军只是谋生手段，无关信仰和责

① 匡珊吉、杨光彦主编：《四川军阀史》，四川人民出版社，1991年，第268页。

任。且当兵还有性命风险，"职业的不牢靠，使军人们抓住一切机会积聚个人财富，以便一旦失去这些机会时生活能有所保障。这样，不捞不抢，且捞得不足或抢得不够，都将失去了当兵的意义，更不用说怂恿当兵的抢劫还可以解决实际上军饷不足的矛盾呢"①。一言以蔽之，抢掠行径是军阀的本质特征。

广种鸦片也是20世纪20年代后四川军阀扩大军费、实施经济掠夺的重要途径之一。军阀们在各自的防区以威逼利诱等手段强迫防区乡民种植鸦片，如若不种即征懒捐。如果种了，又变着法子巧立名目滥收税费，如窝捐、秤捐、保险费、护送费等，搜刮民财。以致到了20世纪30年代初四川产烟量及烟民量均为全国之冠。"兵大伯"陈振武就是因为家乡广种鸦片后粮田税减，饥馑遍地，逃荒从军的。四川的鸦片种植给乡村造成了巨大的灾难，却为军阀们提供了巨大的税收，也成为各军阀头子私自聚敛财富的重要来源。周文的长篇小说《烟苗季》的故事背景就是军阀内部各派军官为争夺所谓"禁烟委员"一职，而发生阴谋倾轧乃至血腥兵变的惨案。因为"禁烟委员"是个能够打着"禁烟"幌子从中搜刮民脂民膏的肥缺。还有一些军阀干脆"用烟发饷"，以致军阀部队被谑称为"双枪部队"。"每一宿营，饭有没有不管，敌人在什么地方不管，走进了破庙子的大殿，大家就放下步枪取出烟枪，躺下去，对着烟灯的豆大火光就都'瞄准'起来了。"②克非的长篇小说《鸦片王国沉浮记》以讽刺的手法和地道的方言俚语讲述了20世纪20年代中期川西的一个军阀防区内，军阀推广鸦片种植、祸害乡民的传奇性悲剧。军阀官僚同当地袍哥、劣绅们沆瀣一气、狼狈为奸。一方面，军阀通过征税甚至掠索等种种强横手段，把大量鸦片利润据为己有；另一方面，地方乡镇的土豪劣绅、袍哥大爷，在种植贩卖和经营鸦片的过程中，也需要得到军阀武装提供的保护。所以军阀集团同地方势力围绕鸦片利益建构起了一种利益同盟。小说揭露了这种同盟的真实本性："金团长要挥霍、要升官、要发粮饷，要给他的上司旅长、师长上供，要给分住于十七八处的十七八个姨太太们付月费，这些统统都得靠鸦片，靠鸦片的生产、搜刮、贩售。经营鸦片，得靠地方上的黑势力，袍哥组织便是这种势力的中坚，而袍哥组织和鸦片亦需枪杆子的提携扶持。因此，他们很自然地结成团，长成块，如同某些动物的共生、植物的共荣。"阿来的《尘埃落定》中，军阀把鸦片种植甚至扩张到藏族土司领地。军阀

---

① ［美］齐锡生《中国的军阀政治（1916—1928）》，中国人民大学出版社，2013年，第8页。
② 周文：《第三生命》，《周文选集》下卷，四川人民出版社，1980年，第366页。

特派员利用土司之间的利益争斗，挟军队乘势而入。然后借势要求土司种植鸦片，从中牟利并从事军火交易，使麦其土司用现代枪械武装自家队伍，最终成为军阀操纵下的藏地势力。

广种鸦片不仅使各防区军阀势力及其财源得到了扩张壮大，也使手握重权的军阀头子们趁机中饱了私囊。达真的《康巴》中，郑云龙是一个逃亡藏地的男仆，为报私仇从军服役。他所在的那支部队在军阀混战中被不断收编。而他也在混战和收编过程中获得晋升，由班长一路上蹿，最后在军阀部队中升至少将。从而显示军阀混战时代，一个底层平民在半个世纪的乱世中因缘际会的遭遇和传奇。郑云龙作为军阀战争中发迹的军人，由兵丁而至少将后，便使用各种手段聚敛钱财，最后富甲一方。在一次私下转移的财产中，单黄金、银圆、麝香就用了二十匹骡子驮运，由一个排的士兵护送，并在康定用五十两黄金购置了豪宅。而这些"私产"都是通过贩卖鸦片和枪械等各种手段积累起来的。军阀长官们采取各种手段，特别是鸦片种植和贩卖而聚敛私财中饱私囊的现象在那个乱世中完全是普遍现象。《烟苗季》中的旅长亦是如此。他打着"禁烟"的幌子摊派和收纳种种税费罚金，从中牟取暴利，同时他还通过克扣军饷，作股商铺，掠夺他人田产，放高利贷等手段积累了大洋几十万。他的目的就是弃甲归乡后购置田地房产，过上大地主的富裕生活。费正清主编的《剑桥中华民国史》也曾通过史实材料的分析而指出："军阀们搜刮来的钱不是用于政府的公共费用，而是进了军阀的大小头目们的腰包：军阀中有许多人积累了巨额财产。"[1]

（三）深重的民间灾难

沙培德在《战争与革命交织的近代中国（1895—1949）》一书中，分析了中国军阀统治的严重社会后果："军阀主义是灾难性的，特别是加剧了乡村的困苦。这不仅是说军阀强行征税与征兵，让人忍无可忍，也是说不可预测的兵灾让生活变得更加朝不保夕。"[2]与中国其他地方相比，沙培德所说的军阀暴政的灾难后果及其乡村困苦，在四川军阀的统治年代更是沉重不堪、后患无穷。

---

[1] ［美］费正清等编，刘敬坤译：《剑桥中华民国史》上卷，中国社会科学出版社，2007年，第286页。

[2] ［美］沙培德著，高波译：《战争与革命交织的近代中国（1895—1949）》，中国人民大学出版社，2016年，第109页。

据相关的史书记载：军阀暴政下的兵灾、匪祸、饿死、逃亡使四川人口急剧下降。1928年全川有7000多万人，到了1931年全川只有4000多万人了。四年间人口减少2000多万，占原有人口的1/3。有学者在当时的报刊发表文章说："四川农村崩溃，已为铁的事实，而其崩溃之程度，且较中国之任何省份为尤甚！至其崩溃之原因，则由于农业技术本身与天灾者不过十之一二，而由于封建势力之剥削、军事扰乱者则十之七八。"① 有的人则认为："果无防区制之毒害，果无四百七十余战之摧残，果无苛捐杂税之横征，果无八九十年粮税之暴敛……则虽有天灾，亦能预为应付而无吞泥粉、嚼草根、啗树皮、人食人之惨象，是故今日四川之一切灾象，统谓之为前此不良政治之总暴露，亦无不可。"② 两者虽有细微的差别，但都认为四川农村的崩溃是四川军阀割据混战、横征暴敛造成的灾难性恶果。

如果说历史学的军阀叙事只能依据数字化的史料来做抽象的概括，那么文学的军阀叙事则能以其丰富形象的艺术细节和真实具体的历史经验来彰显地方军阀暴政造成的民间疾苦。可以说，每一篇描述军阀暴政统治和经济掠夺的乡土小说，都是对民间疾苦的血泪控诉与悲惨再现。当然，具体来看，四川乡土小说关于军阀暴政下的民间灾难大致表现在三个主要方面，即民间的生存灾难、肉体灾难和精神灾难。面对这三重灾难的军阀叙事，限于篇幅，我们只能从众多的乡土作品中选出几篇代表性小说举隅分析，以概其他。

1. 生存灾难

四川军阀经年不息的混战及抢掠，常使当地的村庄毁于战火，乡民们惊恐忐忑，只得背井离乡，落荒而逃。沙汀的《战后》写军阀混战抢掠后，逃亡的村民忍饥挨饿陆续返乡，但秋收时节已被战乱延误，庄稼早已腐烂在田里，家中财物也被兵痞们洗劫一空。"故乡已不像憧憬中的福地，变成黑暗，破碎，一望无涯的荒凉。""那被大炮弹掘开的洞窟，那烧毁了的村舍……望着这些荒凉破烂的丑象，人们的心是更加萎缩了。"饥荒沉重地威胁着村民的生存，但乡公所的差役却还以要为军阀立"德政匾"为名，跑来开差收费了。收不成庄稼，财物又被劫去，饥馑蔓延，乡民们只得变卖"侥幸剩下来的桌、椅、板凳、农具"，甚至"劈开从房子上拆下来的檩子、屋椽和破旧的门板，预备当柴卖掉"，混口饭

---

① 平登：《四川农村经济》，引自《四川军阀史》，四川人民出版社，1991年，第433页。
② 匡珊吉、杨光彦主编：《四川军阀史》，四川人民出版社，1991年，第433页。

吃。可是《土饼》中的乡妇，卖到天黑仍无人问津。丈夫被军阀部队抓夫生死未卜，家里三个孩子最大的才六岁，他们从早饿到晚，瞪眼望着月下的小路，盼着母亲给他们买来麦饼充饥。饥肠辘辘的凄苦母亲狠心在路上用黄泥捏了两个土饼，"在孩子们眼前一掠，转到侧面的灶屋里去了"。那是一个月光闪烁的夜晚，但土饼充饥的灾难时日里，"水一样的光亮从屋顶上淌下来，清冷，而且苍白，比阴暗还可怕"。1925年陈炜谟的《狼筅将军》描述了主人公赵惕甫一家于兵匪祸乱中遭遇的灭顶之灾。两年之中，他的长女被兵痞掳去音信杳无；长子因无力缴纳军款惨死狱中；而他的叔父因办团练又被土匪抓去挖了心肝；接踵而至的巨大灾难摧毁了赵惕甫的生命意志，最终在疯狂中跌崖而死。1929年陈铨的长篇小说《天问》描写军阀部队开赴川南某乡镇，入镇后抢掠奸淫，派捐拉夫，无恶不作。"只要穿得稍为褴褛一点的人，都用绳子系上，一个兵牵了一群，带回营去。到后来街上的人渐次少了，下力的人都不敢出来了，他们简直无论什么人都拉起来。"四川大军阀、原四川督军熊克武后来回忆也坦白承认说："长期的连年战火，四川真是到了疮痍满目、民不聊生的境地。"[①] 1932年，当时的天津《大公报》在一篇社论中也指出："川省养兵百万，巨首六七，全省割裂，有同异国……万变不离其宗者为扩张私利，保存实力，诛求无厌，剥削地方。故夫人欲横流，百般诈谲，捐输苛酷，举世无两……论其民生困苦之情状，则此天府之国，早陷入地狱底层；盖兵益多则饷益绌，饷益绌则争益甚，军阀之莫能相安者，则势然也。"

2. 肉体灾难

滥施酷刑和滥杀无辜既然是军阀维持暴力统治的残酷手段和身体政治，其直接后果必然造成普通百姓血迹斑斑的肉体灾难。此外，军阀之间争权夺利的不断混战，也会直接导致当地民众血腥惨烈的肉体灾难。上文援引的史实和人口逐年减少的数据是历史学的证据，乡土小说则以经验重现及细节刻画的文学手法，形象地再现了民间的肉体灾难。周文的《山坡下》写的也是乡民在军阀混战中一家人逃难的故事。当又一场军阀混战逼近村子时，赖老婆子因年老体衰跑不动了，她只得放弃出逃，让儿子带着一家大小先跑。炮弹轰炸了她的房舍，她的左腿至膝关节被炸断，血流满地，引来黑蚁群的围攻，她举起白骨森森的断腿打跑蚁

---

① 熊克武：《民国四川军阀实录》第1辑，四川人民出版社，2011年，第235页。

群，则不料三只凶狗又扑将过来。"黑狗和白狗都张开大口向她咬来了。赖老太婆被咬得啊呀一声便放了手。黑狗乘势便一口咬定小腿的膝关节。于是黄狗和黑狗嘴对嘴地咬住那一条黄皮小腿，都不放……赖老太婆鼓起全身的力，翘起头，举起两只手爪向前扑去。白狗却正向那两个狗嘴之间插下嘴去，一口咬住小腿的中部，向旁一拖，便含住跑了。黄狗和黑狗都叫了起来，向着白狗追去……"惨不忍睹，莫过于此。军阀暴政还有一种肉体屠戮是针对身体的。沙汀《兽道》中军阀兵痞惨无人道地轮奸了生育中的乡村产妇，使其最终自杀身亡。产妇的婆婆魏婆子也因直面惨剧发生的场景终致精神异常。艾芜的《左手行礼的士兵》中，士兵吴大经在多次军阀混战中，先伤了手，再伤了腿，到最后因伤不能打仗了，就被踢出军营浪迹街头，成了讨饭的乞丐。李一清的《木铎》中，描写20世纪30年代初期四川军阀部队围剿川陕革命根据地，把捉到的地下党员、跟着红军闹革命的乡民、儿童团长和妇女主任残暴杀害，其杀害手段野蛮残忍也是惨不忍睹。一个孕妇被开膛破肚，"尸身拖走而过的地方，淌开了一道血河，汇集着随后被扔进江中的从尸身上流出的鲜血，把那条著名的大河都染红了"。军阀头子甚至对同宗乡邻也大开杀戒。一家"闹红"的乡民小两口竟被绑进一个戳洞的草垛中活活烧死。"草垛里传出的惨痛哀号、叫骂、呼哭以及喘息、呻吟和噼啪不停地像是脾脏被烧破了的爆响。恶毒的奇臭在瞬间弥漫，熏得人无不掩鼻，无不哇哇呕吐，直似翻江倒海，没个停息。"

类似这类残暴杀戮的军阀行径，在四川乡土小说的军阀叙事中比比皆是，前述甚多，兹不赘述。

3. 精神灾难

近二十年的军阀暴力统治和贪婪掠夺，不仅给四川民间带来了沉重的生存灾难和肉体灾难，还给当地民众造成了极度恐怖的精神创伤，四川现当代乡土小说对此都有描述。这些乡土小说不仅描写了军阀混战造成的社会苦难和民不聊生的命运悲剧，而且还深入描写了军阀暴政造成的心灵戕害、人性扭曲和心理变态等深刻的精神创伤，发现并建构了"受害者人格变异"的人物形象，在中国乡土小说中堪称独树一帜，是四川乡土小说对中国新文学提供的独具特色的艺术经验，也是对中国乡土文学史的卓越贡献。其中，陈炜谟和李一清的小说成就尤其引人瞩目。早在20世纪20年代，浅草-沉钟社的四川作家陈炜谟就在多篇小说中叙写了军阀暴政造成心灵扭曲的精神创伤。其中被鲁迅收入《中国新文学大系·小说二集》的《狼笔将军》最为突出。在《狼笔将军》中，"受害者人格变异"的精神悲剧，从潜意识的梦呓状态发展成现实的疯癫形态。乡绅赵惕甫一家遭受兵匪灾祸的灭顶之灾后，就成了疯子。而他在疯癫的精神扭曲中，竟然自命为狼笔将军，并将其子女逐一封官许将，还私设衙门，以逞军阀权势之淫威，最后悲惨地跌崖而死。而到陈炜谟的《寨堡》时，"受害者的人格变异"就已经完成了从精神到物质，从心理到现实的社会化过程。在军阀暴政统治下不少乡民为求自保或弃农从军，或被迫入伍，依附军阀势力谋取一己私利。经历了几年的战乱后，一些人死于非命，也有人因缘际会摇身一变而成为师长或旅长，故乡"寨堡"的伦理秩序在军阀的暴政之下早已崩溃了。

2011年，李一清继《农民》后写成他的乡土代表作《木铎》。小说以叙述人续写家谱为线索，讲述川北一个乡村李氏宗族两百多年的生活史，但故事的主体年代设置在民国时期。里村乡民李天开（即叙述人从未见过的祖父），进城替东家办事，途遇军阀兵变不幸被拉夫从军。李天开清末曾考过秀才，原本是个胆怯懦弱的乡村读书人。从军后因其舞文弄墨之功，颇得军阀长官赏识，几年后升任营长。也正是在这几年中，这个怯懦的乡民，"一个曾在家时连只鸡也不敢杀、走路像鹭鸶探鱼、尽量绕开蚂蚁的胆小鬼"，在军阀专制和混战中，完成了从羊变成狼的野蛮传奇。几年后他带兵围剿自己的故乡——里镇苏区，"不但杀人如麻，还能像职业刽子手那样做到神态自若"，且对"闹红"的同宗乡邻也大开杀戒，杀人手段极其残暴，刀劈头颈、枪穿肚皮、火烧活人、砍头示众等，狰狞面目胜似虎狼……

从中可以看出，军阀统治下民间社会所承受的精神创伤和人格畸形，在四川乡土作家近百年的文学实践中获得了深切关注和充分的表达。

三、四川乡土小说军阀叙事的主要特点及历史意义

中国乡土文学史上关于军阀的叙事发端于20世纪20年代，散见于南北乡土小说作家不同的创作文本之中，其题材既有北洋军阀亦涉及地方军阀。我们把四川乡土小说的军阀叙事放到这个历史语境里做些比较，就能够发现四川乡土小说军阀叙事的一些主要特点。

大体上看，表现在三个方面。

其一，在中国乡土文学史上，四川乡土小说的军阀叙事无论在广度、深度和

长度上都占有一个比较显著的地位。从广度即作品数量上看，四川乡土小说的军阀叙事的比重显然多于国内其他地方的作家，不仅作家多而且作品也多，本文涉及的长短篇文本就有近四十篇（部）。从长度上即创作周期看，从1918年到2016年，四川乡土作家的军阀叙事已近一百年，除了中华人民共和国成立后的前三十年外，四川乡土小说的军阀叙事已然成为一个悄然自发的叙事传统，只要创作的题材视域放在四川近现代历史之中，军阀叙事便是难以绕过的山头。所以，这一传统无疑还会持续下去。从深度上说，如上所述已然表明，四川乡土小说对军阀暴政造成的精神危机有更加深刻的关注和表达。外省作家如裴文中的《戎马声中》、王思玷的《瘟疫》和尚钺的《谁知道》等，也书写军阀战争给平民百姓们造成的情感焦虑和心理恐怖，以致因恐惧而变疯或人亡之事，但更多触及的是心理学和精神学层面的创伤，少有心理变态、人格变异的精神深度。许钦文的《神经病》写邻居因恐惧军阀混战而导致精神失常的故事，其军阀混战的故事背景恰好就是1917年间发生在四川的川滇黔军阀混战。四川乡土小说军阀叙事的这一特点，自然是与四川军阀统治自身的历史特征相一致的，四川军阀统治比其他地方时间更为长久，因其独有的防区制而导致的混战和残酷的横征暴敛相对来说也比其他地区更加沉重黑暗，因而本土作家的创伤记忆和情感体验也更加深重。所以，四川乡土小说的军阀叙事在这里是与四川军阀的暴政历史同构相应的。

其二，总体上看，四川乡土小说的军阀叙事，无论是现代的左翼作家还是非左翼作家抑或当代作家，其创作主旨是基本一致的：以文学的方式揭露四川军阀暴政统治下乡村生活的黑暗真相，揭示军阀掠夺民众、混战不休的血腥历史和民间大众的灾难命运，从而使文学的军阀叙事表达出反军阀、反封建的历史主题，铭刻军阀暴政的巨大历史创伤。与这一美学宗旨相一致的便是批判现实主义创作方法的普遍运用。只是20世纪90年代之后，年轻一代作家的军阀叙事手法有了一些变化——在现实主义的基础上萌发出某种程度的新历史主义面向，情感倾向和批判立场更趋于客观冷静和内敛节制，如尹向东的《风马》和阿来的《尘埃落定》等。而从思想史的谱系上看，四川乡土小说的军阀叙事其价值取向一般地说是五四新文化运动人道主义和民主主义传统的承传与弘扬，同情和关切底层人物的悲惨命运，批判和反抗军阀的黑暗统治。20世纪30年代后四川左翼作家的军阀叙事增加了明显的阶级意识，沙汀、艾芜的小说中地方军阀与乡村豪绅狼狈为奸、互相利用，其共同建构的军绅政权是民间大众遭受灾难的重要社会背景。周文则在军阀部队内部空间发现了阶级矛盾及其冲突,军官与士兵之间的暴力压迫和剥削关系正是社会的阶级关系在军营中的对应体现。一般来说,四川乡土小说军阀叙事的上述美学及思想特点,自然也是中国乡土小说军阀叙事的普遍法则,是比较主流的一种叙事范式。相对而言,四川乡土小说的军阀叙事完全没有沈从文式的书写路径和审美风格。沈从文的军阀叙事虽然也受到五四新文化运动人道主义和民主主义传统的影响,但他在处理军阀题材和经验时,可谓独辟蹊径,他几乎不直接描写军阀混战及其暴政的罪恶行径。他的着力点是在军阀暴政的恐怖环境中,那些低层的军吏、兵士和伙夫们,他们的人性发展的可能性,如《三个男人和一个女人》等;他关切的是军阀部队中的这些人物淳朴良善本性的存在和损毁的状态,如《失业》等;他意图在军阀恐怖的非常时期中寻求人性向善的平常经验。《逃的前一天》和《会明》等小说都是这种创作理念的实践性文本。《会明》中的会明是军营中的一介伙夫,十多年了他依然是个不起眼的伙夫,连队中他的资历无人能比,因而成为兵士们嘲笑的对象。但长得魁梧的会明一如既往,似乎乐在其中,抽着水烟饲养小鸡,内心溢着幸福感。沈从文的军阀叙事显然与四川作家大异其趣,其文学观念和美学理想也与四川作家大相径庭。他的创作意图简单些说是要在黑暗中寻觅光亮,在丑恶中发现美好。扬善弃恶、择美蔽丑,在很大程度上也是他所有乡土小说的叙事法则,一如他说:"丑的东西虽不全是罪恶,总不能使人愉快,也无令人由痛苦见出生命的庄严,产生那个高尚情操。"[1] 而他的军阀叙事自然会受制于这种创作理念的支配和影响,即使是写军阀的血腥暴力,他也多用平实冲淡的日常化叙事手法,尽可能稀释残暴的血腥味道。他的美学理念无疑同他的家庭背景和从军生涯有深刻内在的经验性关联。四川作家周文与沈从文有相似的从军经历,都是十多岁就在驻防边地的军阀部队中做文书类事情讨生活,然后去大城市从事写作(沈从文去北京,周文去南京),后来也都曾在上海谋生。周文在上海加入左联并受到鲁迅和茅盾的文学指导,逐渐接受马克思主义唯物史观,尝试运用阶级分析的方法描写地方军阀故事,同沙汀一样成为左翼文学描写地方军阀暴政的重要作家。他与沈从文相似之处是都直接描写了军阀内部的故事,但沈从文着眼于军营下层人士的日常经验,周文更多地落脚在军阀中上层的矛盾冲突,他把军阀内部派系之间的倾轧争斗、阴谋诡计

---

① 沈从文:《〈看虹摘星录〉后记》,《沈从文文集》第11卷,花城出版社,1984年,第48页。

端上前台，从而揭露军阀派系之间、不同势力之间的复杂关系和权力争斗。可惜自1937年的《烟苗季》后，他便因抗战工作需要停止了小说创作。沈从文则融入京派文学圈子，走了完全不同的另一种创作道路。尽管二人的创作理念及叙事方法各不相同，但他们不同风格、旨趣相异的作品事实上为乡土文学的军阀叙事提供了更加多元的艺术经验，从不同的维度和视域，丰富和拓宽了乡土小说军阀叙事的历史内涵和创作空间。

其三，从四川作家内部来看，其军阀叙事也有不同的特点。民国时期的四川现代作家群中，以李劼人为代表的非左翼乡土文学，其军阀叙事更倾向于纪实性的批判，虚构中蕴含着非虚构的材料和元素，价值向度更多地表达出五四传统的人道主义倾向。所以在他们的军阀叙事里，乡村士绅粮户通常也是军阀暴政统治的受害者，也是军阀经济掠夺的对象。李劼人的《强盗真诠》《两个失运的兵》《兵大伯陈振武的月谱》、陈炜谟的《狼笔将军》、陈铨的《天问》等小说都描写了军阀暴政下乡村士绅人家的艰难困境。《两个失运的兵》还讲述了乡镇团练们联合起来抵抗军阀部队的故事。而以沙汀为代表的四川左翼作家，在军阀叙事中践行革命文学的审美理念，以阶级矛盾的观点立场描写军绅勾结的乡村基层社会中普通农民承受的沉重苦难。《在祠堂里》《兽道》《凶手》《丁跛公》都是其中的代表之作。周文则把阶级冲突的视角放进军营内部，观察和描写军阀部队官兵之间的矛盾冲突和阶级压迫。他的小说《俘虏们》讲述了军阀混战中那些俘虏的不同待遇。被俘的伤兵被炸断了腿，血流不止却得不到医治；而被俘的军官并没受伤却享受了骑马的待遇。不过，周文与沙汀的军阀叙事虽然大同，但也有小异。在周文的《烟苗季》中，军阀旅长有粗暴肆虐、滥杀无辜的恶行，但因军阀内部派系间的倾轧权斗，他也有厌倦血腥争斗而思归乡田园的一己之梦，甚至有对妻妾温情反省的一面。很显然，在军营中讨过几年生活的周文，在军阀人物形象塑造方面，除追求典型环境中的典型人物外，亦观照到了人性丰富和复杂的内涵。周文对军阀人物的观照与表达，正是基于他入伍从军的经验积累，他对军阀统治及其内部生存，各级军官之间的争权夺利的现象，上下级之间险恶森严的对立关系，包括防区制环境中军阀派系之间的矛盾冲突在地方政治中的延伸复制，在《烟苗季》和《在白森镇》等小说中都有细微尖锐的描写。所以，茅盾先生认为周文这两部小说揭开了四川军阀统治的一个真实面貌："在中国这个最大、最富庶也最黑暗的边省里，封建军阀们——大的和小的，曾经怎样把广大的幅员割裂成碎片，而且在每一个最小的行政单位（例如白森镇）内也成为各派军阀暗斗的场所。《烟苗季》和《在白森镇》所取为背景的十年前的四川，便也是一县之内有无数敌国，一年之内要换好多次'主人'的。"①而沙汀的小说对军阀人物本身基本不做直接正面书写。他的小说中军阀暴政的阴影无处不在，笼罩着整个故事，是推动情节的特殊氛围。但小说的主要人物几乎都不是军阀人物。即使《在祠堂里》将妻子活埋在棺材中的军阀连长，也只是一个影子式的人物，匆匆而过。

与现代作家相比，四川当代作家新时期以来的军阀叙事，也有明显的特点。这些作家没有经历过军阀统治的黑暗岁月，他们对四川军阀的认知更多来源于历史文献或民间传说，其中也包括一些个人化的田野考察。其代表性作家有李一清、尹向东和阿来等。他们的军阀叙事都统摄在历史题材的长篇小说中，如李一清的《木铎》、尹向东的《风马》和阿来的《尘埃落定》，小说的故事时间都设定在晚清至民国末期的四川某地。此种故事时间必然会涉及军阀的统治年代，小说文本也就必然有其军阀叙事。总体上来说，他们的军阀叙事在叙事策略上都携带着某种程度的新历史主义痕迹，对军阀统治及其人物的书写体现出一种非道德化的历史态度，力求在真实的历史境遇中还原历史人物，包括军阀人物的丰富面相和复杂性格，而不是简单地把人物置于善恶对立的二元格局中，加以道德化和符号化的处理造型。《木铎》中的军阀团长李天开是叙述人的祖父，晚清年间考过秀才，读过诗书擅长书法，性格上却是个胆小怯懦之人，是祖母眼中不成器的男人。后来被军阀强征入伍，因其有些文墨技能得军阀长官赏识，步步攀升，经历了数次军阀混战和对红四军的围剿后，晋级军阀团长。伴随他升级的是人性和人格的逆转性变异，从一懦弱乡民逐渐畸变成杀人不眨眼的残暴刽子手，即便是同乡熟人亦惨遭其屠戮。李一清笔下的军阀形象具有特别典型的意义，是四川乡土小说军阀叙事史上的"这一个"。他对军阀暴政环境与人性异化关系的思考，对暴力与权力的关系表达，都抵达了当代生活难以意识到的某种历史深度，提供了新的认知视域和艺术形象。达真的长篇小说《康巴》写了一个军阀旅长郑云龙的传奇人生。出身底层的打工仔郑云龙为报仇而入伍从军。在经历过很多次军阀混战的枪林弹雨后，郑云龙以一己之勇猛和聪慧不仅死里逃生还平步青云，从班

---

① 茅盾：《〈烟苗季〉和〈在白森镇〉》，《工作与学习丛刊》之三，《收获》，1937年5月。

长一路蹿升至少将旅长。达真的军阀叙事有两个特点：一是叙事的落脚点在个人性格的塑造而不在军阀暴行的彰显。他更加关注个人在军阀暴政和混战中的生存空间，使人物性格成长的传奇性同社会变迁的可能性有机地融为一体，而不是单纯地表现军阀暴政的残酷黑暗。这样的军阀叙事亦拓宽了军阀题材的视域和维度，有助于人们对形色殊异的各类军阀人物获得更丰富周全的历史性认识，也为四川军阀部队后来出川抗日的英勇形象预设了一种历史的可能性。他后来写的长篇小说《命定》，就专门讲述了川军浴血抗战中的康巴英雄的故事。尹向东的长篇小说《风马》以文学想象的方式讲述川藏边地康定晚清至民国的历史发展和社会变迁，涉及改土归流、辛亥革命、讨袁战争、军阀混战、追堵红军、抗日战争、西康建省乃至解放战争等重大历史事件及历史人物。其中讨袁战争、军阀混战和追堵红军都离不开军阀叙事。作者在史诗性的美学观照下力图还原历史真相，客观书写包括军阀在内的人物形象及其历史命运。在历史与道德、传奇与人性的选择中，作者更倾向于选择去道德化、非传奇性的历史和人性。所以《风马》的军阀叙事就有一种秉笔直录的纪实性风格，其反军阀主题不完全是通过渲染军阀暴行来展示，而是悄然隐匿在对军阀人物及相关事件的客观描述背后。小说中的军阀头子陈遐龄是真实的历史人物，曾任北洋军阀的镇边使。在小说描写中，陈遐龄为独揽康定大权，阴谋构陷当地最大的日月土司，使其被迫自杀身亡。另一方面，为了收买当地民心他也有大义灭亲之举。他曾经当众枪毙了倚势欺人、草菅人命的亲外甥——他亲姐的独子，事后又跪在亲姐面前乞求宽恕。小说还写了四川最大军阀首脑之一的刘文辉驻防康区时，发生了贡嘎岭藏族人抢劫枪支并打死军阀官兵数人的事件。事件发生后刘文辉没有采取以暴制暴的强硬手段实施镇压和清洗，而是采用相对冷静平和的方式加以解决，被劫枪支收回后就不再兴师问罪，小说主人公平民仁泽民因此逃得一命。在社会变迁与家族及个人关系的复杂互动中，寻找历史嬗变影响下社会各阶层人物的性格变化和生存方式，从而使文学的历史叙事更凸显出"历史的人"与"人的历史"之间的互文性关系，尽可能将小说人物包括军阀人物还原到历史的特定语境中加以呈现，也许是尹向东小说的一种美学理念和叙事策略。而这种叙事策略亦在历史的纵深地带拓展了文学的军阀叙事，使文学的军阀叙事具有更沉稳的历史深度。

从四川乡土小说近一个世纪的军阀叙事史的脉络中，不难看出它丰赡浓厚的历史意义。四川乡土作家前赴后继、绵延不绝的军阀叙事，通过对军阀暴力的书写、对民间灾难和人性畸形的描述，揭露了四川地方和乡村社会在20世纪前半叶经受的惨痛历史及巨大创伤，表达了四川作家们对地方军阀经验的历史认知，体现出他们对地域暴力文化的反思以及对文学反军阀统治的现代化实践，他们以文学的方式参与了中国的地方历史，使文学的军阀叙事深入到地方历史的内部空间，以"文史互证"的有效路径，将一个被历史叙事抽象化的、被消费文化遗忘了的黑暗时代用文学的地方经验和真实图景再现于人们的生活世界之中。正如历史学家彼得·盖伊所说，"利用文学的想象手法做到了历史学家想做或应该做却做不到的事情"，用"完美的虚构可能创造出真正的历史"①。

　　盖伊的观点既源自一个历史学家对文学和小说的理性认知，或许就不无道理。正统的历史叙事总是强调历史的宏大叙事和历史规律，强调重大的历史事件及重要人物的书写，而忽略乃至否定普通的个人，抹杀个体在历史中的独特经验。但文学家则可能扬弃宏大叙事而着力于个体在历史中的存在经验，恢复个体本真的历史存在。四川乡土小说的军阀叙事从总体上说，就是从微观的日常经验中，描述了军阀暴政统治下，每个个体本真的历史存在，使那些被宏大叙事筛掉了的普通个体的生存经验，在文学的细节和情境中得以重现。在此，仅以李劼人的小说为例略做诠释。

　　四川乡土文学史的第一篇军阀小说、李劼人的《强盗真诠》是以连载方式发表在1918年6月《国民公报》上的。那个时期正是四川各派军阀逐渐形成，防区制初建，军阀之间激烈混战的初期阶段。也就是说，李劼人讲述军阀故事的时代，也就是军阀故事发生的时代，小说故事与现实故事具有时间上的同步性和当下性，因此小说文本同现实生活之间就有一种同构性，彼此互为镜像，虚构性的小说也因此获得了纪实的品质。《强盗真诠》在当时的历史语境中，无疑就是一篇秉笔直录的纪实小说，置身军阀统治背景中的那个时代的读者，可能就将它当成真实的故事来理解。唯其如此，《强盗真诠》就是四川军阀时代的文学见证，是地方军阀暴政统治的文学证词，它不仅见证了军阀统治在当时的黑暗和野蛮，甚至还准确地预言了后来发生的一些历史事件（如1926年杨森的军阀部队在隆昌大庙武力掠索乡绅事件）。一百年后《强盗真诠》虽然已成"历史小说"，但读者从中读到的正是四川军阀统治时期的一面真实的历史镜像，其细节的丰富性，甚

---

① 　［美］彼得·盖伊著，刘森尧译：《历史学家的三堂小说课》，北京大学出版社，2006年。

至超越了当代人撰写的四川军阀史。

这种秉笔直录式的纪实风格是李劼人小说创作的重要特征。《兵大伯陈振武的月谱》（1926）是一篇关于四川军阀的重要小说，堪称一部缩写版的四川地方军阀百科全书。小说以军阀士兵陈振武的口述形式，讲述了他入伍九个月的兵痞经历：逃荒，入伍，集训，抢劫，嫖娼，赌博，打仗，最后成为逃兵，一无所有。陈振武九个月的军阀生涯凸显出四川军阀普通士兵的生存状态，可以说是一部形象化的四川军阀史。加拿大多伦多大学历史学教授陈志让在他1979年出版的历史学著作《军绅政权》中，在第六章讨论军阀部队的士兵时，专门援引了李劼人的《兵大伯陈振武的月谱》为史实例证："《东方杂志》第四十二卷三期上登载了一个短篇故事，描写一九二〇年代一个四川穷人当兵的经过：陈老三是个贫农，在农闲时抬滑竿（没有遮风雨设备的轿子），因为滑竿和农业担负的捐税太重，不能继续那样谋生，于是放弃了农业，逃到成都，入了伍，只有那样才有吃，有穿，有钱用。"①此处的"陈老三"正是"兵大伯陈振武"。四川军阀的兵源主要来自当时（清末民初）经济凋敝中失地的农民或破产的手工业者，这些失地无业的游民在民国初年只有两种生存选择，或"当兵吃粮"或"上山为匪"。"匪被招安可变为兵。兵被打垮又可上山为匪，大量游民无产者群的存在，为四川军阀提供了充足的兵源。"②小说中的兵大伯陈振武正是这样的失地无业的农民，饥荒时期被迫离乡背井去逃荒，为了有口饭吃，他在成都北郊加入了军阀部队，成为兵痞。他说"想我横竖是没处吃饭的，管他是啥子队，吃粮当兵去。好在眼前当兵又不要啥子十八般武艺，也不考啥子文墨，有气力就行。"九个月后在军阀混战中，兵大伯所属部队被打败，他落荒而逃。途中与叙述人相遇，用摆龙门阵的方式回顾了自己的当兵经历。而当叙述人问他以后的人生打算时，兵大伯回答："还不是去当兵。"并且他还向叙述人陈述了继续当兵的三大理由："第一，穿吃两个字不焦心；第二，在营门以内受点长官的气，一出营门便只有别人受我的气；第三，找钱容易……"③

有意思的是，美国学者齐锡生的名著《中国的军阀政治（1916—1928）》一

---

① ［加］陈志让：《军绅政权——近代中国的军阀时期》，生活·读书·新知三联书店，1980年，第71页。原书中此处日期有误。正确的日期是1927年2月《东方杂志》24卷，3、4号。而不是"42卷"。
② 匡珊吉、杨光彦主编：《四川军阀史》，四川人民出版社，1991年，第2页。
③ 李劼人：《李劼人全集》第6卷，四川文艺出版社，2011年，第362页。

书，中译本2010年出版发行。书中分析军阀兵源时写道："近代中国本质上处于农耕社会向现代社会转化的过渡阶段，遍及全国（包括城市和农村）的极端的赤贫状况，大量的失业和半失业是诸多社会矛盾最集中的体现。在这种情况下，'当兵'虽然具有充当'炮灰'的巨大风险。但对于挣扎在赤贫状态之中的阶层来说，与其饿死，不如冒险。"所以"无家可归的农民和城市失业工人，一般都乐于当兵，因为这不需要特殊的技能。而且，贫困不仅是吸引人当兵的一种动力，也是使农民继续留在军队里的重要因素。因为，当兵不仅能够'吃粮'，有时还能存点零花钱，甚至还存有一线'升迁'的希望，而这在平庸的日常生活中是绝对不可能的。当生存都无法保障时，当兵就常常成了赤贫阶层求生的唯一出路"①。从语义上看，齐锡生的史家观点仿佛就是对李劼人小说《兵大伯陈振武的月谱》的提炼和总结。

如果说齐锡生的观点是客观准确的、符合史实的。那么早在半个多世纪前，李劼人的小说就已经形象地展现了完全相似的历史学观点。历史研究在很多年后获得的观察和考量，文学叙事早在半个多世纪前就已经发现并且艺术地表达出来了。而当历史学家以李劼人小说为例，采用"以诗证史"的方法书写中国和四川的军阀历史时，四川乡土小说军阀叙事的历史意义亦从中得到了深刻的彰显。

---

① ［美］齐锡生著，杨云若、萧延中译：《中国的军阀政治（1916—1928）》，中国人民大学出版社，2010年，第2页。

第三章　四川乡土小说中的袍哥叙事

　　袍哥，作为特定时期四川地域的历史、社会与文化景观，袍哥形象自然而然走进了四川作家的文学世界中。对于四川文学史来说，以李劼人、沙汀为代表的四川作家群在袍哥叙事上提供了经典范式。"乡土"作为新文学的一个重要审美空间，承载了自然风土、民间文化与国民精神的整合，而袍哥形象在四川乡土小说中的经典塑造，体现着这类人物形象在文学场域中所具有的书写意义与研究价值。

　　乡土小说就是描述四川乡镇生活和乡村人物，具有浓郁的乡土气息和地方色彩的小说。因为研究重点在于"袍哥形象"，即小说中具有袍哥身份的人物形象，包括外表言行、心理活动、精神气质、活动方式、命名范式以及人际交往与社会关系等人物形象元素，因此选择细读的核心文本主要是李劼人、沙汀和克非的乡土小说文本，同时也包含着其他一些对袍哥有所描写的现当代四川作家的乡土小说。

　　虽然学界对袍哥文化与小说创作之间的关系进行了一定的评述，但是对于袍哥形象的研究大多停留在个别形象的单独解读层面，仅仅是对典型形象或者单部作品进行了研究与分析。对一个时期的群体形象的观照，可以得出地域文化中的共通部分与其他地域文化的迥异之处，也可以窥探出社会的变革、文化的变迁、思想的更新、作家关注点的转移等，这些都需要研究者的深入探讨。文学作为社会历史生活的反映与记录，其间自然会留下社会生活中不同人群的身影。袍哥形象作为四川本土作家对自身文化的理解，是特定的时代背景下的精神印记，包含着作家对社会、人生的关注和思考。对袍哥形象的解读必然要涉及社会历史变迁的内在机制、外在影响与作家自身的身心历程。因此，探讨四川乡土小说与袍哥形象塑造之关联，考察文学创作中地方性知识对于作家所产生的影响，无疑是把握四川地域文化与四川作家乡土小说创作问题的有效切入点。对袍哥形象的研究将为我们对20世纪的四川乡土社会的变革和民间文化的发展提供一个更广阔的视野。

一、袍哥作为四川地域文化的重要表征

四川作家对于地方经验及地域文化的表达有着强烈的意愿，从现代的李劼人、沙汀、艾芜、罗淑、周文，到当代的克非、阿来、罗伟章等，他们用写实的手法展现了四川乡土中人们原生态的生存状况。作家的文化倾向、审美倾向与先天的成长环境有很大的影响，原生的印记烙印在每个创作者的笔下。无论是从创作意趣还是表述对象上，在四川作家的创作中都能找到乡土浸染的痕迹，童年记忆和乡土体验是作家在创作乡土小说时最为重要的资源。贺仲明在《乡土文学的地域性：反思与深入》一文中说："可以说，在乡土文学的发展历史中，地域性有着非常特别的意义，它是乡土文学多彩魅力的重要组成部分，是乡土文学最外在的典型特征。"①地域性到底体现在什么方面？在讨论文学创作与地域性的关系时，最重要的是什么？之所以说地域性是乡土文学最外在的典型特征，那是因为文学的内核在于人，而最能深度体现地域性特征的也是人。只有写好了人与人性，才能在地域性的基础上超越地域性，从而体现文学的普遍价值。

（一）袍哥社会与袍哥文化

清末甲午后时代的"一潭死水"倒映着礼崩乐坏的社会景象，封建专制的式微使得偏处西僻的四川在传统的宗法统治和正统的士绅权力上均遭到严重的削弱，于是袍哥势力崛起坐大，乃至一度称霸一方。四川袍哥势力的扩张在近代有两个历史阶段，一是辛亥年间四川保路运动中，哥老会参与保路运动，成为一种反正力量，因而获得某种合法性，从而超出隐性社会的场域，往主流社会渗透。二是抗战时期，四川成为大后方，在乡土社会中，袍哥势力趁机坐大。

---

① 贺仲明：《乡土文学的地域性：反思与深入》，《首都师范大学学报》，2012年05期，第72—78页。

把《淘金记》与《死水微澜》联系起来看，罗歪嘴在成都郊外的天回镇坐镇一方，龙哥在川西北北斗镇为所欲为，便不难发现清末到民国期间，四川袍哥势力辟天盖地的地方现象。"正是在军阀混战时期，袍哥奠定了自己权力的坚实基础。由于缺乏一个统一的强有力的政府，1920—1930年代，袍哥弥补了地方权力的真空，包括参与税收和地方治安。如果没有袍哥，社区的日常生活将会更加混乱。"① 王笛认为，袍哥组织的发展壮大带来的并不完全是负面影响，而是在混乱的时局中，掌控着一方乡村政权的同时，也因划分了势力范围而使得治下的百姓受到一定的庇护，维持了乡村社会的相对稳定。"因大盆地的地理、历史和经济等原因，巴蜀地区在20世纪上半叶的中国社会运行状态中，因大小军阀割据争霸、自立为王，而显示出一种独异的存在方式。"② 混乱的军阀割据给了袍哥发展的空间，很多人为了寻求庇护，纷纷投靠到各个公口码头，成为"组织"的一员。李劼人在短篇小说《好人家》中特别用一长段内容描写了辛亥革命后拜会袍哥时人群的着装与行事，在轻快嘲弄的语调下写出了袍哥"当道"的景象：

> 还不是那些二十来岁的小伙子！还不是那样的打扮：青纱头巾，鬓边斜插一朵纸花，密排扣子的各色绸紧身，拴一条四寸来宽的腰带，一大把胡子托在裤裆下面，脚下则大半是漂白琢袜之外，套一双有五色绒球的麻耳草鞋！还不是各人腰带上都挂一把杀猪刀，有的肩头上则扛着一只大的皮护书，露出一大沓梅红名片纸的头子，满头是汗的在队伍前头飞跑！还不是每到一处公口，便飞出一张片子，一面大喊着："某公口的某山某水某堂某龙头大爷栽培的某街某大爷拜会了！"这是一天要看多少回的把戏，并不足奇！③

"袍哥"名字的由来，有两种说法：一说是取自《诗经·无衣》："岂曰无衣，与子同袍"之义，另一说是《三国演义》中关羽在曹营留旧袍的故事，袍哥的别称"汉留"也是取自此意。"袍哥人家，义字当先，绝不拉稀摆带！"这样的口头禅就是其组织信条的最好表现。根据袍哥尊为信条的《金台山实录》《海

---

① 王笛：《袍哥：1940年代川西乡村的暴力与秩序》，北京大学出版社，2018年，第247页。
② 邓经武：《大盆地生命的记忆——巴蜀文化与文学》，电子科技大学出版社，2005年，第297页。
③ 李劼人：《李劼人选集》第4卷，四川人民出版社，1984年，第237页。

底》，"尚义"是其最高标准的核心价值观。作为一个以"义"字为中心，具有反抗精神的"秘密社会"，不管是因维护利益还是为了攫取利益聚合到一起，同时也延续着古来的习惯，师出有名，把"义"字作为一个组织的身份认同和信念。沈穷竹在其博士论文《袍哥文化与四川现代小说研究》中将袍哥文化的精神内涵归纳为"义字当先""反抗精神""民族意识"与"'丛林意识'下的强者崇拜"①，正是这样的核心精神，使得这群人在历史上留下了坐地为大、自视正义与窝里斗的毛病，这种个性也在文学作品中充分地彰显了出来。乡镇上的强势人物们不断地榨取利益，以各种方式勾结谋划。"乡镇又成了绅粮、保长、团总、乡约们施展权力的中心，而当这些乡镇实力与军阀或袍哥勾结在一起，其力量就更加了不得了，一个小小的县城或乡场几乎也就是他们的天下。"②比如《还乡记》中保长、乡长等打算在"打笋"上搜刮山民百姓，并将质疑反抗的冯大生与幺爸给关押起来。从《淘金记》的描述中我们可以看出，实际上在当时的四川乡镇地方，绅、袍、官是三位一体的关系，所以乡镇地方社会乃至政治、经济和文化，都在袍哥的掌控之中，袍哥文化也成为乡土四川重要的地域文化。

（二）袍哥文化与四川地域文化

　　文化气候的生成在很大程度上取决于此地自然地理环境与历史人文环境的培植，要想对四川地域文化进行归纳和提炼，也离不开对这两方面的分析与论述。四川地域文化是袍哥文化的温床，而袍哥文化的发展与壮大又反馈于四川地域文化，绽放出独特的地方气质。

　　史书上对巴蜀人有如此描述："巴蜀之人少愁苦，而轻易荡佚。"③这里的"少愁苦"自然是相对而言的，在过去生产力低下，封建制社会之中，人们的生活水平也不高，然而即便在这种条件下，巴蜀人还是孕育出了"轻易荡佚"的性格。"轻易"是随和达观，"荡佚"是好耍奔放。这样的性格特征已经逐渐成了巴蜀人的身份认同观念，不"轻易荡佚"何以自称巴蜀人？反映到四川作家的笔下，泼辣果敢而别树一帜的川妹子形象更是深入人心。旧社会中女性的命运离不开"悲惨"二字，一个社会的文明程度往往反映在对待女性的态度上，虽然依旧

① 沈穷竹：《袍哥文化与四川现代小说研究》，苏州大学博士论文，2016年，第25—41页。
② 李怡：《现代四川文学的巴蜀文化阐释》，湖南教育出版社，1997年，第30页。
③ 胡朴安编：《中华全国风俗志》上篇卷7，上海书店1986年复印本，第53—54页。

悲惨，川妹子却带有一种特殊的强烈的个性，比如《死水微澜》中的蔡大嫂，《淘金记》里的何寡母，还有《鸦片王国浮沉记》里的金二，等等，这些女性角色身上有一股原始的生命力：野性的生存欲望、物质欲望和情爱欲望，一种为追求个人幸福与个性解放而无所畏惧和无所不为的满腔激情，在她们身上可以看到对自我价值和欲望的强烈认同。而这些形象不单存在于作品之中，四川历史上著名的司马相如与卓文君"凤求凰"的故事也是人们所津津乐道的，这种反叛传统礼教的精神甚至是一脉相承的。这也是四川人所具有的一种独特的性格气质，这样的"少愁苦"的人文性格不得不说与自然地理环境有很大的关系。

　　一方水土养育一方人，从自然地理的角度来看，四川地形四周高，中间低，呈盆地地形，拥有肥沃的紫色土壤，成都平原是四川主要的农业分布区，在都江堰的灌溉下，物产富饶，有"天府之国"之誉。地理位置构成了四川人闭塞并自给自足的环境，偏安一隅使得巴蜀文化偏离正统的儒家文化发展路径，"山高皇帝远"从而形成了不受拘束、达观享乐的气质。正如李怡在《现代四川文学的巴蜀文化阐释》中分析到的那样，由于独特的地理自然环境与丰富的物产，这个远离儒家正统文化权威的"西僻之乡"，滋养了四川人的文化心理与生活态度，最为主要的观念，即是"盆地意识"与"天府意识"。盆地意识与天府意识是这方水土养育的人们最为显著的两个自觉。盆地地形带来与外界世界相对的封闭与庇护，而身处于这样拥有丰实物质基础的土地上的人们更加自矜于"天府"所意味的富足，这一点从郭沫若的记述中可以看出："四川的盆地大约就是这个样子。因为是广阔的盆地，而且是很膏腴的盆地，所以从古以来四川号称为'天府雄区'。事实上中国的富源——专以农业来说——除江浙以外，便要数到四川。自从黄色大龙旗改变成五条颜色以来已经十七八年，四川拥抱着一二十个大小军阀，人人都有百几十万大兵，年年都要闹一两次内乱，然而四川的七千万人民，至少是那百分之九十以上的农民，居然还能勉勉强强地活下去。那四川的富厚就可想而知了。"[1]李怡认为，川人在生活理念上更为本能与野性，对于"生活"的要求往往超过了对"道德"的追求。农作方式与中原地区、江南地区所不同的是，并不是以父子关系为主轴，而是以夫妻关系为主轴进行劳作生产的。因而妇女地位在此地少了一部分的压制与束缚，但也不能简单地将四川地域的特点与整

---

① 　郭沫若：《郭沫若文集·文学编》第11卷，人民文学出版社，1992年，第167页。

个中华传统相分离。在先天上没有发展起大家族的条件，后天经历数次战乱与屠杀，大量移民的拥入也在一定程度上挤压了大型宗族成形所需要的时间与空间。"天下未乱蜀先乱，天下已治蜀未治"的历史特征在辛亥革命前后的蜀中表现得依然明显。

作为一个曾经在四川乃至西南各地区强有力的社会组织，袍哥在长期而活跃的活动中，对四川社会造成了深刻而重要的影响。王笛说："在成都地区，特别是成都附近的小场镇，袍哥控制了地方社会，经常以开办茶铺、酒馆、旅店作为其活动的'公口'，这些地方亦成为地方社区非官方的权力中心。"① 袍哥文化作为四川地域的一种文化表征，在很大意义上体现了四川地域所独有的文化风貌，在四川乡土小说中，"茶馆"与"鸦片"充分展现了袍哥文化乃至四川地域文化的特点。在沉闷单调的乡镇生活里，茶馆与烟馆是人们的寄身所在。沙汀的短篇小说《模范县长》开篇便写道："没有茶馆便没有生活，这点道理在四川一个小镇子上尤其见得正确无误。"② 四川茶馆盛行，袍哥组织往往以茶馆作为主要活动场所，甚至许多茶馆本来就是归袍哥所有。据李怡在《现代四川文学的巴蜀文化阐释》中的总结，茶馆除李劼人提出的"市场交易""集会评理""休息待客"之外，还兼具"赌博生财""刮脸挖耳修脚""预防治疗疾病""打望女人"等功能。③ 可以说，茶馆成了一个乡镇的中枢，是人们日常生活轨迹的汇聚点。在川西北镇，人们对茶馆形成一种依赖，"按照本地市民生活的不成文规矩，男人们一早从铺盖窝里爬出来，一路扣着纽扣，什么地方也不去，就趿着鞋先奔这个地方来了"④。在一篇研究袍哥与茶馆关系的论文中，作者王笛说："以茶馆为据点，在那里联络、聚集、开会，给茶馆带来可观的客源。虽然人们知道袍哥是一个非法组织，但大多数茶客并不在意。那些需要袍哥保护的普通人，通过堂倌或其他茶客，在茶馆里很容易便能建立与袍哥的联系。因此茶馆也使袍哥的社会影响力得到扩展，茶馆成为袍哥社会网络的一个重要部分。"⑤

① 王笛：《"吃讲茶"：成都茶馆、袍哥与地方政治空间》，《史学月刊》，2012年第2期，第105—114页。
② 沙汀：《沙汀文集》第4卷，四川文艺出版社，2017年，第551页。
③ 李怡：《现代四川文学的巴蜀文化阐释》，湖南教育出版社，1997年，第108页。
④ 吴福辉：《沙汀传》，北京十月文艺出版社，1990年，第15页。
⑤ 王笛：《"吃讲茶"：成都茶馆、袍哥与地方政治空间》，《史学月刊》，2012年第2期，第105—114页。

《淘金记》故事发生的主要空间基本上就在茶馆内，小说中的"涌泉居"和"畅轩园"茶馆都是袍哥们联络、聚会、开会或密谋的场所，涌泉居是在野袍哥们的聚会地方，畅轩园则是实权袍哥们操控的地方，"吃讲茶"也在其中进行。

吃讲茶是四川乡镇社会利用茶馆调解纠纷的一种方式，"茶"是载体，而核心在于"讲"，讲道理、断公道，由有头有脸的人物出面做仲裁进行调解，实质上是一种"民间法院"，而这种"法院"的依据往往是"道德"与"情面"。王笛说："袍哥在'吃讲茶'活动中扮演了一个重要角色。袍哥经常被请去做调解人，茶馆也用作解决他们自己内部纠纷之地。一般程序是：冲突双方将邀请一个地方有声望的中人进行调解，先由双方陈述自己的理由，然后由中人进行裁判，错方将付茶钱，而且向对方道歉。这说明精英以茶馆作为他们介入社会的空间，这些茶馆也成为社区的中心。"①沙汀的《在其香居茶馆里》这篇短篇小说更是较为详细且完整地展现了一个乡镇上起了纠纷而吃讲茶的过程：邢幺吵吵的二儿子被回龙镇联保主任背地弄成壮丁，捉进县城。在回龙镇，邢家在地方上有权有势，邢幺吵吵扭住联保主任方志国不放，要在茶馆"吃讲茶"。仲裁人则是原团总，哥老会虽退休八年却在江湖上仍有威望的头目陈新老爷。一镇之长的联保主任也得听其仲裁。可见哥老会在回龙镇地方上的势力和影响。

除了茶馆，能够反映川西北小镇人们精神面貌的还有泛滥的鸦片。鸦片在当地的普遍程度已经达到令人咋舌的地步，甚至已成为巴蜀人日常生活中的一部分。鸦片的大量种植与烟馆的遍地泛滥，展现着乡镇腐败与枯朽的精神状态。《鸦片王国浮沉记》中，周青留的发迹正是因为种植鸦片，经营鸦片公司，到后来也在袍哥组织"三义公"的基础——大多数的"小老幺"烟农的支持下，夺得了袍权。众人的"现实利益决定现实的选择"，鸦片是重中之重，所以周青留不禁感叹"感谢罂粟神！"甚至修筑寺庙，立了一尊"鸦片神"来顶礼膜拜。

（三）袍哥文化与四川作家的文学想象

研究四川乡土小说中的袍哥形象，理解袍哥在四川的生成与发展的背景有利于理解四川作家对这一历史现象的关注与书写。四川的文化土壤与近代的历史环境孕育了这一特殊的历史现象，这个群体的发展壮大又在一定程度上反馈于四川

---

① 王笛：《"吃讲茶"：成都茶馆、袍哥与地方政治空间》，《史学月刊》，2012年第2期，第105—114页。

地域文化，形成了一种独具特色的袍哥文化，其中所浓缩和继承的四川地域文化的内涵，在对其具体的讨论中有待发现与发掘。

丹纳这样说过："的确，有一种'精神的'气候，就是风俗习惯与时代精神，和自然界的气候起着同样的作用。"[①]一个地域的文化气候对于作家的写作范式、思维方式、情感导向以及价值取向都有着莫大的影响。巴蜀袍哥文化的形成与该地的自然、社会等因素有着密切的联系。"文学作品最直接的背景就是它语言上和文学上的传统。而这个传统又要受到总的文化'气候'的巨大影响。"[②]在从四川乡土社会的角度去看袍哥的基础上，再从四川乡土小说的角度去看袍哥形象，以讨论四川作家对于袍哥文化的汲取和投射。四川袍哥与世俗社会相融合，力量渗透到了包括官、兵、绅、商在内的各种阶层中。在不安定的社会氛围中，人们要想保证安全与地位而求取袍哥组织的接纳和保护，加入袍哥组织之中，这样的历史环境形成了四川所特有"袍哥文化"基础，四川现代大多数作家都受到这种"文化"的浸染。李劼人、沙汀、康白情、阳翰笙等人或是得到过袍哥的保护，或是在对袍哥的观察中成长。在袍哥社会中的成长构筑了作家们的童年记忆，与袍哥的交往也丰富了作家们的生活经验，四川作家的文学想象正是在这样的文化氛围中发生的。

以沙汀为例，他之所以对笔下的袍哥人物能够有着体察入微的凝视与摹写，便是源自他在川西北小镇上的童年记忆与乡村经验。沙汀是在袍哥文化的滋养下成长的，因而也对袍哥有着深入骨髓的了解与认知。沙汀说："一个作家的作品，最能引起读者关心，对读者影响最大的，首先总是人物。作家也每每在人物的塑造上付出他们绝大部分的精力。"[③]沙汀之所以成功地写出众多袍哥形象，更与他自己的少年经历有关。由于父亲离世较早，沙汀经常跟随作为袍哥的舅父出入于袍哥界，他接触了大量袍哥人物，对他们的生活状况了然于心。在舅父的带领下，沙汀还帮忙运送小型武器，与袍哥们打成一片。袍哥的世界为他展示了四川社会错综复杂的政治、经济和人际关系的网络，这些经历为沙汀后来创作关于袍哥文化的作品积累了丰富的写作素材，而这些也最终进入了沙汀的文学世界

---

① ［法］丹纳著，傅雷译：《艺术哲学》，人民文学出版社，1983年，第34页。
② ［美］勒内·韦勒克、奥斯汀·沃伦著，刘象愚等译：《文学理论》，浙江人民出版社，2017年，第10页。
③ 沙汀：《作家的责任》，金葵编：《沙汀研究专集》，浙江文艺出版社，1983年，第77页。

之中。所以，当沙汀开始用手中的笔表达对这个社会的看法时，他首先想到的也是这些富有巴蜀文化色彩的袍哥形象。"……而我很快就只苦心焦思于怎样在我的创作中塑造几个比较结实的人物，这种想法使我慢慢避开了最重要最中心的主题，把笔锋移向我最熟习的农村封建统治阶级方面去了，因为他们眨眨眼睛我都似乎可以猜透他们的意图。"①正是在这样的成长背景下，作家对于写作素材的熟悉程度到了信手拈来的地步，再加之以作者个人的创作立场与主观情感的浸润，笔下的袍哥形象便也突显出了独特的艺术魅力。

王德威说："乡土小说的特征在于它对于乡野人物、地方风俗、俚俗言语、节日传统、礼仪风俗等等的记述，这些特征构成所谓地方色彩（local color）的效果。"②四川乡土作家对于乡镇的民俗景象有着大量的描绘，从赶场到茶馆、烟馆、赌场等场所，到庙会、集会、农作这些场景，都从各个空间与各个方面展示着乡镇的风貌。四川地域文化是袍哥文化的底色，而袍哥文化的发展又给四川地域文化染上了更多色彩，这个色彩在文学作品中的主要表现，便是作者在"地方色彩"上的发掘与表达。袍哥组织在四川社会的发展壮大，从乡村政权乃至辛亥革命之后渗透进城镇，其影响之大，范围之广，对于地域的文化产生了明显的浸润。一个地区的地方性格自然影响着作家的成长，影响着作家的作品建构以及作品里的人物塑造。从李劼人、沙汀、艾芜、罗淑、周文、克非等一批四川作家创作的性格气质、审美情趣与艺术风格中，能充分感受到属于四川地域文化影响的部分，以及其中所蕴含的"袍哥精神"与"四川气质"。

二、四川乡土小说的袍哥形象及比较

人物是地域文化孕育的历史产物，也是地域文化的承载者。人物性格的发生和形成都与地域文化有深刻复杂的渊源关系或内在关联，正所谓一方水土养一方人。所以，人是地域文化和地方历史的综合物，人物的性格、行为及命运在一定意义上也是历史和地域环境的文化产物，是最直接、最生动的体现。在人物性格和命运发展的背后，必然凸显出地域文化的深刻影响。写出独特的人，也就写出了独特的地方特征，也就真正构造出了地方的灵魂。人物性格及其形象的地域性特质，是四川乡土小说在地方性书写中的重要美学特征。

① 黄曼君、马光裕编：《沙汀研究资料》，知识产权出版社，2009年，第65页。
② 王德威：《写实主义小说的虚构》，复旦大学出版社，2011年，第274页。

（一）袍哥形象分类与比较

总体说来，根据目前掌握的四川乡土小说的袍哥叙事文本，大致可以把袍哥形象分为以下五类，前三类形象根据袍哥在组织中的阶层和地位来划分，第四类的划分依据是性别，而最后一类则依据袍哥的性质进行了区分：

1. 站在乡镇权力顶端：袍哥首领

袍哥首领掌握实权，这一类人往往财力雄厚，在乡镇事务和袍哥组织中拥有绝对的话语权。这类袍哥的总体特征是：多为乡镇里的士绅，具有相当的经济实力，同时也兼任着地方政权的首脑，对于乡镇的事务具有极大的操控实力。

李劼人笔下的陈大爷和高大爷（《天要亮了》），在战乱避难到腰店小场之后，便开了两个码头，招募几十个青年小伙子做自己的"护脚毛"，然后包开烟馆赌场，"保境安民"（收税要钱）。很多人因"与其吃暗亏，不如吃明亏"的心理而加入袍哥组织，李劼人对于当时很多人"嗨袍哥"的心理把握得入木三分，也充分说明了在混乱的局势中，袍哥的存在具有双面性，对于普通百姓来说，不管是好是歹，终究都是要遭受盘剥的。陈大爷"在这场的上下两里，包开了三十几家鸦片烟馆，十几处各色各样的赌博场""开了码头不久，就使这个腰店小场顿然繁荣起来"[①]。一旦扎稳了阵脚，袍哥大爷便通过各种方式扩充自己的影响与扩大自己的生意，从而赚取更多的利益，这充分显示着其时四川乡镇社会混乱的历史景象。

《淘金记》中既是袍哥大爷又是联保主任的龙哥，把持了基层政权，对当地百姓进行各种盘剥压榨。他粗野、霸道、贪婪且虚伪，将挨饿的普通百姓比作"干鸡儿"，还常常美化自己的统治，披着保护的外皮大行压榨之事，任意征收苛捐杂税，愚弄百姓。本该发还的救国公债款，也被他无耻地收入囊中。沙汀写道："主任都快四十多岁了，虽然已经四十多岁了，他的性情有时还像孩子一样。像孩子一样天真、好吃，而且无知。他的喜爱钱财也像孩子。他可以毫无恶意、毫无打算和毫无愧色的攫取任何自己高兴的事物。"[②] 这三个"毫无"，把龙哥肆意妄为、随心所欲且理所当然的面目展露无遗。龙哥的形象特点，是乡土民间社会统治者性格的集合表现。他霸道而强势，对于权力和金钱的攫取欲望相当强烈，一心想扩大自身实力与势力。他在过年过节之时强行让大家摊分烟花的

---

① 李劼人：《李劼人选集》第4卷，四川人民出版社，1984年，第514页。
② 沙汀：《沙汀文集》第1卷，四川文艺出版社，2017年，第153页。

费用，强行让众人在自己的赌场中赌博等种种行为都展现着他贪婪蛮横的性格特征。他对于管辖的百姓专制且苛刻，在名义上保护着一方安全，实际上只是圈养着自己吸血的对象而已。

再比如克非《鸦片王国浮沉记》小说中的辛乃光，野心大、想法多。他促成周青留的"堕落"，再提拔了周青留来做他的鸦片生意，到后来又忌惮于周青留的权势越来越大，而暗地里起了杀意。他这个人身上所具有的老奸巨猾以及强横霸道与他的出身和经历是有渊源的，他是个出身于匪棍的袍哥，后来成了当地的行政首脑，最终在自己堂叔——仁字号舵把子辛拔贡的帮助下得到晋升。

除了上述袍哥大爷之外，还存在着袍哥管事一类的形象。比如《死水微澜》中的罗歪嘴虽然排行老五，属于管事的，并非龙头大爷，但在天回镇的乡镇权力结构中，他所处的地位与所拥有的权力是"借势"而来，是一个站在权力顶端、与龙头大爷相似的带领众袍哥的首领。"纵横八九十里，只要罗五爷一张名片，尽可吃通；至于本码头的天回镇，更不消说了。"[①]考虑到这类袍哥在整个组织建构中处于核心的序列，同样拥有大量实权，因而将其归为此类。

2.退位或在野：失势袍哥

这类袍哥形象还可以再细化为两类：第一类是"退位"的袍哥，即曾经处于权力位置上，到身退之后依然保有名义和实质权威的袍哥；第二类即有一定权力，但实际上在整个袍哥权力体系已经失势的袍哥，这类袍哥有一定的地位，但始终没有处于政治权力的中心，能够占有的资源也受限。

第一种类型便是如《在其香居茶馆里》的陈新老爷、《淘金记》中退隐的叶二爸以及《鸦片王国浮沉记》中的辛老爷一类的形象。这类大爷曾经是元老，退位之后，仍然保留着一定的威望，在乡村权力关系中往往能因"面子"而受到几分尊敬，而这一类袍哥往往是众人寻求调解，需要"吃讲茶"时求助的对象。《在其香居茶馆里》为邢幺吵吵和联保主任进行调解的陈新老爷，作为多年的团总、哥老会头目，具有极高的社会威望，最后事件的解决也基本上还是陈新老爷的作用。克非是这样描述这类大爷的状态的：

拔贡辛老爷，是本地学界泰斗，人世楷模，袍哥们的老前辈。长久官、

① 李劼人：《李劼人选集》第1卷，四川人民出版社，1980年，第29页。

商、绅、学、袍，集于一身，各行各业，都招呼得动。如今他早已"下野"，远离繁碌的社会生活。每天不是在家学佛参禅，便是去慈善堂坐茶铺，和人天南海北地闲谈，信口言说，品评世道人事，毫无顾忌。①

这种"都招呼得动"的权力余威，源自"在位"时营造的一切人脉、交情和威望。这类大爷虽然远离了权力核心，但依然保有经济上、文化上抑或是宗法上的势力。这也是为什么《淘金记》中何寡母寻求叶二大爷（龙哥是二大爷的拜弟）的帮助与调解能够起到一点作用的原因。

第二类袍哥在沙汀《淘金记》中有几个典型的形象：白酱丹、林幺长子、茉莉大爷以及气包大爷。白酱丹是一个没落的士绅，失去了经济上和实权上的实力，依靠着自身的算计与龙哥、彭胖保持着勾连的关系从而维持自己一定的地位，来攫取一定的资源。家里穷得揭不开锅的他，对于淘金的欲望炽烈而直白，千方百计要去算计何寡母家的祖坟，并在龙哥他们收手之后仍然念念不忘，在算计中继续寻求着机会。后三位袍哥如林幺长子一般，有一定势力与实力，也是有一定资源的袍哥首领，但在整个权力网络中没有处于核心地位，所以能够占有的人员、经济资源都受限，在关键问题上也没有话语权。沙汀用简练冷静的笔调描写出了林幺长子一类人的面貌：

> 这是一个健旺的老人，很长很瘦，蓄着两撇浓黑的胡须。他早年的绰号是林幺长子，现在叫林狗嘴。因为自从一九二六年失势以后，他忽然变得喜欢吵闹，更加纵容自己的嘴巴了。他曾经是有名的哥老会的首领，但他手下的光棍，多半是乡下那批勉强可以过活的老好人，被他用呵、哄、吓、诈拉入流的。②

林幺长子具有帮派流氓的凶狠、无赖与贪婪的本性，没有处在政治权力核心的他，只能通过各种恐吓与强迫在普通农民身上刮油水。

3. 底层袍哥：权力与生存的边缘

这一类袍哥属于最为普通的光棍，他们处于最为边缘的位置，作为袍哥大爷

---

① 克非：《鸦片王国浮沉记》，人民文学出版社，1989年，第47页。
② 沙汀：《淘金记》，人民文学出版社，1954年，第2页。

们的喽啰，得到一些浅薄的好处，但实际上的地位和实力也接近于普通平民，不过是背靠着"袍哥"这棵大树而已。这一类袍哥不仅处于权力的边缘，实际上也往往处于生存的边缘，靠着袍哥势力的庇护来维持生活。比如《还乡记》中的徐烂狗，"在哥老中也只是一个老九，没有什么地位""地位虽然不高，但他干得来顶认真"①。此人因为"尾巴甩得圆"，从而得到一个副保长的差事，当着保长的走狗。沙汀对此人的形象是这样描述的：

> 队副个子又瘦又小，但很精干。因为久已不做庄稼，今年又染上烟瘾了，面貌白净，看起来不像个乡下人。他诨名烂狗，因为他喜欢嚣张。而对于每一个地位高过他的角色，只需他们支一个嘴，他就立刻按照吩咐行动了。而且十分带劲。但也容易坏事，街上的哥老头子们已经很少使唤他了，于是只好屈处在野猫溪十三保，死心塌地替保长做帮凶。②

尽管为人猥琐也不太受待见，但也就因为他的袍哥身份，可以使得他在茶馆与冯大生向乡长吃讲茶时可以得到各种袒护与支持。正如费孝通在《系维着私人的道德》中所说："一个差序格局的社会，是由无数私人关系搭成的网络。这网络的每一个结都附着一种道德要素，因之，传统的道德里不另找出一个笼统性的道德观念来，所有的价值标准也不能超脱于差序的人伦而存在了。""中国的道德和法律，都因之得看所施的对象和'自己'的关系而加以程度上的伸缩。"③这一点在《还乡记》中有着非常有力的显现。冯大生与徐烂狗撕扯到茶馆广游居的时候，便经历了茶馆众袍哥对徐烂狗的帮腔与声援，而袍哥大爷杨乡长也明显地偏袒着徐烂狗。

沙汀的《替身》里，原来只是一个"不足道的"兼做木料生意的土粮户九子痒，在给三老太爷办了事之后，便得到了光棍的身份，而"狗仗人势"的他，甚至还敢奚落保长。对拉壮丁感到闹心的保长在听说九子痒"光棍已经'搁了'"时，便在这个失去了袍哥的庇护的土粮户上打起了主意。而转眼得知九子痒又重

---

① 沙汀：《沙汀文集》第2卷，四川文艺出版社，2017年，第46页。
② 沙汀：《沙汀文集》第2卷，四川文艺出版社，2017年，第47页。
③ 费孝通：《系维着私人的道德》，《乡土中国·生育制度·乡土重建》，商务印书馆，2011年，第38页。

新受到庇护之后，保长立马打消了念头，转移了拉壮丁的目标。由此可见，最底层光棍往往粗俗愚蠢，干的也多是些"提劲"的事，他们的地位低下以及不稳定，基本上是看脸色吃饭。但同时又依仗着袍哥的气势来欺压百姓，甚至夺人妻子财产。

4. 女性袍哥：雌雄莫辨的性格

女性袍哥不仅在历史上，在文学作品当中的出现也是罕见。从这个意义上来说，女性袍哥形象所具有的一种特殊性也值得探讨。在特定的历史阶段中，在混乱的政治局势与社会状况的共同作用下，女性袍哥也诞生于巴蜀这片民风彪悍的土地上。相应的，文学也在这个方面进行了呼应。

克非笔下的金二是"不是汉子的汉子，不是光棍的光棍"，在父亲袍哥首领金包卵临终之际，藏下了遗嘱，想要在群龙无首的状态下挑起一方势力的大梁，"要掌袍权，得先掌家权"。在意识到自己势单力薄之后，立马投靠袍哥大爷周青留，想利用他的权势来达到自己的目的。众人在金包卵的坟场前"议事"，商量下一任袍哥首领之时，金二拿出"遗嘱"，鸣枪示威：

> 金二"柳眉倒竖，杏眼圆睁"，朝天砰砰两枪，叫嚷："吼你们的祖仙人板板！"把手上的纸块两抖，"格老子，说得古怪蹊跷！假的？这上面的手模脚印，也假得起哇？！"[1]

金二的泼辣跃然纸上。后来在金二的挑唆和干扰下，周青留、周月田父子关系破裂。金二甚至还怂恿周月田卖妹求荣，从而换取鸦片经营的利益，把阴狠毒辣的个性展露无遗。

当代作家戴善奎的小说《女袍哥》、王雨的《开埠》以历史上重庆女袍哥的存在为灵感，创作出了女性袍哥的文学形象。《女袍哥》的女主人公白荷拥有一切所谓"男性气质"的性格特征：义气、豪迈、胆大、沉迷美丽的女性。她是白军阀的女儿，于是生而有恃无恐、胆大包天。她十分向往"嗨袍哥"，尤其对于昌县唯一的女袍哥公口"满江红"深感兴趣，三天两头跑去玩。她的奶奶"白老太"曾经也是一个舵主，年纪大了之后退位给了手下章胡氏。章胡氏被"拉了肥

---

① 克非：《鸦片王国浮沉记》，人民文学出版社，1989年，第195页。

猪"①之后，她竟然只身前往营救。作者在创作中的主观想象为其魄力和情义增添了一种江湖大侠的气息。

《开埠》中的女袍哥喻笑霜在家破人亡，受到一方袍哥势力的追捕下，投拜到另一个公口袍哥大爷的门下，立志成为女袍哥。

> 她点头，心中愤懑，哼，不怕你李泓寿凶，我以后也入袍哥，也当头头跟你斗。她把这想法对二爸二妈说了。二爸说："你耶，个男娃儿秉性，你有这志气二爸倒高兴。"
>
> 喻笑霜确实是男娃儿秉性，在书院念书时就跟男学子打架。父亲说她有喻家人的硬气，做人行事就是要有硬气，才不会被人欺负。②

这种与强权斗争的精神，体现着属于袍哥文化下影响的人物气质。这些女性袍哥往往泼辣大胆，拥有一技之长。不过，值得一提的是，在当时的社会环境下，往往只有这些家庭背景强势的女性才能在袍哥的世界中崭露头角。也就是说，这一类女性袍哥形象实际上必须依附强权才能有所作为。可惜的是，当代对女性袍哥形象的塑造，带有简单的脸谱化印象。作者男性视角的凝视也使得笔下的女袍哥摆脱不了刻板的印象，往往只是披着男性气质的外皮，以美丽的外貌和泼辣的个性游走于各个男性人物之间，人物形象的饱满度有所欠缺，内在深层次的精神内核缺乏力度。

5. 浑水袍哥：江湖匪盗的文学想象

袍哥分清水与浑水，根据社会行为和社会性能的差异来区分。清水袍哥大多社会地位较高，具有正当职业，其中工商业者、开明绅士、知识分子、青年学生居多，只有个别下九流分子。浑水袍哥大多不从事正当职业，成分比较复杂，恶霸、强盗，三教九流无所不有，且都为非作歹，其中主要是职业土匪。

沙汀的回忆录中也有着对浑水袍哥的记叙："辛亥革命不久，1913年的光景，邻县绵竹有个很有名的袍哥头子叫侯国志，是个'浑水'袍哥。四川的袍哥，当时有'清水'、'浑水'之分。'浑水'袍哥，他们的职业就是'跟门神打仗'，专干打家劫舍之类的勾当。另一种'清水'袍哥，主要是靠赌博，并做

---

① 指绑架富裕的财主（被称之为"肥猪"），在经过中间人士协商之后，从而获得大笔赎金。
② 王雨：《开埠》，人民文学出版社，2014年，第40页。

些容易赚钱但又违法的生意，借以维持生活。"①打家劫舍的浑水袍哥，实际上也就是啸聚山林的土匪，他们对于普通老百姓有着极大的威胁。"当时的社会秩序确实很乱，经常有抢案发生，财主们被绑票，四川人叫作'拉肥猪'。但是，这类事多是所谓浑水袍哥干的，多少有点名气，甚至同当时的基层政权有勾结，他们很少被捕。被抓到大劈的，大都是贫苦农民。"②由此可见，浑水袍哥同样在乡村政权上有一定的势力，而大多财主乡绅也为了财产和人身安全而加入袍哥组织，因而最终受苦受难的总是普通百姓。

克非笔下的浑水袍哥王灵官便是此类人物，他奸杀淫掠，杀人吮血，浑身上下透露着一种野蛮、凶残的强势气息。试举浑水袍哥王灵官"亮相"时的描写为例：

> 这个挺过二十多年的"棚子"，敢端起碗大口喝人血的大棒客，此刻正高踞在当初牛王菩萨用过的神桌上，面前碗钵狼藉，酒罐倾倒。不消说，已经痛饮了个通宵。另外，阶沿口过去化纸烧钱的鼎状的生铁香炉内，正燃着柴块烧的熊熊大火：不知是烤食物吃，驱除山间瘴气，还是摆排场、壮声威，吓唬即将押到的俘虏。
>
> "周老弟，大经理，别来无恙乎？！"
>
> 看见掌中物出现在眼前，王灵官喜得胡子打抖，学着茶馆里说书人的道白，一抱掌，嗬嗬大笑。③

戏剧化的描写突出了王灵官猖狂、粗野的面目。在小说中，王灵官劫了周青留的鸦片车队，关押恐吓周青留与儿子周月田。在老烧腊和筱花凤试图解救周青留失败之后，王灵官抓住三人，指使手下去奸淫惩戒两名妇女。一举一动无不穷凶极恶，充分体现着浑水袍哥的匪盗特质。作家在塑造此类人物形象时，大量运用了戏剧化的笔法极力表现出他们可怖的一面。

这五类袍哥形象各有特点，袍哥社会的阶级分化与封建社会、半封建社会的阶级分化具有同构性，不过是将其放置在了袍哥社会的系统之中，带有袍哥的特

① 沙汀：《沙汀文集》第10卷，四川文艺出版社，2017年，第20页。
② 沙汀：《沙汀文集》第10卷，四川文艺出版社，2017年，第19页。
③ 克非：《鸦片王国浮沉记》，人民文学出版社，1989年，第126页。

质。处于"金字塔"上层的袍哥大爷们不仅掌控着袍界大权，还渗透到乡村政权的架构之中，在实际上对于人们的生杀财产都有着相当的话语权。他们在经济、政治上往往占有最多的资源，也就是靠着这些资源而牢固着他们的地位，雪球便能越滚越大。不过，与一般脸谱化的乡村恶霸的形象不同，袍哥组织在风雨飘零的时代背景下，对于乡镇的稳定起着一定的作用。他们在自己的"王国"之中维持着一种平衡，保证村民人身与财产的相对安全，避免了一些盗匪的肆虐。

在李劼人的短篇小说《失运以后的兵》中，驻扎在县城的军队师长不断"吸血"，西乡人公推"老奸巨猾的袍哥"——团总来与师长协调，师长大怒，关押团总，后来在各方势力的求情和命令下放人。然而心气大的团总回去之后，便鼓动各保团防进行反抗，反对苛捐杂税，一呼百应，后来包围了县城，最终将师长逼得仓皇而逃。

李劼人的讲述，表现了袍哥组织在乡镇社会里具有正面作用的一方面。而另一方面，这种"保护"，其实也只是披着冠冕堂皇的皮，内里仍然离不开剥削和吸血的内核，按照李劼人的话来说"只是不显明的打家劫舍罢了"，这是与封建社会的性质分不开的。正如沙汀在《淘金记》里对于龙哥的讽刺描写：

> 龙哥自怨自艾地叹息一声，于是，就像以往在同样的机遇当中一样，他又千篇一律，但却充满信心地自述起他对北斗镇的功劳来了。
>
> 他说得激情而又认真，自己并不觉得杂着大量虚诬。而事实上他也道出了不少真实。以往某些时期，每次抬垫，总有一部分是他抓腰包垫出来的。虽然这是因为，若果按期缴纳，经手人可以取得一笔回扣。
>
> 这镇上的居民，长时期来，能够无须睁起眼睛在枪声中熬夜；近郊的农民，无须一到黄昏便把黄牛、水牛牵上街来投店，不用说也同他的功劳分不开的。虽然在团费、子弹费、被服费以及冬防费种种名义下面，他对人们进行的剥削比抢劫还厉害。当然也更堂皇，因为全都经过法律手续。他的名望、田产，以及他那浑身肥肉，都是这样来的。说到损失只有一点，他的胆子没有从前大了。因为招安以后，对付从前的斗伴，他的手段太毒辣了。被他收拾掉的有好几十个人，其余的都在暗里等候机会。有个名叫苏大个子

的，甚至扬言要绑他的票，请他也尝一尝苕窖的滋味。①

从税收里拿回扣，保护乡民不受土匪的干扰（虽然进行着比抢劫还厉害的剥削），这种贪婪粗野的个性正是辛亥革命之后依附于封建统治的袍哥组织的实际作为与面貌。因此，在小说艺术的描绘下，无疑展现了袍哥极为讽刺的一面：曾经崇尚"义"字精神，具有"反抗意志"的袍哥，在渗透攀附进入了封建统治阶级之后，所奉行的信条已变质为以"逐利"为本。这种性质也便是袍哥组织在历史的长河中最终走向覆灭的原因。

（二）袍哥组织的形态结构与功能

袍哥在组织上具有相对完整的一套程序与规则，《海底》是他们奉为信条的守则。无论是挂在嘴边的"袍哥人家决不拉稀摆带"，还是以"义"字当先的精神内核，袍哥对于自身群体与组织建构有着强烈的认同感与归属感。王笛认为这种身份认同实质上提升了他们的凝聚力与行动力。"袍哥《海底》、'汉留'以及对自己组织之起源的说法，可以看作是霍布斯鲍姆（E. J. Hobsbawn）所指出的'被发明的传统'的一个过程。他们利用一整套通常由已被公开或私下接受的规则所控制的实践活动，具有一种仪式或象征特性，试图通过重复来灌输一定的价值和行为规范。而且必然暗含与过去的连续性，事实上，只要有可能，它们通常试图与某一适当的具有重大历史意义的过去建立连续性。这种'被发明的传统'成为他们政治斗争的工具，也成为他们身份认同的凝聚力。"②这样一个具有系统规则的秘密组织，内部具有不同的分工。袍哥有仁、义、礼、智、信五大堂口，各堂口之下又设有公口。仁字号多为军政要人、富商大贾、士绅名流；义字号多是殷实商人、一般官吏；礼字号由小商人、小市民、贩夫走卒等组成。而智字号，多是小贩；信字号则多是无业游民，地位最低。

从王笛《袍哥：1940年代川西乡村的暴力与秩序》中的案例可以看到，一个袍哥的经济实力常常决定了他掌握实权的可能性以及他在整个组织当中的地位。正如《淘金记》中的白酱丹一般，精于算计、奸诈狡猾的他，却正是因为经济上的拮据，而无法独当一面，只有通过与龙哥和彭胖的勾结才能行事。"一个袍哥

---

① 沙汀：《沙汀文集》第1卷，四川文艺出版社，2017年，第164页。
② 王笛：《袍哥：1940年代川西乡村的暴力与秩序》，北京大学出版社，2018年，第40页。

首领是依靠道德（忠义）、力量（暴力）、财力支撑其领导权，这三个方面是相辅相成的，每一个环节都不能中断。"①

在袍哥的社会网络与权力关系里，利益与势力的争斗随处可见。所有的争斗是依托派系与集团开始的，没有实力支撑，便无法进行争斗。这种状况是与乡土的特征相联系的。在《淘金记》描写中，在野派的袍哥与当权派的袍哥分别有各自爱去的茶馆，即活动的主要空间。林幺长子与白酱丹之间明里暗里的争斗在各自背后的势力下，就算愤怒记恨，实质上也不能奈对方何。《还乡记》中，袍哥之间的争斗与较劲仍然相似，讽刺的是，一旦受到利益的促使，又能"摒弃前嫌"，联合起来："他平常虽然爱挑剔罗懒王两爷子，巴不得他们出乖露丑，大丢其底，今天可不同了，他们已经被林檎沟的笋子重新结合起来。"②

王笛在《袍哥：1940年代川西乡村的暴力与秩序》中指出："在我看来，一个地方社会的'制度'和'力量'都是多维度的，可以是政治的（政策和机构）、血缘的（家庭和家族）、地域的（全国的和地方的以及乡土的）、经济的、文化的（风俗和传统）、伦理的、法律的、阶级的、集团的。但是在'望镇'，袍哥却把一切网罗到一起，犹如编织了一张网的蜘蛛，网上任何一个地方有了动静，这只蜘蛛能够立即作出相应的反应。"③蜘蛛网的比喻形象地点出了袍哥在其时四川乡镇上的地位与权力，他们在官方与民间之间穿针引线，从各个方面渗透进乡镇社会的建构与运作。人与人之间的关系纵横交织，袍哥大爷、土匪、地主豪绅、乡长、保长、联保主任等乡镇社会中的强权人物在其中的勾连与作用可见一斑。袍哥组织的发展壮大也是在四川社会的变化和整个中国社会历史风云突变的背景下生成的。越来越多的人加入袍哥组织，或是寻求庇护，或是攫取名利。《淘金记》中的一段描写道出了袍哥组织人员的复杂：

在新入流的哥老当中，有好几个游荡无业的知识分子和小学教员掺杂其间，这也和往后不同的。尤其当被码头上的管事带了那一长串杂色队伍沿街拜客的时候，看官们简直是吃惊了，他们不相信这是可能的事，虽然他们明明白白看见一个穿着山峡布制服的青年，是在那里叩头打拱，毫不在意，甚

---

① 王笛：《袍哥：1940年代川西乡村的暴力与秩序》，北京大学出版社，2018年，第264页。
② 沙汀：《沙汀文集》第2卷，四川文艺出版社，2017年，第100页。
③ 王笛：《袍哥：1940年代川西乡村的暴力与秩序》，北京大学出版社，2018年，第143页。

至带点沾沾自喜神情。

　　这批别致光棍^①的介绍人是白酱丹。其中能够拿出大批款子的人，是并不多的。但是白酱丹的打算却在这里：他要把全镇的优秀分子网罗到袍界中来！因为，由他看来，目前已不复是单靠骰子、枪炮，所能制胜的时代了。自从十七年到成都受过国民党一个月的训练以后，龙哥自己也觉得开了不少眼界，懂得点时势了，所以十分高兴地同意了他。而在那些新入流者本身，则因一向大都充满一种怀才不遇的心情，深觉自己在这镇上毫无作为倒是一个光棍说话响亮得多。而且，自从抗战以来，由于种种野心家的吹嘘提倡，袍哥这种组织，似乎又像反正前后一样为人所看重了。^②

　　《淘金记》中这段招募袍哥的描述，体现了当时乡村社会中，权力关系的交织与混杂，各行各业的人物都在被袍哥吸纳进组织，如同蜘蛛将自己的网织得更加密集。

（三）不同作者笔下的袍哥形象

　　在四川乡土小说中，李劼人、沙汀以及克非的创作给了袍哥形象最为丰富多彩的贴近展现。如果说李劼人的创作是将人物投放到整体的历史社会背景之中进行鸟瞰，那么，沙汀的创作则是拿着放大镜，以最近距离来贴近记忆中的人物素材，描绘出小说中深刻而生动的袍哥形象，而克非笔下的袍哥，在沿袭了前人的文学经验的基础上，又往人物形象内部注入了更多人性的冲突，给袍哥形象注入了更为丰富的内心世界，将更为复杂的心理状态展现了出来。

1. 李劼人笔下"亦正亦邪"的袍哥形象

　　李劼人的小说中，讲述袍哥的文本并不在多数，然而，作者精湛的创作技巧使得笔下的袍哥形象绽放出了强大的艺术魅力与影响力，尤其是《死水微澜》中罗歪嘴的形象，成为袍哥叙事中的一个经典人物形象。李劼人的小说中，能看到四川其时全方位与广阔的生活图景，作为一个重视历史史实与民间文化的作者，他不仅把政治、军事、经济与文化的书写纳入小说中，更将人们的日常生活、民俗民风、方言俗语、自然风光等融入作品当中，打造出极富地方色彩与时代特征

---

① 袍哥的别称。
② 沙汀：《淘金记》，人民文学出版社，1954年，第172页。

的文学世界。最为重要的是，李劼人对笔下的人物始终保有着一种人性的观照，对男男女女的描摹，都保持着肯定人性本真的态度。郭沫若在《中国左拉之待望》中盛赞李劼人的四川本土书写："作者的规模之宏大已经相当地足以惊人，而各个时代的主流及其递禅，地方上的风土气韵，各个阶层的人物生活样式，心理状态，言语口吻，无论是男的的女的的老的的少的的，都亏他研究得那样透辟，描写得那样自然。"①

《死水微澜》讲述的是从中日甲午战争到辛亥革命前夕，成都城外一个小乡镇上，袍哥与教民两种势力的争斗消长与帝国主义侵略对中国社会的影响所投射出来的小人物的日常生活。故事主要以蔡大嫂这个女性形象的命运为主线，通过她的成长以及与蔡兴顺、罗歪嘴、顾天成三个男人之间的爱恨纠葛来展现当时社会的一方图景。李劼人"写所闻，写所见，写身所经历"②，从小人物的故事出发，以小见大，从微观看宏观，反映出从中日甲午战争到辛亥革命前夕这段时间的历史。李劼人的历史的洞察力以及文学的艺术创造力也正好体现在这一点上：将历史宏观叙事以一种细腻而敏锐的方式投射在了天回镇上市民阶层的日常生活之中。清朝中央集权制度达到顶峰，貌似饱和而稳定的状态之中始终蕴含着岌岌可危的因素，尤其在遭受到"西风"冲击的状况下，这潭死水也自然而然有了裂痕，兴了波澜。代表袍哥势力的罗歪嘴和代表教民势力的顾天成，这两人对于蔡大嫂人生的影响和改变与袍哥和洋教在内陆社会中的争斗与势力消长也是相对应的。四川袍哥在清末民初的四川社会中起着重要而复杂的作用，一方面调停民众的日常生活，维护封建秩序，一方面又对民众生命财产安全与社会秩序构成一定的威胁。至于洋教，更是代表了帝国主义的侵略与蚕食，"听见过八国联军的事情，也看见过当时成都所受的影响"③，李劼人所表现的，正是那个时代洋教在内陆的活动与扩张。

天回镇地处四川西部，正是成都附近的小场镇，其袍哥组织的强势已然如小说所描写。罗歪嘴是本地码头舵把子朱大爷的大管事，排行老五，被尊称为"罗五爷"，"纵横八九十里，只要罗五爷一张名片，尽可吃通；至于本码头的天回镇，更不消说了"。罗歪嘴是一个"亦正亦邪"的袍哥形象，他的正与邪，主要

---

① 郭沫若：《中国左拉之待望》，《李劼人选集》第1卷，四川人民出版社，1980年，第5页。
② 李劼人：《李劼人选集》第5卷，四川人民出版社，1984年，第539页。
③ 李劼人：《李劼人选集》第5卷，四川人民出版社，1984年，第539页。

体现在两个方面，一是行事风范，二是感情生活。

罗歪嘴豁达、豪气，置礼教秩序如敝屣的他，过了三十多年放浪形骸的日子，公开吃喝嫖赌，素来行事颇具江湖侠义气息：

> 年纪已是三十五岁，在手上经过的银钱，总以千数，而到现在，除了放三分大利的几百两银子外，随身只有红漆皮衣箱一口，被盖卷一个，以及少许必用的东西。
>
> 他的钱哪里去了？这是报得出支销来的：弟兄伙的通挪不说了，其次是吃了，再次是嫖了。①

罗歪嘴在讲起余树南袍哥大爷的豪侠事迹时充满着钦佩之情，显示着他对于"义"的推崇。因而尽管身为袍哥，干着违反乱纪的事，罗歪嘴却又尊重江湖规矩，不乱做欺男霸女的勾当。保有着"有所为有所不为"的侠义观念的罗歪嘴，要算计顾天成钱财之前，也有着一些顾虑，不过这种顾虑在涉及真正利益时也不过是转眼云烟而已：

> 罗歪嘴到底是正派人，以别种手段弄钱，乃至坐地分肥，凡大家以为可的，他也做得心安理得。独于在场合上做手脚，但凡顾面子的，总要非议以为不然，这是他历来听惯了的；平日自持，都很谨饬，而此际不得不破戒，说不上良心问题，只是觉得习惯上有点不自然；所以张占魁来问及时，很令他迟疑了好一会。②

在感情上，罗歪嘴更是将"正"与"邪"展现得淋漓尽致。罗歪嘴嫖之有道，遵守财色交易的规则，对妓女刘三金也是颇具情义。他早年受到姑父的照拂，因而对表弟蔡兴顺也是照顾有加，在蔡兴顺娶了漂亮老婆之后，也是他站出来发话，阻止了很多人对蔡大嫂的叨扰。

从罗歪嘴的审美取向来看，他不喜欢"作古正经死板板的"正经人家的女儿，反而追求的是"活生生"的，脱离了教条束缚的那种有血有肉的女人，因而

① 李劼人：《李劼人选集》第1卷，四川人民出版社，1980年，第29页。
② 李劼人：《李劼人选集》第1卷，四川人民出版社，1980年，第86页。

他与蔡大嫂的恋爱也是一早就因这两人的性格习气注定了的。罗歪嘴一开始并不了解蔡大嫂，仅觉得她是一个"伸抖"的女人，直到与蔡大嫂在空坝里的一番关于洋教的交谈，突然发现这个女人"有气概"，"真不大像乡坝里的婆娘们"，而开始动起了心思。尽管如此，在对表弟媳妇蔡大嫂动心之后，他却出乎意料地保持着一种"礼数"与距离，把这种情愫暗藏在心底里。直到刘三金挑破一切，他和蔡大嫂互相确认了心意之后，便彻底弃向肆意释放情欲的境地。从伦理道德上来说，这两人的勾结是乱伦的，这体现着"邪"的一面。然而这两人的结合却是因为真爱，罗歪嘴对于蔡大嫂的真心与关爱一扫他以往的"无情嫖客"姿态，在认证真情的角度上来说，又不得不肯定其在爱情上"正"的一面。这样的矛盾也体现在罗歪嘴对待蔡兴顺的态度上，他一边行着霸人妻子之事，当着蔡兴顺的面调情，一边又可怜蔡傻子，要教授他取悦妻子的手段。罗歪嘴形象的复杂与完整就在这些细节之中一点一点拼凑出来，这样一个"圆形"人物，体现着人性的复杂，他是一个善恶的结合体，这也便是罗歪嘴形象塑造成功与深入人心的原因。

在谈到罗歪嘴这个人物形象的塑造时，李劼人讲述了一个渊源，便是在自己儿子被绑票时，通过为人豪侠的袍哥大爷邝瞎子的帮助，用很少的赎金救出了儿子，于是感激之下便把儿子拜寄给他。"他的绰号叫邝瞎子，其实他的眼睛并不瞎，这就是罗歪嘴名字的由来。罗歪嘴的形象也有我这个亲家的一部分。"[1]李劼人是"土生土长"的、巴蜀社会和文化浸泡出来的作家，四川社会的风土人情和民俗景象都是他的文学素材和灵感源头，巴金曾在致李劼人之女李眉的信中说道："过去的成都活在他的笔下。"除了短暂的法国留学时光外，李劼人的一生，都扎根在成都的土地上。民间叙事使得李劼人的作品"接地气"，进而带有一方土地的色彩，将作家本人受到地理环境影响而生成的、兼有个人特色的艺术风格与审美追求展现在文学作品之中。同时受到法国启蒙精神影响的李劼人，对于历史大动荡中人物起伏的讲述，往往带有自然主义的气息。罗歪嘴这个"亦正亦邪"的复杂立体的人物形象的塑造正是源自李劼人观照人性的文学理念。他的文学书写重在对经验事实的呈现，很难看到对于角色的道德批判，作者的声音似乎掩盖在了不偏不倚的文字之中，然而，正是这样的创作态度，使得其对于人物

---

[1]　李劼人：《李劼人选集》第5卷，四川人民出版社，1984年，第540页。

的塑造更加生动，富有饱满的人性色彩。

2. 沙汀与川西北乡镇袍哥群像

四川乡土小说中，沙汀对于袍哥形象的塑造可以说是占据了相当大部分的位置。从长篇小说《淘金记》《困兽记》《还乡记》，中篇小说《红石滩》到短篇小说《在其香居茶馆里》《某镇纪事》《干渣——老C的自传断片》《崔太爷》《灾区一宿》等作品里，都有袍哥形象的描写。类型之多与细节之深，可以说是四川作家中对袍哥类型进行了最为全面和丰富描写的一人。

《淘金记》《困兽记》《还乡记》简称"三记"，是沙汀的著名长篇小说。这三部小说中皆或多或少地对袍哥形象有所描述，最为经典的便是《淘金记》中的"袍哥众生相"。《淘金记》里白酱丹与林幺长子之间的明争暗斗写得相当精彩，将袍哥之间明里暗里的龃龉写得入木三分。这些人一切以利益出发，需要的时候攀两句亲戚圆圆话，背过身去的时候总是盘算着如何攫取更多的利益，核心便是争斗，充满了野蛮与强势的生命力。沙汀在谈到自己的创作时指出："从短篇集《苦难》起，一直到我写出长篇《淘金记》止，差不多十年中间，我的绝大部分作品，都不出乎这一个主题思想：暴露农村中的封建统治的罪恶。"① 受到左翼思想影响的沙汀，把川西北乡镇的社会景观引入小说世界，写出了农村豪强势力的贪婪与残暴，底层百姓的困苦与挣扎，构建了闭塞、愚昧的川西北社会现实。"抗战在后方把人的私欲扇得更旺了"②，沙汀想要表达的，便是对人性贪婪与私欲横流状态的不齿与反思。对于袍哥形象的塑造，沙汀多采用了讽刺的手法，介于他的左翼立场以及受到鲁迅乡土写实派的影响，对于四川乡土生态中的"袍哥"势力，无疑是采取了批判的态度。在谈对《淘金记》的创作时他说道："我只集中在这一点写：为了满足随涨的私欲，在一批恶棍中展开着怎样一种斗争。我把故事的葛藤安置在一种三角关系上。一方面是占有实力的一派，其中包含着一个没落的乡绅，一个除了注意自己的利益，其余的时间便打瞌睡的肥胖的富室，一个粗鲁天真的袍哥大爷；另一方面则是一个失势的恶棍，以及其他几个不关紧要的角色。这后一批人只是占着陪衬地位，但不管如何，金子是金子，他们也在之间斗争着，牵制着了。"③

---

① 沙汀：《关于〈淘金记〉的通讯》，《沙汀文集》第7卷，四川文艺出版社，2017年，第20页。
② 沙汀：《关于〈淘金记〉的通讯》，《沙汀文集》第7卷，四川文艺出版社，2017年，第20页。
③ 沙汀：《沙汀文集》第7卷，四川文艺出版社，2017年，第365页。

沙汀笔下最为成功的袍哥形象便是《淘金记》中的白酱丹。这个"又奸又邪"的袍哥形象与李劼人笔下"亦正亦邪"的罗歪嘴形成了鲜明的对比。白酱丹家道中落，家里穷得揭不开锅，回家面对的便是憔悴的妻女，这样一个没落的士绅，在金价上涨的背景下，对于淘金的欲望相当炽烈。他为人奸诈狡猾，唯一能够倚仗的便是自己算计的能力，因而往往在与龙哥和彭胖的勾结中，扮演一个"军师"的角色，从而获得利益。

白酱丹之"奸"，在沙汀的笔下刻画得入木三分，这个具有"无穷无尽的诡计"的失势袍哥阴险而狡诈。他在探听金矿消息与林幺长子"巧遇"时虚情假意，在两人找上何人种之后又开始唇枪舌剑，其间的龃龉与暗流涌动都显示着此人的奸猾与阴毒。一开始在算计金矿时，他刻意避开了"喉咙粗"的龙哥，只想与彭胖合伙，从而分摊更多利益。后来在事态变化之后又无可奈何地搬出龙哥来镇场子，北斗镇的形势在他的搅动之下越来越浑。白酱丹精于算计，善于"演戏"，沙汀对他表情的变化进行了细致的描写，在与彭胖去探何寡母口风时，"做作""故为幽默""假装的腼腆"等描写突显出了他"奸"的一面。在威逼利诱何寡母之时，他的"又奸又邪"充分展现在这一段描写之中：

> 白酱丹感觉到狼狈了。因为他看出来，他的巧辞已经成了废话，再不能对寡妇发生任何有效的影响。因为情势非常清楚，寡妇现在连大门也关了！最后，他想先劝住她，然后重新敷叙种种足以使任何一个顽固者软化的巧妙理由，打破这僵局。但是毫无效果，而这就使得那在他性格中潜伏着的暴戾发作起来。
>
> 沉默一会，他那微瘪的唇边忽然掠过一丝毒狠的狞笑。
>
> "哭，解决不了问题啊！"白酱丹终于警告似的说了，显然认为和善的说服已经绝望，只好另外再来一套，"我们是好好来商量的，有话拿出来说呀！"①

他先是试图以自己精心编排的话语劝服何寡母，发现已经起不了作用之后，又在阴险的算计之中改变策略，开始对何寡母进行威胁恐吓。从"感觉到狼狈"

到"暴戾发作起来",从"沉默""毒狠的狞笑"到"警告",这个袍哥形象阴险毒辣的性格特质跃然纸上。

白酱丹之"邪",还在于他"下烂药"的一面,他不断地给林幺长子和何寡母使绊子,利用着龙哥和彭胖的势力处心积虑地谋划着争权夺利。淘金之事的泡汤,让他对何寡母的痛恨越发强烈,于是暗地里便进行了一系列的动作:在龙哥耳边煽风点火,禁烟一事上为难何氏母子,暗地里鼓动丘娃子去何家闹分家,直到在"法律"的名义下最终拿下开矿的权力。到最后,甚至叶二大爷都在警告他,不可太过毒辣,见好就收。他的狠毒与邪恶在这一系列的举动中彰显无遗。

与罗歪嘴最大的区别在于,在白酱丹身上几乎看不到什么作为"人"的正面情感,除了文中一笔带过的对妻女的一瞬间的温情(这种温情是取决于他的心情与牟利状况的),白酱丹的出场总是伴随着追逐利益的贪婪与焦虑。罗歪嘴的善恶与"正邪"混杂在他这样一个较为完整的"人"的形象之中,而白酱丹则毫无掩饰地将人性最丑恶的一面展现了出来。这两种袍哥形象的差异与作者的创作观念有关,但在一定程度上,也是以恰当的形象塑造充分地展现了作品的不同主题与内容。

除此之外,沙汀的笔下还提供了最为丰富的袍哥群像。他小说中的袍哥可以大致归纳为以下四类:实权型,在野型,失势型,无权型。实权型多指袍哥大爷一类角色,是最强势、最有权的袍哥,在这类袍哥中,还可以分为两类,一类是靠武力实打实地拼上位的袍哥,另一类则是通过财力的支持,直接捐班成为大爷的袍哥,前者有如《淘金记》中的龙哥,后者有如《淘金记》中的彭胖;在野型多是有一定基础势力但权力有限的袍哥首领,例如《淘金记》中的林幺长子;失势型,指的是曾经拥有实权,因为年纪渐大退位或因为经济实力匮乏而没有实权的袍哥形象,如《在其香居茶馆里》的陈新老爷,《红石滩》中的唐简斋;最后一种无权型,指的便是最为底层的袍哥手下,以《还乡记》中的徐烂狗为典型。沙汀总是能通过寥寥数语勾勒出一个生动切实的人物形象,他惯常从细节出发,以简短的语言把一个形象最突出的特点表现出来。例如《干渣——老C的自传断片》里:"朱刀疤正在成军招安。这是当地的哥老头目,号召能力很大,正准备做路司令。他是一个怪人,冬天不着皮袄;但要烧旺两三个火盆,自己赤裸了上身向火。脾气很大,许多土匪头儿见了他都会嘴唇发抖。可是他是多病的,又瘦又小,看来恰像猴子一样。他常常习惯了在鸡叫头次时吃早饭,迟一点就要用脚头踢人。"①一个外形弱小却脾气古怪，气性极大的袍哥形象跃然纸上，充满着戏剧性的张力。

沙汀在晚年自述中，对于中篇小说《红石滩》的评价甚高，认为是自己创作的一个新阶段。按照沙汀自己的话，《红石滩》是写土豪劣绅如何抗拒时代潮流的，在解放初期就有所构思却因为当时文艺风尚提倡反映社会主义新生活而作罢。然而经过历史的阅读与检验，这篇蕴含着浓浓阶级斗争意味的小说无论是在人物塑造还是审美价值上，都远不及《淘金记》等篇目。在《红石滩》中，诨名"胖爷"的大袍哥儿子，意图奸淫前来帮忙做针线的陈大发妻子的女儿未遂，最终逼死了母女俩。陈大发的女婿伍老师想要讨回公道，于是前往县衙告状。在胖爷作恶的整个过程中，袍哥系统中的"军师""光棍"手下等，无不参与其中。在这部小说中，袍哥的形象已经是一个封建黑暗乡村中遗留的极权恶人形象，是一个彻头彻尾的反面人物，对这个人物的书写含有的批判性指向使得这个人物的塑造稍显平面与脸谱化。

3. 克非"鸦片王国"中的袍哥形象

克非的《鸦片王国浮沉记》在当代四川乡土文学写袍哥的小说中可谓一个具有代表性的作品。克非对于川西北乡村的记述深受沙汀的影响，在承接着前人塑造的袍哥形象基础上，创造出了具有独特气质的袍哥人物。克非笔下的袍哥形象有两个显著的特点：一是描写了将传统宗法、军阀势力和江湖气息等元素相混杂的袍哥社会；二是塑造了更加具有内在冲突的袍哥形象，并且详细地描绘出了一个袍哥的发迹与覆灭的人生轨迹。

周青留是小说的核心人物，一个曾经深受儒家文化影响的庄稼人，在经历了鸦片的"洗礼"后，变得人不人，兽不兽，妻离子散，内心的精神世界也彻底崩坏。《鸦片王国浮沉记》既是周青留的发迹史，也是周青留一步一步走向精神失落绝境的记叙。与鸦片王国的"浮沉"相对应的，便也是周青留的沉浮。早期的周青留固执地坚持着不碰鸦片的信念，却在生病之后受到儿子的欺瞒服上了含有罂粟的药物，上了瘾；在大病初愈之后，又发现自己引以为傲的庄稼田全种上了鸦片，受到刺激的他吐血栽倒在田边。

后来在现实利益的推动下，周青留逐渐接受了栽种鸦片和经营鸦片的观念，

---

① 沙汀：《沙汀文集》第4卷，四川文艺出版社，2017年，第373页。

从此走上了依靠鸦片发迹的道路。"他不但彻底抛掉了在大烟问题上曾经有过的种种想法，有时甚至觉得从前那个迂腐劲儿真是可笑"[1]，一个曾经会因家人隐瞒自己种鸦片而吐血的人，完全抛弃了过去的操守，人性异化的恐怖可见一斑。

在王灵官覆灭的"白马之役"之后，周青留受到袍哥大爷金包卵提拔，从三哥提升为舵把子，在整个联合公口内的地位一跃至前三，成为仅次于金包卵，与辛乃光平起平坐的袍哥大爷。他的快速升迁一度让辛乃光感到威胁和不满，乃至起了杀心。而最后前两位大爷受到刺杀双双毙命，仅周青留活了下来，龙头大爷的权杖便在多方助力下顺位到了他的手上。在日后的袍哥大爷生活中，周青留的精神越发贫瘠，"觉得自己作为人的灵魂在失去，在变为兽"[2]。尽管感到"失魂"，周青留的"鸦片王国"却在蛮横霸道之中建立起来了。

拥有了一切的周青留却失去了内心的平衡，家庭的破碎，情人的远离。"罂粟西施"的出现唤醒了周青留内心对于人世间"真善美"的渴求，他甚至回想起了自己的初恋。他怜惜这个"观音菩萨样"的姑娘，收做了干女儿。没想到转眼干女儿在金二这个"混世魔"的手上受尽屈辱失去生命。周青留痛苦不已，想要开枪报复金二，却受到了周月田的阻拦，击中了儿子，于是两父子由此走向了彻底决裂。就这样，在鸦片的"毒化"下，一个深受儒家传统文化浸润的庄稼汉与他的家庭分崩离析，落入了破碎与堕落的深渊。

克非对于袍哥人物的内心冲突和心理活动进行了较多的描写，人物形象也更加戏剧化。在故事架构和情节设置上十分精妙，比如周青留的三次吐血，暗示着人物形象的阶段性变化。

克非的语言精练，大量短句单成段落，营造出一股凝练劲健的叙事风格。与此同时，不乏精细的描写，错落有致，张弛有度。人物内心的声音和作者的评判往往"重合"在一起，周青留对自己所作所为开脱的话语，又像是作者略带的嘲弄的附和，体现出一股别具特色的艺术效果，也加深了其中的讽刺意味。

（四）不同时代文本中的袍哥形象之流变

根据现有的关于袍哥的四川乡土小说文本，可以将袍哥叙事和袍哥形象的区分大致地分为四个阶段：一由李劼人所描写的辛亥革命前后的袍哥形象；二由沙

---

[1] 克非：《鸦片王国浮沉记》，人民文学出版社，1989年，第58页。
[2] 克非：《鸦片王国浮沉记》，人民文学出版社，1989年，第214页。

汀书写的抗战时期的川西北乡镇的袍哥形象；三由克非在审视传统，寻求启蒙精神复归的历史语境中所创作的袍哥形象；四是当代作家在沿袭传统和增设想象中所描绘的袍哥形象。袍哥形象塑造在这四个阶段的分化，除了与作者的主观情感与创作风格有关，同时也因为时代的风向吹拂而有所变化。一定历史阶段的袍哥与一定历史阶段的四川社会相关联，一定历史阶段的袍哥形象也与一定历史阶段的文学风向和四川作家的创作心理分不开。

如前文分析，四川乡土小说中书写了袍哥的作者主要以李劼人、沙汀和克非为代表，这三位作者的创作不仅表现出了创作者个人的审美取向与写作手法，在某种程度上，之所以他们笔下袍哥的色彩各异，不能不说也是有着时代的投影。不过，总的说来，这三位主要作家都是沿袭着一条比较清晰的脉络，即以现实主义的笔法为核心来汲取自己最熟悉的四川乡村的风土人情素材，塑造各自笔下的袍哥人物。

李劼人开袍哥叙事之先声，《死水微澜》创作于1935年，写的是辛亥革命以前的袍哥人物。晚清封建专制统治岌岌可危，外国势力不断入侵，民生凋敝，教会势力不断扩大，袍哥组织的诞生源自于一种"反抗"与"正义"的诉求。在死水一潭的晚清社会，袍哥的出现顺应了历史变化的规律，也顺势应时地进入了李劼人的文学世界之中。在启蒙的时代语境下，对"人"的发现与重塑，使得这个时期的袍哥形象具有"圆形"的特征，是人性善恶的复杂结合体。李劼人袍哥叙事的成功，源自他自小在四川地域文化的浸润下所形成的审美情趣和文学世界，也因他在留法时受到的法国启蒙精神和自然主义的影响，东西方文化的融合浸染，使得他的写作始终处于一种"中立"的态度，这种态度关联到笔下的人物时，就构成了十分贴切"人"本来面目的艺术效果。因而学界对于《死水微澜》的高度评价，往往在于李劼人在展现历史的同时，以人文主义的态度塑造了泼辣奔放的女性形象蔡大嫂和亦正亦邪的袍哥形象罗歪嘴，肯定了"人"与"人性"的自由与张扬。

沙汀所成功塑造的袍哥形象，大致都是在抗战时期完成的，而他笔下的袍哥，多是辛亥革命之后，逐渐渗透进封建统治阶级中的"黑暗腐败"的袍哥。众所周知，作者本人所具有的左翼革命作家的身份，他的创作风格和理念也是在鲁迅、茅盾等人的指导下逐步形成的，这使得他的笔法带有强烈的批判与反思精神。往往反映国统区旧社会的黑暗与腐朽，把聚光灯打在了人性中丑恶的部分。

越是描写了丑恶的人性，其中所显现的批判性也就越是强烈。这种阶级斗争的认知方式和暴露统治阶级丑恶的意图，尤其体现在《还乡记》里，描写了有产阶级与无产阶级的对立与争斗，将封建专制的丑恶嘴脸与劳苦人民的艰难奋斗展露无遗。

克非的《鸦片王国浮沉记》完成于1987年。袍哥周青留发迹与衰落的过程展现着他身上复杂的性格特征与人性冲突，曾经奉行传统儒家文化的"克己复礼"观念的他在鸦片、金钱、权力与欲望的冲击下，走向了混乱与失落的精神困境。不难看出的是，克非在对袍哥的描写中注入了更多人性关切，体现着作者对于传统文化的反思，对于人们精神失落的批判，透露着20世纪80年代文化和文学思潮的时代影响。

新世纪后，相比起现当代四川文学史上的袍哥叙事，涌现出了一大批对于袍哥历史深感兴趣的作家，他们的创作在对前辈的承传与变化中，对于袍哥形象的描写又更加增添了一些民间江湖的意味。历史学界对于袍哥的研究与成果无疑也促进了文学界的关注，袍哥作为四川地域文化符号这一特征也在不断被强调。包括以下一批作品：万启福的《义字五哥》、赵应的《盐马帮》、欧阳玉澄的《巴水苍茫》、魏继新的《辛亥风云路》、刘成的《盐女》、邹廷清的《金马河》以及戴善奎的《女袍哥》等。这些作品较为通俗化，作者对于袍哥形象的认知大多来自已有的经典作品以及口头传说的民间故事中的袍哥，对于这个传说中的群体带有一种江湖想象的意味，因而在审美价值与艺术手法上与前人的作品有着一定的文化及思想差距。

在当代作家的叙事中，对袍哥形象的塑造和袍哥故事的讲述构筑了一个关于江湖想象与革命斗争的世界。在这个世界中，袍哥从语言到行事都带有豪迈与野性的江湖义气，要么是雄霸一方敢作敢为的江湖儿女，要么便是坚韧不拔的革命斗士。袍哥的形象主要被划分为了两类，一类故事情节依然集中于乡镇的权力斗争与劳作生产上，而另一类则专注于袍哥参与支持革命的历史，将讲述中心放在了革命斗争上。鉴于两类故事的重心不同，袍哥的形象也相应地有一定的差异。这些文本在故事情节中融入了通俗小说的"奇遇"情节，往往在人物境遇遭受巨大挫折，置之死地而后生，使其获得强大的能力与意志。譬如在邹廷清的《金马河》中，河东河西码头的舵把子在选乡长一事上钩心斗角，为了扶持自己的势力无恶不作。而故事中的主人公况子文从一个温文尔雅的教书匠，在不幸卷入两方袍哥势力的较劲中，家毁人亡受尽屈辱，转而成为一个袍哥门下的快枪高手，变身为武艺高强的江湖打手。另一类描写革命的，如《磁器口风云录》中的林翰墨，作为一个改造袍哥，带领着队伍打游击，展现了浓厚的革命主义精神。又如在《义字五哥》中，主人公岳桐既是袍哥首领，又是革命的同情者与参与者，身上兼具着江湖气息与革命意识。值得一提的是，正是由于重庆地区曾经出现过女袍哥的史实，《女袍哥》和《开埠》都把女性袍哥作为书写的对象。与上述文本相似的是，这些女性袍哥形象同样具备着江湖豪气与革命志气的个性。

这批文学作品中能看到较为明显的沿袭痕迹，尤其是在对于袍哥的形象塑造上，鉴于这群作家的年龄与阅历，他们对于袍哥的了解往往是从长辈或是文教等其他方面间接得到的认识。除此之外，在人物形象与故事情节的设置上，往往带有通俗小说惯有的侠义情结与"传奇"特质，使得袍哥形象更加偏于江湖化或民间化。此种"江湖气"，表现在无论是绿林好汉还是豺狼虎豹，都显露出夸张化和戏剧化的一面。以袍哥"义字当先"的精神核心出发来塑造有情有义，为民除害的侠义袍哥形象。亲身经历过那个历史时期的作家，以及后来受到民间故事以及经典文学影响下的作家，在对于袍哥的理解以及袍哥形象的塑造上也有着一定的差别。这种抽离与差别甚至延续到了今天，这是历史变化与时代思潮造成的叙事图景。不仅如此，当代小说中，对于"袍哥"形象的褒贬之意也发生了变化，当代作家往往把袍哥作为四川历史和四川社会的一个历史记忆和文化符号来进行叙述，其间的批判讽刺意味远少于沙汀的小说。这时候，袍哥的性质已显得不再那么重要，而往往只是作为一种地域文化的符号载体，满足于作者本身对于地方历史和民间江湖的文学想象。

三、袍哥形象塑造的审美价值

袍哥形象在四川乡土小说中作为具有地方色彩的一类形象，在小说中的塑造展露出了四川地域独特且浓郁的地方风土人情。袍哥这样一个复杂的，具有正面与负面影响的历史群体，作为四川地域独具特色的文化资源，更容易体现出人性善恶与人类命运的挣扎。李劼人、沙汀以及克非对于袍哥形象的成功塑造，在于对笔下人物人性欲望的膨胀与人生困境的展现，在人性种种矛盾与挣扎之中，蕴含着文学对于大历史之下"人"的关注与观照。对于四川方言和袍哥隐语的小说语言传统的沿袭和四川地方性知识的传承，使得袍哥形象成为四川乡土文学中颇具审美价值的一种符号。从美学意义上来说，袍哥形象的塑造深化了袍哥作为地方文化符号的价值，描绘出了四川乡土社会的独特风土人情，并且丰富了四川乃至中国乡土文学的人物谱系。

（一）人性欲望的书写：权力、金钱与性

人物形象的成功塑造往往带给读者以"有血有肉"的直接观感，这种观感实际上也就是在强调这个人物是否再现了属于人类共有的特性，带来人与人之间深层次的共鸣。在这个意义上，袍哥形象的塑造之所以深入四川乡土小说的文学世界中，除本身所具有的地域性特点而外，也得益于作家对于人性的细致刻写与展现。文学关乎人，谈人就要谈人性。人性的丰富展现能够使一部文学作品的价值得到特别的彰显。小说所描绘的并不仅是各种社会势力的丑恶争斗，更重要的，写的是发起这些争斗的人。人是这些丑恶与争斗的发起者，描写了人，也就描写了社会。

袍哥组织作为其时四川地域上的一个强有力的权力组织，对于人性的书写提供了绝妙的素材。争斗是众多四川乡土小说中袍哥人物的主要动作之一。《死水微澜》中，袍哥与教民之间的争斗与势力消长；沙汀笔下的袍哥群像，无不在相互的倾轧之间争权夺利；鸦片王国中，众人为了"袍权"和鸦片经营明争暗斗。这一切逐利而行的内核，是欲望的膨胀，是对资源的争夺与占有。这些资源，就是权力、金钱和性。

袍哥和教民的争斗，实质上为的是保持自身组织在乡村的势力。罗歪嘴其人本身所具有的反叛意识，也使得他对入侵国土的帝国主义势力感到仇恨。他与顾天成的几次交锋，都是仰仗着彼此身后的袍哥势力和洋教势力，而他们之间最后的胜负，实际也是这两股势力胜败的投影。

白酱丹和林幺长子的钩心斗角，是为了淘金的开采权。这两人对于金矿的狂热到了无以复加的地步。家里揭不开锅的白酱丹急需款子，而不服弱的林幺长子也丝毫不掩饰自己的贪婪。比如《淘金记》中这一段描写，把茶馆里的众生相写得入木三分：

> 这时，因为新来了一个茶客，那个代表国家银行收买金子的委员，茶堂里的空气更热闹了。虽然这个人两年前还是一个城里的杂货店老板，不足道

的；但目前既然兼差着大银行的职务，做的又是金子生意，人们的看法自然不同起来。大家提高嗓子招呼茶钱不说，还争着开，争着让出好位置来。这是因为彼此都想从他占点便宜的缘故。

幺长子的首席，是从来不让人的，便是城里的士绅来了，他也仅仅干叫两声茶钱，至多抬抬屁股来表示客气。但是现在，他竟然从座位上挺直地站起来了，右手一摊，做出一个谦恭的邀请姿势。

以逐利为至要的人们的嘴脸以及茶馆众人的巴结与贪婪的面目在行为的对比之中展露无遗，人性欲望的劣根性也在作家的笔下得到了精妙的注解。

《鸦片王国浮沉记》中，周青留一步一步登上权力顶端的经历，也是处于众多势力相互较量的过程中奠定的。在小说中，周青留曾感慨他的发迹完全是依靠了鸦片和袍哥。初期的他，在袍哥的座席中感到自惭形秽，格格不入，一面在心里瞧不起这些粗人的同时又羡慕着他们的生活：

"野物！"他想。"硬是一群野物！"他又想。然而不知不觉中，他又羡慕他们。家伙些是那样地生活得自由自在、那样地发财、那样地阔绰、一掷千金；人生的一切，人世的一切，于他们好像都不在乎。

随着他的地位越来越高，所有的一切便收入囊中，甚至不请自来。

反正地位在那儿，金钱在那儿，势力在那儿，总有那么多干姐干妹干女儿到面前；命中注定，红鸾星照头，桃花运，你不走也得走；再说，袍界交往，酒色财气，人情往来，送大烟送银子送枪支弹药之外，女人也是一种经常用来进献的礼物啊！

权力、金钱与性作为最具吸引力的人间资源，无疑是人性欲望最好的试金石。人性欲望的书写，也使得袍哥形象更加丰满与真实地展现了出来。

（二）蓬勃的生命力与困苦的人生境遇

在乡土四川这个审美空间中，袍哥形象的塑造展现了独特的审美价值，也为此类人物的书写积累了审美经验。袍哥形象的成功并不仅仅在于其身上所具有的属于四川地域历史文化的特点，更重要的是从文学审美的角度发掘了这类人物形象所具有的独特生命力。无论是被冠之以"秘密结社""黑社会"还是"土匪"的称呼，这类人物的身上，往往带有"黑暗""凶残""粗野""贪婪""隐秘"等属于所谓"反面人物"的标签与印象。而在四川乡土作家的笔下，这类人物强劲的生命力却在另一个层面上得到了审美的彰显。

茅盾在《关于乡土文学》中谈道："关于'乡土文学'，我以为单有了特殊的风土人情的描写，只不过像看一幅异域的图画，虽能引起我们的惊异，然而给我们的，只是好奇心的餍足。因此在特殊的风土人情而外，应当还有普遍性的与我们共同的对于运命的挣扎。"[1] 小说中袍哥们的争斗与倾轧，同样展现着有关于"人"的共通的苦难与绝望，而作家们的书写，肯定了这类人物形象生命中的挣扎与沉沦。越是"提劲"，便越是表现出了蕴含在人物身上的旺盛生命力。挣扎而不得解脱，便也展现了属于人类共通的悲剧命运。

李劼人的小说里几乎隐藏了作者的声音，但并不代表笔下人物的痛苦是隐而不发的。罗歪嘴与蔡大嫂的"结合"，并不只建立在欲望的基础上，这两人对于感情的渴求，燃烧了彼此的理智。蔡大嫂作为一个泼辣的女人，将她的生命活力与蔡兴顺的沉闷呆板相并置，无疑是一种折磨，这种禁锢在封建礼教下的人生困境，在新文学初期的小说中得到了大量的表达。这种痛苦同样体现在罗歪嘴身上，这个"亦正亦邪"，坐拥权力且无所畏惧的袍哥，竟然会因为蔡大嫂而踟蹰不前。曾经对于女人的薄情，到了蔡大嫂那儿却演化为真情。时代之颓势与袍哥社会之强势，使得两人敢冒封建礼教之大不韪。而最终罗歪嘴的逃亡也宣告了两人私情的结束。在人生困境中挣扎的努力与始终无法摆脱的人生命运构成了一种强烈的悲剧性色彩。在这其中，粗俗、反叛与蛮横的生命活力又碰撞出了独特的艺术张力。

到克非那里，袍哥人物形象的丰富和可能性得到了提升，周青留的一切挣扎与苦痛，全都在这样一种困境当中展现出来。总的说来，在风雨飘摇的世界中，丧失信仰的人是无法与自己达成和解的。在周青留成为袍哥大爷之后，原配自尽，有救命之恩的老烧腊最终选择遁入空门，周青留在享受妻妾成群的同时，又禁不住怀念起书生娘子的温存，也始终对老烧腊念念不忘。曾经艳羡的坐拥权力、金钱与女人的袍哥生活，在家庭破碎的冲击与精神的空乏之间，也时而显得

---

① 茅盾：《茅盾文艺杂论集》，上海文艺出版社，1981年，第576页。

索然无味与寂寞空虚，自己仿佛慢慢成了"兽"。不仅如此，命运的考验也持续地降临在周青留头上。人生无可奈何的痛苦与毁灭摧残着人物，而生命的活力又使之保持着无尽的挣扎，正是在这种具有悲剧性的张力之中能够获得一种独特的审美快感。在这个意义上，袍哥形象不仅是封建四川乡村的常态人物，也不仅仅是四川文化符号的一个载体，而是具有蓬勃生命力的"人"，袍哥的命运在特定的历史时期也往往逃不开人生的困苦与挣扎，对于其书写的价值也可见一斑。

与之相关的是，四川乡土小说中女性形象之特异，也是一个值得探讨与分析的问题。袍哥叙事中少不了各异的女性形象，这些女性形象从某种程度上来说，是与四川地域文化以及袍哥文化的滋养分不开的。在这种氛围下成长的女性，不同于其他乡土小说中所见到的囿于苦难的凄苦农村女性，而更带有一种本能的野性与生存的冲动。同样，在她们身上有一股原始的生命力，这是野性的生存欲望、物质欲望和情爱欲望，一种为追求个人幸福与个体利益的满腔激情。"泼辣"二字是对这类女性形象的最好注解。从《死水微澜》的邓幺姑，到《淘金记》中的何寡母，到《鸦片王国浮沉记》中的金二，这些女性在各种强权人物与男权社会的包裹下，仍然可以在其中拼命挣扎，为了自己的主观愿望而做出各种努力，她们是有自己声音的女性。但在那样的时代背景下，女性角色的命运都不可避免地带有着一定的悲剧色彩。这群女性形象的表皮是泼辣，内核却是没有尊严的依附，这也正是她们的悲剧所在。女性的可悲命运，在某种程度上来说与黑暗的社会现实是具有同构性的，无论自身实力与气性有多么强，始终无法挣脱男权社会与强权势力的控制，只有靠依附才能勉强得到喘息的空间。对应到其时的中国社会，无法独立自主的国家与饱受侵略与摧残的民族，只能在风雨飘摇之中被迫抓住别人递出的"救命稻草"，任人宰割，也就无法真正地靠自己的双腿站立。

（三）四川方言与袍哥隐语的小说语言传统

索绪尔在《普通语言学教程》中认为，"语言是凭社会成员间的一种契约而存在，它能够反映一个民族的风俗习惯、政治史"①，从这个意义出发，语言能够反映出一个地域的历史生成、情感指向以及民族风俗的面貌。放在对四川乡土

---

① ［瑞士］索绪尔著，高明凯译：《普通语言学教程》，商务印书馆，2010年，第18页。

小说的研究上，可以看到四川作家对于运用方言的自觉；鉴于表现对象是具有特殊性质的袍哥，他们所使用的隐语也对地方文化进行了构筑与展现。

"语言是文学的材料……但是，我们还须认识到，语言……是人的创造物，故带有某一语种的文化传统。"①方言的独特与差异体现着文化个性，只有把握住了这种语言的丰富性和微妙性，才能真正切实地再现生活，也才能说真正实现文学的地域个性。方言文学的发生发展在现当代文学史上颇受瞩目，引发了较多讨论。这一表现形式对于很多作家来说，通常承载着更多传播的需求和理解的深意。茅盾认为方言文学最重要的一点是能够拉近与广大劳动群众之间的距离，他在1948年发表的《杂谈"方言文学"》中说道："而在目前，文学大众化的道路（就大众化问题形式而言）恐怕也只有通过方言这一条路；北方和南方的作家都应当尽量使他们的作品中的语言和当地人民的口语接近，在这里，问题的本质，实在是大众化。"②对于为人生一派的作家来说，文学表达的期望读者是广大的群众，而文学作品所要承载的是一定的教育与启发作用，所以在这个层面上，文学作品语言的生动与亲近能更好地起到作用。

"语言是文学的第一要素，刻画人物，首先应该依靠人物的性格语言，这是我国小说的优良传统，也是我国小说在民族风格上最鲜明的特色。"③四川方言之中独具的粗野与幽默，此种特质是埋藏于乡土四川的特质之中的。四川乡土小说中方言的指涉主要可以分为以下三类：一与人们日常生活相关的行为；二动植物；三人体器官及排泄物。第一类诸如"烂泥里打桩桩，越打越深""坐水台子""提劲打靶"（《还乡记》），"细活路"（《死水微澜》）；第二类："黄辣丁变的""一脸的冬瓜灰"（《还乡记》）；第三类："岔肠子""屎胀到裤裆里"（《还乡记》），等等。可见，此类表述的"贴近地气"与"粗俗幽默"是最为明显的两大特征，正是在这种效果下，小说所呈现的氛围更加具有乡土与生活气息，是乡土四川"地方色彩"的绝妙显现。

李劼人在《死水微澜》中使用了一些袍哥隐语，如："跑滩"（漂流各处）、"打流"（四处游荡）、"码头"（指哥老会堂口）、"水涨了"（风声

① ［美］勒内·韦勒克、奥斯汀·沃伦著，刘象愚等译：《文学理论》，浙江人民出版社，2017年，第10页。
② 茅盾：《茅盾文艺杂论集》，上海文艺出版社，1981年，第1209页。
③ 刘绍棠：《乡土与创作》，吉林出版社，1982年，第180页。

紧急或面临危险）、"吃通"（把各方都赢了）、"对识"（见面相互认识）、"栽了"（落马）、"乘火"（有担当）。袍哥隐语的运用言有尽而意无穷，使浓浓的川味扑面而来，充满生活气息，让天回镇灵动起来，增添了小镇的情调韵味，体现出浓郁的四川地域文化色彩，让乡土的历史书写带有不同的审美体验。隐语进入文学文本，通过一种较为固定的方式也记录着这个历史群体所带来的影响，而进入文学的隐语，又在另一层面上延续了其生命力与影响力。李劼人在做蜀语考释[①]时，还特别列有"袍哥语汇"一部分，其中不乏"扎起""搭手""水涨了"这些沿袭到后人日常生活用语中的词汇，袍哥的语言本应是秘密结社所使用的隐语，却因其大众化和普遍参与的社会成员与组织规模，而发展为人们日常生活的用语。除开口头用语之外，袍哥在茶馆所生成的独特交流方式摆茶碗阵也是其隐语之一，深受民间文化影响的袍哥，在很多方面都以民间传统与思维行事。王笛指出："'摆茶碗阵'并吟诵相应的诗，表达了袍哥的思想、价值观、信仰、道德准则、历史和文化。他们的许多思想来自流行小说、地方戏、传奇故事等。"[②]

人物命名的修辞也是四川乡土小说语言魅力的表现之一，作家们在运用方言的基础上，抓住小说人物的特征进行命名，并暗合人物的个性。人物命名是一种特殊的记号，此中寄寓了作者丰富的创作意图与情感态度。作者对于人物的命名，往往会借用比喻、反讽等修辞手法，从而使之成为一种有意义的符号。命名方式或以人物外形体征作为依据，比如"彭胖"（《淘金记》）、"胖爷"（《红石滩》）；或是将动物形象与人物联系在一起，比如"林狗嘴""干黄鳝"；或是同人物性格相联系，如"邢幺吵吵"。这些外号带有打趣与调侃的目的，某些情况下甚至带有尖锐的恶意。

最为典型的命名，便是《淘金记》中，白三老爷的诨名是"白酱丹"。这个绰号是他的敌手林幺长子赠予他的，沙汀特别解释了"白酱丹"这一词语的意思："这是旧时中医外科使用的一种丹药，用之得当，可治恶疮；用之不当，扩大疮伤的范围，好肉也会溃烂。江湖医生则常用来骗人钱财。"[③]白酱丹与林幺长子长期针锋相对，对于白三老爷白酱丹，"幺长子把他比作一味只会坏事的滥

① 李劼人著，曾智中、尤德彦编：《李劼人说成都》，四川文艺出版社，2007年，第425页。
② 王笛：《袍哥：1940年代川西乡村的暴力与秩序》，北京大学出版社，2018年，第136页。
③ 沙汀：《沙汀文集》第1卷，四川文艺出版社，2017年，第39页。

药，而且，不管好肉腐肉，都很见效。这也许太恶毒，但看光景，他也只好顶着这个称号进坟墓了，很难想出办法洗掉"[1]。随着故事情节的发展，白酱丹确实人如其名，可见命名不仅是角色个性的表现，同时也融入故事情节当中，反而添加了一股幽默讽刺的效果。《还乡记》中的"徐烂狗"一名也具有相似的效果。狗在传统语义上含有贬义的意思，在用作人名时，往往带有"走狗""奴隶"的讽刺意味，"徐烂狗"不仅"狗"，甚至"烂"。

对于乡土小说运用四川方言的一致，可以看到四川作家们对于写实的坚持和对地方色彩的重视。没有使用方言和隐语的袍哥是没有灵魂的，语言的灵活使用对于小说人物的塑造有着不言而喻的影响，叙述语言与叙述人物之间达到一致，才能带来绝妙的艺术效果。

（四）文学谱系：四川乡土小说的"地方性知识"

"乡土文学"在英语中的对应词汇是"local color writings"，直译为"地方色彩写作"。可见，地方色彩几乎就是乡土文学的质的规定性，抑或是最重要的叙事特征。鲁迅的创作使得乡村成了一个新的审美空间，极大地延展了乡村所具有的与中国文化以及人性善恶相关的言说可能性。在鲁迅的一系列以农村为题材的小说作品的引领下，"乡土小说"的纷纷涌现扩宽了五四时期小说主题的范围，从以现实主义创作手法为主表现出来的凋敝破败、愚昧落后的农村生活图景之中，展现了作家们对于国家与人生更为深刻也更为痛苦的启蒙自觉。

张瑞英的《地域文化与现代乡土小说的生命主题》一书中讨论四川乡土小说的生命主题，对于四川地域特征，提出了袍哥、土匪、茶馆、鸦片这几个元素。这是现代乡土小说的地方性文学符号。前两样是人，在混乱的近现代四川社会大量存在；后两样是物，不仅拥有较为长期的历史，甚至因为混乱的时局以及特殊群体的支持与培养，蓬勃发展。这四种元素在四川地域上拥有大量且强势的显性特征，因而能够成为四川的地域表征。通过历史记载以及学界研究得到的结果，我们知道四川当时当地的特殊环境滋养了这些人物与群体的生成与发展。从某种意义上来说，乡土叙事是一种载体，通过这种载体，我们看到的是20世纪20年代左右，在五四时期接受西风冲荡的中国大地上，思想家与创作者们对于现代性思

---

[1] 沙汀：《沙汀文集》第1卷，四川文艺出版社，2017年，第40页。

想的接纳以及对自身文化与现状的审视。对于人性与人生价值的尊重与思考使得这些作家开始了精神层面与意识形态上的反省与反思。对于乡土中国的观照，是在新生的思维与新的文明方式的影响下进行的，黑暗压迫的时代现状促使他们对所目睹的乡村底层人民的生活的不幸感到愤懑与痛苦，于是开始用最写实的笔法将乡村的各种景象述诸笔端。

茶馆、鸦片、壮丁、盐工这一系列的元素都成了四川地域的文化符号，强烈的地方色彩和风土人情与发掘民族文化心理结构具有和谐的对应关系，而对于这些"地方色彩"的表现，使得乡土小说的讲述有了更为深层和个性化的表达。可以说，李劼人的乡土创作开风气之先，建构起长篇乡土历史小说的叙事范式，亦为四川作家在巴蜀历史记忆和地域文化的重构上起了一个好头，如何处理文学与历史、社会、政治之间的关系，李劼人做出了示范。他的小说对民间传统和民俗风情的大量撰写提供了一种"地方志"的范式，而他小说中所展现出来的艺术效果和文学价值更是引领了四川现代乡土小说，树立了一个里程碑。沙汀、克非等作家在袍哥形象塑造上，同样提供了丰富多彩的袍哥类型。

正如前文所提到的那样，近年来学界对于文学与地理之间的关系进行了大量讨论。作家们纷纷把目光转向有关四川地域的一切特征，而如何在其中找寻到"异质性"与"共通点"的平衡，则需要作者自身的评判。对于地方性的重视在不断地提升，地域性的书写不仅仅是要体现出一个地方的特色，而更要在其中找寻到属于作家自身的生命和灵感之源。在此基础上以形成超越地域的姿态迈向更为广阔的文学世界，升华作品的文学意义与审美价值。

"地方色彩具有特别重要的叙事功能，不仅是文学想象其地域文化的重要元素，而且还是文学建构其艺术魅力的特殊路径。"[①]在地方色彩的讨论之中，暗含着特性与共性的辨认与解释，作家们在强调地方色彩的同时，明确指出从与自己最为亲近的乡土出发，揭示与展现的是一种共通的人性与人生的悲欢。他们笔下的"茶馆、鸦片、袍哥、壮丁、盐井"等具有四川地域文化影子的文学符号，在超脱于历史的基础上，建构成了一种具有文学价值的地方性知识，且这种地方性知识是关乎于人生的。乡土叙事中我们能看到什么，我们能发现什么，此种题材最终应指向的是否是人类命运与人性价值的归宿。袍哥作为一个于特定历史阶

---

① 向荣：《地方性叙事与新的生长点——四川当代文学创作笔谈之一》，《当代文坛》，2016年第5期。

段、在特定地域较为广泛活动的秘密社会组织，对受此地文化滋养的作家们在写作素材、创作心理、价值观念以及情感认知等方面起到的感染作用，往往表现在他们笔下描绘四川乡土图景的文学世界当中。而对于袍哥形象的塑造，无疑在构建四川乡土小说的文学谱系中又增添了一个有力的范例。

结　语

袍哥形象的研究对于探寻四川乡土文学的建构有着一定的价值。四川的地域表征，即包括袍哥、茶馆、鸦片、土匪、军阀这样一系列与四川近现代社会息息相关的历史现象与文化样本。袍哥群体是旧时乡村图景当中的一个强权形象，对于此类形象所蕴含的历史与文化的意义的挖掘具有观照四川历史、社会与文化的价值。袍哥对于"义"的追求，对于强权的反抗与争斗，无不展现着人性的各个方面，这些都凝聚在四川作家对袍哥形象的描写当中。袍哥形象在文学作品中的出现与延续，乃至于当代的涌现，同样说明了即便在当下，人们对于这种人物形象的认知是囊括在了四川地域文化的自我认同之中的。袍哥在历史场域的消散并未阻止其在文学场域中的延续。不过，显而易见的是，虽然当代的袍哥叙事在量上得到了扩充，在质上却始终难以超越前人的创作。袍哥这样一个具有四川历史、社会和文化记忆的文化符号，其所应承载的价值和意义应不仅限于"地方志"与"异质性"的场域内，如何利用好四川的"地方性知识"，融入更为精致与更具高度的文学创作中，值得思量。除此之外，在当代的文化语境下，袍哥叙事是否还有书写的价值，是否具有经典性，是否还具有成为经典的空间，这些都需要更深层次的研究。

第四章　现代性语境中四川乡土小说的女性叙事

四川乡土小说，已有百年历史。现实的乡土业已翻天覆地，文学的乡土亦几经风云。此乡土非彼乡土？抑或此乡土乃彼乡土？如何理解四川乡土小说中既有共性亦有差异的乡土叙事？如何诠释蔡大嫂、野猫子、达吉、许秀云、塔娜等完全不同的女性形象？本章从现代性主旨进入乡土入手，考察现代性话语与乡土小说的相遇如何影响四川乡土叙事和女性形象建构，从而造成了四川乡土小说文本的丰富性和差异性。本章将重点考察三个具有代表性的现代性话语时期，即民国时期、中华人民共和国成立后至新时期、1990年以后的代表性乡土小说文本，探讨现代性话语在与乡土话语的遇合、纠结、较量甚至彼此消解中如何重构了关于乡土的叙事，以及这种话语场域如何影响了乡土女性形象的建构。

一、现代性冲击下的话语奇遇、冲突和改造

在引发中国"三千年未有之大变局"的话语转型过程中，民国是关键时期。这一时期，种种现代性话语大量涌入乡土中国，"乡土文学"不仅成为人道主义、无政府主义、自由主义、马克思主义、民族主义等各种现代性话语的实践场域，其间更纠结着传统、民间、地域、家族等各种乡土话语资源。这一时期主流的乡土叙事是启蒙主义乡土叙事、马克思主义乡土叙事和文化-审美主义乡土叙

事。①在启蒙主义的话语视域中，乡土是亟待启蒙和拯救的蒙昧乡土，女性是被父权、夫权、族权、神权等传统伦理捆绑和压制的人；马克思主义乡土叙事则视乡土为压迫之地，是阶级斗争和反抗的场域，女性往往被描述成被侮辱、被奴役者，或者奋然反抗成为革命者；至于在废名、沈从文等文化-审美主义者笔下，乡土成为对抗都市、对抗现代性的文化之根，是审美的所在，女性的精神和身体往往以纯然天真或自由自在的状态，成为审美或生命的象征。在这样的背景下，我们来考察李劼人、沙汀、艾芜以及周克芹和阿来等四川作家的现当代乡土文学作品是如何观照现代性话语，现代性话语又以何种方式进入传统乡土话语中并驻扎下来，而叙事者又是如何来弥合话语间的差异的。艾芜的底层妇女叙事之所以列为专论，是由于其发掘了乡土世界中底层妇女的"坚韧"品格及其多种维度，拭去了过往文学加诸妇女身上的"蒙尘"，并建构起了现代文学史上别具一格的底层妇女形象群，具有特殊意义。

（一）《死水微澜》：日常生活话语的"现代性奇遇"与蔡大嫂形象

《死水微澜》是一部有野心的乡土历史小说，是李劼人"打算把几十年来所生活过，所切感过，所体验过……意义非常重大，当得起历史转捩点的这一段社会现象，用几部有连续性的长篇小说，一段落一段落地把它反映出来"②的产物。不过，《死水微澜》虽然有借乡土四川书写晚清大变局（康梁变法、西方势力、义和拳运动、地方袍哥势力和教民势力的消长等）的历史野心，但其野心并非透过宏大历史叙事而是透过日常生活话语，通过改写传统历史话语、抵抗主流现代性话语来实现的。

《死水微澜》的故事核心其实是一个潘金莲故事的现代版，但叙事者并没有沿袭以男性为中心的传统历史叙事，反而围绕着一个女人来讲述历史，而且成功消解了"红颜祸水"这一传统叙事，建构了一种日常空间侵入历史空间的叙事。在《死水微澜》中，叙事者几乎是津津乐道地呈现了一个日常生活空间：天回镇和成都的各种零碎吃食、女人们的服饰、东大街的灯会、青羊宫的庙会、嫖客妓女、打情骂俏，等等。从文本中可以看到，虽然在上层思想制度层面，现代性话

① 吴海清在《乡土世界的现代性想象：中国现当代文学乡土叙事思想研究》一书中，将主流现代性乡土叙事思想总结为三种：启蒙主义乡土叙事、马克思主义乡土叙事和文化-审美主义乡土叙事。
② 李劼人：《死水微澜》，人民文学出版社，2000年，第1页。

语与乡土话语之间存在很大的冲突和张力，但在日常生活空间，现代性以各种物品的方式畅通无阻地进入乡土，甚至在官宦人家，"生活方式虽然率由旧章，而到底在物质上，却掺进了不少的新奇东西"①。正是透过充满欲望也充满活力的日常生活，冲突的现代性话语和乡土话语得以亲密融合，蔡大嫂则是这种话语融合的实践者和见证者。

因此，就在新文学家们把旧女性、新女性纷纷送上死地之际，李劼人却让一个乡下姑娘演绎了一段"新女性成功史"。基本上，民国时期主流的现代性乡土叙事话语在蔡大嫂身上是落了空、失了效的。蔡大嫂经历了两次"欲望启蒙"。第一次是韩二奶奶对成都享乐生活的讲述，激发了少女时期的蔡大嫂（邓幺姑）的城市欲望。为了实现嫁到成都去的愿望，邓幺姑坚持要求母亲为她"缠脚"。自晚清以来，"天足"在新国民话语中居于非常重要的位置，也是现代性身体话语的重要组成部分。②启蒙话语让娜拉、子君们勇敢地离开夫家、父家寻找新生活，欲望话语却让邓幺姑为了达到嫁到成都的愿望，以比新女性更坚决的自残勇气选择缠足。在《死水微澜》里，小脚也从始至终没有成为话语的障碍。早在《序幕》部分，在邓幺姑已经成功晋级顾三奶奶若干年后，叙事者特意提醒读者蔡大嫂"是小脚""走起路来很有劲"③。蔡大嫂的另一次启蒙来自走南闯北的妓女刘三金，直接启发了蔡大嫂的身体欲望和性解放历程。蔡大嫂红杏出墙，大胆追求与罗歪嘴的热烈情爱，想借此树起新文化所倡导的"爱情"旗号，因为新文化视传统包办婚姻为"没有爱情的婚姻"，是"不道德的婚姻"。周作人《贞操论》、鲁迅《我之节烈观》、胡适《贞操问题》、吴虞《吃人与礼教》等激进文章轰开了传统儒家伦理道德的大门，为青年们的恋爱神圣提供了理论支持。然而，蔡大嫂与罗歪嘴、蔡傻子三人之间混乱的性关系，与其他男人的打情骂俏，都让这一"爱情"很难以启蒙主义者设想的"爱情"来视之。蔡大嫂与罗歪嘴演绎的，不过是一段狂乱的欲情。更奇特的是，蔡大嫂一转身另嫁仇人顾天成，照

① 李劼人：《死水微澜》，人民文学出版社，2000年，第179页。
② "天足"话语影响着时代人物选择配偶。革命派诗人柳亚子曾回忆自己择偶标准的变化："我最初的目标，自然希望找一位才貌双全的配偶。但到辛亥壬寅之间，天足运动起来，目标便又转变了。一个理想的条件，应该是知书识字的天足女学生。更理想一点，则要懂得革命，或竟是能够实行革命的，像法国玛丽侬、俄国苏菲亚一流人物才行。"（柳亚子：《柳亚子文集：自传·年谱·日记》，上海人民出版社，1986年，第160页。）
③ 李劼人：《死水微澜》，人民文学出版社，2000年，第12页。

样活得生气勃勃，又改写了现代性话语中"生人妻"这一题材的书写策略。柔石《为奴隶的母亲》、川籍作家罗淑《生人妻》，虽有不同的话语立场，"被迫"却是基本的叙事起点。蔡大嫂则不然，一听到顾天成求婚，做父母的尚大惊失色之际，蔡大嫂却"又惊、又疑、又欣喜、又焦急的样子，尖着声音叫道：'怎么使不得？只要把话说好了，可以商量的！'"①。叙事者还进一步证明，蔡大嫂的这一选择，直接改变了其社会和经济地位，其傻儿子金娃子后来也飞黄腾达，连"我"那曾一度认为蔡大嫂"品行太差"的爹爹，见到她时，"也备极恭敬，并且很周旋她"②。

《死水微澜》创造了一个日常生活话语绝无仅有的奇迹。日常生活话语不仅成功地偷袭了传统历史话语，也陷启蒙主义、马克思主义等其他现代性话语于尴尬之地。主流现代性乡土叙事，往往是男性现代知识分子享有对乡土进行启蒙的特权，而李劼人却将这一特权授予了两个贪恋享乐的女性：韩二奶奶和妓女刘三金，也使得蔡大嫂的现代性奇遇罩上了一层相当暧昧的色彩。或许正是因为日常生活话语这种两面出击的态度，对《死水微澜》这一"早产"文本的积极回应要延迟到消费话语盛行的世纪末。

（二）《淘金记》：消化不良的现代性与何寡母形象

在沙汀这里，李劼人式的话语奇遇消失了，取而代之的，是现代性面对乡土呈现出明显的水土不服，而乡土面对现代性也有点消化不良，是一个现代性话语与乡土发生尖锐冲突同时又被不断改造、消解，甚至吞噬的空间。早期作品《在祠堂里》（1936）就已显示出个人主义的启蒙话语与乡土话语的冲突。故事讲的是一个有着新思想的女性（连长太太），不满意无爱情的包办婚姻，爱上了别人，结果被当军人的丈夫残忍活埋。与启蒙叙事常取"外来者"视角以呈现启蒙与乡土的冲突不同，沙汀将这一事件置于一个乡土民众偷听偷窥的场景中，焦点人物连长太太从始至终没有出场，呈现的是乡土与现代性、乡土内部之间更复杂的多层冲突。从乡土民众的口中可以知道，这个连长太太不仅得罪了丈夫，还得罪了乡土民众。得罪乡土民众的原因主要有三方面：一是乡土民众一向眼红忌妒这个女人"宽裕的生活和身份"；二是这个女人是一个"贱皮子"，不安分，享

---

① 李劼人：《死水微澜》，人民文学出版社，2000年版，第227页。
② 李劼人：《死水微澜》，人民文学出版社，2000年版，第14页。

不来福；三是这女人脾气坏，"她又骄傲又冷淡，随时都架了腿，坐在自己的堂屋门边看书。嘟着张嘴，挺直腰杆，仿佛这个庸俗的环境屈辱了她似的"，"见了谁也不理睬，就是对待自己的丈夫也很冷淡"①。这几乎是现代性话语与乡土话语之间紧张关系的隐喻，即作为现代性话语持有者的连长太太对乡土的否定和冷淡，引来乡土强烈的抵触和反对。

《淘金记》则更深入地展开了乡土话语与现代性话语的冲突，最终演绎出一种"酱缸式现代性"。北斗镇是一个建立了现代政府组织的乡镇，但真正控制乡土的却是袍哥势力。林幺长子、白酱丹、龙哥等人因着对黄金的贪婪而觊觎何寡母祖坟所在的筲箕背，彼此展开了一场钩心斗角的黄金开采权争夺战。尤其白酱丹，绅粮出身，又是大爷，诡计多端，现代性话语在他口中使用得比其他人都纯熟，几乎是乡土"酱缸式现代性"的一个象征。《死水微澜》写了一个乡下姑娘的成功史，《淘金记》则写了一个成功女人的失败史，一个总是算计别人的精明女人——何寡母，如何被一群不择手段、更加贪婪的男人算计的故事。何寡母并非弱者，而是一个靠着自己的精明能干和识时务，将家业经营得非常兴旺的志得意满的"成功女性"。但是，与林幺长子、白酱丹、龙哥之流相比，何寡母又是保守而顽固的，她死守收租放佃的模式，严防独生儿子加入袍界或读书升学，并不惜通过鸦片和女人把儿子牢牢地控制在自己身边。这样一个在经营家业、控制儿子上面都极其精明，并显然得胜的女人，却在筲箕背事件中一败涂地。何寡母并非不精明，也并非不贪婪，她的失败在于她不合时宜的话语。她牢牢地抓住原本畅通无阻的传统话语形态——"发坟"（筲箕背是何家祖坟所在地，是祖宗保佑子孙后代的地方），却在与白酱丹们巧取豪夺所使用的现代性话语（土地所有权和使用权、战时生产建设的法令、中央明令全国普遍修公墓等）的对抗中遭致惨败。

有意思的是，在何寡母身上不难看到蔡大嫂的影子，特别是在小说最后描写她彻底失败那一幕中的逆转。何寡母为了挽回败局，灵机一动，提出参股，主动参与筲箕背的黄金开发，要知道，此前她断然声称："只要我在一天，哪个要动一下我的祖坟，我就和他拼命！"②这样360度的大转弯，与蔡大嫂果断决定以生人妻身份嫁顾天成何其相似！《淘金记》呈现了乡土话语与现代性话语之间冲

---

① 张大明编：《中国现代作家选集·沙汀》，人民文学出版社，1986年，第43页。

② 沙汀：《淘金记》，人民文学出版社，1954年，第80页。

突又共生的问题，亦可说是沙汀对现代性话语乡土实践的嘲讽。一方面是现代话语以无法抵挡的方式进入乡土，持保守乡土话语的何寡母不能不成为话语冲突中的失败者；另一方面，北斗镇实力派变了味的现代性实践，以及何寡母在无奈之下硬生生地吃下"现代性话语"，呈现了乡土与现代性相遇的另一场景。这种结果，既可看作乡土话语的失败，亦可看作现代性话语的失败，构成了对现代性话语的反讽和消解。在沙汀笔下，现代性话语的乡土实践，不过是人性贪婪一个强有力的工具而已。

（三）艾芜："两难"的底层妇女叙事

不管是《死水微澜》还是《淘金记》，叙事者的立场都是相对清晰而确定的，但艾芜在推动现代性话语进入乡土时却是犹疑不定的。在这里我们必须要将他与他对女性生命韧性极大的偏爱结合起来，他所写侧重底层妇女的求生意志与生活韧性，均体现了他所赞同的一种女性自然精神，一种基于人类对孕育生命抚养生命的母亲崇拜集体无意识之上的女性崇拜。这种"韧性"本身就是一种符合现代性思想改造中国的合理之声，愚弱的国民也正是需要生存韧劲与求生强力来洗刷思想。

不过应该注意到的是，尽管他对于底层妇女身上的生存意志及其"坚韧"品性大加赞扬，也很好地把底层妇女身上反蒙昧的现代性抗争的意味写了出来；可是他笔下底层妇女的这种价值追求往往或被自己的原始思维遗存所冲淡而抵消其积极意义，或是与社会、环境以及时代的大潮相抵触，而呈现出改造现代性甚至反现代性的一面；更为重要的一点是，在艾芜这里对于生存的追求只表现在"物质"生存这一个层面，缺乏现代性所真正提倡的对人的精神价值的张扬。这些犹疑而纠结的写作立场，体现了现代性话语在进入中国视域时，艾芜产生的疑虑与悲观。然而正因为有了这样的思想交锋，才显出现代性与乡土世界之间照面时必然出现的控制与抵抗、进入与拒绝这一基本的历史趋势。

1.《山峡中》：对江湖话语的现代性改造

艾芜以自身具有传奇色彩的滇缅边境流浪经历，建构出一个由赶马人、私烟贩子、扛滑竿的等底层和边缘人群组成的充满流动性的乡土。野猫子生存的乡土场域已非普遍意义上的乡土，无论是叙事者还是其间的人物，其与乡土空间的关系是变动的，是典型的过客或寄居者。在传统文化中，这样一种空间往往被建构成古典的"江湖",而江湖空间通常是在"官逼民反""行侠仗义""盗亦有道"及复仇、英雄主义等意义上被赋予正义性和正当性。但在现代性话语的观照下,古典江湖空间不再是"行侠仗义"的英雄空间,而是裂变成"弱肉强食"的现代性边缘空间;其间的各色人物也不再是古典侠义小说中的江湖豪杰,只是一些为了生存而奔波,甚至铤而走险的人们,乡土是他们的暂居地,是客栈。

在这样的空间裂变中,我们来考察《山峡中》中非常特殊的"野猫子"形象。中国传统文化中出现过非常多的江湖女性,从《吴越春秋》中的剑术高强辅佐越王的"越女",到唐传奇中武艺高强的红拂女(《虬髯客传》)、聂隐娘(《聂隐娘》)、红线(《红线》),再到《水浒传》中的扈三娘、顾大嫂和孙二娘,晚清《儿女英雄传》中的十三妹,等等。在传统文化中,个体生命从来没有成为一种正当性诉求而得到承认,这种诉求往往都需要都被"士为知己者死""存天理,灭人欲"等传统伦理覆盖。如果放在传统的江湖空间,野猫子形象不会有问题,但是,当古典的江湖伦理遇上现代个体性伦理时,就出现了危机和张力。在一个受过理性、正义等现代思想洗礼的外来知识分子叙事者眼中,野猫子瞒、骗、狠、勇的江湖本领都成了问题,必须被重新审视。艾芜深受新文学影响,却是在古典侠义文学中长大的。"千古文人侠客梦",即使是现代知识分子,面对"江湖"的情感也是相当复杂的,不可能像一般的乡土启蒙叙事那样决绝。因此我们就可以看到,叙事者不得不发掘野猫子身上的"现代性",比如,反复呈现野猫子对想象中美好生活的歌唱,让身处一群流浪的盗贼团伙中的野猫子心中被压抑的母性自然地流露出来,因为五四以来,超阶级、社群、地位的"母爱"是现代女性个体生命的一个重要表征。

野猫子是告别古典江湖之后、按现代性思想所改造而建构起来的新江湖女性。从情感上,从个人主义的角度,叙事者欣赏那无法无天的自由世界;但理性上,野猫子那一世界的逻辑又与现代世界的逻辑发生激烈冲突,导致叙事者在面对野猫子时的左右为难。按现代性个人主义的逻辑,特别是尊重个体生命的逻辑,以反抗为特征的江湖世界有其合理性;但当小黑牛被残忍抛下江中之后,这种合理性又走向了它的反面,叙事者不得不给野猫子披上"现代"的外衣,给予"江湖"一定的合理性,以期保留这个破碎的江湖梦。

2.《芭蕉谷》:现代性与传统思维的交锋

《芭蕉谷》中的客店老板——姜姓女人,与野猫子一样,是一个充满光彩的女性形象，她身上充溢着商人的处世与经营智慧。她的客店位于中缅边境人烟稀少的芭蕉谷中，她凭借辛勤的经营而小有积蓄。不过这类边远地区，就像19世纪的美国西部一样，并不适合精致者和孱弱者生活。她每天都要和形形色色的人物打交道，其中有许多过往的客商、马夫、小贩，这些人对她的威胁大多是口头的非分与调弄，最大的威胁还是来自她那贪婪的第二任、第四任丈夫，还有英国殖民者及他们的缅甸代言人们，一切的生存危机织就罗网一张，让她生存艰难。在这过程中她不得不学会圆融处世，尽量避其锋芒，掩藏起自己的情绪才好待人接物。在边地求生，她前前后后有过四次婚姻，儒家道德在这个地方烟消云散，她为的只有两个字——生存。要生存下去的念头势如破竹，"守节""寡欲"的古老伦理被击溃了，她的四次婚姻被放置在充满豺狼虎豹的无人之境中去看，是合理的。在乡土世界的话语体系里，她的这种行为必然会遭到唾弃，因为这为儒家礼法所不容。不过在此地，道德和礼仪显然失范了。当一个人的基本生存需要费尽心思与一处的各种势力不停周旋，只能说明该地的混乱失序到了某种极限，个人为求生再努力也显得异常无力。她没有中国传统女性所背负的"大门不出，二门不迈""相夫教子"的观念，反而是在经营旅店的过程中，一步步学会了如何进行人际交往，如何提防恶人，如何保存实力扩大经营等技能。当缅甸侦缉队来盘查她的丈夫时，她巧妙周旋并流露出狡猾的笑容："他是烟鬼，我不瞒你！可是他死了哪，你搜吧，现在连一点烟灰都找不着了。"① 在她的身上我们已经可以看到一个中国女性走出闺阁不惧舆论，巧妙周旋、努力营生的朴素的现代性追求。

姜姓女人对生的追求是艾芜下笔的仁慈，他不忍继续用启蒙主义的那套话语来遮蔽女性的主体地位，而是轻轻拭去了20世纪20年代文学给底层妇女蒙上的那层灰尘，令她们的勤劳、泼辣、坚韧等性格重见天日。可是芭蕉谷中不接纳任何人的基本生存欲望，因为它是一片被殖民、被践踏的屈辱土地，在此地讨生活天然地具有高难度。西方的殖民话语不容许任何置喙，其势力入侵缅甸的时候以貌似进步的话语实则粗暴的手段进行强力威吓。这种统治之下，这些高扬个人主义的生存追求，包括对美好生活的愿景和作为它表层的光辉品质，如何能抵御得了入侵和蚕食？

① 艾芜著，刘平、魏泉鸣编：《芭蕉谷：艾芜南疆风情小说选》，青海人民出版社，1993年，第15页。

姜姓女人执拗地追求生存机会是可敬的，但她身上遗存的悲剧性弱点或许才是艾芜想点明的重点，并且这是她作为底层群体的前现代特质之一。受制于学识眼界等各种因素，她可以凭借经验识破缅甸侦缉队的谎言，但当英国长官作为幕后势力出场的时候，她无能也无力辨别出他的真实面目。"人是我弄死的，我承认！可是……这不能算是谋杀丈夫呀！难道洋官就不讲道理么！"[①]女儿遭到后父的猥亵后，她在情急之下错手杀死了自己的丈夫，这"一报还一报"的道德观念在她出身的那个社会秩序里并无不妥。可她不知道远在欧洲的法治文明已经遗弃了野蛮的报私仇和泄私愤，而要用审判程序来定罪论诛。当她用自己朴素的中式道德去向洋官诉苦时，最后得到的只是对方基于法治渊源的厌恶鄙弃，文明与野蛮、现代与前现代的鲜明对比，在此显露无遗。在这里我们还能可以隐约辨识出：对国民性的批判并没有因为20世纪30年代革命话语大潮置换启蒙话语而消散，相反，它作为一种潜流、一种补充，被艾芜融入进了原本属于马克思主义话语的创作序列之中。

艾芜借姜姓女人的悲惨遭遇来说明乡土世界中各种统治阶级的相互勾结，并以此有力地控诉了一点：乡土世界的悲剧命运是被世界帝国主义体系压迫的结果。当个体的基本生存追求遭遇现代性势力入侵时，一切前现代式的思维方式都无从抵抗；当自诩代表着文明、法治的英国殖民势力蚕食古朴宁静的乡土世界之时，当现代法治与乡野秩序对峙之时，就是乡土世界的秩序溃败之时。

3.《春天》：一种反现代性的无望生存状态

《春天》中的锯子是广袤的川西平原上最美的女性，她一出场就带着巴蜀妇女特有的泼辣气，因为前后嫁过两三个锯木匠，嫁一个，死一个，她被乡人谴称"锯子"并且示以极度的不友好。不过这种肮脏的污名化给锯子本人带来的影响在文本里难寻其踪，反之，锯子似乎过滤了污言秽语，她专注于寻找生存资料。人们整修水坝的时候，她适时给予帮助来换取食物和热情地邀请刘老九等人去家中吃鱼。在生计艰难之下，她没有以男女大防限制自己生存的空间，而是自食其力，做到了一个寡居女人的不卑不亢。"原来锯子住的地方，以及屋前屋后的空地，都是由荒芜的河坝，填塞起来的，本没什么主子，但因挨近易老喜的田园，易老喜偏要说是他的（他就是每年侵占河身，同河争地的好汉），并曾经把伪造

---

① 艾芜著，刘平、魏泉鸣编：《芭蕉谷：艾芜南疆风情小说选》，青海人民出版社，1993年，第17页。

的文书，抵在锯子前夫的鼻子跟前，痛斥他，打过他耳光。那个老实的汉子，不大会讲话的，便因为要赶他一家人，离开自己苦心开辟出来的田园，就活活气的由吐血而死去。"①寥寥数言，交代了锯子的生存危机，地主易老喜逼死她的丈夫，屡次侵占她的田地，还对她本人垂涎三尺，然而在易老喜面前，她却像一把真正的锯子，每句话、每个动作、每个神态都把这个无耻地主抵得无所遁形。《春天》以及《丰饶的原野》后两部是男人们的主场，这个泼赖坚韧的女人，出场并不多，但每每出场都把其中的泼皮无赖、地主劣绅反衬得丑相毕现。

在普遍存在着强势崇拜的巴蜀之地，男性为生存角逐，女性自然也不遑多让，这种对生存的执拗与坚韧是令人侧目的。蓬勃张扬的生命强力完整地体现在了她身上，蜀地女性与江浙女性那种忍耐、压抑以至于精神麻木萎缩的性格气质完全不同，她们想笑就笑，想哭便哭，把乱世中的求生看得比一切都重要，为了活下去，别的都可以让位，对于不怀好意的人，她敢于用"放你的屁""我伤啥子风，败啥子俗"等言辞激烈的语言来予以回应。尽管锯子身上表现出了富含现代性特质的追求个体生存的行为模式，可是她是作为配角出现的，这对于她身上的光彩是有所损害的，而且在她的精神气质里除了那令人敬佩的坚韧，别无他物。她对生的执着是单调的，她对于生存的追求仅仅是吃与穿——这不过是人类所必需的物质基础，这是对于现代性所要求的精神之启蒙、思想之独立最大的嘲讽，在欧洲文明向中国"馈赠"现代文明的果实之时，我们孱弱的国民还无力吸收其中最为精华的部分，而是在生与死的边缘上挣扎着、追求着最为基础的活下去的物质来源，在生死场上表现着自己仅有的那一抹"坚韧"。

而且锯子的结局是完全可以料想到的，她要抚养数个孩子，还得侍弄家务杂事，然而她毫无经济上的支撑，既无丈夫帮衬，又无田产傍身。不仅如此，地主对她的骚扰和侵犯持续不断，可以想见一旦饥荒、兵祸、匪乱——乡土四川最普遍的生存危机袭来时，她将会堕入地狱。在塑造了如此鲜活明丽的一个泼辣女人之后，艾芜却对她获得光明幸福的生活持无望的悲观态度。文本里没有一丝对于锯子生活有利的因素，而且她所生活的整个村庄黑暗得如同一潭死水。陈家店子的老板娘一语点破了锯子的处境，她认为锯子作为一个"骚货"，不仅是普通男人喜欢，就连当权者也对她觊觎已久。当汪二爷听到此言，他的表现是拉起冯七

---

① 艾芜：《艾芜全集（第2卷）：山野·丰饶的原野》，四川文艺出版社、成都时代出版社，2014年，第249页。

爷，小孩子一样表现自己的垂涎欲滴。艾芜对于锯子身上品性的发掘重现了乡土世界的人忙着生忙着死的生存场景，这在其种程度上也是滋养我们民族的独特精神力量，但是艾芜对于锯子生活的书写又显出他对于锯子命运悲观无望的心态。在《丰饶的原野》中，刘老九最终与革命解放的力量汇合在了一起，可是锯子的命运却停滞在了那个蒙昧而封闭的乡土世界里，这不得不说是艾芜本人对于现代性话语的疑惧和悲观。

这一时期的四川乡土叙事呈现了现代性话语的早期乡土际遇，也构建起了典型的叙事模式：李劼人以日常生活话语来抵抗传统历史话语和主流现代性话语，建构了一种乡土日常生活的传奇叙事；沙汀剖析人性的阴暗，创造了一种讽刺性的悖论叙事，即现代性话语虽然强力进入乡土，却被乡土以酱缸方式予以消解；艾芜在表现充溢着现代性的个体生存追求时，表现出话语取舍上的左右两难。总体而言，这一时期的乡土叙事呈现了现代性话语的强大和不可避免，但每一种叙事都不可避免地留下了有丰富意味的裂缝。李劼人显然缺乏对"日常生活"话语和"欲望"话语的反思，沙汀亦忽略了对现代性话语本身的审视，艾芜触及了现代性话语的悖论，却未能深究下去。他们在女性人物建构中对现代性话语的种种纠结疑惑，以及最终对地方乡土女性生存经验的尊重，反而成就和丰满了小说文本的人物形象。

二、社会主义话语的新实践与转型

乡土不管是被动或主动，都面临一个变革问题，这是现代性话语一直试图传递的信息。中华人民共和国成立之前，乡土虽然充满种种现代性话语，但话语之间是一种平等竞争的关系，并没有一种主导性的话语力量在乡土起作用，因而话语之间的冲突也时有发生。经由延安整风，取得政权的共产党最终掌握了对乡土中国现代性工程的言说权和规范权，提供了一种更清晰整一的乡土现代性工程的话语体系——社会主义话语体系。这一种话语体系因为"集中了各种进化论未来构想的所有语汇，如自由、平等、富强、独立、民主、人性等，而且消解了语汇之间的矛盾和不相容性"，从而"成为关于中国的最权威、最具真理性、最激动人心的历史叙事"[①]。随着政权建立和政策方针的推行，社会主义乡土建设的

---

① 吴海清：《乡土世界的现代性想象：中国现当代文学乡土叙事思想研究》，南开大学出版社，2011年，第253页。

话语体系得以在乡土全面地展开。值得注意的是，在强大的西方话语和"中国形象"焦虑下，民国时期的乡土往往是作为"整体"被观看，乡土内部的民族、宗教、文化的差异和冲突往往是被忽略了的。沈从文的湘西虽涉及了民族、宗教、信仰，但这一乡土是自足的乡土，叙事主要处理的也是现代/非现代、城/乡的二元关系。中华人民共和国的成立，以及社会主义话语实践在乡土的推行，一定程度缓解了乡土面对西方的"中国形象"焦虑，却面临着如何观看和处理乡土内部问题的压力。在这样的背景下，我们来考察高缨《达吉和她的父亲》（1958）是如何叙述乡土以及建构女性，以及新时期周克芹《许茂和他的女儿们》（1979）又在何种程度上突破了这一话语体系的规范。

（一）《达吉和她的父亲》：两个文本与新话语形态

引起巨大反响的《达吉和她的父亲》，讲述了一个"一女二父"的故事。这一文本不仅涉及被现代性话语所破碎的乡土关系的修复问题，还涉及了此前的乡土文学几乎没有讨论到的乡土内部的差异性和复杂性，特别是民族、宗教问题。

作品经历了一个从小说到电影的改编过程，小说围绕"争女儿"展开，电影则围绕"让女儿"展开，环境、气氛、人物身份和人物性格变化都非常大，以致有评论者认为，"与其说这是一部由同名小说改编而成的作品，还不如说它是一部全新的、重新创作的作品"[①]。搁置优劣的争论，小说和电影，其实分别呈现出了两种渴望和努力：一是父女关系的重建，一是父亲形象的重塑。近代至五四以来激烈的"弑父"行动，在文学中一个巨大的影响就是父亲的"缺席"和不在场。五四以来的文学，主要在"弑父"、驱逐父亲、无父无家的情况下讲述儿女们的故事，儿女们可以在这片土地上任意而行。《达吉和她的父亲》的出现，则宣告了父亲的回来，父亲的在场和父亲的主权。父女关系的修补，在小说中主要通过指认破坏关系的"凶手"——剥削阶级和奴隶制度而得以实现。正是在共同受压迫的境况下，达吉和马赫这两个毫无血缘关系的人之间形成了新型的父女关系，而且这种父女关系甚至超越了血缘和民族。达吉对两位父亲的热爱、父亲们对女儿的爱护和思念，也成功有效地修复了伤痕累累、惨不忍睹的父女关系。这样一来，一个可以在传统道德、人性善恶或人道主义等多种话语体系发生的故

---

① 四川作家协会编：《〈达吉和她的父亲〉讨论集》，四川人民出版社，1962年，第11页。

事，就纳入了以阶级叙事为核心的社会主义话语体系。

电影则加强了这一倾向，进而对父亲形象进行了大幅度修正。从小说到电影，达吉的彝族养父马赫从一个精神抑郁、满怀疑惧，还带着旧社会奴隶创伤的人物变为一个精神愉快、胸怀开朗、整天忙于公社生产和建设的新社会主人，达吉的生父任秉清则从一个憔悴衰老、经历很多愁苦悲哀的孤独老人改写成一个大公无私、积极热情地投身新社会建设的工程师，在这两个形象身上都表现出"高度的革命觉悟和深厚的阶级感情"，"是毫无自私之心的以国家民族为重的新型人物"①。电影中的父亲，一改五四以来文学中专制、无能、衰败、落后的父亲形象，同时，父亲们的社会地位都从底层转移到权力中心，这样的父亲形象，才能成为儿女的榜样和导师，重新开始一段父子关系，也积极回应了新中国文学建构新型家庭的需要。在某种意义上，《达吉和她的父亲》与其说是在讲述"达吉和她的父亲"的故事，不如说是在讲述"达吉的父亲们"的故事。《达吉和她的父亲》通过修复父女关系和重塑父亲形象来重新建构女性——作为父亲的女儿而非放纵任意的女儿，因此我们可以看到，女儿达吉的性格前后变化并不大，温柔、善良、顺服，对两个父亲都怀着深深的爱。"父亲"的归来，既是"父亲"的需要，也是放纵而行、伤痕累累的儿女们的心理渴望，是对五四"弑父"的懊悔，《达吉和她的父亲》相当形象地呈现了这一时代渴求。

还值得注意的是，无论是小说还是电影，都表达了现代性话语对汉彝关系进行重新建构的努力。汉彝关系首先以启蒙主义话语进行修正，如汉人代表科学，而彝人象征迷信，呈现出科学对迷信的话语改造。叙事者是一个帮助改造彝族地区的干部，甚至同为翻身奴隶，且自小在彝族奴隶主家长大的达吉口中也会说出这样的话："他们彝人太迷信。"②其次，针对历史上的汉彝冲突所形成的阴影，则透过阶级叙事予以转移和化解："汉族与彝族自古便是兄弟，那时候不打架，不吵嘴，汉人给彝人五谷，彝人给汉人牛羊；后来汉人里出了汉官，彝人里出了奴隶主，他们就打起来了，谁都想把谁的骨头打断……汉官与奴隶主喝人的血，让老百姓和'娃子'喝泪水。"③

正是透过现代性话语及阶级叙事话语的缝合，代际之间的、民族的、宗教的

---

① 四川作家协会编：《〈达吉和她的父亲〉讨论集》，四川人民出版社，1962年，第30页。
② 四川作家协会编：《〈达吉和她的父亲〉讨论集》，四川人民出版社，1962年，第305页。
③ 四川作家协会编：《〈达吉和她的父亲〉讨论集》，四川人民出版社，1962年，第317页。

冲突都消失了，乡土以相当合一整全的形象出现。尤其是在电影中，乡土以一种相当新鲜的形象呈现出来，让我们看到了现代性以来几乎不曾看到的充满希望和欢乐的乡土形象。

值得注意的是，每一种话语都有自我神化和圣化的欲望，当多元话语并存时，这种自我神化和圣化的欲望并不能完全达成。但是，当只有一种话语，并且这种话语可以通过政治运作的方式进行传播时，话语的自我神化和圣化就能实现，话语就可从一时一事的可变话语转化为永恒不变的宗教性话语，这在"文化大革命"时期出现的一些文本中已经很明显地呈现出来。当社会主义话语走向极端和宗教性，就意味着话语转型的到来。

（二）《许茂和他的女儿们》：话语转型下的乡土重构

《许茂和他的女儿们》呈现了这种话语转型的特点，即不再用"阶级论和革命论来叙述整个历史，而开始逐渐转向采用现代化理论模式来叙述乡土世界的历史"[①]。在这种话语模式下，现代化话语开始取代阶级话语和革命话语，个人主义话语开始取代集体主义话语。

《许茂和他的女儿们》重新结构了乡土社会：一类是热爱乡土、扎根乡土的乡土实干家、知识分子和广大农民，如金东水、吴昌全、许秀云等；一类是欺上瞒下、品行不端、两面派的乡村权力派如郑百如等；当然，还有若干中间人物，如许茂老汉，以及不安心农村生活、爱慕虚荣的七姑娘许贞等。如果说阶级叙事将乡土进行了阶层的二分，现代化乡土叙事亦将乡土进行了二分，只是代表新思想/旧思想、落后/进步、道德/非道德等的人物，由原来使用革命话语的李克，转换成了追求现代化、科学的金东水等人。现代化话语置换了原来的阶级和革命话语，从而重构了乡村社会图景以及乡村的价值体系。此外，共和国文学中最普遍的描写，总有一个"代父"的男性人物形象出现，取代血缘上的父亲，而这位"代父"许诺了希望、幸福、平等等种种未来景象。而在《许茂和他的女儿们》中，是一位饱经忧患、依然忠诚的母亲形象——工作组长颜长春起着"代母"功能，她不是一个引导乡土走向一个又一个胜利的男性，而是与乡土共患难、同甘苦的女性。

---

① 吴海清：《乡土世界的现代性想象：中国现当代文学乡土叙事思想研究》，南开大学出版社，2011年，第271—272页。

文本中可以明显看到话语转型的裂缝。比如，四姑娘许秀云追求个人婚姻自由的故事，被曲曲折折地隐藏在话语夹缝里。我们看到的许秀云是一个介于两种话语之间的形象：一方面，她被叙述成国家话语所规训的"女儿"，热爱乡土、扎根农村；另一方面，她又被叙述成一个"很有心计"的女人，"像平静的大海，什么都容得下，爱和恨，悲哀和希望，什么都深深地藏在心底"，她的心计深藏在她的驯服之下。①在许茂的九个女儿们中，四姑娘许秀云的命运是描写得最悲惨的，在她身上承担着话语转换的历史重负，甚至叙事者有时还忍不住跳出来缝合话语的裂隙："四姐啊！你的悲哀是广阔的，因为它是社会性的；但也是狭窄的——比起我们祖国面临的深重的灾难来，你，这一个葫芦坝的普普通通的农家少妇的个人的苦楚又算得了什么呢？"②许秀云悲惨的人生故事始于被郑百如强奸，为了贞洁和名声忍辱嫁给他，并在长达八年的婚姻生活中逆来顺受地忍受郑百如加在她身上的种种羞辱。这样一个女性形象是乡土的象征，而四姑娘的抗争过程，也表现出乡土欲摆脱重重枷锁的愿望。这一文本中，"强奸"是一个永久的创伤性事件，改变了四姑娘的前半生。从象征意义上看，"强奸"事件亦可解读为现代化工程对乡土的"强奸"。与此相反的是，在民国时期高扬个性主义的现代性话语中，女性贞洁并未作为强调的重点，反而被诠释为女性自尊自强的起点，如艾芜笔下芭蕉谷的老板娘、罗淑笔下的刘嫂、丁玲笔下的贞贞等。此外，同样是被郑百如强奸，七姑娘许贞的失贞在作者笔下多少有点自取其辱的味道，只因为七姑娘爱慕城镇生活，一心想脱离农村。在这样的话语体系里，贞洁与对乡土的忠诚画上了等号，而不像革命和阶级叙事里，贞洁总是与阶级相关。《许茂和他的女儿们》提供了另外一种叙事，对于坚守农村、扎根农村的四姑娘的肯定，对于离弃农村、想投入城市怀抱的七姑娘的否定。不过，如果我们没有忘记的话，半个世纪前，在天回镇，一个有着与七姑娘相似愿望和虚荣心的蔡大嫂，那可是大放光彩的。

《达吉和她的父亲》开辟了新的话语实验场，致力于修复家庭伦理关系，将民族叙事纳入了阶级叙事，特别是电影创造了一种乡土新传奇；《许茂和他的女儿们》所进行的话语置换工程，则以现代化和个人主义话语取代阶级叙事，重新建构乡土的道德话语。这一时期的乡土叙事实践显示了社会主义一元话语如何在

① 周克芹：《许茂和他的女儿们》，人民文学出版社，2004年，第32页。
② 周克芹：《许茂和他的女儿们》，人民文学出版社，2004年，第55页。

初期显示出其强大的整合力，又如何走向极端化直至宗教化的地步，以及这种话语在新时期又如何被偷偷置换，从而带来话语的转型。

三、后革命时代的话语革命与重构

从新时期开始，中国的乡土世界进入了一个令人眩晕的众声喧哗期。长期话语"封锁"所带来的令人难以忍受的饥饿之后，是对话语近乎饕餮式地消费。寻根派、先锋派、拉美魔幻主义、新历史主义、新写实主义等各路诸侯都在乡土安营扎寨，上演了声势浩大的话语狂欢。文学寻根者在乡土大地上如考古般地细细搜寻种种神奇、魔幻的乡土基因和乡土根性，先锋小说家们则热衷于将叙事的圈套、语言的游戏植入乡土，新历史主义者以颠覆的姿态在乡土搞起了重写历史的实验田。在经历了百年现代性话语的风云激荡之后，这一时期的话语面临着"后革命转向"和"消费主义"的兴起，一方面是对话语本身的极大兴趣，一方面也表现出对现代性话语的种种不信任。在这些热闹的主流话语演出和比赛中，四川乡土小说相对比较边缘，一直要到20世纪90年代末，借助阿来的《尘埃落定》，四川的乡土世界才再一次引发广泛的关注。这一时期我们重点围绕两个文本进行讨论：阿来《尘埃落定》（1998）和颜歌《我们家》（2013）。

（一）《尘埃落定》：话语的迷宫与女性形象

《尘埃落定》出现在饥不择食的话语饕餮相对"尘埃落定"之后。与此前由相对单纯的话语所建构的清晰的四川乡土世界不同，《尘埃落定》建构的是一个话语繁复、纠结、缠绕、颠倒、拆解的"迷宫"。小说将讲述权赋予一个所谓的傻子，让这个傻子土司讲述自我成长史、家族衰亡史、民族冲突史、土司制度崩溃史。在此之前，四川现代乡土世界的叙事者，不管其讲述是乐观还是悲观、平静还是痛苦，一直呈现为貌似理性的正常人，而《尘埃落定》将讲述权赋予"非正常的人"，这是现代性话语实践的一个传统，一个症候，一个"圈套"。中国现代小说的开端，就起源于一个"疯子"的讲述（《狂人日记》）。《尘埃落定》中的傻子如小孩玩积木一般，一边拆一边建，重构了在定型话语中已经僵硬的四川乡土世界。在这个新的世界里，可以看到关于智慧、关于性、关于权力、关于政治、关于女人、关于历史……一个世纪以来在中国大地上最极端也最极致的话语实践。既然这是一个话语角力的实验场，势必将话语的弓拉至最满方可发挥最大力量，比如傻子，很大程度上是作为一个承载"作者本人对于人类'理性'的哲学思考"的"艺术符号"而存在。①虽然文本从头到尾都充斥着傻子的声音，但我们根本无法说清楚他是一个绝对的傻瓜还是聪明人，或者是一个大智若愚者，或者什么都不是，最后，我们也许只能说，他就是那话语，是话语的操练和表演。

考察文本中的女性形象也会发现，在土司太太、央宗、两个"卓玛"、两个"塔娜"、"女儿国"国王茸贡土司等女性身上，演绎着身体、权力、性等种种现代性话语，甚至汉人，也不过被冠以白色汉人、红色汉人的符号称谓。在土司女儿塔娜身上，就缠绕着美丽、爱情、交易、背叛、淫荡等多种话语，每一种话语都是极端性的：塔娜之"美"是极端的，"貌若天仙""不叫男人百倍的聪明，就要把男人彻底变傻"②；塔娜之不幸是极端的，虽然她贵为土司女儿，但在粮食危机面前，不得不嫁给一个傻子（相比较，女奴卓玛都可以选择一个自己喜欢的人）；塔娜之背叛也是极端的，她跟丈夫的哥哥上床，甚至后来在土司世界的崩溃中任意跟男人上床。卓玛与傻子少爷之间的性关系，则演绎了奴役与自由、爱与性的话语。至于马夫女儿塔娜与土司女儿塔娜的身份比较，则表现出对革命话语和阶级话语的极端厌倦和反动：

> 土司的女儿跑了，马夫的女儿无处可去，就把自己关在楼上的房子里，怀里紧紧抱着描金的首饰匣子。和她比起来，跟着白色汉人逃跑的塔娜要算是一个高贵的女人了。必须承认，土司的女儿和马夫的女儿总是不一样的，虽然她们叫同一个名字，虽然她们拥有同一个男人，但到紧要关头，土司的女儿抛下价值数万元的首饰走了，马夫的女儿却抱着那个匣子不肯松手。③

很明显，在以往经典的革命叙事和阶级叙事中，对金钱和物质的贪婪往往是属于地主资产阶级而非下层人民，叙事者如此颠覆经典革命叙事，不过是基于重新结构话语的需要而已。

当然，从女性主义角度看，这些话语的实践本身是性别主义的、可疑的，比

---

① 宋剑华：《〈尘埃落定〉中的"疯癫"与"文明"》，《民族文学研究》，2011年第1期。
② 阿来：《尘埃落定》，人民文学出版社，1998年，第183页。
③ 阿来：《尘埃落定》，人民文学出版社，1998年，第366页。

如，在男人身上智慧与愚蠢的话语实践，在女性身上的身体话语、性话语的实验等。因此，我们也就不难理解为何其中的女性形象会引发这样的批评："在她们身上，看不到作为女性的独立个体的尊严。而且，在她们身上，要么表现出强烈的变态的动物式的肉欲（如桑吉卓玛、央宗），要么表现出对金钱的超常狂热（如姐姐），要么流露出狂热的权力欲（傻子的母亲）。她们在文本中的存在没有独立的意义，也就没有作为女人的独立的生命。"①女性主义的批评或许是对的，但在后现代话语中，"独立""主体"一类的话语本身就是被建构的、可疑的。至于《尘埃落定》，不过是借助了乡土世界一场盛大的话语实验，对百年以来的现代性话语进行了又一次"革命"。

（二）《我们家》：方言背后的野心与"家"的重构

最后我们要讨论一下颜歌的乡土世界。要将颜歌小说纳入乡土小说有点困难，但不将其纳入又实在说不过去，因为她一直津津乐道于用四川方言讲述四川的小镇故事，讲小镇上的男男女女。四川作家中，像颜歌这样有如此自觉的语言意识和文体意识的并不多。《我们家》被颜歌称为"实现了我作为小说家最大的野心，就是用想象和虚构来贴近现实"②。《我们家》人物众多，爸爸、奶奶、妈妈、爸爸的情人以及大伯、姑姑等若干家人，各有各的欲望，各有各的折腾，相互之间亦有很多的牵扯，但一遇到重大事情的时候，又能凑到一起。原本不是什么上得了台面的事，却被叙事者拿来大说特说。当父亲的虽然折腾得家里不安宁，在外却也是有头有脸的。包括奶奶这一形象，既不像《淘金记》中充满控制欲的何寡母，以致让儿子成了一个无用的废人；也不像四姑娘这样充满了奉献精神，靠自己的牺牲来成全他人。奶奶年纪一大把，照样没少耍点小性子，对儿女的指导和控制，既有成功的，也有不成功的。《我们家》呈现出这样一种气氛，不管如何吵吵闹闹，毕竟这是一家子的事，用不着外人操心观瞻，而且，事情总归会解决的。在前面的文本可以看到，民国时期的文学往往呈现为"无父无家"，中华人民共和国成立后的文学致力于建构超越血缘关系、以"代父"来领导的新型家庭关系。新时期之后的文学放逐了政治之父，让文化之父、生命之父

① 马淑贞：《被压抑的"女体"与男权话语的狂欢——《尘埃落定》中的女性形象简析》，《成都大学学报（社科版）》，2011年第4期。
② 陈晓勤：《颜歌：我一直在写我们镇上人的故事》，《南方都市报》，2013年04月28日。

高调出场。虽然父亲们的形象很高大，但依旧非常脆弱，漏洞百出，一直有一种内在的焦虑。四川文学中最有影响的家庭叙事是巴金的《家》，向家族发出了"诅咒"。到颜歌这里，叙事者不"弑父"、不崇父、不审父、不怜父，以一种"嘻嘻哈哈地过山车般"的叙事①，抹平家族叙事中的创伤记忆，除去笼罩其中的诅咒，同时也不可避免地让一个本来可以结构成"史诗性的故事"，写成了"一小家人的小故事""一个豆瓣厂厂长在老母亲、老婆和二奶中间打转的尴尬故事"②。

然而，小叙事中藏着大野心。虽然颜歌以家庭小故事拒绝史诗性的宏大叙事，但在颜歌的自我讲述里，常常会出现"中文""中国"这样野心勃勃的词语，"写我所看到感觉到的时代，延伸中文，表达中国""四川不四川，这是四川之外的人才看出来的，对我来说，《段逸兴的一家》（注：即《我们家》）就是我所理解的中国生活"③。将颜歌的小说叙述与自我讲述做一比较会让我们找到话语的入口。颜歌的乡土写作涉及当下最热门的城市化问题，但她并不像大多数乡土作家致力于处理这一进程中城市/乡村二元对立中的身份、道德、尊严等问题，而是意图处理全球化背景下的中国形象及相关的中文问题。很显然，颜歌的四川小镇一开始就是具体与抽象的复合体。它们当然是四川，是四川的任何一个小镇；它们当然也是中国，是城市化中国的任何一个小镇。"城乡接合部"是颜歌对当下的乡土其实也是中国的指称，除了呈现乡土中国暧昧、复杂、含混的特征外，颜歌非常明确的方言书写，是其中国和中文意识的表达，如她所说，"'平乐镇'上的男男女女要说着四川话才能行走和活动起来"④。颜歌曾谈到在美国北卡罗来纳州达勒姆访学期间对中文有了更深的认识：

在一个越少能使用中文的环境里，或者在和说着其他语言方式的对比里，人会越发现中文的中文性——也就是说这种语言里面不可替代的东西，也就是说用这种语言来表达文学，来写小说的时候所能达到的其他语言无法抵达的"死角"，在我个人来说，中文＝四川话＝我的母语。⑤

---

① 陈晓勤：《颜歌：我一直在写我们镇上人的故事》，《南方都市报》，2013年04月28日。
② 颜歌：《平乐镇的伤心故事集·代序》，广西师范大学出版社，2015年。
③ 颜歌、走走：《我用了很长的时间来让语言"不美"》，《野草》，2015年第2期。
④ 陈晓勤：《颜歌：我一直在写我们镇上人的故事》，《南方都市报》，2013年04月28日。
⑤ 颜歌、走走：《我用了很长的时间来让语言"不美"》，《野草》，2015年第2期。

　　颜歌所呈现的乡土中国，与颜歌自身的全球化经历（作家、博士、访问学者）不无关系，同时也与全球化背景下中国近三十年来的经济奇迹和城市化进程是分不开的。借助他者的语言镜像，重新发现中文和中国，这也是崛起的中国的内在诉求。不过，颜歌关于"中文性"等叙述，明显有着将"方言""中文"本质化、神化的倾向。如果说阿来《尘埃落定》是以消解和反转的方式破坏话语指涉关系、解构现代性以来的话语实践的话，颜歌的方言实践则开启了新一轮的话语建构。这种倾向，作为建构中国之于世界、四川之于中国的身份认同和语言意识可以理解，但在实践中却需要警惕其可能存在的偏狭和盲点。而且，由于阅读性文本无法同时传达声音，加上现代性以来的语言杂糅、语言变迁问题，颜歌"方言中文"话语实践的效果，尚有待进一步观察。

　　这一时期的四川乡土叙事明显受到语言论转向的影响，呈现出时代话语的多元冲突。既有《尘埃落定》借话语展演抽掉了话语立足板的，也有《我们家》借方言逆袭"中文"的。告别革命，不仅告别了现代性宏大叙事，也意味着对人性中存在的"乌托邦"欲望说了再见。在解构了现代性话语的种种神话之后，各种话语似乎都有力不从心之感。

　　近百年的四川乡土世界，持续经历着现代性话语带来的冲击、碰撞、破碎和媾和，话语在敞开的同时，也在遮蔽。从民国时期充满信心的现代性话语革命，到中华人民共和国成立后社会主义话语从希望走向僵化，再到新时期"政治去魅"之后的"语言返魅"，都不断地改写着乡土形象和乡土面貌。乡土四川还会被作家们如何叙述，这将取决于乡土中国向城乡中国的社会转型。而乡土四川的女性形象亦将在四川乡土小说更丰富多彩的叙事中得到更加有力的艺术展现。

第五章　民俗学视域下的四川康巴乡土小说

康巴作家群的崛起，是新世纪四川文学版图中的一个重要现象。

"康"，是藏语Khmas的汉语音译（清代汉文文献中曾译作"喀木"）的一个地域概念。[①]"所言康者，系指其边地，如边属小国名'康吉贾阵'也。"[②]今天藏族人习惯将西藏昌都一带，青海玉树、果洛藏族自治州地区，四川甘孜藏族自治州、雅安、西昌地区，以及南接云南、缅甸一带的藏族聚居地称为康区。巴，在藏语里指"人"。因此，康巴指的是居住在康区的藏族人。

本章的"四川康巴"是立足于地理学"区域"的概念，特指四川省甘孜藏族自治州。它位于四川省西部，康藏高原东南，总面积15.3万平方公里，是以藏族为主体民族的地级行政区。全州辖康定1个县级市，泸定、丹巴等17个县，325个乡（镇），2679个行政村。与其他地区相比，该地因地处藏族与东部汉、羌、彝、纳西等多民族交接的边缘，具有多民族杂居之态，呈现出多元文化在同一地域共同发展的风貌。

民俗是一个地区的人们在长期生活里积累的生活经验，慢慢形成习惯，继而转变为常识，包括生产方式、生活习俗、宗教信仰、岁时习俗、饮食服饰、建筑陈设、文娱活动等方面，展示的是一个地方生动的风俗画，传达的是一个地方固有的社会生活和民族心理。陈勤建先生在《中国民俗学》一书中提道："民俗本

① 任新建：《康巴历史与文化》，巴蜀书社，2014年，第6页。
② 根敦群培：《白史》，中国藏学出版社，2012年，第7页。

身具有一种向心力，在群体身上体现为民俗文化意识的凝聚力与群体性，在空间层面体现为地域性。在此前提下，我们来看'乡土'，知道它是一种以共同习俗为基础的情感意识，是民俗地域化、群体化的产物。所以，受地域文化影响的作家们，必然会受到该地民俗的影响，形成某些方面一致的创作风格。"[①]作家在从事文学的创作过程中，会自觉不自觉地融入地域性和民族性的民俗文化内容，以突出人物的典型性，或推动情节发展，或打造出强烈的故事环境、背景。由此来看，文学中的民俗内容，实质上是一种知识资源。其中，乡土小说以"地方色彩"和"风俗画面"为主要创作特征，蕴藏的地方知识相较于其他文学体裁而言最为丰富，与之相应的民俗信息涵盖也最为充分。

　　因此，本章采用的是小说文本的民俗研究。将小说与民间生活相联系，一方面有利于更深入地挖掘文本所彰显的社会风貌和民俗文化，另一方面文学中对民俗的描写，其实质是通过民俗内容来彰显小说母题。文本民俗研究的路径，有利于突破以往研究的局限，凸出文学的地方性知识，有助于还原文本文化语境和特定的文化内聚性，识别其地域文化特征。同时，对文学与民俗学的共性关系的探讨，也将拓展康巴文学研究的丰富性和多样性。

一、四川康巴乡土小说的民俗构成

　　民俗学学科发展至今，已有百年历史。其研究内容普遍被认定为民众的知识，即在文明发展进程中积淀下来的一种地方性知识。关于"民"的概念，一直在发展，德国格林兄弟在19世纪德国民族主义和浪漫主义运动下，搜集出版了《儿童和家庭故事集》，以民众知识来研究民族的历史文化，将"民"的概念局限"民族"。迪尔凯姆认为，"民"指的是一个社会群体，他们有着共同的思维、行为模式和文化习性。[②]爱德华·伯内特·泰勒在《原始文化》中，从文明程度层面提出看法，认为"民"是野蛮人或是文明程度处于半开化状态的"初民"[③]。阿兰·邓迪斯在《民俗解析》中，认为"民"指向的是"共同性"，也就是说，只要具备了相同的传统，那么民的范畴不应该局限在群体中。民可以是社

① 陈勤建：《中国民俗学》，上海人民出版社，2017年，第29页。
② 王娟：《民俗学概论》第2版，北京大学出版社，2011年，第8—9页。
③ ［英］爱德华·伯内特·泰勒著，连树声译：《原始文化》，广西师范大学出版社，2005年，第25页。

会中的一个人，也可以是社会中的一个群体。[①] 20世纪初期，国内有学者把"民"与平民、农民等同。[②] "俗"，简单来说，意味着日常生活中约定俗成的规定、行为等，被人们有意无意地遵守并践行。四川康巴乡土小说有着大量关于康区民俗的叙述。在对民俗事项的描写中，康巴乡土作家将具有多元性、复合性的地域民族文化寄予其中。这些民俗事项不仅是该地文化景观的一次集中展示，而且强化了小说的乡土色彩，使得作品具有识别性、异质性。

（一）乡土小说中民俗事象的描写

任何事件和现象的发生都会在历史中凝缩成一定的文化意义，继而附着于具体的事项得以延续。民间文化、民俗的形成与传承也是相同的路径，不同的是它们固定存在于特定地域，通过代际血缘关系传承，为固定生活在一个地方的社会成员接受并受其影响。在乡土小说中，特别是具有民族特色的少数民族文学中，民俗内容一方面成为人物活动背景，一方面直接影响人物行为的产生，并以当地特有的民俗氛围标识出该文本的独特性。因此，四川康巴乡土小说既根植于民间传说故事、宗教信仰、社会习俗等"精神原乡"，又书写出了康巴地方性知识的物质空间、精神空间，传达出作家个人对多元文化共生和族群身份的认同。

1. 语言民俗的描写

藏语属于汉藏语系藏缅语族藏语支。康方言系藏语支三大方言之一，通常称之为"康格"，分布于四川省甘孜藏族自治州，及青海、云南、西藏等一些地方。可以确认的是，康方言是四川省甘孜藏族自治州的主要语言交际工具。语言民俗作为一种特殊的民俗事项，以语言文字表达为标准，具有地域性、民族性。包括神话、传说、民间故事，谚语、俗语、谜语、咒语、誓言、祝词等口头短语，以及民歌、民谣、故事歌、口头史诗等。

对于小说而言，神话传说、地方语言、民歌的加入，不仅增加了小说叙事空间的神秘性与传奇性，而且标识了小说的地域性。比如，格绒追美《隐蔽的脸——藏地神子秘踪》中，通过神子的角度讲述了雪域高原的历史，特别是以神猴子与岩魔女结合繁衍人类的传说解释了藏人的来源。在达真的小说《康巴》《命定》中，作家在人物对话中特别引入"哦呀——好的"一词，营造出藏语沟

① ［美］阿兰·邓迪斯著，户晓辉译：《民俗解析》，广西师范大学出版社，2005年，第166页。
② 王娟：《民俗学概论》第2版，北京大学出版社，2011年，第8—9页。

通的氛围。另外，还有一些描述或者指向事件的方言，比如：撒拉如己——吃够了的，打狗——帐篷幽会，龙达——敬神的经文纸片等。在《隐蔽的脸——藏地神子秘踪》中，作者格绒追美在汉语书写中夹入不少康方言，如人物关系的称谓，阿斯——阿婆、阿觉——父亲、布超布姆——年龄相仿的人。亮炯·朗萨《寻找康巴汉子》和泽仁达娃《雪山的话语》，前者复述了格萨尔神话，后者的康巴汉子被赋予了格萨尔一样的品格。泽仁达娃《雪山的话语》小说中，神灵借用巫师喉咙唱歌的内容是藏族民歌。尹向东的《风马》也有对藏族民歌《溜溜调》的借用，弟弟仁立民与卓嘎私奔七天，回康定途中与中年夫妇喝酒吃肉，两夫妇趁着酒兴对唱起了《溜溜调》："叫声情妹我的肝，没有把你忘一天……"①达真《命定》在上部"故乡"里出现的歌谣："白云飘蓝天，风儿挡不了，水往低处流，横桥挡不了，姑娘要出嫁，母泪挡不了。"②暗喻了贡布与杜吉为得到雍金玛的故事。除此之外，歌谣中出现的意象，如喇嘛、头人、大鹏鸟、山岩、蓝色天空、烧香、磕头、白云等，是具有康巴标识性的意象词汇，明确指出这是发生在藏族聚居区的故事。值得一提的是，在格绒追美《隐蔽的脸——藏地神子秘踪》中关于莲花生的传说故事："戴着乌金帽的莲花生突然莅临造访卡称。本地青布热女神双脚站在硕曲河两岸的山头，并把裙袍展开，双眸俯瞰地面，等候莲花生的来临。莲花生到了沟口，身边的毛狗仰天吠叫，惊得他白玛法帽掉到地上，才察觉到差点从她胯下钻过去了呢。愤怒的莲花生身形拔长，充盈了整个天空，与青布热女神斗起法来，直至降服她，让其发誓护法，不降灾害，甘为众生服务。之后，莲花生又以难以言说的神通相继收服了其他神灵精怪，并使它们成为护法、山神等。从此，所有的神灵开始了循规蹈矩的生活。之后，来自印度的神灵们越来越多，它们与本地神灵和睦相处，倒也相安无事。"③这则传说说明，莲花生是印度的神灵，来到康地降服本土的神灵，使它们成为护法，不做恶事，而是为众生服务。恰好对应到藏传佛教史上，藏传佛教的主要奠基者，集慈悲、智慧、伏恶为一身的莲花生大士，为利众生而降临婆娑世界。

　　"语言形式、内容与文化有着密切的关系"，其中"词汇在很大程度上忠实

---

① 尹向东：《风马》，作家出版社，2016年，第112页。
② 达真：《命定》，四川文艺出版社，2014年，第34页。
③ 格绒追美：《隐蔽的脸——藏地神子秘踪》，作家出版社，2011年，第19—20页。

地反映了它所服务的文化"①。在汉语文本中，有意识地加入藏语元素和传说故事，一方面赋予了小说文本特有的"文化标志"，在突出地域性、民族性的基础上，其内核是在进行民族的自我介绍，方言一再重复，更加说明了作家对自我文化身份的不断确认过程。

2. 物质民俗的描写

物质民俗，指的在一个特定区域生活着的大众创造、拥有和传承的物质文化事项，包括民间服饰、民间建筑、民间饮食、经贸，等等。②藏袍是藏族最基本的服饰，大圆领，开右襟。左襟大，右襟小。大袖，袖长过手。下摆长出脚面，腋下部钉扣一颗，有的无扣为影色短系带。③农区妇女一般梳辫和双辫，发辫中编入红色、黑色、蓝色等色丝或毛线，或盘在头际，或垂在身后，额头和发饰中常用珊瑚、玛瑙装饰，双耳戴金饰或银饰镶嵌的珠宝耳环，项系珠宝项链，手腕戴玉镯、银镯或象牙镯。④如达真《康巴》里，锅庄女主人阿佳穿"一套阴丹蓝藏装，藏装里面是洗得雪白的衬衫，腰间系着红、黄、蓝相间的围裙"⑤。尹向东《风马》里，江芳迎娶妻子央金："那天她穿着红色藏装，身上缀满黑白相间的九眼石、黄色蜜蜡、红色珊瑚，以及黄金、白银镶嵌的腰带。头上扎满小辫，配着小颗的红珊瑚珠。"⑥在亮炯·朗萨的小说《布隆德誓言》里，明火枪手"左耳坠一颗大骨珠，水獭皮镶边皮袍，镶豹皮边的鹿皮坎肩，下边是红白相间的藏绸灯笼裤，足蹬高筒蒙古骑士靴，腰间别一把嵌有大大的三颗珊瑚珠的银鞘长刀，右佩长剑，左佩弓，上穿红藏绸大袖衫，外套缎面金边坎肩，胸挂嵌有珊瑚、松耳石金银质噶呜（佛盒，护身符），盒上系着彩绫"⑦。

藏族的民间建筑，分为农区和牧区建筑。农区多为碉房（亦称之为"康房"），居室内用木板区隔，一般分为寝室、经堂、储藏室和活动室。⑧在亮炯·朗萨《布隆德誓言》中，土司的豪宅建在草原高坡上，往低分布着贫民们低矮的住房。"墙体以白色调为主的土司宅楼，房顶的女儿墙和正面东侧三楼是赭

① ［美］爱德华·萨皮尔著，陆单元译：《语言论》，商务印书馆，1964年，第196页。
② 钟敬文：《民俗学概论》，上海文艺出版社，1998年，第40页。
③ 康定民族师专编写组：《甘孜藏族自治州民族志》，当代中国出版社，1994年，第156页。
④ 康定民族师专编写组：《甘孜藏族自治州民族志》，当代中国出版社，1994年，第158页。
⑤ 达真：《康巴》，四川文艺出版社，2014年，第187页。
⑥ 尹向东：《风马》，作家出版社，2016年，第89页。
⑦ 亮炯·朗萨：《布隆德誓言》，外文出版社，2006年，第24页。
⑧ 康定民族师专编写组：《甘孜藏族自治州民族志》，当代中国出版社，1994年，第160页。

红色，墙上一个个精美的镂花窗户顶上，也是赭红色的均匀凹凸小方木块窗楣，叫巴苏，上面垂着一溜红蓝黄相间的折叠布帘。"① 民房低于土司官府，并呈现出"众星拱月"的分布形态，构成了村落秩序空间，折射出土司权力的至高无上。在民居建筑内，有一个特别空间——经堂。该空间常常出现在小说里，比如在达真《康巴》中，云登格龙每日都会去的就是经堂，一旦发生什么意外，也会去经堂求得心灵安慰及菩萨庇佑。尹向东《风马》中土司家最重要的也是经堂，最后的日月土司还睡在经堂。格绒追美《隐蔽的脸——藏地神子秘踪》中雅格的老喇嘛也睡在经堂。藏族人对经堂的重视，源于藏传佛教的普及。藏传佛教在他们心里扎下了根，经堂作为藏族信仰的物质空间，被视为一个家庭或者家族与神灵联结的地方，承载了家庭宗教活动的功能，因而充满了神圣性及神秘色彩。在牧区，人们居住在牧民们手扎的布帐篷里，目的是为了适应"逐水草而居"的游牧生活。帐篷，分男人住的阳帐和女人住的阴帐，帐中仍设有供佛像及经书的地方。② 《命定》上半部"故乡"讲述的是牧区藏族群众的故事，有不少有关帐篷的描述。比如，对帐篷外形的描写，"墨蓝色天幕的背景深处，静穆伫立着一顶六边形的黑色牛毛帐篷，远远望去，牛毛帐篷的天窗发出一道微弱的暖光呼应着黎明"。③ 以及帐篷制作的原料与步骤，"阿妈塔玛已将用牛毛做成的线织成宽七八寸、两头成年牦牛尾相连那么长的褐子一片片地拼起来缝制成了可容纳十人住的黑帐篷。阿爸一边在帐篷绳上挂玛尼旗。佛龛是一顶黑帐篷中最受尊敬的喇嘛或是长辈才能享用的位置"④。游牧是藏族重要的一种生产方式。帐篷，作为游牧民族居住的形态之一，具有流动性的特点，藏族人在草原上可以"随遇而安"，既反映了藏族质朴的生态观，又保护了脆弱的草原生态。可见，乡土小说侧重对民间建筑的描写，建构了一个真实的生活空间。这个空间是民族精神和地域文化的外化，体现了藏族的审美追求。

藏族嗜茶。茶在他们的生活里，与盐一样是他们的必需品。⑤ 藏茶的饮法，与汉人用清水泡饮不同，藏族人通常会用锅熬煮清茶，随后加入盐、酥油，最后用酱桶制成"酥油茶"，或制成奶茶，或加入糌粑煮成面茶。值得一提的是，

---

① 亮炯·朗萨：《布隆德誓言》，外文出版社，2006年，第3页。
② 康定民族师专编写组编：《甘孜藏族自治州民族志》，当代中国出版社，1994年，第161页。
③ 达真：《命定》，四川文艺出版社，2014年，第10页。
④ 达真：《命定》，四川文艺出版社，2014年，第154页。
⑤ 康定民族师专编写组编：《甘孜藏族自治州民族志》，当代中国出版社，1994年，第160页。

锅庄作为藏茶贸易的中介场所,专为商旅提供食宿、堆存货物、互市贸易。在其中,包含了康地民居、饮食、经贸等康巴民俗文化内容,具有丰富的民俗意味。在达真《康巴》里,"随着汉藏茶马互市的日渐兴旺驿站逐渐成为兼职贸易的锅庄。康定大大小小的几十家锅庄,构成了支撑云登家族的巨大基石,正如马帮口中唱出的:'金子一样的打箭炉,藏地独一无二的锅庄是土司的腰和腿……'"①在尹向东《风马》里,仁泽民和仁立民初到康定,被王怀君骗走了马,便在锅庄和商铺乞讨,后来被罗家锅庄收留,此后便在罗家锅庄干活。"外面院子大部分房里都堆着码放整齐的茶条,四个缝茶工人坐在檐下,正埋头将茶叶缝进牛皮里。里面的院里,一些穿藏装的驮脚娃混合几个穿长衫的人,正在谈生意。"②年纪大的仁泽民在锅庄帮忙,要么是帮来锅庄的藏人商贩卸货,要么是帮锅庄里将赶赴远方的藏人们给马上驮子。年小的仁立民就替锅庄客户的牛、马喂草料。私奔后回到康定的仁立民,去了汪家锅庄当缝茶工人。由此可见,锅庄就是藏商、汉商赊购批销茶、酥油、糌粑、康盐、奶饼等物品的场所,也接待一些客商、驮脚娃住宿,提供清茶和糌粑等藏族传统食物。它作为康定汉藏商贸交往的重要场所,是汉藏文化交流的场所,也是集藏族建筑、饮食为一体的藏文化载体。

此外,在小说中多次出现青稞酒、糌粑、酥油等食物。这些是生活在高原的人们必不可缺的几种食物。这里的酒多以青稞为原料,一般制成青稞酒,或与玉米、小麦等混煮而成的咂酒。糌粑按主料不同,分为青稞、豌豆、玉米、燕麦糌粑,分别用青稞、豌豆、玉米、燕麦炒磨而成。其中青稞糌粑最普遍。例如《雪夜残梦》中间出现的一幕,"桌上摆满了糌粑、酥油、奶酪和寺庙特有的油炸条饼"③。

3. 社会生活与精神民俗的描写

社会生活民俗,关注的是人类社会生活形式的民俗事项,包括人生仪礼、民间艺术和岁时节日庆典等。人生仪礼,指的是人一生中可能存在的几个重要环节上要经历的特定仪式过程,由此深化个体生命社会化的程度,反映了不同民间

① 达真:《康巴》,四川文艺出版社,2014年,第28—29页。
② 尹向东:《风马》,作家出版社,2016年,第136页。
③ 仁真旺杰:《雪夜残梦》,作家出版社,2013年,第102页。

文化的生命价值观。[①] 其中，婚姻作为人生仪礼中重要民俗现象，体现在婚姻形态、仪礼上。以甘孜藏族聚居区婚姻形态为例。该地区虽以一夫一妻制为主，在农牧区也不乏一夫多妻和一妻多夫的情况出现。藏族为保证财产不分割延续过旧俗，还保留着过去一妻多夫，俗称"伙婚"。《风马》里日月土司长子江升在其弟去世后，在土司势力逐渐衰微的情势下，接受了其庶母为了保障家族财产，令其迎娶弟媳为妻的建议。他们的婚姻并没有大肆操办，只是召齐家族成员告之。可见，在民间注重家族血统和财产的基础上，较少受到儒家伦理道德约束的藏族聚居区民间社会，并没有完全受制于伦理道德的规范。从江升还俗，娶弟媳及一众族人迅速接受并默认的态度来看，这种婚俗反而彰显了江升作为唯一在世的日月土司儿子对家族的责任与义务。

民间艺术植根于民族传统生活方式，社会中下层民间流行音乐、舞蹈、美术等艺术创作活动，是各种民俗活动的形象载体。[②] 在藏族社会生活中，民间艺术最富特色的便是民间舞蹈，以锅庄舞最为典型。锅庄作为藏族一种典型舞蹈习俗，指的是藏族群众在庄房里表演，或者围绕着炉灶、篝火表演。锅庄与藏族群众生活关系密切，主要分为草地锅庄和农区锅庄。[③] 锅庄不受时间、地点、人数的限制，可随意加入，农村锅庄舒展缓慢，草原锅庄热情奔放，通常是按照顺时针方向绕圈而舞。每逢大型节日、庆典，藏族便要举行锅庄舞蹈。在达真《康巴》里，婚礼前就要跳锅庄。"篝火旁，人们跳起锅庄，为婚礼铺垫前奏的欢乐。"[④] "相比各地的锅庄弦子，嘉绒锅庄的优美就在于锅庄的圆始终在运动变换中收放自如地保持着，古老的圆圈舞在寨碉下像涟漪一样以同心圆的形态徐徐展开。时大时小变化中的圆令人眼花缭乱。舞步由男人领头，女人紧随，豪迈而沉重，随着歌声的欢快和节奏的加快，女人的声音渐起，锅庄进入高潮，由肃穆庄重变为热情奔放。这时的舞场变成为彩色的漩涡。"[⑤] 在原始宗教时期，舞蹈是巫术的一部分，在原始文化中与祭祀仪式密不可分，其主要功能是娱神，让神灵开心，然后求得神灵的庇佑或者通过舞蹈行为与神灵实现沟通，传达人们的祈福与愿望。然后是娱人，通过舞蹈来解放肢体，释放情绪，宣泄悲欢。就当下藏

---

① 钟敬文：《民俗学概论》，上海文艺出版社，1998年，第156页。
② 钟敬文：《民俗学概论》，上海文艺出版社，1998年，第327页。
③ 杨曦帆：《康巴藏区民俗乐舞考察与研究》，《南京艺术学院学报》，2007年第3期，第23—26页。
④ 达真：《康巴》，四川文艺出版社，2014年，第89页。
⑤ 达真：《康巴》，四川文艺出版社，2014年，第344—345页。

族日常生活而言，锅庄舞蹈作为一种方便的娱乐方式，承担的是"娱人"的功能。如小说所描述的那样，一方面标志了藏族人特有的日常生活部分，一方面带动欢乐生活的气氛。同时，锅庄舞作为一项集体活动，将藏族男女的热情与爽朗，尽情地展现了出来。如小说《康巴》第三部，土登就是在锅庄舞蹈中看到了最美的女子阿满初，与她开始了一段情缘。

精神民俗关注的是地方生活中形成的意识和习惯，这些意识和习惯经长期延续、传承而形成的民俗事项。因此，精神民俗也被称作"信仰民俗"，主要包括民间信仰和巫术禁忌类事项。①四川省甘孜藏族自治州分别以德格、大渡河上游、贡嘎山、康北草原、康定为中心，形成了德格文化圈、嘉绒文化圈、木雅文化圈、游牧文化圈、汉藏商贸文化圈，各个文化圈里还包含着文化小区。这些文化圈，都有着相同的精神信仰。比如，四川康巴地区的原始崇拜中，对自然的崇拜包括山崇拜、水崇拜、树崇拜、土地崇拜、火崇拜、动物崇拜等。其中对山的崇拜特别突出，成为原始崇拜的基础。②在该地区有着"神山"之名的就有夏学雅拉嘎波（康定市）、贡嘎雪山（康定、泸县）、墨尔多甲布（大小金川）、夏迦曲泽（理塘县）、玉隆雪山（德格县）、奶龙山（甘孜县）、卓达拉（甘孜县）、打日（道孚县）、珠日（色达县），等等。对山神的祭祀与供奉描写，最详细的莫过于《康巴》中的"转山"。在特定的祭祀日，要煨桑并供奉各种食物。有的地方还会举行血祭。此外，在藏族聚居区建筑屋顶或者门框上方，很容易发现有一块"白石"，在各乡土小说的文本中，只要是对建筑体的描述，几乎都会提到"白石"，这正是山神的象征。

除了对山神的崇拜，对水的崇拜是藏族原始崇拜的重要内容之一。在藏族聚居区高原有很多高原湖泊，藏族群众亲切地称之为"海子"，是他们的圣湖，是有灵性的。比如泽仁达娃在《雪山的话语》中描述："砍下的匪首头颅，在神湖中洗净血垢。这样受污泼脏的神湖，它的灵性会减弱。"③除了对自然物的崇拜，还有对动物的崇拜，因此留下了许多生动的民间故事被引入小说当中，比如洼西彭措的《乡城》引入了民间白公鸡的来历、蛇含蟾蜍的传说。此外，藏族群众对祖先的崇拜，主要体现在灵魂崇拜上。藏族人认为人有两个组成部分，一是

① 钟敬文：《民俗学概论》，上海文艺出版社，1998年，第187页。
② 康定民族师专编写组编：《甘孜藏族自治州民族志》，当代中国出版社，1994年，第113页。
③ 泽仁达娃：《雪山的话语》，青海人民出版社，2011年，第156页。

肉体，一是灵魂。肉体即使消泯了，灵魂依然存在。离开身体的灵魂可以寄托在动植物身上，需要举行特别的丧葬仪式才能去往美好世界。

四川康巴乡土小说与民间、乡土世界保持着天然的联系，势必要归功于民俗事项蕴藏着的"乡土气息"。民俗内容是小说中一种特殊的叙事文本，它具有物质性和精神性特点，一方面直接具象地展示了藏族民间文化传统，另一方面通过这些地域风俗和民俗内容，间接表现了藏族民俗文化心理结构模式。由此，生动地再现了藏族某一特定情境、场合的社会生活风貌，揭示了四川康巴乡土小说中的康巴风情、藏传佛教等民族文化符号。

（二）乡土小说中原型（意象）的凸显

母题是民俗学中的一个概念，指的是"一个故事中最小的，能持续存在于传统中的成分"①，并反复出现于民间故事、神话传说中。作为叙事中的功能单位，母题与"文学原型"有异曲同工之妙。荣格在《原型和集体无意识》一文中，强调原型的心理根源，指出原型是"本能自身的无意识形象和本能行为的模式"②。弗莱提出的"文学原型"，是对荣格"原型"概念的借用。他将建立在心理学基础上的原型移植到了文学范畴，认为文学的"原型"是"作品中普遍存在且恒久保持不变的结构，及文学象征上意义的关键要素"③。在四川康巴乡土小说中，像英雄、自然、死亡与梦这些原型，汇聚着藏族的历史故事、神话传说、自然环境、文化禁忌等内容，不仅区别于其他民族文学，同时触动着人们对康区的文化联想。

1. 英雄原型

提起藏族的英雄，人们会马上联想到"格萨尔王"。民间传说、故事的独特魅力造就了"格萨尔王"在藏域的独特地位。斯蒂·汤普森在《世界民间故事分类学》中把母题分为三类："一是故事中的角色；二是涉及情节的某种背景；三是一些单一的事件，在这单一事件中包含了绝大多数母题。"④通过对四川康巴乡土小说文本进行分析后发现，在四川康巴作家们创作中都会出现一个与"格萨

① ［美］汤普森著，郑凡译：《世界民间故事分类学》，上海文艺出版，1991年版，第499页。
② ［瑞士］C.G.荣格著，徐德林译：《原型和集体无意识》，《荣格选集》第5卷，国际文化出版公司，2011年，第42—53页。
③ ［加］诺斯罗普·弗莱著，陈慧等译：《批评的解剖》，百花文艺出版社，2006年，第188—189页。
④ ［美］汤普森著，郑凡译：《世界民间故事分类学》，上海文艺出版社，1991年，第499页。

尔王"有着相同个性或有一部分相似经历的男性形象，并且这些人物的出场都带有浓厚的宗教意味。

在《格萨尔》史诗中，格萨尔表现了一个游牧英雄的成长之路，他肩负着使命，以继承人的身份诞生，具有高尚、善勇、智慧等品格，与百姓团结一致，以降妖伏魔赢得胜利而告终。因此，格萨尔的英雄原型有两个重要特征：第一，就游牧个体来说，牧民的成熟和对格萨尔的模仿可被视为英雄性格的体现。如《寻找康巴汉子》表达出格萨尔的崇敬，讲述了《格萨尔》史诗中英雄征战的故事，并对比了征战前后环境即人们生活状态。《雪山的话语》美朗多青是"格萨尔一样的英雄"①。"美朗多青凯旋的队伍，每经过一个村庄，就会被迎接的群众围住。敬献哈达的男子，只是说着颂词，几乎无人敢正视美朗多青充满英雄气概的脸膛。而敬青稞美酒的姑娘却含情脉脉地打量他。"②小说中的英雄，秉承了类似"格萨尔"征战的经历，是"格萨尔"精神在当代叙事文本中的延续与传承。第二，就游牧集体来说，格萨尔是藏族人的精神图腾，影响着藏族整个族群的精神气质。四川康巴作家们几乎没有共同生活的经历，但是在他们创作的康巴乡土小说均出现这个历史中存在着的、扎根民间信仰中的传奇英雄人物，特别是格萨尔精神附着于文本中的主人公上，显而易见的是作家们有意识地将英雄人物作为一个叙事原型。如达真《康巴》《命定》，泽仁达娃《雪山的话语》，亮炯·朗萨《寻找康巴汉子》《布隆德誓言》中对英雄的崇拜与颂扬。英雄情结明确存在于小说人物的心理结构与行为模式中，是作家们集体寻求英雄意象的一种情结。

由此可见，格萨尔作为一个英雄原型，不单单是一个人的英雄情结的投影，还具有超越个人和承载民族生存的精神载体，是一个民族、一个群体集体无意识的体现。

2. 自然原型

自然为人类提供了生存环境及衣食之源，也成为人类认识世界的对象。人在认识自然的过程中，赋予了自然事物一定的意义，以完成对自然现象的想象和解释。自然原型是文学原型的一种类型，常以典型的自然意象出现，成为文学中常见的象征物。

---

① 泽仁达娃：《雪山的话语》，青海人民出版社，2011年，第195页。
② 泽仁达娃：《雪山的话语》，青海人民出版社，2011年，第194页。

四川康巴乡土小说对康巴地区自然意象的艺术表达是少数民族文学作品中一抹亮丽的色彩。小说中出现了不少的康区的自然意象，就地理表层的外貌特征而言，有草原、河流、雪山、海子（高原湖泊）、秃鹫、鱼、牦牛、羊群、格桑花、杜鹃花、青稞等。在藏族人的世界里，山河、湖泊、雪山……每一类自然造化之物都有其灵性，都有神灵的踪影和它们神奇的故事，具有一定的象征意义。雪山，以纯洁、高耸入云的形象呈现在世人面前，融化自雪山的河水哺育着当地人，所以雪山对藏族人而言，意味着洁净与神圣。白色在藏族人心中也因此被认为是最圣洁的颜色。草原，是牧区藏族人日常生活的场所，是他们家园的象征，也是"他们的财富""拥有大片的草原就意味着拥有更多牲畜，拥有更多牲畜就意味着拥有更多的财富。财富意味着什么？财富意味着地位的高低，意味着抵御自然灾害的能力，意味着在部落战争中胜算的把握，意味着谈判桌上声音的高低……"① 所以，昌旺土司和浪波土司双方多次因为草原边界发生械斗。牦牛，多生长在高原草原上，是藏族人日常生产、生活中不可或缺的劳动力、伙伴。秃鹫，食生肉、腐肉，在康巴多与藏族人丧俗"天葬"紧密相关。传说秃鹫是"神祇的使者"，献肉身于秃鹫的藏族人，其灵魂能去往美好的世界。在藏族聚居区，藏族人一般被禁止食鱼。与之相关说法有很多，一是藏族人认为"鱼这些水生动物是龙神"②，碰触或者杀鱼都会被视作对神灵的冒犯，会因此染上疾病；二是杀鱼而食会容易导致杀生过度；三是鱼能吃不洁之物，是不洁之物的宿主。例如，在尹向东的《鱼的声音》中，苏医生初到阿须草原，当兴奋劲一过，只要遇上公休日就去钓鱼打发时间。一次钓鱼回来路上，苏医生遇到了藏族汉子绒布。愤怒的绒布把钓竿掰成两段，并把鱼放生。当时的苏医生不知道原因，直到多年后，苏医生才了解绒布当年发怒是因为藏族人不吃鱼。

3. 死亡与梦

一个民族对生命的认知，根植于民俗文化之中，烙印于该民族文化传统之中。出于对生的焦虑与恐惧，人们往往将之移情至对死亡的关切。这种移情，就其本质而言，可以理解为对恐惧的驯化。无论时代发展到何种地步，生与死的问题从未发生根本性的改变。未知生焉知死，这就解释了生活在较为恶劣地理环境中的藏族人为什么会对宗教产生深深的依赖，为什么他们总是要对特定的神祇进

---

① 达真：《康巴》，四川文艺出版社，2014年，第65页。
② 陈立明、曹晓燕：《西藏民俗文化》，中国藏学出版社，2003年，第53页。

行膜拜，并渴望从神祇身上获取能力。因此，"死亡"自然而然成为众多文学题材探讨"生命"与"苦难"的书写点。

在四川康巴乡土小说中，死亡意象是村寨/部落活动的衍生品，主要建立在"仇杀"上。从表面上，在世的生活凌驾于生死之上，究其深层心理原因来看，这恰恰是对有价值的生命的渴望。达真说，"康巴男人在某种意义上都是为面子而活"①，只要在村寨、部落、家族之间发生任何争斗或仇怨，几乎都与人命或者侵占事件有关。如果能在寺院喇嘛、土司的调解下和解，那么事件就会大事化了、小事化无。如若不能，那么械斗杀人则成为不可避免的结局。因此，在康巴乡土小说中出现了不少有关仇杀的故事，比如达真的小说《命定》里，面对不公的判决，卓科、龙灯两个部落当即发生了械斗混战。泽仁达娃的小说《雪山的话语》中有美朗多青与敌匪的斗争。洼西彭措的小说《1901的三个冬日》及其续本小说《雪崩》中也叙写了不少的仇杀行为。最具代表性的仇杀，不得不提达真小说《康巴》第三部《醒梦》。这一部分，主要讲述了降央和尔金呷两个家族之间的仇杀故事。尔金呷家唯一的一头替寺庙放养的牛误入降央家的麦地，吃了麦穗，被降央家管家索康看见了，索康就派遣打手尼玛残忍地捅死牛，并踢打了尔金呷。尔金呷的父亲看见儿子的惨状，杀掉了尼玛和降央妹妹的男人，自己也惨死在降央父亲的刀下。从此，尔金呷与降央家族便结下世仇。从那以后，尔金呷决定"用一生的准备与降央家族较量"②。所以，当降央的大女婿仁千扎西借助降央的势力霸占了朗东头人属下的两个村四十多户土地，尔金呷就为郎东头人提供枪支弹药。在尔金呷的暗中支持下，郎东头人突袭了仁千扎西的官寨，杀了仁千扎西全家，并烧毁其官寨。降央为女婿仁千扎西全家亡灵超度之后，纠集有姻亲关系的头人、千总、把总三百余人，围歼郎东头人占据的盘盘山，并对负伤的郎东施以极刑。尔金呷的女儿阿满初和降央的儿子土登相爱。土登的哥哥桑朗益西对阿满初图谋不轨，被阿满初的妹妹泽央措砸伤后死去。两个家族在活佛游说无效后迅速开战，降央带人杀了尔金呷儿子达瓦的驮队，达瓦见驮队伙伴和骡马全被杀，被仇恨红了眼冲进降央官寨杀了降央的老婆和两个女儿。紧急关头，牵挂情人的土登奔向战场中间被误杀，阿满初奔向情人也被枪杀。降央为了复仇杀了尔金呷全家。降央的死敌雍忠扎西趁降央官寨元气大伤，灭了降央家族。最

---

① 达真：《康巴》，四川文艺出版社，2014年，第15页。
② 达真：《康巴》，四川文艺出版社，2014年，第355页。

后，只有尔金呷的女儿侥幸躲过，被活佛根呷救下，远离故土。由此来看，两个家族灭门惨剧的的导火索是牛误入土司麦地吃了粮食，直接原因则是藏族人固有的生命价值观。当尔金呷的父亲告诉他，"孩子，记住不要向仇人和苦难屈从"①，所以，他反击尼玛。当尔金呷的母亲告诉他，"宁打狗一棒，不让狗一步，孩子，报仇啊"②，所以，复仇伴随他一生。在藏族人眼中，斗争是对权利的维护，伤痕是血性的徽章。所以，在康巴以生命为代价的仇恨注定要世代纠缠，不死不休。

梦，是从昼延续到夜的一种人类精神活动，反映了人内心深处的心理状态及对自我生存状态的"清醒"认识。虽然，梦本身指向的是与真实对立的虚幻世界，但是不置可否的是，梦的世界被看作认识真实世界的途径之一。从民俗学研究角度来看，梦被视为一种隐蔽、抽象的文化心理，其内容被视作现实的变形反映，对心理伤害有一定治愈作用，以及被看作对未来的预示、启示。在小说中，梦的出现大多为梦兆、梦魇，被赋予预言和寓言的属性，所以梦成为藏人日常生活中一个重要的生命环节，是小说叙事隐藏的内在动力。比如达真小说《康巴》中云登土司对现实的认识与判断，都源自他将自己的梦视为神祇对他的启示。达瓦梦见家里被降央率领的人马袭击了，父亲的头颅被挂在大门的中央，最后确实发生了这一幕，证实了梦的预示性。格绒追美小说《隐蔽的脸——藏地神子秘踪》中雅格老喇嘛也是通过梦魇的兆示，知晓了雅格日渐衰弱的运势。绕登梦到有一个人背着自己，却不知道是为何故。这之后，他在运输木料的过程中发生意外被一根木料击晕。然而刚苏醒又忆起儿时的梦，当时他与许多人拿着武器在山坡上玩耍，突然被一个人从悬崖上掀了下去。梦，也是绕登的治愈场。他被村里男人的背叛影响，产生了憎恨，一次次在梦里厮杀，发泄他的恨。也是在梦里，他梦见父母和儿时开心的自己，梦见阳光洗涤了他心底的阴影。

可以说，以上这些原型意象深深根植于"康地"土壤之中，康巴乡土小说习惯将地域文化的标识性内容置于民众的日常中，供读者透视当代藏族民众的心理结构，为读者展现了一幅耀眼的"康地风俗画"。

---

① 达真：《康巴》，四川文艺出版社，2014年，第354页。
② 达真：《康巴》，四川文艺出版社，2014年，第355页。

（三）乡土小说中地方性民俗知识

民俗在"地缘—血缘—乡土性"这一乡土社会结构中有着生动的演示，因此，比较容易从中发现乡土社会的集体无意识和复杂的精神形态。民俗的"多态性"融合往往表现在小说创作中的内容与形式上，即在小说里民俗事项作为艺术表现的题材和情节，既可以提炼小说的主题，也可以塑造典型人物和典型环境。①

1. 血缘：人的纽带

在乡土世界里，人们对血缘深切的情感是不难想象的。因为"血缘是稳定的力量"②，决定了一个家庭、家族的稳定。"生，也就是血"③，意味着在两性关系里，新生命的诞生将血缘紧紧地绑在了一起。死是另一种"血缘"，即绑缚在"血仇"上的"孽缘"，意味着死亡将有仇杀的人或家族联系在了一起。

首先，"生"的血缘。在藏族聚居区，男女情爱表现得较为大胆、直白与私人化。一旦涉及家族利益，藏族男女的个人情爱，将直接上升到家族群体的层面，特别是在藏族贵族间的联姻，将直接影响各家族、部落间的利益。所以，通过建立"门当户对"的姻亲关系，将家族之间以血脉连接，友邦上升至亲邦，将直接扩大单个家族的势力，或者使一个家族得到更强盛家族的庇佑。尹向东的《风马》里，另外一个地处偏僻的土司家族，希望通过联姻得到日月土司的威望及兵力，威慑那些垂涎寨子的匪寇。日月土司第三个儿子江芳，为了地方治理的实权，在已娶妻的情况下同意了"入赘"。以及日月土司长子江升在其弟江芳去世后，在家族成员的默认下，与弟媳结合，守护家族利益。

其次，血缘的纽带还体现在仇恨延续"血仇"上，即"死"的"血缘"。藏族人，尤其是康巴人的内心拒绝任何形式的"输"，他们往往抱着"与其像狐狸拖着尾巴逃跑，不如像猛虎在战斗中死去"的信念。面对任何不公和冲突，他们一律用"出刀见血"的方式来了结。因此，在康巴这片土地上，部落、家族之间发生的冲突性事件，比如杀人、土地侵占、抢婚，凡是不能和解的事件最终都是以一方生命的结束来落幕。在四川康巴乡土小说文本中，能看到不少相关的战争和仇杀描写。在作家们看来，承载着血缘的复仇，在叙事中能够起到连接、支

---

① 张永：《民俗学与中国现代乡土小说》，三联书店，2010年，第41—44页。
② 费孝通：《乡土中国》，三联书店，1985年，第72页。
③ 费孝通：《乡土中国》，三联书店，1985年，第72页。

撑情节的作用，并且这种泯灭"人性"、释放"兽性"的"你死我活"的斗争书写，还能深化对族群分化阴暗面的历史思考。康巴人的血性通过搏斗、厮杀展现得淋漓尽致。比如《康巴》中尔金呷与降央土司间的父仇，直接导致了两个家族之间的世仇悲剧。《1901年的三个冬日》和《雪崩》两部短篇小说，分别讲述了以色尔寨头人沙雅平措联合布根登真的情人卓嘎，杀死了布根登真，布根登真的兄弟中追莫莫向色尔寨复仇的故事。该故事并没有因为中追莫莫成功复仇色尔寨而结束，中追莫莫继续追杀逃掉的卓嘎。卓嘎在被追杀过程中为保护遗腹子泽仁顿巴，选择自杀，于是，泽仁顿巴陷入了对中追莫莫的复仇中。最后，得知自己是布根登真之子的泽仁顿巴在精神崩溃的边缘，葬身雪崩，结束了这段有关死亡、仇恨的"血缘"。除此还有宏大的战争场面，如格绒追美的小说《隐蔽的脸——藏地神子秘踪》借由杀戮的战争场面，喟叹人们对生命的阵痛。达真的小说《康巴》描写道，当康巴以外的力量不断涌入康定，以改造藏族群众为名而发生了一系列枪斗。这些大大小小的厮杀，指向的是康巴藏族捍卫"地盘"（生存空间）的集体无意识，突显的是藏族人对"复仇正义"的认知与认同。

2. 地缘：仪式与禁忌

别林斯基认为，民族性的关键在于该民族理解事物的方式。[①]仪式作为一种有明确目的的活动，人们往往能从其规模、步骤、内容发现一个民族潜在的心理状态及结构组成，进而去理解该群体对事物的认知。格尔兹认为，仪式是一种"文化表演"，特别是宗教仪式。通过对仪式内容的解读，人们能挖掘出宗教文化的内涵。也就是说，仪式的实质是宗教信仰的外显。[②]哈里森认为，表演、造型、行为、装饰等是艺术和仪式共有冲动的作用结果，其目的是向人们展示激情和欲望。[③]总之，仪式不仅是图解概念的工具，它因为蕴藏着形式上的物质性及内在的文化性，也常常成为被阅读的"文本"。

在四川康巴乡土小说文本中，出现的仪式主要有：一、祭祀仪式，比如藏族人祭祀天地的习俗——煨桑。桑是藏语"烟"的音译。在藏族人眼里，烟是人神沟通的使者。煨桑，分两类：一类是日常煨桑，常在清晨举行，具有祈愿的功

---

① ［俄］别林斯基著，满涛译：《文学的幻想·别林斯基选集》，安徽文艺出版社，1996年，第27页。

② ［美］克利福德·格尔兹著，纳日碧力戈等译：《文化的解释》，译林出版社，2006年，第138—140页。

③ ［英］简·艾伦·哈里森著，刘宗迪译：《古代艺术与仪式》，三联书店，2008年，第13页。

能；一类是集体煨桑，常在藏族节日或特别的仪式活动中举行，以达到消灾降福的作用。其中，寺庙因祭祀而举行的煨桑仪式最为隆重。总的来说，煨桑仪式具有净化、供养、祈福的含义。在藏族家里，几乎每家每户都会备一个桑炉，做日常煨桑祈福。在达真的《康巴》中，云登听取涅巴汇报，是在桑烟中。云登格龙在噩梦惊醒后的早晨，必将香雪芭送进煨桑的小塔。土司家族每年的巡视，也是在煨桑的烟雾中和喇嘛的诵经中。二、迎神、祭山仪式，比如在亮炯·朗萨小说《布隆德誓言》里的迎神仪式，"祝愿强巴佛为众生化度的时候到来，将黄铜铸成的佛像绕寺庙外高墙、土司楼院外和布隆德中心草坝转一圈"①。此外，还有祭山仪式的描写，"莽号、鼓声响起，活佛和手提铜壶的小僧侣站在大石顶上祝祷颂词后，领经师带领众僧吟诵经文。念完经，翁扎土司亲自把新的五彩经幡挂在了神山脚下的玛尼石堆上，于是僧俗众人围着桑烟祭台尽情抛撒五彩隆达（风马旗）……"②在泽仁达娃《雪山的话语》里，"初七是敬山神的日子。向亚拉神山高高的旗杆上系上一圈又一圈印有威武图案的风马旗，也围上兆示祥瑞平和的扎西达王旗布"③。三、驱魔、免灾等仪式。比如亮炯·朗萨《布隆德誓言》中的驱魔仪式："随着莽筒声响起，黑旗队开路，僧人仪仗队边走边舞，寺庙管家提着金香炉为大喇嘛引路开道，主持驱魔仪式的大喇嘛边挥动着金刚杵，边摇着铃。仪仗队后面就是魔的化身——垛玛——糌粑捏成的一具一人多高的死人骷髅头骨。这支队伍走到预设好的'靶场'，领经师的助手开始念经、舞蹈。将'垛玛'推倒后，在柴火堆上抛出'驱魔食子'事物，表示驱除邪魔。紧接着降神人开始降神活动，降神人在昏沉中被附体冲向'垛玛'，举弓连射几箭。鸣枪头领挥刀砍几下，枪手们再'砰砰'地向'垛玛'放枪。"④尹向东《风马》里的布弄都木，也叫来生账，是一种销账免债的仪式。八斤因为欠了数笔赌债后无法偿还，被迫顶着刻有经文的喇呢石起誓："我今天欠下赌场的这些账，无论怎样，来世我变牛变马再还清，否则，我永世都不得再投生。"

禁忌，原是南太平洋的一种土语，意思是禁止或者禁制。积极的巫术、法术认为，"这样做就会发生什么什么事"。而消极的巫术或禁忌则会说："别这

① 亮炯·朗萨：《布隆德誓言》，外文出版社，2006年，第22页。
② 亮炯·朗萨：《布隆德誓言》，外文出版社，2006年，第38—39页。
③ 泽仁达娃：《雪山的话语》，青海人民出版社，2011年，第25页。
④ 亮炯·朗萨：《布隆德誓言》，外文出版社，2006年，第24—25页。

样，以免发生什么什么事。"①换言之，一些将导致危险后果的行为，均被视为"禁忌"行为。这也就意味着，在禁忌行为中存在一种因果关系，人们会因为避免危险，而选择不做那些可能会带来伤害的行为。如达真《康巴》里介绍，"婚礼当天不能猎杀动物，否则杀气将冲了喜气"②。泽仁达娃在《雪山的话语》中描述，神湖是神圣的，不能被不洁的血垢污染。一旦被匪首的血垢污染，便失去了神圣性。亮炯·朗萨《布隆德誓言》里，"谁都知道，神山的东西怎么能轻易去动？更何况是砍树，肯定要重罚"③。于是，一个到神山偷砍树木的差巴被土司发落。

由此可见，仪式与禁忌反映了一个二元对立思维方式及意义，一是神圣的，要去崇敬；二是不洁的、隐蔽的、危险的，要敬而远之。如果遭遇不幸，必然要经历仪式的洗礼或者遵守某些戒条，才能脱离"危险"。仪式与禁忌之间有着千丝万缕的关系，是了解藏族地方性知识最直接有效的途径。同时，它们作为民俗的重要内容之一，也是少数民族文学的叙事要素。

二、四川康巴作家与民俗文化的关系

康巴作家群是以一个地区作家作品的同质性为前提，在20世纪90年代迅速崛起，以在四川省甘孜藏族自治州土生土长的藏族作家为主体的文学创作群体，像达真、格绒追美、意西泽仁、尹向东、赵敏、仁真旺杰、洼西彭措等。毋庸置疑，在他们出生的这片土地之上，民俗自他们一出生便浸润着他们的生活，与他们成长过程中积累的生活体验息息相关，深深影响着成年后的他们对故乡的情感。在这片热忱的土地上，他们汲取了丰厚的民俗文化资源，并使之成为他们创作中用之不竭的灵感源泉。因此，受到地方民俗文化熏陶的作家们，选择以本土民俗文化为积淀，以康巴风貌、历史传说、地方文化记忆为蓝本是必然的。无论是辽阔的草原、神圣的雪山、奔驰的骏马等自然景观，还是神秘的宗教体验，往往都带有特定的民俗寓意，被赋予了浓厚地域文化的象征意味，传递着康巴藏族的生活信念，使之成为当代小说史上浓墨重彩的一笔。这些蕴含着民族文化、民

① ［英］詹姆斯·乔治·弗雷泽著，汪培基、徐育新、张泽石译：《金枝》，商务印书馆，2013年，第73页。
② 达真：《康巴》，四川文艺出版社，2014年，第93页。
③ 亮炯·朗萨：《布隆德誓言》，外文出版社，2006年，第33页。

俗文化的重要作品，自然而然地成为了解和研究地域文学的宝贵文献。

（一）民俗文化对作家创作意识的影响

地域是民俗、宗教产生及存在的空间条件，任何民俗文化、宗教信仰都离不开它赖以生存的环境。正如地域的存在决定着某些植物的出现一样，地域也影响着民俗、宗教文化的形成。民俗不仅是地域文化的一部分，而且与地方信仰紧密联系。因此，要真正了解乡土小说，必须对作家"故乡"的风貌、风俗有所了解。四川省甘孜藏族自治州的民俗文化，一方面依附于地域文化，借助于民俗事项作为其存在与传播的载体；另一方面，受到藏传佛教的影响，佛教思想融入当地的民俗文化之中，成为日常生活中的一种民俗经验。因此，考察民俗文化对作家创作意识的影响，必然要解析由作家日常民俗生活经验提炼出的"原乡"记忆，以及从现实生活融入作家的主观创作、对藏族性格有着决定性影响的佛教文化。

1. 康巴：作家们的"原乡"记忆和"故乡"神话

四川康巴，即四川省甘孜藏族自治州。它位于中国大西南、四川省的川西高原，是青藏高原东南缘的一部分，是我国除西藏自治区以外，藏族分布的重要区。它西边隔着金沙江恰好与西藏自治区相邻，南与云南省迪庆藏族自治州毗连，东边接壤于四川省雅安和阿坝藏族羌族自治州，北接青海省玉树、果洛两个藏族自治州。这意味着与四川省甘孜藏族自治州周边接壤的都是藏族聚居的区域，因此，该地藏族文化具有典型性。全州面积约为15.3万平方公里，占四川省行政区面积的四分之一。辖康定、九龙、乡城、色达、甘孜、德格等18个县。州府康定，坐落在跑马山下。州内山脉绵延、雪山皑皑、草原宽阔、江河纵横、峡谷深邃、森林茂密。[①]以藏文化为主体，兼有汉文化、彝文化、羌文化，以及蒙古与纳西文化，它们汇聚于此，形成了多彩纷呈、多元复合的民族文化圈。

本文指涉的康巴作家群体生于此长于此。对于他们而言，这片土地是其他地方都不能替代的存在。因为无论自己身处何方，每个地方的人都倾向于认为自己的故乡是世界的中心。故乡中心感的确立，不是基于地球表层方位的基点，而是基于个体深层的感受，常与特定的空间联系在一起，无论置身何处，人们都认为

---

① 康定民族师专编写组编：《甘孜藏族自治州民族志》，当代中国出版社，1994年，第1页。

它是自己一生中最难忘的地方。所以，人们总是会"通过一种地区意识来定义自己"①。

故乡，是乡土作家创作的源头。作家们生活在四川省甘孜藏族自治州这个地方，民族民俗文化或通过生活体验，或通过原型意象汲取继承了下来，连接着他们记忆深处存放着乡土生活经验的故乡。达真说："我生活在青藏高原东缘——康巴藏区，生物学界将海拔3000米以上的区域视为人类生存的禁区，而康巴藏人数千年就生活在海拔3000至4000米的禁区上。在不通公路的年代，只要你踏上这片土地，就不难发现，康巴人的眼神里流露出对变幻莫测、喜怒无常的大自然的极度恐慌和无助，手中的转经筒准确地表达了人们的祈求与希望。"②康巴是青藏高原的一部分，它预示着生活在高原"禁区"里的藏族人们，时刻体验着生存的艰辛。他们凭借着长期的游牧和典型的农耕方式，与残酷的自然争夺生存空间。他们创造出的民族文化时刻影响着人们日常生活里的各种观念。比如，《风马》借用了藏族聚居区专属的信仰意象——经幡，《松耳石项链》联系了藏族聚居区盛产的松耳石，《鱼的声音》选择了蕴含着藏族民俗中不能杀的鱼为意象主题，《布隆德誓言》以布隆德草原为故事的发生场域，《康巴》对康定城里多种宗教信仰和谐共存与各种民间藏族习俗进行了乡土化的表述。

"原乡"指的就是记忆中的故乡。在众多的四川康巴乡土小说中，我们会发现原乡记忆对作家们创作的影响，它为乡土作家"提供了一个系物桩，拴住了故乡的人们与时间连续体之间的共有的经历"③。于是，生活在高原的作家们，充分借用了生活世界里感受到、体验到的藏族民间的传统文化，确保了"原乡"记忆在小说创作中对故乡回忆的复刻。他们笔下发生在康巴历史变迁中的乡土故事，无论是对故乡的纯粹的描绘，还是对乡土历史的深思，都被作家以一种自如的创作状态还原了。格绒追美说："故乡是我的母亲。我在故乡母亲那里，不仅获得了生命，得到了故乡山水、精神的滋养，还因此获得了灵魂和信仰的如意之宝。"④泽仁达娃在小说《雪山的话语》后记中提道："我用融入生命的语言和

① ［美］迈克·克朗著，杨淑华、宋慧敏译：《文化地理学》，南京大学出版社，2003年，第131页。
② 达真：《"康巴三部曲"的总体构思》，《文艺报》第5版，2014年12月5日。
③ ［美］迈克·克朗著，杨淑华、宋慧敏译：《文化地理学》，南京大学出版社，2003年，第138页。
④ 格绒追美：《心上香巴拉》，《贡嘎山》2015年，第5期。

文字，让笔尖流淌藏民族的思维方式和心理活动……使历史深处的康巴、现实中的康巴与心里的康巴合为一体，并捕捉个体生命灵魂里的声音，揭示他们生命中的音符。"①将故乡融入生命的尝试，使得作家们将传说和神话中的每一个事件与自然界中一些不变的方面——岩石、小山和山脉，甚至树木——牢固地联系在一起。比如，"拉日嘎神山和那片广漠的原野与山下绵延数里的无数座千年石刻嘛呢石堆，一朵朵雪团像达玛花朵（杜鹃花）一样盛开在神山葱茏的、高高低低的树丫枝上"②。"我依怙的村庄，有金沙江支流的定曲河滋养，闭锁于巍峨雪域的几瓣褶皱山系间。定崩桑是故乡河谷的神山，也是最高的山峰。它披着青褐色的岩石袈裟，衣服微微向东南方向躬身的姿势。传说，这是因为格萨尔王为雪域大地分配财宝时，定崩桑迟到了。除了这座大神山外，小小的神山、居于其间的山神、精灵不计其数。"③不言而喻，所有的内容都直指或意指作家们生活过的雪山、草原、村庄等乡土景观。所以，在作家们心里，本民族的文化及风俗、风情、风景在他们心中早已根深蒂固了，不自觉地在他们的文字中播散出他们的乡恋情结。

2. "藏传佛教"：从"存在"到"呈现"

"康仁信奉佛教，久而益虔，万众身心，全系于此，盖其人省乐于出世，文化基为五明。"④"西康教育普遍成为佛教教育，文化为五明文化，人生为出世人生；普通民众有好善恶恶，勤苦耐劳，寡欲知足之美德；优秀分子多具深广智慧、博大胸襟与峻洁行为，故虽地带荒寒而社会极为安定，推本寻源，实在于此。"⑤四川省甘孜藏族自治州作为我国藏族主要聚居地，为苯教流传盛行之地，也是藏传佛教后弘之"下路弘法"的发祥地。就连在卫藏不被接受的"觉囊派"，因政治历史因素而传播至此的东巴教、基督教（天主教与新教）、伊斯兰教等宗教都在此立足、发展。佛教文化的传入给当地人的日常生活和民俗的传承，打上了深深的烙印，成为藏民族的心灵依靠。

藏传佛教作为藏文化的主要元素，对藏族性格的形成有决定性的影响。作家们从日常经验的民俗层面体验到了佛教文化，或者说，他们在甘孜州的生活都不

① 泽仁达娃：《雪山的话语》，青海人民出版社，2014年，第251页。
② 亮炯·朗萨：《布隆德誓言》，外文出版社，2006年，第1页。
③ 格绒追美：《隐蔽的脸——藏地神子秘踪》，作家出版社，2011年，第6页。
④ 四川省档案局编：《抗战时期的四川：档案史料汇编上》，重庆大学出版社，2014年，第54页。
⑤ 四川省档案局编：《抗战时期的四川：档案史料汇编上》，重庆大学出版社，2014年，第54页。

可避免地要受到本地藏传佛教的影响。比如：源自佛教"六道轮回"的理念，即今生所遭之事是果，其因来自前世做的恶事。这种思想塑造了藏族不杀生、不作恶的生活理念，以及生死轮回的生命观。其次，"一切皆有灵"观念培养了藏族人的慈悲心，平等看待一切生灵。第三，佛教因果的观念，影响藏族人将事件发展归因于因果缘分，即是说，一切事情的发生都是有因有果的。第四，彻悟与修行。他们认为，修行能够帮助人们积福，去除贪嗔痴，继而达到彻悟，更好地理解世间万物变化。第五，在藏传佛教影响的区域，僧侣往往是知识的掌握者，是普通百姓心中的智者，因此，他们在民间有着崇高的地位。

在所有类型的群体中，他们都会通过某种适当且有意义的形式将深信不疑的价值观表达出来。[①]在四川康巴，宗教等同于一种信仰民俗，"它具有完整的知识体系，不仅体现在宗教观念和情感上，还体现在宗教活动的表演上，潜移默化地影响着生活在乡土世界里的每一个人"[②]。反之，作家念及自身与更广泛现实世界的关联，以叙事的"神话"形式表达对"佛教文化"的认同。在泽仁达娃《雪山的话语》中，作者赋予山"神性"，并注入人的品格，"以暴躁勇猛刚烈著称的亚拉深山，中年骑红马穿红衣袍，左手握赤蛇，右手持闪耀红光的长矛，年年在日月交替中守护着自己的领地，福佑着贝祖村的儿女"[③]。"平民百姓之所以受宗教的影响，大多是由于他们世俗的祈望。"[④]亮炯·朗萨《布隆德誓言》里，"萨都措对所有的神灵，发下了心中蕴蓄已久的誓言。她按照古老传说里对违心情人的诅咒方式，一个人悄悄地来到神鹿谷，取来坚赞曾经用脚踏过的泥土，以特别的仪式，对着天地，流着泪水，撕心裂肺地诅咒并发下毒誓……"由此来看，宗教的神秘力量在信仰者看来，具有一定的实用价值。

藏族人的感情，首先指向佛、神、圣，然后才是人。因此，在他们的生活认知里，处处是佛、神、圣的显现。[⑤]在四川康巴乡土小说中，宗教的神圣与人世的世俗之间存在着一种和谐交融的状态，互为表里的二者共同促成了藏族文化景

① ［美］扬·哈罗德·布鲁范德著，李扬译：《美国民俗学概论》，上海文艺出版社，2011年，第111—112页。
② 刘稚、秦榕：《宗教与民俗》，云南人民出版社，1991年，第4页。
③ 泽仁达娃：《雪山的话语》，青海人民出版社，2011年，第26页。
④ ［英］詹姆斯·乔治·弗雷泽著，赵阳译：《金枝》，陕西师范大学出版总社有限公司，2010年，第56页。
⑤ 尼玛巴登：《文明的困惑——藏族教育之路》，四川民族出版社，2000年，第12页。

观的构建。简言之，具有神圣性的宗教体现在意识、精神的维度，必然会干预人的社会生活，具体体现在世俗的神话、仪式与禁忌、节日、庆典、居住、婚姻、生育等行为上。这些内容，在作家创作中不自觉会流露出来。比如，在贺先枣的小说《雪岭镇》里："喇嘛来到院子里，胡乱抓了些柴草，点起一堆火柴，开始诵经打卦。"[1]达真在《康巴》里写道："格勒活佛从五谷盒中不时地撮起五谷抛向空中，口里念念有词地用他厚实的左手向云登的家人一一摸顶。"[2]"阿旺活佛坐北朝南，僧众在他的左右一字排开，活佛闭上双眼，摇响铜铃后诵经声开始，伴随着是莽号和钹、鼓的吹奏和敲击声，事先由意西涅巴安排好的桑烟开始飘起……"[3]在康巴人平凡的生活中处处可见佛教文化的踪迹，可见，他们脱离不了宗教。反之，宗教行为的具现也离不开世间的民众。作为民众中一员的作家们，生长在佛教文化的环境中，对佛教文化耳濡目染，其日常经验自发地携带着佛教文化的因子，受其影响是不可避免的。因此，当他们书写自己置身其中的地方故事时，佛教文化就自然地像盐溶于水一样，溶于小说创作中，其实质是在将生活中实在的佛教文化通过文学的想象"引渡到"小说文本中，所表征的便是唤起自己对民族历史和民族身份的认知或认同，在标识异质文化的同时，彰显这片地域文化的丰饶神奇和绚烂多彩。

宗教信仰作为康巴必不可少的一项生活元素，被作家们放置在民众琐碎的日常里，通过民众的日常习俗来展现佛教文化的存在。例如，亮炯·朗萨小说《布隆德誓言》中："老妇人预感生命即将走到尽头，不愿在家里死去，决心爬到神山顶，点起她生命里最后一尊桑烟。"[4]家奴和差巴们听到孩子被鞭子抽打的声音心里不住地祈求："菩萨啦，快让他停下吧！"[5]仁真旺杰的小说《雪夜残梦》里："东嘎对活佛十分虔诚，一面顶礼了活佛，另一方面将随身携带的银圆供奉给自己的活佛。"[6]从这些世俗向神圣靠拢的行为，透露了康巴民间传统文化中的宗教意识深深地扎根于当地人的生活。离开了这些具有信仰的心理、行为描写，"康巴"便也消逝了。可以说，抽象的意识与隐蔽的心理，源自民间、民俗、日

---

① 贺先枣：《雪岭镇》，四川文艺出版社，2012年，第67页。
② 达真：《康巴》，四川文艺出版社，2014年，第59页。
③ 达真：《康巴》，四川文艺出版社，2014年，第64页。
④ 亮炯·朗萨：《布隆德誓言》，外文出版社，2006年，第1页。
⑤ 亮炯·朗萨：《布隆德誓言》，外文出版社，2006年，第7页。
⑥ 仁真旺杰：《雪夜残梦》，作家出版社，2013年，第106页。

常之中。透过个体生命的活动与地域、民族联系在一起、融合于一体的表述方式，恰恰加深了小说的"乡土"魅力、艺术感染力、文化穿透力。

（二）民俗与作家的身份、文化认同

康巴与众不同的地域文化，经过历史的沉淀与时间的洗礼，同这片土地深深融合，以民俗文化的形式浸入生活在这片土地上民族的血液与生活中，渗透到康巴作家们的创作灵魂中，为其提供了独特的创作素材，感染其审美倾向，且成就了他们独树一帜的艺术风格。因此，透过康巴作家的作品，我们发现在他们一贯的创作中，呈现出汉语写作的书写方式和民族民俗文化导入的文学现象。与此同时，我们也能通过他们的描述来观望他们主观记忆中康巴的模样，去认识作者创作中的心理行为，去发现文本中的民俗文化元素与乡土的共通性，并挖掘作家群体对民族文化身份重建的文化记忆点。

1. 边界书写与身份焦虑

康巴作家们，是一群生活在藏族聚居区且主动选择汉语书写的少数民族作家。他们在面对西方现代文化冲击的同时，还面临着汉族文化的"包围"与汉族语言的"侵蚀"。语言，代表着一种思维方式。在两种不同语言之间切换，预示作家本人在两种不同的思维逻辑里切换。在汉语和藏语之间自在穿梭的康巴作家们，将两种语言有机混合后，赋予了汉语新的审美向度。这在作家小说文本中由汉语书写的藏族谚语最为生动。因为民俗文化，特别是民间口头文学保留着较为完整的母语思维。以藏语民间歌谣、民间谚语这类民间文学为素材库，摘取并译为汉语，继而展开描述，这种转写的方式，必然要对藏语本身的语素、语法进行解构，之后再重构。这种从内部的改造，将藏语中最具活力的部分融入了汉语当中，使之呈现一种奇特的美感。可见，康巴藏族作家们跨语际的书写行为，使作品一脚站在汉语世界，一脚站在本民族文化里。同是藏族作家进行汉语书写的阿来谈及此说道："藏语变成汉语，汉语对话必然隐含藏语的思维模式。"不可否认，这既是四川康巴乡土小说的异质性发生原因之一，也是康巴作家自我民族身份认同的一种表征。

由于文化的差异直接导致汉藏两种语言在表达上呈现的疏离感，令读者在简练的"新汉语"叙述下，感到"眩晕"。于是，作家们不得不用形象化的杂糅的语言去填补。比如：泽仁达娃小说《雪山的话语》里，美多朗青决定接受贡玛土

司的"招安"："土司啊,你不要让我离开这把走向来世的刀子吧!"①在藏族神话、传说、史诗、故事和谚语歌谣等民间叙事体裁中,有大量的比喻与象征。文中汉语形象化的描述,则继承了藏语表达的形象思维模式,如:绒巴夫人对白色的憧憬:"那是神山在同云朵交谈,是白色和白色的交谈。"②以及郑云龙对自己经历的描述:"一阵冷风使郑云龙想起了从太德寺飞出的那只鸟,他想:'在浓烟蔽日枪林弹雨中飞出的鸟儿不就是一只涅槃的凤凰吗?也许飞出就是种重生,此时此刻我不就是从巴安的战火中飞出的鸟儿吗?也许是天威赐我的一种解脱。'"③

边界书写,指的是跨文化语境中出现的一种文学写作状态。一方面要求去本土化,也就是放弃少数民族语言去运用汉语进行书写;另一方面基于对本土的书写,通过文化诉求、思维逻辑、语言表达,再次回归到本土化的书写。在民俗研究的范畴,对边界书写中的"本土化"的认识,可以借用布迪厄在《实践与反思》中的"场域"概念,即场域是一个虚拟的空间,以关系系统彰显在事物或者社会体制中。④也就是说,边界是建立在"原乡"本土之上的。就书写内容而言,这是一个"立体"的空间概念,强调的是文化的内容,即以文化同质性为标准,将具有相同属性的文化内容进行划分,并在此基础上设立与之对应的文化标志,进而对其文化体系进行纵深梳理。活跃在四川省甘孜州这片土地上的作家们处于边地,有几层含义:一是他们生活的地方,远离藏族文化中心西藏;二是藏族族群"偏安"于西南,藏族族群也处于相对的"边缘";三是虽同为汉语的语言书写形式,却区别于主流的汉地文学。尽管在边地,但康巴作家在跨语际的边界写作中,建构和导入民俗文化元素,恰好就是他们重建文学"本土性",确立文化身份意识的一种积极的文学实践。

族群,一般被视为民族的基础,与民族的国家性、政治性不同,更强调的是一种文化表述。从词源来看,追溯不同语系,族群有几种意思:一是从宗教信仰角度对人群分类。二是"生活在一起的一群人、民族、人群"。简言之,它形容的是和自己同类的人群,即在体质、语言、习俗、文化等方面有相似或相同。

① 泽仁达娃:《雪山的话语》,青海人民出版社,2011年,第63页。
② 达真:《康巴》,四川文艺出版社,2014年,第149页。
③ 达真:《康巴》,四川文艺出版社,2014年,第302页。
④ [法]皮埃尔·布迪厄、[美]华康德著,李猛、李康译:《实践与反思》,中央编译出版社,1998年,第170—171页。

从弗洛伊德到拉康的精神分析研究，可以瞥见认同研究已经转入了"认同"与"语言"结合的层面，尤其是对"象征物""标识物"认同的关注。由此可见，认同问题已经转变成了文化研究和身份研究。文化身份是在20世纪70年代现代政治全面转向的基础上建立的身份政治，90年代成为文化研究的中心主题。后殖民文化批判争论的焦点就是文化身份问题，继弗朗兹·法农的《全世界受苦的人》①、爱德华·W.萨义德的《东方学》②之后，保罗·吉尔罗伊的《黑色的大西洋：现代性与双重意识》③，霍米·巴巴的《文化的定位》④，佳亚特里·C.斯皮瓦克的《后殖民理性批判》⑤等著作，对"文化身份"有了进一步探讨，他们认为特定地理、文化环境中生活着的社会主体会受到所处环境的影响，在他们的创作中能够察觉作家本人的生活环境信息及文化的特征。因此，身份研究有益于考察"那些在明显不同的'文化历史设定'的裂缝之间漂移运动的'主体'——移民、亚文化成员、边缘群体、在全球化中经历急剧社会转型的族群——所必然面临的生活重建经验"⑥。

当代藏族作家们"汉语书写"和"边界书写"，无疑都包含着身份认同的困惑和焦虑。他们被困于民族血缘中，双重的文化身份导致他们陷入了自我认知的精神危机中，模糊的身份边界使得他们在寻找"原乡""家园"的精神还乡之路上变得含混。就四川康巴作家的藏族身份而言，包含了多重认同。首先是国家、民族意义上的族群认同，其次是文化族群的认同。与此同时，作家个人（主体）在汉藏文化的夹缝中，在自主选择前提下，对自我身份的期许、接受与认同是第三重认同。不同的文化土壤对人的浸染，会使得作家的个人化的表述，特别是在他们创作叙事中对人物文化身份设定的"动态性"上，透露出他们对身份的困惑，比如小说人物在不同民族文化圈游弋，寻找、建立"原乡"的行为与心理。其中，尹向东的小说具有一定的代表性。

尹向东，藏名是泽仁罗布。与其他藏族作家不同的是，他的作品没有强调藏

① ［法］弗朗兹·法农著，万冰译：《全世界受苦的人》，译林出版社，2005年。
② ［美］爱德华·W.萨义德著，王宇银译：《东方学》，三联书店出版社，2007年。
③ Gilroy Paul，*The Black Atlantic：Modernity and Double-Consciousness*. New York：Harvard Universty Press，1993.
④ Homi K.Bhabha, *The Location of Culture*, New York：Routledge, 1994.
⑤ ［印］佳亚特里·C.斯皮瓦克著，严蓓雯译：《后殖民理性批判》，译林出版社，2014年。
⑥ 钱超英：《澳大利亚华人文学及文化研究资料选》，中国美术学院出版社，2002年，第223页。

名，一律使用的是汉名"尹向东"。他主要作品有两部，一部是获得第七届四川文学奖的中短篇小说集《鱼的声音》，另一部是长篇小说《风马》。小说集《鱼的声音》选材多是平凡生活中的小故事，呈现了四川甘孜藏族牧民的日常，反映出作者对人生、人性的一些思考，也反映出时代的印记和不同族别文化之间的冲突。该小说集书名，取自其中一个短篇《鱼的声音》，寄托着作家主体意识对民族文化的思考。鱼对藏族人而言是特别的，他们尊奉"鱼"为"龙神"，不杀鱼，不吃鱼。相较而言，汉人杀鱼且吃鱼。在此，"鱼"已经标识出族别文化的不同。该小说有两处刻意描写了藏人绒布的愤怒，第一次是碰到苏医生钓鱼，第二次是听到苏医生在草原打猎的爱好。这两处愤怒的结局是不同的，第一次绒布掰断鱼竿，放生了鱼，而第二次在知道苏医生打鸽子是为了治疗降央的病，于是和儿子多吉，站在崖壁下举着长长的木条，阻止野鸽子回巢穴。对待生命的不同方式，不仅突出了人对自我促狭的认识，也体现了作者对人性的思考。另外一部长篇小说《风马》，讲述了两兄弟仁真多吉、仁真翁坤为躲避仇杀，被迫离开草原，在康定生活的故事。康定是一个多元文化圈，对以语言来识别人的藏族聚居区而言，不同村寨/部落之间的方言多少都有些差异，哥俩初入康定，被取的汉名，是典型的"异乡人"烙印。由此，藏名的被迫舍弃和汉名的绑缚，使得他们的身份变得模糊。康定对于两兄弟而言，初入时是"远乡"，扎下根来变成了"家乡"。兄弟在康定生活，哥哥老实做工，弟弟不安于世，与人私奔。待弟弟回到康定后，哥哥为找弟弟已经离开了康定。两兄弟再会时，一眼识别出对方，异口同声叫的都是对方的藏名，他们的性格也发生了相反的转变。随着年月的增长，生命经验的积累，专属于他们的藏名越来越模糊，复仇的力量与信念慢慢流失，熟悉的草原记忆不断地成为陌生的族群文化异质，到后来，两兄弟只是康定的仁泽民和仁立民。这些转变都在暗示，潜在的族群认同和自我确认的艰难。最后，哥哥仁泽民被诬陷，继而被枪决。弟弟仁立民酒醒后发现，与青措刚建好的房子在地震中倒塌并不是梦。房屋本身，除了遮风避雨的实用功能，更多指的是"家""落地生根"的寓意。有家的地方，才能落地生根。两兄弟失去家园，来到远乡，却在历史和命运的裹挟中，失去生命，也再一次失去"家"。

随着族群交往的频繁，各民族间的个性和差异，越来越突出，特别是在康定这个多元文化交融汇聚的地方，"边缘人"对自我身份的确认需求越强，随之而来的身份困惑的焦虑与危机感越来越普遍。虽然他者文化范畴包括大民族下部落之间的差异，但只要当边缘人不被他者文化接纳和认可，就将加深个体的孤寂感。因此，融入、流浪与寻根，就成为康巴作家们创作中挥之难去的母题。

2. 民俗书写：寻根与自我认同

藏族文学属于中国文学的一部分，与主流叙事有一定的距离。四川康巴藏族作家作品，更是处于边缘地带，这不仅铸就了他们身上承担的文学使命，也铸造了他们的心理、情感、文化模式在汉藏文化之间游离的双重属性。并直接显现在他们的文本中，即使是不同的故事，都一致对藏族的风情、风土、风习进行了描绘，流露出他们的困惑与焦虑。特定的地域环境，塑造了一批精神与肉体双重混血的人。从小说对康巴藏地的地貌和康巴人精神风貌的深描来看，这恰恰是一种寻根，是他们以个体的身份怀念、塑造和贴近他们的族群身份。

人群和生活会塑造特定的文化，也会受到特定文化的影响，这一切的根源来自地域的作用。在此基础上，地域文化塑造的人群包括了写作主体和写作主题。反之，写作中出现的那些饱含文化冲突且充满张力的人物形象，体现了地域文化的多元性特质。就是说，康巴乡土小说透过文本构建的"康巴"是他们记忆中的"原乡"，构建成他们迷惑却仍想皈依的"故乡"。他们的"寻根"行为，不仅仅是在用文学方式记叙历史，也是以此为基点，进行适当延伸，侧重的是对文化的深思，对民族未来的叩问。民族文学作为民族文化书写的"象征性符号"，究其本质来看，文本中每一个体对象无非是力图凭借对自我文化身份的追问，达到对群体命运思考的更新。

四川康巴乡土小说家们使用汉语写作，呈现出对地域的书写。故事展开的过程，也就是地域书写的过程。意西泽仁是四川康巴地区老一辈藏族作家，出生于四川甘孜州，幼年、青年的生活及工作扎根在这片土地上。成名后的他，也没有离开生养他的康巴藏地。[①]故乡为他提供了取之不尽、用之不竭的创作素材，在他的《大雁落脚的地方》（中华人民共和国成立后藏族作家创作并出版的第一部短篇小说集）和《松耳石项链》《巴尔干情思》《康定通话》等作品中，都能看到鲜活的藏族群众生活，就像身临其境一样，走入草原，看见了蓝天下一望无垠的牧场和地平线上散落的帐篷、牛羊。他的小说集笔下的人物，都是小人物，凝结着"游牧民族的人道主义"[②]。康巴藏族的善良与朴实，都浓缩在他们对生活

---

① 艾芜：《〈松耳石项链〉序》，《当代文坛》，1987年第4期。
② 德吉草：《四川藏区的文化艺术》，四川民族出版社，2008年，第10页。

环境的宽容，对生命的信念，对未来的企盼。虽然《松耳石项链》是一部非纯粹描述藏族聚居区乡土经验的小说，但是对在牧区与都市间游荡的主人公而言，一串象征着民族文化的松耳石项链，可以帮助自己确认自己的归属。由此可见，作者有意识地在他的作品里表现出他对本民族血脉文化的体认。

20世纪90年代以来，现代化进程加速推进，即使位于边缘的康地也不可避免地卷入到改革的潮流中。传统的生产方式和生活方式渐渐发生了改变。尤其值得关注的是，现代化、工业化的生活方式促使民间生存的一些"土办法"被丢弃。这在社会发展进程上来看是一种前进，但在延续民族民俗文化层面来看是一种丢失与倒退，特别是盲目且不计后果地丢弃民族传统文化。扎根于四川甘孜州的康巴作家们，敏锐地捕捉到历史的潮流和当下发展的趋势，他们在作品中对"原乡—康巴"的描绘，可被理解为一种文化心理机制的反映。也就是说，文本创作是族群记忆和民族意识外显的一种意识形态。作者在创作中，既继承了传统民间叙事的艺术创作方式，也汲取了西方魔幻现实主义的手段和方式，实现了对民族面貌和民俗文化地记录，表达了民族意识的觉醒和对民族存在状态的审视。

四川康巴乡土小说，是作家主体建构的一种民俗"镜像"。在这个镜像符号中，小说所描述的乡土经验和风土人情，都是作家本人自我体验的有意识呈现。虽然具体文字功能的指向不同，但是它依然可以帮助主体在对镜像的书写和比较中认识自我，进而确认自我的存在。达真的《康巴》讲述了在土司权力逐渐被消解的情势下，以三个家族的兴衰为主要内容，使康巴百年的历史跃然纸上。其中穿插的历史事件，宗教发展的汇聚史，以及包罗万象的藏族聚居区自然风物和乡风民俗及人生百态，虽然是作家对民族认识的"主观想象历史"，但是作家本人对民族历史文化的深入挖掘和民族认同下深切的民族情感确是不容忽视的。在历史的浪潮里，四川甘孜不再是固定的模样，也不再是以往那种"原始"状态。在工业化的参与下，出生、成长在高原土地上的作家们，接受的是藏族传统文化的哺育。寻根，是作家们对故乡文化深情的回望，能够帮助作家们在汉藏文化交叠的现状里观望"原乡"，确认滋养他们创作的本土文化，继而唤起他们心底的民族自豪感。

三、康巴乡土小说叙事形态中的民俗性

"乡土小说的特质在于借助民俗文化的内容，为生命提供充分的民间解释。这些民俗文化的内容，通常具现为集体性、传承性和地方性特点的民俗事项。值

得一提的是，它们关注的是民众的生存、行为模式、心理结构、社会组织结构等等。"①民俗学视域下的四川康巴乡土小说，一方面充溢着具有鲜活生命力的藏族乡风民俗，凝聚着乡土小说描绘地方"风景画""风俗画""风情画"的民俗价值，成为人们以文学文本探秘高原生活实态的导引；一方面对民间叙事的借用，即借用了民间文化的解释系统，实现了与藏民族精神文化、族群记忆的联结，突出了它的民俗价值，丰富了四川乡土文学的创作。

（一）民间立场的小说叙事形态

所谓叙事，可以是一个故事，也可以是一种自我言说。它按照线性顺序原则，将事件联系起来，表达出叙事者关于自己、关于他人、关于社会、关于生活的解释。按民间文艺学的观点："叙事是人类最古老且最基本的话语方式，承担的是事或事件。神话、寓言、故事、历史乃至街巷的谈论，其本质都是叙事。民间叙事只是融合了叙述者自己的想象与生活经验，被看作纯粹叙事。在特定的区域，一个故事并不专属于某种艺术形式，各种民间艺术形式都可能表演同一个故事。因此，故事是超越体裁的。在同一时空里，各种民间艺术形式可能成为建构同一故事的共同体。"②

民间立场的小说叙事，指的是那些与康巴藏族生活密切相关的，以叙述事件为主要方式的民间文学、民俗元素，如民间文学的叙事内容，以及与叙事者有关的心理活动。在小说文本中，它们彰显着康巴原生态生活的细节，增进了我们对康巴风俗人情的认识和了解。

1. 历史叙事与村落家族

在福柯看来，历史是集体记忆的证明，依赖于物质文献，可借此重获对过去的新鲜感。③"历史叙事"这一概念，在本文中指的是反映康巴历史，特别是反映家族历史的叙事文学及讲述模式。在少数民族民间文学中，诸如神话、史诗、传说、故事等，它们依托于历史，以历史化叙事的形式存在，成为少数民族记录历史的主要形式。因此，在民俗学的视域下，对历史叙事的考察有一种特殊意义，即反思民族的生存样态。

---

① 丁帆：《中国乡土小说史》，北京大学出版社，2007年，第214页。
② 万建中：《民间文学引论》，北京大学出版社，2006年，第54页。
③ ［法］米歇尔·福柯著，谢强、马月译：《知识考古学》，三联书店，2003年，第6页。

在四川康巴乡土小说的历史叙事中，其主要逻辑都是以家族的历史变迁写康巴的地方史，主要体现在两个层面：一是侧重"史"的宏大背景，将其作为小说叙述的平台。格绒追美在《失去时间的村庄》《隐蔽的脸——藏地神子秘踪》中，前者在连枷时代、铁器时代、机器时代、末法时代的更迭下，描摹了雪域村庄的变迁。后者则加入了神秘力量的"先知"视角，对土司统治、国民革命、解放战争、经济开放期间定曲河谷的兴衰进行了描述，隐喻了康区在历史长河中的变化。二是家族的兴衰及个人的经历参与了历史叙事的构建。在叙事中，以村落中某个家族为小说主要描述对象，跳脱出就人物而人物、就情节而情节的叙事模式。例如在达真的两部小说《康巴》《命定》中，前者依托三个人物命运发展的视角，刻画了20世纪前五十年三个家族的命运，一一讲述了云登格龙家族从强盛到势微，表明土司制度被历史取代的不可逆；有着伊斯兰教信仰的回民郑云龙逃难到康定，在全民信佛的康巴掩藏对"真主"的信仰，从底层爬上康巴主流社会阶层，间接追溯了伊斯兰教在康定发展壮大的过程；尔金呷家族与降央土司家族之间的血仇悲剧，揭示土司制度的衰败，以及家族间只有和谐共处才能共荣的道理。并将改土归流、抗日战争、解放战争穿插其中，折射出历史长河中康巴的变迁和康巴人的境遇与转变。后者以土尔吉、贡布为主人公，交叉叙述二者的人生遭遇，交代了康巴人收复腾冲、攻克松山、反法西斯战争时期的历史概况。家是以血缘为纽带的，家族的存亡意味着血缘的延续。土司家族在血缘延续的层面上，还体现了一种权力秩序，是藏族乡土文化的典型表征。例如，亮炯·朗萨《布隆德誓言》以家族为单位，描述了土司翁扎·多吉旺登与桑佩坚赞（也就是逃亡在外翁扎家族真正的继承人郎吉）之间的恩怨。其中，在对桑佩坚赞的过去追忆的篇幅里，完成了对其家族史的构建。对翁扎·多吉旺登掌握土司至高权力后残暴统治的叙事，记述了一段部落的历史，折射出土司统治下贵族与贫民的矛盾。

2. 神圣叙事与文化空间

文化空间是民间文艺学中的一个重要概念，指的是民间文化中的地方文化表演空间。它是地方群体依据传统习俗做出选择后建立的，也称为"广场"，即"广场中的下层叙事表演"①。对于康巴藏族来说，他们神圣的文化空间有两个，一是寺庙，二是经堂。据考察，中华人民共和国成立之初甘孜州内有佛寺约

---

① 董晓萍：《现代民间文艺学讲演录》，广西师范大学出版社，2008年，第259页。

400座，僧侣约6万，是当地独具特色的佛教文化空间。经堂是设置在村落家庭中的祭祀空间，属于藏传佛教的信仰范畴，内部供有藏传佛教侍奉的佛像、佛塔、唐卡、佛经等相关佛教事品，是藏族人在家开展信仰活动的唯一场所，是乡民精神世界的重要支撑。

神圣叙事在本文中指的就是，神话传说及表述神灵的文本内容。在四川康巴乡土小说中，围绕着这些文化空间出现的一系列的神圣叙事表现为乡土世界里的佛教信仰习俗。例如，叉叉寺的根呷活佛来到慧远寺，就感受到"寺庙的莽号和钹鼓声发出磁场般的召唤"①，并深感宗教的巨大魅力和作为宗教传播者的无上光荣。毋庸置疑，对于康巴人而言，寺庙和经堂具有重要的文化空间意义，因为信仰空间的神圣氛围、威严的神佛塑像给予了生存环境恶劣的人们以心理安慰和精神引导。再比如，活佛的转世确认仪式。该仪式在寺庙举行，并由寺庙僧人来规定和解释。虽然发生的场所是在寺庙，但是该仪式与村寨里的乡民紧密相关，这个联结点就是"灵童"。因为只要村落里的新生儿与活佛去世的时间一致，都有机会被选为灵童。因此，在举行确认仪式的日子里，土司家族和村落乡民往往会倾巢出动。关于该仪式的内容，在达真的小说《康巴》里有详细描述："喇嘛们在藏毯上一一放上圆寂活佛生前用过的法器和物品，同时也放上他没有使用过的其他物品。年满半岁的灵童被华贵的黄绸红呢裹着，在震天动地的莽号和唢呐声中，由根呷活佛抱着从叉叉寺的大殿出来。华盖下格绒活佛从根呷活佛手里接过灵童，示意灵童指认前世活佛的物品。灵童不假思索地一把抓住之前活佛用过的一串象牙佛珠……"②此外，在尹向东的小说《风马》中，康区发生兵变后，日月土司的儿子江升担心父亲发生变故，除了学习时间，他都在经堂替父亲祈祷。达真的小说《康巴》里，云登格龙土司家设有经堂，郑云龙也在家设了经堂，锅庄女主人白阿佳的后院也设有经堂，他们都会去经堂添灯敬香、诵经祈福。藏族人对藏传佛教的信奉，是因为佛教信仰让他们的心灵得到暂时的安宁。当苦难降临，他们无力反抗的时候，诵经祈福成了他们唯一的情感宣泄口，并因此感到内心深处的富足，因为他们认定菩萨会保佑他们。

除此之外，康巴人信奉藏传佛教，与"佛"有关的"神职"人员，如活佛、喇嘛在民众间地位很高，他们所到之处，自然形成了一个佛教文化的日常空间。

① 达真：《康巴》，四川文艺出版社，2014年，第336页。
② 达真：《康巴》，四川文艺出版社，2014年，第342页。

例如，达真的小说《康巴》里，发生了一件昌旺土司与浪波土司的边界纠纷事件。绒巴作为土司的继承人，代表着世俗权威。当他找不到最合理的方式去解决地方土司的领土争夺问题时，就选择了"天断"。这种划分领土的方式，将事情发生的结果归结为天的旨意，人的命运、部落的命运因而主动交给了一只"受戒"的大公鸡。

四川康巴乡土小说擅长运用民间信仰来塑造康巴的文化空间，寺院、经堂作为佛教仪式的实体空间，对于信众而言，念经颂神和参加法会、仪式，不仅能帮助他们更靠近佛教文化的神圣空间，也撞击着他们灵魂深处对未来美好生活的盼望。这不仅渲染了小说文本的地方色彩，提升文本的真实感染力，并使康巴民俗信仰和宗教文化成为四川康巴乡土小说结构、情节、戏剧冲突的重要内容和催化剂，成为人物命运发展和地方社会历史变迁的文化因素。

3. 狂欢叙事与酒神精神

狄奥尼索斯，希腊神话中的酿酒之神，象征着狂热、无序与激情。与之对立的是日神——阿波罗，象征着理性与秩序。露丝·本尼迪克特在《文化模式》中对日神、酒神的文化性格进一步做了界定，即：日神类型的民族性格，强调尺度的舒适，讲究礼仪、规范、秩序，而酒神类型的民族性格则与之相反，强调的是秩序之外的冒险与挑战精神。[1]四川康巴乡土小说的狂欢叙事，正是建立在"酒神精神"的狂热、激情意义上，具体表现为热情的藏族节日庆典上的民俗表演与散发着荷尔蒙的藏族男女情爱。

在雪域高原，节日庆典是藏民族纵情高歌的好时机。这时候，乡民们会在公众场所恣意欢闹，开展一系列娱乐表演。节日里的表演，意味着交流，表演者通过表演向观众释放信息，并通过表演获取经验，而观众则会通过对表演的赏析得到信息。简单来说，藏族节日盛会的表演，是藏族男女互相展示自身魅力的时机，寻求浪漫爱情的地方。追溯"狄奥尼索斯"本质的意义——生殖神，酒神的"醉"也可以理解为强烈的爱情冲动，反映在小说中体现为康巴男女对"性"的"迷醉"。比如，赛马结束后就是围圈起舞的锅庄，男性从赛马场上退下，藏族女子由欣赏者、助兴者变成了表演者。庙会上的藏族女性会随歌起舞，热情地表演锅庄弦子。赛马场上藏族男性会以英武的方式，比如喝酒、骑马、打枪、耍坝

---

① ［美］露丝·本尼迪克特著，王炜等译：《文化模式》，三联书店，1992年，第47页。

子等，展示自己的英雄主义。在达真的小说《康巴》里，土登为了向阿满初炫耀自己的胆量和马术，在赛马会上忘情地飞奔，最终获得第一名。藏族习俗里，藏族男子在节日盛会上挑选中意的女子，会抢未婚女子的头帕。所以，锅庄一开始，土登就朝着戴着两角扎着两束粉红色丝线的"巴惹"（头帕）尽情跳锅庄的阿满初走去，并抢走了她头上意味未婚的"巴惹"，与阿满初一见钟情。一年后他们锅庄再会，陷入爱情的土登和阿满初将家族仇恨抛诸脑后，在激情的催促下与土登相爱相拥。"陷入酒神的忘我之境中的人，会脱离日神的清规戒律的限制"[①]，云登格龙那段为爱而生、为恨而亡的爱情也是如此。在雪域高原，但凡与佛教有关重要的日子都会有一系列庆典活动，大家会聚集在一起。青年的云登格龙就是在释迦牟尼诞辰的锅庄上认识了白玛娜珍。他被娜珍欢悦的舞姿吸引，忘掉了自己同德格大头人汪嘉的女儿格央宗的订亲关系，只想要像祖地牧场上的男人一样，随时随地想爱就爱。白玛娜珍被云登格龙大胆、热情的示爱举动感动，忘记了丈夫的存在，只想与云登格龙欢爱。节日的狂欢，是耕耘者最简单、最实际的娱乐方式。在节日的氛围里，藏族男女暂时忘却了艰苦的生存环境和辛苦的劳作。在酒神精神的支配下，民间节日的狂欢常常夹杂着性的冲动，沉浸在狂欢里的人们尽情地解放身体，令情爱欲望上升为精神上的"酣醉"。

（二）康巴乡土小说的民俗意义

少数民族文学，特别是其中的乡土小说，其存在意味着它有其他文学形式不可替代的特性，即它独有的民族特色和民间立场。乡土小说的地方性，离不了作者的民间立场和地域文化的影响，二者是乡土小说的重要组成部分。换言之，乡土小说的地方性以二者为载体。民俗的民间性、日常性、地方性、民族性特点使之成为乡土小说把握真实乡土生活的关键元素，这正是四川康巴乡土小说民俗价值的体现。本节将从四川康巴乡土小说民俗志的书写和生命意识的凸显来考察四川康巴乡土小说的民俗意义。

1. 民俗志的书写

民俗是一个地方群体生活经验的积淀，是历史文化的沉积。它既是历史的产物，也是文化的产物。民俗事项作为民族文化心理的积淀，在历史的发展中，经

---

① ［德］弗里德里希·尼采著，周国平译：《悲剧的诞生》，三联书店，1986年，第7页。

过人类代代相传，民俗心理由此沉积在人们意识的深处。因此，乡土小说的民俗化表达可以展现一个地方、一个民族的历史发展及文化演变的社会心理轨迹。四川康巴乡土小说中丰富的民俗学内容，是以文学形式间接呈现出来的文化审美和生活习俗，具有民俗志写作的意味。

从民俗学视域来看，民俗志的内涵不仅包含了对民俗事项的描绘，还有从文献资料中提炼出的民众知识，以及整理资料过程中所遵循的原则与应用的方法。反观四川康巴小说的民俗书写，与藏族传统文化保持着内在天然的亲和关系，不仅勾勒了藏族文化轮廓，挖掘了藏族精神信仰，还对藏族文化乃至康巴文化进行了整合，囊括了藏族的歌谣、服饰、婚俗、法会仪式等大量民族民俗内容，蕴含了民俗志的功能。对歌谣的描述，在亮炯·朗萨《布隆德誓言》里，特别显著，走马帮在路上要唱歌："我面前的骏马哟/虽然不是有名的马/但只要给它们备上鞍子/路再远我也能走到/蓝天里的鸟飞得再高/我也能得到……"[1]康巴汉子看见漂亮的背水姑娘也要唱歌："赶马的阿哥问姑娘/背的是空水桶/为什么脸儿红心儿跳/两眼亮光光。"[2]背水的姑娘要唱歌："如果山上整天滚动着石头/那牛羊实在过不安生/如果小伙子整日多嘴多舌/姑娘我心实在不舒服。"[3]由此可见，歌谣一面记录了藏族男女劳作的面貌，一面反映了藏族男女的坦荡与多情。对藏域婚俗的描述，比如达真的小说《康巴》里所写："新娘入门前，喇嘛们吹响了海螺开始念吉祥祝福经，霎时，官寨周围屋顶上桑烟四起。随行新娘的喇嘛们，要为新娘念诵《拥珠》经。《拥珠》经诵读停止，迎亲仪式就正式开始了。普巴舅舅捧着系有哈达的五彩之箭，将装有小麦的小皮口袋和一撮羊毛递给呷绒舅舅并大声地念道：'这五彩之箭，小麦口袋，羊毛三样东西象征着福禄寿喜，人畜两旺，愿这对新人，幸福长寿，扎西德勒。'接过赠物，娘舅要回敬：'哦呀，拉嗦，扎西德勒。'紧接着新郎的哥哥将一根三尺长的三股羊毛搓成细绳，一端交给新娘，一端交给喇嘛，喇嘛牵着绳念诵修福经。接着新娘脱下一件羊毛织的短披风，将羊毛绳和披风递给喇嘛，表示新娘不能把喇嘛所祈求来的好运全部带走，给自己的娘家留下一部分，可以让两个家庭都能得到福气。这之后，帐篷前的持者立即放出桑烟，喇嘛再次吹响海螺，新娘要在伴娘的搀扶下，围着放着柏

① 亮炯·朗萨：《布隆德誓言》，外文出版社，2006年，第112页。
② 亮炯·朗萨：《布隆德誓言》，外文出版社，2006年，第177页。
③ 亮炯·朗萨：《布隆德誓言》，外文出版社，2006年，第177—178页。

丫枝的清水桶绕转三圈。喇嘛口中念念有词地从一个木盒里抓出一把由糌粑、酥油、奶渣合在一起的切玛朝新娘要去的方向撒三次……"以及亮炯·朗萨的小说《布隆德誓言》里："藏族的婚礼隆重、热烈而绵长，不管是农区还是牧区都要举行三四天，特别是富裕的家庭。婚礼的主要仪式是迎亲和送亲，双方迎亲队伍都是骑着马，穿着和饰配、挂戴都很华丽。村里几乎所有的青年男女，都用土陶罐、铜壶、木桶盛着甘甜清冽的山泉沿途摆好，这是青年们在表示祝福，祝福新娘新郎幸福美满，当盛装的新娘下了马，便向他们敬上果品。主人家一楼一底的门户外，有一条大道，屋顶上已经燃起了迎候新娘的神香……"[1]有关藏域的禁忌传说，如《布隆德誓言》里坚赞和塔森轻装走过悬崖路，看到的"龙树"，形状古怪稀奇，树叶黑绿，树干发黑，远远望去是一片怪异扭结的栎树林。"很久以前山顶一户人家有两姐妹。一天妹妹得了怪病，四处求医无果，直至请卦师打卦后才知道，妹妹得了龙病。因为她把脏东西扔在了神山下的泉水里，得罪了龙神"。[2]因此，让人敬重畏惧的神灵龙神，往往与灾难疾病联系在一起。一旦得罪龙神，它就会传播很多种疾病给它的敌人。有关法会仪式的描述，如尹向东《风马》里对"娘娘会"的介绍：

> 这是举行娘娘会，早晨，太阳还没升起时，有人已沿街鸣锣，通知大家打扫街道，请上钱粮，准备高台平台。其后，又有人沿街鸣锣，告知大家菩萨即将出行。这一次锣鸣响后，一人骑马在街上跑了三圈，这称之为跑报马，最后回庙复命。我来到汪家锅庄外时，街边已站满了人，街沿各锅庄、各住户都摆上案头，香、烛也已准备妥当。不多一会儿，远处的人说，来了来了。这话似麦浪一般联动传来，一大队人就从远处走来。先是六面火牌开道，那六面火牌三面上写着肃静，另三面写着回避。紧跟着有十六面黄色大绸旗，以及高跷队。这之后是化装为各类戏曲人物的队伍，每一队都有乐队，敲着川戏、京戏或陕戏的鼓点，其味各个不同。[3]

撒童子活动是娘娘会的高潮：

---

① 亮炯·朗萨：《布隆德誓言》，外文出版社，2006年，第201页。
② 亮炯·朗萨：《布隆德誓言》，外文出版社，2006年，第185页。
③ 尹向东：《风马》，作家出版社，2016年，第186页。

在一个空坝上，撒童子的人先爬上一棵高大的白杨树，他手中的童子有头童一个，二童四五十个，剩下的都是仅三四寸的小童。他手一扬拥挤的人群就乱成一团，大家都争着要抢。抢得童子的人，在夜里用红绸包裹，再让五六岁的小孩子拿着，敲锣打鼓送给城里缺儿少女的富裕人家，能得到丰厚的赏赐。得到童子的人家，也坚信来年一定会生个大胖贵子。①

在小说中，如此详尽的民俗内容，为读者构建了一个"活灵活现"的康巴乡土世界，供"域外"的读者观望。

乡土小说对空间的立体记录，是民俗志功能的又一展现。我们知道，四川康巴乡土小说对家园的民俗书写，展现了众多与藏族生活空间相关的因素，比如草原、雪山、海子（高原湖泊）等空间景象。除此之外，通过前文分析过的原乡记忆和藏传佛教文化空间，我们同样可以捕捉到康巴鲜活的民俗形态，领略多种民俗意象及具有民俗意义的文化内容。随着这些空间在作家笔下的显现，我们能在阅读中体味到民间的亲切、民俗的亲近。反之，如果回避了这些必要的乡土意象与景观，那么地方的乡土味就会丧失其地理空间的真实感。小说原汁原味地呈现藏族民俗文化，不仅在于作家对民俗意象的强调，还有民俗志本身对本土经验的观照。只有参与当地的民俗活动，观察、搜集相关资料，体悟文化精神，才能真实地体验生活。只有直接参与、融入地方乡民的生活，才有可能踏入民俗学的视域之中。自小生活在康巴土地上的乡土作家们，一直以来潜移默化地感受并体悟雪域高原的民俗文化，实现了生命体验到文化创作的深入融合，故能在现实生活中准确地抓住某个特别且具代表性的叙事，以小见大，来展现生活的全貌。比如，作家们对土司家族命运变迁浓墨重笔，往往使之成为小说故事的核心点，折射出土司制度下藏域生活的真实面貌，以及社会转型背景下土司制度日益衰落过程中，民众生活的复杂性与深刻性。然而，需要注意的是，乡土小说的民俗化创作并非严格意义上的民俗记录，在文本中的呈现必然不是面面俱到，但是仅对民俗文化的再现，已经基本满足民俗志的记录功能了。

2. 生命意识的凸显

康巴，以前是隐藏在汉地和卫藏之间的藏域高原。随着各民族之间交往频

---

① 尹向东：《风马》，作家出版社，2016年，第196—197页。

繁，康巴的神秘面纱正逐渐被揭开。在汉藏文化双重影响下四川康巴乡土小说，与沙汀、艾芜、李劼人、罗伟章等人的汉地四川乡土小说不同，前者建构了表现生命意识为主题的藏族艺术世界，后者集中在对现实社会批判。

生命意识强调的是个人对自己、对他人生命意义及价值的认识、把握。在现实世界中，人的生命意识会受到政治、经济、道德等意识的干扰，成为名利的奴隶，消磨掉人的原始状态。乡土小说对"民"的重视，便会将目光抛向那些沉默的群落，并以此窥探到民间的生命意识状态。四川康巴乡土小说对生命的描绘回归乡土社会，捕捉站在历史与现实的交汇处藏族人的内心世界，将他们顽强生存的生活面貌加以描述，一方面烘托出民族性格的坚毅，一方面体现出地域的特色。因此，文中生命意识主要体现在困境下强烈的生存愿望与生活负累下的安于现世。

首先，困境中强烈的生存愿望。在四川康巴乡土小说里，生活在边地高原上的人，自出生便受到大自然的考验，却因此培养了他们与生俱来如草原般宽广的胸怀，如高山般刚直的气概。我们可以想象，在遥远的过去，变幻莫测的大自然时刻威胁着康巴人的生命，但是顽强的他们，并没有坐以待毙，而是极尽可能地为自己争取更多的生存空间。无论是贵族土司，还是下层差巴，生活再艰难，康巴男女依然保持着对生命存活的强烈欲望。《雪山的话语》里美多郎青的母亲用自己的血喂儿子，以命换命，对生命的渴望震撼着人心。《风马》里，日月土司江意斋不想落得和弟弟一样的下场，萌生了更强烈的生的念头。买通狱警、挖穿土牢，逃出监狱后直奔树林，听到士兵的声音离自己越来越近，预感到自己的生命已经到了尽头，生硬地吞下仁青日布（藏药，有起死回生之效）。《布隆德誓言》里，坚赞刺杀甲波王被抓获，在牢狱里受尽虐待，唯一让他失望且令他苟延残喘活着的理由是，他想杀的人并没有死在他的刀下。所以，他决不让自己倒下，他必须活着，于是默默地向菩萨和父母的在天之灵祈祷。其次，普通人在历史和命运共同裹挟的脚步下被推着前行的生活，没有英雄的传奇，只有生存的不易与艰辛。比如尹向东的小说《风马》，仁泽民和仁立民两兄弟面对贡玛草原被夺，家破人亡。最初，复仇是两人在生活苦难情境下继续活着的动力。长大后的他们却没有以康巴汉子充满血性的方式夺回贡玛草原，然后英雄般地回归故乡。在他们当下的生活里，故乡不是不重要，只是锅庄的日子已让他们感受到生活的艰辛，哪里还有复仇的力量。遇上了贡玛草原上的人，他们也没有自明自己也来自草原。两兄弟在生命的长河里，慢慢地将草原故乡忘却。做了布弄都木（销账免债的仪式）的八斤受困于今生的赌债，一旦背上了来生账，将这世的债务延续到下一世。债务的累积，意味着苦难的延续，激发了八斤对的生命意识。于是，他彻底放弃了赌博，选择更勤劳地工作。值得一提的是，亮炯·朗萨《布隆德誓言》里，我们看到了农奴和平民任由土司喜乐宰割，完全没有自主权，自己小孩被土司女儿萨都措虐待，只能在心底向菩萨祷告。被土司制度和农奴命运绑架的他们，甚至没有生的权利。而为了求生的农奴和平民，以翁扎·桑佩坚赞为首领，推翻土司翁扎多吉的鱼肉人民的统治，并引发了"西藏、藏东的农奴、平民起义暴动，推翻封建农奴主、抗苦差反酷税"[①]。四川康巴乡土小说在社会变革和叙事转换的历时层面，依托家乡别具一格的自然、人文、社会环境，表现出康巴人的生命意识，形成了独特的文学风格。

结 语

近年里，四川甘孜籍藏族作家以达真、格绒追美、亮炯·朗萨、尹向东等为代表，凭借着蓬勃的创造力，以康巴藏地为小说背景，以反映康巴藏族生活、精神风貌为主旨，创作出一部部文学意趣鲜明且具民族精神的佳作，尤其以四川康巴乡土小说为典型，丰富了当代藏族文学。

我们以四川康巴乡土小说为研究主体，通过对"四川康巴"的命名和"乡土小说"的界定，明确了本文的研究对象和范畴，继而从四川康巴乡土小说的民俗构成、四川康巴作家与民俗文化的关系、四川康巴乡土小说叙事形态中的民俗性三个方面，考察了民俗学视域下的四川康巴乡土小说。之所以选择"文本民俗"的研究方法，是因为四川康巴乡土小说存在一个共同的叙述模式，即以时间为线索，穿插两个以上与叙事主题或空间相关的部分。比如，达真的《康巴》分三个叙事空间，分别从云登格龙、郑云龙、尔金呷三个家族出发，讲述了土司家族、逃难到康巴的外来者、土生土长的藏族群众生存样态。达真的《命定》则分上下两部，先讲土尔吉、贡布各自在草原生活的遭遇，下部汇聚两条人物命运线索，阐述同一段历史。尹向东的《风马》则是同一时空维度下，在仁泽民、仁立民两兄弟和日月土司家族之间，穿插着讲述他们各自的人生经历。赵敏《康定上空的

---

① 亮炯·朗萨：《布隆德誓言》，外文出版社，2006年，第363—364页。

云》用春夏秋冬季节轮回的形式，来讲述溜溜城20世纪70年代一代人的经历。亮炯·朗萨《布隆德誓言》主要讲述了翁扎土司家族，一面叙述土司翁扎·多吉旺登的统治，一面回忆真正的翁扎家族继承人郎吉的过去，并尽可能地囊括布隆德草原上发生的一切。因此只有把文本与生活语境结合起来，把小说中的民俗事项与活生生的人结合起来，才能对乡土小说呈现的藏族民间生活作更深刻的理解。

四川康巴乡土小说中的民俗内容体现在语言民俗、物质民俗、社会生活民俗、精神民俗等方面，并围绕着"藏族"与"康巴"两个主题，聚集了大量的英雄原型意象、自然原型意象和藏族民间仪式与禁忌内容。小说的民俗事项，透过作家的笔触，一方面与小说其他部分融合成一个统一的整体，构建小说的主要情节和人物的主要生活场所，成为影响和决定人物命运、情节发展的民俗链，一方面生动地再现了康巴的民风民情、社会风貌，丰富了小说的乡土内涵，寄予了作家对康巴乡土和藏族情怀的关注。在小说的民俗书写中，大量的民俗内容，比如受民间口头文学的影响，植入了藏族民间文学的表述方式，具有民俗志的记录功能，凸显了藏族的生命意识，为小说打上了地方性知识的烙印。与此同时，民俗情结和文化认同，体现了民族的信仰与价值观，是理解四川康巴乡土小说作家创作心理的基础。只有通过对小说中民俗内容的挖掘，才能理清民俗事项与作家创作之间的深层关系，才能发现作家的民俗书写是在寻根民族文化和实现文化身份认同，充溢着强烈的时代精神和乡土情怀。

尚处于勃兴期的四川康巴乡土作家立足于藏文化、藏族身份，以彰显本土精神，他们携带着烂熟于心的民族文化、风土人情和民间文学进行文学创作，自觉地发掘地方性民俗创作资源，聚焦藏族的日常生活与历史发展，将民俗风貌作为地域文化的载体，形成风俗化、地域化风格的乡土小说，将边缘身份和高原经验书写得淋漓尽致，不仅建构了一个四川乡土文学一体多元的文学空间，亦为中国乡土文学拓展了表现空间和广阔的题材，丰富了乡土文学文化和历史的纵深。

下篇

作家作品论

———

第六章　李劼人：新文学史上被低估的乡土文学大师

　　李劼人是中国新文学史的重要作家之一，也是四川新文学和白话小说创作的先驱作家。从广义的或较宽泛的乡土文学概念上看，李劼人1918年5月27日至6月22日发表在成都《国民公报》上的白话小说《强盗真诠》，可以视为四川新文学史上乡土小说的最早雏形，而1920年林如稷的《伊的母亲》则是充分意义上的第一篇四川乡土小说。李劼人小说的题材视域是以成都为中心，链接成都附近的乡镇区域。所以李劼人的小说创作对象既有城市生活亦有乡镇故事，前者如《大波》《暴风雨前》等；后者如《棒的故事》和《死水微澜》等，可以说在现代文学史上，李劼人是一个开启乡土小说新叙事范式的乡土文学大师。

一、开创长篇乡土历史小说的叙事范式

　　早在20世纪的第一个十年，李劼人就开始写作白话小说。他最初的白话小说在形式及话语上还有一些晚清白话小说的遗韵。1924年他从法国留学归来后，他的小说创作明显有了些法国19世纪写实主义的痕迹。1926年发表的乡土短篇小说《棒的故事》，是对阴暗人性和封建礼教文化的批判杰作，也是李劼人现实主义风格逐渐成熟完善的标志性作品。到了20世纪30年代发表"大河小说"系列，李劼人小说创作的个人风格日益彰显，特别是1936年的《死水微澜》无疑是新文学史上的经典乡土小说。从文学史的视角来看，李劼人的小说创作，在中国新文学史上是具有开创性意义的。丁帆在《中国乡土小说史》中说："不论是中国文学

由近代向现代转型，还是中国乡土文学从20世纪20年代到30年代由东往西渐次推进，从中心向边缘不断播散，李劼人和他的'大河小说'都是一个不可忽略的重要历史存在。"①他的"大河小说"中的诸多女性形象，特别是《死水微澜》中的蔡大嫂和《大波》中的黄太太，不但是新文学史上堪与鲁迅笔下的祥林嫂、老舍笔下的虎妞等人并列的经典女性形象，而且在她们的情感结构中事实上还蕴含着近代中国早期的女权主义精神元素的萌芽。1912年，21岁的李劼人在成都的《晨钟报》发表短篇小说《游园会》。据考证，这是四川新文学史上第一篇用白话文写成的小说。②它比鲁迅的《狂人日记》和陈衡哲的《一日》早了好几年；"大河小说"三部曲《死水微澜》《暴风雨前》和《大波》的历史线索跨度很大，从甲午年间一直写到辛亥革命，是中国新文学史上第一部史诗性的现代历史小说。1935年鲁迅先生在《田军作〈八月的乡村〉序》中曾经不无遗憾地说："即前清末年而论，大事迹不可谓不多了：鸦片战争、中法战争、中日战争、戊戌政变、义和拳变、八国联军，以至民元革命。然而我们没有一部像样的历史的著作，更不必说文学作品了。"③第二年即1936年7月，以甲午、义和团和八国联军为历史背景的《死水微澜》就由上海的中华书局出版，但鲁迅先生其时病重并于当年10月逝世，显然没能看到《死水微澜》。而直接书写保路运动和辛亥革命的《大波》出版于鲁迅辞世后的1937年，尽管无缘相遇，此书也可告慰先生在天之灵。齐裕在他的《中国历史小说通史》一书中，对李劼人的现代历史小说有一个评价："他不在史学家的话语中复述，他不是把史学家文字的记载复活为实际的历史，而是为没有定型的中国近代史创造一种艺术的表述，把史学家还没有来得及记载的实际存在的历史变成小说。"④换句话说，李劼人的"大河小说"以艺术的形式建构了中国的近代史，正如郭沫若所说，是"小说的近代《华阳国志》"。早在1937年，郭沫若就在《中国文艺》上发表《中国左拉之待望》一文，对"大河小说"的叙事艺术特色做了最初的解读和评价："作品的规模之宏大已经相当的足以惊人，而各个时代的主流及其递禅，地方上的风土气韵，各个阶层的人物之生活样式，心理状态，言语口吻，无论是男的的女的的老的的

① 丁帆等：《中国乡土小说史》，北京大学出版社，2007年，第206页。
② 《游园会》已经散佚。2011年四川文艺出版社出版的20卷《李劼人全集》中，此篇也只有存目。
③ 成都市文学艺术界联合会、李劼人研究会编：《李劼人研究：2007年》，巴蜀书社，2008年，第268页。
④ 鲁迅：《鲁迅全集》，人民文学出版社，1981年，第286页。

少的的，都亏他研究得那样透辟，描写得那样自然……写人恰如其人，写景恰如其景，不矜持，不炫异，不借力，不偷巧，以正确的事实为骨干，凭借着各种各样的典型人物，把过去了的时代，活鲜鲜地形象化了出来。"①有些学者则进一步分析了李劼人历史小说的创新性和开拓性，指出："李劼人在长篇历史小说领域内实现了内形与外形的革命。在外形方面第一次打破了结构上的章回体例，使'大河小说'实现了对中国历史传奇的超越。在类型方面第一次将我国长篇小说发展的两大类型，即：历史传奇与世情小说融会在一起，从而创造了中国文学新的历史小说模式。这种模式不同于中国传统的历史小说，也有别于西方的历史小说。是具有中国民族特色的崭新的历史小说形式，对后世作家产生了深远的影响。"②倘若做更为深入的分析，仅以《死水微澜》为例，李劼人的小说从叙事艺术范式上还开拓了历史小说与乡土小说糅为一体的新小说文体。正如杨义所说："是乡土小说和近代史小说的结合体，它给历史小说提供了一种新的艺术思维方式，它应该称为近代风俗史小说。"③而这种长篇乡土历史小说的文体对于中国当代文学可能具有更为深远而广大的影响。甚至在《古船》《白鹿原》《丰乳肥臀》和《生死疲劳》等当代著名小说中，无论其有形或是无形，都可从中发现由李劼人率先开创的乡土历史小说这种文体所产生的深远影响和审美价值。

《死水微澜》首先是一部历史小说，完成于1935年7月并于1936年7月由上海的中华书局出版发行。在《死水微澜》的前记中，李劼人写道："《死水微澜》的时代为一八九四年到一九〇一年，甲午年中国和日本第一次战争以后，到《辛丑条约》订定的这一段时间。"④相对民国时期的1936年来说，晚清时的1894至1901年无疑已是一段过往的历史。而作为历史小说，《死水微澜》又是中国新文学史上第一部真正具有现代意义的历史小说。在此之前，中国传统的历史小说，其叙事模式无非历史演义和讲史性英雄传奇两大类，如《三国演义》和《水浒传》等；其历史观完全是符合封建伦理道德传统的英雄史观。《死水微澜》则从思想观念和叙事形式两个维度上完全颠覆了传统历史小说的叙事模式。叙事形式上摒弃了传统的章回小说模式，首创了以批判现实主义方法建构现代历史小说的

① 李劼人：《李劼人选集》第1卷，四川人民出版社，1980年，第5页。
② 成都市文联、成都市文化局主编：《李劼人小说的史诗追求》，成都出版社，1992年，第257—259页。
③ 杨义：《杨义文存·第二卷·中国现代小说史（中）》，人民出版社，1998年，第443页。
④ 李劼人：《死水微澜》，人民文学出版社，2002年，第2页。

叙事范型，其历史观亦完全超越和突破了古典的英雄史观，普通人乃至小人物一跃而成小说的主人公，在大历史风云际会和时代大变革的背景下演绎着他们艰难坎坷的悲欢命运。所以，《死水微澜》的划时代意义就在于："它是中国长篇历史小说的一次空前的解放，标志着这一叙事文学的特殊种类由古典形态向现代形态的转变"和完成。[①] 可以说，《死水微澜》在思想观念和叙事模式上的独创性，确立了李劼人在中国现代长篇历史小说史上的开拓者地位。虽然，也有论者认为曾朴的《孽海花》才是现代长篇历史小说的开创篇，李劼人则是完成者。[②] 但《孽海花》因其对古典章回小说模式的承袭，我们很难从叙事形式上确认它的现代性意义。

其次，《死水微澜》亦是一部地道的长篇乡土小说。《中国大百科全书·中国文学》第2卷，关于"乡土小说"的定义是"通常指以农村生活为题材、具有较浓的乡土气息和地方色彩的一部分小说创作"[③]。所谓题材即是描写对象。在这个简明扼要的定义中，乡土小说的描写对象被规约为"农村生活"，而"农村生活"的地理空间在中国从古到今都是指城市以外的其他生活聚居之地，包括了乡村和乡镇生活。在《中国现代文学三十年》中，对乡土小说的描写对象有更加明确的界定："所谓'乡土小说'，主要就是指这类靠回忆重组来描写故乡农村（包括乡镇）的生活，带有浓重的乡土气息和地方色彩的小说。"[④] 在《死水微澜》的前记中，李劼人专门指出：《死水微澜》的"内容以成都城外一个小乡镇为主要背景，具体写出那时内地社会上两种恶势力（教民与袍哥）的相激相荡"[⑤]。而在更早的1935年的手稿《〈死水微澜〉人物表》中，李劼人点明了《死水微澜》的"地点：天回镇、文家场"[⑥]。天回镇与文家场都是成都城北郊区的乡场所在地。换句话说，《死水微澜》描写的就是发生在清朝末期成都城外一个乡镇的普通乡民的悲欢故事。小说的主人公邓幺姑和罗歪嘴等人也是地地道道的晚清时期的四川乡民。毫无疑问，《死水微澜》是地道的现代长篇乡

① 杨继兴：《长篇历史小说传统形式的突破》，《李劼人作品的思想与艺术》，中国文联出版社，1989年，第16页。
② 杨联芬：《从曾朴到李劼人：中国长篇历史小说现代模式的形成》，《李劼人研究：2007》，巴蜀书社，2008年，第263页。
③ 严家炎：《中国大百科全书·中国文学》第2卷，中国大百科全书出版社，1986年，第1077页。
④ 钱理群等著：《中国现代文学三十年》，北京大学出版社，2011年，第52页。
⑤ 李劼人：《死水微澜》，人民文学出版社，2002年，第2页。
⑥ 李劼人：《李劼人全集》第9卷，四川文艺出版社，2011年第217页。

土小说。在它之前，1933年王统照发表的《山雨》应当是新文学史第一部长篇乡土小说，"背景是山东农村，时代是从张宗昌的'统治'到国民革命军完成北伐"[①]。小说作者说"《山雨》意在写出北方农村崩溃的几种原因与现象，及农民的自觉"[②]。所以，《死水微澜》虽是长篇乡土小说，却不是新文学史上的第一部。但它是新文学史上把长篇历史小说和长篇乡土小说糅为一体的第一部长篇乡土历史小说。由此可见，1936年《死水微澜》的发表，既标志着中国现代长篇历史小说的完成，亦表征着中国现代长篇乡土历史小说的开创。因此《死水微澜》在新文学史上具有开创现代长篇小说两种类型的重要意义。

更具体些说，出于还原历史的目的，李劼人在以辛亥革命为背景的"大河小说"三部曲的创作之中，将故事的起点不断地往前推进，也在浩大的历史之中将叙述的重点投向了"微澜"的乡镇上。在给舒新城的信中，李劼人提到了自己创作《死水微澜》的意图："此部小说暂名《微澜》，是我计划联络小说集之第一部。背景为成都，时代为光绪庚子年前后，内容系描写当时之社会生活，洋货势力逐渐侵入，教会之侵掠，人民对西人之盲目，官绅之昏庸腐败，礼教之无聊，哥老之横行，官与民之隔膜，以及民国伟人之出身，咸以侧笔出之，绝不讥讽，亦绝不将现代思想强古人有之。尤其注重事实之结构。以此为弟所作第一部长篇，而又是全集之首，不能不兢兢从事。"[③]从乡镇的日常叙事出发来追溯和"侧笔"反映宏大的历史事件，是李劼人尤为重要的叙事特征。正是出于这样的叙事手法，对于历史的反映显得自然而不牵强。蜀中的生活经验，使得李劼人对蜀地的文化风俗有着强烈的叙述热情，对于地方风俗事无巨细的描写，体现出了作者对于历史史实与地方志略的重视。与鲁迅所说的"只取一点因由，随意点染"的写法不同，而是以难以组织的"博考文献，言必有据"的写法来进行创作，作者始终以一种近乎迷恋的态度来描摹成都及附近乡镇以及这片土地上的人们，对于人物语言、服装、器具、饮食风俗等历史细节力图还原。"李劼人谈起自己的小说创作和翻译时曾说：'后来，看了《块肉余生述》，颇有启发，就想写回忆。回忆儿时我最不高兴的事就是上私塾、背生书，吃了不少的苦头。我就把这个回忆写成了一个短篇叫《儿时影》，以后又陆续写了五六个类似的

---

① 茅盾：《王统照的〈山雨〉》，《茅盾全集》第19卷，人民文学出版社，1991年，第557页。

② 同上，第558页。

③ 李劼人：《书信》，《李劼人全集》第10卷，四川文艺出版社，2011年，第39页。

短篇。' '看了辛亥革命后的新官场中许多怪事，又读了林琴南译的《旅行述异》，这部书对我影响很大，我就学习他的写法，把我所见的社会生活，写成一些短篇，总的篇名叫《盗志》，揭露官场黑暗。'李劼人的小说创作源头上主要是受晚清小说和林译小说的影响，这与其他现代作家们的创作历程存在明显差异。他的小说创作直到新文化运动发展后的数年内，仍然和现代文学发展的主流观念存在思想和技艺上的差距。"①对于世态人情的关注和精微描写，是在这种文学影响下生成的创作旨趣，乡土环境的细枝末节便由此进入了李劼人的创作之中，构成了《死水微澜》中包含历史风云变迁与平民爱恨情仇的天回镇。

　　而西方文学和法国留学经验的影响，又使李劼人受到了法国自然主义文学的滋养。与当时一众作家致力于启蒙乡土小说创作不同的是，作者在小说中的声音是不批判，不启蒙的，按照李劼人的话来说，是"绝不讥讽，亦绝不将现代思想强古人有之"。正是在这种创作态度中，蔡大嫂这样一个具有普遍性与穿透各个时代生活经验的女性形象才能在作者笔下活灵活现。蔡大嫂作为《死水微澜》中最为主要，也最为亮眼的人物形象，贯穿了整部小说的脉络。她的遭际与境遇，是"死水微澜"的最好佐证。人物性格及其形象的地方性，是四川乡土小说在地方性书写中的重要美学特征。把蔡大嫂置于故事发生的历史背景中，从宏观和微观两个层面详加考析，不难发现蔡大嫂的叛逆性格和大胆个性的形成和发展与"时代之势和地方之势"密切相关。历史中的无名氏，是历史真正的推动者与参与者，时势使某些人得到或失去权力，时势让某些人生活得好或不好。与一众传统牺牲品女性形象不同的是，蔡大嫂身上散发出的灵活强盛的生命力。这个人物形象贯穿了历史，从过去到现在，蔡大嫂之"活"，不仅活在作者的笔下，更是活在读者的身边。

　　与韩二奶奶的结交在蔡大嫂心中播下了向往成都的种子，尤其是对成都大户人家的妇女生活的向往，让蔡大嫂甚至宁愿嫁给一个老头子来换取自己想要的好生活。"在前看见妈妈等人，从早做到晚，还不免随时受点男子的气，以为当女人的命该如此，若要享福，除非当太太，至少当姨太太。"对城里太太的生活的向往，是她意识中兴起的"微澜"，是她对城市妇女的生活产生的偏执与追求。正是时代之颓势与袍哥社会之强势，构建了蔡大嫂敢冒封建礼教之大不韪，叛逆

① 　包中华：《论李劼人小说对晚清"现代性"的延续》，《中国现代文学研究丛刊》，2018年第9期，第128页。

不羁的性情的生存空间，得以任性拓展，其纵情欲海的放浪情怀甚至超过了罗歪嘴，在公共场所也不忌讳她与罗歪嘴的不伦私情。时代颓势自然是宏观之势，但袍哥坐大一方的强势却属地方政治生态。蔡大嫂的性格成长既得时代颓势之利，又借了地方袍哥强势之力，她正是在"颓势与借势"的地方空间中彰显其个性魅力和叛逆性格的。一旦其"势"发生变化，蔡大嫂的性格也会随之变化。当义和团溃败，列强打进京城，地方上西教势力逆转，教民强势之际，蔡大嫂的叛逆敢斗性格便遭遇重创，迅速萎缩。蔡大嫂的两次婚姻都出于实利主义，为了满足个人的欲望与要求，她能够精心算计，从而实现自己的目的。然而这并不意味着蔡大嫂是个无情而冷酷的人，她泼辣、重情，胆敢直面与官兵冲突而换得一身伤。她的这个行为是多重因素造成的，一是习惯于罗歪嘴长期的供奉和有权势有地位的生活，罗歪嘴的突然逃亡带来了巨大的失落与刺激；二是蔡兴顺作为自己的丈夫受到毒打；三是源自自身的不甘于人后和反叛的个性，让这个会说话会笑的聪明女人选择了不明智的反抗。但一次挨打，也让蔡大嫂从此前疯狂的情爱中"清醒"了过来，恢复弱势和容貌憔悴的她，在经过深思熟虑和各种对未来生活的考量与算计之后，雷厉风行地嫁给了顾天成。其理由如她所申述："放着一个大粮户，又是吃洋教的，有钱有势的人，为啥子不嫁？"换句话说，她仍然在寻找和把握"借势"的机会。现在"势"变了，转到仇人一方，为了一己一家利益，她甘愿嫁给仇人。势利之心完全大于男女之情。这出彩的结局充分彰显蔡大嫂形象的丰富复杂，而小说探勘人性的深刻性、复杂性也因此获得了一种历史的社会深度。蔡大嫂的丰富叛逆性格与晚清的改良思潮无关，是一种本能的人性在错综复杂的地方势力博弈的关系中，获得了成就自我的社会空间。正如论者所说："李劼人笔下的女性之所以有胆有识，敢作敢为，固然与当时的时代分不开……但同时也与人物生活的特定的地域紧密相关，正是四川特有的自然、地理环境以及由此限制，在历史的长河中形成的各种社会关系、风俗人情、生活规范给予了人物以潜移默化、熏陶感染，使得四川的女人大多泼辣顽强，敢于斗争。从四川这个特定的地域形成的人物气质和辛亥革命前后这一特定历史时代的人物的时代特点紧密结合，一方面展示出人物性格的地方色彩，另一方面透视出时代的动态。这是李劼人先生塑造人物的一个突出的特点。"①

---

① 胡永修：《李劼人"大河小说"的地方色彩》，《李劼人作品的思想与艺术》，中国文联出版公司，1989年，第158页。

清末甲午后时代"颓势"造成了王纲解纽、礼崩乐坏的社会氛围，使偏处西僻的天回镇在传统的宗法统治和正统的士绅权力上均遭到严重的削弱，以致袍哥势力崛起坐大，乃至一度称霸一方。后来时局动荡，列强势力入侵，教会逐渐强大，以至于形成了袍哥所代表的传统与教会所代表的外来势力的争斗与对立。"从书名就可以看出当时革命的进程"，"死水微澜"是后来正式掀起辛亥革命"大波"的前奏，普遍认为它象征着其时的中国社会。李劼人选择追根溯源，"从最早的时候写起"，将历史事件还原到生活场景中，具体到生活在过渡时期的人的身上，将大的时代背景转化为"肉眼可见"的表达。李劼人"写所闻，写所见，写身所经历"，从贴近生活的乡土小人物的故事出发，以小见大，从微观看宏观，反映出从甲午中日战争到辛亥革命这段时间的历史。李劼人的历史的洞察力以及文学的艺术创造力也正好体现在这一点上：将历史宏观叙事以一种细腻而敏锐的方式聚焦在了天回镇上平民的乡土生活上。将一个乡村横剖面精细地展现出来，而这横剖面是处于整个历史环境的整体之中的，所以对于宏大的历史有了更为精巧细致的反映角度，宏大的历史变迁于是融入乡土生活的日常状态之中，使乡土经验有机地嫁接到历史的链条之上，从而建构了乡土历史小说的叙事范型，使之完全区别于古典的历史传奇小说，这就是李劼人在小说文体上的独特创意。

文学史上，丁帆是第一个从乡土文学范畴中研究李劼人小说的学者。在《中国乡土小说史》中他说李劼人的"川味乡土小说富于独创性，在20世纪小说史上应占有一席重要的地位，但在很长时间里并没有得到应有的评价。这种受冷落的状况，至'文革'后才有所改变。"①稍有遗憾的是，丁著提出了李劼人乡土小说富于"独创性"，却没有分析和阐述其"独创性"。而在笔者看来，李劼人乡土小说的"独创性"正体现在开创了一种独特的乡土小说范式或称乡土小说类型，即乡土历史小说。李劼人从乡土出发，将讲述历史的视角投射在了小镇上人们的日常生活上，这是他在叙事技巧上的一个选择，从而催生了乡土历史小说这样一种范式，《死水微澜》就是这个范式的经典作品。

费孝通所言："中国社会的基层是乡土性的。"②李劼人所创造的这样一种乡土历史小说范式：从乡土微观的家族记忆到宏观的历史变革，以观看大历史背景

---

① 丁帆等：《中国乡土小说史》，北京大学出版社，2007年，第207页。
② 费孝通：《乡土中国·生育制度》，北京大学出版社，1998年，第6页。

下的小人物命运的视角来讲述故事，又从这个视角中，以小人物的悲欢离合反映出了整个时代的风云变幻。这种文体的影子可以延续到21世纪的乡土小说中，莫言、阎连科、韩少功、铁凝、阿来等作家都创作出了叙述乡土与历史的小说。例如莫言的《丰乳肥臀》中的母亲，是一个暗含着"苦难的大地"的形象，在这片大地上，受到的摧残与折磨所孕育出来的不同儿女对应着不同的"父亲"——势力与权威，而这些儿女又与不同的势力相结合，反带给母亲无穷无尽的痛苦，形态各异的力量之间的角逐围绕着家庭展开了叙述与展现。以乡土环境中的家族变故来看出历史环境的震动与变迁，乡土历史叙述的模式在这个层面上得到了延续。

正是因为李劼人小说的文学成就和艺术风格独树一帜，近些年来，他的文学地位越来越引人关注，其艺术影响力也越来越大。在诺贝尔文学奖评委马悦然看来，中国最符合诺贝尔文学奖标准的作家中，李劼人排名第二，次于鲁迅而排在沈从文之前。刘再复在一篇文章中也认为："李劼人、沈从文、张爱玲是诺贝尔文学家族中最合适的人选。"他还将新文学史的一批经典作品做了一个引人注目的比较："如果说《阿Q正传》《边城》《金锁记》《生死场》是最精彩的中篇的话，那么，李劼人的《死水微澜》应该是最精致、最完美的长篇了。也许以后的时间会证明，《死水微澜》的文学总价值完全超过《子夜》《骆驼祥子》《家》等……倘若让我设计中国现代小说史的框架，那么，我将把李劼人的《死水微澜》和《大波》作为最重要的一章。很奇怪，李劼人的成就一直未得到充分的评价，国内的小说史教科书相互因袭，复制性很强，思维老停留在一些鲁郭茅巴老曹的名字之上，而对李劼人则轻描淡写，完全没有认识到他的价值。"① 实际上，类似的质疑早在20世纪30年代后期就产生了。在《中国左拉之待望》一文中，郭沫若说："事情却有点奇怪。中国的文坛上，喊着写实主义，喊着大众文学，喊着大众语运动，喊着相当伟大的作品已经有好几年，像李劼人这样写实的大众文学家，用大众语写着相当伟大的作品的作家，却好像很受着一般的冷落。"他还更明确地说："前些年辰，上海有些朋友在悼叹'中国为什么没有伟大的作品'，我觉得这问题似乎可以消解了，似乎可以说，伟大的作品，中国已经是有了的。"② 从那时到现在，大半个世纪过去了。尽管研究李劼人作品的论

① 刘再复：《百年诺贝尔文学奖和中国作家的缺席》，引自《李劼人研究：2007》，巴蜀书社，2008年，第474页。
② 李劼人：《李劼人选集》第1卷，四川人民出版社，第6页。

文和文章，截至2018年，据知网统计已有420篇之多，相关专著也有9部，但李劼人作为乡土文学大师的地位和文学成就，应当说还是没有获得文学界的充分认同和全面评价。

二、被低估的原因：文学场域的权力关系

一代大师的文学价值在某个历史时期被低估的现象，在文学史上自然也不是吊诡之事。问题在于，李劼人的文学成就和地位被低估的根本原因究竟在哪里？

日本学者竹内实在《埋没的作家》一文中陈述了一个原因。他说：李劼人1936年发表《死水微澜》，那一年北京的老舍发表了《骆驼祥子》，萧军在上海发表了《第三代》，而李劼人"一直住在四川成都，离开了当时文坛的中心地上海，继续做着孤立的文学活动，这也是他为文学史家所忘掉的原因之一"[1]。竹内实的观点实际上指涉到新文学史上外省文学的身份认同的敏感问题。这是一个既敏感而又重要的问题，但在林林总总的文学史著作和文学批评实践中，这也是一个被遮蔽了的重要问题。被遮蔽并不意味着不存在，事实上外省文学由于在文学场的空间结构中所处的边缘位置，它的文学身份和地位需要文学中心来评价和认同，这里面实质上就隐含着文学的地缘政治学的问题。地缘政治学研究的是国家和地区之间的空间政治关系，借用这个概念也只是想阐明文学场域中边缘与中心的空间关系。因为文学的空间位置关系往往意味着文学的权力关系。四川省是中国西南地区的一个内陆省份。在崇山峻岭环绕的四川盆地写小说在中国的文学场域中意味着什么？这个翻山越岭的问题事必涉及文学的权力结构和文化身份。文学的外省身份和边缘地位一直以来都以不同的方式或隐或显地浮现着，有时候相当平静，有时候却又很尖锐，就像一阵阵挟带沙粒的朔风，时不时地刺痛着外省文学的神经。中国新文学史近百年的历史实践，中华人民共和国的成立，已然将文学的权力关系和文化资源做出了体制性的安排和结构性的规范——北京是文学的权力中心，不仅是文学生产的中心，还是文学评价的中心，是文学研究和文学批评的权力化中心。文学作品的评价标准和话语权通常掌控在以北京为中心的核心文学圈里。最重要的还有，文学生产和传播的大多数资源也主要集中在中心区域。在这个隐形的或者匿名的文学地缘政治学中，北京以外的文学获得的其实

[1]　［日］竹内实：《埋没的作家》，《李劼人研究：2007》，巴蜀书社，2008年，第460页。

只是一种外省文学的身份。如果说，在文学的权力场域中，确实存在权益资源分配不均衡的现象，那么，外省文学既处在权力结构的边缘地带，成为一种相对弱势的文学则不只是一个人文地理的文化现象，而且还是一种相当个体化的文学经验。外省作家的作品和文学成就，也就是外省文学的身份，时常是外省文学本身难以认定的，除非这样的认定得到了来自中心的文学权威的肯定和认同。如果没有来自中心的文学声音和文学发言，外省文学即便有了相当卓越的书写和表达，也可能会被大众传媒和文坛中心忽略，陷于一种失语和暧昧的境遇之中。东部和中部地区的外省文学由于在地缘上更接近文学中心，且经济发达交通快捷，人事往来相对方便，因而获得文学中心关切的机会相对多些。而地处偏远西部的外省文学，不啻就是边缘中的边缘，通常就有一种"山高路远"的隔世之感。

地微言轻，看来不只是世俗人生的道理，文坛的人生其实也没例外。李劼人先生的文学境遇或多或少就反映出外省文学的身份认同在地缘政治学上的一种尴尬状态。

在此，布尔迪厄的文学场理论①也可以为这个文学的地缘政治学问题提供一个有效的分析视角。所谓"文学场"是指文学领域内各种位置之间存在的客观关系的网络结构，也就是我们通常所说的"文坛"。文学场是一个开展文学游戏和竞争的空间场所，它的本质特征是对各种文学资源和文学权力的安排和分配。这种安排和分配作为一种体制结构又相应地决定了不同位置之间的权力关系。文学中心由于历史和文化的原因，特别是文学体制设计的原因，一直处在场域中的主导位置，占有绝对多数的文学资源，并且拥有主导性的话语权，用葛兰西的述语来说就是文学中心操控着文化的领导权，拥有制定文学评价标准的裁定权。亦如亨利·列斐伏尔说的那样："空间是政治性的、意识形态性的。它是一种完全充斥着意识形态的表现。空间的意识形态是存在的。为什么？因为这个似乎是均质性的空间，这个在它的客观性中，在它的纯粹的形式中，又显得似乎是由某个政治集团造成的空间，就像我们所观察到的那样，是一种社会的产物……空间，还有一些其他的东西，都是历史的产物。"②

因此，文学中心和文学边缘的关系从地缘政治学的角度来看，实际上是一种依附性关系或者说支配性关系。外省文学的最显而易见的依附性表现在，外省文

---

① ［法］布尔迪厄著，刘晖译：《艺术的法则》，中央编译出版社，2001年。
② 薛毅主编：《西方都市文化研究读本》第3卷，广西师范大学出版社，2008年，第53页。

学没有文学的终极话语权，外省文学的成就和经典，并不是由外省文学的自我认同来评估和认定，而必须依赖文学中心来颁发认可证书或荣誉奖励。文学中心在体制安排的历史实践中，已然成为文学成就和荣誉的权威性认证中心。一个作家的大师身份和作品的经典地位，也需要经由这个权威认证中心的确认后，才有可能进入文学史从而占有一席之地。李劼人先生作为外省文学的代表性作家，他作为一代大师的文学身份长期被低估和受冷落，就与文学中心的认同有直接的关系和影响。20世纪30年代的上海和北京是文学中心，主流文学是左翼文学和京派文学，而成都完全在文学场的边缘，是边缘中的边缘。李劼人的小说创作又同当时的左翼文学和其他著名的文学运动没有直接的团体和流派关系，《死水微澜》被边缘化或许就是一种历史命运。严家炎先生的《中国现代小说流派史》，是学术界第一部从流派史视角研究中国现代小说的代表性专著。在这部多次增订再版的文学史专著中，李劼人也只是作为受到"社会剖析派"影响的作家，因为后来重新改写《大波》略有提及，且一笔而过。至于李劼人经典乡土小说名著《死水微澜》在本书中则几乎付诸阙如。①

相反的例子是沙汀。他与那个时代的许多外省文学青年一样，在20世纪30年代初期就负笈远行去了上海。在上海期间，沙汀不仅加入左联，其小说作品还得到了鲁迅先生的称赞和推荐，也得到茅盾先生的关切和帮助，使他"克服了创作上的危机"，成为"社会剖析派"的重要成员。这就意味着他的文学身份已获得了当时文学中心的认同，所以他后来的代表作《代理县长》《在其香居茶馆里》和《淘金记》，尽管是在20世纪40年代蛰居四川家乡安县期间写成的，但仍然能够引发文学界的关注和重视，从而产生较大的社会影响。在《中国现代小说流派史》一书中，沙汀也是作为与茅盾、吴组缃齐名的重要作家，在"社会剖析派小说"一章中得到专门阐述。全书共有十五处论及沙汀其人其作，在四川籍作家中，沙汀仅次于郭沫若，超过巴金和艾芜（二人均为六处），排在第二位。

通常来说，文学经典是文学史叙事建构的结果。在文学经典的诸多传播途径和建构方式中，文学史已然是最具权威性的，是文学知识生产的最重要的社会机制。与此同时，由于国家意识形态机器的作用和影响，文学史的书写本身就不可能完全是文学性的，其叙事过程无疑渗透着"权力与知识"的复杂关系。"权

---

① 参见严家炎：《中国现代小说流派史》增订本，长江文艺出版社，2009年，第170页。

力是借助文学叙事的手段划分文化等级的。为什么文学史要分出'专章''专节'讲文学现象、思潮、流派、作家和作品？有的作家作品要给予丰富的篇幅，而有的作家作品仅仅是一笔带过？为什么在论述文学现象时，要设置不同的评价标准？划分出赞扬、贬低、一般表述、斥责等等大小不一的评价等级？显然，文学史的很多事实告诉我们，上述'划分'并不是历史上'本来'就有的，而是一种'文学叙事'的结果。文学叙事借助意识形态的力量（它有多种表现形态，例如社会势力、公众舆论、文化力量、报纸杂志等等），动摇、瓦解了当时文学的自然秩序，运用'重新排序'的手段来重新'构建'文学的场景，把自己'不受约束'而'观察的效果'灌输给读者，试图在读者的阅读中建立另一种'文学记忆'，让后者感觉这正是自己所'经历'的现实。"[1] 所以，文学史特别是20世纪80年代以前的传统文学史，从某种意义上看不啻是知识和权力共谋的叙事结果，"表面上看，文学史是时代背景、流派、作家和作品等现象的纯客观的陈述，它是要向读者讲述一个文学史发生与发展的历史；但实际上，它是借助对这些材料和资源的重新整合，也就是说是借助'重新叙述'来实现自己文学叙事的合理性的"[2]。权力对"文学记忆"的重新叙述意味着改写和规训文学历史的本真性。在这一过程中，权力重建文学记忆的叙事法则是权力与文学的亲疏关系，而不是文学自身的审美原则。那些远离权力中心的边缘文学，往往只能位列文学史的边缘地带，甚至还有可能被排斥在文学史外。夏志清的《中国现代小说史》之所以在20世纪80年代后的中国知识界产生深广的学术影响，引发国内文学界"重写文学史"的大讨论，并不是这部已成经典的现代文学史真的"无懈可击"，而正是因为它以还原历史的叙述姿态，"重新叙述"了被传统文学史排斥在外的一些现代文学大师，诸如张爱玲、沈从文和钱锺书等人。即便如此，在这部影响重大的《中国现代小说史》中，也仍不见有李劼人的踪影。许多年后，夏志清在同大陆学者的会谈中承认没有关于李劼人等人的评价是此书的一个重大缺憾，其原因是写作此书时有关资料的阙如。2004年3月，夏志清在纽约家中会见大陆学者时专门谈到了《中国现代小说史》的缺失："最大的遗憾就是几个优秀的作家没有讲，比如李劼人，比如萧红，都没有好好讲。这是全书缺失的方面。我当时一无所凭，什么资料都没有，完全是白手起家啊。"

[1] 程光炜：《知识·权力·文学史》，《中州学刊》，2005年第1期。
[2] 同上。

20世纪40年代，李劼人已完成了他的四部著名的长篇小说，发表的小说作品共计两百多万字，另有包括《包法利夫人》在内的译著六百万字。从常理来推论，20世纪60年代前后的美国大学图书馆应当藏有李劼人的重要作品。夏志清先生当时找不到相关资料应有两种可能，一是他查阅的图书馆，比如哥伦比亚大学图书馆确无李劼人的相关资料；另一种可能是夏先生本人在当时也并没有关注到李劼人的文学成就。事实上在1978年《中国现代小说史》的"中译本序"和1999年的"大陆版新序"中，夏志清都谈到了一些应当列入本书的重要作家，但仍然没有提到李劼人的名字。

无论是哪一种可能，它都足以表明李劼人作品在国内外遭遇的历史性冷落。这样的历史性遭遇，或多或少也是文学地缘政治学的一种表征。除去童年时期随父在江西生活过几年、1919年去法国留学四年外，李劼人一生基本上是在故乡成都度过的。尽管成都是西南重镇，但在历史上仍属于远离政治和文学中心的边僻之地。更值得注意的是，李劼人终其一生，都没有参加过文学史上那些声势显赫、影响很大的文学社团，如文学研究会、创造社、太阳社和左联等，也就是说，他从来没有进入到文学的权力中心和核心圈内，他与文学的权力中心始终保持着相对疏远的文化关系。他在抗战期间虽被选为"文协成都分会"的理事长，但"文协成都分会"说到底还是一个地域性的文学社团，其成员的活动范围也大都局限于国统区内的成都一地。因此，李劼人的文学创作基本上是孤独的个人化实践，其文学身份更多的是自我认同或个体认同，而非集体认同和社会认同。他的文学影响也就无法借助于流派和社团的群体方式和运动效应，经大众传媒的及时传播而得以凸显和扩张。因其如此，严家炎先生在《中国现代小说流派史》一书中，就只能勉强地将他列为受"社会剖析派"影响的作家。"社会剖析派"同文学研究会与左联都有些历史渊源，但李劼人并不是其中的成员。从创作方法上看，李劼人承传了法国自然主义和写实主义的文学知识谱系，但创作方法与他相近的文学研究会，恐怕也并不会把他视为文学同路人。这就难怪郭沫若在20世纪30年代要质疑那些高喊写实主义和大众文学的社团冷落了李劼人。1924年李劼人从法国回到成都后的几年中，写出了一些优秀的中短篇小说作品。后来茅盾将其中的一篇《编辑室的风波》收入《中国新文学大系·小说一集》。而杨义则认为，《编辑室的风波》并不是李劼人前期水平最好的小说，当时最好的作品应当是乡土小说《好人家》和《棒的故事》。好作品未能入选的原因，大概因为《编辑部的风波》是在文学研究会的刊物《文学周报》上发表的。所以，杨义切中肯綮地说"李劼人作为白话小说早行者的文学影响，是曾经受过相当程度的地域限制的"①。

近些年来，李劼人的文学成就和地位虽然越来越引人关注。但仔细分析可以发现，那些关注者大多是欧美日等国的汉学家，刘再复也只能算是海外人士，也不在中国的文学中心。因此，他们的关注和认同仍然是一种来自边缘的声音和评价，而非文学中心的认可。杨义先生虽然在《中国现代小说史》中以一定的篇幅分析了四川乡土文学和李劼人的文学成就，尽管他身处文学中心，但他的认同应当只是个人化的学术观点，而不是来自文学中心的体制性认同。如果历史在学术讨论中可以假设，假设李劼人早在20世纪二三十年代就像郭沫若、巴金或沙汀一样去了上海或北京，参加到某个著名文学社团的文学与社会活动之中；或者在20世纪40年代去了陕北，投身革命文学，而不是一直留在作为外省的偏远成都，也许中国新文学史上的"鲁郭茅巴老曹"的大师排名中，就有李劼人的席位了。所以，李劼人先生大师地位被低估，从一定程度上，确实反映出中国文学场域中空间关系和权力关系的一种同构对应关系。显然，这是一种不很平等的文学关系。唯其如此，在重写文学史的实践过程中，外省文学的身份和地位应当得到改写或者重写，至少，在今后的文学史书写中，文学的地缘政治学问题应当作为一个学术课题得到应有的研究和重视。

当然，低估大师的文学现象，无疑还包含着许多复杂的文化和历史原因。就以李劼人来说，他骨子里就是一个受五四新文化影响的知识分子和文人化的作家，他的思想倾向和美学理念与审美意识形态中心还有一定的距离。然而，无论如何，地缘政治也是其中一个重要的原因。由于文学的地缘政治是历史地形成和建构的，意图予以矫正乃至解构也就非一日之功。唯其如此，外省文学在重铸自身文学精神和品质的审美实践中，除了不懈地呵护和开发本土文化资源、提升文学的想象力和叙事能力外，外省的文学批评无疑应有一种美学使命和文化担当——实事求是地发现和评介本土本省的优秀作家和作品，壮大和提高外省文学批评的声音，使外省文学的形象和声音在当下的文学场域中获得一个恰如其分的文学位置和一席之地。

---

① 杨义：《杨义文存·第二卷·中国现代小说史（中）》，人民出版社，1998年，第441页。

第七章　克非：探索不倦的乡土小说作家

　　克非是共和国培养的四川第一代乡土作家。在四川当代文学中，克非漫长的五十年创作经历和数百万字的乡土作品，有极大的代表性，堪谓典型环境中的"典型意义"。他长达七十万字的乡土小说《春潮急》在"文化大革命"时期出版，尽管争议甚众，却是四川当代乡土文学前三十年唯一的长篇小说。在四川当代乡土文学史上，克非的乡土创作及其作品是极具历史反思价值的，就像一种文学镜像，投射出时代变迁与文学流变的错综关系，因而是四川当代文学研究难以绕开的文学史事。尽管他后来主要从事《红楼梦》研究并取得了不俗的成绩，我们还是不能遗忘他曾经在乡土小说领域做出的实绩和经验教训。从他1955年发表第一篇小说开始，其乡土小说创作持续了将近五十年的时间。翻阅其作品，我们能够发现，他始终坚持书写他熟知的川西北乡土，坚持着现实主义的创作原则，探索着文学为时代、为社会服务的实践道路。几十年来，甚至"文化大革命"时期，他都没有中断过创作，在现实主义乡土小说创作的道路上，他进行了长时间的探索，并取得了显著的成绩，这是难能可贵的，也是非常具有研究意义与价值的。

　　克非作品的风格并不是天然形成的，他在现实主义乡土小说的创作道路上经历了艰苦的探索。克非早期作品虽然以熟悉的乡土生活作为写作原型，但毕竟因为不够成熟，对现实主义创作方法认识不够深入，思想上还存在着不足之处，一些作品中也有不符合"真实性"原则的症候。但作者始终如一地尝试和坚持践行现实主义的叙事原则，这一点是毋庸置疑的。他的作品力求最大限度地展现生活本来的面目，细致、逼真地反映生活，生活的具体性和艺术的客观性都比较到位，在素材的积累、人物的孕育、题材的形成、主题的开掘上都努力站在一定的历史高度上来进行，力求真实和深刻。但由于对当时意识形态主流文学的接纳，他的小说在当代文学前三十年间，其创作效果与他的美学追求是有距离，甚至是悖论的。20世纪80年代后期，随着他对时代变革和社会转型的深入理解，他最终找到了属于自我的、有主体精神的现实主义创作个性。

一、"十七年"时期：乡土小说创作的初期探索

（一）生活经历与艺术爱好

克非的少年时代是在四川眉山一个普通的农村里度过的，据他本人回忆，当时他的故乡十分闭塞，甚至直到上了中学进了县城才知道自己老家附近的三苏场是大文豪苏东坡的故乡。由于偏僻闭塞，许多传统的东西便保持得比较完整：法事、唱戏媚神、讲评书使得作家的童年生活充满了趣味，也激发了他对于文学艺术的爱好和热情。据他回忆，做法事里："其间'蹿九州'一场最为精彩，地上摊开几张草席，代表九州大地，'端公'用锅烟抹面，手持带响环的司刀，一边踩着锣鼓节奏，在上面跳来跳去，一边极富韵味地尖声高唱，颂扬坛神法力无边，说他如何骑着高头大马在各地欢快游荡，一会儿上昆仑会见西王母，一会儿下东海去赴龙王的宴。在那神秘而热烈的气氛中，我总感到心迷意醉：这里既有音乐，又有舞蹈，还有唱歌，又叙述故事，可以说是我最初受到的文学艺术教育。"① 他小时候很喜欢听故事，也听了许多神秘的故事，常常很振奋，便给附近庙宇里牛鬼蛇神们各自编了经历故事，对其想象力起了很好的开发作用。稍大一点时，他便啃读了《济公传》《聊斋》《红楼梦》等传统经典文学作品，在相对困难的条件下吸收了较好的知识营养，还影响了他的创作习惯。据他讲述，从文学创作伊始直至现在，一听到川剧就会莫名地产生创作的冲动，也许并不是想到要写什么，只是想要投入到创作之中去，这便是早年的生活经历在克非脑海中形成的习惯性反射。另外，他自己觉得正是因为生长在偏僻闭塞的地方，使得他后来见了外面的世界便有强烈的新鲜感，各种冲击反差使其慢慢养成了一种对事物的好奇心，每到新的环境，遇到新事物，便会不自觉地与已有的储备作比较，

① 上海社会科学院文学研究所编：《中国作家自述》，上海教育出版社，1998年，第77页。

同时将其储存再经过时间发酵吸收。

1950年克非进入西南革命大学成都分校，毕业后分配在川西北的安县，后调入绵阳，长期从事农村基层群众工作，并一直在农村生活。农村生活对克非的创作有很大的影响，几乎他所有的作品都是书写的川西北农村，这为他的创作积累了丰富的生活素材，甚至他的创作情绪都会受到特殊的农村味道的影响。像听到川剧一样，每当闻到蚕豆花的味道和水稻快要成熟之时茎秆上和叶子上发出的香味，他也会产生创作冲动。他对乡村农民的喜爱之情，使他多次放弃城里优越的生活条件回到乡下生活，他与农民的亲密关系，使他作品里的乡村特别真实，人物亦特别亲切，他一直坚持关注他们，这也是克非走上现实主义乡土小说创作的重要因素。

另外，克非特别强调文艺作品的情感独特性。他认为小说不能机械地反映生活，而必须要有作者的感情。作者自己的东西，不能自己说出来，而是通过作品自己展示出来。作品要写出作家的个性来，要写出只有作家自己才能写得出来，而别人模仿不来的东西。还要有深层次的意义，一部好作品应该是有深度的，要有多层次的阅读感受和复杂的韵味，那种一目了然的作品是失败的。而且深层次的意义是不断发现的，第一遍发现了一些东西的意义，再做第二遍，又觉得不同，反复多次，就会得到只属于自己的独特理解，写出独特的作品。而且作者和读者之间是应该有交流的，作者创作就是要引起读者强烈的反应，要么赞成，要么反对。由此，我们可以看出克非的这些生活经历与艺术偏好也预示了他对现实主义乡土小说的选择是具有必然性的。

（二）鲁迅、沙汀及俄法文学的影响与时代审美要求

一个优秀的作家，当其从独特的个人经历、艺术素养和生活经验出发，探索形象地认识和把握现实的创作原则和艺术手段时，总是离不开一定的社会环境和时代的审美要求对他的思想和创作的影响。

克非曾在悼念沙汀的一篇文章里说过："倘如当初不读到沙老的作品，我这生不会想到提起笔来写小说，就算写小说，也不可能走上文坛，这是我肺腑之言，更是事实。"[1]他一直将沙汀视为四川文学的一代宗师，认为无论其文章还

---

[1]　克非：《难忘沙老对我的教导和关怀》，《四川文学》，1993年第3期。

是人品，都是无可争辩的典范。克非是分配到绵阳安县工作以后，先接触到其故乡之后才开始了解沙汀其文，并最后结识了这位对其影响深远的作家的。克非在初读沙老的《淘金记》及部分其他短篇之后，便对其作品中的安县人、事、自然风光、风土人情的真实描写相当钦佩与喜爱。据作者回忆，当时身边许多人都淘过金，而《还乡记》中打竹筒的山民，不论是语言、生活方式，还是思想情绪，都和现实中的人物非常相似，甚至经常弄不清自己在读小说还是在真实地和那些农民交往。这给了克非极大的感染与震撼，便萌生了创作小说的欲望。

由于克非是从通讯员写新闻稿开始文学相关活动的，一开始文学功底不够深厚，不知道该怎样用文艺形式来表达自己的感受。当时他发表了一篇文章，但觉得完全没能表达出真实事件带给自己的那种感动，便在《西南文艺》召开通讯员代表会议，事先发信了解通讯员文艺创作的困难与问题之时，把自己的苦恼反映了上去。未曾想此问题被沙汀注意到了，并做出了解答："他说，有事件，有感受，就是构思不起来，你该琢磨人物，给它设计一家人嘛！写一家人在水源变化上的遭遇，不就好了么？我听后心里忽然开朗，虽然那阵我还不懂小说需要些人这个道理。"①这对克非以后的创作产生了很深的影响，用作者自己的话说便是"受用不尽"，"直到现在，构思小说，没有阻碍，难乎为继时，便习惯地回想沙老那次的谈话，就去细想人物，深层次地发掘人物的性格，研究他们之间的关系、纠葛、冲突，如此捉摸一阵，往往收到奇效"②。而后来省作协的老带新活动，更是使克非直接成为沙汀的弟子，在以后克非的文学创作，包括作品出版上，沙汀都是操了很多心，给了很多关怀、帮助和鼓励的。

中国现代文学的现实主义传统以及乡土小说的产生都是绕不开鲁迅的。同样，克非对鲁迅极为崇拜，并从其作品中汲取营养。克非的乡土小说走上现实主义的道路，可以说与鲁迅强调作家要熟悉生活，深切、真实地在现实中选材的原则，以及鲁迅作品中那种对社会现实的深刻揭露是分不开关系的。尤其是鲁迅作品中人物的塑造，克非认为鲁迅对笔下的人物都是充满感情的，都是饱含了自己的血泪爱恨的，特别感染人。还有就是鲁迅作品的深度和容量，是其一直仰视的，比如阿Q性格的国民性和超时代性。克非还说过自己以前对祥林嫂、闰土这些人物不是很理解，直到后来自己有了丰富的农村生活经历以及对农民有了一定的

---

① 克非：《难忘沙老对我的教导和关怀》，《四川文学》，1993年，第3期。
② 克非：《难忘沙老对我的教导和关怀》，《四川文学》，1993年，第3期。

理解，才更加感觉到鲁迅的伟大，自己慢慢模仿着鲁迅的一些写作方法。

同多数优秀作家一样，克非的小说创作也离不开对中外文学的继承。除了传统文学和对中国现代文学营养的吸收，克非还尽一切可能地涉猎了许多外国优秀作品，尤其是当时流行的法国、俄国作品。他尤其喜欢巴尔扎克对人物性格的拿捏，细致深刻，看似冷静的描写却又有很深沉的揭露和批判；而雨果那种虚拟的真实对他的启示也很大；契诃夫、莫泊桑等现实主义大师作品的真实性、语言的机智幽默也是他时常揣摩的；普希金作品在环境与人物的关系之中用简洁的笔触突出人物性格的特点也是他在作品中努力去尝试的。

现实主义是五四以来中国文学的主流传统，适合反映中国不断变化的广阔复杂的现实，"十七年"文学延续了这一文学传统并融入了新中国的时代诉求，所以现实主义仍是当时乡土文学重要的创作方法。克非开始文学活动的20世纪50年代中期，是中华人民共和国成立后社会主义革命和建设的重要时期，三大改造进行得如火如荼，尤其是农业合作化运动，人民的革命和建设热情高涨，人们迫切希望改变贫穷落后的局面，农村各种新旧力量情况复杂多样。在这样的情况下，社会主义现实主义创作方法是当时最好的艺术选择。因此，作为共和国培养的新一代乡土作家，克非选择以赵树理为代表的革命现实主义作为其创作方法也是有时代必然性的。

（三）中篇小说《阴谋》的尝试

克非发表于1955年的中篇小说《阴谋》是他真正意义上文学创作的开始。《阴谋》最初发表在《西南文艺》，这篇小说在发表之后得到了很大的关注，后来又出过几次单行本。可以说这是一次成功的尝试，他的现实主义乡土小说风格在这篇作品中初露端倪。

小说《阴谋》讲述了一个发生在农业合作化运动初期地富反坏分子企图破坏农业合作社的故事。与地主白面狐相勾结隐藏在农业合作社里的孙行五是一个手里系着人命的潜逃罪犯，他凭借着善于伪装的本事在农业社里站住了脚跟，得到了社长刘杏成的赏识，企图伺机破坏星光农业社这面合作化运动的"旗帜"，但最后被识破并被抓捕归案。作者试图用这个例子来表明农业合作化道路上存在的阶级斗争和种种阻碍，尤其是以白面狐、孙行五为代表的地富反坏分子，害怕农民团结起来发展生产以后，他们将失去剥削的对象，因此企图实施种种阴谋来搞破坏。这篇小说反映了当时发展农业社遭到的破坏和艰难，写出了人们对于合作社的维护，以及一些干部作风的问题，都有一定的现实意义。但这篇处女作无疑烙印着当时政治对文学的规范痕迹。

换个角度看，这篇作品对于社长刘杏成这个形象的塑造，也体现出了作家对人物复杂性格的一种比较到位的理解。刘杏成是打过土匪、负过伤、立过功的省劳模，是星光农业社的社长，"原先是一个谨慎、谦虚的人，可是变得愈来愈主观、骄傲了，在扩社的时候竟达到盛气凌人的地步了"[①]。他不顾广大社员的意见，执意想用自己中意的孙行五替换尽职尽责有经验的张进忠，并非真的是考虑农业社的切实利益，而是他的官本位思想作祟，想要处处显示自己的权威，对任何忤逆他的行为都不能容忍。一个曾经十分优秀的人，现在"每天背着合作社已取得的成绩、上级对他的表扬，喜欢到处作报告，喜欢在社里用个人名义决定重大事情，喜欢用粗暴的声音呵斥犯了点小毛病的社员"[②]。这个人物身上存在的问题及其警示作用具有现实的意义。当然，这篇作品在人物塑造的问题上，还存在着弊病，许多人物都谈不上成功，像忠厚老实的张进忠老汉、智慧公正的支书王明、狡猾奸诈的地主白面狐、心狠手辣的杀人犯孙行五等人物，都是典型的好人、坏人模型。好人便是全无缺点，坏人则是一无是处，甚至连带着情节安排都显出牵强。这样简单化的人物塑造使人物失去了生命力，不够鲜活与真实。但我们还是可以看到作者在具体表现这些性格的时候，不论具体情景的营造还是语言的安排，在细节上都是很具体的，且符合人物身份和性格特点。这与作家长期的农村生活经验，对人物十分熟悉是分不开的，只是刚投入创作的作家在思想的深度上和写作技巧的把握上还不够深入和完善。自然，有些创作症候也是那个时代文学实践所面对的共同问题。

另一方面，这部小说体现出川西北农村的地方色彩。通过对川西北特有的风景物事、地理环境和语言的描写，作品渗透出浓厚的乡土气息。什么"鬼火""脑壳""哥子""龟儿子"等四川特有的方言以及白脸狐、娃娃鱼、豹壳子等川西北山区风物；山上山下耕种不同时也是川北山区特有的生产方式；房屋附近种竹林也是四川农村独特的建筑审美要求……

这篇小说纵有诸多不足，但它依然立足于现实生活，也真实地反映了当时的

① 克非：《阴谋》，新文艺出版社，1955年，第8页。
② 克非：《阴谋》，新文艺出版社，1955年，第10页。

一些乡村问题，具有一定的历史价值。小说的乡土地域特色亦赋予其独特的审美价值。它既是作者文学创作的开始，也奠定了作者现实主义乡土小说创作的某种历史基调。

（四）现实主义创作道路的曲折探索

《阴谋》之后，克非围绕农业合作化题材与"大跃进"又创作了多部短篇小说，这些作品的主旨和立意都在歌颂。像《沸腾的除夕》描写了在除夕这一天，十里八乡的人们都顾不上过节，自发地团结在一起挖水库，展现了人们建设事业、发展生产沸腾的热情；《老周》歌颂了公社基层干部兢兢业业、吃苦耐劳的精神以及公社团结和谐的氛围，对"大跃进"运动发动农民、快速发展生产充满了期待；而《看碾磨房的人》则赞扬了公社社员大公无私、舍己为人的精神，等等。这类"颂歌体"式的农村题材小说，其内容并不完全符合当时乡村的客观现实，存在着明显的为完成政治任务的创作倾向。这有主观认识的原因，也有意识形态对文学创作进行规范的历史原因。

1958年的"大跃进"违背了经济发展的客观规律，社会主义建设遭到严重挫折。在文艺领域内，"左倾"路线发展严重。由于对"革命的现实主义与革命的浪漫主义相结合"的创作方法的强调及其对"革命浪漫主义"的误读，助长了脱离现实，回避生活矛盾的"理想化"倾向。1962年党的八届十中全会以后，随着政治上夸大社会主义时期的阶级斗争，混淆两类不同性质的矛盾，文艺上也出现了"千万不要忘记阶级斗争"口号下图解"阶级斗争"的公式主义创作倾向。在这种情况下，作家的创作由于种种原因，用革命概念图解现实生活，回避现实危机，当然就会损害作品反映生活本质的真实性。

这时候，克非的乡土创作也明显地受到现实生活和文艺"左倾"路线的干扰，回避了当时现实生活中存在的尖锐问题，与现实生活脱离而损害了作品的真实性。克非反映"大跃进"生活的一些作品，如《沸腾的除夕》《看碾磨房的人》《老周》等虽然在英雄人物的刻画上较之过去的作品更深一层地描写了他们的精神世界，还注意了以大运动、大斗争作为背景，在日常生活中通过人物的行动熟练而巧妙地刻画人物，而且在取材、布局、描写人物、安排环境等艺术技巧方面也较前更为圆熟洗练，但是，因为避开了这个时期农村生活的现实矛盾，没有能够反映出"大跃进"违背客观经济规律在事实上造成的现实后果，这样，便在生活的概括和形象内容上造成了缺陷，英雄人物的塑造便缺乏令人信服的现实根据，以至于大大削弱了这些作品真实感人的力量。但是，尽管这些作品在形象的内涵上有着这样那样的缺点，我们还是应该看到，他们毕竟从一个侧面表现了农村基层干部和群众要改变我国一穷二白面貌的愿望、热情和决心。当时一些干部和积极分子虽然置身"左倾"路线的潮流中，但由于他们受党的优良传统的教育，因而在他们身上仍然表现出一些值得肯定的思想和行为。如《沸腾的除夕》虽然图解过"左"的口号和政策的倾向较为明显，但在人物刻画、谋篇布局等方面也有长处。而且它表现了1958年"大跃进"前夕，农业社会主义改造完成以后农民群众发展生产力、从事社会主义建设的高度积极性。从中还表明，在当时农村的发展形势下，如果遵循经济发展的客观规律，对农民在农业合作化运动中激发出来的奋发精神正确引导，而不像"大跃进"那样急躁冒进，就有可能更快更好地改变农村的落后面貌，将农村社会主义事业向前推进。

总之，文学创作中的这些问题不是克非个人的问题，而是那个时代的文化症候，是社会变革中遭遇的艰难曲折。因此，从当时的历史背景和社会思潮中去找原因是十分必要的，但在分析作家个体主观原因时，有一点也是必须注意的，就是不要把这种问题的存在归咎于作家对政治的关心和以文艺作品为政治服务的努力上。从作家主观方面看，这是他们在复杂的现实环境中个体政治判断力受时代限制和规训的结果。而这个问题的解决，并不是要让作家脱离政治或离开政治，而是要求作家通过提高自己的思想文化水平，更深刻地理解政治、经济、社会错综复杂的情况，勇于正视现实，尊重文学规律，以更加深刻的政治理想来反映和表现生活。

二、"文化大革命"时期：《春潮急》对现实主义的另类坚持

1974年出版的《春潮急》是克非的成名之作，从1956年开始动笔，直到1959年才完稿，并于1965年在上海专门进行了一次长达一年的修改，后来却因"文革"而搁浅出版，直到1974年后才得以问世，却又是做了另外的改变之后了。不可否认，小说有时代的局限性乃至特殊历史时期的政治色彩，但不可因此完全否定这部小说的具有的文学意义。小说当年首印二十万册，不到一天便被售空，许多人不惜重金，甚至用当时很珍贵的肉票去换，后来小说被国内多家出版社再版，前后总共达到了六百万册。即使在今天看来，这也是一个巨大的数量。

《春潮急》的创作和出版经历了一段漫长而又复杂的过程，在漫长的历史过程中也遭受过许多非议。但是，细读之下，可以体味到这部作品并非如同时期的《金光大道》那样，是图解既定政策的概念化写作，而是比较贴近生活的，多少可以填补"文革"时期文学里的一些空白，也是"十七年"文学和新时期文学之间具有特殊意义的一个桥梁。

（一）《春潮急》的乡土地域特色

首先，作品带有浓郁的乡土气息，充满了乡土人情味，读这本书，让人了解一个真实的四川西北乡村。故事发生的梨花村是具有川西北特色的一个小山村，小说描写了大量的川西北乡村日常的民间生活，具有浓厚的地方色彩与地域风情，这些绝不是浮光掠影式的介绍和走马观花的旅行能够提供的感受与体验。

> 三角形的梨儿园，早呈现出了她固有的、秀丽明媚的色调：化了霜凌的庄稼枝叶，水湿淋淋的，仿佛刚经过春雨洗濯了一般，绿得耀眼；本来就极少的尘埃，全叫昨夜霜露带到地上了，潮湿的空气，分外清新宜人；小巧的椿果儿、长尾巴的蛇鸦雀、喜欢乱叫的黑八儿，成群结队，三三两两，对对双双，不断从九顶山密林里，飞到坝上来，开始它们一天的营生。这时间，五彩斑斓的锦鸡，也不落后，从老林里窜了出来，像笨拙的家鸡那样，咯咯咯地叫着。不过它们毕竟太胆怯，活动范围只限于山边上一些密浓的刺笆笼，而一旦发觉有什么异样响动，便立即惊惶地逃掉了。美丽的梨儿园！妙笔难画的梨儿园。①

以上这段关于梨儿园风光的描写淋漓地展现了川西北农村的面貌与山色风光，也体现出了作者对这片土地的深情喜爱。小说描写了川西北农民的生存环境，从作品里可以了解到，生活在大山深处的川西北农民赖以生存的土地是山林间形成的一块块坝子；生产的水源是雨季山里的降水，提前蓄水是农业生产必做的工作；大山提供了人们需要的诸多资源，砍伐柴草卖了换粪肥是条件使然。小说还展现了丰富的动物资源，有摸到村民家寻食的金钱豹，有美丽珍稀的锦鸡，

---

① 克非：《春潮急》，上海人民出版社，1974年，第107页。

还有用来象征阴险的阶级敌人鬼祟地游荡在山沟溪谷里的娃娃鱼，等等。这些独具特色的地域描写还提升了小说的神奇性与趣味性。

在作品中克非对他非常熟悉的川西北农村人物与生活也做了生动的描写。如写富裕中农张福林十分节省，即使是女儿十多年前打坏的碟子，也要找人补好了继续用。他觉得与一群穷人一起参加农业社会吃亏，任谁劝都不能改变他的态度，哪怕女儿和老婆都与他闹。而在女儿与他吵架住到别人家里，老婆孩子也回了娘家之后，他自己孤家寡人，冷冷清清，里里外外乱作一团不知如何是好，这一系列的日常生活细节，都很形象真实。而写泼妇"泡海椒"只用她平时偷人菜园里的葱蒜，宰烹人家跑到她家的家禽，最后还装个"蒙昧不知天"这一细节，寥寥数笔便极为传神地展现出了这个蛮不讲理、爱占小便宜的农村妇女形象。无论是喝刺梨子烧的香茶、烤食"冻粑"的生活习俗，还是农业、副业的生产经营（如修渠整田、进山烧炭、伐竹造纸、割藤沤肥等），还有各种幽默生动的四川方言、俚语俗话，都使作品呈现出浓郁的川西北地域特色，作者将其清晰地呈现在读者面前，使人印象深刻。作者丰富的生活积累，以及善于对生活"库存"的利用，使他能把当地地理的、历史的、经济的各种因素倾注于作品形象之中，展现着自己独特的认识与思考。

一直以来，方言土语是准确表达地方经验和特色的文学利器，《春潮急》中川西北方言土语的运用不仅使得作品烙上四川印记，而且在当时特殊的政治与文学环境下，对于作品的面世与留存以及关于文学艺术性与政治意识形态的平衡也是很有意义的。例如，书中蚱蜢老汉与另外一个牛贩子较劲的对话：

> 蚱蜢老汉说："问问也一样，内行凭货看。"
>
> 垮皮帽答道："内行说行话，外行出诳言。"
>
> 蚱蜢老汉说："教会的麻雀唱不圆，按倒的鸡婆不下蛋。既然你硬要俏盘儿，那就另拜喜神！"
>
> 垮皮帽说："相打一篷风，有事各西东。请吧！"[①]

从这段对话中，读者可领略《春潮急》方言的精妙，虽不能与禅宗的锋锐、

---

① 克非：《春潮急》，上海人民出版社，1974年，第905页。

匪语暗号的气势神秘相提并论，但其中自有一种民间的智慧。除此之外，像"冲天壳子"等地道的川西北农村口语，使得小说非常真实亲切，贴近生活。而诸多的俚语俗话，什么"误了一季春，十年扯不伸""嘴儿蜜蜜甜，心头揣把锯锯镰""长猪短马秤砣牛，发家发财不用愁""豆腐多了一包水，话说多了无人信""庄稼不用爹和娘，功夫到了自然强""篾缠三遍紧，话说三遍稳"，等等，不仅言简意赅、充分体现了人们的智慧和卓越的语言艺术，而且全都与当时当地农业生产息息相关。所以《春潮急》不仅在保存乡土地方语言的丰富性与语言的发展上具有意义，而且还具有文化人类学和文献学方面的参考价值。而像"见猪不整三分罪，见肉不吃罪三分""人无心术代代穷，肉到嘴边变骨头""不是情长不送礼，不是熟人不招呼""酒肉做媒，十搞九成"等俗语则可看出当时人们的生活水平以及人际交往的一些习俗。这些语言都非常生动活泼，有浓郁的地方特色与生活气息。

（二）《春潮急》对现实主义创作方法的某种坚持

其次，《春潮急》的创作基于丰富的生活实践，而且经过了作者长期的思想积淀和艺术淬炼，是作者力求最大限度反映现实的诚心之作。《春潮急》是以作者1954年初在安县黄土镇盐井村抓合作社试点工作中遇到的一些难题为真实背景来创作的，具有很强的现实性。

克非长期生活在农村，做的又是乡镇基层工作，深知农村的各种矛盾与各种问题，而在他的创作中也并没有回避这些问题。例如当年的统购粮食政策其实是带来了不少的问题的。作者丰富的乡村经验使他意识到，真正能够引发农村变革的是粮食问题。农民的一切问题都是粮食问题。这一认识在后来的许多小说家那里得到了一次次强调与表现，克非也深知这一点。因此，在小说中农业社成立的前后，都是有关粮食问题的书写，粮食成为李春山等别有用心的人加以利用的最基本撒手锏。一场场闹粮风波，绝不是空穴来风，亦不仅仅是作者闭门造车虚构的故事情节，而是折射出了当时农村实实在在的问题。小说通过相关情节描写，包括一些富农、中农等的宣泄，可以看出，当年粮食统销统购政策给农民带来的一些生活危机与负面影响。这也使小说无意中为认识当年的农村社会留下一个真实重要的活标本。

相较于同时期的农村小说，特别是与《金光大道》相比，《春潮急》的创作，即使在经过了许多修改之后，还是存在许多与"文革"文学要求相悖的成分，这也是作者对现实主义创作原则坚守的结果。例如，其中的反面人物，不论李春山多么卑鄙，徐锅巴胡多么诡计多端，而加钢黄鳝又是多么霸道无理，以及鸭公鸭婆等人又是多么势利无耻，无论作者以怎样的笔墨来刻画了他们人格的丑陋，但仍然是有底线的，写李春山和徐锅巴胡搞了一系列破坏，但从来没有杀人灭口的极端事件。相比浩然在《艳阳天》《金光大道》里对阶级敌人的塑造，《春潮急》更加真实一些。我们知道，人物关系的二元对立，其极端化是并不符合人性与生活逻辑的，也难以令人信服。但是，受当时"三突出"创作模式的干预和影响，很多作家不能避免，而克非能够做到这一点是难能可贵的。

得益于较少受"三突出"创作模式影响，《春潮急》从生活出发塑造了一些真实鲜活的人物形象，特别是一些反面人物。如李春山、徐锅巴胡和加钢黄鳝等人，虽然在一定程度上有夸张化、漫画式之嫌，但在很多细节上、人物性格尤其是描写他们自私的一些特点方面，很真实可感，活灵活现，也很符合人性特点与历史环境。相较之下，李克、张久洪等人反而没有特别出彩。而这些人物中，尤以牛贩子蚱蜢老汉的塑造最为成功。蚱蜢老汉是一个让人又爱又恨的形象，他不是单一的，而是复杂的、有血有肉的。比如他忙时生产，闲时做牛生意，既卖也租，还经营纸厂，方式多样。既有技术又会营销，他自任纸厂厂长、经理，还兼职出纳、采购、管账，还是技术指导。全家没一个闲人，儿子是技工，大肚子儿媳们打杂，妻子是炊事员兼工头，甚至连孙子都是童工，每天真的是闻鸡起舞，到田里或者纸厂里工作，就连动作稍微迟缓都会遭到谩骂，搞不好还会挨到掏火棍，而他自己也担任着最繁重的劳动任务。这里我们看到他对人的苛刻，就连家里人都不放过；但是我们也能看出他的勤恳与精打细算过日子的勤俭美德，就像村里人所说，他的家业是老婆的棍子打出来的，更是流血流汗换来的。其实就连他被人诟病的做生意，除开欺骗顾客那一点，在今天看来还得称赞他很有生意的头脑，善于发现商机。关于他和金毛牛去买牛，徐元菊送他们冻粑这一细节，他对烤冻粑颜色、滋味的想象，以及他迫不及待去接过来的动作，确实写出了他贪吃、爱占小便宜的性格特点。但反过来想，这又何尝不是人之常情呢，在当时的生活条件下，谁都会垂涎的，这个细节使蚱蜢老汉这个人物显得更真实。作品人物形象的刻画真实生动，现实主义手法更趋圆熟，乡土气息浓郁，表明克非在坚持现实主义创作中做出了当时条件下极其难得的个人努力。

小说对现实主义的追求还在于其不仅仅歌颂，还以生动的情节真实地描写了中华人民共和国成立初期农村新的贫富分化和部分贫苦农民的痛苦境况，小说虽可看作带着笑的眼泪，但是揭示的问题带给人的那份沉重感还是不容忽视的。金毛牛是个力大无比的"巨人"，他付出的比谁都多，论力气，论农活，他都应该是土地的主人。但天不遂人愿，土改后冰雹、山洪、黄牛坠崖等天灾人祸接踵而至，加之家底薄，他重新沦为雇工，那样一位三十多岁的壮汉被生活与繁重的劳作生生折磨成一个贫病交加的人。看完金毛牛的经历，悲愤与心酸共生，不论作者出于何种目的进行了这样的刻画，其带给我们的对于命运深深的无力感，以及贫苦农民生存、改变现状的艰辛与其中的悲凉，哪怕时至今日都让人感慨万千而且感同身受。此外，还有寡妇徐元菊孤立无援，自己和孩子都因为土地成为被人觊觎的对象，并为此遭受各种伤害和侮辱；豆腐干幺婶不仅被人窃走土地，还被盘剥利用；孟二胡子儿子被害多年而毫不知情，还被蒙骗做事多年……这些令人触目惊心的描写在那个时期的作品中是极其少见的。由此，我们可看出作者对于农村生活的深入，以及对现实主义真实性原则所做出的某种努力，这种隐藏在背后的深意不是简单的政治化写作一词所能涵盖的。

（三）关于《春潮急》的客观评价

作为特殊年代的文学文本，《春潮急》当然亦存在着诸多问题和瑕疵。

首先，从艺术性来看，小说的情节设置总体上是要完成对社会主义农村改造和农业合作化道路的歌颂的。这是那个时代对农村小说的历史要求。小说的叙事框架遵循合作化小说通行的类型与文本，由一个经过党组织改造的具有较高思想觉悟的外来人介入矛盾重重的乡村之中，然后组织起一部分贫苦弱势群体与各种反动势力做种种斗争，最后战胜各种天灾人祸取得革命的胜利。《春潮急》也是这样一种写作套路。"作家对特定运动的书写或叙事，由于来自意识形态上的影响，或者说在强烈的干预之下，已不可能仅仅是一种'个人'行为，而不可避免地打上了意识形态的烙印。意识形态的强烈排他性必然极大地限制作家们的自由创作"[1]，所以，《春潮急》的故事情节有很多牵强的地方，由作者人为地为人物制造事件和情节而不符合生活逻辑的设置也是存在的。比如李春山同意徐锅巴

---

[1] 丁帆等：《中国乡土小说史》，北京大学出版社，2007年，第225页。

胡等人在自家牛肚里放绣花针以破坏农业生产的情节，后来有人就提出异议，在农村，无论什么人对牛都是十分宝贵的，即使在今天，也不会有人做出那种事。还有像富农破坏石灰窑与纸厂水坑的事件，两次都留下了作案的把柄被人抓住，都显得过于生硬与简单，而且故事情节十分雷同，有失自然与真实。再比如小说一开始的分粮问题，原本在前面就已经解决了，可到了小说的最后，又成为李春山攻击农业社的一个道具。除了粮食分配问题的其他矛盾线索着墨较少，这使小说的情节与结构显得重复与循环。当然，这也受当时革命性确定生产是非的文学逻辑影响，作家只能在确定的框架下从事创作，我们不能苛责求全。丁帆认为："现实主义创作方法发展到20世纪50年代后期，马克思和恩格斯的'典型'说已被部分曲解，那种被马克思所批判的把艺术变成'简单的传声筒'的非艺术性倾向，占据了乡土小说的创作。"① 克非的乡土小说创作在当时的政治语境中亦未能幸免。

另外，小说的许多叙述显得拖沓冗长而不够精练。可能是由于最大限度地追求真实性，而太过注重许多细枝末节的刻画，使得小说的许多描写不够精练。比如一些农作物财产的转换，粮食土地的统计描写，等等，许多连篇累牍的流水账，没有太多文学意义。很多的段落里，运用新闻纪实式地写法事无巨细地交代与描写一场场农事活动，比如石灰厂烧窑、纸厂造纸等，人物和其他重点不够突出，使得农活的交代也显得有些乏味与雷同。此外，小说庞大的篇幅给人鸿篇巨制的错觉，读过之后，却会感觉并未达到读者期待的视野，这应该就是叙述不够精练导致的。其实文学的真实性与艺术及语言的精练并不冲突，重点在于如何取舍，选取典型形象和细节作为创作的依据。

在思想上，这部长篇小说仍然烙上了"文化大革命"极"左"思潮的印记，虽然其中许多"语录式"的语句是后来修改时的无奈之举，但是小说中还是存在空洞的路线道路与阶级斗争议论、斗争描写简单化等问题。此外，小说也存在主题先行的弊病。反映在人物身上，像其他合作化小说一样，其主人公都是泯灭了个性的，是为上级旨意、执行上级任务而存在。

虽说作家力求真实地刻画人物，但有些人物塑造也还有概念化现象，如书中的加钢黄鳝、徐锅巴胡等反面人物和张兰子、张久洪等人物都还是比较类型化。

---

① 丁帆等：《中国乡土小说史》，北京大学出版社，2007年，第230页。

尽管如此，《春潮急》作为一种文学表征，证明了"十七年"文学与"文革"文学并不是截然断裂的，而是有一定传承的。哪怕是在"文化大革命"特殊时期，五四文学以来的现实主义传统依然可能在某些时刻被或显或隐地坚持着；即便是一种片面性的或局限性的坚持，它的存在也说明了中国新文学的现实主义传统仍然要在艰难的困境中延续下去。

总之，作为一个特殊历史时期的文学文本，《春潮急》在洒落一地的政治尘埃里，其缝隙中竟亦透露出乡村自在的泥滋味和土气息来，这就使它成为一个颇有深意的文学隐喻，耐人寻味。

三、新时期：现实主义乡土小说的新发展

（一）社会生活变化与现实主义乡土小说的新因素

十一届三中全会的召开，标志着我国社会主义建设进入新的阶段和时期，也标志着我国文学发展进入一个新的时期。在这个新的历史阶段中，随着社会生活的重大变化，作家的创作也必然随之发生变化。面对一个骤变的社会，在政治、经济、社会生活、意识形态领域各个方面，对于作家来说都有一个熟悉、理解的过程。在这个新的时代环境里，文学如何反映社会的现实，如何在新的历史与社会中发挥积极的作用，如何按照文学自身的规律促进创作的发展，这一切对于作家来说都是新的课题。从创作方法上看，现实主义在新的历史时期内，必然在内容上、形式上、手法上具有不同的特点。现实主义作为一种创作原则和艺术手法，它的一些基本规律和特点，不会因为时代的差别而截然不同。在新的课题面前，作家既要充分利用已有的现实主义创作经验，又要在深入新的现实、感受新的时代审美要求的过程中赋予这种创作方法以新的内容，探索新的形式和手法，这确实是一项十分艰巨的任务。

作为一个具有责任感与使命感的现实主义乡土作家，克非总是力求真实深刻地反映广阔复杂而又多变的现实生活和社会本质。面对这场变革，克非并非一开始就将自己的笔触伸向了这个主题，而是在经过了深入漫长的观察之后，确信其能带给中国尤其是中国农村新的希望与生机以及更美好的前景之时，才着力来写改革的方方面面。正如作家曾经所说："当农村以联产责任制为中心的改革运动兴起之初，作为一名长期在农村工作，曾经为合作化、公社化操过一些心的共产党员、国家干部来说，我思想是不通的。忧虑那样下去危险，会滑向邪路。下决

心不在笔头下来表现它。后来，在乡里住下，日日夜夜接触农民和基层干部，看见他们欢欣鼓舞，我情绪有了变化。再后，随着岁月推移，它在各方面显示出了巨大的成就。……于是着手下细地了解它，观察它。从历史发展、经济发展、社会制度发展等多种角度去查它的'来龙'和'去脉'，发生的原因，历史背景，现状，以及将来可能有的前景。结果，打从心里完全接受了它，并决计满腔热情地歌颂它，为它的继续发展欢呼。"① 在这里，我们看到作者一种求真务实的精神，这也是现实主义文学的精髓所在。

这一时期，作者的创作可以说是达到了一种如火山爆发般的状态，在思想主题、内容选材、艺术创新等各方面都有了新的创造，作品产出丰厚，文学造诣也达到了更高的水平。但我们在读完这些作品后还是会发现作家仍然没有脱离他的现实主义原则，依旧书写的是他的川西北乡土世界，不论市场经济使得多少作家"折了腰"，他依然在现实主义乡土小说的道路上迈着坚定的脚步。克非在新时期出版了《山河颂》这部一直在计划之中的农业合作化题材的作品，一如既往地洋溢着浓郁的乡土气息，但是我们却能感受到现实主义在其中的新发展，没有了任何羁绊之后作品的真实度。《竹林深处》《火星，闪闪到天明》《桃妹儿》《花蜘蛛》等作品是克非较早发表的有关农村变革的作品，它们反映了在宏大的社会变革之中，农村社会经济变化而带来的人与人之间的各种微妙的变化，以及人们内心的矛盾和隐忧。《头儿》则提供了一个时代特有的复杂的人物形象，真实生动而又深刻地展现了这场变革给每一个个体烙上的印记。20世纪90年代以后克非推出了"人在奈何天"系列荒诞短篇小说，描写巴蜀乡土大地流行的巫俗、传说以及神异怪诞事物，并以此来表达作者对一些现实问题的思考。比如《无言的圣莽山》是保护森林资源的故事；《牛魔王的后代》是以传统宗族文化与现代社会文化之间的矛盾为主题；《鸦片王国浮沉记》则将目光转向了旧社会的乡土四川，对历史进行沉重反思，考量民族的过去、思索国家的当下和未来。克非的笔几乎写了这场变革带来的所有变化，以及作家自身对其深刻的思考，在思想主题和内容上既有继承又有创新，与现实密切联系。

在艺术表现上，克非也做出了各种有益的尝试。首先，这一时期克非小说的人物塑造更为典型化，原型选择具有代表性，故事以人物为中心展开，人物形象

① 克非：《关于〈微风燕子斜〉的通信》，《小说界》，1984年第1期，第216页。

真实性强。《创造几个女人》创作了一种前所未有的复调魔方小说，给人带来一种新奇的体验。《满目青山》意识流手法的运用，《无言的圣莽山》里幻觉、梦境、想象与现实的交错等是心理描写方法上的新尝试。而《牛魔王的后代》的描写带着浓厚的传奇色彩，《白吃团的功绩》等小小说用精练诙谐的语言表达辛辣讽，都显示出作者艺术表达手法的高超和圆熟……另外，克非这一时期的作品还塑造了一大批独特的艺术形象，桃妹儿、花蜘蛛、头儿、郑冬青等，这些人都是属于那样一个独特时代的人物，在他们身上我们也找到了时代变革和乡村转型的痕迹，克非作品的现实性意义也在于此。

（二）新时期合作化题材的延续与发展

新时期以后，作家的创作并没有紧跟农村政策的改变而立马转变，而是继续发表了计划之内反映合作化"必由之路"第二部——《山河颂》。我们可以看出作家对自己文学理想的一种执着与坚守，当然，这也许与作家在改革开放之初的犹疑有关。但是，这客观上使得作家的创作历程衔接比较紧密，整个过程完整清晰没有断层，这是很难得的。这部创作始自1974年，成书于1979年的小说，跨越了中国历史的一个重要分界线，其本身便具有重大的历史意义，在作品的背后透出时代的意义，也可看出置身在时代之中的作者思想的一些变化。

在这部作品里，依旧叙述了合作化的整个过程，以及人们的巨大热情。作家仍旧以现实主义为创作原则，真实地反映在现实中出现的问题。作品跟随主人公柳永风的脚步，通过她的工作与生活揭示了当时领导工作的一些失误，由此延伸开来，便可看到当时对现实造成极大影响的极"左"错误逐渐产生、发展的过程。像作品里的永兴区一样，1957年的中国农村在经过了几年建设后，社会生产有了很大的发展，人们便希望并且相信能够更快、更好地发展社会主义农村，殊不知这种急功近利的想法走向极端，正在滋生极"左"错误思想，且未能引起警惕。具体表现在柳永风的工作中有五件大事：第一件是她向上级提出的小社并大社，初级转高级的问题，这是她在党校学习时，看到别的范例，在一时的冲动与兴奋中提出的，没有任何的实际考察和依据，事实上也是不切实际的，后来她也认识到了这一点。而在现实中，当时这样的错误绝不是个例，而且多数并未得到改正。第二件是兴修"社会主义大渠"。这件事情做了，但是有一些反对的声音，而且付出的代价也是很沉重的。第三件事情是关于取消副业生产的问题。在一些不怀好意、别有用心的人的计划和推波助澜之下，尚未弄清民意和现实状况，主观地执行一刀切，伤害了农民的利益，虽然最后纠正了问题，但是其中反映出来的基层领导工作中的一些问题是不容忽视的。还有阶级斗争扩大化的问题，她坚决地进行了抵制。最后，关于物资的一平二调的"共产风"问题，她的认识经历了一个过程，从想当然认为是人们的高尚品格，到经历了真实的实践之后看到问题真实的本质，最终认识到其中的危害。

在这几件事中，我们都可以看到错误思想发展的端倪，由于基层干部自身被前期工作成果冲昏了头脑，不能认识到真实客观的情况，使"左"的思想滋长起来。虽然在作品里，这些错误都被制止了，但历史事实或许并非如此。这些微妙细节投映出克非写作时的犹豫乃至矛盾的心态。尽管如此，对于以上几个事件的叙述，可以明显地感受到相较以前的《春潮急》等作品，这部小说对于农业合作化进程中不合理现象和存在的问题的揭露和批评大胆直接了许多，这得益于作者反思历史的眼光，更与改革开放的政治、文化氛围分不开。然而，作品对于这些问题的表现还是采取了模式化的手法，对于"左倾"思想的揭示和严重危害程度认识不够，对于其产生原因的挖掘不够深刻。特别是这部作品付梓之时，党的十一届三中全会已召开一年多，作品还未能对过去的问题进行深刻透彻的反思，这也反映出作者自身思想认识上的滞后情况。诚然，个人的思想提升和发展都需要经历一个过程，有时候跨越一个思想节点是很艰难的。

《山河颂》中，作者对于人物的表现和塑造较为真实，多数人物都脱离了早期作品中人物模式化的弊病。可以感受到，作者对他的人物，不仅是柳永凤、伍福川、石玉珍，还有蚱蜢老汉及其他，都倾注了自己最真实的情感。在他们复杂的交往关系中，作者用细节描写出他们各自独特的个性，而不是分配给他们既定的角色去做毫无生命的演绎。让人物依据自己的性格特点在特定的时代与复杂的关系中去活动，从而反映出现实的复杂，柳永凤的经历就带给人这种感受。柳永凤对蚱蜢老汉曲折的认识过程何尝不是一个自我认知的过程，自己的先入为主、思维定式、易受误导和蒙蔽，使得自己难以真正去认识一个人、发现其转变，并做出客观公正的评价。而同时，她也是善于反思和改正错误的。在她和伍福生的关系描写中，则表现出她作为女人的细腻，作为人妻的温柔贤德。在工作上，我们看到她的轻率主观，也发现她善于反思与执着无畏。她是这样一个鲜活的流动着热血的人物形象，有各种优点也有诸多缺陷，她的热情和生机正是国家和时代向前所需的动力。《山河颂》写的是川西北农村普通的故事，但其中的人物是作家心灵的投射、具有自己独特的个性，作品便有了自己特殊的价值和意义。

这部五十万字的作品仍旧携带着川西北农村清新的泥土气息。克非得天独厚的基层生活经验使其作品所特有的川西北地域特色在《山河颂》里得到呈现，给读者带来特别愉悦的审美体验。乡镇集市的热闹喧嚣，竹篱瓦房的琐碎日常，极富川西北特色的风景风情风俗，人物言语口气，神态举止，都鲜活地呈现出来，使人感同身受。克非长时期生活与工作在川西北乡镇地区，与柳永凤们一起工作，与蚱蜢老汉们打交道，凭借着独特的生活积累，自然地将他所熟知的生活在作品里呈现。川西北地区，尤其是农村的特定自然和社会环境，以及作家的情感，是构成克非作品风格的重要因素。川西北乡土独特的风物景致，生活在这里的男女老少，这里的民俗风情，这里的伦理传统，都被作家写进了作品里，使其独具特色。冷封标在酒馆里故意唱戏给藏在隔壁灶房吃冷胡豆的蚱蜢老汉听；得知伍福川夫妻二人闹别扭，老婆婆们煞费苦心地筹备酒宴劝和；铁鸡公花血本用一只鸡换得的检讨书却被鸭公窃取；蚱蜢老汉为表忠心剪掉自己的小辫子……在这些富有浓郁地方特色和生活气息的画面和场景中，各个人物复杂细腻的内心和微小的变化得以自然呈现，使人信服，并且不自主地走入作者的川西北乡村情景之中。

对于独具特色的语言的运用，尤其是川西北农村方言，作家早已十分娴熟，在《春潮急》里读者便已有所体会，《山河颂》在这一点上更为圆熟精进。我们看到，在方言俗语的表现上，并不止于对歇后语、谚语的运用，也不止类似于牛贩子、蚱蜢老汉那一套职业的相牛术语，或是算命子文白掺杂的套话，这些确是很有特色，但不具广泛性。《山河颂》语言的特色更多来自其叙述、对话都是从具体的生活中提炼，因人、因时、因地而异，随人物处境、情绪而变，没有固定的表达。这是作者丰富语言素材积累与对地方人情熟稔以及作者表达技巧高超的共同结果。"外表看来，《山河颂》的作者似乎无意显示他对农民语言的熟悉，在大多数场合，他都是用朴素、晓畅的语言来叙述故事，刻画人物，避免使作品成为特定的方言土语、职业语言的汇集、展览，但读过之后，读者却不能不强烈地感受到不同语言的不同个性，同他们所使用的语言是丝丝入扣地融合在一起的，不能不真切地感受到作品的思想内容、美学倾向同它的语言形式是如此和谐地互相渗透、互相支持，构成了这个艺术品的整体的美。"①

这部合作化题材小说的许多因素与前期的《春潮急》有许多关联的地方，作者的思想转变和提升也还在过程之中，阶级斗争模式的影响仍隐约可见。但《山河颂》不是《春潮急》，它书写和表达了新时代乡土四川的变革气息。因此，《山河颂》虽是一部承上启下的转型之作，却意味着两个时代之间的历史跨越。《山河颂》的字里行间，刻印着时代跨越的艰难和作者思想转型的艰辛，浓缩着历史一步步走来的文学脚印。

（三）新时期农村改革的真实书写

克非是一个时刻关注农村现实的作家，他的笔注定要描写农村变革的历史，实际上，新时期以来，他写了许多这方面的作品，《野草闲花》也是最直接书写这个主题的代表之作。历史与文学都有一定的规律，有其发展的轨迹，同样，一个作家的创作也应有一个逐步发展的过程。如果说《山河颂》是作家对前期创作的一个总结，即承上之作，那么发表于1986年的长篇小说《野草闲花》则标志着作家的创作进入新的历程。这是克非发表的第三部长篇小说，也是其创作生涯的一个标志性路碑。

在《山河颂》出版之后，克非将创作的重心从对农业合作化历史的回顾转向对农村改革后的广阔现实生活描绘上来，他的创作进入了一个新的时期。在《野草闲花》创作之前，作者也已经创作了大量的中短篇来呈现这些新人物、新变化、新观念，如《头儿》《桃妹儿》《花蜘蛛》《竹林深处》《火星，闪闪到天明》《微风燕子斜》等作品，也可以说《野草闲花》在某种程度上是一个总结，对前期中短篇创作的一个总结，对这一时期农村变革各种新现象、新矛盾的观察总结。桃妹儿是尹春杏的昨天，看到尹春杏我们也能预见桃妹儿将要走的路；郑冬青们在致富路上的放手大干也让我们想到《竹林深处》《火星，闪闪到天明》里农民们的那些思想顾虑和犹疑不绝；而郑冬青们创业致富之路上的种种很容易让人想起那篇令人印象深刻的《头儿》。在此一时期的作品里，我们可以看到作者提供了众多性格丰富鲜明而又复杂的乡民形象，郑冬青、沈于渊、尹春杏应该可以作为突出的代表，《野草闲花》是作者在现实主义创作理念下对新时期农村

---

① 吴野：《漫评克非的〈山河颂〉》，《四川文学》，1982年第2期。

改革的真实书写并在其中进行了新的探索。

《野草闲花》采用传统现实主义创作手法，注重从对典型环境的选取中呈现出时代的变革，既注重对素材的选取又着力表现真实性，规避了以前创作上的一些弊病。小说用生动的故事情节和富于生活化的描写来展现社会的变化，使得作品既有浓郁的乡土气息，又具有时代感和深刻的思想内涵。在小说中依旧能够感受到作者丰富的生活积累和炽热的政治情感，但他对小说的整体结构以及情节安排更加精当，对于各种农事活动、农副业经营、商业贸易等的描写，既有细节又有重点。

作品反映了改革开放初期，农村生产运输流通等方面与生产力发展不相适应的矛盾，转变经济发展方式和产业结构的必要性，同时可看到农村经济的巨大潜力，像郑冬青一样的"野草闲花"，作者用当时看来新的眼光来做出自己的评价，赞扬了推动农村经济发展的时代改革先行者。事实证明，改革开放是中国尤其是中国农村改变贫穷落后面貌的最终出路，而走上这条道路的过程是曲折的，人民为此付出了许多艰辛。改革使得多年来缓慢发展的农村生产力得到了巨大的发展，改变了农村陈旧的经济模式和结构，使农村经济焕发出新的活力，而这场改革的先行者们为开拓新局面做出的努力与付出的代价也是巨大的。作品通过主人公郑冬青的一系列活动，写出了人们尤其是青年人感应时代的号召，迫切改变贫穷落后的生活状况的勇气决心和热情。在郑冬青的身上我们看到了当时的年轻人身上的那种自强不息、积极开拓的精神，从贩生姜到养鱼，再到自己在乡镇办企业，小说通过这一系列具体活动展现出了应时而动的青年农民企业家为理想不断追求、奋斗并最终取得成功的曲折过程。从1981年到1983年，三年间郑冬青两度入狱又出狱被人捧作英雄，穷过也富过，被人拥戴也被人唾弃过。而这不仅仅是郑冬青个人的经历，他的每一次沉浮都反映着改革的曲折，他最终的成功也是农村改革最终结果的预示。不仅是事业上的成功，我们看到郑冬青的恋爱观念也在慢慢地发生着变化，从对尹春杏那种敬畏惶恐的单相思到与但鹅儿的互相倾慕，其实正是他在改革与追求事业的过程中，逐渐建立起了一种自信，敢于正确地认识自己而摆脱了那种自卑与压抑的心理，找到了真正的自我、敢于追求真实内心的结果。这种恋爱观念与理想的变化，不全然是主人公主观选择的结果，而是社会改革深入其生活全部的自然结果。作者敏锐地意识到了这一点，并做出了细腻的合情合理的呈现，通过对个体深层次的变化显示了社会改革的全面性和深刻性。

（四）描绘新形象：农村改革者、领导干部、务工者

新时期以后，克非十分重视人物形象的刻画，特别是农村人形象的刻画。他在新的创作实践中，一开始就牢牢把握住现实主义创作方法中典型形象创造这重要的一环，将现实主义的传统与新时期的改革现实紧紧衔接起来。克非在改革开放后将笔墨献给改革现实中的新人，是合乎文学发展历史进程的。因为人民大众及其先进代表人物，是我们时代前进的动力，他们理应在现实主义文学领域里占有它的位置。任何一个作家，只要他遵循现实主义的基本规律，真实地描写现实，他就能够创造出我们时代先进人物和普通劳动者的形象。新时期以来，克非以高度的热情和对新局面、新生活的热烈向往，投身到现实中去，为我们提供了创造新时代先进人物和普通人物形象的新经验、新方法，表现出一个作家的高度责任感和坚持现实主义的执着和创新精神，是十分可贵的。

新时期以来，克非作品中出现最多的是农村改革者的形象。这些人物都是在农村社会变革的历史潮流中涌现出来的新人。作者用全部的情感去理解和深入他们，深刻地发掘出他们的各种变化，典型地揭示出他们在社会变革和日常生活中的欢乐和苦恼、追求和愿望。他们是群众的代表，又是群众的一员。那些大胆干预生活，揭露生活的阴暗面，尖锐地提出现实生活中的问题，鼓舞人们同丑恶现象作斗争的作品，能起到振聋发聩的作用。而那些描写生活中的新人新事，表现农民生活和精神世界的变化，具有鲜明的时代特色和浓郁的生活气息的作品，也是能够推动历史前进的。鉴于大多数关于这方面的人物在其他章节中有具体分析，此处不再赘述。

在克非笔下的新农村人物形象的画廊中，较早出现并给人深刻印象的，是《花蜘蛛》《桃妹儿》等短篇小说中所描绘的被深刻烙上"左"的印记的人物形象。他们都是大锅饭时代的既得利益者，当改革的潮流席卷而来，他们的地位和利益受到冲击，他们在思想上充满愤怒不甘，这是新旧时代交替下特有的人物形象。《花蜘蛛》的主人公花自忠，以往好逸恶劳，通过像蜘蛛一样编筐筐、布网网来进行哄骗诱惑以探寻财路，占尽乡民的便宜，而今变革之后，他的那一套再也行不通了，对改革的不满便油然而生。《桃妹儿》中的桃妹儿，本是丁家桥坝上"女性美的标准"[1]，然而她活得太严肃了，被"左"的思想荼毒得太严重

---

[1]　克非：《桃妹儿》，《四川文学》，1983年第2期。

了，她不明白为什么现在开个会都没人愿意来了，组织个活动也无人问津了，对自己地位的一落千丈她疑惑、愤怒，却还不愿意接受改革的现实，其实在批判这个人物的同时，更多的应是同情、引起对造成这个人物原因的深思。此外，还有许多变革中的普通农民形象也值得关注。像《竹林深处》里的曾寿廷，在要不要给副大队长黄代明送块猪肉上，与妻子及全家人起了冲突，他认为："这不是该不该割下一块猪肉的问题，而是一条涉及我家今后命运的纽带，该不该维修，该不该进一步加固的问题。关系太大了！"① 长期的贫穷以及农村形成的特殊干群关系和农村严重的官本位等"左"的思想，使得"对大队、生产队的任何干部，他都特别恭敬，其中几位权力大的，他差不多当成了从前庙子里的菩萨"②。最后在妻子儿女的说理以及副队长登门致歉的过程中，他像妻子一样明白了庄稼人要依靠政策，靠自己劳作，而不是别人的扶持与施舍。《火星，闪闪到天明》中的穆三爸，也在是否接纳大队长穆久成加入水磨坊联合体这个问题上，思前想后、犹豫不决反复到天明。忠厚、善良的穆三爸并非生来如此迟钝、愚笨，而是长期的大锅饭、瞎指挥，只要求农民听命令、埋头做事，曾经能说会道的穆三爸还曾因言致祸、被批判。极"左"的统治伤害了农民的自信心，打击了农民的积极性和自主的热情，像曾寿廷和穆三爸这样的农民，而今有了自己的自主和发言权，要他们自己做选择，却似乎要经历漫长的历程，这正是长期被束缚的农民面对改革经历"阵痛"的过程。

克非新时期作品中另一类引人注目的人物形象是改革中的干部的形象。像《竹林深处》的大队副队长黄代明，《火星，闪闪到天明》里的穆久成，《多面神》里的副主编孙进光等人，这些都是农村或机构的基层领导者，而且都长期受到极"左"思潮的影响，对人民做过一些错事，但他们都在逐步的改革现实中认识到了自己的错误并做出了改正。因此，在他们身上特别明显地体现着新旧时代交替的各种矛盾，国家政策与农村社会的深层变化在他们这里表现得也最为明显。作品刻画这些人物的一个突出特点是，在表现他们思想性格中的新因素、新品质时，按照生活本身的复杂性和多样性，紧扣人物的身份和处境进行概括和提高，既体现着党的正确方针政策的威力，又散发着泥土气息。

克非在新时期塑造的新人物形象中，最夺目也最受争议的非"头儿"莫属。

---

① 克非：《竹林深处》，《四川文学》，1981年第5期。
② 克非：《竹林深处》，《四川文学》，1981年第5期。

《头儿》表明作者对新时期出现在身边的新矛盾、新事物特别敏锐，写出头儿这样一个复杂的形象，没有对生活细致入微的观察和深刻的思考是做不到的，他也为文学和读者提供了新的东西。头儿是一个来自农村的包工头，管理工队非常有能力，他的施工队干活质量好、效率高、有信誉，许多工程都愿意把活包给他们。但同时，头儿身上也有自私贪婪、唯利是图的特点，他用欺骗、收买等各种手段窃取工人辛苦赚取的血汗钱，这是令人发指的。在头儿身上同时体现着慷慨与贪婪，大度与苛刻，精明与愚昧等多种相互对立的思想和性格。他能将人的爱憎好恶同时激起，读者不会认为这个人物可爱，但也不会认为他十恶不赦、一无是处，甚至有时对他的智慧和义气感到佩服。他压榨工人，却也把他们带离土地，为他们找到更多的生存与致富之路；他不择手段也贪婪愚昧，但他的工队管理得最好、最具竞争力，做正事从不含糊，工程做得又好又快。对于这个形象，不是用简单的好坏或者正面、反面人物能够定义的。而且作者对于这个形象本身也倾注了复杂的情感，正如有评价所说："克非对他笔下比较满意的头儿，不是一味地讽刺、鞭挞，也有同情和好感，作者在字里行间，对头儿的剥削，贪婪、一切向钱看以及金钱万能的腐朽人生观，给以鞭挞；对其狂妄愚昧，给予嘲笑；对他的精明才干、对他尚未泯灭的人性和怜悯之心，则给予同情。"[①]深究头儿的来去，他也曾是拴在土地上的农民，最后沦为失去固定经济收入的流氓无产者，那种无根无望之感，使他在触到改革这根稻草之时，紧紧抓住，并凭借着一种顽强的坚韧适应并生存了下来，他对改革政策的变化十分敏感。头儿身上的各种相互矛盾的性格特点与其出身和经历是密不可分的，而像头儿一样的人，在改革之初也绝不是个别，甚至今天我们都能在各个城市里找到他们的身影，头儿的复杂与其深刻的时代内因以及广泛所指，大概正是其意义所在吧。

另外一个留下深刻印象的人物形象是《鸦片王国浮沉记》的主人公周青留。应该说作品的题材和人物都是作者以前没有涉及过的，作者仍是凭借其独特的思考，立足时代、追忆历史，呈现了一个复杂多变而又深刻的人物形象。周青留生于书香世家，深受传统儒家思想的浸染，讲究礼义忠信，然而鸦片却轻易地改变了这一切，使他的良知在善恶之间反复，伦理价值在人兽之间摇摆。我们难以判定他的是非，我们见识过他如何从不种大烟、不食鸦片的十二分决绝，到他自己

---

① 晓笋：《对农村变革生活的思考——克非近作泛论》，《当代文坛》，1994年第2期。

都彻叹拔掉大烟行为的迂腐可笑，是传统顺天顺命的陈旧观念的毒害还是怪他意志不坚？后来就连人物自身都意识到了自己灵魂消逝渐沦兽道的可怕，于是修祠堂、建学校，但他已经无力改变自己了。周青留这个善恶结合体，人兽同体物为文学增加了一个复杂又有历史深意的人物形象。

总的来说，随着急剧变化的现实生活，克非1949年后的作品创造了一系列社会主义农村普通人的形象。作者赋予了这些人物以新的思想、新的品质，造成了他们新的性格和精神面貌。但他笔下的这种"新"是根植在现实的、历史的深厚土壤之中的。克非之所以能够深切地把握住社会主义新农村的生活，有力地表达出新时代农民的心声，是因为他深刻地了解农民的过去。我们不会忘记他笔下为生活所迫贫病交加的巨人金毛牛，不会忘记徐元菊被羞辱默默流下的委屈的泪水，不会忘记石玉珍那一对衣不覆体、食不果腹的小女儿，不会忘记为集体日夜奔波而在修筑水渠时牺牲的伍福川……克非透过这些生活在农村底层的人们的平凡的外表，看到和发掘出他们内在的淳朴和崇高，揭示了旧有农村社会存在的不合理的因素。正因为克非对以前农民生活的艰辛感受深切，他才能够那么真切地体会到他们对新社会的感激和热爱，能够清楚并敏锐地发掘出党的正确路线、方针、政策对他们的激发和影响。还要看到的是，作者用以刻画这些植根深厚、浑身散发着泥土气息的农民形象的手法，使他惯用的现实主义手法，仍然保留着过去那种朴素本色的特点。古人云："诗宜朴不宜巧，然必大巧之朴；诗宜淡不宜浓，然必浓后之淡。"克非小说具有这种"寓华于朴""寓绚于素"的特点。在他笔下，农村社会主义新人像一株株根部带着新鲜的泥土和露水的庄稼一样，淳朴、厚实，人物与他们生活的那个社会环境有着血肉的关系，又蕴含着传统的美德的因素，因此，人物形象以真实、深刻的特色深深留在读者心中。

（五）新探索：思想主题与艺术形式

在坚持现实主义的前提下，克非在这一时期的创作在思想与艺术上也做了许多有益的新尝试。

首先，作者在题材和主题上有了更全新、丰富的选择。20世纪90年代，作者推出了"人在奈何天"的荒诞系列小说，以巴蜀乡土地区的神鬼怪诞传说和巫风民俗为背景去表现现实中的荒诞与这荒诞背后隐藏的令人深思的生活本质的真实，创作题材更加广泛丰富，思想内涵也愈发深沉。《无言的圣莽山》选取了保护森林资源的材料，是一篇环保题材的作品，在改革开放过去近四十年、环境问题日益严重的今天，再来读作家当时的这部作品，不得不佩服作者深刻敏锐的洞察力和基于丰富的农村生活经验而具有的那种独特的视角。作品以"圣莽山重大杀人案"为线索，对相关人物以及各种矛盾关系进行描写；通过在毁林与护林之间展开的各种战争，展开川西北圣莽山五十年间的历史变化；从而引入对历史与未来、人类与自然的广泛而又深入的反映和思考。以金凶树父子两代人的经历为契机，作品在更深广的背景下讨论环境资源问题。生活在20世纪50年代的金歪檬，因为劳动力弱难以从事繁重的农业生产活动，而被干部任命为在当时看来无关紧要的守林人。在极"左"路线下发动的"大炼钢铁"运动中，无知疯狂地对森林进行砍伐，使得繁茂的圣莽山被毁掉了三分之一，而金歪檬在与盗伐者的对抗中死去却无人知晓。到了20世纪80年代，第二代守林人金凶树已有了森林和生态平衡的意识，他对圣莽山的各种珍稀物种进行保护，对森林资源进行科学的规划与管理，与各种偷伐分子和因私利觊觎森林资源的恶势力迂回、斗争，表现出现代人对于资源保护和维护生态平衡的自觉。小说运用一种虚拟的手法，通过金凶树对第三代守林人活动的幻想——他们利用森林资源开展打猎、旅游、"强盗剪径"等商业活动，对森林资源无节制的开发，表现出对于牺牲环境而追求无法餍足的经济利益的行为的深切忧虑。通过这些描写，小说让我们看到了中国在历史上，远在改革开放之前，一直以来存在的资源与环境上的一些问题，引起对于人与自然关系、对环境保护的关注，也表现出对于人与自然和谐相处，重建和谐生态的向往。作品所反映出来的问题以及其中思考的重要价值，在今天仍然具有深刻的现实意义。没有对其生活的那片土地的挚爱，对其状况的了然和对其前途命运的深刻忧虑，想来是不大可能创作出如此深刻且具有长久生命力的作品的。

《牛魔王的后代》是作家自己最为喜爱的一部作品，笔者亦窃认为这是克非最为成功与成熟的作品。这是一部表现了中国农民艰难困苦、奋斗追求，具有传奇般色彩和史诗性质的小说。内涵丰厚，风格苍凉而悲壮。作品所揭示的主题是重大的，它写出了农民要告别传统观念的束缚，完成历史的转变，从贫穷、落后走向富裕和文明的艰难进程。体现出时代的本质，生活的本质，中国农民的本质。《牛魔王的后代》的故事围绕公安部门抓捕杀人逃犯牛莽子和牛角尖山民们反追捕的一场场惊心动魄的斗争而展开。一个越狱通缉犯却被乡民们使出浑身解数来隐藏庇护，而牛莽子为了不牵连众人，心甘情愿地选择了从容地结束自己的生命，而这壮举竟使山民们感到绝望与悲哀。正是历史的和现实的，自然的和社会的，政治的和经济的，外部的和内在的种种因素的扭结，才在这片偏远的土地上造成了这样一出令人震撼的悲剧。中国的农民，包括牛角尖的山民们，他们的憨厚淳朴，善良忠贞，见义勇为，执着追求，"牛"的倔强，"牛"的勤劳，"牛"的坚韧，"牛"的献身，着实令人热爱和崇敬。但是他们，尤其是要翻过几座大山才能见到的牛角尖的庄稼汉们，他们地处偏僻，和外界交流稀少，背上因袭着更多的历史重负，身上捆套着更重的封建枷锁，因此，往往在倔强中露出了蛮横，在执着中显出了古怪，在愚昧、迷信、宗法观念的束缚下，牛莽子杀人本非故意为之，而是过失犯罪，且是群情激奋，十几人共同所为，完全可通过正当的法律手段，求得公正的裁决，可是他们却在有意无意间，把水搅浑，给侦破工作和法庭审理造成了极大困难。在没有别的好凝固剂的时候，当然就只好寻求宗法这个古老的幽灵。在他们的眼里，家族大过了民族，宗法的权威超越国家的法律。为了同一姓氏社会成员组成的这个血统群的利益，可以只顾家门，不管王法；只顾宗法，不管国法。在宗法观念和势力盘踞的地方，现代文明神圣的法制简直无能为力。由此可见，中国的农村，尤其是偏远落后山区要在改革中前行，将会遇见多么大的阻力。这篇作品还反映出了，在改革之后的一些年里，依旧有许多农村的贫穷落后状况让人触目惊心。"搞来搞去，牛角尖还是这么穷，这几年虽说饭有吃的，可你看看，全沟的人都在这里，有哪一个穿件像样的衣裳？不少家子，连盐都买不回来吃"[①]，可就是这个样子，还要农民缴纳"数不清道不尽的提留款"，干部因为这些款子想要抹喉吊颈，农民为了逃款烧房、杀牛、废地、背井离乡地外逃。《牛魔王的后代》的生活密度和信息量都很大，内涵十分丰富，表现出一种开阔宏大的气质。比较一些表现局部的或仅以此为前景的乡土小说，它正面地描写了家族血缘纽带的宗法文化在当代历史中的延续。作品反映出农民在选择生活道路的时候，面对不公正的政治和经济的挤压，依托家族文化的一种必然性。特别是作品所着力表现的宗法家族文化与现实社会的分合、对峙的矛盾，具有十分深刻的历史内涵。

　　其次，在克非这一时期的作品中，作者在坚持现实主义的艺术表现手法的同时，又做出了许多新尝试。作者一直以来的那种清新活泼、幽默风趣又具有讽刺

[①]　克非：《牛魔王的后代》，《剑南文学》，1995年第1期。

色彩的艺术风格也更趋成熟。像《一个不愿死的人死了》这样的讽刺小品，寥寥数语便展现出作者的老辣和犀利。一个人死了，所有人都很"忙"，所有人都得到了好处，人人皆大欢喜，没有人真正悲伤。作品用短短百余来字，便辛辣地讽刺了社会上出现的各种不正之风，和占国家和集体的小便宜中饱私囊的现象。《遗嘱》亦是仅用三四百字，撕开家庭关系的一角，揭露了传统美德被赤裸裸的金钱关系所取代的现象。

《无言的圣莽山》用象征的表现手法来预示作品与人物。用"圣莽之灵"的形象来表现大自然的神秘与至高无上，他"一张脸既圆且阔，差不多如同云海上的那轮太阳，他似乎是个局外的看客，又似乎是位裁判，静候着谁胜谁负"①。"圣莽之灵"是巴蜀的集体无意识，他主宰一切生灵，也引导着主人公金凶树的人生，并跟随主人公的遐想去探寻那神秘的空间，去思考人类与大自然，历史与未来，文化的传承等深刻且具现实意义的问题。主人公金凶树的名字得来于"神树——凶树"的意象之中，体现了人们的树神崇拜，神话意象和传统文化在现代环境保护中有了新的意义。《牛魔王的后代》的写作策略是有意淡化传统宗族文化和巫术本身的封建落后和愚昧等特点，而加重对其诗意和光彩的表现，而且作品整体对这些文化的描写比重较大，使得作品具有强烈的地方色彩，充满了神秘感。有评论认为，"正是由于这样的审美选择，才使这部作品具有李劼人、沙汀的四川乡土小说的特色和风采"②。小说用象征的手法表明宗族与巫术文化这些传统山民文化在现代社会中将会消亡的必然性，同时，克非仍注重用情节去刻画人物心理，用新时代拓展的艺术视野，将人物的人性、个性、社会性和文化性相结合，塑造出具有深度和层次的艺术形象。

另外，克非还尝试创作了《创造几个女人》这样一部复调魔方小说。这是一种拼式的作品，它写五个女人（一个下乡回城的知青，一个农民企业家，一个女市长，一个盲流，还有一个出身青楼的军阀姨太太）的故事。五个女人都叫慕容百妍，都生活在不同的层面上，互不相识，了无关系，且不在同一时间同一空间，但经过一番安排，凑在一块儿，自成篇章。无序变有序，有序复无序，归于一种特殊的可开放的可塑的状态。整部作品为不装订的活页，无编码，无先后，无始无终。每章活页包含几个小单元，读者可挑选其中若干单元组成一篇以至多

<hr>

① 克非：《无言的圣莽山》，上海文艺出版社，1998年，第3页。
② 蒲永川：《大山的呼叫——读〈牛魔王的后代〉》，《剑南文学》，1995年第1期。

篇新的小说。甚至读者能根据自己的兴趣随便加添自己的创作情节做进一步的创追性的参与。作家认为此亦可称之为卡拉OK小说，或积木小说，插花艺术小说。正如作家自己所说："过去国内从未有过，相信国外也属罕见。"①

结　语

五十年间，克非在文学创作道路上不断跋涉，不停攀登，笔耕不辍，收获了《野草闲花》《头儿》《牛魔王的后代》等一大批优秀长短篇小说，共四百多万字。克非的作品生动地描绘了川西北农村的乡土民情，表现了农民真实的生存状况和向往现代文明、追求新生活的艰难行程。纵观克非五十年的创作历程和数百万字的作品，可以清楚了解中华人民共和国成立几十年里，乡土四川乃至全国农村的沧桑之变和农民的命运沉浮。他的乡土小说充满了强烈的时代精神和浓郁的生活气息，其创作特色不仅在于写到的那些人物、地貌和语言，而且在于他的作品中有一种乡土的魂和韵。与农民相濡以沫，为之思考，为之代言，这正是以沙汀为代表的四川乡土小说优秀传统的延续。

克非长期扎根于农村，热忱地以一个现实主义小说家的身份关注和投入生活，在以乡土题材为主的创作实践和探索中，站在历史的高度审视社会、观照人生，生动地表现不同时期、不同环境之中的农民和其他层面人物的心理历程、精神面貌，是饱含历史意味的、具有深刻现实意义和较高文学品味、艺术价值的乡土力作。他一直在思考着中国农村、中国农业发展的道路，思考着现实生活中涌现出来的社会问题特别是农村问题。在他的创作中，他一直保持了一个置身于乡土的作家对农民命运深切关注的情怀，从不回避现实变革中的矛盾和冲突，提出尖锐的问题，表现出一个人民的作家可贵的胆识和良知。他擅长细节化、多侧面刻画复合性格的人物形象，善于通过展开人物之间的思想、情感、个性和命运冲突塑造浸润生活原汁的艺术典型，从而折射时代的变迁。他的小说语言机智幽默、含蓄隽永，严肃而不乏调侃，活泼中亦透冷静，无论是使用有地方特色的地道川西北方言，还是使用标准的书面语，都突出特定时代感，洋溢浓厚的生活气息。他重视场面描写，大多小说是紧紧围绕人物形象塑造来谋篇布局，依次推进情节、故事的起承转合，因此具有较强的可读性和艺术感染力。克非是一个有深

---

① 克非：《创造几个女人》，《四川文学》，1992年第2期。

厚扎实的生活基础，创作有个性、作品有特色的作家，也是四川乡土文学的中坚力量。有论者认为："把克非的为人和为文概括为'三热爱'：爱人民，爱生活，爱文学。他长期扎根乡土，密切关注农村日新月异的变化。他与农民朝夕相处，息息相通，始终关心着农民的疾苦，对农民有很深的理解。他是一个热爱生活的人，远离烦嚣，不染浮华，生活情趣盎然，精神世界充实。对于他，文学不是身外之物，而是他内在的生命追求和精神需要。"①

---

① 袁基亮：《涪江水长 乡土情深——克非近作暨当前小说创作研讨会综述》，《剑南文学》，1995年第1期。

第八章 周克芹：抒情传统中的乡土写实小说

    周克芹在四川当代文学史上是一个承前启后、成就卓著的乡土作家。他始终不渝地扎根四川乡土，在三十年的岁月中创作了一系列反映特定时代语境下农村现实生活的小说作品，确立了他在中国当代乡土文学史上不可忽视的地位。其长篇小说《许茂和他的女儿们》于1982年荣获首届茅盾文学奖，短篇小说《勿忘草》和《山月不知心里事》分别在1980年和1981年获得"全国优秀短篇小说奖"，从而揭开了四川乃至中国乡土文学创作新时期以来的历史新篇章。

一、周克芹生平概述

    周克芹作为四川当代乡土作家的重要代表，在了解其生平成长与文学创作之路之后，能够更好地理解和研究其乡土小说的思想内容和艺术特色。

（一）少时成长时期（1936—1951）

    周克芹在1936年10月28日生于四川简阳石桥镇一个普通的农民家庭，在农村和石桥镇上度过童年生活。在成长启蒙中，周克芹在石桥镇读了半年私塾和三年半的小学就完成了小学六年的全部课程。后来由于父亲的生意艰难，家庭生活日益困难，周克芹在读了一年初中后便辍学在家，随即跟着家人下乡务农。

    在这一时期，周克芹的文学启蒙主要来源于阅读和听书。在小学阶段，周克芹在老师的指导下开始阅读《增评绘画石头记》《水浒全传》《三国演义》《东周列国志》以及《卧虎藏龙》等古代长篇小说和流行的剑仙侠客小说，其中最爱《红楼梦》，百读不厌。他读书略过字词障碍，沉迷在故事情节中。可以说，小学阶段的多读多浏览培养了周克芹最初的文学兴趣。同时他好奇祖辈流传下来的传闻，十分喜欢听祖母讲故事，还常常跟着祖母上街听"圣喻"，"我那时不到十岁，大约从八岁到十三岁，五年间的文艺生活就是跟着老奶奶、姑姑婶婶去听'圣喻'……听得多了，小小脑袋里满是那些或悲壮、或凄婉的故事，满是那些勤劳善良、刚烈忠贞的女子们的形象。"①周克芹幼时性情孤僻，不太合群，爱沉思、爱幻想，受听书影响，常常会在心里以自己作为主人公编织一个个凄婉的故事。他把自己与"圣喻"中柔弱的女子相联系，反映了其幼年内心的孤独与渴求理解的愿望。可以看出，周克芹幼时就已经开始通过编写文学故事来倾泻自己内心的感受。"正是这种文化熏陶，陶冶着他的性灵，培育着他的人生命运感，丰富着他的人物形象感。"②

（二）农校时期（1952—1958）

1951年，16岁的周克芹在家人的安排下到省城成都东大街食糖联营门市当店员，设法谋生。然而此时的他一心想求学上进，为了既能继续读书，又不会给家里增加经济负担，1952年，17岁的周克芹报考并被录取进了免学费的成都市农业技术学校。进农校学习后，周克芹热爱专业，用心学习，成绩一直名列前茅。学习期间，周克芹参加了学校的文学兴趣小组、书刊评介小组，担任学生会宣传干事，主编学校墙报《蜜原》，丰富的课余活动推动着周克芹更加热爱文学。

在读书期间，因为学校拥有藏书丰富的图书馆，周克芹阅读的机会增多，视野开始开阔，开始了如饥似渴地阅读大量文学著作。"我像一头来自荒山野岭的饥饿的小牛，在一个偶然的机会闯进了一片绿草如茵的丰盛草原，那样欣喜若狂，那样贪婪地啃着。"③阅读范围从当时盛行的《钢铁是怎样炼成的》《勇敢》等早期苏联文学作品到高尔基的作品，再到屠格涅夫、契诃夫、普希金、托尔斯泰、车尔尼雪夫斯基等俄国19世纪大师们的作品，再到欧美文学，同时重读中国古典长篇小说。周克芹勤于学习和阅读，在古今中外伟大的文学作品的滋养

① 周克芹：《周克芹散文随笔》，四川文艺出版社，2013年，第65页。
② 邓仪中：《周克芹传》，重庆出版社，1996年，第16页。
③ 周克芹：《周克芹散文随笔》，四川文艺出版社，2013年，第421页。

与熏陶下继承学习文学精神和文学创作技巧，文学鉴赏水平得到提高。为以后的创作积淀了深厚的阅读基础。周克芹在阅读的同时，也开始尝试文学创作，1954年，他在成都《工商导报》上发表了文章《老盐工袁大爷》，在《西南文艺》上发表了《在列车上》。但在1958年毕业之际，周克芹由于写信发表同情诗人流沙河的言论受到批评，被开除团籍，不予分配工作，遣返回农村。

（三）农村业余创作时期（1958—1978）

对于周克芹的回乡，家乡乡亲们和基层干部们热情欢迎，为其积极安排工作。从民办学校教师、不脱产的公社农业中学教师、大队保管员、大队会计到公社农业技术员，周克芹努力在农村生产与生活。同时周克芹以杰克·伦敦和高尔基作为自己的人生榜样，立志不向命运低头，通过努力成为一名作家。1978年周克芹调到县文化馆，分管全县的业余文学创作。在这一期间周克芹在繁忙的农村劳作和工作之余，仍不忘进行学习和文学创作。周克芹大量阅读经典文学作品，学习文学理论、历史、哲学等方面相关知识，扩大自己的阅读面，同时学习小说创作的技巧。"从学校回到农村后，我又把原来读过的名著如《红楼梦》《悲惨世界》《复活》等，找来再读，并结合阅读有关文艺评论，以加深对这些名著的理解。"①此时的周克芹人生经历更加丰富，对读书、对生活有了更深的领悟、见解与收获。同时因为时代改革波折动荡的影响，周克芹深深关心着社会的状况对农村发展与农民命运的影响。

回乡的第二年，即1959年，周克芹开始了业余小说创作，并在1960年发表了自己第一篇乡土短篇小说《秀云与支书》。随后因为文学素养的提升和生活积蓄的丰富，周克芹用心勤勉地在这二十年陆续创作发表中篇小说一篇、短篇小说七篇。周克芹在这期间成家生子，经历了饥荒的艰难、"文化大革命"的动荡、生活的烦恼和文章发表受阻，走过艰难的生活之路和文学之路。

（四）专业作家创作时期（1979—1990）

1979年，周克芹走上专业创作道路，调四川省文联任专职作家，但仍在家乡红塔区生活与创作，并兼任红塔区区委委员。作为基层干部，周克芹到农村蹲

---

① 沈太慧：《文坛上冉冉升起的一颗新星——三访周克芹》，《当代文学研究参考资料》，1983年第4期。

点工作，协助领导管理组织工作。作为专业作家，周克芹更加积极融入生活与群众，把自己的所见所闻积累成文学素材写入小说。1983年，周克芹举家迁入成都，逐渐开始活跃于四川省文学界。1985年8月，周克芹被任命为四川省作协党组成员。1990年2月，周克芹担任省作协文学刊物《现代作家》主编。1990年3月，周克芹被任命为四川省作协党组副书记。1990年6月，周克芹任四川省作协常务副主席。然而，就在同年8月，周克芹因为肝癌晚期抢救无效辞世，终年53岁。

专业创作时期是周克芹文学创作厚积而薄发的阶段。这一时期，周克芹共发表长篇小说2部，中篇小说3篇，短篇小说21篇。其中长篇小说《许茂和他的女儿们》经过前几年的酝酿和写作在1979年一发表就受到广泛的关注，获得了1982年首届茅盾文学奖。短篇小说《勿忘草》和《山月不知心里事》连续两年蝉联全国优秀短篇小说奖。

回顾周克芹艰辛曲折的文学之路，我们可以看到他与农民息息相关的血肉联系，可以看到他对于人类与世界生活、人民与土地的深情理解与书写。

二、周克芹的乡土小说创作之路

人们无法选择自己身处的时代，但每个时代总会选择一些人，并通过他们来表达时代的需求、时代的呼唤和时代的情绪。改革时代的民族精神也注定要选择它的代表人物来表达和呈现。周克芹无疑就是新时期农村改革时代所选择的代言人和书写者。早在1978年初，承受时代变革思潮感召鼓舞的周克芹，就有了创作《许茂和他的女儿们》的激情和冲动，"心里灼热的情感难以从嘴里、从笑脸上表露出来，总会像火山的岩浆一样汹涌澎湃，将来通过自己的笔奔涌出来"①。

就在同一年，党的十一届三中全会，通过了《中共中央关于加快农业发展若干问题的决定（草案）》。这个《决定》在描述当时的农村现状时，用了三个"很"字："农村生产力水平很低，农民生活很苦，扩大再生产的能力很薄弱。"这种"很低、很苦、很薄弱"的状态，已然表明我国农村经济社会的发展到了亟须改革转变的历史关头，亟须寻找和建构一种新的生产经营体制来改变其落后的面貌。当此时代呼唤改革之际，周克芹1978年创作，并于1979年发表的长篇乡土小说《许茂和他的女儿们》，犹如金鸡啼晓，以其悲怆沉郁的文学话语再

---

① 周克芹：《周克芹文集》下卷，四川文艺出版社，2000年，第427页。

现了一个普通农民家庭艰难曲折的历史际遇，发出了时代变革的先声，震动了新时期的文坛和社会，并获得了首届茅盾文学奖。从而成为当时最契合时代精神，把"伤痕文学"和"反思文学"糅为一体，并预示着"改革文学"来临的代表性作品。

周克芹是改革时代最早的幸运者和受惠者。没有拨乱反正、改革开放的时代，当代文坛就不会有著名作家周克芹。在此之前，他只是一个被遣返回乡的有知识、爱文学的农民，一个几十年风雨中扎根农村土地的农技员。他与农民同呼吸共患难，对农村经济和农民生活的历史命运感同身受。他深知新时期农村改革是"中国农民付出了巨大的牺牲才换来的一场改革，是一场历史悲剧换来的改革"①。因此，他自觉地把书写农村改革当作自己义不容辞的文学使命。既为改革鼓与呼，亦为改革忧和思。他说，"改革是我们当今生活的主要内容，我们的创作应该在这方面下很大的功夫，做出历史性的深刻的反映"②。从1978年的《许茂和他的女儿们》到1990年去世前的《秋之惑》，他在新时期创作的全部乡土小说按时序连接起来就是一部中国农村改革前十余年形象生动的文学编年史，同时也是一部农村社会现代转型期的农民心灵史。他以充沛的激情、冷静的观察和深沉的使命感，关注着农村改革每个阶段的日常经验及其出现的新问题，把那些年农村改革的各种重要现象统摄于创作视域中，用现实主义的创作方法切近农村经验，叙写了当代农民的心路历程和价值选择，为改革时代书写出了许茂、四姑娘、华良玉、吴金凤等一批当代农民的典型形象，反映了我国农村改革变化的时代特征，并以文学想象的方式、提供了改革时代农村从传统向现代转型的历史经验，传承和拓展了以赵树理、柳青和孙犁等人构建起来的乡土文学创作的主流传统，从而在当代文学史上占有一席不可忽略的创作地位。

1960年，24岁的周克芹在《峨眉》上发表了第一部短篇小说《秀云与支书》，开启了他的乡土小说的创作之路。到1990年逝世，周克芹在三十年的创作生涯中，兢兢业业致力于书写历史变革下的农村发展和农民命运的沉浮变化，以小说的形式真实地书写了中国当代农村、农民和农业问题，丰富了中国当代农村改革的文学叙事经验。同时，纵观周克芹乡土小说创作历程，我们可以看到周克芹在创作实践中不断探索创作经验，更新文学观念，在叙事艺术上不断寻求突破。他的小

① 周克芹：《时代·改革·文学》，《周克芹文集》下卷，四川文艺出版社，2000年，第133页。
② 周克芹：《关于如何反映当前农村生活的通信》，《当代文坛》，1985年第1期。

说作品从生涩到成熟，从浅显到深厚，呈现出明显的阶段性发展的个性特点。据此，可以将周克芹三十年的乡土小说创作之路分为早、中、晚三个创作阶段：

1960年至1977年是周克芹的早期创作阶段。这个阶段的重要作品收集在第一部短篇小说集《石家兄妹》（1978）中，共有八篇。关于这一阶段的乡土创作，由于众所周知的历史原因和时代限制，周克芹的创作实践只能在"农村题材"一体化的规范中进行。周克芹自己对这个阶段的创作，有一个总结性评价，认为在《许茂和他的女儿们》之前，"只写过为数不多、质量不高的短篇小说"①。这是一个比较客观的自我评价。现在看来，这些小说虽然刻印着那个时代的局限性，但在规范式写作中，周克芹的乡土创作在人物塑形上，在书写农村青年干部公而忘私，为农业生产全力以赴时，也不回避描写他们的感情世界。在亲情和爱情、母女情和兄妹情的人伦关系中彰显出人物的性格和情怀。这些情感书写大都清新明朗，单纯质朴，洋溢着比较浓郁的乡土气息。从中还可以看到，他对乡村农民和年轻干部感情生活及人伦关系的关注与表达，从早期的《云秀和支书》到中期的《桔香，桔香》，再到晚期的《秋之惑》，都是乡土创作实践中一以贯之、不断复写的重头戏，是他为当代中国乡土文学提供的一种重要的艺术经验。当然，人物性格和情感描写的过度单纯化，也是那个时代的一种创作症候。

1978年至1984年是中期创作阶段，也是周克芹誉满文坛、激情书写农村改革故事的重要阶段。与此同时，这也是以家庭联产承包责任制为中心的农村改革的一个重要阶段。在此期间，周克芹虽然转变了社会身份，成了体制内的专业作家，但他像柳青一样，挂职乡下、生活在农民中间。他一边观察体验乡村的变革，一边勤勉地从事创作，发表了十几部（篇）乡土小说，代表作有《许茂和他的女儿们》《勿忘草》《山月不知心里事》《桔香，桔香》《邱家桥首户》，等等，成为当时正面书写农村改革生活的代表性作家。这个阶段的小说创作以反映现实、贴近生活、再现乡村社会的时代变革为主旨，在现代与传统、先进与落后、新思想与旧观念的复杂关系中，书写乡村转型时期的新气象和新经验，并在塑造的乡村新农民、新能人身上，寄寓着深切的美好愿景。另一方面，周克芹对农村改革进程中出现的重要问题及矛盾，有着敏锐的观察和发现，诸如道德与历史的悖论、先富与共富的纠葛、物质富裕与精神贫困的反差、现代技术与传统生

① 周克芹：《〈许茂和他的女儿们〉创作之初》，《北京师范学院学报（社会科学版）》，1982年第6期。

产的冲突、集体经营与家庭承包的失衡、进城务工与土地撂荒的裂痕等，在这阶段的小说中都有不同程度的描述，从中彰显出农村改革大业的艰难性和复杂性，从而以文学想象为农村改革寻找和提供一种审美合法性。这种审美意图和创作取向，不仅与当时文坛的主流思想完全契合，而且也是周克芹在那个时代的文学环境中对现实主义创作方法的真切理解和勤奋实践。尽管如此，他在对农村改革的普遍性书写中也表现出自我的艺术特色，其最显著的特点就是改革书写的当下性。所谓"当下性"在此指的是小说的故事时间与作者的写作时间具有同构对应的共时态关系。比如《落选》写的是1980年初的故事，而作者写作这篇小说的时间也是1980年初。这种故事时间与写作时间同步一致的当下性，强化了小说文本的纪实性和真实感，建构起文本同现实之间的互文性和互动性，既可能使虚构的小说产生非虚构的艺术效果，也可以使小说艺术地再现改革实践中出现的各种问题，从而使读者在阅读过程中获得一种与当下现实密切相关的问题意识。或许这也是周克芹书写农村改革的一个创作初衷，他想让他的小说读者正面关注农村改革的现实状态。值得重视的是，作家笔下的当下性还是一种富有历史感的当下性。历史在当下的情境中并未缺席。虽然小说没有正面展现历史，但历史已融进人物的种种经历，表现在人物的性格特征和行为方式之中。自然，当下性的书写也蕴含着一定程度的审美风险。在强化了作品的仿纪实效果时，亦可能因其与叙事对象距离过近而削弱作品的艺术性，产生思想大于形象、主题过于直露的美学症候。周克芹对此也有充分的自觉意识和审美反思。1984年在《感受·表达》一文中，谈到他的乡土创作时，他便直率地坦承自己"无力在塑造人物形象方面用功，吃了'主题饭'，写的东西往往不是形象大于思想，或思想融于形象，而是相反"。他认为这是"没有遵循艺术规律"造成的。[1]在认识到自我乡土创作的缺陷和症结后，周克芹从1985年开始，他的小说创作就有了比较明显的变化，地域文化乃至文化人类学同人物性格的互动关系逐渐进入他的小说文本，成为他观察人生世态、塑造人物性格的一个新维度。所以他特别强调说："从《绿肥红瘦》开始，我就尝试着努力从生活的丰富、复杂的本来面目出发，表现人物性格的丰富性。"[2]

---

[1] 周克芹：《感受·表达》，《青年作家》，1984年第7期。
[2] 周克芹：《创作终究得从头做起》，《周克芹文集》下卷，四川文艺出版社，2000年，第224页。

于是，从1985年至1990年他就在美学反思和艺术探索中进入了乡土创作的晚期阶段，这个阶段是他稳中求变、艺术个性和美学风格相对成熟的创作阶段。一方面他继续坚持现实主义的创作原则，完成了长篇小说《秋之惑》。如果说《许茂和他的女儿们》是对十年"文革"农村动荡岁月的反思和概括，《秋之惑》则是关于农村十年改革进程的回顾与思考。小说塑造的农村青年华良玉，是农村改革转型过程中成长起来的有文化有技术的新型农民，他的艰难坎坷的创业道路隐喻着新农村建设道路的艰巨性。而他那种不甘失败坚忍顽强的创业性格也寄寓着作家的理想和愿望。另一方面，在这个阶段中周克芹还创作了一些很值得关注的短篇小说，如《上行车，下行车》《绿肥红瘦》《人生一站》和《写意》等。这些小说同他过去作品相比，在审美理念和叙事风格上都有明显的差异，意味着周克芹的乡土创作已然有了新的探索。在一如既往地关注乡村社会现实生活的同时，人在现实中的生存状态以及日常经验中一些不经意的人生况味，悄然出现在文本之中。大时代成为故事发生的背景，而不再占据叙事中心。人物的内心情绪还有人性的多样复杂，在叙写中有了更丰富更深邃的表现空间。在修辞学意义上，一种温厚的反讽氤氲着小说中的人与事；主题上，地域文化及县城经验以人类学视角的观照被彰显出来，人物性格的描写更加蕴含着地域环境和地方经验的深刻影响。叙事张弛有度，语言含蓄内敛，看似轻描淡写，实则举重若轻，从而使这些小说抵达了较高的艺术境界，形成了一种极具张力、个性独特的艺术风格。

三、周克芹乡土小说的现实主义创作观与方法

在周克芹三十年的文学创作生涯中，他一直践行着面向生活、面向时代的现实主义创作观与方法。"我觉得，搞创作，一定要坚持直面人生，开拓未来，走现实主义深化的路子。"①周克芹乡土小说的现实主义创作不是对现实生活的简单摹写，不是对国家政策的片面图解，而是以作家强烈的社会责任感、历史使命感和时代的忧患意识关注农村社会的变革发展和农民的命运生活，作品中包含了自己真实的生活体验和独特的审美思考。

周克芹对"现实主义"有着自己独特的理解："我是现实主义者，现实主义首先是一种精神，它要求尊重现实，能动地反映现实，从现实的角度反思和展望

---

① 邓仪中、仲呈祥：《直面人生，开拓未来——从周克芹近作谈革命现实主义的几个问题》，《人民日报》，1982年8月11日。

未来。作家都生活在一个具体的现实环境中，每个时代的作家都受他生活于其中的诸多现实环境的恩赐，从中获得构成文学的各项要求，同时也受到制约。"①周克芹一直坚持生活积累和情感积累，坚持"直面人生、开拓未来"的做人态度和文学主张，并以创作实践来证明现实主义文学的强大生命力以及在新时期文学中的开拓与发展。

（一）"直面人生"——现实主义的真实性

周克芹在文学创作中坚持现实主义的真实性，他认为文学的独特与美要基于作者真诚的创作态度，书写真实的现实生活，抒发真切的情谊感怀。"我们需要真实的、但不是自然主义的文学。我们需要有正确的政治倾向的作品，反对说假话、说大话的骗子文艺。文学要真实，要美，要引人向上，而不要虚伪，叫人颓丧。"②周克芹强调文学创作的真实性对特定历史时期下"假大空"的书写现状具有积极的纠正作用。"周克芹敢于正面去反映当代农村的经济改革。直面人生不仅要有面对现实的勇气，而且要有不带任何主观偏见，实事求是地认识现实生活本来面目的胆识，要有对现实的独特的思考和发现。"③周克芹以直面人生、直面生活的勇气，在文学创作中坚持现实主义的真实性，书写现实生活的本来面目。他的小说全部来源于生活真实的体验。现实主义的真实性的追求展现了周克芹对人与人、人与社会、人与世界之间关系的艺术体验与表达。

1. 生活的真实：深入生活，提出问题

周克芹是生活的敏锐观察者和深入体验者，重视身边发生的一切。他认为文学创作要直面生活，正视矛盾与问题，书写真实的生活。"写农村题材，要写得像生活本身那样自然、流畅，不应去追求惊险离奇的情节。每个人的生活不一样，性格不一样，他们在一起，自然就有矛盾，有情节的发生和故事的发展。所以我在观察生活中，注意的是生活本身和人物，而不去追求情节。"④因此，

---

① 闵力：《克芹之路——记一位与中国农民休戚与共的当代作家》，《电视·电影·文学》，1992年第3期。
② 周克芹：《周克芹散文随笔》，四川文艺出版社，2013年，第156页。
③ 冯宪光：《"直面人生，开拓未来"的硕果——读周克芹的长篇新作〈秋之惑〉》，《文艺理论与批评》，1990年第6期。
④ 郑兴万：《"生活之路就是我的创作之路"——记作家周克芹畅谈生活感受》，《文艺报》，1981年第24期。

周克芹按照生活的本来样子来进行乡土小说叙事，并在生活的"原汁样的自然流淌"①中提出值得引人深思的问题。可以说，周克芹在创作上忠实生活的真实感受，不断地从生活中发现、提出农村新问题，以引起社会的关注，寻求更好的解决之道。

在周克芹三十年的乡土小说创作中，周克芹始终坚持对农村生活和农民命运进行真实的书写。他在深入发现问题，并在对问题的书写中展示生活的真实。在创作的早期阶段，由于时代主流意识形态的影响，周克芹在一体化的规范式写作中不可避免地带有一些政治宣传的印迹，但却没有放弃书写真实生活的基本追求，他着墨于乡土社会人与人之间人伦真情的温暖可贵，为其小说创作涂上了一抹亮丽的底色。到了中期创作阶段，周克芹更加关注新时期农村改革的真实生活，书写身边农村普通小人物的命运纠葛。他既写农村改革进程中的进步与发展，也没有忽略生活中的磨难艰辛和矛盾问题。《许茂和他的女儿们》是这一阶段最具代表性的作品，殷白评价为："我认为这是近几年来难得的一篇佳作，对当前认识纷纭的现实和文学上的问题，表现出一种积极的见解，由于作品来自生活和诉诸形象而更具说服力。"②真实的书写使小说具有真实感人的力量，让人信服。同时，小说在故事情节呈现的同时也提出了许多值得大家深思的问题：勤劳朴实的许茂为什么会在不同历史时期有不同的表现？郑百如是如何成为葫芦坝的当权派的？四姑娘内心到底隐藏了多少心事？……读者在阅读的同时，会不自觉地去思考去寻找问题的答案。周克芹敢于在小说中提出当时时代最敏感尖锐的社会问题，以反映特殊历史时期"四人帮"对农村发展和农民生活造成的巨大伤害。《山月不知心里事》写于1981年，当时中国农村正在实行各种形式的生产责任制，"各家各户做庄稼"，积极调动了农民的生产积极性和责任感，农村形势一片大好，社会普遍高歌赞美。而小说《山月不知心里事》的发表别开新意，不迎合社会舆论主流，单一片面地赞美农村生产的美好，而是表达了在农村生产改革背后的忧思与疑虑。小说从"野心勃勃"的明全，心事重重的容儿和"孤单"的巧巧等青年微妙的思想情绪变化中写出了农村生产积极发展下背后乡土人际关系的新问题和矛盾。《落选》中的老支书郑洪兴几十年如一日勤勤恳恳，任劳任

① 殷白：《相见时难别亦难》，《沱江文艺》，1997年1月、2月合刊。
② 殷白：《内江文学的殊遇——关于〈许茂和他的女儿们〉的一组通信》，《沱江文艺》，1997年1月、2月合刊。

怨，为民服务，但是因为思想僵化，落伍于时代，最后不得不落选。小说探讨的就是当时农村改革生活中发现的新问题，许多基层干部的思想和文化水平不适应时代建设发展的要求。同时小说也揭示郑洪兴落选背后深刻的时代历史原因。"文革"期间，在"左倾"思想的指导下，农村基层干部们大部分形成了"抓运动"的思想痼疾，认为基层干部抓好"政治原则和阶级斗争就行"，不重视科学文化知识和农业生产。《风为媒》揭示了中国农村20世纪七八十年代存在的买卖妇女、买卖婚姻现象，问题尖锐，给人以警示。《勿忘草》展现了当时社会普遍存在的知青回城抛弃下乡时的伴侣和孩子的现象，这是特殊历史政策遗留的问题。《邱家桥首户》表现了农民致富后生活中可能出现的家庭伦理、人际关系问题。到了创作的晚期阶段，周克芹在注重现实生活真实性的同时，更是凸显生活复杂丰富的本来面貌、人物性格的复杂变化，同时在人类学视角的观照下，书写人类普通真实的生存境况与人生况味，对生活的把握与书写更加深入。在《人生一站》中，几个刚刚大学毕业的青年男女来到一个城乡结合的小城镇，在人伦关系和裙带关系复杂的机关文化氛围中，慢慢地消磨掉自己的青春理想和意志情怀，融入小城镇舒适安逸的生活节奏之中。小说表面上是对社会风气与社会心理的刻画，实际上探索的是传统乡土文化中人情世俗的根深蒂固。

　　周克芹真实、深刻地反映现实生活，并提出新问题，书写新可能，引导读者思考探索农村改革过程中的新矛盾和农村社会未来发展的新方向。周克芹的作品蕴含一种深沉的思想的力量，展示时代历史下真实的农村生活。

　　2. 细节的真实：典型细节，推动情节

　　周克芹在乡土小说的现实主义创作中十分重视细节的真实刻画。他善于在故事中对细微的事物或情节进行深入细致的描摹，展现其客观真实的原貌。细节是故事情节的串联点，周克芹通过对细节的凸显来展示人物的性格和心理，推动故事情节的发展，使故事更加充实饱满。可以说，细节描写有如电影艺术中的特写镜头，在典型真实的刻画中，为故事的发展做好铺垫。

　　周克芹在《勿忘草》中，围绕"锄头"的一系列细节刻画，真实细腻地写出了芳儿的内心变化。"锄头"是小说中一个重要的意象，既是劳动的象征，又寄寓了小余和芳儿在劳动中共同建立的爱情。文中对锄头的描写共出现四次。第一次描写锄头，是小余才离家不久，芳儿"把锄头提进屋，挂在墙头，但想了想，又放了下来，她觉得锄头像平常那样倚在墙边更合适些"。"提""挂""放""倚"四个动词的描绘，表现出芳儿对锄头的珍视，也就是对两人纯真爱情的珍视，并在内心相信丈夫不久后将归家。第二次写锄头，在芳儿盼望丈夫归家时发现锄头生锈了，"她把锄头擦得明晃晃、亮闪闪的"。锄头生锈表明丈夫小余离家已久，芳儿内心开始焦虑不安。擦锄头，是芳儿为了缓解自己内心的思念和焦虑。第三次写锄头，是芳儿收到小余第二封信后，她开始每天夜里都擦锄头，不想留下一丝锈痕，带着热切的希望和深深的忧虑。第四次描写锄头，在小余决定留在城市工作时，芳儿扛起珍视的锄头去挖地，用丈夫的锄头去劳作，是芳儿的倔强。丈夫留不住、靠不住，只有靠自己，展现了芳儿面对生活困境时不屈服的勇气和渴望自己创造美好未来生活的愿望。四次"锄头"的细节刻画融入故事情节发展的全过程，是推动情节发展的重要线索。在《许茂和他的女儿们》中，文中提到四姑娘许秀云是一个善良坚韧、爱好、爱生活的女人。为了体现"爱好"这一品质，周克芹专门用一段细节描写来进行表现。四姑娘与郑百如离婚后，拒绝了再嫁的可能，回到娘家小草屋居住。"即使是在这样心情恶劣的倒霉的日子里，她也不能让自己随随便便地睡在肮脏阴暗的地方。花了一整天的工夫，她把小屋里里外外收拾得干干净净，屋内斑驳的泥墙，被抹光了，糊上一层白纸，在临院坝的一堵墙上，开了一个小小的窗洞，还剪了一块果绿色的旧布权当窗帘挂上。灶头砌在墙外，烧火的时候，屋里也不被烟熏，没有灰尘，清爽而又明亮。天落黑了，点起煤油灯来，小屋里居然也显得温暖而有生气了。"①四姑娘离婚后虽然暂时摆脱了郑百如的欺辱，但是因为拒绝再嫁，受到了父亲的冷言责备、同村人的闲言碎语。然而生活的困境也不能阻挡四姑娘对生活的热爱。居住条件差又如何，她通过自己的双手去改善。文中对四姑娘收拾小屋的细节描写强化了四姑娘勤劳美好的性格品质，也为后续情节涉及小屋描写做了铺垫。小说《在艰难的日子里》，文中对"围巾"的细节描写共出现五次。第一次描写围巾在文章开头，在下雪的冬夜，秦桂贞在剧场门口等待被批斗的丈夫夏明远。"女人埋着头，两手插在棉大衣的口袋里，腋下夹着一团黑色的绒线围巾。"②"埋着头""两手插在棉大衣"说明冬夜的寒冷，秦桂贞在孤单寒冷中等待丈夫，展示了在艰难的生活困境和政治困境面前，妻子对丈夫的关怀与陪伴，两人夫妻情谊的深厚。第二次描写围巾紧挨着第一次的等待，丈夫开完"批判

---

① 周克芹：《周克芹文集》上卷，四川文艺出版社，2000年，第33页。
② 周克芹：《周克芹文集》中卷，四川文艺出版社，2000年，第157页。

会"走了出来，"她迎了上去，把绒线围巾轻轻给他挂在颈脖上"①。"迎"字表现出秦桂贞看到丈夫出来的欣喜与急切，"轻轻地"表现出秦桂贞对丈夫的温柔珍视。第三次描写围巾是一次在夏明远准备出门去接受批斗时，秦桂贞拿起围巾给丈夫围上，夏明远告诉妻子"站台子"接受批斗时不允许围围巾，所以他"便把围巾取下来，折叠好放在床头柜上"②。夏明远不愿意带围巾出门，并把围巾折叠好放床头，表明他对围巾的珍视，也可以看出当时家庭物质条件的艰苦。第四次描写围巾是在一次秦桂贞准备出门等丈夫时，"秦桂贞终于又同往常一样，紧了紧衣服，换了一双胶鞋，把丈夫的围巾抱在怀里，向门口走去"③。第五次描写围巾是杨织来拜访夏明远后，秦桂贞出门找丈夫，"她哽咽地说着，一转身，便抱着丈夫的围巾，匆匆出门去了"④。每一次去接丈夫，秦桂贞都带着围巾。周克芹对"围巾"这一细节的刻画展示了两人情谊的真诚温暖。周克芹在乡土小说创作中十分擅长抓住细节的典型刻画，既是对生活真实的真切把握，又是现实主义创作手法的灵活运用。

周克芹是一个见微知著的作家，以敏锐的观察力感知生活的一切。他抓住生活细节，对日常生活百态进行真实细腻的刻画，挖掘生命的内在真实性，展现社会生活的真实面貌和人在不同处境下真实的生存状态。

（二）"开拓未来"——现实主义的理想性

周克芹在乡土小说现实主义的创作实践中，并不一味地揭示与暴露现实生活中的不幸与艰难，而是在真实展现生活原貌的同时，倾注了自己对生活、对未来的期许与信心，其创作的基调是明朗乐观的，展示了其现实主义书写的理想性。"他也写苦难和悲剧，但他从不低吟悲苦凄绝的调子，总是鼓舞人向前，向前。"⑤

1. 哀而不伤：苦难的节制书写

周克芹的小说创作长于抒情，并且其抒情表达是温厚克制的。他认为文学创作中的情感表达要有所节制："只有尽量隐忍痛苦，节制那种'愤怒'或'不

① 周克芹：《周克芹文集》中卷，四川文艺出版社，2000年，第158页。
② 周克芹：《周克芹文集》中卷，四川文艺出版社，2000年，第165页。
③ 周克芹：《周克芹文集》中卷，四川文艺出版社，2000年，第168页。
④ 周克芹：《周克芹文集》中卷，四川文艺出版社，2000年，第170页。
⑤ 周葱秀：《心灵美的赞歌——略论周克芹短篇小说》，《文谭》，1982年第8期。

满'的激情，才会写出更沉重、更高贵的好作品来。拼命呐喊'悲哀'，抱怨'不平'，展览'伤痕'，那种作品叫人感到浅薄的原因就在于作者不知道节制自己的恶激情，有时候，一个苍凉的苦笑，比号啕大哭更能打动人心，久久地叫人难以平静。"① 周克芹有着温和宽厚的性格特质，在文学创作中从不肆意地宣泄自己的激情与痛苦，作品中的人物不大喜亦不大悲。"大体说来，他的小说是温和的，宽厚的，他以抒情乃至凄婉的笔调，塑造了众多女性形象，而且从不展示绝望，也见证了他血脉里温和与宽厚的气质。"② 周克芹在小说创作中的情感节制主要表现为他对苦难的节制书写。他用抒情的笔调刻画了一系列改革发展中农民命运跌宕的故事，但即使书写命运的苦难与艰辛，也从不展示绝望。"他的作品几乎没有大悲大愤的痛苦失意的抒写，总是化深沉的痛苦为浅淡的忧愁，大有中国传统文学中'哀而不伤'的品格。"③

周克芹在小说中对苦难的节制书写具体表现为：从不在故事中正面展示生活中极致的苦难悲痛，不过多着墨于人物情感的喜乐哀伤，而是在淡淡的叙述中将生活的困苦作为故事发展的底色，不动声色地诉说着命运的跌宕。在《许茂和他的女儿们》中，小说以小见大，以许茂一家人物命运纠葛为中心描写了"文化大革命"后期"四人帮"对农村生活的巨大破坏。小说没有正面书写郑百如的种种劣行，没有一一展示金东水遭遇的一切苦难，更没有书写葫芦坝人民在特殊历史时期的艰辛生活。农民悲伤苦难的生存状况只是小说故事发展的背景。周扬在致沙汀的信中也表示，"小说也描写了我们农村中社会中的不少消极面、阴暗面，但并不给人以消沉的感觉，相反给人以鼓舞的力量"④。小说《在艰难的日子里》描绘了在"文化大革命"里县委书记夏明远受到批斗摧残的生活处境，但作者并没有正面直接刻画夏书记戴着枷锁铁牌面对批斗的凄惨情景，没有书写夏书记面对批斗殴打时内心的痛苦与悲愤，而是将他挨批斗的政治境况作为一个事实事件多次平淡提及。相反，小说主要着墨于夏书记挨批斗回来，淡忘自己处境的艰难，依旧关心他人，想方设法保护受冤屈的水稻专家。在对夏明远困苦的生

① 周克芹：《周克芹文集》中卷，四川文艺出版社，2000年，第277页。
② 罗伟章：《他对时代的关注从未摇摆》，《四川日报》，2016年10月28日。
③ 田原、冯宪光：《评周克芹的创作道路》，《四川大学学报（哲学社会科学版）》，1991年第2期。
④ 殷白：《内江文学的殊遇——关于〈许茂和他的女儿们〉的一组通信》，《沱江文艺》，1997年1月、2月合刊。

存处境的节制书写中，反而更能体现夏明远公而忘私的高尚品质。在《风为媒》中，农村存在妇女婚姻买卖交易，年轻姑娘作为商品被贩卖到他乡，这本是十分惨痛的社会现实，可是作者在小说中却给了段素芬悲惨际遇中好的归宿，买她的人是善良本分的小郑，虽然穷，但是两人在朝夕相处中，在共同应对生活的艰难中慢慢地在一起了。可以说，《风为媒》的题材本是展示农村社会黑暗面的悲剧题材，但是故事的结局却并不是悲剧，小段和小郑在相濡以沫中继续面对生活的苦难，共同创造更加美好的未来生活。

周克芹的乡土小说虽然书写的是中国20世纪60年代到80年代动荡变革中的农村生活，在苦难的节制书写中没有一味地揭示和披露特殊时代的艰难痛苦，没有直面展示黑暗与血腥，最终展示的是农民在生存艰难下无畏的勇气和对未来美好的期许。

2. 坚信未来：美好前景的展望

周克芹的乡土小说在揭示农村变革艰难的同时，也包含了对未来的美好憧憬。他认为文学创作"要站在党和人民的立场上，认识和反映现实的社会矛盾，揭示生活发展的趋势，给人以鼓舞向上的力量"①。他的这种创作思想一方面来自对国家社会发展的信心，另一方面受到身边农民兄弟姐妹乐观坚韧的精神鼓舞。"庄稼人是不悲观丧气的，尤其是女人们，她们看去软弱一些，而实际上是很坚强的，在'抗灾'方面比许多男子汉更具备耐力，不论多么艰苦，那希望之火在她们心里都不熄灭，总是能够直面人生，含辛茹苦地去重建自己的家园。"②

在短篇小说《勿忘草》中，知青小余和农村姑娘芳儿因为爱情结为夫妻，相知相爱，后来小余因为父亲的去世，回城接替父亲的工作后不愿意回乡，小余的姐姐以小余前途为由给芳儿寄去了绝情信。对芳儿来说，面对婚姻破碎，她没有怨天尤人、一蹶不振，而是默默劳作，专心抚养自己的女儿。她努力学习农业科技知识，当上了村里的科研组长，对未来的生活充满希望与动力。周克芹虽然刻画了小余返城离家给芳儿带来的痛苦与煎熬，但却进一步表现了芳儿在困境中勇敢地面对挫折，积极开拓新生活。美好前景的展望使小说结尾充满积极明丽的色彩，读者也为芳儿祝福。小说《在艰难的日子里》，"文革"期间饱受摧残批斗

① 　仲呈祥、陈培之：《识胆艺——访作家周克芹》，《青年作家》，1982年第7期。
② 　周克芹：《周克芹文集》下卷，四川文艺出版社，2000年，第65页。

的县委书记夏明远,不消极沉沦,不对生活丧失信心,不忘记自己的职责,仍旧心系人民。他坚毅忍耐,面对批斗与迫害,巧妙地进行着斗争,并通过努力设法保护受迫害的水稻专家。"真的,冬天过后,不就是春天么?春天到来的时候,我们有多少工作要去做啊!"①因为坚信着未来的美好生活,夏书记带着期许,坚定地面对处境的艰难。同时夏书记的斗争与忍耐并不是孤单的,妻子的陪伴和人民的同情与支持给他巨大的动力。在《风为媒》中,倔强乐观的段素芬在二十岁时以三百元的价格被贩卖到异乡做他人的妻子,幸好遇到了老实憨厚的小郑。一个是因为生活艰难迫不得已被家人卖出去的多余的女儿,一个是生活困顿没钱娶亲却被坑骗钱财的农村单身汉,生活命运的不易让两人相遇相知。同时两人也在勤苦劳作、相濡以沫中心心相惜。日子虽然清苦,但他们依旧对未来生活充满希望。在小段心中:"这两年,上边的政策好了,只要展劲,多出工,就不愁吃穿,三年还清了六百多元债,再过三年,我们还想把房子新盖一下呢!"②美好生活的展望支撑着两人积极面对着生活的重重苦难。周克芹写于改革开放初期的成名作《许茂和他的女儿们》,在目前权威当代文学史中被归类为"伤痕小说",认为小说是揭示"文化大革命"时期给人民群众在心底留下的伤痕,但这部小说并不完完全全是"伤痕小说",虽写动乱年代的荒唐与苦难,却并没有一味地揭示和批判,而是在故事中展示人们对未来生活发展的希望。

周克芹的乡土小说展示了农村改革历程中的艰辛与矛盾,书写了农民在困难挫折面前的乐观坚韧。黑暗困苦只是暂时的,周克芹在前景展望书写中坚信着未来生活的美好!

3. 意境中的诗情

自古以来,中国文人喜欢通过对自然景物的刻画来烘托内心的情感,常常在诗情画意中融情于景。"昔人论诗词,有景语、情语之别,不知一切景语皆情语也。"③周克芹的乡土小说在主体审美观照中致力于追求小说的诗情,"小说创作要向诗歌学习,小说也要写出诗的意境来"。④周克芹的许多作品情与景的描写自然融和,流露出浓郁的诗情画意。而这种诗情画意常常表现在文字所营造出

① 周克芹:《周克芹文集》中卷,四川文艺出版社,2000年,172页。
② 周克芹:《周克芹文集》中卷,四川文艺出版社,2000年,210页。
③ [清]王国维著,墙峻峰注:《人间词话》,长江文艺出版社,2017年,第151页。
④ 敖忠:《现实主义文学的丰硕成果》,《重庆日报》,1989年4月19日。

来的意境当中。"他作品中的那种明亮与忧伤，那种对意境的营造，那种明显的散文化特质，都贯穿始终。"①

周克芹的小说常常以情动人，在抒情的描写与叙述中营造意境的诗情。《雨中的愉悦》营造了陌生男女在雨中邂逅的幽雅意境。《上行车，下行车》在从容舒缓的笔调中刻画了方达芬徘徊踌躇的缠绵犹疑情绪，营造了一种细腻的诗情。《人生一站》刻画了小城闲散雅致的生活意境。"无风的白昼，照例是很暖和，阳光闲闲地铺在小城的民屋上，投在窄窄的街面上。阳光在小城的街面上爬行，像小城的日子一样，闲闲的，一寸一寸地不知不觉地过来，又过去。似乎带走了什么，又带来了一些什么。"②温暖舒服的阳光写出了生活的闲适随意。《勿忘草》一开头就把读者带入雨后的田园风光："落了一场透实雨以后，天格外青，地格外绿。山洼里，平原上，到处是湿漉漉一片。沟渠、小河，满盈盈的。从田里漫出来的水，自由自在地形成无数条细小的溪流，淌进小河，到处都响着悦耳的淙淙流水声。"③周克芹笔下的雨后田野清新自然，充满了对农村自然风光的欣喜热爱，烘托了故事主人公爱情的青涩纯净。在《山月不知心里事》中，融融的月光下，容儿心事重重。"天上有一抹淡淡的浮云。初升的圆月在薄薄的云后面窥视大地。山峦、田野、竹园、小路，一切都是这样的朦朦胧胧，好像全都溶解在甜甜的梦幻中。庄稼人在整天的劳累之后，老天爷就给安排下这样的静静的夜晚，和这样的融融的月光，好让人们舒舒服服地进入梦乡去。"④夜间月色的朦胧绰约与容儿的悠悠心绪萦绕在一起，营造出一种富有美感的诗意意境。在《风为媒》结尾部分："如毛的细雨在门外飘飘洒洒地、无声无息地落着。远处的山坡，隐隐乎乎地泛出绿颜色来，近处的麦苗青翠苗壮。燕子在这潇潇春雨中也不停歇，它们飞来了。门楣上方有个正在建筑着的窝儿，它们将衔来的泥土放下，抖一抖羽毛，又箭一般钻进蒙蒙的雨雾中，——一只在前，一只在后，形影相随地奔忙去了。"⑤蒙蒙细雨中，田间春色绿意盎然，一对燕子筑窝奔忙，"一只在前，一只在后，形影相随地奔忙去了"。就如小说主人公小郑和小段两人相互扶持关怀，靠着勤劳的双手营造自己温馨的小家庭。景与情交融，在诗意

① 罗伟章：《他对时代的关注从未摇摆》，《四川日报》，2016年10月28日。
② 周克芹：《周克芹文集》中卷，四川文艺出版社，2000年，第475页。
③ 周克芹：《周克芹文集》中卷，四川文艺出版社，2000年，第128页。
④ 周克芹：《周克芹文集》中卷，四川文艺出版社，2000年，第307页。
⑤ 周克芹：《周克芹文集》中卷，四川文艺出版社，2000年，第211页。

的美景画面中蕴含故事的主题和作者对主人公婚姻生活美好的期许。

周克芹在现实主义的创作中融入诗情，使小说的整体格调变得更加明亮清新。

（三）现实主义的典型书写：改革书写中的时代变迁

时代是周克芹倾情关注的重要主题。"大凡流传至今，还将流传久远的作品，都是着力于紧扣时代，变现只有那个时代才可能有的特殊的人情世态、矛盾冲突、人物心理。"①周克芹的文学成就与新时期文学的发展密不可分，也同当时农村改革的时代变迁休戚相关。但他并不对时代做宏大叙事式的书写，他通常是选择一个小小的山村作为叙事切口，描写大时代背景下某个乡村的日常经验和生存状态。通过个体农民的情感冲突或家庭的生活变化来折射时代的精神和情绪，从而以文学想象的方式发出改革时代中普通农民的声音。

1. 时代书写的"当下性"

在周克芹看来，"作家应是人类肌体上的最敏锐的'器官'，可以最先感觉到社会这个大环境中某些细微的征兆，并用自己的声音向人们预告出来"②。周克芹站在农民作家的立场上，把书写农村改革作为自己义不容辞的使命与责任，时刻关注着时代变迁中农村改革的发展状况，力图及时地书写农村改革中出现的种种变化与问题，以引起社会的关注与思考。周克芹创作的中晚期正是中国当代社会转型发展的时期，社会面貌日新月异，农民命运跌宕起伏。面对社会的新变化、新发展与新矛盾，周克芹采取忠实记录的方式——"当下性"写作，以当代人视角写当代事，书写时代变革中农村事农村人，描绘身边正在发生的农村社会生活，让人们在作品中知悉社会的变化，也在作品中寻求精神的慰藉。可以说，周克芹是当时正面书写农村变革的代表人物。

周克芹的"当下性"写作主要表现为他善于讲述当下故事。他密切追踪当下的农村社会生活，探索当代农村改革发展的历史脉络，以小说文本的形式建构起传统与现代、现实与未来、农村与城市之间时间与空间的交流互动关系，体现出一个时代特有的地方经验和情感结构，蕴含了他对当下乡土社会和普通农民的关切情怀。这种"当下性"写作在具体作品中体现为小说的故事时间与其写作的时

① 周克芹：《周克芹散文随笔》，四川文艺出版社，2013年，第174页。
② 周克芹：《周克芹散文随笔》，四川文艺出版社，2013年，第90页。

间几乎在同一时间发展线上，是同步共时态的。1978年，周克芹在时代变革的感召鼓舞下创作了长篇乡土小说《许茂和他的女儿们》，故事以1975年冬四川偏僻农村葫芦坝许茂一家的命运遭际展现了"文化大革命"后期"四人帮"对农村和农民的戕害，发出了时代变革的先声，是反思"文化大革命"的当下性回应。著名文学评论家殷白初读《许茂和他的女儿们》，便认为这是一部"虽非完美但很及时"的小说，在那个需要真实文学力量的劫后年代，"'许茂'及时地起了一种填补空白的历史作用"①。又如周克芹写于1976年的短篇小说《石家兄妹》，小说在故事发展中提到一个时间线索：第一次全国"农业学大寨"会议，而这次会议是中共中央于1975年9月在山西省昔阳县召开。可以看出，这部小说是基于现实社会状况真实及时的刻画与反映，故事的发生时间和作者的写作时间前后基本一致，真实的当下的历史事件成为小说故事发生的时代背景。这种书写方式在周克芹的许多小说中常常呈现。它"强化了小说文本的纪实性和真实感，建构起文本同现实之间的互文性和互动性，既可能使虚构的小说产生非虚构的艺术效果，也可以使小说艺术地再现改革实践中出现的各种问题，从而使读者在阅读过程中获得一种与当下密切相关的问题意识"②。如周克芹对《山月不知心里事》（1981）的书写使人们认识到生产责任制施行以来对农村社会人际关系的影响。《晚霞》（1984）在庄海波与父亲关于手工蜂窝煤和机械蜂窝煤生产的冲突中揭示了传统手工业与现代工业生产间的矛盾。周克芹的乡土小说都是基于现实农村生活的当下书写，引导读者在小说中看清农村时代发展中所面临的矛盾与问题。

　　周克芹努力站在时代发展浪潮的前头，积极反映农村在现代化改革建设中的变化，以作家的先觉敏锐度，发现乡土社会中初露端倪的矛盾与问题，总是有新的发现与思考，给人以新鲜及时的感觉。"作家的笔下总是在不断追随着时代与生活的前进步伐，时代与生活前进的步伐又在不断地深化着作家笔下的世界。"③周克芹的乡土小说及时地反映了当下农村现实生活，具有纪实性效果。但与传统强调纪实的报告文学不同，报告文学严格要求真实地还原现实生活的本来面目。而周克芹的"当下性"写作除了及时反映现实生活外，其中还包含大量

---

①　殷白：《相见时难别亦难》，《沱江文艺》，1997年1月、2月合刊。

②　向荣：《为改革时代创造典型形象——周克芹的乡土创作之路》，《文艺报》，2019年1月23日。

③　阎力：《克芹之路——记一位与中国农民休戚与共的当代作家》，《电视·电影·文学》，1992年第3期。

的文学虚构与文学想象的创作。诚然，不可避免的是，周克芹及时当下的书写，因为缺乏时间的检验和沉淀，对生活的理解容易产生表层肤浅的认识，而且因为与现实事实距离过近，不容易看清事情真相。这种正面、直接、及时地书写现实，容易被"事实"控制，使文学的想象力受到制约，作品的艺术性受到削弱，容易产生"主题"导向的创作症候。这在周克芹的中期小说创作中多有呈现。

2. 农村改革的记录与反思

"描绘一幅又一幅变革中的农村真实的生活画面，忠实地追踪这一场历史性变革中的巨人的艰辛足迹，并以饱满的激情去艺术地表现，是我们的职责，是历史赋予我们的光荣使命。"①周克芹以记录农村改革为文学使命，笔触深入到当代农村改革的方方面面，在乡土文学领域记录与反思时代变革下农村的发展与农民的命运。周克芹亲身经历了当代乡土社会几十年的变革发展，并以冷静客观和实事求是的写作态度去记录与审视自己的现实体验。周克芹的文学时期囊括了文学史定义中的"十七年"文学时期、"文革"文学时期、新时期文学时期，他在三十年的乡土文学创作中忠实地记录了四川农村从20世纪60年代到80年代期间发生的翻天覆地的变化与波折，展示了变革时代下农村发展取得的成绩和出现的问题，他的全部作品是当代农村改革的文学书写史。因此，"文革"期间农村在极"左"政权下的苦难和新时期以来农村改革中的波折与进步全部在他的笔下，"文革"期间"四人帮"对农村的破坏（《许茂和他的女儿们》）、对越自卫反击战（《两妯娌》）、"文革"期间对基层当政派的批斗（《在艰难的日子里》）、知青回城遗留的社会问题（《勿忘草》）、基层干部选举（《落选》）、农村妇女婚姻买卖（《风为媒》）、家庭承包责任制背后的隐忧（《山月不知心里事》）、农村变革中先富与共富的矛盾（《邱家桥首户》）、兴办乡镇企业（《桔香，桔香》）、现代技术创新与传统生产的冲突（《晚霞》）、知识青年的人生抉择（《人生一站》）、官场酒桌文化（《难忘今宵》）等。

周克芹是呈现新时期农村改革的时代书写者，他往往敏锐地抓住时代发展下农村改革生活中的某一方面、某一角落来书写历史变迁的细微过程。每一个创作阶段都带有每个时期鲜明的时代痕迹。早期的作品，赞美为农村发展呕心沥血的农村基层干部，赞扬好人好事，在创作思想上与当时"为政治服务"的文艺思潮

---

① 周克芹：《周克芹散文随笔》，四川文艺出版社，2013年，第163页。

相呼应。中期的重要作品《许茂和他的女儿们》可谓史诗般的作品，以四川农村一角，以小见大，没有着墨于社会时代变革的大场面描写，仅仅把写作的焦点放在许茂一家的遭遇和葫芦坝乡土社会关系的纠葛矛盾上，呈现了特殊历史时期下中国农村社会的基本面貌，深刻反思了时代历史的经验与教训。后期的作品除了一如既往地书写农村社会变革的发展变化，同时关注城乡之间小城镇人们的生存状态和日常经验。如《秋之惑》以尤家山果园的承包和江家儿女与华良玉的情感纠葛反映新时期农村改革的艰难不易。《上行车，下行车》书写了人生抉择的困惑与徘徊。可以说，从《许茂和他的女儿们》到《秋之惑》，即从20世纪70年代末到90年代初，周克芹的小说全面书写了从呼唤改革到进行改革再到改革中的困顿。

　　周克芹对当代农村改革的时代书写中倾注了更多的忧虑与关怀。"农村改革的现实进展、农民的情绪以及命运的沉浮，使我隐隐感觉到一种从未有过的忧虑。"① 中国当代农村从新中国成立到改革开放，农村改革的进程中充满了波折与艰辛。1982年1月1日，中共中央通过《全国农村工作会议纪要》，鼓励农村实行各种形式的生产责任制，积极推动农村社会主义集体经济的发展。文件一出，全国各地农村积极推行实践，生产形势一片大好。文学界也出现一批积极展示农村在生产责任制推行后富裕与欢乐的作品，而周克芹却在短篇小说《山月不知心里事》中借容儿的所看与所想来反映家庭联产承包责任制实施以后农村社会人伦关系出现的新矛盾与问题。由于"各家各户做庄稼"，乡土社会中人与人之间的关系突然变得生疏与淡漠。在《勿忘草》中，周克芹刻画了知青回城抛弃乡下妻女的故事，他并非简单地指责小余"背信弃义""抛妻弃女"，而是要指出知青问题是历史遗留问题，小余和芳儿的爱情婚姻悲剧不仅仅是小余个人的品质问题，而且有着复杂的社会因素和历史根源，城乡生活的差距是社会发展过程中不容忽视的现实。在《桔香，桔香》中，周克芹展现了农村社办企业创业发展的艰难，指出农村社办企业的发展既要有领导干部改革突破的勇气与担当，又需要适应时代发展的农业科学技术知识，更要有面对旧制度和习俗的挑战。周克芹倾心关注着农村改革进展中的每一步，为困顿挫折而忧思，为进步发展而欣喜。

　　周克芹对农村在新时期的改革有着敏锐的感知和深刻的体会，时刻关注农村

---

① 　周克芹：《周克芹散文随笔》，四川文艺出版社，2013年，第87页。

的现状、农民的情绪。基于生活的感知和审美发现，周克芹对农村改革的记录与反思中书写了当代农村的发展与变化，展现了时代的变迁。他既写农村变革在不同年代下不同的表现，又抒发对当代农村改革艰难历程的忧虑与关怀。

四、周克芹乡土小说创作的重要特色

周克芹在三十年的乡土小说创作生涯中，通过不断的阅读学习与文学创作实践，在现实主义的创作道路上不断更新文学观念，形成了自己独具特色的创作艺术特色。小说从川中地域风光的描绘和方言俚语的个性书写展示了川中地方色彩的文学书写，塑造了一系列个性鲜明独特的农村形象谱系，并以第一人称叙述视角、干预叙述者和开放式结尾艺术等展示了周克芹叙事艺术的独特运用。

（一）地方色彩的文学书写

地方色彩是乡土文学书写中不可或缺的艺术特色，是一个地方独有的个性色彩。美国作家赫姆林·加兰在《破碎的偶像》中认为，"艺术的地方色彩是文学的生命力的源泉，是文学一向独具的特点……地方色彩是在差异中书写地方生活，表达地方个性，因而具有无穷的魅力"[1]。学术界对"地方色彩"的阐释虽多，但总的来说，普遍都认可地方色彩主要由地域景观、地方民俗和地域方言俚语三个方面构成。每个乡土作家笔下都有抹不掉的自己家乡地方色彩的刻画。"很多优秀的作家，都有自己的文学原乡。这些文学原乡，是现实的，也是文学的。它们存在于地图上，更存在于文学的世界里。地理的实际存在，滋养着作家们，提供了文学创作的根基与源泉。文学创作，又让这个地理实际存在，增添了另一种空灵的诗意气息。"[2]周克芹的文学原乡就是他成长生活的故土——简阳葫芦坝。周克芹书写时代变革下川中简阳农村的人与事，是对巴蜀乡土文化空间的当代拓展。他在小说中描绘的川中农村地域风光、人物方言俚语是他对自己家乡的深情刻画。相对而言，他对地域特殊风俗的关注与表达则表现出一种淡化的意识。

1. 川中地域风光的抒情描绘

地域风光是一个地方外在独特的自然空间展现，是乡土小说地方色彩着力书

---

① ［美］赫姆林·加兰著，刘保瑞等译：《破碎的偶像》，《美国作家论文学》，北京三联书店，1984年，第84—85页。
② 张杰：《重读周克芹，再品乡土文学经典》，《华西都市报》，2016年10月23日。

写之处。周克芹作为被乡土滋养的农民作家，深爱着自己故土的一花一草、一土一木，他用笔精心地刻画了川中乡村自然景观的独特魅力。他是"地造之才，是土地和乡村之子，接近泥土，空气清新，心灵纯洁，想象才会充分发挥。葫芦坝是他的生根沃土，这里的春种秋收、农家忧乐，这里的山月江柳、竹林松冈，激发过他的才华，被尽情纵意地写进了作品"①。

周克芹对地域风光的描写有自己独特的体会。"他叮嘱自己：在这些作品里，生活气息、泥土芳香是最基本的东西；四川的、沱江流域的、绛溪的风土人情、山光水色是最基本的东西。这些作品不但要使人为人物形象所感动，还要把人带入这些人物的环境，沉醉于绵延的山丘、蜿蜒的河水，秀丽的风光之中。"②周克芹乡土小说中的地域风光充满着泥土生活气息，是乡村原生自然景色的倾情书写，他与作品中的人物都倾心热爱着乡村自然的秀丽风光。

周克芹现实生活中的家乡简阳亦是他文学创作中的原乡。家乡简阳沱江流域绛溪河畔葫芦坝的山光水色多次出现在周克芹诗意的笔下。葫芦坝地处简阳市北郊，是沱江的一条支流绛溪河冲积形成的三个葫芦形状的丘坝，称为"葫芦坝"。在长篇小说《许茂和他的女儿们》中，绛溪河是柳溪河的原型。小说一开头就把我们带到了四川沱江流域柳溪河畔茫茫大雾中的葫芦坝。"晨曦姗姗来迟，星星不肯离去。然而，乳白色的蒸气已从河面上冉冉升起来。这环绕着葫芦坝的柳溪河啊，不知哪儿来的这么多缥缈透明的白纱！霎时里，就组成了一笼巨大的白帐子，把个方圆十里的葫芦坝给严严实实地罩了起来。这，就是沱江流域的河谷地带有名的大雾了。"③在漫天的雾霭中，小说拉开了序幕。葫芦坝清新自然的乡村自然风光逐渐展现在读者的面前。小说这里的"大雾"，既是美丽清新的自然景观，同时又隐喻了特殊年代下"四人帮"对乡村的强势控制，人们的心中笼罩着的阴影。离开晨曦中雾霭茫茫笼罩下的诗意葫芦坝，正午的葫芦坝风光更是别具魅力。"临近正午的时候，雾散开了。葫芦坝依然是青山绿水的老样儿。那些即使是冬天也不枯落的一簇簇翠竹和大片大片的柏树林盘，使这块坝子永远保持着一种年轻气盛的样子；而那些落叶的桑树和梨儿园子，远远看去，灰蒙蒙的，像一片轻烟，又给人一种悠然迷离的感觉，加上这环绕着大半个坝子的

① 四川省作家协会编选：《周克芹纪念研究文集》，四川文艺出版社，2016年，第142页。
② 邓仪中：《周克芹传》，重庆出版社，1996年，第92页。
③ 周克芹：《周克芹文集》上卷，四川文艺出版社，2000年，第2页。

柳溪河碧绿碧绿的流水，葫芦坝确实是个值得留恋的好地方！"①葫芦坝的自然地域风光生机盎然，秀丽清新，我们可以在周克芹的倾心书写中看到他对家乡深深的眷恋之情。

周克芹常常着力于刻画川中农村地域风光一时一地的自然魅力。小说《灾后》中的江洲坝子也位于沱江流域河畔，与葫芦坝一样，是沱江流域自然神奇造化孕育下的自然风光。"江洲坝子，三月的夜晚，田野里飘散着浓郁的花香。月亮在高高的、深蓝色的夜空，慢慢地移动着。它把银色的光华洒在一马平川的坝子上，也投进每一个农家小院的窗口。"②"起风了，繁茂的竹梢发出沙沙的声音。远处，沱江涨水了，传来与往常不同的沉闷的哗哗声……"③乡村田园的自然清新与生活气息跃然纸上。《桔香，桔香》中，秋天的庙儿山景色宜人，"美得叫人心醉"的橘树、梨树硕果累累，枫树红叶漫漫。"遍坡的枫林，红透了，似晚霞，似篝火，似五月的鲜花，似诗，似爱情……不，什么也不是，枫林就是枫林，红而不艳，美而不娇，朴实雅致，风韵天成"④。

融情于景、情景交融是周克芹写景抒情的一种显著特色。其中《山月不知心里事》中，容儿月下穿过田埂时，月光倒映田中与人同行的描写，其借景托情的描写已有一种天地人融化一体的美学之境。类似的景观书写在他的乡土小说中可谓不胜枚举。每一位作家的创作都离不开自己生活、成长的地域环境，地域文化因子深深植入其心灵与记忆之中，在文学创作中流露为深深的故乡情结和地方特色。"我读周克芹小说，很为他的风景描写动心。我从那些文字里，读出了一个作家对大地的痴迷。我们现在多了观念，少了热爱，并因此少了纯真和赤诚，少了埋在文字里的温度。对大地的痴迷还是一种胸襟，能让作家和文学，从视野上跨越人事，抵达天地伦理。"⑤

2. 方言俚语的个性化书写

语言是文化的重要载体，而方言则体现了不同地方的历史传统和文化因子，是鲜明的地方特色之一，具有独特的文化魅力和存在价值。乡土小说通过对方言的描写表现其独特的乡土地方魅力。"乡土文学作家们无不有意识地从方言宝库

① 周克芹：《周克芹文集》上卷，四川文艺出版社，2000年，第18页。
② 周克芹：《周克芹文集》中卷，四川文艺出版社，2000年，第103页。
③ 周克芹：《周克芹文集》中卷，四川文艺出版社，2000年，第104页。
④ 周克芹：《周克芹文集》中卷，四川文艺出版社，2000年，第229页。
⑤ 罗伟章：《他对时代的关注从未摇摆》，《四川日报》，2016年10月28日。

中提炼、采撷鲜活的、富有表现力的语汇进入文学作品，用浸润着泥土气息的语言创作出优秀的文学作品。"①周克芹出生成长于川中简阳地区，生活在川中地区的方言环境之中，对农村的土语俚语更是熟悉。周克芹为了展现川中农村的真实生活，在乡土小说的创作中自然而然地在人物的日常口语对话中写下具有浓郁地方色彩和乡土气息的乡音俚语，增强了作品语言的形象性与感染力，富有鲜活的生活气息。可以说，原汁原味的四川地方方言俚语把读者带入了川味十足的川中地区。

　　周克芹乡土小说中的方言俚语呈现了独特的川中方言的个性色彩。一方面，小说书写了一系列带有地方文化色彩的方言词汇：醒豁（清楚明白）、惯适（指长辈对晚辈的娇惯和溺爱）、理麻（责备、追究责任）、开腔（张口说话）、吹壳子（闲聊说大话）、肇皮（丢人现眼）、撇脱（或指事情简单，或指某人性格直率）、活路（赖以生计的工作）、犟拐拐（某人性格执拗）、松活（事情简单轻松）、走拢（到达、靠近）、背时（倒霉，指某人的运气不佳）、鬼板眼（心眼多）、白火石（什么都不懂、无所作为的人）、大老挑（文中指姐夫）、老把子（父亲）、跑滩匠（四处流浪无固定工作的人）、老先人板板（祖先牌位）、香火生萝蔸（搬家）、巴适（一指很好、舒服，二指地道）、蛮子（蛮横任性不讲理的人）、梆硬（很硬、硬邦邦）、对头（有敌人、正确合适、配偶、面对面等意思）、黄腔（乱说话、吹牛、说话不切实际）、脚猪（四川农村用语，即公猪或种猪）、打胡乱说（说话没有依据）、打烂仗（穷困潦倒、无所事事的苦日子）……这一系列方言词汇出现在周克芹乡土小说字里行间，既丰富人物直爽洒脱的地方性格，又使四川乡村生活的地方气息充溢其间。另一方面，文中还常常出现带有地方独特风情内涵的歇后语和俗语等，如"老鹰抓蓑衣——脱不到爪爪"（比喻人被某种麻烦事缠住脱不开身或推卸不了责任）、"猫儿尾巴——越摸越翘"（形容人骄傲，越夸越骄傲），歇后语和俗语的使用既增强了小说文本的艺术性，同时表现了人们日常生活的幽默智慧。

　　周克芹在生活体验和创作实践中精心提炼书写人物口语对话中的方言俚语，真实生动地展示农民在日常交际中的话语表达方式和语言的言语方式，体现地方文化独具的魅力。诚然，乡土小说虽然是对地方的书写，但是文学却是面向世

---

① 言岚：《论方言与地域文化对文学创作的影响》，《求索》，2010年第6期。

界、面向大众的，因此，周克芹在其乡土小说中将地方口语中的方言俚语与文学的书面语合理地融合书写，形成通俗易懂又不失文学色彩的语言风格，使一般读者在方言俚语的书写中既看到人物生动鲜活的性格特质，又跨越了方言接受的障碍。

（二）鲜活的农民形象谱系

周克芹在小说创作中常常聚焦于农村生活中形形色色的人物形象，包括农村基层干部形象、农村女性形象、农村新人形象和老农民等不同类型的人物形象。这些农民形象在时代变革中与命运抗争，他们的喜怒哀乐、苦闷与追求都是时代真实的写照。周克芹以文学书写的方式去表现农民在时代发展中生活与心灵情感的变化，为农民发声。"我怎么也抑制不住自己，要把农村中这些普普通通的男男女女的生活和斗争写出来……农民离不开土地，我更离不开农民……我决心为农民争这口气，一辈子扎根农村，和农民风雨同舟，同甘共苦，在现代化建设的斗争中，用自己的笔，为农民说话，为农民谱写新的颂歌。"[①]

在周克芹看来，写人是小说创作中最重要的事，有人物才会有情节有故事。"人是第一位的，只要你熟悉了人，人物在心目中活起来了，非叫你表现不可的时候，要什么情节，要什么故事，自然就有了。"[②]农民是周克芹乡土小说的书写对象，周克芹在长期的农村生活中，与农民共患难同忧乐，所以他塑造的农民形象血肉丰满、质朴可亲，生动真实。

1. 农村基层干部形象

周克芹在前期和中期的创作中，常常把目光和笔触直接放在农村基层干部身上，书写中国20世纪六七十年代农村基层干部的生存状态。这些农村基层干部主要指县委以下职能部门的机关干部和在农村中担任大队支部书记、队长等村级干部。在周克芹的笔下，他们大多在农村变革中坚守本心，为农村发展和村民幸福生活而努力付出。诚然，其中也有一些基层干部为私欲争权夺利，损害他人的生存利益。

（1）为民奉献的乡村基层干部

周克芹笔下所呈现的中国20世纪60到80年代时代变革发展中的农村基层干部

① 周克芹：《周克芹散文随笔》，四川文艺出版社，2013年，第151页。
② 周克芹：《周克芹文集》下卷，四川文艺出版社，2000年，第117页。

大多拥有优秀的思想道德品质，热爱国家与社会，为民请愿，为农村发展辛勤付出。《秀云与支书》中的党支书罗国全，年轻却身肩重任，但在大家心目中是冷静和干练的，只要在工作生活中出现任何问题都会想到他。"我总觉得有了他，一切问题都能解决啦。"①在故事中，罗国全帮助治虫小组克服困难成功完成任务，并且不骄傲不居功，辛勤付出，赢得大家的尊重与爱戴。《井台上》里的生产队长老钟即使在打水这样一件小事上也要让村民们先打水，自觉承担起带领村民进行抗旱保苗的艰苦斗争。《早行人》中的县委书记夏书记下乡蹲点与村民们一起劳动一起生活，相处和谐，情谊深厚，在身负重病的情况下也会连夜去县委反映解决村里劳力不足的困难矛盾。《李秀满》中的李秀满，是胜利大队党支部书记，也是一个丈夫早逝的单亲母亲，她不仅含辛茹苦地抚养儿子，还要抢挑重担，带领村民自力更生艰苦奋斗，把农村基层工作干得风风火火。《灾后》中江洲坝子生产队长辛大哥有句口头禅"要把甜的让给群众，把苦的往肚里吞"。在经历旱灾后的艰苦年月里，辛大哥自己家里的生计吃食都十分困难，连夜去河里打的鱼也首先想到往队里送。《在艰难的日子里》县委书记夏明远在特殊年月里被撤职批斗，处境艰难却一心想解救帮助水稻专家杨织，保护其免受迫害。《桔香，桔香》中红旗公社书记马新如顺应改革开放市场经济的发展，排除阻挠带领全乡发展社办果品加工厂，整年累月工作，女县长颜少春来到红旗公社对柑橘销售情况产生的纠纷进行调查研究和调节，不偏听偏信，到处走访，了解事情的真相。《许茂和他的女儿们》中，在"文化大革命"中遭受诬陷与迫害的前大队支书金东水，处境艰难，生活凄惶，心里依旧装着葫芦坝未来的发展与建设。工作组长颜少春，真心关怀农民群众的生活，怀着改变现状的美好愿望。而在《落选》中刻画了基层干部连云公社郑洪兴从生产队支部书记到大队长，兢兢业业几十年，任劳任怨，不贪不占，甚至把自己的家庭弄得十分寒碜，因为不懂农业科技生产技术，在民主选举干部时落选，大家十分惋惜和惊讶。但同时也说明在社会时代的发展中，农村对基层干部的能力与素质提出了更高的要求。

（2）道德负面的乡村基层干部

农村基层干部是农村组织安排村民生产生活的核心人物，拥有一定的地位与权力。为民奉献服务的基层干部是农民之福，但在农村中也存在一些争权夺利、

① 周克芹：《周克芹文集》中卷，四川文艺出版社，2000年，第4页。

盲目盲从的基层干部。在《风为媒》中，小郑通过"买卖婚姻"花了三百元为自己买了一个媳妇段素芬，好在两人勤劳上进，相濡以沫，然而两人却为小段的户口苦心焦虑。原来小段娘家所在大队干部以外流人员为由把小段户口下了，所以小段成了"黑户"。对于此事，小郑所在公社书记十分气愤："不正之风哪阵才能消灭呀！那些干部利用一点儿权力，还在敲诈农民……"①可以看到，办理迁移证上户口，对农村基层干部来说是一件理所应当、职权范围之内的"小"事，而对农民来说却是关系生活命运的大事。农村中一些基层大队干部不仅不为农民办事服务，还会为获取利益为难农民群众。《桔香，桔香》中，庙儿山公社党委副书记老邱是资历最老的干部，靠着基层干部的权力，给家里人安排工作。"民办教师，拖拉机手，赤脚医生，代销员，这些是起码的，早些年辰，有些单位招收知青回城，只要过他的手，他就得加个'带头'，否则就给人家打些麻烦。"②他平时很少来上班，但对别人的辛苦工作看不顺眼，甚至打"小报告"，无法与一把手团结携手一起为庙儿山的生产建设而工作。农村中也存在一些盲目盲从的基层干部，如《许茂和他的女儿们》中工作组员齐明江，被周克芹评价为"'四人帮'极'左'流毒所毒害的青年"，自以为"正流"，不愿意思考。也如《邱家桥首户》中的大队长邱小五，对于上级安排吩咐的政策，不问对错是非，一律坚决执行，从不联系实际实事求是，从不理解与思考社会发展的现状。当"文革"期间批判资本主义时，便积极批斗，当新时期政策变宽，便积极推崇冒尖户，认为富裕就是光荣。总体上说，周克芹对乡村基层干部更多些同情理解，因而笔下的干部形象大多属于颂赞型人物，其性格意涵略显单薄。

2. 农村女性形象

周克芹十分重视农村女性形象的书写，在其大部分的小说作品中，农村女性都是故事的主人公，是精心刻画的对象。这些农村女性形象在不同历史时期具有不同的时代特点，既有传统的美德修养，又新时期敢于突破自我的时代精神，是揭示作品主题、推动故事情节发展的关键人物。

（1）人物共性：勤劳善良、淳朴坚强的传统美德

周克芹在其乡土小说中刻画了中国20世纪60年代到80年代的农村女性形象，她们在时代的激荡变化中各具特色，但拥有着共同的性格特征，那是中国传统农

---

① 周克芹：《周克芹文集》中卷，四川文艺出版社，2000年，第209页。
② 周克芹：《周克芹文集》中卷，四川文艺出版社，2000年，第227页。

村女性所共有的美好品质：勤劳善良、淳朴温顺，坚韧克制。长篇小说《许茂和他的女儿们》中的四姑娘许秀云"生来性情温和、心肠又软""善良、敦厚、含蕴深沉"。少女时期，面对流氓郑百如的强奸，她无奈嫁给他，在婚后继续忍受郑百如的欺辱，更是在离婚后遭受社会世俗的闲言碎语和固执父亲的责备与冷落。面对不幸的命运苦难，她消瘦憔悴，却依旧不忘农民本分的劳动，依旧怀揣着对未来的希望。她不顾自身处境的艰难，同情关怀着大姐夫金东水以及两个小外甥外甥女的生活。她并不逆来顺受，敢于离婚，敢于拒绝改嫁他乡，敢于拒绝郑百如别有心机的复婚要求。甚至在郑百如夜闯她卧室并栽赃金东水、散布流言时，她不惧诽谤与责备，愤怒地反抗，在大雨之夜挨家挨户敲门揭发郑百如的阴谋诡计。许秀云在苦难中的反抗表现了其外柔内刚的性格。四姑娘的悲剧是"文化大革命"的产物。她的性格品行是中国传统妇女的典型。《勿忘草》中的芳儿，勤劳善良、克己忍让。"这样的女性，不用谁来教导，她一开始就知道怎样克己待人，怎样热爱和体贴自己的丈夫。"①芳儿的婚恋是特殊历史时期的产物，丈夫是应"知青下乡"时代政策来到农村的城市知识青年小余。本是人人歆羡的良缘却因小余回城奔丧顶替父亲工人岗位而被破坏。因为爱丈夫，支持丈夫的理想，芳儿一开始并不反对，甚至省吃俭用，为丈夫添置新衣，含辛茹苦养育女儿。但最后芳儿得到的却是小余姐姐写来的"绝情书"。被抛弃的事实让芳儿痛苦，然而她并未被命运打倒，"生活向她展示了新的希望，失掉了（或可能失掉）自己倾心相爱的人儿，固然使人痛苦，而这绝不是生活的全部内容"②。她不怨天尤人，不自暴自弃，对于生活与未来，芳儿开启了新的追求，一边担负着繁重的农活，一边努力开始学习农业科学知识。《灾后》中的辛大嫂"从小就过惯了艰苦生活，养成了勤劳的习惯，她总是那样埋头苦干。"③辛大嫂在家任劳任怨地照顾家里四个年幼的孩子和七十岁的婆婆，有时还要忍受辛大哥的脾气。她为家辛苦操持，默默支持丈夫的工作，是传统农村典型的农家媳妇。

　　勤劳善良、淳朴坚强是我国自古以来传统的美德，周克芹笔下所有的女性形象几乎都以其作为基本的性格特质，并在不同的时代生活与身世气质中展现各自独特的个性风采。给人以质朴深沉、柔顺奋发的审美感受。传统美德是周克芹刻

① 周克芹：《周克芹文集》中卷，四川文艺出版社，2000年，第130页。
② 周克芹：《周克芹文集》中卷，四川文艺出版社，2000年，第142页。
③ 周克芹：《周克芹文集》中卷，四川文艺出版社，2000年，第103页。

画正面理想农村女性形象的基本素质，展示了中国农村妇女的性格本质。

（2）时代发展下的新个性

西蒙娜·德·波伏娃提出："女人并不是生就的，而宁可说是逐渐形成的。"①新时期以来，随着经济改革建设的发展，思想进一步解放，女性的自我价值和主体意识得到肯定和发展。而在社会变革发展背景下的乡村女性在时代的感召下开始了自我价值和独立自由的追寻之路。勤劳善良是周克芹笔下农村女性形象的共同特质，但每一个人都在时代的发展下具有新的个性特征，在思考与追求上带有鲜明的时代印记。周克芹注意从不同时代的不同角度去刻画农村女性的不同个性。《山月不知心里事》中的容儿，除了有中国传统农村妇女勤劳善良的美德，更明显地具备新时代的特质，她关注思考的角度从小我到大我，忧虑的不是个人生活的拮据贫穷或情感的波折，而是在政策变化下思虑农村整体的发展。具体表现为容儿对农业生产责任制实施后农民之间关系淡漠的忧虑。在"各家各户做庄稼"以后，农民的积极性得到了提高，但是人们开始各管各，人与人之间的关系开始变得淡漠生疏，作为村里的团干部，她不知道该如何发挥自己的作用，如何开展集体活动。容儿的忧虑说明她不再局限于自身衣食住行的追求，而已经有着远大的目标和历史责任感。容儿是新时期农村新一代的农村女性形象典型，具有鲜明的时代精神。"容儿的寻求与向往是新时期的时代精神在农村新一代劳动妇女身上的及时回响。"②《桔香，桔香》中的赵玉华，一个有知识有文化的农业技术员，奉献青春于庙儿山的果林，把自己的前途与未来幸福与农民和集体生产联系在一起。她自尊自强，一方面对自身农村知识分子身份有些优越感，自信于能够开创农村建设的新局面；另一方面是对爱情的自尊。"美好的生活是需要自己去争取、去创造的。正如她的工作和事业一样，爱情也是需要去行动的！"③她从内心喜欢公社书记马新如，关注着马新如工作生活中的决策与举动，用辛勤工作来支持马新如的管理工作。《勿忘草》中的芳儿，有着与姑姑一样的命运遭际——被丈夫离弃在家，但芳儿与姑姑相比，更加坚韧刚毅，愿意通过自己的努力去创造更好的生活，而不是自怨自艾，消沉在命运的磨难面

① ［法］西蒙娜·德·波伏娃著，陶铁柱译：《第二性》全译本Ⅱ，中国书籍出版社，1998年，第309页。
② 鲁云涛：《周克芹笔下的妇女形象》，《当代文坛》，1985年第3期，第31页。
③ 周克芹：《周克芹文集》中卷，四川文艺出版社，2000年，第241页。

前。同时，在时代发展的新时期，乡村更是出现了一些所谓的"叛离者"，她们向往城市离开农村，冲破传统男权和家庭社会的传统藩篱，勇敢大胆地追寻自由与成功，成为乡土社会的新女性。如《秋之惑》中的尤金菊不受传统乡土观念束缚，自由大胆地追求自己的事业与爱情。"她又绝不愿像众多的农村妇女那样生活……为什么农村的女人世世代代都必须过那种生活呢？尤金菊要过一种新的生活，凭着自己的本领和意志，建立起自己的事业和家庭。"[1]而《绿肥红瘦》中的小青母女勇敢追求自己的爱情，在艰难的生活中不依赖他人，靠自己的双手自食其力。

3. 农村新人形象

社会主义农村新人形象展示了社会生活前进的历史趋势，是时代发展孕育的新生代表。他们大都年轻，接受了一定的教育，有文化、有理想，热爱农村，追求新的农村生活并付诸努力为之奋斗，用汗水和科学文化知识致力于改变农村的落后面貌。周克芹在《山月不知心里事》获奖后的一次参访中，对社会主义农村新人的理解阐述了自己的看法："新人，总是代表社会前进的力量，体现时代精神；新人，是生活当中的'人'，而不是人为地拔高了的'神'；新人，有一定的社会主义觉悟和高度的劳动自觉性；新人，可能犯错误，但能改正错误；新人，和一般的'好人'不同，可以富于点'理想主义'，但不能太理想化了；写新人，不能忽略与党、与群众的关系，否则，就不符合历史的真实。要理直气壮地大抒特抒新人的共产主义理想和热爱劳动人民的思想感情。"[2]周克芹笔下的社会主义农村新人积极投身于农村改革的洪流之中，在困境与挫折中开拓创业。人物有血有肉、真实生动，周克芹并不展现社会主义农村新人人格的完美，而是要写出他们内心世界和性格变化的复杂性，社会主义农村新人的新，是思想观念和价值取向的新。他们不再满足于追求农村一家一户的温饱生存，不再束缚于旧的传统伦理观念和生活方式，渴望变革与创新，向往物质与精神文明的新生活。这种新的变化与追求，正是社会变革在他们身上折射出来的时代特征。他们凝结着作家真挚的感情与理想期许，身上有着催人奋起、开拓向前的力量。《秋之惑》中的华良玉，一个农村知识青年，有着先进农业生产技术的农技员，热爱土

---

[1] 周克芹：《周克芹文集》上卷，四川文艺出版社，2000年，第325页。
[2] 沈太慧：《文坛上冉冉升起的一颗新星——三访周克芹》，《当代文学研究参考资料》，1983年第4期。

地和果林事业，不愿意离开农村，而是渴求运用科学知识改变农村发展面貌，对抗农村的守旧固执，以新的眼光着眼于未来，是当代农村新人的典型。"现代型"青年尤金菊积极进取，勇于追求美好的生活，不愿意屈从传统农村女性命运归宿，走出农村去工作经商。《山月不知心里事》中的明全积极顺应社会发展新趋势，身体力行地在农村积极推行生产责任制。容儿不囿于自己小家的生活处境，把目光放在全村人的生存状态，看到生产责任制推行背后的隐忧。《五月春正浓》中腿有残疾的吴学均，作为一个高中毕业的知识青年，积极筹办村里的图书阅览室，这既是他的理想事业，同时也期许能够启发带领村民开启阅读成长的道路。吴学均的精神鼓舞了年轻姑娘亮亮找到生活的价值追求，积极加入筹办图书阅览室的行动。《希望》中的"小玉"李玉春积极从事干坝子砖瓦厂的农村集体副业生产，从开始的懵懂无知到后来的独当一面，不会就学，失败也不气馁，不服输的干劲推动了干坝子社办企业的积极发展。《桔香，桔香》中的果树技术员赵玉华为庙儿山果林的发展奉献自己的知识、汗水和青春，无怨无悔。社会主义农村新人的塑造展现了周克芹对农村未来发展的信心与希望。值得一提的是，周克芹笔下的这一类新时期乡村的新人形象，时间上虽然是20世纪80年代的人物，但他们共同具有的时代精神和心理品质，也是新农村建设和乡村振兴战略中极其需要的人格类型。

4. 老农民形象

在中国现当代乡土小说的创作史中，老农民的形象一直伴随着中国社会的变革发展和建设始终，他们扎根在中国农村坚实的土壤之中，因时代的不同而命运各具风貌，但他们都勤劳、坚韧、简朴，骨子里亦有着相似的小农观念。通过对老农民形象的探讨可以从侧面观察到中国农村几十年发展的历史足迹。

老农民是最普通的农民，他们或许不能紧随时代发展变革的脚步，有着或多或少的缺点，但他们依然是亲切可爱的，是时代发展下真实的存在。他们饱经风霜，历经社会动荡、农村变革，身上特有的思想品质和言谈举止在作者的笔下形神兼备。周克芹赞美老农民勤劳、善良、沉稳、实际的淳朴品质，同时批判他们落后自私、狭隘保守、古板偏见的小农观念，但给予同情与理解。老农民最重要的品质是热爱土地与劳作。他们对农村土地怀着深深的眷念感和责任感，认为人的生存是离不开土地的。《许茂和他的女儿们》中的许茂是周克芹为当代文学呈现的一个性格鲜明富有典型特色的老农民形象。许茂，一个六十五岁，个子高大、肩膀宽厚，面目严厉，承受着时代风雨和生活的变化的老农民。"多年来，他是以自己勤劳、俭省的美德深受一般庄稼人敬重的。"[1]他无论世事变迁，时时刻刻都热爱劳动、深深眷念土地。自己经营的自留地是他的心血和骄傲。"青青的麦苗，肥大的莲花白，嫩生生的豌豆苗，雪白的圆萝卜，墨绿的小葱，散发着芳香味儿的芹菜……一畦畦，一垄垄，恰好配成一幅美丽的图画……许茂这块颇具规模的自留地，不是一块地，简直是一件精美的艺术品！"[2]此外，老农民还带有小生产者的自私狭隘、保守古板的局限性。《许茂和他的女儿们》里的许茂对于政治失意的大女婿十分冷漠自私，不愿意接受金东水一家入住许家大院而受到牵扯。后来听闻金东水和四姑娘关系的谣言十分愤慨，认为女儿败坏家风。《秋之惑》中的江爷爷，思想观念陈旧，狭隘固执，他实在"是个不折不扣的墨守成规、与新时代格格不入的怪僻老朽，像个'花岗岩脑袋'的幽灵"[3]。江爷爷从一开始就反对家里雇用果林技术员，思想观念停留在几十年前，认为江家世代贫雇农，不能当地主和富农，担心家里因为雇用他人而落下"剥削者"的名声。所以一直把华良玉当作"眼中钉"，旧社会的"长工"，是不可能和主人贴心过日子的。华良玉来到江家第一晚由于睡不着出门走走，却被江爷爷监视辱骂，认为华良玉预支了一个月工钱后想逃跑，不安好心。江爷爷基于童年家里借钱后致破产的惨痛记忆认为华良玉提出生产贷款买抽水机是"背时"主意，想整垮江家。大丫的出走，江爷爷也认定与华良玉有关，"在他脑子里，储存着旧社会里各种各样伤风败俗的男女之事。"[4]江爷爷带着固执的历史偏见看待华良玉，让华良玉感到压抑又无奈。

不同于以往的老农民形象，周克芹笔下的老农们经历了不同历史时期，在时代的变革动荡中，艰难生存，人物形象本身承载了更深的历史内涵。

（三）个性化的叙事艺术

每一个作家都有自己独特的创作体验和叙事风格，周克芹在三十年的文学创作实践中不断探索摸索，在不同的创作阶段追寻不同的表达方式和叙事技巧。他

---

① 周克芹：《周克芹文集》上卷，四川文艺出版社，2000年，第5页。
② 周克芹：《周克芹文集》上卷，四川文艺出版社，2000年，第5页。
③ 仲呈祥：《谱写农村变革的"人心史"——读周克芹的中篇新作〈果园的主人〉》，《小说评论》，1985年第2期。
④ 周克芹：《周克芹文集》上卷，四川文艺出版社，2000年，第352页。

是一个在艺术上，特别是在现实主义创作方法上有远大抱负的农民作家，他悉心经营叙事美学，积累了丰富而有个性的艺术经验。

1. 叙事视角：第一人称视角

叙事视角指叙述者或人物与叙事文中的事件相对应的位置或状态，换句话说，就是指叙述者或人物从什么角度来观察事物。英国小说理论家卢伯克认为："小说技巧中整个错综复杂的方法问题，我认为都要受角度问题——叙述者所站位置对故事的关系问题——调节。"① 叙事视角是作家带领读者进入文学作品的一种叙事方式，同时也是作家叙事的文学立场。叙事视角参与了故事内容开展的全过程。周克芹在早中期的文学创作中非常热衷于使用第一人称"我"的叙事视角来叙述故事的发展。

周克芹乡土小说中的"我"在故事中主要包含两种身份：一是故事的叙述者，即故事的旁观者，以故事中次要人物的身份讲述他人的故事，如《李秀满》中的"小张"，《石家兄妹》中的"余"，《希望》中的会计"余"，《青春一号》中的"老余"，《落选》中的"小余"，《风为媒》中的"余"；二是故事中的人物，是故事的主要参与者。如《秀云与支书》中的"秀云"。这些故事中的"我"既是周克芹联系农村生活实际进行文学创作的虚拟人物形象，又是他自我情感心灵的投射，尤其是在几篇小说中多次出现的叙述者"余"，我们大可认为"余"就是周克芹本人。"余"字在中国古代文言用词中常常作为第一人称"我"的代词使用，所以可以推测，周克芹在多篇小说中用叙述者"余"来讲述故事其实是书写自己的亲身经历或者是自己听闻的身边的农村故事，尤其小说中的"余"有时是农村大队会计，有时是农村基层干部，身份经历与周克芹本人十分吻合。

周克芹通过第一人称"我"来讲述故事，首先是自身倾诉表达的情感需要。周克芹使用第一人称的叙事表达可以说是有意为之，来自自己强烈的叙说欲望。毕竟第一人称在表达内心情绪与经验感受时比第二、三人称显得更为直接和便捷。在周克芹早中期的文学创作探索中，第一人称频繁出现，降低了叙事的难度，更容易带领读者进入故事，拉近文本与读者的关系。随着中晚期叙述技巧的提高，周克芹开始探索不同的叙述表达方式，第一人称的叙述方式逐渐不被采

---

① 胡亚敏：《叙述学》，华中师范大学出版社，2008年，第19页。

用。其次，第一人称"我"的使用代表了作者主体意识的觉醒。周克芹从中国20世纪30年代走到了70年代，见证了旧中国农村的饥饿黑暗到中华人民共和国成立再到"文化大革命"年代"左倾"政策下的动乱与压抑，农民在社会转型和历史变迁中的随波逐流，而作为镜像式反映的文学创作却缺少真实的、表达个人情绪的声音。周克芹在艰难的生活之中，自我主体意识觉醒，个人的内心情绪和思考想法迫切想要通过文字表达出来。而第一人称具有的"主观性"，能比较充分地满足他表达的欲望。

如在《风为媒》中，作者描写了一对通过农村买卖婚姻而成为患难夫妻的艰辛生活。文本的叙述者"我"是从省上下乡走访的"余同志"。"我"在某生产队的年终分配兑现大会上了解到一对领超产奖的年轻夫妇，第二天去走访这对夫妻，由此知道了到小段是如何被卖，如何与老实勤劳的小郑在艰难困苦的日子里相濡以沫以及他们目前想给小段上户口的困扰。"我"深受触动。"我想着：我能为他们做点什么呢？如果说那一场不幸的狂风把他们结合起来，而现在竟然还有人在给他们制造痛苦，那么我该怎么办呢？我能给他们分解一点忧愁么？我的回答是：能！尽管我没有权力管得了那些还在继续欺侮他们的人，但我还有一支笔，我可以用我的笔为他们呐喊，喊出他们的欢乐和忧愁。"[1]文中的"我"想用笔书写小段、小郑的故事为其呐喊不平，于是周克芹写下了《风为媒》这篇故事，这里可以非常肯定的是文中的"余同志"就是周克芹本人。他以"余同志"的身份以第一人称"我"表现出强烈的自我倾诉体验，增强了小说故事的现实感和真实性。

2. 叙事者：干预叙述者

叙述者指文本故事中的"陈述行为主体"[2]，即故事的讲述者。叙事者因为作者不同的叙事表达而在文本中的呈现方式各异。对于叙述者的分类，胡亚敏结合中外学者的研究，在他的《叙述学》一书中列出了四种叙述者的类型。异叙述者与同叙述者：根据叙述者与所叙述的对象之间的关系划分；外叙述者与内叙述者，根据文本中的叙述层次划分；"自然而然"的叙述者与"自我意识"的叙述者，根据叙述者的叙述行为划分；客观叙述者与干预叙述者。在周克芹的乡土小说中，他常常把自己的思想观念和情感倾向融入其中，在故事发展中插入自己的

---

[1]　周克芹：《周克芹文集》中卷，四川文艺出版社，2000年，第213页。
[2]　张寅德编，黄晓敏译：《叙述学研究》，中国社会科学出版社，1989年，第71页。

激情与论说，是明显的干预叙事者。干预叙事者具有很强的主体意识，可以或多或少自由地表达主观的感受与评价，在陈述故事的同时具有解释和评论的功能。

周克芹的干预叙述者身份常常表现为对小说人物或者事件进行直接的评议或者以作者的身份对故事中的人物进行对话劝诫。如在《许茂和他的女儿们》里，四姑娘许秀云去大姐夫家送专门给小长秀缝制的小棉袄，却受到了大姐夫的冷淡对待，心中十分悲伤。作者在这里插入了一段自己对四姑娘的劝诫与鼓励。"四姐啊！你的悲哀是广阔的，因为它是社会性的；但也是狭窄的——比起我们祖国面临的深重灾难，你，这一个葫芦坝的普普通通的农家少妇的个人的苦楚又算得了什么呢？……你深深深地懂得冬天过了，春天就要来。你决不会沉湎于个人的悲哀。"①作者以干预叙事者身份对四姑娘的悲哀进行了评议，同时从侧面加强了四姑娘外弱内强性格的塑造。又如在《采采》中，"野牛"杨文林从"四人帮"狱中出来后与热情善良的采采一起扶持生活，然而好景不长，杨文林本性狂野不羁，仗着生产队长的身份耍威风、打伤他人，在家里发脾气。最后更是在聚众赌博被批评后抛弃怀孕的妻子一走了之。对于杨文林的行为，作者十分气愤，不得不出面干预训诫他："呵，呵，孤独的英雄！你为什么离开你贤良的妻子？离开温暖的集体？离开已经开始了的一九七九年的火热的春耕生产？你这个糊涂的庄稼汉！你不知道春天该是播种的黄金季节？你这个负心的丈夫！你不知道你的妻子快要临月？……你呀！躺在这轰鸣飞驰的列车上，你就不想一想这些么？"②在一连串的质问中，周克芹的干预叙事者带有强烈的作者个人情绪。

文中对事件或人物的评议，保证了读者对小说基本信息的把握和人物性格的了解。这种叙事者干预，是作者情绪激荡下的倾诉，但在某种程度上主导了读者接受叙述者所做出的价值情感判断，让读者跟随叙事者认定的价值意义去理解事件，缺乏含蓄深远的审美韵味。从现代小说的叙事法则上说，干预叙事是叙事艺术匮乏的表征。周克芹后期小说创作中，已经不再有这种干预式叙事了。

3. 叙事结构：结尾艺术

叙事结构是作家对小说文本叙事发展设计的整体框架脉络，而结尾是小说谋篇布局中的重要一环，与开端、发展和高潮一起组成一篇完整的小说。构思精妙的结尾能升华主题，引人深思。古今中外的作家和文论家都十分重视结尾艺术。

---

① 周克芹：《周克芹文集》上卷，四川文艺出版社，2000年，第59页。
② 周克芹：《周克芹文集》中卷，四川文艺出版社，2000年，第196页。

中国古代文学创作讲求"卒章显其志"的创作艺术。现代著名作家叶圣陶曾言："结尾是文章完了的地方，但结尾最忌的是真个完了。"①俄国文学评论家埃钦鲍姆则认为："从本质上讲，短篇小说的所有力量聚积在其结尾。就像从飞机上抛下的一枚炸弹，它必须急速下坠，以便能以最大力量击中目标。"②而周克芹在小说叙事创作中常常采用开放式结尾艺术，以不确定的结局给读者留下空白与问题，引人深思和咀嚼。

　　如在《许茂和他的女儿们》的结尾：葫芦坝党支部经过整顿后更加坚强团结，工作组接到通知离开葫芦坝，工作组长颜少春临走时说："不过，我们会回来的。"③许茂邀请大女婿一家去家里住。然而故事接下来又会发生什么呢？读者对此充满了好奇：工作组还会回葫芦坝吗？葫芦坝在今后的发展会怎么样？许茂是真的接纳金东水和外孙吗？四姑娘会和金东水在一起吗？……一系列疑问留给了读者无限的深思与回味。开放式结局引导读者去续写接下来的故事，使读者积极参与故事的再创作。而在《秋之惑》的最后，华良玉与尤金菊离婚，并写信给二丫，希望能够回到二丫身边。二丫的答复是什么？两人是否在一起？尤家山果园后来的命运归宿又是怎样？小说结尾并没有明确说明，"二丫久久地望着良玉，一句话也没说，只有一声深深的叹息。而此时天空的霞光已燃烧尽净，暮色降临"④。在《上行车，下行车》的结尾："她需要作出决定：是买回县城的票呢，还是买直达省城的票？夕阳在身后留下长长的投影。"故事的最后以疑问句的句式激起读者的好奇与探求，方达芬最后是回县城还是去省城相亲？同时方达芬的徘徊纠结揭示了人们在人生的选择两难境地共同的困惑。

　　周克芹乡土小说的结尾文字简洁利索，没有多余的论述与情感表达，常常没有明确的结局和答案，故事发展的最后走向，故事人物的最终命运都深深牵动着读者的心绪，引发读者无限的想象和思考。读者可以根据小说故事剧情进行"续写"，给故事一个心中完美的结局，这种开放式结局方式给人以独特的审美体验，展现了周克芹深厚内敛的叙事风格，增强了小说的故事感召力和艺术感染力，让读者参与其中，获得审美的乐趣。

① 叶圣陶：《叶圣陶论创作》，上海文艺出版社，1982年，第109页。
② 唐伟胜：《论雷蒙卡佛短篇小说结尾的"不确定性"》，《外语与外语教学》，2011年第2期。
③ 周克芹：《周克芹文集》上卷，四川文艺出版社，2000年，第292页。
④ 周克芹：《周克芹文集》上卷，四川文艺出版社，2000年，第501页。

结　语

（一）周克芹乡土小说创作的总体评价

生活哺育作家，时代造就作家。周克芹一生忠诚于土地与农村，与农民同呼吸共命运。周克芹所有的文学作品都展示了农村与农民在时代变革发展下的命运跌宕，是农民精神史与心灵史的文学标识。在三十年的创作生涯中，周克芹在乡土文学的领地不断耕耘，笔耕不辍，收获了《许茂和他的女儿们》《秋之惑》《勿忘草》《山月不知心里事》等一大批优秀的长短篇乡土小说。他的乡土小说展示了川中农村在20世纪60到80年代间时代风云变换下的农村改革和农民的生存命运，地方特有的时代风情、人物风貌和乡土风味充溢其间。周克芹乡土小说继承了中国乡土小说，尤其是沈从文、孙犁的抒情传统，字里行间流露出浓郁的乡土生活气息和真实情感，另一方面，他又在抒情的氛围中着力于人物与情节的写实性，在小说中彰显强烈的当下感及其时代性。周克芹抓住时代的脉搏，深入刻画农民在时代生活中的精神心灵变化。以小见大，在农村小人物的命运跌宕中展示大时代社会转型的变革发展。

周克芹以"直面人生，开创未来"的信条作为自己现实主义创作的精神方向，深入生活，与农民一起经历农村生存的酸甜苦辣，一起为时代变革下的农村发展喜悦与忧患，他倾情关注中国农村、农业和农民问题，了解农民所有的悲欢与需求，以为农民写作作为毕生的创作追求与文学理想。周克芹以一个现实主义乡土小说作家的责任感与良知站在时代历史的高度观照农村变革生活，为农民书写心声，为之思考，为之呐喊。他用笔墨真实地刻画出中国20世纪60到80年代农村在不同时期和环境下的生活面貌、心灵历程。在农村改革的书写中展示时代的变迁，在农村生活的伦理书写中展示人性的复杂奥秘，在农村权力的书写中展示世俗的诱惑。周克芹深入生活，强调文学的真与美，在生活的真实和细节的真实中展示乡村现实生活的真实性。同时周克芹以抒情的笔调书写现实主义的理想性，从苦难的节制书写、美好前景的展望和意境的诗情书写中，展示农民坚韧的精神品质。他在川中地域风光的描绘和四川方言俚语的个性书写中展示川中的地方色彩。他擅长写人，通过多侧面对人物语言、性格和命运的刻画，塑造了一系列典型农村生活中的人物形象谱系。

周克芹在新时期文学史上留下辉煌的一页。然而，可以看出，周克芹乡土小说的文学史意义和历史价值远远高于作品的文学价值。新时期的中国文坛刚刚走出"文化大革命"的萧条期，"时代迫切需要史诗般的长篇小说来概括人民和历史经受的磨难，告别过去，开拓一个新的纪元"①。而周克芹的长篇小说《许茂和他的女儿们》正是担负了这一反思历史的责任，小说揭露"文化大革命"时期"四人帮"的迫害给农村生活带来的深重灾难，而且在小人物的命运纠葛中书写真实生命的状态，突破以往主流英雄叙事和政治叙事，给社会和文坛极大的震动。随后，周克芹更是专注于农村改革题材的书写。

周克芹的乡土小说是中国当代乡土文学的重要收获，他倾注一生耕耘在乡土文学的沃土之上，始终坚持为农民抒情抒怀，以对时代的先觉先识，呈现了中国当代农村三十年改革中的成就与问题，他的作品"是研究新时期文学、乡土写作、中国的乡村在巨大的变化中的风俗史和精神史的重要作品，是四川乡土文学脉络的重要环节"②。

（二）周克芹乡土小说创作的历史局限性

周克芹自1960年发表第一篇乡土小说《秀云与支书》以来，其创作历时三十年，这期间中国社会处于变革发展的动荡时期，相对保守闭塞的乡村也在时代的冲击下发生剧烈的变化。周克芹在农村亲历时代风云的变革动荡，用笔触书写农村社会的变迁。综观三十年的创作之路，可以看到周克芹的乡土小说受时代主流意识形态的影响较大，在早期的创作实践中，小说中政治宣传话语的书写较多。总体来看，周克芹虽然在小说描写中抓住了时代变革下农村社会中的现实生活矛盾，富有时代气息和现实生活感，但是他往往只是刻画现实矛盾的现状，缺乏对故事中情节矛盾的进一步处理。对矛盾进展的处理停留在揭示的阶段，缺乏更加透彻的深刻分析。因为书写现实的及时性，小说在审美起点和审美效果上看，具有主题先行和思想先行的缺点。

周克芹创作激情饱满，常常以叙事者干预的身份在作品中较多的直接抒发和哲学议论。"有些议论近乎替形象解说，显得多余；有些文字不够洗练，掩盖了分散了对想象的视力。"③周克芹在成名作《许茂和他的女儿们》中多处诉诸直

---

①　田原、冯宪光：《评周克芹的创作道路》，《四川大学学报（哲学社会科学版）》，1991年第2期。
②　蒋蓝、李敬泽等：《纪念周克芹诞辰八十周年座谈会发言摘编》，《当代文坛》，2017年第1期。
③　殷白：《相见时难别亦难》，《沱江文艺》，1997年1月、2月合刊。

抒胸臆的哲理和道德说教，使读者失去了想象"再创作"的余地，减弱了作品的艺术力量。周扬在致沙汀的书信中评价《许茂和他的女儿们》："这篇作品是否发议论和抒情的词句多了一点，就是说写得太显露了一点，不够含蓄，给读者的想象没有留下足够的余地呢？这是值得作者考虑的。"[1]

对周克芹自己而言，他曾在1982年获得全国优秀短篇小说奖后接受采访时直言不讳："十分满意的，没有。不满意的作品以及一篇作品里不满意的人物塑造、细节描写之例是很多的……我的文字功夫不深，语言锤炼不够。最大的毛病在于想象的空间窄小，思路不开阔。"[2]诚如周克芹自己所言，他的部分小说中的语言和情节不够精练、故事情节衔接不够圆润。如在《落选》中，对老支书郑洪兴的人物经历的片段回忆介绍比较零碎，缺乏对人物内心世界的深层挖掘。对人物一般的介绍叙述过多而单调，使人物的形象描写不够生动鲜活。此外部分小说中的一些情节不太合乎生活中人性的常理，人物塑造过于理性化。如《采采》中，采采对杨文林的爱情来得突兀而生硬。在"文化大革命"期间，女民兵的采采居然对监管的"犯人"杨文林一见钟情，在其逃跑后更是一厢情愿主动"上门"到杨文林家里去照顾年迈的杨母，并发誓等杨文林一辈子。两人缺乏基本的相互了解，没有感情基础，采采的举动显得特别的不合常理。突兀的情节安排使人不能够信服。

站在文学史的角度看，周克芹和他的乡土小说无疑是中国新时期文学的重要作家和重要作品，但从文学的审美标准来看，他的乡土小说在艺术上还有提升的美学空间。他的创作优点在于近距离甚至零距离地书写时代，及时地表达了时代的某种情绪和诉求。然而其创作局限也在于小说对时代的丰富性和复杂性力有不逮。可以说，周克芹乡土小说创作的美学局限性也正是他表现时代的历史局限性。

---

[1] 殷白：《内江文学的殊遇——关于〈许茂和他的女儿们〉的一组通信》，《沱江文艺》，1997年1月、2月合刊。

[2] 四川省作家协会编：《周克芹纪念研究文集》，四川文艺出版社，2016年，第15页。

第九章　李一清：从现实进入历史的乡土小说创作

　　继当代第一代乡土作家克非和周克芹之后，李一清是四川当代文学的第二代乡土小说作家。与当代第一代乡土作家一样，他也是土生土长的乡土作家。

　　乡土文学"是指以农民和乡镇生活为主要叙事对象，描述乡土经验，具有乡土气息和地方色彩的文学作品"①，而乡土小说作为乡土文学的重要类别，得到了诸多研究者的青睐和重视，已成中国新文学研究的主流小说。丁帆在《中国乡土小说史》中认为"乡土小说的重要特征就在于工业文明参照下的'风俗画描写'和'地方色彩'"②。可见，乡土小说与乡土文学的内涵特质一脉相承。李一清以川东北乡村人物为主体的所有小说都是对乡土社会的文学书写，都可划入"乡土小说"的范畴。

　　李一清四十年的乡土小说创作，在四川乡土文学界有着重要的地位。自第一篇小说《田英》于1975年发表在《四川文艺》上以来，到2011年《木铎》的出版，在四十多年的小说写作历程中，他笔耕不辍，屡出佳作，至今已写作有长篇小说《农民》《父老乡亲》《木铎》；中短篇小说集《山杠爷》《傻子一只眼》，短篇小说《磨坊老人》《雪地》《灰白》《立夏小满》《斜阳》《白塚》等二十余部（篇）小说，共计百余万字的作品发表，著作成果颇为丰硕。除此之外，李一清还创作有电影文学剧本《抬头是天》，已由峨眉电影制片厂摄制发

---

① 　向荣：《论20世纪20年代四川现代乡土小说》，《当代文坛》，2017年第1期。
② 　丁帆等：《中国乡土小说史》，北京大学出版社，2007年，第2页。

行，以其长篇小说《农民》为蓝本编排的话剧上演后也得到了一定的社会反响，尤其是根据其小说《山杠爷》改编的电影《被告山杠爷》一经放映更是获得了当时的华表奖、金鸡奖等多个电影大奖，引起了学界乃至社会的广泛关注，李一清因此声名鹊起，其乡土小说创作获得了文学界的高度认可，在四川小说作家群中占据了一席地位。

纵观李一清的乡土小说写作历程，大体可以划分为三个阶段：以1991年《山杠爷》在《红岩》上的发表为分界线，1975年至1991年为其写作的第一阶段，这一阶段中他以短篇小说为创作着力点，有《蹲点第一天》《雪地》《立夏小满》《知交》等短篇小说发表，但影响甚微，可视为其小说创作的发轫期；1991年至2004年为其写作的第二阶段，自《山杠爷》的发表得到了文学界的广泛关注后，李一清的小说创作道路越走越宽，在这一阶段中他转而以长篇小说创作为主，出版有《父老乡亲》《农民》这两部极具个人特色的作品，并且在这一时期发表的诸如《灰白》《磨坊老人》《斜阳》《空荒》等短篇小说也颇有深度，这一阶段其小说创作个人风格逐渐明朗，也是其小说创作的发展期；2004年至今是其小说写作的第三阶段，在长篇小说《农民》出版后，李一清蛰伏多年，于2011年出版长篇小说《木铎》，《木铎》出版后好评如潮，学界更是在北京召开了专门针对此书的研讨会，至此李一清的小说写作进入了成熟时期。李一清的乡土小说从不成熟到成熟，作家本人也从寂静无名到誉满文坛，在四十多年的乡土创作历练中结出了累累硕果，是四川乡土文学的重要组成部分，对推动四川文学整体发展具有重要意义。

一、李一清乡土小说的乡土性

（一）来自乡土：李一清的农民身份与农民体验

李一清祖辈都生活于西充乡下，西充是现在四川省南充市辖区内的一个小县城，远离喧嚣，偏安一隅。李一清自1956年出生直到1983年任南充市文联《嘉陵江》杂志小说编辑前，在这个稍显封闭的地区度过了很长一段人生岁月。由于那个年代中国农民生活的普遍困窘，以及其祖父做过伪军官的家庭历史背景，受到狠抓阶级斗争的社会环境的影响，就决定了他无法继续升学。时代的限制和自身的傲气使他不到初中毕业，便过早地结束了短暂的读书生涯，辍学回乡后，他种田耕地，"天天与泥土打交道"并且"干了许多在他那个年纪不该干的活儿：挑粪、抬石头……"①繁重的体力劳动使得他对农民的艰辛生活有着不可抹去的切肤体验，因而他懂得农民的疾苦、了解农民的内心情感、贴近农民的精神世界。在农村中的这段真实的农民经历，是其农民身份和乡村生活经验的历史由来，也是其乡土小说创作的一个经验优势。他与大多数当代乡土小说家的不同之处就在于他的农民身份和农民体验，这是很多乡土小说家都不具备的"先天条件"，也是研究李一清及其作品所不能忽视的一个重要方面。

李一清近三十年并不短暂的农民经历让他作为本色农民直面农村社会的方方面面，对乡土社会有着真实的体验和深刻的感受，对农民的思想和精神世界有着深入骨髓的熟悉，对乡土小说创作也有着最贴近真实的情感关切。有研究者认为李一清如赵树理一样是"农民作家"，这不仅是对他小说家身份的认同，也是对他乡土小说的一种肯定。农民身份和农民经历作为李一清写作乡土小说的重要生命体验，是其乡土小说取得成功的一个关键性因素，从中短篇小说《山杠爷》《空荒》《傻子一只眼》等到长篇小说《木铎》《父老乡亲》《农民》，都无一例外地刻写着李一清刻骨铭心的农民体验，就算是写城市生活的《父亲对儿子的侵犯》也是执着于农民传统精神的回归与怀念，远非农民体验可以涵盖的《木铎》更是李一清本人农民体验的历史想象和艺术升华。所以正如李一清本人所说："一个农民作家要实现真正的农民写作，必须有真正的农民角色意识和农民身份在精神世界的确立，要把农民体验当作最为本质性的生命体验，只有将农民体验纳入自我的生命进程，这样的农民体验才会深入一个作家的骨髓与血液之中，成为他进行农民创作的终身的情绪记忆和不断升华拓展的创作关怀。"②不论是《农民》中"农民不喜欢来事"，还是"乡下农民最看重两样东西：一个是实际，一个就是脸面了"，都是他从真实的农民身份、从真切的农民体验角度出发对农村社会的直观认识和真实书写。

农民身份和农民生活的真实体验是他个人生命的一段重要经历，这段当农民的真实经历让他对农村社会、农民精神有切身的把握。农民生活不仅培养了他作为农民儿子坚韧的个人精神，而且他将个人精神镌刻于乡土小说中，形成了他笔下乡土小说的个性特质。但他本人并不固守于这一"资本"，他认为"一个农民作家如果没有农民体验，固然是没有具备为农民创作的必要前提和重要资本，但

① 李一清：《〈山杠爷〉后记》，《山杠爷》，四川文艺出版社，1995年，第255—256页。
② 李一清：《作家的农民体验与农民关怀》，《当代文坛》，2007年第2期。

如果一个作家仅有农民体验而无在此基础上形成的富有超越性的农民关怀，他也许就会永远停留在农民体验上而关注纯粹写实层面的'真实世界'，他笔下的'真实世界'其本身也许是感人的，但他的眼光也许就会局限在这'真实世界'而自满自足，也不可避免地要带来审美上的褊狭"①。李一清清楚地知道作家生活经历与文学创作的关系和距离，他认为这"只是作家关注生命、关怀民族与人类、传达自己的审美感知和审美理想的切入口之一"，所以李一清创作乡土小说时在关注实实在在的农村生活、农民体验之余，同时站在一个更为广阔的文化思想角度思考乡土的现实变迁，书写自己的乡土情结，抒发自己的乡土情思，表达个人的乡土关怀，他坚持认为乡土文学创作立场必须站在农民一边，但创作中作家又必须超越农民身份，必须具有现代性的思想观念。这些都是研究李一清乡土小说的重要维度，值得我们接下来深入分析。

（二）融入乡土：特色鲜明的现实关怀

李一清出生在农村，他的根脉在农村，对农村拥有一种地之子的情怀，对乡村的热爱和关切使他自然关注农村的现实，包括农村政治环境的变迁、农民的疾苦、农民的内心精神世界等，这些都是他时时刻刻牵挂念想而无法回避的。李一清的乡土小说创作不是对农民身份、农民体验这些真实生活经历的片面描写，从对他的访谈中了解到，在他看来作家应与真实生活保持一定距离，进而他的乡土小说创作超越了一般的农民体验，比农民更能看到生活与人性多重组合的复杂性和丰富性，对农民体验的书写与解读极具作家个人的理性思考和文学张力，这集中体现在其乡土小说的现实关怀之中。

1. 农民生活困境的真实呈现

农民的生存困境是现实中国发展面临的主要社会问题之一，而生活贫困又是农民生存困境的主要方面，虽然国家大力扶持农村发展，但是由于地域间经济发展的不平衡及其种种历史原因，贫困依然存在，农村中依然有许多农民在较长的历史时期内无法满足自身的基本需要，农村贫困问题仍然是国家和社会长期以来都需要面对的社会难题。农民贫困的现实受到社会各界的关注，政治家、社会学家、经济学家、历史学家等都对这一问题做出了大量学理性研究，学术成果颇

---

① 李一清：《作家的农民体验与农民关怀》，《当代文坛》，2007年第2期。

丰。不同于学术研究注重理性分析，文学家们偏重于从文学创作这一个人感受角度书写农民的贫困问题，早在创作的发轫期，李一清就对农民贫困问题极为重视。李一清作为一个曾经在农村生活多年的乡土作家，他长期置身于农村困境氛围中，更是直面农民的贫困境遇，他的多部（篇）乡土小说中都有对农民贫困现实的反映与深思，从书写农民贫困入手，以多个侧面呈现了农民的生活困境。

《农民》直截了当地表现主人公所在乡村"牛啃土"的贫穷，"我们村很穷，过去穷，现在穷，比周边十里八里的村都要穷……解放前我们村就更穷了。土地划成分，丁保长是地主，长幺儿他爹大布袋是中农，其余的户挨户都是贫农，一窝儿穷光蛋"，从名字"牛啃土"都能直接地感受到该乡村的贫穷，小说主人公牛天才一家"更是穷光蛋里最穷的那一个，住的茅草房"[①]，母亲因为贫穷没粮食吃而饿死，儿子小三子因为家里贫穷凑不齐学费而被迫辍学外出打工，女儿草草因为家里穷而早早外出打工却误入歧途成为失足女，妻子陈素华更是因为女儿的堕落和生活的艰辛跳山塘自杀而死，牛天才妻离子散后被迫离开农村去城市打工，却因为与城市的不相容而又回到农村。不管是农村中的秦三犁、王包舌、陈兴、二毛等人，还是离开农村到城市中谋生的大苹果、蛇蛙客、开锁王、板凳队伍等人，他们与牛天才一样都是农村中最底层的一类人，都是贫穷最直接的承受者。《父老乡亲》中苟楞娃见到罗哥拿出的一沓钱招人"投劳"后冲到罗哥面前，不管罗哥的蔑视而"直拍胸口：'罗哥！真的，我们民兵帮你投劳！保证完成任务！'边说边踮起脚尖，去夺罗哥举在手里的钞票"[②]。看似唯钱是举、丧失人格和尊严的苟楞娃实则是因为长期得病的妻子的拖累，家里贫穷而急需要这笔钱；曾经美丽、善良、纯洁的多多，经过公公不给钱包扎女儿的伤口，三岁的女儿受到感染而不幸夭折的事件后慢慢消沉，又因为丈夫一心扑在农村事务上、不外出打工和对父母百依百顺导致家庭长期处于尖锐的矛盾中，多多被外出回家办厂的罗哥吸引而出轨，后又因帮罗哥筹款而失身于信用社马主任，最终离开家乡，杳无音信；安福老汉因为棉花收购被拒、打伤工作人员、点火烧棉花引起火灾而入狱，最后不堪重压在狱中自杀而死。除此之外，像《雪地》中因爱情毁灭而疯癫的菊儿、《苞谷地》中毒杀亲夫追随理想中的爱情而被枪决的红桃、《傻子一只眼》中被父亲剥夺读书权力被迫打工而死去的春娃，他们的命运

---

① 李一清：《农民》，四川文艺出版社，2004年，第5页。
② 李一清：《父老乡亲》，四川文艺出版社，1996年，第90页。

都与贫穷有着深层的直接的纠缠关系。

李一清从农村中来，直面了最劳苦的农民生存境遇，也亲自干过苦活，他对农民的贫困有着痛入心扉刻骨铭心的切身感受，他将这些感受通过创作乡土小说而传达出来。从他的乡土小说中我们可以看到：一方面他真实地展现农民贫困的现实境遇，另一方面他从贫穷的原因、贫困的现状、贫困的出路等多个角度出发对农民贫穷做出文学反思，以质朴、平实的文学书写表达了对农民贫困、农村困境的担忧，给予了对农民的深切关怀，抒发了对农民、农村的深厚感情。不仅如此，李一清对贫困的文学书写能够让读者，特别是没有乡村生活经验的城市读者对农民的现实境遇有直观、形象具体的认识，有着重要的社会现实意义。

2. 农民精神困境的个性化表达

中国社会被卷入世界现代化历史进程的浪潮中，大到国家、社会，小至个人生活，都发生了巨大的变化，处于社会底层的农村社会受到现代社会变革的影响更是直接和剧烈，身处农村的农民也就无法挣脱这一时代洪流的冲击，尤其是传统的农民精神世界和乡村民间文化陷入了困境之中。李一清对乡村的现代化转型和变革造成的农民精神困境这一现实尤为重视，他将个人对农民精神世界变迁的体会诉诸笔端，创作了富有个性的乡土小说，这也是我们认识李一清乡土小说中现实关怀多重表达的一个重要角度。

《父老乡亲》中老实忠厚的村干部安庆治理乡村兢兢业业，妻子多多受到外出打工潮与生活贫困的煎熬，几次劝说他离开农村外出挣钱改善家庭情况，在贫困生活的压迫和对乡村深厚感情的双重冲击下，安庆无疑是纠结的。面对着生之养之的家乡和贫困生活的现实，安庆选择了前者。因为丈夫固守农村、家庭困窘，多多对婚姻和丈夫失望了，安庆因为一直以来对妻子的愧疚和深爱，以至于曾经美好的妻子多多出轨回家后，他"愤怒了，他多想大吼大叫，把女人从床上拖下来，痛打一顿！……但，倏忽之间，他紧捏的拳头散开了，手指从烟盒里抓出颗烟，抖抖索索地送进嘴里，又抖抖索索地划亮了火柴，那一团橘红色的火焰，照见他脸上的肌肉在可怕的痉挛，眼眶贮满了晶莹的泪水。烟头一下一下，猛劲地燃烧着，大团的烟雾从口里吐出，飘荡开苦涩的气味"。安庆精神上的沉痛和纠结在李一清笔下表现得淋漓尽致。《父老乡亲》中郭爷一直都忠于乡村传统农耕生活模式，极力阻挠罗哥在村里办纤板厂，并且作为银盆地的村长掌握着政治实权，但在后来的村长选举现场遭到村民的嘲笑，"郭爷难堪极了……那颗头便深垂着，一点点移向了祠堂门口。却又奋力扭转过来，朝祠堂的每一个角落，投射去震怒的目光。……郭爷蠕动着嘴唇，还想说点什么，但终于没发出半点声音。他要回家了……迈出的脚步颤抖着、颤抖着……"[1]作为曾经受到拥戴的老村长现在被乡亲们轻视，并且职位被看不惯的罗哥所取代，郭爷的苦闷、哀怨的精神世界经李一清的书写生动地展现出来，让人动容。农耕文明与现代文化的矛盾冲突直接扎进人心，传统与现代的精神撕裂困扰着习惯了传统生活的乡民。

此外，《磨坊老人》里高中毕业回家继承老磨坊主事业的儿子不顾父亲的反对要采用机器生产，并且将父亲一直看重的拉磨的老牛杀掉，最终老父亲死在老牛的坟前，头还一直望向自己的磨坊。老磨坊主坚守的传统手工精神世界在机器面前脆弱不堪，其生命也随着老牛的死去而逝去，这个故事也让我们看到李一清对农民坚守传统手工劳作精神遭遇现代工业发展剥夺的艰难境遇的同情和惋惜。还有《雪地》中二寡妇因女儿生育私生子精神崩溃而最终上吊自杀；《爷爷的和我正在经历的故事》中洪英坚守正义，离开了为权力堕落的爱人而下嫁具有诚实品性的穷小子二乌等故事。可以看出，这些故事的书写都是李一清对农民精神困境与道德坚守的深刻表达，让我们在唏嘘、叹惋小说中人物和人物命运之余，更能深刻地感受到其乡土小说中农民精神世界在遭遇现代社会冲击、面对生活方式和经济关系以及生活困苦时的寂寥和困境。

3. 农村道德困境的忧患叙事

农村道德困境的一个重要表现就是农村中传统人伦道德的式微和蜕变。在传统社会中，人伦关系主要是父母与子女、君王与臣子、夫妇、兄弟和朋友之间的关系，孟子在《滕文公上》中对人伦道德的内容做了说明："父子有亲，君臣有义，夫妇有别，长幼有序，朋友有信。"[2]传统的人伦道德在中国几千年的历史中延续至今，然而在现代化社会、特别是消费主义文化大行其道的时代中，这些具有重要社会价值的传统伦理道德却逐渐被人们所轻视，受到极大的冲击。李一清对农村社会中传统人伦道德的现实困境也极为关注，这也是其乡土小说中现实关怀的一个重要维度。

小说《灰白》中，老伴堂七婆突然中风瘫痪在床，堂七爷几次三番给在外打

---

① 李一清：《父老乡亲》，四川文艺出版社，1996年，第46页，第341页。
② 孟子：《孟子·滕文公上》，《四书五经》第1卷，北京燕山出版社，2007年，第220页。

工的两个儿子大蒜和二蒜打电话盼望他们回家看看病重的母亲，但直到堂七婆去世两个儿子都没有回家，堂七婆去世后大儿子不愿意接堂七爷电话，二儿子为了不接父亲电话干脆连居住地都换了。这期间只有家里一只叫灰白的狗跟着他，堂七婆死后很长一段时间灰白都还去她坟头蹲守，在他心生绝望上吊自杀时也是灰白垫在他脚下而让他捡回了一条命。在堂七爷遭遇生活不幸时，周围邻里却也尽显炎凉与恶毒，在被有过节的老茂嘲讽形影不离地跟着孤身的堂七公的灰白是"三蒜"后，"堂七爷猛一低头，把老茂撞翻了。老茂不恼，爬起来还嘻嘻笑，拍拍手道，狗日的堂七，老来得个幺儿，硬不一般"。受到如此侮辱的堂七爷"恍然看见周围有数不清的嘴笑岔了，耳朵里也轰轰的，堂七爷就恨自己不能变作一只蚂蚁，找条地缝儿钻进去"①。堂七爷的无助与辛酸可见一斑。孝悌、信义的伦理秩序在《灰白》中是缺失的，子不孝父母，弟不亲长兄，邻里也无情义，所以堂七爷"心像夜的沉静，也像月色般冰凉"，无奈又满心悲凉。《灰白》涉及了中国传统人伦关系中父子、夫妻、兄弟、朋友的多层人伦关系的蜕化和溃败问题，引人深思中国乡村文化重建的急迫性与重要性。

在对农村道德困境的关注中，爱情关系中的道德困境也是李一清的书写对象。李一清笔下的爱情并不是绝对美好的，现代社会中人们认识到当生存利益高于爱情时，爱情就不再神圣高贵，而显得随意廉价了。《雪地》春猫子与菊儿是乡间情投意合的情侣，在严格的族规下，菊儿与恋人私订终身，美好隽永的爱欲却因为世俗的阻拦以及春猫子功利性的转变而分崩离析。菊儿在野外产子后疯癫，春猫子却成了衣锦还乡的"贵人"，和妖艳的女人在光天化日下的野外苟合，这与曾经春猫子与菊儿含蓄纯洁的爱情形成了鲜明的对比，真正的爱情显得无比脆弱。《苞谷地》写了一个男人与名为红桃的已婚妇女相爱，但因为现实原因，男人选择了权势而抛弃红桃的爱情悲剧。虽然文中以唯美的笔调描写了恋爱的场景，但最终美好的爱情被功利欲望毁于一旦，红桃也因杀人被判死刑。红桃行刑前都在四处张望，盼着见她一心顾全的恋人，而最终恋人却将她彻底淡忘了，这些不仅是对利益至上的人生观的控诉，是对现实社会中唯利是图的畸变人性的鞭挞，也是对传统道德关系中纯粹爱欲的呼唤。李一清对传统人伦道德的失范在其他如《父老乡亲》《斜阳》等乡土小说中都做了深刻的揭示，从中我们不

---

① 李一清：《灰白》，《红岩》，2002年第6期。

仅可以看到李一清本人对农村道德困境流露的叹惋之情，也能够从中领略到作者对农村社会中道德失范的深刻的批判之意，让我们重视包括农村在内的整个社会的道德建设，这具有重要的社会警示作用和现实意义。

4. 现实关怀表征的乡愁

从对农民生活困境的呈现、农民精神困境的体现和农村道德困境的关注这三个层面的分析中来看，李一清乡土小说中的现实关怀在一种贴近生活本来面目的真实呈现中，以深刻的笔调表达了仅有农民体验所不能穿透的对农村社会和农民文化、人性、人生等现实问题的感怀，在对现实乡村的书写中也寄托了对现代乡土社会的现代转型的深切忧思，这也是李一清自我乡愁的审美表达。

李一清的乡土小说心系农村、情系农民，他对农民生活的困苦有真实的体会，惋惜乡村社会传统伦理道德的崩坏，对农民精神上的困惑与挣扎也感同身受，在他的乡土小说中有着深厚的乡土情结。他从亲身经历的乡村生活中发现了乡村的伦理症候，作为一个脱离了农民身份的"出走者"，他从现实关怀的角度深切地书写往日的乡村社会，使得其乡土小说中具有浓郁的难以排解的乡愁。比如，李一清对现实社会中工业文明在农村中的渗透有清楚的认识，一方面他看到现代社会工业文化的不可阻挡，《磨坊老人》中老磨坊主拉磨的老牛被儿子杀了代之以机器劳作，他脱离了繁重的体力劳动，但如有文章所说的那样，在李一清的视角来看，"辛苦的体力劳动被看作是一种有意味的劳动形式，而工业生产的介入则意味着乡村生活的静穆与和谐受到威胁……便可以看作是作者对入侵者的温柔抵抗"[①]。这种"温柔抵抗"在李一清的其他乡土小说中也多有体现：《父老乡亲》中坚持自己手工制作凉粉的殷宗厚老人与固守传统乡村面貌的老支书郭爷；《农民》中坚持不肯土地入股办厂的牛天才等人，他们都是固执坚守乡村传统生活方式的象征性人物。李一清乡土小说中关于走到生命尽头的老磨坊主、美丽善良的农村女子、充满生机和美好愿景的苞谷地等书写，恰是他万千愁绪的集中表达，饱含了李一清对记忆乡村的深情，从书写现实农村、农民境遇的角度谱写了悠长的乡土挽歌。需要特别强调的是，李一清在对现实"废乡"的书写和反思中，所表达出来的那种反现代性的"乡愁"，在当下技术文明越来越拥有话语霸权、城市化工业化如日中天的当下，无疑是一剂清醒贴，值得人们反思考量。

---

① 刘虹利、孟繁华：《感悟与发现——李一清的"乡村中国"》，《当代文坛》，2011年第6期。

（三）书写乡土：李一清小说创作不变的主题思想

无论身在哪里，李一清心系农村，想念农民，他的全部小说也都是书写乡土的乡土小说。不同于新文学史上"乡土题材的创作成果……集中汇集了知识分子探索与改造国民性的启蒙主义和崇尚原始、民间和自然的田园浪漫主义这两大创作流派"[①]，当代的乡土文学家沿着新文学史的历史轨迹更多地走进了当代乡土社会的现实环境中，乡土文学创作者更多地关注当代农民、农村的生存状态和道德困境，他们不是从外部而是从内部、不是从上俯视而是站在农民的立场上，同自然形态下的中国农村社会及其文化观念紧密联系在一起，从而更加真实地表达了在社会最底层生活的广大农民的生活状况和精神状态。李一清也不例外，他在当代乡土小说创作的大氛围中书写了自己对农村、农民的情思，表达了自己的乡土情怀。

李一清自20世纪70年代开始创作乡土小说，时值中国改革开放初期，到如今中国社会处于现代化转型的关键时期，李一清的乡土小说创作历程跨越了四十年，在这四十年的时间洗礼中，乡村社会受到极为剧烈的社会变动的影响，在社会各个层面上，文化作为中国民族精神的重要体现，在时代变化中受到社会各个领域的广泛关注，而文学是塑造精神的重要载体，有着重要的文化意义。乡土小说家作为文学队伍中的重要一员，在时代洪流中坚守对乡土世界的书写，对受到现代化影响下的乡土社会给予了高度的文学关注和审美表达。李一清作为一个有着真实农民体验的乡土作家，以其在农村中的真实生活经历为创作来源，使得自身的乡土小说有着鲜明的个性和时代特色。通过对乡村社会零距离的观察和体验，乡村社会的变化和阵痛对于他来说更为刻骨铭心。李一清从自身当过农民的实际情况为观察视角，对农村的日常生活有准确的定位和反映，对乡土社会在现代化格局中的变迁有全面细致的体会。不管是《磨坊老人》中机器生产与手工劳作的冲突；还是《苞谷地》《雪地》中愚钝单纯但又不失天真的现代乡村爱情；或是《父老乡亲》《农民》中对现代化进程的心理抵制；抑或是受到现代化影响下的《灰白》中的世故变化等，李一清都能从一个亲历者的角度来刻画记忆与现实中的乡土社会，描绘了一幅幅现代化语境中嬗变的乡村图景，这些现实乡土社会的主题书写使得李一清乡土小说极具个人情怀，值得深入解读。

[①] 陈思和：《中国当代文化史教程》第2版，复旦大学出版社，1999年，第35页。

所以，书写乡土已然成为李一清乡土小说创作的全部主题和美学宗旨。他作为一个来自土地的"地之子"，在融入土地的体验中，以一种个人化的乡土情怀，孜孜不倦、无怨无悔地寻求着表达乡土的美学理想。

二、乡土小说：民间性与现代性的纠缠

在时代发展的推动下，中国社会的方方面面都受到现代性的影响，传统社会固有的格局被打破，尤其对于长期以来社会结构相对稳固、闭塞的中国农村来说，现代性带来的改变虽然缓慢，但尤为深刻震荡。乡土社会的变化引起了国家、社会的高度关注，这对以农村题材写作为主的乡土作家们来说更是不容忽视的创作来源和文学使命，在农村中实际生活过多年的李一清对这一变化更是有切身的体会。当前乡土作家创作面临着新的时代要求，有文章指出，"作家们要避免对乡村经验的表层书写，应以现代眼光关注农村新变化……要努力沉潜到生活的底层与内核中去……努力追求文学自身的价值、立场、深度和独特性"①，出身农村的李一清正是深入到了底层乡村社会中进行极富个人特色和文学价值的乡土小说创作。另一方面，在与李一清本人的访谈中他认为，"文学既要作用于当下，但更要超前引领，这个引领就是作品的现代性，或者叫现代意识"②，在追忆着传统乡土世界的同时关注着现代性对乡土社会的影响，在坚守乡土文化传统的立场上又紧跟现代文明发展方向，这些思想集中体现在其创作乡土小说时对民间性与现代性相互纠缠的文学思考中。

（一）李一清对传统民间文化的认同与反思

1. 对民间文化的坚守

乡土文学中民间文化具有强韧的生命力，一直以来都受到乡土作家的广泛认同，在当代乡土叙事中仍然占据相当大的比重，民间文化是最底层社会民众精神活动的真实写照。对农民出身的李一清来说，民间文化的书写更是他本土化个性文学特征的重要表达。在民间文化的解读中，有研究指出"民间的传统意味着人类原始的生命力紧紧拥抱生活本身的过程，由此迸发出对生活的爱憎，对人类欲

① 吕汝伦：《历史使命发展契机——关于社会主义新农村建设的文学思考》，《当代文坛》，2006年第4期。
② 此处为2016年11月20日李一清回复笔者的采访信件中所言。

望的追求，这是任何道德说教都无法规范、任何政治律条都无法约束，甚至连文明、进步、美这样一些抽象概念都无法涵盖的自由自在"①，李一清正是站在民间的立场上自由自在地书写对民间文化的坚守，值得肯定。

李一清在乡土小说创作中将农民对土地的情思描绘得淋漓尽致，他笔下的农民与土地有着如血脉般深厚的感情，这也是他个人对滋生民间文化的土地的情感表达。《农民》中牛天才在城市历经辛苦后又回到了牛啃土村，虽然曾一度怀疑土地带给他的是无尽的折磨和打击，但是当自己土地上油菜花的香气被股份制公司饲养的奶牛气息所覆盖时，以至于"没有了油菜花香，我不知为啥突然眼睛就有些发潮。我赶紧趴下了身子。怕自己哭出声来，又忙把脸贴近泥土"；《父老乡亲》中安庆没有追随打工潮离开农村，坚守在土地上，最终也因为村中抗洪而献出生命；罗哥开工厂赚了钱仍然愿意留在村中当村长造福村民；《水水的政权》中尽管书写了村民不支持工作这些现代社会农村基层干部开展工作遇到的重重困难，但是村长水水打算以死相逼让儿子回村任职……看似这些人物对土地有一种近乎痴迷的执着和保守，但是传统土地观遭遇现代性解构时，李一清在理性看待时更多的是表达了对民间传统的情感认同。

李一清对家族文化的认同在《木铎》中也可见一斑，他以温厚的笔调写出里村的世代变迁和李氏家族人物的生命历程，从"湖广填四川"时期李家一世祖迁到嘉陵江畔里村时形成，到现代社会因为修建水电站里村集体搬迁，有着李氏家族象征的木铎声回荡在嘉陵江畔，最后在已成为空巢的里村"我"敲响木铎，"铎声朝一家家响去，却发现他编写的谱书，大多没被人带走，更有的被裁成散页，随地委弃，风把它们吹到空中，像一张张飞舞的纸钱……愣了一会儿，再次举起了手中的铎槌。这次铎声一响，心开始锐痛"。在现代性的冲击下，农村的面貌发生了翻天覆地的变化，乡村本身的民间性遭到削弱，李一清清楚感知到民间家族文化的根基已经动摇，民间家族文化传统也受到剧烈震动，以像纸钱的族谱来祭奠已然消逝的家族文化，读来令人痛心。

在他对长老政治的书写中，山杠爷有打压村民的行径，《雪地》中万山叔为了恪守传统社会伦理严禁"同姓开亲"（小说中指在李家沟同一姓氏的男女结婚）而不惜拆散逼疯相爱男女，等等。这些家族的族长、长老们是中国传统礼俗

---

① 王光东：《"民间的现代价值"——中国现代文学与民间文化形态》，《中国社会科学》，2003年第6期。

社会结构中的权力核心，具有不可撼动的社会地位。尽管长老统治模式受到现代诸多学科领域研究者的批判，尤其是关注民主政治研究的政治学家对长老统治模式批判更甚，但李一清以农村生活亲历者的姿态，对长老统治的认识异于政治家，他站在小说家特有的创作视角上并没有极力否定长老统治，反而"有时他甚至觉得，宗族是个好东西，族规更是个好东西！它替老木垭抻平了多少包块，惩治了多少歪风邪气、刁汉泼妇"（《水水的政权》），李一清深知农村社会的复杂，也知晓长老统治的弊端，但他并没有对弊端加以纠缠，而是抓住了长老统治的实际社会效用，从艺术创作角度解读这一历史产物，一定程度上长老统治在李一清的笔下多了一层传统文化卫士的色彩，赋予了其更多的理解和文学关怀。

2. 李一清的文化"乡愁"

民间文化是李一清乡土小说创作的重要精神内质，但社会发展不可阻挡，受现代化浪潮的冲击，传统的民间文化被弱化，乡土文学作为民间文化的重要表现形式，受社会大环境的影响，其创作环境也发生了很大的变化。对现代性的关注也是当代乡土小说家们的一个创作热点，虽然李一清的乡土小说创作中也有对"个体的主体性与自我意识、理性化和契约化的公共文化精神、意识形态化的社会历史叙事的现代性"①的文学书写，但一直以来有着深厚乡土精神和民间情怀的他在面对传统民间文化逐渐消逝时，有着深深的愁绪，这就是他的文化乡愁。

李一清乡土小说《山杠爷》一方面认同传统文化中拥护家族长老的礼俗文化，生动描写了山杠爷"一个村跟一个国家，说到底，是一码事儿。国有国法，村有村规；如果把一个国家看作一个村，那国法就是村规；把一个村看作一个国家，那村规就是国法了。"《山杠爷》中的老农智慧，领会了传统宗法社会家国同构的文化内涵。但另一方面他也看到中国传统文化中"家国同构、宗法一体"及其人类根深蒂固的受虐性的弊病，在小说中做出现代性的思考，对礼俗社会的弊病做了无情的揭露与批判，极具现代法制意识。《水水的政权》中村长水水一度依靠管理整个章姓家族的总老辈子完成管理工作，但当章家总老辈子一手遮天，进而破坏耕地时，水水就算被撤职都决然地向有关部门举报自己，才没有被章家人肆意修房侵占耕地。不论是山杠爷还是水水，抑或是章家总老辈子，或者是农村社会中千千万万个山杠爷、水水、总老辈子们，作为深受传统礼俗思想制

---

① 　衣俊卿：《现代性的维度及其当代命运》，《中国社会科学》，2004年第4期。

约的现代农村基层干部和村中长老，都在现代化进程中直面现代性法制理念的洗礼，虽然传统乡土社会是认同某种共同价值的社群，血缘、礼俗等天然有机的联系比法制在社会中起着更大的作用，但李一清深切感受到现代性精神引起的农村传统社会文化的变质，尤其在提倡传统文化的当今社会，具有重要的现实意义。

李一清看到现代性社会向乡土社会扩张的过程中，乡土社会在这一过程中产生的焦虑不安，他通过挖掘乡土民间文化传统、唤起人们的历史与童年记忆、强调民间的伦理关怀、建构自然人性等方式抵抗现代性的进入，努力保护民间文化。李一清的乡土小说创作虽然以农村现实生活作为其乡土小说创作的重要来源，广泛触及农村经济萧条、土地空荒、道德崩溃、基层政治运作艰难、农村青壮年劳动力流失、空巢老人现象等方方面面，但他并不囿于对农村现实生活的机械记录，而是站在一个文化审视的角度，从文人的立场出发介入到对农村现实体验的描绘中，李一清深知乡土小说创作的这一重要意义坚守传统文化，以小说家的肩膀挑起重塑民间文化的精神重担，以悲悯的情怀批判传统民间文化的崩坏，谱写了一曲民间文化的挽歌。

（二）现代性影响下民间传统土地观念的变革

1. 李一清乡土小说中民间传统的土地观解读

在一定意义上，中国几千年的历史是从土地中生长的，土地承载着中国社会变迁的悠长历史，整个民族都与泥土分不开。无论历史如何发展，几千年的历史印证了在中国传统民间社会中土地的重要性，在乡土社会中土地就像农民的血脉一样，费孝通先生曾说过"靠种地谋生的人才明白泥土的可贵"[①]。在中国乡土文学进程的发展中土地更是占有不言自明的文学地位，在中国乡土小说创作中更是每个作家都倾注大量心血的雕琢对象，更何况本身就是农民出身的李一清，对土地的情感更是浓烈。土地给李一清的小说创作带来了无限的灵感和深厚的文学情怀，其乡土小说也都是从土地出发，围绕土地牵连出百态人生，这其中重要的一面就是从农民这一民间立场出发对传统土地观的文学思考。

基于农民立场创作的李一清清楚地看到土地与农民生存的深层关系，在中国社会只要是农民，就与土地有着不能割裂的关系，土地是中国农民谋生的根本所

---

① 费孝通：《乡土中国》，北京大学出版社，2012年，第10页。

在。农民与土地的关系就是乡土中国之"根"，乡村的经济活动基本都是围绕着农民与土地的关系展开。从农耕社会经过多次社会变革发展到今天的中国农村依然以土地为本，土地作为一种基本生产资料，它维持着农民最基本的生存需求，是中国农民最基本的生活保障。李一清作为一个农民出身的文人，也曾在土地上挥洒汗水，对土地与农民生存的关系更是有直观的感受。在《木铎》中李氏家族一世祖入川后第一件事就是插占土地，在插占的土地上一世祖后人在嘉陵江边繁衍子嗣，李氏家族不断壮大。对土地与生存的关系李一清有独到的认识，"没有土地就没有人，没有人也就没有历史；土地对于人历来是那么重要，重要到连走兽也天生就知道拥有、霸占、劫掠、撕咬，在彼此的地盘上涂遍血腥"（《木铎》），走兽争夺土地的血腥场面反衬着土地对人类生存的重要性。"头枕着大地，背贴着大地，一翻身，肚皮又紧压着大地——啊哈！我一下就拥有了世界上最宽大的床、最暖和的垫子、无边无际的幔帐——那是夜雾呀，轻纱一样。还有最明亮的灯，满天星星。秋虫也赶来为我歌唱了，用最好的嗓子……"（《农民》）当包产到户后，农民牛天才第一次拥有了自己的土地，被巨大的喜悦击懵的他枕着土地睡了一夜。李一清深知土地对农民的重要意义，他笔下的农民对待土地没有一丝马虎，"祥兴老汉种田是牙牙村第一把好手。尤其秧栽的飞快，一划一行碧绿，横竖都直溜端正……像婆娘扎鞋底，针头索索响"（《傻子一只眼》），"田边地角见不到一丛荆棘、一棵杂草，像人拿给剃头匠刮过的脸，精赤溜光。地面跟镜儿一样平，土像过过筛子。刚播下的种粒被它们均匀覆盖，阳光又覆盖着泥土，土地就不像土地了，像一床床黄绒绒的地毯。从地缝儿里升上来的水蒸气，也是那么均匀，到中午那许多烟缕才散了……那种用金色和紫色织出的烟，很醉人"（《农民》）。虽然作者自嘲是"像个迂夫子般酸文假醋"，但农民像追求完美的艺术家一样细心耕作，李一清将农民与土地的深厚情结凸显得淋漓尽致，更表达了其乡土小说创作中对土地与农民生存关系深入的文学解读。

在中国传统民间社会中，几千年的农耕历史使农民紧紧依附在土地上，土地也是一种财富的象征，"事实上，没有农民会拒绝对土地的占有，也没有农民会憎恶自己拥有太多的土地"（《木铎》）。在中国传统民间文化中，土地作为一种祖业，在农民精神世界中有着举足轻重的地位，也是农民彰显社会地位和家庭财富的一种资本。《父老乡亲》中凉粉客殷宗厚并不因为儿子大坤做生意赚了大钱而欣慰，反而对现代化进程中的赚钱方法始终抱有谨慎乃至忧虑的态度，虽然他在场镇做着卖凉粉的小买卖，但他心中一直渴望着拥有更多的土地，这是他期待实现的"自己多年的梦想"，所以一向保守的他借钱给以土地做抵押的二流子金宝，罗哥的纤板厂着火时他不去救火，都是因为不想别人动摇他在村中的首富地位。《父老乡亲》中殷宗厚为了得到土地积累财富隐忍多年，郭爷无论如何都要紧握土地，《木铎》中因为分得土地而兴奋不已的李六子和里村穷人们，都是李一清对民间社会中农民财富观深入的文学解读，也是其对民间传统文化中土地与财富关系的文化反思，这对我们把握李一清的整体民间土地观有着重要作用。

在李一清的乡土小说中，不管是牛天才因为土地离开农村，还是长幺儿进城发展商业而丢下土地，抑或是陈兴不得已将土地承包出去，甚至殷宗厚采取不厚道方式想得到土地，他们每个人的根都在土地上，于是牛天才听从内心召唤回到了土地上，长幺儿的儿子回到农村发展，陈兴将土地入股办厂后依然闲不住想做农活……

李一清乡土小说中的许多角色都与土地有着很深的关系，在他笔下农民都是附着于土地而生长的，土地是农民的生存之根，失去土地农民就不安生，他明白农民内心深处对土地的渴望和土地情结，他为农民发声，温情地书写着农民内心传统的土地情怀。

2. 现代性对传统民间土地观念的解构

在时代发展的影响下，民间传统的土地观念受到现代性思潮的冲击而发生了根本性的变革，现代社会商品经济的发展改变了中国乡村传统的社会格局。越来越多的农民离开农村拥向城市，他们不再依附于土地，城市经济的高速发展吸引他们丢弃土地到城市谋生，乡土社会日渐凋敝。李一清对这一"废乡"的农村社会现实极有感触，在农村生活多年的他亲身感受到传统土地观念的异变，在其乡土小说创作中深刻反映了对传统土地观变迁的多角度思考。

受现代性浪潮的冲击，农民依靠土地谋生的传统观念逐渐遭到现代市场经济发展的解构，"以农为本"的传统农民生存之道发生变化，李一清在其乡土小说中有深入的思考。《农民》中长幺儿一直都不屑于耕种土地，在改革开放前的特殊社会时期（书中指"大跃进"这一段时间）不做农活在村里"抹抹画画"，后来又去搞发明，要当农民科学家，制作了"自动热水槽""小球藻""日本化肥"这些名不副实、让人啼笑皆非的"发明"；在进入改革开放的新时期后，长幺儿紧跟社会潮流，贷款做事业、办"农转非"将家里人农村户口转为城镇户口，投机取巧卖给村民假化肥，而后又发展房地产成为乡里的富人。在面对牛天才这一类埋头于耕种土地的人时，也是农民出身的长幺儿满口"农民，龟儿子硬是农民！"的讥诮话语。《农民》中还创作了在城里生活要强的水果摊贩"大苹果"这一角色，她轻视在乡土务农的丈夫，认为依靠土地找不到生活的出路，所以想方设法要争取在城里扎根而不惜卖肾买房。在李一清的其他作品中，如《灰白》中离开农村到城里务工的大蒜和二蒜、《山杠爷》中离开堆堆坪外出打工的明喜等，这一类人都是李一清笔下摒弃土地或者急于摆脱农民身份的形象，被塑造得真实又具体。现在乡村中农民渐渐脱离土地、离开乡村，田地被大量荒置，李一清痛心疾首，在《农民》《空荒》等小说中表达了无奈又激烈的批判，引人慨叹。

现代性的迅猛发展也让李一清看到这样的社会现实：不管是离开土地的农民或是坚守在土地上的农民，他们在当前社会中依然面临贫穷这一长期的困境，城乡二元对立的格局使农民在城市中生活更加艰难，固守在土地上的农民能够从土地上获得的生存资料日益有限，民间依靠土地生存和彰显财富、地位的传统观念也日益被解构。伴随民间土地观变迁而产生的贫困问题李一清也有深刻的揭露，《农民》主人公牛天才在土地上以勤劳耕种为生，但他家庭依然贫穷，因为贫穷儿子辍学、女儿误入歧途、妻子跳山塘自杀，曾经枕着土地睡觉的热情被贫穷所摧残，而发出"这该死的土地，我到底该爱它，还是该恨它"的哀号。现实的情境是，土地可以让人得以温饱，却不能使人摆脱贫困发家致富。牛天才饱尝土地带给他的贫穷，因而决然离开农村奔向城市。与牛天才一样，《农民》中的开锁王、大苹果等人都是在看到依附土地无望的情况下离开土地。《空荒》中一针见血地指出农民为了解决生活出路而抛弃土地，农村中大量土地空荒的惨淡现状；《父老乡亲》中一辈子都埋首在土地上的安福老汉却遭遇儿媳妇出轨、孙女夭折、女儿私奔、儿子遇难的不幸，而最终自杀了结一生。无论是上述人物人生的生命路径发生了怎样的变化，李一清都向我们剖析了土地不能解决农民生存、生活进而传统土地观被现代性所解构的现实境遇，读来令人慨叹。

李一清的作品从多个角度探讨了当前社会中土地无力改变农民贫困生活的现实问题，将传统土地观遭遇现代性困境的无奈倾诉于文字。他深知现代性发展无法阻挡，更是看到了传统土地观念与现代性社会发展的不相适应，所以他并不是否认现代性，也不是为传统土地观这一民间文化唱赞歌，更不是为农民设计生活出路，而是以一个"地之子"的身份和文人的立场，书写自己对土地和农人的深情，表达了对现代性发展与质朴民间土地观相冲突的纠结之感，引人深思。

（三）现代性对乡村传统民间文化的冲击

李一清乡土小说创作的另一重要特点就在于其具有浓烈的文化批判性，这主要体现在其对现代性影响下传统民间文化衰退的思考中。民间文化的内涵多样，从文学史研究角度来看，民间文化是中国特有的文化形态，民间泥沙俱下的特性使得民间文化不同于精英文化，它虽然在精英文化面前显得粗犷但具有更强大的生命力和包容性。论述民间文化离不开对"民间"概念的界定，陈思和认为民间包含着两个层面的意思："第一是指根据民间自在的生活方式的向度，即来自中国传统农村的村落文化的方式和来自现代经济社会的世俗文化的方式来观察生活、表达生活、描述生活的文学创作视界，第二是指作家虽然站在知识分子的传统立场上说话，但所表现的却是民间自在的生活状态和民间审美趣味。"[1]本文所分析的民间文化在陈思和的定义上外延更为广泛，涉及民间基层政治、民间生活形态与农民精神状态等民间元素。与站在知识分子立场不同，地道农民出身的李一清在农村底层长期生活，他在无比亲近民间生活方式和生活态度的同时，对民间文化也就无限地接近，李一清的乡土小说创作中更是充满了其独有的民间文化审美趣味和价值取向。由于当前民间文化不可避免地受到现代社会发展的影响而逐渐衰退，具有农民身份的李一清更是真实地感受到了现代性对传统农村民间文化的冲击，这集中体现在他对现代性冲击下家族文化和长老政治的文学书写中。

1. 家族文化的衰退：《木铎》的文化思考

李一清蛰伏多年创作的长篇小说《木铎》独具匠心，厚重的家族情怀和历史意识使得这部作品极具文学价值和史学价值，在文坛享有很高的声誉。《木铎》中以木铎这种极具象征意义的物件为指引，更是"寄情于铎"，家族文化与民族精神贯穿整部作品，以李家几代人的繁衍发展为线索勾勒了李氏家族所在地里村以及整个中华民族的历史变迁景象，以家族历史之变演绎作者深切于心的家国情

---

① 陈思和：《民间的还原——"文革"后文学史某种走向的解释》，《文艺争鸣》，1994年第1期。

怀。小说以木铎的传承为信仰支撑，以因为修水电站里村被迫搬迁"我"为里村修族谱为背景，借祖母之口诉说了李氏家族从湖北迁居于嘉陵江腹地顺庆（今四川南充）的家族发展史。书中充满了魔幻色彩，李一清以三世祖看到红肚兜就与有才华但长相丑陋的三世祖母同房，蝴蝶飞进房间父母就此相爱，里村遭遇罕见洪水全村被淹但家中木铎与书籍完好等魔幻手法描写了李氏家族几代铎人的人生轨迹和家族发展，李家铎人祖父和父亲在祖母的蛮狠鞭策下从懦弱变得勇猛，里村历史也慢慢变迁。李氏家族和里村经历了四川长期的军阀混战，遭受过山野土匪袍哥的横行搜刮，感受到保路运动风潮的震动，也目睹了川军抗日的悲壮，并且迎来了新时代的美好与感伤。这也折射出了整个中华民族命运的急剧变动：席卷全国的辛亥革命、民国时期的军阀混战、挽救民族危亡的抗日战争、国共内战，直至中华人民共和国成立前后的历史背景书写。《木铎》时间跨度将近整个中国近现代历史，将国家历史隐含于家族历史之中，有着鲜明的民间性。《木铎》中的人物有着鲜明的个性特征，不管是三岁前靠近屋门前檐柱发呆的几代先祖，抑或是果敢、倔强有胆识的祖母和被祖母"训练"出来参军的祖父和父亲，还是具有五四现代精神的二先生，甚至是被逐出家族的水鬼老大，这不仅是里村李氏家族精神的内涵化身，更重要的是赋予了家族族人不同的精神内质，将虚拟精神实体化，以李氏家族几代人命运的发展沉浮为主线，进而以对家族精神的彰显来丰富整个民族精神，深刻表达了李一清对家族文化的认可和对中华民族历史变迁的文学反思。

《木铎》不仅是李一清对传统家族文化发出深切的内心呼喊，更是对当代乡村民间精神崩坏现实的沉痛惋惜。《木铎》最后，"我"四处收集材料，花费大量心血编写的李家族谱被慌忙中搬走的人们随手丢弃，散乱的族谱随风飘零，里村最终因为水电站建成而淹没。李一清在对家族文化追忆这一民间情怀抒发的同时，也揭示了现代性的势不可当，发出了对现代性削弱民间文化这一现实的无奈与哀叹。不论是对家族文化的拥护，还是对现代性削弱民间文化的文学抵抗，李一清的作品中都表达了"对中华民族集体精神和信仰系统建构存在的自信情绪中依然交织着对其传承延续的忧虑不安"[1]的批判精神，作者的所思所想没有超越民间主体，李一清对民间性的思考与农民心灵相通，与乡村传统意绪相连，他在

---

[1] 加晓昕：《寻找回来的世界——从〈木铎〉的两个世界说起》，《当代文坛》，2011年第6期。

贴近农民思想的同时更多的是以民间文化保卫者的姿态对抗现代性，在其乡土小说中营造了一种与民间休戚与共、血肉相连的精神境界。

2. 长老统治的崩溃：《山杠爷》的文学解读

民间文化的重要内涵中也包括有乡土文化，乡土文化中长老统治是一个典型存在，这也是李一清的创作对象。由于受到历史发展的客观影响，在中国传统的农业社会中，历代统治者都以宗法制为政治制度的核心内容，以血缘关系为纽带的宗法制维系着整个传统社会政治秩序的架构。在中国几千年的历史发展中，宗法制在传统社会结构中占据主导地位，其中一个显著的表现就是家族长老统治。在传统社会格局中，家族中有严格的等级秩序，族中长老有着极高的威望，并且成为中国民间文化的一部分。《山杠爷》中堆堆坪村长山杠爷为了叫回外出打工的明喜，私拆他寄给家中的信件；强迫不守孝道的村妇游街示众；以蛮横的态度征收农业提留，等等，在治村中他大多使用专制手段。虽然山杠爷在村中态度强硬，但是村民也都信服他，对他极为尊重。李一清其他作品中也多有对长老政治的书写，"领头的正是那个走亲戚不知哪天才能落屋的章家总老辈子。水水刚迈出门槛……跟在他身后的人们，仿佛听到号令，也都一律弯下腰"（《水水的政权》）。虽然在村里面水水是村长，但是整个村是章姓家族的天下，总老辈子又是整个章家的"老辈子"（也就是家族中的长老，即大家长），掌握着章家的大小事宜。不论是村里人造房修屋选地皮，还是政府征收农业税，甚至是对杀人犯法事件的处理，都受到他的支配和影响。

总老辈子在家族中有着绝对的领导权和权威性，以至于"人都寒战着。总老辈子的话，似清峻钢冷的刀锋，切割着每个人的肌肤，有人发抖，有人牙齿打战，更多的人低了头，眼睛瞅着自己的脚尖，空气凝固了，天却悄悄变亮了，但没有颜色，灰白灰白，像早春拱出的地面的草尖，惊惊悸悸，躲躲闪闪"（《水水的政权》）。总老辈子的一席话都让听众这般反应，可见家族长老的影响力。《木铎》中里村的世代发展也是族长和长老们在把持方向，"四世祖俨然成了李氏宗祠的精神砥柱，像祠堂的中梁，更像中梁上那只硕大的蜘蛛，在用自己的方式不知疲倦地织网"（《木铎》），以四世祖为首的家族长老严格遵守世代祖训，倡导《里村李氏祖训》，谨守孝悌、宗族、祭祀、伦理、廉耻等祖训，一定程度上来看，《木铎》中的族长更具有维持民间传统文化的象征意义。

李一清的乡土小说创作并不限于对长老统治这一传统民间社会治理模式的单

纯书写，对长老统治所蕴含的民间文化力量消退的思考在其作品中更加凸出。虽然当代乡土文学创作更多的是关注当前农民、农村的现实状态，但在李一清的文学价值取向中，关注长老政治这一类民间文化的走向也尤为重要。现代社会政治文明的发展对传统长老政治带来了根本性的变革，李一清也看到长老政治与现代文明相抵触，长老政治也因为自身的弊端而逐渐崩溃。虽然山杠爷以高压手段治理乡村依然受到乡亲们的拥护，但他俨然一个"土皇帝"，最终因导致游街村妇自杀而受到法律制裁；章家总老辈子也因为忽视现代政治法规而受到惩治……李一清看到了长老政治受到现代政治文明的推动而逐渐崩溃的境遇，给予了理性的文学解读。

三、李一清乡土小说的艺术特色

（一）人物塑造：李一清笔下的农民形象

在对当代文学的研究中，有学者指出："文学人物形象塑造的状况，既表明文学对时代生活、时代精神把握的准确程度和成熟的程度，也表现一个时代文学审美价值的高度。"[①] 由此可知，文学人物形象塑造是文学精神和文学价值的重要体现，是每个文学创作者都极为重视的环节，有着强烈农民情结的李一清也不例外。对当代乡土小说创作来说，农民群体书写是每个乡土小说作家几乎不能回避的话题，由于李一清曾经的农民身份和农民生活以及他对农民群体的深厚感情和独到理解，农民形象的塑造是构建其乡土小说精神和艺术特色的重要表征，因而具有重要的研究意义。李一清笔下农民形象的分析也是研究其乡土小说创作的重要视角，从对其乡土小说中的农民形象创作的梳理来看，大体可以划分为"地道农民"和"新兴农民"两个不同书写类别，以下将做详细解读。

1. "地道农民"形象：传统农民特质书写

此处"地道农民"指李一清乡土小说中坚守农村生活、固守传统农民生活方式、富有乡村传统社会思想和极具传统农民精神内涵的一类农民形象。李一清曾在农村生活多年，长期与农民接触，这令他对农民的生活状态和内心世界有直接认识和深刻体会，曾是农民的他切实贴近农民的精神世界、深谙农民的所思所想，据此为由，李一清在其乡土小说中塑造了多个令人印象深刻的地道农民

---

① 张恒学：《文学人物形象：世纪之初的文学关怀——来自"世纪之交中国文学人物形象研讨会"的理论思考》，《文艺理论与批评》，2001年第4期。

形象。

安福老汉是《父老乡亲》中的重要人物，李一清从多个角度塑造了这个执着耕耘土地的典型农民，具有中国地道农民的普遍特质，其中一个重要特质则是"狠"和"绵"。"狠和绵是安福老汉作为一个地道的庄稼人每天使用的两大法宝：至极，对待土地一丝不苟，慢工出细活以致'绵'至极致。"他不仅对自己干农活要求严格，还深深影响着家庭成员，于是老伴也随着他埋头苦干，年轻的媳妇也被公爹顽强的精神改造而接受那种劳动，以至于"割麦、打场、挖地、栽秧，丝毫也不比安福老汉逊色。绵活儿呢，她也能奉陪公爹到底"（《父老乡亲》）"狠"与"绵"不仅体现在安福老汉身上，《农民》中牛天才也具有这一特征。为了节约修房成本，牛天才与妻子陈素华决定自己打砖，打砖的过程持续了一个漫长的冬季，结果"两口子人都瘦成了干豇豆，说话吊不起气，走路没二两力"（《农民》）。到最后他们凭着自己的狠劲和拼劲建成了人人称赞的全村中第一座四壁到顶的砖房。"狠"与"绵"不仅体现在农民的劳动状态中，李一清的乡土小说在多个方面都有对"狠"与"绵"的深刻表达。《山杠爷》中为了维护礼俗秩序而采用武力的山杠爷凶狠强硬，《木铎》中为了激发祖父的男子气概而捆打祖父的祖母蛮狠泼辣，这些又是李一清笔下人物"狠"的另一面，将农民身上的强势与固执表现得别无二致；《木铎》中芝长公具有另一种"绵"的特质，温文尔雅的他具有开明的眼界和仁厚的胸怀，他紧随时代脚步将田地分予族人，又恪守李氏家族祖训秉公办事，小说中以芝长公的"绵"寄予了对淳朴农民精神的无限感怀。李一清以生动的笔调刻画了安福老汉、牛天才、山杠爷等这一类富有生命力的农民形象，他本人当过农民、干过苦活，他看到中国地道农民身上具有的那种坚韧、倔强、刚毅的精神特质，将之诉诸笔端，读来令人回味无穷。

李一清笔下的地道农民也具有吝啬、愚昧、迷信等落后的一面：安福老汉极为节俭，这"已不再是简单意义上的节约，而是达到了悭吝的程度……他是那号宁让人吃亏、不让钱吃亏的人哪"（《父老乡亲》）。家里瘟死了一只鸡要便宜卖掉；腌制腊肉不舍得用盐；不愿花钱送难产的媳妇去医院，让老婆给媳妇抹灶灰止血；甚至不愿花钱给孙女伤口用药而抹老墙土，而最终导致了孙女夭折。《雪地》中一心为了清白村风、严守禁止同姓结婚祖训的万山叔硬生生拆散相爱的毛姑与蛮生，导致毛姑被后来婆家强行引产而死亡、蛮生因爱人死去而疯癫的悲惨结局……这一系列的人物书写都是李一清对传统农民思想中落后性一面的反思，他没有一味歌颂传统农民的正面精神，而是将传统农民精神的落后性毫无掩饰地展现在其乡土小说中，正是这些落后性思想的书写使得其乡土小说中的地道农民形象更为真实、生动，其中也包含了他对农民自然天性的同情和理解，读之令人深受震动。

2. "新兴农民"形象：现代型农民精神的呈现

李一清笔下也有这样的农民：受到社会现代化发展的推动，他们脱离农村中繁重的体力劳动而到城市谋生。城市物质文明的发达使他们不再留恋农村生活、不再认可传统农民的人生价值观，并且他们还急于摆脱农民身份。作者在小说中塑造了多个这样特色鲜明的"新兴农民"形象。

《父老乡亲》一书中不仅有安福老汉这种传统的典型农民，也有罗哥、大坤这一类脱离传统农村、具有现代思想的新型农民形象。罗哥是银盆地村地主婆秒娘的儿子，小时候亲眼看见母亲被村里人折磨致死，长大后带着要为母亲报仇的仇恨和出人头地的决心，他远离银盆地去沿海城市打工。具有了一定实力的罗哥后来又回到银盆地开办纤板厂，尽管纤板厂在还没投入生产就被一场大火烧得精光，这让他几乎陷入绝境，但他仍然没有放弃，继续四处奔走拉贷款，经过许多坎坷，纤板厂最终开办得红红火火。罗哥最终让害死他母亲的仇人信服，曾经不被村里人接受的"地主儿子"也得到了整个银盆地村民的拥护。作为在城市打拼而又回到农村的罗哥，他不仅有传统农民坚毅的品格，而且更具备有闯劲、爱自由、果敢的种种现代性性格特征。受到罗哥的鼓励和影响，大坤也成了银盆地村民中少有的成功者。大坤是凉粉客殷宗厚的儿子，最开始他跟随父亲殷宗厚靠家传的制作凉粉的出色手工，抓住"鼓励一部分人先富起来"的时代先机在场镇上摆摊，做起了经营凉粉的小生意。凭借自家良好的口碑，殷家父子生意兴旺，成了村里的"冒尖户"。但是大坤并不满足于在乡镇上做小买卖，又受到罗哥的影响，所以他不顾父亲的反对丢下凉粉摊进城开起了餐馆，甚至当开餐馆有了一定积蓄后办起了夜总会。发生在罗哥、大坤身上的种种事件让我们看到李一清笔下精明干练、敢为人先的时代弄潮儿化身。不同于传统农民的固守农村、谨守农民之道，罗哥这一类人不惧世俗眼光、走出传统的限制而勇于追逐新生活。诸如此类的人物在李一清乡土小说中不胜枚举，比如《农民》中不被村里人接纳的离开农村的长幺儿、《父老乡亲》中看到社会发展趋势鼓励丈夫外出挣钱的多多等。

罗哥、大坤他们都是受到现代性思想影响的农村中的新兴农民，具有与传统农民迥异的精神内质，对新兴农民的形象塑造不仅体现了李一清对农民思想和性格变迁的个性思考，而且也是我们体会李一清乡土小说内在精神的重要维度。

不管是安福老汉一类"地道"农民，还是罗哥一类"新兴"农民，都是李一清乡土小说中农民、农村情结的重要体现。李一清将他对传统农民质朴、坚毅品格的认可和对现代农民精明、果敢性格的欣赏都一并呈现出来，他对农民的深厚情结显露无遗。更加重要的是，李一清的高明之处在于他既表达了对新兴农民的欣赏，又饱含了对记忆中传统农村的不舍和传统农民质朴精神的呼唤。从大坤最终因为违法经营夜总会被捕、罗哥主动要求拒任银盆地人人都不屑的村长一职的结局来看，李一清乡土小说对传统乡间乡情的坚守让人欣慰，但是他也清楚地认识到记忆里中国农村、农民在现代社会发展中的突变与式微，以"旋转的石磨……它咀嚼豆子，也咀嚼着小院的诗情画意"（《父老乡亲》），满含对传统乡村变迁的哀叹之情。

（二）川北地方色彩的文学书写

纵观整个中西方乡土文学历史进程，地方色彩作为表现乡土作家的个性艺术特色一直以来都受到极大的关注，李一清乡土小说中地方色彩的研究也就不容忽视。茅盾在《小说研究ABC》一书中谈道，"人物有个性，地方也有个性；地方的个性，通常称之曰'地方色彩'"①，地方色彩与人的个性一样，具有显著的差异性。美国作家赫姆林·加兰在《破碎的偶像》中提出"艺术的地方色彩是文学的生命力的源泉，是文学一向独具的特点……地方色彩是在差异中书写地方生活，表达地方个性，因而具有无穷的魅力"②。在文学作品中地方色彩不仅表达不同的地方个性，更是每个乡土作家文学生命力所在。学术界对地方色彩的阐释众多，总体来说地方色彩都由三种地方元素构成，即地域风光、地方乡风民俗和地域方言土语。同时，地方色彩与乡土作家及其作品艺术特色之间有着深刻的关系，对地域色彩三要素的分析也是我们研究李一清乡土文学创作的重要方面。此外，赫姆林·加兰还认为只有"土生土长的作家才能写出真正的地方色彩"，李

---

① 茅盾：《茅盾全集》第19卷，人民文学出版社，1991年，第76页。
② ［美］赫姆林·加兰著，刘保瑞等译：《破碎的偶像》，《美国作家论文学》，北京三联书店，1984年，第84—85页。

一清正是如加兰所说的"土生土长的作家"，他出生于川北农村西充，并且在农村中生活多年，对所处的川北地域特色熟悉至极，其乡土小说创作中川北地域色彩的书写富有个性，是其乡土小说艺术特色的重要体现。

1. 川北地域风光描绘

地域风光具有特有的自然形象，是乡土文学中地方色彩的直接体现，也是乡土作家表现个体文学风格的重要方式。李一清乡土小说中书写地方色彩的一个重要途径就是对川北地域风光的细致描绘，分析李一清作品中呈现的川北地域风光对于我们把握其乡土小说中特有的地方色彩有重要作用。

"在那道隆凸的短冈上，短冈蟹钳似的向两侧伸出，中间洼地里的里村，便极像被人的双臂环抱着。面朝东方，大片斜伸出去的田野，直插进那条叫嘉陵江的大河。"《木铎》中里村位于嘉陵江边的一处洼地，与顺庆府隔江遥望，偏安一隅、风景秀丽。"那座山，像不像一只牛头？牛脊呢，自然就是那一抹顺两边蜿蜒的山脉了。牛肋巴还棱棱的，褶皱很深……喏，牛脊梁到尾椎那儿就垂直地掉下了，好像那头牛突然往下一坐……村庄不知怎的就掉进去了。这就有了我们的村名——牛啃土。"《农民》中主人公牛天才的村子也是位于一个地势较低的位置，远离城市，深处大山深处。《雪地》中的李子沟"太闭塞了，是个不大不小的村子，怯怯地躲藏在莽莽深山之中。男人们世代相承，守着苞谷粥和山味蛮足的老婆，日出而作，日落而息，很少有人涉足山外的世界"。还有《父老乡亲》中坐落在桃花河边的村庄银盆地、《爷爷的和我正在经历的故事》中的洪家山、《水水的政权》里面的老木垭村、《红沙乡官》中的木鱼湾村，等等。李一清笔下的乡村在地理位置上都比较闭塞，相对封闭的地理位置是川北地区乡村地理环境和空间格局的客观写照，也是李一清乡土小说中地方色彩的一面。

每个乡土作家都不惜笔墨描绘地域风景，李一清乡土小说中乡村景物的描写也极有个人特色，"秋后的田野失去了庄稼的屏障，一眼能望去很远很远。蟋蟀在我们身边鸣吟，萤火虫打着灯笼匆匆赶路。映着秋空地上也繁星点点，那是催人采摘的棉田，给湿重的秋风秋露浣洗出的如银亮色……秋夜真美"（《爷爷的和我正在经历的故事》），秋后的田野在李一清笔下充满生机又不失美丽；再如"窗外，月亮悠然浮悬在中天，星星在幽远深邃的天幕上一点不显寂寞，它们顽皮地眨闪着眼睛。霄壤相接的地方，这一刻潮水般涨满了浓雾。田野和村庄不见了，远处，尖子梁还残缺着半弧山脊"（《父老乡亲》）与"田坝月光皎皎，村舍朦朦胧胧。河上有雾，浮浅一湾。满河星子，冉冉地动。如果是在夏夜，便听蛙声如雷，萤火虫簇簇飞舞"（《磨坊老人》），乡村月色在李一清笔下静谧且温情；又如"月色很淡。在如水的天地间，点缀着一团团一簇簇琼花玉树。冷飕飕的风，送来阵阵奇异的闷香。啊，桐子花悄无声息地开了"（《雪地》）；"田野里，夕阳抹去了最后一点斑斓。只有雾岚在蓬蓬地袅袅升起：或轻烟似的缠绕在山腰，或在纵深狭长的沟岔里凝结成一湾紫蓝色的河水，或丝丝缕缕散兵游勇般随风窜进远远近近的麦田、菜花地和桑树林"（《父老乡亲》），诸多月光、夜色、云雾等景物的描绘"洋溢着愉快的浪漫情调"[1]，充满了诗情画意，写出了李一清眼中川北地区传统乡村的自然本色。云雾、月光等自然风景的描写在四川另一乡土小说家周克芹笔下也别有韵味，"天上有一抹淡淡的浮云。初升的圆月在薄薄的云后面窥视着大地。山峦、田野、竹园、小路，一切都是这样的朦朦胧胧，好像全都被溶解在甜甜的梦幻中……月光突然明亮起来了……天上的浮云已不知去向。低下头来，月亮印在水田里……"（《山月不知心里事》），月亮伴随着容儿走了一路，从朦胧到明亮的变化也印照着容儿心境的变化，以景喻人，将逐渐成长的农家少女的心理活动与善良美丽的人物心理以月亮来衬托。与周克芹描写自然风光以突出人物心灵美不同，李一清着重展现川北地域封闭的地理位置和美丽、诗意的纯粹乡村风景，以川北地域风光的文学书写缅怀记忆的故土，这不仅是李一清乡土小说艺术特色的个人呈现，更抒发了他对记忆深处宁静、美好川北故乡的眷恋之情，让人在领略其笔下乡村美景时也被作者深厚的故乡情所感染。

2. 地方风俗民情的呈现

风俗民情是构成地方色彩的另一重要元素，地方民俗风情体现了长期以来形成的地域传统心理和地域文化，带有鲜明的地方特点，能够为文学创作提供更多的文化来源，是中国现当代乡土文学创作中的普遍现象。李一清有强烈的民俗风情意识，其乡土小说中对川北地区的民俗风情描写占有相当的比重，川北风俗民情构成了具有李一清自身艺术特点的审美世界，值得笔者深入分析。

《农民》中依照牛啃土村的风俗，在修房时有很多讲究："首先，同村的乡亲，只要不是跟你有深仇大恨，都要来凑凑热闹，送上些粮食和蔬菜，少量的酒、猪肉，也有送少量现金的。主家搬进新房时，再请这些人做客，名义上是

---

① 刘虹利、孟繁华：《感悟与发现——李一清的"乡村中国"》，《当代文坛》，2011年第6期。

'热灶'，实际就是答谢。起梁这天，主家还兴抛肉包子，凑热闹的乡亲们要抢肉包子。"书中尤其对起梁时的场景有详细的描绘，先是要"赞梁"："木匠掌脉师手持毛笔，在大红纸上写了'紫微高照'，贴到那根粗壮溜直的大梁正中。然后嘴里赞唱：新盖华堂高又高，巍然屹立在云霄，从今中梁扣起后，千年富贵万年劳。接着就拿来烧酒，往梁头上洒一洒：一祭梁头，吃穿不愁。往梁腰一洒：二祭梁腰，银钱满包。再往梁尾上一洒：三祭梁尾，荣华乡里。""赞梁"之后就开始起梁了，木匠掌脉师肩抗大梁、脚踏木梯，唱着"起梁歌"一步一步往上走，走一步唱一句，如"脚踏云梯一步，贺主家一品当朝"一共有十句，起梁十步歌都是对房屋主人一家人的美好寄语。李一清将牛啮土起梁的风俗描绘得生动细致，给人身临其境的体会，我们从他笔下不仅了解到了川北农村的修房民俗，也能够看出作者对农村社会文化和农民心理的深刻认识：在中国大多数地区中，修房造屋具有重要的文化和社会意义，这是千百年来农村社会中农民的基本物质保障，也是农民财富和社会地位的象征，李一清深谙农民的这一心理，并将之生动地诠释在起梁这一民俗活动场景中。另外，《木铎》中举人遗孀为小外孙"洗三"时哼唱"洗洗头，封王侯；洗胸前，中状元；洗洗腰，一代更比一代高……"在中国传统社会中"学而优则仕""万般皆下品，唯有读书高"①是社会中普遍的价值取向，对农村文化的影响尤为深刻，大多数农人都以家中有人中举当官为傲。对李一清本人来说，他在少年时期为了生存不得不放弃求学而做农活，这一体验也让他对川北农村民俗"洗三"所包含的农民文化心理有准确的反映。还有像"产后鬼""箭猪子草"的传说；吃清明、吃官酒、"坐歌堂"②的旧俗；甚至旧时嘉陵江上行船的诸多禁忌等民俗，李一清在其乡土小说中都如数家珍般一一道来。

在李一清的乡土小说中，农村生活场景镶嵌在字里行间，构成了一个完整的乡村图景，"洗泥，就是一季农活忙煞尾了，可以脱下外面沾泥里面浸汗的衣服，烧盆热水，清清爽爽洗个澡，再叫婆娘弄几个菜，坐下来，跷起腿杆优哉游哉喝一杯酒。在洗泥的日子里……随处都能闻到酒香"（《农民》）。中国的农

① 详细分析见李建华、牛磊发表于《现代大学教育》2011年第3期《学而优则仕的历史溯源与现代伦理意蕴》一文与刘绪义发表于《中国人大》2016年第8期《古代的读书与做官》两篇论文。
② "坐歌堂"是川东北地区少有的流传至今的嫁婆旧俗，婚礼前一晚女方同族姐妹聚集在一起唱歌欢送以及祝福即将出嫁的新娘，当地也称为"唱嫁歌"，李一清在《木铎》（作家出版社）第181页至182页有详细描述。

民都会有繁重的体力劳动，农村的劳动场景在他乡土小说中是很常见的，李一清亲身经历过干农活的劳苦和艰辛，也就更能体会在体力劳动后农民短暂休憩时光中的闲适，所以农忙后的休憩情景在他笔下是酒香四溢的，是洗个澡吃几个家庭小菜就能"优哉游哉"的，这生动地写出了川北农村中农民在繁重的体力劳动后的满足和惬意，看似平常的农闲生活，在李一清笔下有了更多的淡然情致。《木铎》中的劳作场景也极其耐人寻味："撒播的样子极像喂送。每次喂送，腰必向前倾，头点一点地，仿佛在对土地躬行朝圣，更像在神龛前跪拜祖宗。这倾点的姿势被一代代人承传下来，在这条著名的大河两岸和广袤的川北大地，人们把种粮食就不叫'种'，而要叫'点'了！""点"是川东北农村中常用的庄稼人种粮口头语，李一清笔下的"点粮食"不仅富含地域特色，也将农村的生活场景描绘得更加生动形象。除此之外，在对地方风情的书写中，如家常便饭般的邻里矛盾在其笔下都极有情致："终于在一天清晨，乔三看见香香娘出了屋门，将一只凳儿端到院坝中间，又摆了把茶壶，坐下了……那是一个女人准备作长久谩骂的开始。果然就见香香娘拢一拢头发，不慌不忙地叫阵了，牙牙村上空，很快爆满了各种丰富多彩的污言秽语。"（《傻子一只眼》）农村中因为生活的琐碎，邻里间多有嫌隙，妇女吵架的情况更是经常发生，但在李一清的笔下，农村中司空见惯的吵架情景则分明多了一种仪式感和程式化，因为女儿外出打工引起了村中人们的猜疑和诋毁，香香娘为了维护自己女儿的声誉而"摆台骂架"的举动是母亲正常的天性流露，在李一清的描绘下则更多了一层庄重的意味。

　　李一清乡土小说中丰富的川北民俗风情极有地方韵味和文化内涵，在其乡土小说中诸如此类的民俗风情描写被他细致地加以描摹，表露其审美心理中的乡土乡情。其笔下的民俗风情虽然或多或少带有落后、迷信的成分，但反而更具有川北特有的生活情趣。在对风俗民情的描写中，李一清不乏忧患意识和批判意味，没有规避农村社会中现实的苦难，但又注重发掘和表现其艺术特色和审美亮点，正如有文章说："民俗描写和民俗文化批评更能够使文学创作融入生活，能够起到十分重要的作用，不仅可以增强读者对于文学作品地方特色和民族特征的了解，而且能够为其记叙事件提供一些真实可靠的社会文化背景，还能够将故事中的人物性格塑造得更加鲜明而富有特色。"[1]李一清乡土小说中的民俗风情对于

---

[1]　郑琳娜：《乡土文学创作中的民俗描写与民俗文化批评》，《科教文汇》中旬刊，2013年第11期。

我们全面了解其小说特色和认识川北农村有着重要的文化价值和现实意义。

3. 方言土语的个性书写

方言作为地方色彩浑然一体的重要成分，具有持久的生命力和存在价值，也是地域文化的重要载体，所以"乡土文学作家们无不有意识地从方言宝库中提炼、采撷鲜活的、富有表现力的语汇进入文学作品，用浸润着泥土气息的语言创作出优秀的文学作品"①。李一清也不例外，作为土生土长的川北人，他自身就处于川北地区的方言环境中，在农村生活多年的他对农民特有的土语更是了如指掌，进而从川北方言土语中提炼了生动鲜活的词汇融入其乡土小说创作中，使其作品具有浓烈的地方色彩和浓郁的乡土气息，可见方言土语对李一清乡土小说创作有重要影响，值得深入分析。

李一清乡土小说中的方言土语极有川北地方特色，诸如地方词语：咬卵匠（形容人非常固执）、诧眉诧眼（不伦不类）、龟儿子（川渝两地常用脏话，形容人窝囊）、眼胀我（显摆）、干滚龙（文中指农民贫穷）、大声武气（颐指气使）、吹天壳子（吹牛、闲聊）、不落教（不守本分）、红眉毛绿眼睛（指人生气时的状态）、跌斤斗（摔倒）、烧香摸庙门（文中指找人办事要找对门路）、逼倒牯牛下儿（逼迫人做不可能的事）、死面疙瘩（文中形容人迂腐）、展干牙巴劲（徒劳无功）……除此之外还有许多川北地区常用的一些带有歇后语意味的语句，比如："毛毛雨下久了，照样湿透得了地皮！"（比喻积少成多）；"你自家的汤圆吹凉了吗？咋还有闲心去管人家的稀饭烫不烫人？"（此话意指要人先把自家事情管理好，不要多管闲事）；"死鬼子守木头板板，庄稼人守土地板板"（形容土地对庄稼人的重要性就如棺椁对于逝者的重要程度）；下个矮桩告告话（警告的意味）；狗坐鸳筲——不识抬举（形容人不识抬举）；太阳底下搬月亮家（形容不可能为之）……诸多的方言土语充斥在李一清的乡土小说中，尤其是这些地方俗语极其贴合真实的农民性格，把农民粗犷、憨厚、精明、有趣的一面刻画得入木三分，这就使得李一清乡土小说中人物极有个性特点，展现了其乡土作品中诙谐又生动的艺术特点。

李一清方言土语的运用在对川北地方民谣的书写也不失亮点。《傻子一只眼》香香娘在坟前哭亡夫："夫哦夫哦，你地好像一筒柴哟，五年不吃阳间饭

---

① 言岚：《论方言与地域文化对文学创作的影响》，《求索》，2010年第6期。

啦，睡在青山不起来啊。坟前嘿嘿摆起一炷香哇，不见我夫嘛嘿在哪方呵，你望乡台上望一望嘛，妻孤雁难飞好心伤呢。白天说话呢呀有个影影在，夜晚脚那头嘿嘛冷冰冰呀，你啥时才给我喂暖暖脚哇，夫啊我的夫啊！"香香娘哭坟的这段歌谣极具川北土语的特色，既有质朴的农家语言，如叠词"影影在""喂暖暖脚"，又具有"孤雁难飞"的诗性特质，质朴与诗意并存，将香香娘对亡夫的思念之情和悲戚境遇表现得一览无遗。又如《雪地》一文中疯癫的蛮生所唱："哥送妹到茅草岩，雷公火闪打起来。我劝雷公莫乱打唷，打脱了这世二世来。哥送妹到茅草坡，山高路滑石头多，紧拉拉手儿叫慢走唷，十指勾住心窝窝。"歌谣描绘了这样一幅画面：男子送恋人离开，在山路上与女子十指紧扣，心心相印，他不畏惧电闪雷鸣，就算这世被雷劈死，下辈子也要与心爱女子在一起的美好愿景。蛮生正是因为心爱之人被逼远嫁却命丧他乡而精神崩溃而疯，经由一个疯子之口唱出动人的爱情宣言，两者构成强烈的反差，相爱之人阴阳两隔的悲惨境遇更加令人动容。与此类似："货郎鼓声响连天，翻过一山又一山。旮旮旯旯都找遍，不知妹妹在哪边？货郎鼓声好凄惶，妹妹早已做新娘。牛郎织女遥相望，得圆房时不圆房。"这也出自《雪地》中，是货郎担死前一天被年幼的菊儿要求唱的。菊儿是货郎担心爱之人二寡妇的女儿，货郎担本与二寡妇相爱，却不被二寡妇家族接受而被摔下山崖，虽捡回一条命，但重逢时二寡妇已嫁作他人妇。与母亲的爱情相似，菊儿也是因为家族的禁忌而被迫与心爱之人分离，最终产下私生子而疯癫，菊儿与母亲两代人的命运何其相似，李一清以山歌中"牛郎织女遥相望，得圆房时不圆房"将两代人的爱情悲剧结局渲染得令人叹息，山歌民谣对李一清的情感表达具有重要作用，对形成其乡土小说中的地方色彩和个性特点有着重要意义。

方言土语在李一清乡土小说中的另一鲜明特点在于其使用方言土语时比较谨慎，方言土语的运用是李一清展现地域文化的重要载体，但他并不囿于对川东北方言的直接真实呈现，而是以其特有的文人经验对方言土语进行文学加工。如《雪地》中歌谣"我劝雷公莫乱打唷，打脱了这世二世来"，在"莫乱打""打脱了"方言的基础上，更多的是表达对爱情的忠贞之情。《木铎》可以说是李一清乡土小说语言风格的转型作品，不同于之前朴实、憨直的文风，《木铎》以温软细语为依托娓娓道出李氏家族几代铎人的不凡命运，是李一清古雅语言风格的集中体现。整部作品在语言上不仅有着厚重的历史沉淀感，如讲圣谕的老先生唱道："第十条戒匿逃以免株连；第十一条完钱赋以省催科；第十二条隆书院以敬名士……"并且书中雅致的场景描写不在少数，"短冈的背后是迂缓向上的斜坡，尽处高成一座山峰，苍黑的树林像下雨天低垂的云翳""小树林周遭树梢上已抹上一圈靛青的曙色，东向的林间缝隙，正有乳白色的霞光平流泛漾"……诸如此类的语言遍布全书，其文学语言风格总体呈现出古雅纯正的文人风范。

总起来看，李一清乡土小说中人物性格的塑造离不开地方色彩、乡土文化的构建离不开地方色彩的描绘、乡村情怀的表达离不开地方色彩。但李一清对人物命运与乡村社会命运的情感关注是超越他对地方色彩的重视的，中国乡土文学自开创以来就有一个永恒的诉求，即"乡土文学是作家故乡恋的形象的艺术记录"[1]，而地方色彩又是李一清对川北故乡的乡土情结所在，是彰显其乡土小说地域特色的重要方面，地方色彩的书写更是李一清故乡恋的集中体现。

结　语

"从土里长出过光荣的历史，自然也会受到土的束缚"[2]，费孝通先生如此说，李一清的乡土小说也不例外，乡土小说创作根植于土地。他围绕土地写出了诸多颇具个人情怀和文学价值的作品，但李一清乡土小说创作在取得文学成就的同时也受到土地的牵绊，在他本人的访谈中得知，"太实"与"太满"是其主要的创作遗憾。李一清自1975年发表第一篇乡土小说以来，其创作历时四十余年，这期间中国处于社会大变革之中，经济、政治、文化等方方面面都发生了翻天覆地的变化，相对保守的中国农村社会受到时代的冲击更是剧烈。作为走出农门的乡土作家，李一清亲历农村社会的变迁，对农村变化的认识更是深刻。但在其乡土小说创作中，他与社会时代主流和主要社会意识形态太贴近，部分乡土小说过于现实；又由于对农村农民的深刻感情，使其在乡土小说创作中文学情感表达不够内敛，过于直白。这些都导致文学审美距离稍显模糊，因此带来其乡土小说"太实""太满"的不足。

从李一清的乡土小说创作背景、创作立场等多方面来看，"太实"主要是在其早期乡土小说创作中政治意味稍显刻意，给人留下主题先行的嫌隙，比如《女婿》《田英》等文，此类文章都受到特殊时代背景（"文革"）的影响。《女

① 春荣：《新时期的乡土文学》，辽宁大学出版社，1986年，第3页。
② 费孝通：《乡土中国》，北京大学出版社，2012年，第10页。

婿》是作者在剑阁县蹲点时的作品，小说主要写了生产队长刘春为学大寨扭转丈母娘金二娘的落后思想以及扫清其他学大寨障碍的故事；《田英》中塑造了初中毕业后一心要建设家乡、回乡务农并且担任生产队长带领村民发展乡村这样一个充满革命精神的女青年形象。除此之外，在李一清的多部乡土小说中还描写了农业学大寨、跳"忠"字舞、包产到户、家庭联产责任制等社会形态，这类顺应时代的话语在李一清的乡土小说中多有呈现，他将个人在农村生活中的现实经历反映在其乡土小说中，有着重要的现实意义，但问题也随之而来，即文学与现实本是有着一定的距离，文学要超越于现实，但受到时代和社会的影响，李一清的这类书写模糊了两者间的界限，过于写实。

"太满"的问题主要存在于李一清乡土小说写作手法中，如在《红沙乡官》中描写一心扶持红沙乡发展的女村官卓慧，她排除各方顽固势力致力于发展农村商品经济时，"依次从每个人脸上扫过，神情渐渐变得严肃了。'事情当然不会简单，那就是发展农村商品经济，走农经结合的道路。只有这样，才能从根本上减轻农民负担，把农村经济改革推上一个新的台阶！'"在《父老乡亲》中，为了发展纤板厂罗哥经历种种困难，在得到王县长的支持后流下热泪，王县长听到罗哥说要报答他时，说道："咋报答我？你听好了：一，早日还清国家贷款；二，老实纳税，遵纪守法；三，不止满足于纤板厂，有条件了，还应该多方寻找门路，兴办别的企业，为发展山乡经济多做贡献！""小罗，我身为一县之长，那是应尽的职责啊！"王县长语调恳切，但神情却不自觉地流露出几分焦虑，他站起来，慢慢走了几步，又转身朝着罗哥说："改革开放，建设有中国特色的社会主义，啥叫特色？说穿了，就是在坚持'四项基本原则'的前提下，学习人家西方发达国家的物质文明，也就是经济结构、竞争机制、生产和管理手段等等，不惜任何代价把国民经济搞上去！"这一类人物情感的表达稍显刻意且不够含蓄，在情感抒发时留白不够。

上述"太实""太满"审美问题主要存在于李一清前期创作过程中，由于时代的局限作者难免会落入窠臼，在岁月的洗礼和作者本人对文学的更高追求中，《木铎》的问世就很好地弥补了这些遗憾，李一清以深厚的文史功底和对农村社会的不解情结创作的这一长篇家族历史小说，得到了社会的广泛好评，具有极高的文学价值。

经过四十余年的乡土小说创作，李一清在创作道路上不断探索，在文学这片沃土中不断耕耘，创作了《农民》《父老乡亲》《木铎》《山杠爷》《雪地》等一批优秀的长短篇小说。李一清具有丰富的创作思想和社会洞察力，在生动描绘川东北农村乡风民情、地理风貌的同时，更加关注农村故土的社会变迁，以温厚的情怀从多方面关怀农村社会，整个作品充满了强烈的时代精神和乡土情怀。作为一个走上文坛的农民作家，他对农村社会有着"地之子"一般的眷恋和感情，他的乡土小说特色正在于他以一个亲历者的姿态俯首川东北农村，书写农人生活、思考农村变化，忧农民之所忧，这正是当代四川乡土小说的优秀品质。

李一清的乡土小说创作民间性与现代性同在，比如对家族长老政治的衰退、社会经济格局的发展等的思考在其乡土小说中有很好的体现，寄予了对时代变化中农村社会的深切情义和文人忧思；他将文学与历史相结合，以文学的手法和文人的情怀对待历史史实，成功地塑造了他个人的历史观，使得其乡土小说兼具文学与历史价值，《木铎》《山杠爷》的成功就是很好的说明。李一清的乡土创作有一条从现实进入历史的纵向轨迹，纵横交错的时空体系极大地拓宽了小说文本的艺术空间。他将传统文化与现代性思潮相融合，阐释现代性思潮对中国社会造成的深刻变动，中国自卷入现代化进程的时代洪流中，就对世界范围内的主导思想极为包容，他把握这一历史发展方向，在时代大环境下紧贴土地，敏锐捕捉乡土的脉搏跳动，牢牢抓住现代农村的传统根性，对现代化引起的农村社会变革有理性的认识和文人特有的包容，其作品具有强烈的时代感和历史感。另一方面，在面临传统与现代的纠缠时，他对乡村长老统治的理性认识、对显得"落后"的传统乡村社会文化并不是全盘否定，对历史、传统的文学阐释具有自己特别的文学情感倾向，这种文学倾向少了一种学理性的求实，多了一种诗意性的求真，这即是人性的本真，使得其乡土小说具有强劲的内在张力。

李一清的乡土小说创作关注当代农民、农村的现实状态，有着真诚动人的老百姓情结和现实主义情怀。他对农村社会的变迁极具洞察力，对农民思想的变迁也极为熟知，在其乡土小说中他成功地刻画了诸如山杠爷、牛天才、安福老汉、罗哥等各式农民形象，以幽默诙谐的地道土语针砭时弊，但又不失冷静地表达自己的所思所想。李一清本人当过农民，具有扎实的农村生活基础，他的乡土小说创作重视农村生活的场面描写和农人的心理描写，在其乡土小说中比较真实地表达了在社会最底层生活的广大农民的生活状况和精神状态。在当今四川乡土小说创作队伍中，如李一清一样的农民作家为数不多，他关怀当代处于社会变革中的农村父老乡亲，揭露农民的生活困境和农村的社会困境，以独特的农民关怀表达对社会和生命的感悟，具有重要的现实意义。虽然李一清的乡土小说创作中具有文化保守性，也存在太实、太满的创作遗憾，但从其整个文学价值和文学成就来看，作为一个作品有个性、创作有特色的四川当代乡土作家，李一清的乡土小说创作值得肯定。

第十章　贺享雍：村落视域中的全景式乡土小说

　　贺享雍与李一清相似，也是地道的四川第二代农民作家。在家乡贺家湾务农四十年，对乡村生活及劳作有深切的认知和沉厚的体验。由于他植根乡土民间的写作立场和经年不变的对民间文艺的偏爱，在文学江湖上，他被戏称为"四川赵树理"。这个不无调侃的称谓，实际上反映出贺享雍乡土小说创作的一种独特风格。本章对其过往的乡土文学创作进行了小结，重点对体量巨大的新作十卷本《乡村志》系列做研究阐释，探讨其《乡村志》的文学史意义、叙事艺术以及厚重的现实价值。

一、乡村青年的文学之梦

　　1952年3月23日，四川达州渠县屏西乡元通村四组，一个男婴降生，父母依照民间养育子女的美好寄愿，为他取名"贱羊"。元通村四组俗名贺家湾，贺享雍的人生就从这里开始，《乡村志》里的贺家湾世界也大抵来源于此。生于偏僻乡村，贫穷与饥馑是他最深刻的童年记忆，山野是他最为熟悉的乐园，在山野游戏中他形成了对土地天然的亲近，以及性格中像泥土一样的黏合性和亲和力，也早早埋下了作家亲和乡土的种子。在精神无依的闲暇时光里，他有两个好伙伴，一个是民间手艺，还有一个是书，在其自传性作品《走过去，前面是更好的世界——从草根到作家的人生历程》中，他对于六岁左右兴奋而好奇地看篾匠、石匠、补锅匠、棉花匠工作的记忆仍十分深刻，称自己置身由大机器和数字化生产复制出来的那些千篇一律的"艺术品"的海洋中时，灵魂还时不时会被那种记忆牵动。在考上高小后，他进入了一个崭新的世界，从此迷恋上小人书、故事书和各种经典小说，想方设法借书，成为远近闻名的"小书虫"和"小小故事家"，一度不思功课，醉心于此。

读书求学的时光不长，随着"文化大革命"的风暴席卷全国，十四岁的他就此中断学业，回到村中开始了他地道的农民生活。因为经年的营养不良，他比同龄人瘦弱得多，因而初到公社劳动，只能算"半劳力"。少年心志骄傲，希望多挣工分，除了学割稻码稻，他还时常向父亲讨教犁地、保水土、做粉匠的窍门。可以说，农民身份和农事经验贯穿了他的前半生。日出而作，日落而息，土地里刨食并没有让他弃绝对书本的热爱，在繁重的劳动间歇，他"躺在床上，望着帐顶，心里想着我在学校时读过的那些书，越想越觉得不应该这样生活……耳边时时有个声音在呼唤着：读书，读书！"①在这种渴望的召唤下，他开始了用小麦换书的"窃读时光"。那个年代书本被粗暴对待是常事，沦落为面条坊包装纸的书本陪伴了贺享雍大半的少年时光，不知不觉他读完了《战争与和平》《我的大学》《宋诗一百首》《乐府诗选》《儒林外史》，后来又陆续淘到《安娜·卡列尼娜》和《双城记》这样的大部头。不过书有了，灯油却不宽裕，为此他常常东挪西凑，在冬日里下河摸鱼上城里换灯油。在苦中作乐的艰难之下，他的少年时代完结了。这些珍贵的文化根脉就这样深深楔入了他的精神之中。

不久，他奉父母之命成婚，有了自己的小小家业，但谋生依靠的仍不过是一双粗粝的手，除了家中农事，还跟着亲戚接一些零碎的工活，后因为身体累垮而终止。万幸这一时期正是国家大力提倡基层文艺、发展民间文化的时候，依靠少时的知识积累和丰富的文学想象，他有了机会为村中和大队编写唱词、快板，这样比较简单小巧的文艺形式对他来说乃是创作启蒙。②其实，在几十年的务农生涯中，他生出了许多感慨，对农村、农业、农民的认识在逐步加深，也越来越感到自己胸中有丘壑，不得不发。因此，一种天然的使命感和责任感让他提起了笔，开始了真正的乡土文学创作之路。

---

① 贺享雍：《走过去，前面是更好的世界——从草根到作家的人生历程》，天地出版社，2016年，第152页。
② 贺享雍：《走过去，前面是更好的世界——从草根到作家的人生历程》，天地出版社，2016年，第212页。

二、乡土小说的创作阶段及代表作品

自1952年出生，到1993年全家迁入县城，贺享雍扎扎实实地在农村生活了四十余年，他人生最蓬勃旺盛的精力都交付给了贺家湾那片热土。费尔巴哈对于所有人平等追求美和艺术的权力给予了肯定，不论其经济收入的高低或社会地位的贵贱："难道裁缝这个手艺只是以地上生活的穷困为基础的吗？只是为了面包才去干这一行的吗？当然不是……艺术不是与最平常的生活需要有着联系的吗？"①一个人之所以成为作家，与其对生活的感悟能力和心灵敏锐度是分不开的，尽管山村生活闭塞，贺享雍却拿起了文学的笔，并最终借由文学改变了自己的人生轨迹，成为一名作家。农事尽管辛酸、物质尽管匮乏，但他没有在日复一日机械劳作中失去对文学的追求，并未钝化对生活的感知力，未使匮乏侵蚀心灵，反而在乡野生活中逐渐积淀起养料与素材，洞察世事人心。

他谈起自己的创作状态时说道："我没有感到特别大的难度和压力，每天都处于一种快乐写作之中。"②在农村扎根的年份长，谋生的经验深刻，"后来虽然进了城，但从没割断与农村那份天然的血脉联系"③，他始终是农民的儿子，贺家湾的影子始终挥之不去。他的灵感来源如活水一样源源不断可供随时取用，"我并不需要刻意去编造、追求什么，人物和故事就自然涌到了笔下，我把他们记录下来，人物和故事都会活灵活现。这是生活馈赠给我的一个优势"④。对他来说，创作不过是一次次对于自己乡村生活的"重现"。

贺享雍从1979年至今的乡土文学创作经历，大致可以划分为四个不同的阶段，分别为准备期、成长期、探索期以及《乡村志》写作的深化期，这亦是他自己在接受《中华读书报》采访时对几十年来创作历程的小结。⑤

（一）准备期

第一个阶段是准备期，时间可从1979年向刊物投稿开始，1979年，《渠江文

---

①　［德］路德维希·费尔巴哈著，李金山译：《费尔巴哈哲学著作选集》上卷，三联书店，1959年，第318页。
②　晋瑜：《贺享雍：我想构筑清明上河图式的农村图景》，《中华读书报》，2014年11月19日。
③　晋瑜：《贺享雍：我想构筑清明上河图式的农村图景》，《中华读书报》，2014年11月19日。
④　晋瑜：《贺享雍：我想构筑清明上河图式的农村图景》，《中华读书报》，2014年11月19日。
⑤　晋瑜：《贺享雍：我想构筑清明上河图式的农村图景》，《中华读书报》，2014年11月19日。

艺》第4期刊载了其处女作《逗硬书记》，小说讲述了一个大队党支部书记在下村途中，发现自己妹妹家的鸭子在吃生产队的粮食，于是按大队制度坚持罚了妹妹家款的故事。作品的思想性、艺术性都还比较幼稚。之后他陆续发表了快板书《一条心》，演唱材料《王大发砸车》，唱词《大义灭亲》和《新风一曲送稻香》等极具民间文艺特色的作品。这期间的小说创作也小有成绩，比如《"好心人"和"惹不起"的故事》《孙老幺看戏》《孙老幺买牛》《孙老幺赶集》《五月人倍忙》《好事多磨》《蜜月，并不都是甜的》《小场小故事》《花花儿出山来》，多为反映农村地区现实生活的作品，这时候的主要发表平台是《渠江文艺》《通川日报》《巴山文艺》等地方刊物，影响力有限。其中1981年第6期《巴山文艺》发表的小说《山村月明夜》表现出他创作风格上的转变，该小说描写了一对山村青年面对婚姻、爱情与现实生活的困惑与抗争。小说显得凝重、沉郁。这篇作品虽然在艺术上还显得不成熟，却是他创作转型的一个重要标志。在自传中他写道："从此以后，我摆脱了'三突出'创作观念的影响，摆脱了讴歌好人好事的窠臼，走上了一条正确的写作道路。之所以能实现这种转变，是因为我明显地感到一味去编造子虚乌有的'好人好事'，一味地去歌颂并不存在的光明，实在有悖于自己的良心。"[①]在忙碌的政府供职期间，他还抽出了时间参加电大的学习和各类创作会议。三年电大中文系的系统学习，使他深入了解了文学史与文学理论，以专业的视角进入了文学的世界，进而初涉了一些创作法则，了解了文学的意义所在。随着创作经验的积累，他慢慢开始迈向更高的平台。

1987年，是其创作上的一个小丰年。《天津文学》在5月头条的显著位置一举推出他的《河街》《彩画》，就是一例。这两篇小说都没有具体的故事，也没有十分明晰的单个的人物，自始至终，只是同一幅画面在不同时间中的色调、光影和氛围的变幻。同年7月，他在《现代作家》上发表了短篇小说《最后一次社祭》。小说通过"我爷爷"的三次社祭，展示与表现了在现代化过程中，乡土社会与现代文明的交汇、碰撞，揭示了传统的农本观念与现代化的矛盾，是一曲为传统农业文明唱出的挽歌。小说贴近现实，贴近生活，在现实主义文学道路上不

---

① 贺享雍：《走过去，前面是更好的世界——从草根到作家的人生历程》，天地出版社，2016年，第218—220页。

断迈进，影响力持续扩大。这年，他被吸收为中国作家协会四川分会会员。① 随着1995年中篇小说《末等官》在《峨眉》杂志发表并被《中篇小说选刊》选载，贺享雍的这一创作阶段画下了完满的句号。《末等官》是他以自己的农村基层从政经历为底本写成的，写尽了夹在"官""民"之间的村干部的苦楚与尴尬、痛苦与追求，被研究者称作"基层干部的真实写照"②。

（二）成长期

第二个阶段是成长期，以1996年重庆出版社推出的《苍凉后土》为代表。这部57万字、全面反映中国20世纪80年代末至90年代初"三农"问题的作品，一出版便得到了川渝两地文学界的好评。小说描写的是一个叫余中明的老汉，土地承包后，他家的田越种越多，到了1988年，竟然种了三十多个人的田，成了远近闻名的种田大户。但他怎么也没想到，这田却越来越不好种了，各种负担增多，买不到化肥，受假种子、假农药坑害，基层干部又瞎指挥……不少农民在这样的情况下选择了离开农村，但他还是和几个儿子咬着牙在耕耘着脚下的土地，最后到了整个家庭生计都几乎难以维持的地步。幸喜三儿子文义是一个与中明老汉完全不同的另一类农民，他有知识、有文化，又出去见过世面，他拿起法律的武器维护自己的权益，给省委书记写信反映农村的种种问题，最后引起上面的关心和重视，开始着手解决农村的问题。③ 贺享雍的创作其实就是农家人的生活，小说中的人物，就是他身边的父老乡亲，甚至不乏自己的影子。这一阶段的作品，还包括《严家有女》《怪圈》《遭遇尴尬》《狼相报告》《关雎关雎》等。其中比较重要的是《怪圈》，它讲述的是一个小山村龙家寨里的颇具循环和象征意味的故事，村民们满怀期待地选出了一届又一届的"村官"，可是每一届最后都因犯了各种错误辜负村民的期望，有的还进了监狱。每一任村官都会最终落入荣誉、金钱、女色诱惑的"怪圈"中。④《怪圈》展示了情义与利益、传统与现代的碰撞

---

① 贺享雍：《走过去，前面是更好的世界——从草根到作家的人生历程》，天地出版社，2016年，第218—220页。
② 张松：《农村基层干部生活的真实写照——评贺享雍的中篇小说〈末等官〉》，《四川文理学院学报》，1998年第4期。
③ 贺享雍：《走过去，前面是更好的世界——从草根到作家的人生历程》，天地出版社，2016年，第248页。
④ 范藻：《浅谈地域文学时空结构的"二律背反"——兼评贺享雍的长篇小说〈怪圈〉》，《四川文理学院学报》，2002年第12期。

和交锋，并对乡村政治和基层文化生态表达出了深深的忧思。《遭遇尴尬》则讲述了农村基层干部的尴尬与农民的生存境遇，持续表达了对于三农问题的关注，亦书写了对农村变革、干群问题、国民性问题的思考。

（三）探索期

这一时期的贺享雍在寻求创作上的突破，渴望探索一种与《苍凉后土》等作品截然不同的表现手法和创作风格。① 这一时期的作品主要有乡土小说《土地神》《猴戏》《村官牛二》《留守》《村级干部》《拯救》等，还有散文集《感悟行游》。《土地神》以一种简约的叙事策略讲述了"一个村官的政治秘史"②。通过村官牛二从普通选民到村长的奋斗历程，尽显乡村基层政治角逐的粗陋与蛮荒，牛二的行为原动力被作者机巧地简化为性欲的次次勃兴，并总结出一套当村官的政治经济学，牛二的权力实践史实质上就是一部运用"蛮力游戏"的政治兴衰史，其成亦蛮力，败亦蛮力。《土地神》不仅只是陈述了权力的蛮力形式，作家还企图去探寻蛮力有效和实用的心理机制与社会基础。③ 评论家认为，《土地神》表明贺享雍开始了在叙事方面的新尝试，他一改往日凝重、写实的叙述策略，以诙谐幽默的手法，将农村的单纯与复杂，简约而不简单地展现出来，传递出他对乡村基层干部与百姓的生存欲望与生存困境的思考。④《村级干部》则写了一个农村"新人"形象——雷清蓉，作为新任的村干部，她呕心沥血为村民办事，化解宗族矛盾，甚至主动将犯罪的儿子送去投案自首。除了日常工作，她还为村子寻求新的发展路径，大力发展文化旅游产业，她的身上极具中华传统美德，又不乏现代文明意识，在创作的思想探索上，贺享雍在《村级干部》中做出了一种将传统文化精神和现代文明融合并使之携手向前的有益尝试。

---

① 晋瑜：《贺享雍：我想构筑清明上河图式的农村图景》，《中华读书报》，2014年11月19日。

② 向荣：《乡村的政治经济学与隐蔽的权力经验——评贺享雍长篇小说〈土地神〉》，《当代文坛》，2005年第5期。

③ 向荣：《乡村的政治经济学与隐蔽的权力经验——评贺享雍长篇小说〈土地神〉》，《当代文坛》，2005年第5期。

④ 陈思广：《欲望书写与情感支点——论贺享雍长篇小说〈土地神〉的情感选择》，《四川文理学院学报》，2011年第1期。

（四）深化期

第四个阶段的创作，便是十卷本乡土小说《乡村志》，全书约三百万字。这是在创作完成了《土地神》和《村官牛二》后，沉寂数年埋头完成的。在谈起自己的写作缘起时，贺享雍提到了阅读《一个村庄里的中国》对他的影响："我好像一下子找到了那个撬动地球的支点。我为什么不能把中国，浓缩到一个我熟悉的小村庄来，用这个小村庄发生的事，来反映整个中国乡村的变化呢？"①接触到这样一种注重小传统的微观史学理路，为贺享雍创作《乡村志》埋下了伏笔，若要就近选择材料，生长于斯的贺家湾不正是这样一个可以透视整个中国乡村的小村庄吗？《乡村志》的体量之庞大，结构之完备，在中国当代文学史上显得十分独异，它无所不包地展现了乡土中国的爱与痛，记录了乡土子民的挫折、矛盾、追求与期望，也探索并展现了乡村在现代化进程中的遭遇与发展的问题。

三、《乡村志》的文学史意义

（一）乡土文学暌违已久的现场感

《乡村志》一共十卷，体量庞大，反映的生活面广博，且时间上连续，有历史的纵横之感。其创作比较特殊地显现出平行观照农民生活的视角以及内置于乡村世界的视点②，这使得作品具有高度真实感和现场感，绝非城市作家远离乡土的文学想象。

在乡地扎根的几十年间，他得以全面深入到农村生活的各个方面，因而在时下一众乡土作品中，他的作品现场感十分强烈，具体而言，其一是农村的发展变化与现实农村生活同步，他就似一位忠诚的史官，以文学之笔记叙乡村的转型岁月和历史变迁；其二是他笔下的农民形象性格饱满立体，不是单面人，且具有性格的变化，尤其是在写农民与农民之间的交往时，往往能把握住他们的小心思、小动作，把中国农民身上既朴实又狡黠的复杂性完整地展现了出来；其三，贺享雍对于自己的农村生活经验的表达是全方位多元化的，而且对于他自己印象深刻的农村人事交往、农事细节的书写具有艺术提炼，脱离了简单的记录而从"生活真实"抵达了"文学真实"。

① 晋瑜：《贺享雍：我想构筑清明上河图式的农村图景》，《中华读书报》，2014年11月19日。
② 刘艳：《抵达乡村现实的路径和新的可能性——以贺享雍〈人心不古〉和〈村医之家〉为例》，《当代文坛》，2018年第3期。

1. 忠实记叙乡村四十年的发展变化

"我希望保持一个作家应有的道德良知和作品的艺术风骨，今天中国社会剧变，这样的时代正是文学生长的时代，作为一个土生土长的乡土作家，我仍将老老实实坚持自己的创作理想，坚持不懈地从土地出发，在渠县这个故乡，寻找属于自己的声音，像巴尔扎克一样做一个时代的书记官，为历史留下真实的记录，也让自己的内心得到充实和快乐。"[1]

从《乡村志》的各卷成书来看，贺享雍想要全方位书写农村自改革开放至今的雄心是非常明确的：《土地之痒》讲述了一位"农作老把式"在土地政策变动下对它千金不换的眷恋，道尽了土地之于农村尤其是处于转型困惑下的农民的意义；《民意是天》讲述了热血青年贺端阳角逐村主任一职的艰难历程，呈现了乡村政治中间的宗族与人事纠葛，直指民主下乡的艰难；《人心不古》讲述了退休校长返回贺家湾并期望改造乡村"人情大于法理"这一前现代思维的故事，最终他受挫并心灰意冷地再度离去；《村医之家》讲述了乡村医疗的改革与市场化态势下村医贺万山与其后代的不同行医之路，父与子背道而驰，他的医道仁心显得不合时宜；《是是非非》讲述贺端阳终于如愿达成政治追求，但他领导的贺家湾村面临不断涌入的经济利益诱惑，人心愈加纷杂，他也逐渐谙熟在黑白间游走的法则；《青天在上》回溯了老一代村官贺世忠的悲情遭遇，早年他为政府垫付的款项一直无法追回，为此他持续进行利益型上访，透露作者对于乡村政治生态的忧思；到了《盛世小民》中，随着种地不景气，进城打工的农民如过江之鲫，他们不得不用自己的汗水乃至生命在钢筋水泥森林里为自己和后代获取生存资料，主人公就是一个故意以四肢皆断来换取高额补偿金为儿子购置商品房的进城农民；《男人档案》中，贺世亮凭借勤恳与诚信终于在城里站稳了脚跟，成了"西南日化大王"，显现出与同类进城农民不同的"幸运"结局，看似美好的背后是桩桩件件难为常人忍受的酸楚，从另一个角度讲述了进城农民的曲折奋斗史；《大城小城》围绕已近耄耋的贺世龙展开，写他的子孙后代在事业、婚恋、生活中的迥异选择，展现了传统农本思维与现代观念的激烈冲突，颇具家族小说的风味；完结篇《天大地大》则聚焦贺家湾新到任的第一书记乔燕的扶贫工作，她由被误解到被理解最终获得村民尊重，道出了基层干部的奉献与艰难，也关切着农

---

[1] 转自网络：《从土地出发寻找自己的声音——贺享雍"乡村志"作品研讨会在京召开》，https://www.sohu.com/a/211604942_687921。

村的产业转型与振兴。可以说，在卷卷续写与有机联结之中，川东农村日常生活中的衣、食、住、行、生、老、病、死无一不在，宏观层面的政治、经济、文化、道德、风俗的发展与变革无一不显。在这样的书写中，文学叙事已经完满地与时代的线性发展变化达成了一种同构。贺享雍尤其关注的是改革开放后市场经济观念进入乡村后的从遭遇拒斥到被众人接受的现实过程，还有农村产业结构的调整变化过程以及农业机械化的引进过程以及20世纪90年代以来消费文化对于乡村的渗透过程。最为重要的是在一切新的质素涌入之下，旧乡土向新乡土的转变过程以及其中难以预料的巨变甚至是裂变，包括此一过程中人心与伦理的震动与演变。

在《土地之痒》中，贺享雍就及时而敏锐地察觉到了农村生活的重要变化，虽是写事，却又不仅是就事论事。

> 这年收了秋，乡上突然来了很多干部，和村干部一起动员村民种黄姜，说这是上面引进的一项产业结构调整项目。……对于乡上干部的话，村民心里还是持怀疑态度。……不管乡上干部如何把种黄姜的好处说得天花乱坠，贺家湾人还是不肯相信。这其中有两个原因，一是因为这黄姜当地人并不陌生。……这东西不能吃不能用，专门去种它做啥子？……第二，如要种黄姜，今年就要把地留出来。……种地的庄稼人如何舍得让一季土地啥庄稼都不种？……有了这两条原因，那村民任凭干部怎么宣传，却只是观望。

农村产业结构调整是贺享雍记叙的农村一件大事，在写这一重要事件时，不仅写了政策制定者与具体实施者——农民之间的观念错位，还表现出村民对政府在农事安排上的不信任，更借此道出了地道的农民性格与思维：只愿依照陈规与经验办事，对于好处的期许十分谨慎。后来，贺家湾人的确尝到了种植经济作物的好处，继"黄姜事件"后村人开始相信政府的话了，对政策导向亦步亦趋，可是种植黄姜后，却面临无人收购的窘境，陷入另一种尴尬。

土地流转是另一件大事，土地一改传统农业经营规模的细碎化，以转包和租赁为主要流转方式，在这个过程中伴随着农民的心态变化、村委会的权威弱化、农村产业的升级换代以及农业经营的机械化和集约化水平提升。贺家湾村在贺春乾带领下和伍书记授意下引进了九环制药有限公司，然而在租赁过程中村委会和县政府却共同拦截了土地流转金的10%，村委会和县政府就这样在利益共谋中完成了联姻，好事成了坏事。在《民意是天》的尾声，此事被揭破，村民们恍然大悟，渐渐对于村官和地方政府产生了一种近乎本能的不信任。

贺家湾村还有一个重要的变化，便是近年来流行起了"打麻将"，这背后最直观地表现出农村精神文化生活的缺失，进一步分析还可以看出经济层面的发展，农民的消费行为从生活必需消费发展到了享乐型消费环节，有了余钱用在麻将这类休闲活动时，不得不说农村的经济比过去有了很大改观，起码不是在温饱线上下挣扎；在贺家湾的麻将活动中，还能够窥见农村社交方式的转变，原有的谈天交际和集体文化不复存在，人们开始把麻将桌视为人情关系的链接场所，许多亲密关系与小团体也在麻将圈子内建立起来，原有的铁板一块的按宗族亲密程度的社交产生了一定程度的松动，农村的人际圈子也有了新的特点。这样的描写和表达，既生动形象地还原了当下乡村人际关系变化的新形态，亦反映出贺享雍心系乡村日常经验的深刻洞察力。

贺享雍还在十卷本篇幅内持续观察和记录了农户分化造成的乡村空心化问题及其引发的一系列连锁反应。改革开放后中国市场迅速扩大，城市需要大量的人力资源，加之农村地区种植业委顿，经济活力不足，愈来愈多的农户卷入非农经济活动，大批农村青年不得不向城市进发，去追逐他们改变人生的金色梦想。在第一卷《土地之痒》中，贺兴仁失学后就一心渴望到广州打工；第二卷《民意是天》中，念过书的年轻人都去外面打工了，主人公贺端阳也有一段外出打工的经历，但是此时"打工还未形成热潮"；第三卷《人心不古》中，"年轻人开始大量外出打工"；到了第四卷《村医之家》时，乡村的状貌已经全然改变，"农村里的人差不多都走光了，只剩下一些老人和孩子"，老村医贺万山的儿子贺春亦在向父亲说着自己要到深圳去闯荡的计划；第六卷《是是非非》中，则发展为"整个贺家湾好像没人居住似的"，贺家湾仿佛一座空村；到第七卷《盛世小民》和第九卷《大城小城》中，不仅年轻人，许多中年甚至老年人为了贴补家用也进城打工，不过他们因为知识技能有限，往往所挣微薄。在这里贺享雍不仅注意到了青年人的打工热潮，还进一步发现了中老年的打工潮及其背后潜藏的问题。在改革开放后，一些地方政府通过同农民土地使用权的不等价交换，获得了数额巨大的发展资金。正是这种不等价交换和由此获得的巨额资金，支撑着财政基础极不平衡的地方政府的发展主义行为，中国农民为此做出了巨大的贡献和牺性。不仅如此，城镇化和现代化的突飞猛进，无一不是乡村输送血液的结果，但问题在于，土地总量的减少进一步压缩了他们的发展空间，城市经济的迅猛扩张又不能合理地容纳他们的就业和转移增长，出路何在？①

对于当前国家推行的乡村振兴战略，贺享雍也在《乡村志》的最后一卷《天大地大》中展开了艺术的描述。乡村振兴呼唤产业兴旺、生态宜居、乡风文明、治理有效、生活富裕。对于三农现存的棘手问题，国家开始不满足于仅仅依靠村民自治这一个环节，而在经济帮扶和人才方面给予了大力支持。《天大地大》中的乔燕是一位干劲十足、朝气勃发的下派村官，初到任时她被村民误解和嘲弄，认为她又是一个"花架子"，一开始的工作遇到了很大的阻力，可最终凭借着灵活的办事思维和超常的执行力赢得了全体村民的敬重。尤其是在扶贫工作中她能够依规办事，体谅民情，又能及时化解矛盾，安抚人心。在原本的职责范围之外，她还将休闲农业和乡村旅游的理念引入贺家湾，以树立榜样的方式宣讲其益处，熟稔而灵活地运用乡村地方性规则开展具体工作。这也正是贺享雍自己在接受访问时所表露出的自己"文章合为时而著"的创作导向。

在这样的志书式文体之中，文学叙事已经获得了一种历史学与社会学上的意义。从贺家湾联产承包制的变革开始，到乡村振兴战略背景下贺家湾产业结构的提升，农旅一体的发展，十卷本《乡村志》以秉笔直录的史家情怀，以真实形象的文学想象，书写了贺家湾在大中国改革开放的时代语境中，四十年转型发展的村落史，四十年逐渐摆脱贫困进入小康社会的生活史，四十年乡村社群关系不断变化的风俗史，四十年乡土社会新旧观念冲突纠缠的观念史，四十年乡民们坎坷艰辛、挣扎奋进的心灵史。作为一部十卷本的全景式乡土小说，一个贺家湾四十年的转型发展故事，无疑亦象征着中国乡土社会四十年的转型经验。

2. 农民形象的真实性、复杂性与流变性

构建农村生活的全景，无法脱离具体的农民形象。贺享雍始终以一种同情与理解的目光看待这片土地上的父老乡亲，力求使乡土世界之外的人消除对于农民的刻板印象与成见。新的时代召唤着新的文学作品，"乡土中国"步入"城乡中

---

① 韩康：《农村就业转移增长的困境——论中国三农问题的一个逆向趋势》，原载《国家行政学院学报》2006年第3期，《农业经济导刊》，2006年第9期。

国"①的进程召唤和内生出新一批文学形象。第二代农民作为新的乡村主人翁逐步跃居舞台之上，他们被不可违背的城镇化浪潮带到了城乡交汇地带，与他们的父辈——第一代农民展开碰撞与对话。第三代农民则更加与城市接轨，思维方式和行为模式都已经"离乡去土"，在其父辈祖辈看来，他们的行为甚至是前卫得有些荒诞不经了。农村内部也存在着分野，改革开放、工业化与城镇化建设、农业税取消以及招商引资接踵而来，令他们目不暇接，他们中有安土守成的，也有拥抱时代的，还有忙于蝇营的，但更多的人兼而有之，几头逡巡，往往被时代推动着前行。贺享雍的文学眼光还聚焦到了村官身上，他们是乡村发展的带头人，也是国家权力意志在农村的代理人，是我们从微观层面进入中国乡村最好的中介群体，其心理机制、行为习惯、思考方式直接影响到农村的发展，他们的形象也关乎国家及其权力机构在农民心目中的印象。但他们作为个体，又不可避免地带有农民的一些思维方式和行为习惯，能够反映出农民这一庞大的群体在社会变革和发展之中的复杂而又微妙的心态。

贺世龙是贺家湾"最合格的农民"，他与乡土文学中每个面朝黄土背朝天的勤恳农民一样，热爱土地，脚踏实地，忠厚勤勉。他是贺家湾人公认的农作好手，凡有耕地问题，人人都要先来问他。然而他身上却没有文学启蒙主义传统所批判的陋习，他对于农技的钻研，对于新技术和新耕种方式的好奇，对于农业机械化持接受的态度，他的身上有着紧跟时代，革故鼎新的好品质和开放心态。在这些现代品质加持之下，却并未丢失农民的根——对土地的尊重与热爱。在第一卷《土地之痒》里，贺世龙原本是家庭的顶梁柱，但随着时代的变动，土地失去了原有的骄傲，沦为"废土"，贺世龙也渐渐失去了他的精神依托。第九卷《大城小城》里，贺世龙已成耄耋老人，此时的长子贺兴成为了在城内给儿子购置婚房，不得不在中年进城打工，而次子贺兴仁则因为早年经商赚得盆满钵满。这个"农作老把式"已经被时代远远地甩在了背后，为家庭付出了辛勤汗血的他，在晚年遭遇了一系列子媳的嫌弃和白眼，二儿媳和孙子对他避之不及，二儿子则忙于豢养小三，尽管提供了物质生活保障，但他们对这个老人的精神生活毫无关切，不多时就像送瘟神一般将他送入了养老院，小说最后，贺世龙一人凄惶地回到了贺家湾。一部《土地之痒》展现了贺世龙与土地之间的亲密关系与依恋历

---

① 王一鸽：《从乡土中国到城乡中国——中国转型的乡村变迁视角》，《管理世界》，2018年第10期。

史，而一部《大城小城》则继续聚焦他怀恋故土，渴望扎根农村的乡土情结。贺世龙在某种程度上代表着贺家湾的乡土精神，务实、勤恳、热爱土地。透过《乡村志》，我们得以看见他围绕着土地跌宕起伏的悲壮一生。

如果说贺世龙的土地依恋代表着第一代农民的乡土依恋，他的儿子贺兴成，则更具时代性地体现出第二代农民的生存经验与人生难题，早年依靠引进农业机械化，贺兴成在青年时期获得了在村中比较优渥的生活，但是随着农村人口大量外迁，土地抛荒成为历史必然，这使他的生存危机初现。更为糟糕的是，他的儿子贺华斌作为历史学专业研究生，就业艰辛，渴望在城市立足却买不起房，为此失去了女友，贺兴成肩上的担子更重了，此时的他不得不放弃平淡的农村生活，背井离乡。在贺世龙和贺兴成的身上，不难看出两代农民的不同生存体验和别样的人生选择。

贺贵是全书中最为"反农民"的农民形象，他与传统农民不同，热心政治、拥抱法治、读书看报、爱好发明，善于思考、鄙弃愚昧，他是贺家湾土生土长的乡村知识分子和民间学者，他的独异性决定了他在贺家湾的边缘地位，从某种程度上来说他被村人看作"狂人"，人们习惯了向他问询世事，却又不认可他的见解，往往一笑了之，视为悖言谬语。生长在田间地头，他不事农桑，家徒四壁，甚至无心婚恋，孤家寡人一个，他有着太多不被理解但却见解深刻的字字箴言，他对于村内选举的一席话，看似牢骚，实则比众人都早地认识到了村内民主已被破坏的真相。他直言道：

> "选举根本者，即是乡上和村上党组织的态度是也！尤其是乡上党委的意见，叫作组织意图。只要组织意图明确了，他们让选谁，谁就能选上，因而这是根本！关键就是陪选之人，须要是窝囊废，不能让此公对组织意图之人构成威胁。保证者，即监、计票人员，必须政治上可靠，需要对组织铁杆之忠心者……那手段是什么？流动票箱是也！选举时，会场人来不齐最好……流动到哪家的猪圈旯旮里、柴草垛边，就把该做的活儿几下就做好了……这世界上有一种游戏，便叫作严肃的儿戏！"[1]

---

① 贺享雍：《民意是天》，四川文艺出版社，2019年，第21页。

他道出了村主任民主选举被破坏的真相，但因为群众的眼睛还未擦亮，所以他口中的真相便成为"痴言妄语"。从他一人得"道"的尴尬处境之中，我们还是能够看到一种乡村"老中国"蒙昧的延续。

贺世普与贺贵不同，贺贵自学起家，而贺世普则是正儿八经的知识分子，县中老校长。在退休后返乡，他对于昔日山青水美的家乡而今人心堕落十分痛心，因此他希望自己谙熟的法律理念与民主秩序能够立马在贺家湾运转起来，可是他的理想主义与清高孤傲令他一度受挫，他以一刀切的理想方式解决村中事务与纠纷，最终落得人人厌弃的结局。不过他的眼光并没有达到很高的穿透力，对于乡村事务的复杂性和传统力量的深厚性缺乏认识，对于乡村的问题有着一厢情愿的理解，不明白人心的变化不是"人心"的"不古"，更在于"世事"的"不古"，所以他的尴尬与离去不可避免地带有宿命性。

贺端阳是贺家湾发展与变化最重要的见证者之一，在《民意是天》中，他以一个挑战原有当权者的初生牛犊形象出场，但他不是花瓶一个，在一次次挫折中学会了在乡村世界的规则中为自己的政治目标和阻碍者斡旋。他尽管鄙弃贺春乾一派在选举中收买人心送烟的贿选行为，但他在看到成效后也忙不迭地效仿。读者如果在开篇贺端阳的政治宣言中被他的心境干净爽利所迷惑，那么在后文中将会看到一个在政治酱缸中游走不断偏离初心的贺端阳，从初次妥协到学会钻制度的空子再到揽工程包项目，他显得十分游刃有余。贺端阳作为青年书记，并未被打造成一个天真懵懂的理想青年，而是被放置在具体的时代环境之中，作者将他的改变与逐渐油滑的过程记录了下来，却又不急着加以指责，而是让读者自己去理解和思考乡村基层政治实际上有多么复杂，宗族的势力盘根错节，村与乡的历史遗留矛盾非常深，人心在市场规则和消费社会面前日益浮躁，村官名为官、实为吏的边缘地位与经济收入的有限使得他们在乡村事务处理中不得不如此。贺享雍在基层多年的工作经验，使他能够站在村官的实际立场上，为他们说上几句公道话，把是非功过留予后人评说。

贺世忠也是贺家湾的老村官，他起初也是一个一心为民的好村官，面对国家要求农民将粮食统一拉到粮站进行低于市场价收购的规定，他觉得十分不合理和痛心，但是作为一个支部书记，他不得不站在政府这一边，拥护和执行这一政策，基于此，他还自己出资垫付农民欠缴的农业税，这也造成了他后来的悲剧。贺世忠是一个非常典型的村官形象，他拥护上级，勤勤恳恳，可是因为县、乡、村之间的政策制定与实施的漏洞与及其背后的利益纠纷，当国家最后取消农业税时，贺世忠垫付的款项成了死款。当时这样的事情不在少数，一方面他们认为这钱是帮政府垫付的，怎么都能追回，另一方面他们看到了垫付款项时的利息收益高于银行，有利可图。贺世忠的妻子罹患癌症，无钱医治，死于医院。为了追回这笔款项，他开始了上访之路，在一次次上访中，他抓住了乡官、县官多一事不如少一事的维稳心态，因而战果频频，最后把一家七口人都运作成了低保户。官虽是官，到底还是农民。贺享雍很清楚，村官在农村建设发展中付出的心血，更同情他们的遭遇，加之对他们行为心理的深度分析，因而他笔下的村官形象总是令人既笑又哭。最后，贺享雍村借贺世忠之口，说出了一个令人哭笑不得的真相"不按规则反而能获得好处"，在中国的现代性进程中，这似乎已经不是奇事，在制度体系尚未完备，法制建设尚存空白的历史时期，贺享雍这个"时代的书记官"悄然按下了快门，记录了这种尴尬与漏洞。

　　《人心不古》中还写到了农民的一种真实而微妙的心态，大集体时期农村社会奉行极端的平均主义，物质尽管极端匮乏，然而在农民心里，那个时候的农村文化生活丰富，人们心思单纯，是一个值得怀念的时代。贺享雍这样写道："至今老百姓还怀念大集体时期，尽管那个时候人们吃不饱肚子，物质也并不丰富，可那时人们的精神生活却不像现在这样贫乏。每个大队都建有自己的文艺宣传队，教育群众和丰富农民的文化生活。"在这里我们看得出农民心中对于再现当年的文化活动盛景的渴望，以及现今农村精神活动的单一，更为重要的是，在物质层面快速发展的今天，农民对于过去难以抑止地怀念，这一心理显得十分微妙而复杂。此种现象也从现实层面提示人们，乡村文化的重建或再建已然是当务之急，应该予以高度重视。

　　《乡村志》中的农民形象，既有保守持重、安土重迁的，也有自私短视、损人利己的，还有灵活变通、开拓进取的，其中的村官形象展现了中国基层组织官员的真实生存与尴尬境遇，更是饱满真实。老中青三代农民一起，共同构建起了一个完整多元的当代中国农民形象谱系以及他们在四十年乡村社会现代转型中的命运沉浮。

3. 乡村经验的艺术升华

　　1985年前后，贺享雍在一次创作会议上拜见了心仪已久的乡土文学大家——周克芹，他们二人都有着扎根农村的深厚经验，都仰赖这类经验来获取创作的灵感。在创作会期间，贺享雍积极地吸纳了与会作家、评论家、编辑的文学见解，默默地对自己以往的文学创作进行了反思。这时，周克芹的讲解令他茅塞顿开："丰富的人生经历是作家宝贵的精神财富，尤其是生活的痛苦更是创作的激发点，问题是，这些经历和痛苦如果不沉淀和发酵，它们只是生活的本来形态，文学创作就是将作家思考过的生活内容和经历过的生活形式，集中浓缩后，再提炼和开掘，形成艺术作品，这里关键的是对生活的思考。"①对于以往创作简单机械地与生活做对照，或是不加凝练地照搬生活，这样的箴言起到了"及时雨"的作用，对于多年农村生活给予的丰富而驳杂的经历与经验，年轻的创作者的确很难立马拨开迷雾，找到创作的法门。幸而与理论家文学家的碰面，点醒了贺享雍，使他明白了面对散沙般的人生体验，唯有选材、提炼、咀嚼、思考方能使"文学照搬生活"变为"文学回应生活"。

"我是一个农民的儿子，曾经经历了那么多的磨难，我每天都生活在乡亲们中，我深知他们生存的艰辛和希望，我的生命也是和他们紧紧联系在一起的。如果不把他们生存的困苦和希望反映出来，我的写作意义又何在呢？难道仅仅是为了出点名？"②贺享雍久居农村，对农村的日常生活状态了如指掌，要写出父老乡亲生活的构想，就不难办到。在此简要举他笔下的农事环节、农村生活细节为例，应可窥见他对于农村生活的了解与提炼程度。

农村生活最为重要的便是谋生环节，尤其是早年间作为日常生活一环的农事环节，这对于本就是农民的贺享雍来说再熟悉不过了。我们来看《土地之痒》中，他对割麦场景的描写：

> 兴仁割了一会儿麦，就感到自己的腰有些直不起来了。割麦这活儿不像其他活，忙不起。左手薅住麦子，右手挥舞镰刀，撅起屁股，从左往右一棵一棵地割，动作简单、机械，有些像是考验人的耐心和意志力。当然，也有人力。兴仁最怵的就是割麦子。与同样是弯腰的插秧比起来，他宁愿插秧，不愿割麦。因为插秧有半截腿陷进稀泥里，腰实际只是半弯，不会怎么疼。即使弯累了，还可以将分秧苗的左手肘支在膝盖上，分担一些腰椎的疼

① 范藻：《沉默的呐喊——贺享雍小说研究》，四川文艺出版社，2003年，第32页。
② 贺享雍：《走过去，前面是更好的世界——从草根到作家的人生历程》，天地出版社，2016年，第218—220页。

痛。可割麦就不同了，这是在旱地里，要么将屁股抬起来，那是真正弯下你的腰，低下你的头，成九十度的角；要么蹲下来，屁股擦着地，像屎壳郎似的往前推动。不论是将腰弯成直角还是蹲成屎壳郎，他都觉得这不是在干农活，而是在经受苦刑的煎熬。

贺兴仁是家中老二，平日做活不多，但也有一定的经验，不过与父亲贺世龙相比，他既没有太多恒心也缺乏对耕种的热爱，在农村青年人眼里，做活不过是一种无奈的生存方式，甚至是苦刑。但是在老一辈农民眼中，对农作和土地有着天然的高度敬畏，"土地是活宝"，土地是有生命、有灵性的。父子两代的生存经验不同，对土地的态度也如此大相径庭。

农村生活的还有很重要一环便是家庭伦理关系，在贺享雍笔下除了以往文学作品中常常涉及的婆媳关系，公媳关系，还比较深入地写到了妯娌关系。《土地之痒》中，老大和老二妯娌间一直水火不容，动辄吵骂打架，互泼脏水，也闹得兄弟不睦，但归根结底，二人的矛盾无非就是围绕着田地和劳力展开的，其中，老三媳妇的心理细节值得细读：

> 周萍很聪明，两个嫂嫂她都不得罪，也不对其中哪一个显得格外亲热。因此，她才落得两个嫂子都喜欢。如果今晚她过来吃了二嫂的饭，大嫂晓得后，对他们两口子有看法。再说，毕玉玲请了周萍，不请大嫂，就是有意妥大嫂的眼皮，会让大嫂让毕玉玲更有意见。但如果让毕玉玲也去请大嫂，大嫂肯定又不会来，这又是故意妥二嫂的眼皮，让二嫂心里有气。

由于她与两位嫂嫂之间没有直接利益冲突，而丈夫忙于公务，自己忙于教职，所以老三媳妇不仅谁也不能开罪，更需要笼络好两位嫂嫂，为自己寻个方便，尤其是干农活时有人助力。看似写农村大家庭中微妙的妯娌纠葛，实则是写出了农民对于土地的看重和几弟兄之间对于家庭责任的分配问题。在文本中，这样的实例太多，不再举隅。总而言之，描述乡村生活在贺享雍这里完全是一种唾手可得的状态，在他的脑海中储存了大量的农村生活的经验尤其是细节，这对于一个乡土写作者来说是可贵的，更何况他能够灵活自如地对这些材料进行组接和提炼，使之不仅具有智识价值也具有文学价值，并且能够来源于生活亦高于生活。

（二）乡土文学的新场域："贺家湾"世界

贺享雍曾经谈到自己阅读《一个村庄里的中国》受到的启发，这部作品以故乡村庄为立足点，含纳了大历史与小历史的结合，大时代与小细节的交织，考察了百年来中国乡土的命运，乡村的沦陷与希望。在多年的创作中贺享雍的作品都是立足局部的，阅读此书令他感觉到"我好像一下子找到了那个撬动地球的支点，我为什么不能把中国，浓缩到一个我熟悉的小村庄来，用这个小村庄发生的事，来反映整个中国乡村的变化呢？我想起了威廉·福克纳那个'像邮票那样大小的故乡本土'，想起莫言笔下的东北高密乡，想起贾平凹的商州清风街。大凡有成就的作家，他们都是有根的，而根就是他们的故乡。我决定以故乡为原型，虚构出一个像福克纳'邮票那样大的'文学的贺家湾，将中华人民共和国成立60多年特别是改革开放30多年以来的乡村历史，用文学的方式形象地表现出来，使之成为共和国一部全景式、史诗性的乡土小说"[①]。在中国乡土文学的创作历程中，上述作家笔耕不辍，筚路蓝缕地开启了属于自己的文学世界，在贺享雍这里，十卷本小说串联起的贺家湾无疑也是作为一个时刻处在变幻中的风格独异而又色彩饱满的文学世界。

十卷小说建构起了一个丰满的贺家湾，在地理位置上可以定位到四川达州市渠县屏西乡元通村四组，贺氏家族是同一个祖先的血脉，随着人口繁衍，分为六房人，现今大房和小房最为兴盛，大小房围绕着权力、权威、利益的斗争纠纷不少；起初完全是梁漱溟所描绘的以宗族为纽带的亲缘伦理社会，而后这种纽带关系受到了不少物质主义、拜金和攀比心理的冲击，不过熟人社会的法则影响力一直较大；境内山峦起伏，沟谷交错，丘陵发育，不靠近省道，交通仅靠一条机耕道，是真正意义上的僻壤；人口在一千上下浮动，然而人口大量流出县，而今只余下老人和儿童，空村一座，其中有相当一部分的贫困人口；这里的风俗淳朴爽直，农民既淳朴又狡黠，在个人利益受损时往往吵架撒泼或者拳脚相加，在村庄利益受损时往往异常团结地一致对外；日常娱乐由摆龙门阵发展为打麻将，村民的精神文化公共产品供应不足，也缺少相应的公共服务。贺家湾虽是文学意义上的一个自在"世界"，但终归是乡土小说中的一个村庄，它与城市相对而言，有着自己独异的风采。贺享雍艺术地建构的贺家湾，实际上经历了一个从渐近衰落

---

① 晋瑜：《贺享雍：我想构筑清明上河图式的农村图景》，《中华读书报》，2014年11月19日。

到逐渐复兴的发展态势，贺家湾的衰落是国家在工业化和城镇化过程中有意识地将资源配比向城市倾斜的体制安排造成的，乡村为国家民族的发展大业，不得不在时代的潮流中放弃原有的兴旺和安定；而复兴也是由于国家在发展过程中意识到城乡二元对立对于改革和协同发展的阻力，调整了农村政策使城市反哺于乡村，乡村正在借助国家新的制度安排和经济扶持，跟上城市发展的一体化步伐，城乡最终会一起共享现代化的成果与红利，从而推动中国由乡土中国迈进城乡中国。所以，贺享雍笔下的贺家湾不仅具有了文学上的空间性，更具备了历史性与时代性。读《乡村志》就是在读一部新时期中国乡土社会现代化转型的变迁史。

（三）村落视域中的全景式写作

贺享雍有着明确而清晰的写作计划："我一直在思索、寻找一种能更深刻、更全面系统和更大容量、具有史诗性的文学文本，来书写共和国长达半个多世纪的乡村记忆和乡村经验。之所以选择系列长篇小说的形式，第一，这种多卷本的长篇小说，有一个共同的主题，容量大，可以将中国乡村60年所发生的丰富广阔的社会生活和重大事件都收入其中，以构成共和国半个多世纪以来整个乡村的历史面貌。第二，小说虽然是以一个村庄为舞台，但因为它卷帙浩繁，容纳人物多，各个阶层和各种性格的人物，都能在这个不大的舞台上尽情表演。第三，我最初的计划是写8—10卷，每卷30—40万字，分别涉及农村土地、乡村政治、民主法制、医疗卫生、家庭伦理、婚姻生育、养老恤孤、打工创业等诸多领域，合起来便让全书成为一幅气势恢宏、情节复杂、人物众多、结构宏大的清明上河图式的当代农村生活的历史图景。"[①]

选择十卷本的这样庞大的体量，已经内含他写"历史"与"变迁"的文学雄心。在贺享雍的文字中，他没有谈到李劼人的文学影响。但《乡村志》的构思及其实践很显然是对李劼人"大河系列小说"传统的继承和弘扬。郭沫若称赞李劼人的"大河小说"是一部近代的《华阳国志》[②]。而贺享雍明显有着创作当代中国乡村历史嬗变的"大河小说"的文学抱负。在气度恢宏的《乡村志》中，贺享雍选择了身份各异、遭遇不同的各色人物，串联起形形色色的故事，跨越几十年的时间维度，共同编织中国当代乡村的发展史乃至整个社会的变革史。除了宏大

---

① 晋瑜：《贺享雍：我想构筑清明上河图式的农村图景》，《中华读书报》，2014年11月19日。
② 刘永丽：《李劼人"大河小说"中的现代》，《当代文坛》，2011年第6期。

层面，还可从中看见农民与土地、农民与村庄、农民与城市之间的动态关系，也能够看见人物的成长史乃至命运史。十卷本以三百万字的文本空间和叙事时间徐徐展开了一幅改革开放前后川东农村由"乡土中国"步入"城乡中国"的全景式图画，含纳了政治、经济、风俗、制度、伦理、观念变迁的内容，其人物之众、篇幅之宏大、涉猎之广泛，不仅在作家本人的创作中可谓一个新的高峰，在新时期以来的乡土小说里也可谓一大创举。即便放在百年来的中国乡土文学史中，《乡村志》也是迄今为止卷数最多体量最大的全景式系列乡土小说。总的来说，这种全景的主体可以具体指向贺家湾的贺氏家族，这一家族不仅以有限的空间容纳了一定社会形态的政治、经济、文化的内容，浓缩了乡土社会的林林总总和当代中国特定历史时期的发展景观，而且形象地表现了处在特定历史环境中的人（主要是农民）的精神风貌和心理结构，可以说《乡村志》是一部具有百科全书和史诗性质的乡土小说。①

"每卷虽然只是讲述一个故事，只有一个情节主线，但因为每卷人物的交叉和故事的相互呼应，又容易让读者构成一个整体感觉。若将全书合起来看，线索便会重重叠叠，情节便会纷繁复杂。"②正因为是如此连续的长篇画卷，小说在形式上就具有了很强的互文性，在《村医之家》中，贺万山的爷爷与父亲相继离世，因而母亲带着他改嫁别村，母亲不久后也病死，继父以一种变态的方式折磨和毒打他，他不得不带着行李回到贺家湾，回村后靠着乡邻的接济才活了下来。但在《村医之家》中对于这种亲友互助的描述十分有限，而到了《盛世小民》中，作者得以借助更为广阔的篇幅和丰富的角色实施进一步的叙事：

　　贺万山人是回来了，可除了那两间茅草房什么都没有，正是十五六岁长身体的时候，却饿得黄皮寡瘦。那时贺茂明在下头院子做监收员，他看贺万山"造孽"，晚上便监守自盗，让贺万山拿来一根口袋，将生产队围席里面的小麦撮了一口袋给贺万山，让他渡过难关。冬天分红苕时，每挑红苕他又故意给贺万山少记二三十斤，这样下来，贺万山便又多分得了几百斤红苕。

寥寥数语，写出了贺家湾村人在一种同宗同族认同感之下的守望相助，写出

① 许祖华：《作为一种小说类型的家族小说（中）》，《重庆三峡学院学报》，2005年第4期。
② 晋瑜：《贺享雍：我想构筑清明上河图式的农村图景》，《中华读书报》，2014年11月19日。

了贺万山在这样一种互助之中熏陶出的医者仁心，也写出了一种朴素而可爱的乡村伦理正义。

四、《乡村志》的叙事艺术

由于植根乡土民间的写作立场和经年不变的对民间文艺的创化，在文学江湖上他被戏称为"四川赵树理"，这个不无调侃的称谓，实际上反映出贺享雍乡土小说创作的一种独特风格，尤其是《乡村志》在叙事方式上极为特别，它表现出鲜明的史传意识和地方特色，是当代作家真正"作为农民写作"的一个文学蓝本。《乡村志》十卷本以三百万字的文本空间徐徐展开了一幅改革开放前后川东农村由"乡土中国"步入"城乡中国"的全景式图画，以文学之笔写就了一部政治、经济、风俗、制度、伦理、观念转型变迁的乡村地方史，抓住了中国乡村社会的转身一刹，通过对其缩影——"贺家湾"的志书式描写，完成了对中国的乡村社会自改革开放以来的一次全景式深度扫描。

（一）农民立场：呈现"自在"的乡土世界

近年来的乡土文学研究者已经对乡土文学的书写立场和视角问题有了比较成熟的思考。丁帆指出：站在世纪之交的时间节点上考察乡土作家的价值观念，其中"常"（恒定）的一面，主要体现在批判精神及其据以进行批判的价值尺度上。[①]他所言的批判是一种承接现代启蒙文学传统，并融汇现代价值理念的知识分子式的批判。贺仲明则进一步对作家的叙述姿态上的悖论进行了分析，他认为中国乡土小说的叙述者身上有一种"游子"的迷茫，他们极少有乡村中人，而普遍具有"乡村游子"的背景。他们一方面与乡村有着不可割舍的密切关系，或者曾经是乡村之一员（如军人、知识分子），或者在乡村生活过（如下乡干部、知青）；但另一方面，他们在叙述时又都脱离了乡村人的身份，明确地在文化和心理居于乡村之上。他们以与乡村若即若离、蕴含着内在悖反精神的游子姿态，叙述着乡村和乡村人的故事。[②]这无疑是站在乡村之外进行的叙事。

纵观贺享雍的《乡村志》创作，我们看不到"居高临下"的书写姿态，我们亦不会认为他是以"乡村游子"的身份在叙写难以往复的乡愁。他笔下的贺家

---

① 丁帆、李兴阳：《中国乡土小说：世纪之交的转型》，《学术月刊》，2010年第1期。
② 贺仲明：《论中国乡土小说的二重叙述困境》，《浙江学刊》，2005年第4期。

湾，没有迎合消费文化而夸饰和渲染乡愁，没有站在极端启蒙的一边丑化乡村，没有编造虚无缥缈的牧歌风情，更没有按照知识精英的口味塑造农民，在他的笔下，我们看到的是一个扎根乡村的内在者构建和展现出的乡土世界的自在状态和农民真切的生存境遇，不似某些乡土小说的破碎和空洞，而呈现为一种难能可贵的完整和自足，"如实描写，并无讳饰"。尽管在贺家湾，义利的矛盾已经渐渐随着市场经济观念的引入而凸显，但他并未剥夺乡村融入世界现代化体系的可能性，并未拒斥现代性。他选择了直面乡村发展和行进中的真实冲突，尊重并还原了乡村及其子民在面对经济发展之中的种种摇摆、选择及其后果，交代了面临冲击的乡土观念的波澜、松动与变化；他没有在乡村书写过程中令善恶两极失衡，而是从变动的历史维度给予了乡土最大程度上的尊重；他也未激愤地指陈现代文明罪大恶极，不刻意地书写乡土的悲情苦难，更不是困溺在牧歌的想象之中为乡村的种种弊病遮掩，而以一种平静中和的语调，不露声色地"呈现"乡土空间几十年间的政治、经济、文化、道德伦理等多种层面的常与变，尽力贴近乡土中国的原貌，其中的人情风味、乡间民俗和田间地头的生活场景，成了具有自足意义的存在，被他从文学的背景板放置到了舞台的中央。

这种对乡村"自在性"的尊重和还原的来源大致有两个，其一是他的平行（也称是"内置"）的书写视点；其二是他的生存经验，他做农民的人生时长大约为四十年。莫言早在2001年的一次演讲时，就陈言他心目中真正的民间写作是"作为老百姓的写作"而非"为老百姓的写作"①，并表明了自己将要践行的态度，在这里他已经清醒地认识到了文学界普遍书写立场的一些问题，"为老百姓写作"实际上充满隔膜和倨傲的心态，带有启蒙遗风。莫言认为，自己之所以取得成功，在于他几十年前的农村生活经验以及他对于写作立场的反思，不过时下他已脱离农村，远离乡土世界，这导致其自言的"作为老百姓的写作"不可避免地带有些许理想主义。如果说，莫言对于"作为老百姓的写作"是一种理想的追求，那么在贺享雍的《乡村志》中就完全是另一种模样，那是一种"老百姓自己的写作"，有研究者认为，这种写作可以追溯到赵树理和柳青那里。②

这种书写立场的选择，不难从贺享雍写作的起点看出端倪，他初涉文坛的创作就是农民式的写作思路、叙事策略与农民化的语言。之所以不使用居高临下、

---

① 林建法、徐连源主编：《中国当代作家面面观》，春风文艺出版社，2003年，第4页。
② 刘艳：《抵达乡村现实的路径和新的可能性》，《当代文坛》，2018年第3期。

真理在握的启蒙知识分子理路，与他所受的教育有关，也与他的农民身份有关，更关键的在于他对自己的写作目的和旨趣有着高度的自觉，"我不能只做一只报喜的喜鹊，更应该做一只乡村的啼血杜鹃，哪怕为父老乡亲喊破了喉咙也在所不惜。一想通了这点，我便决定重新走出一条路子来。这路子便是坚持从生活出发，紧贴着父老乡亲的日常生活与内心希望来写"①。他十分清楚自己是"农民的写作"就必得为父老乡亲发声，他也甘于将自己放置在农民或者说草根的位置上，"我就是一个处于底层的平民作家或曰草根作家。这对我来说很好，我感谢上天给我的那么一颗草根的赤子之心"②，如果说乡土启蒙叙事里作家们所持有的视点是知识分子"我"——"农民"，那么贺享雍的笔下俨然是"农民"——"农民"。教育和学识上的看似不足，恰好为他日后创作提供了鲜活的材料和坚定的立场，也使得他的乡村书写相比较同行来说更具有现场感与真实性。

（二）志书式叙事：忠于乡土世界的生活场景
1. 历史眼光：方志意识与立传追求

李怡在《现代四川文学的巴蜀文化阐释》一书中较早地关注到了巴蜀地区特有的文化供给文学的叙事资源，并将其提炼为"地方志"与"龙门阵"。四川治史之风源远流长，地方志的撰写尤为突出，东汉《巴郡图经》是中国目前已知的最早地方志之一，东晋常璩的《华阳国志》更是因其结构体例上的范式意义被梁启超等人称作"方志之祖"，历代四川文人都特别重视地方志史的修纂工作。③方志对于史学钩沉补遗的意义无须赘言，需要点出的是四川地区对于方志撰写的热爱。由于地域之限，四川一直远离中央政权，兵祸匪患尤甚炽烈，就算是民国时期新生的现代国家政权对四川地区的辐射也十分有限，因而在历史上四川地区的重史修志传统也就不足为奇。贺享雍不只一次地谈到阅读和收藏方志对于自己的影响，尤其是他的写作立场与文学理想——"为时代立传、为乡村写志、为农民发言"④就毫无疑问来源于对方志的偏爱，这一立场展示了他对于四川乡土小

---

① 贺享雍：《走过去，前面是更好的世界——从草根到作家的人生历程》，天地出版社，2016年，第218—220页。
② 转自网络：《"乡土作家"贺享雍：记录自己亲验的时代》，https://www.sohu.com/a/327476491-120044822。
③ 李怡：《现代四川文学的巴蜀文化阐释》，湖南教育出版社，1995年，第174—175页。
④ 向荣、贺享雍：《〈乡村志〉创作对谈》，《文学自由谈》，2014年第5期。

说的方志意识传统的自觉承袭与发扬，我们从李劼人的创作中也可以找到这种痕迹。

在现代学科壁垒不断被打破的势态之下，历史与文学的边界日益模糊，微观史的风靡正体现出文学笔法的魅力，反过来看，《乡村志》亦是用微观史方法书写的乡土历史小说，借历史的编年体和纪传体框架，写人情与人性在历史转型时期的复杂演变。在这种意义下，方志的两个重要价值就在文学的化用下显形：一是其百科全书式的宏阔知识视野，能够提供一种观察乡土世界的全景式眼光；二是其中蕴藏着的中华民族内在的文化精神和乡土的自洽运转规律，使文学得以揽收地方文化的精髓。多年的方志收藏和阅读令贺享雍洞见了文学创作与方志修撰之间的相通性。所以，与其说他的创作传了百年四川乡土文学的创作道路——现实主义，这一风格归纳似乎太过于笼统，毋宁说是早年间就深埋的方志意识天然地使他热衷于"讲故事""记得失"。方志的基本修编方法之一便是推崇"述而不作"，不空发议论立下评判，客观记录已然发生的事情，《乡村志》的"志"字恰好暗合了这一创作取向。回顾四川乡土小说的百年历程，其实作家们自身往往就是某一生活形态或历史事件独一无二的发现者、记录者：李劼人是四川保路运动的最杰出的记录者，沙汀是川西北乡镇生活唯一的描绘者，罗淑是沱江流域盐工与橘农生活的最成功的表现者，周文是川康边地灰暗生活唯一的刻画者[1]，那么以此类推，贺享雍的《乡村志》系列显然可以被称作是"川东村落贺家湾及其子民自改革开放四十余年来的生活史"。

志书因为强调记录的客观性与真实性才得以成为补充正史之用，如果脱离了公心将自甘堕入附庸的地位，贺享雍没有忘记自己的写作追求，他的《乡村志》继承了与川人方志修撰类同的公心，他的笔客观书写农村生活的明与暗，而不去迎合创设极端的善恶来博人眼球。贺享雍以一种通俗的方式和不偏不倚的笔调去叙写贺家湾这个小村落几十年的巨大变动与现代化进程中的人心碰撞，展现其子民的生老病死、爱欲哀矜，令人备感亲切，这是《乡村志》系列吸引读者，并让人感觉到"好读"的原因，也是它受到评论家和普通读者赞誉的重要原因。

2. 民间风味：龙门阵与"说书情境"

前文所述的历史意识与方志体例包括书写立场是创作层面的宏观界定，而从

---

① 李怡：《地方志——龙门阵文化与现代四川文学的写实主义取向——二十世纪中国文学与巴蜀文化之一》，《西南大学学报（社会科学版）》，1997年第1期。

其具体叙事策略的考察来看，则表现为一种鲜活包容的民间叙事样态。这是一种既"非权力形态也非知识分子精英文化形态的文化视界和空间，渗透在作家的写作立场、价值取向、审美风格等方面"①，这是一种从创作理念和美学形态上均向普通大众靠拢的叙事，与文人叙事呈现的书面与雅化全然不同。他写的是他在民间立场上，通过一个农民的眼光看到的，其叙事视域表现出的是民间（在这里主要是农村）世俗生活的琐屑场景；所叙之事透露出乡野俗趣，表达底层关怀，深谙农民心理；其修辞不注重技巧，乃是本色叙事；语言选择上多为口语化语言，不刻意追求规范性。不仅如此，贺享雍还对四川地区民间叙事风味的"龙门阵"进行了文学"平移"。"龙门阵"是此地最重要的民间叙事策略之一，自成一派川味风格，给这一地区的文化氛围增添了休闲与趣味的特色。它指向的是人们的聊天闲谈，其特征是摆谈故事，讲究起承转合，铺陈宏大，善于讲述，多谐谑调笑，一般在公共场所和熟人领域内进行，其内容从柴米油盐、家长里短、人际关系到时代变化、国家大事，不仅追忆往昔，还畅想未来，无所不包，是四川地区公共交往领域和社区文化的重要特色。李怡对"龙门阵"渗透和影响现代四川文学的力量已有论述，他点明了龙门阵对"故事"的重视，有了起承转合精彩纷呈的故事，一个龙门阵才能摆得精彩，因而在作品中四川地区的作家就显得十分重视故事的核心质素——情节，并在叙事中十分倚重。

在少年时代贺享雍便是一个善于摆"龙门阵"的人。在其自传式作品《走过去，前面是更好的世界》中他谈道，"也不知从什么时候起，他们开始聚集在我周围，听我讲《孙悟空三打白骨精》《岳飞枪挑小梁王》《智取生辰纲》《鲁提辖拳打镇关西》以及《双枪老太婆》《江姐》《平原游击队》等故事。有时我故意卖关子，讲到关键处就停下来不讲了，害得他们一晚上睡不好觉，第二天一早便来敲门，追着央求我将后面的故事告诉他们"②。在童年时期的摆龙门阵中，他就已把握了讲故事的法则，善于组织情节并在适当时"抖包袱"和按下不表来留以悬念，这完全是将摆龙门阵和说书的功夫结合在了一起。

《乡村志》全十卷几乎都是围绕具体的情节展开的，没有留待议论抒情的余地。其中《村医之家》最为典型，全书共十三章，均是由主人公贺万山一人对着

① 王丽娟：《论文人叙事与民间叙事——以"连环计"故事为例》，《文学遗产》，2004年第4期。
② 贺享雍：《走过去，前面是更好的世界——从草根到作家的人生历程》，天地出版社，2016年，第218—220页。

"隐形"的作者摆龙门阵讲述出来的故事。在摆谈之中，还常常出现贺万山与作者的互动与对话，引入这个与说话人相对的听话人在效果上拉近了与读者的心理距离，在情感上使得读者迅速进入共鸣。在《盛世小民》中，甚至采用了第二人称叙事，仿佛在满篇的"你"的字眼中，经历了一切的人正是读者自己，其共情的心理效果非同寻常。在《男人档案》中，看似以手稿为主，其实另外两部分口述录音和人物访谈才是核心，尤其是录音就是以摆谈故事的方式来推进的，还有人物访谈则更为直截了当地以人物之间的对话互动进行故事的铺展。除这三卷以外，其他各卷虽为寻常的全知叙事，但也普遍采用讲故事的通俗方式进行关键情节的间插以及交代背景的画外音，这不得不说是受其影响。古代文人叙事引入的诗、词、曲是属于作者的自我把玩，而早期乡土小说中的议论、描写则是作者面向大众的启蒙教化，而非寄托自我情趣，这一转换昭示着作者创作动机和创作心理的巨大变化。① 而乡土文学发展至今，起初对于叙事乃至议论的看重，现已逐步让位于先锋、解构、新历史等让人眼花缭乱的文学实验，在这个意义上，贺享雍的通俗摆腔便呈现出对于叙事的回归，重现"说书情境"便具有了放弃介入与启蒙的创作姿态，这与他本身的实录文学追求不谋而合。把摆龙门阵的机巧活用到创作中不是简单照搬，而是有所讲究，否则便是铺陈啰唆：第一个讲究就是叙事要起承转合，讲清事件原委，厘清来龙去脉，便于读者的阅读，尤其是乡土文学主体——农民的阅读；第二个对于衔接转折词句的固定化，比如：闲话少叙、且说、却说、按下不表、原来（表解释）等作为叙事的程式，不仅在听觉上有着摆龙门阵的风味，还在视觉上有欣赏案头话本的趣味；第三个是具有清晰的内在逻辑，在行文中对于事件和原因的分析陈列出一、二、三、四，尤其是大量使用表因果、转折、递进、条件的句内关系。下文简要举书中一个段落即可令读者知晓龙门阵与说书结合而带来的风味。

　　贺庆何许人也？原来，贺庆在贺世海当政时期，曾经被贺世海提拔起来做过村上的计划生育主任。贺世海为什么要提拔贺庆做计划生育主任？一是因为贺庆当过兵，性格耿直，不怕得罪人。二是因为贺庆是大房的人！贺世海和大房的人有矛盾，怎么又要提拔大房的人？这其中就有原因了。原来，

---

① 余荣虎：《文学语言变革与乡土小说的早期形态》，《江苏社会科学》，2010年第5期。

那些年的计划生育工作抓得很紧，不但乡镇一级设有专职的计生部门，配有专门的工作人员，就连村上也有专职的计生干部。村上的专职干部不仅要配合乡上的干部明察暗访，而且还参加乡上组织的计划生育突击队，到村里抓"大肚子"，抓到后送到乡上医院引产和结扎。如果不去结扎或引产，便又要从社会上招一些能够动武的蛮人扒房子、挑粮食、捡家产。计划生育主任虽是村里一干部，却因太得罪人，许多人都不愿意当。即使当，迫于上上下下的压力，也没人能当得长久。贺家湾大房人占了多数，计划生育工作的难度也在大房一边。因此，贺世海一方面见贺庆才当兵回来不久，工作有热情，更重要的是想"以夷制夷"，于是便向乡上管计划生育的领导汇报过后，回来便宣布了任命。贺庆一则年轻，二则军人的脾气还没改，三则个性本来又有点"冒"，因而工作还算不错。

这一段落的叙事特色每每体现在需要讲述过往，交代背景之时，借用这样一种颇具四川地区日常生活风味的叙事策略和说书的秘诀，贺享雍完成了对乡土世界几近"鸡毛蒜皮"般的日常人事的重现。这种琐碎的日常生活叙事以一种"亲历""亲见"的说书摆腔口气徐徐展开，既有叙述，又有讲解，还有逻辑分析，增强了故事的真实性，丰富了小说的叙述层次与厚度，也是一种对近年来临空高蹈、言之无物的乡土叙事的反拨，在乡村原生语言氛围的营造中完成了对于农村日常生活以及农人思维的艺术还原。

3.原汁原味的语言：方言与俗语

在语言的选择上，《乡村志》系列均选用了质朴通俗的日常生活语言，少华美陈辞，多方言土语，少书面雅化语言。贺享雍是一个具有高度的创作自觉的作家，他的《乡村志》写作自陈要"为农民发言"，并致力于"构筑清明上河图式的农村图景"。既然是将农民及其生活作为创作对象，为农民说话，那么选择贴近农民日常生活的语言势所必然。川东渠县贺家湾所用的语言属于西南官话区，作品中就比较原汁原味地保留了这一方言区的特色，并且夹杂着俚语、顺口溜、歇后语、民间唱词，对于创作中比较完整地保留这些元素，贺享雍自陈"这些生动活泼而又形象逼真的民间语言，会自然而然地跑到我的笔下，这点不需要刻意而为，我就是在用农民的口吻和语气讲话嘛"①。文艺和群众结合的最好方式是向群众潜心取经，最好能够深入他们的生活里层，记录他们的日常生活的语言交际场景就显得尤为重要。四川方言极具魅力，直爽、响亮、幽默是其最大的特点，早在清末研究四川官话的《成都通览》中就收录了大量的方言材料并对其进行了分类，这些极具风味的语言，是劳动人民用精炼的词语总结生产经验与生活经验并且认识自然和社会的，在指导人们生活以及陶冶人民性情方面，发挥着重要的作用。

其中的谚语形式精炼，常用一两个短句来表现生活的道理，结构上匀称、整齐。有通过对比的手法来表现和安排句式的，也有的用比喻来表现事物的本质，不论如何殊途，总能同归地指向一种朴拙的经验和道理，并伴随着会心的幽默。在作品中便大量出现"沙地的萝卜一带就来""跌跟斗捡到一坨金元宝""十个说客不当一个戳客""猴子捡片姜，吞吞吐吐""坛子口好封，人口不好封""卖了娃儿买蒸笼，不蒸馒头也要蒸（争）口气""他们吃一把盐不咸，我们吃一撮盐却可能咸了""话是酒撺出来的，兔是狗撺出来的"等谚语俚语。出场最多的是歇后语，这是一种具有独特艺术结构的民间俗语，形象、生动、含蓄，具有一定的文学性，它由两个部分组成，前半部分是假托，是比喻，后半部分才是目的、是说明。这些在口头上传述的歇后语，生动有趣，表现了群众运用语言来归纳生活的机智，历久不衰，百代传承（《文艺美学辞典》）。这些歇后语在作者笔下的运用炉火纯青，比如"沙罐做枕头——空响（想）一场""要饭的卖醋——穷酸""裁缝的脑壳——当针（真）""筛门——鬼点子多""城隍庙里卖假药——哄鬼的""大粪流进污水沟——同流合污""秃秃子头上的虱子——明摆着""竹筒倒豆子——干脆一点""穿钉鞋拄拐棍——把稳着实""亭子里日白——专讲风凉话""衣竹竿去勾月亮——差远了"，歇后语还原了农人的思维，它们富于隐喻，长于说理，饱含一种历久弥新的农村生活经验。还有一些民间歌谣，用轻快朴实的方式唱响了农村生活的各个方面，比如这里摘录一首关于"日白"的唱词，从中可见农人在日常生活中对于农事经验的总结，对于繁重劳作的释然，以轻快的曲调为贫乏的生活增添色彩，"日白"的含义就是指日常的吹大牛侃大山。"日白就日白，一天日到黑。五六月间下大雪，

---

① 转自网络：《"乡土作家"贺享雍：记录自己亲验的时代》，https://www.sohu.com/a/327476491-120044822。

十冬腊月割大麦。大炮打蚊子，流了一大缸血。麻雀飞到牛背上，压得牛气都出不得！日白就日白，对门家里的牯牛落了月……"这类语言确乎可以追溯到文学前辈赵树理那里，他们二人的小说创作都有着对于各自地域方言土语的取用，这也是他们二人在乡土文学长廊中高具辨识度的缘由。选择这样的农民化语言进行叙事乃至抒情，是二人共同的创作意图——"写给农民看"决定的。其差异在于，贺享雍在具体使用时钟爱歇后语，赵树理则偏爱合辙押韵的快板诗和熟语；贺享雍对川东方言中过于口语化的部分进行了文学加工，而赵树理则更为原生态地使用方言词，大胆吸收语气词如"嗳""哩"；赵树理对于人物的命名比较原生态，使用了大量的绰号以及姓氏直呼，这一点上比贺享雍的更为贴近农人的日常思维习惯。

《乡村志》里的方言土语，极为生动地展示了川东地区的日常生活以及交际语言，并且形成了一种独具四川地方经验的叙事方式，不仅具有保存民间语言记忆的作用，还呼应了当前文学应当"以人民为中心的创作导向"。

（三）乡土世界的生活法则

与其说贺享雍是一个作家，不如说他是一个社会学和政治学爱好者，其作品有着相当深入的对乡土世界生活规则的认识与体悟，更为重要的是他能够将多年来的经验心得在叙事中进行合理安排与调度。他的作品中含纳了内在于乡土的社会学以及政治学理论，他关于乡土世界的社会学知识不是源于高头讲章的文本，而是直接来自乡土经验的自我反思。乡土社会最为明显且影响力持久的特征之一就是熟人社会，这一社会拥有高度的信任和可靠；乡土社会的具体治理则存在一个"第三领域"，这是由于村委会的角色错位造成的一个相对自由的政治空间，权力在这里往往有很大的不可控制性；乡土社会的内在秩序则在于"地方性知识"，它的价值就在于它为乡土带来了独异性，然而它也跟随时代变动存在着变动性；乡土伦理的气质是"内卷化"的，这表明我们已经无法对其下一个准确明晰的定义，内卷化呼唤我们用一种保护和吸纳的眼光看待传统文化资源，使传统有效融入现代之中去。

1. 熟人社会的有效延续

费孝通在《乡土中国》里引用这样一句习语来说明乡村社会的显在特征，即我们的乡土中国是一个熟人社会，"我们大家是熟人，打个招呼就是了，还用得着多说么"。《村医之家》和《青天在上》最为鲜明地体现这样一种氛围的延续性。"我们贺家湾有个传统，就是村里遇到纠纷死了人，只要是不太出格，都是就活人不就死人。"[①]作为一项传统，它并未因为时代的改换而消磨，而是继续延续着自己的生命力。村医贺万山的儿子闹出医疗事故治死了人，但村内的解决方式是赔钱私了，在一个小村子里，大家打交道并不像城里人那样打一次就算了，是会一辈子把交道打下去的，所以不会存在把事情做绝的情况，以免自断后路。在小说中，贺享雍写道："这就是熟人社会的好处。"《天大地大》中，当需要统计全村的贫困人口时，村民交上来的名单全都是与自己沾亲带故的人。在《青天在上》中，贺世忠不断进行牟利型上访，丢脸丢得坦然，但在农村这个熟人社会中，他面临了村民对他的边缘化，感到十分难为情。当《天大地大》中需要厘定贫困户时，村民们都没有将票投给一个人，因为他好吃懒做，身强力壮的却不爱劳动，只想天上掉馅饼。"这样的人，正经庄稼人最看不起……"[②]在贺享雍的笔下可以看到，熟人社会不仅具有难以厘定的人情性，还兼具了一些道德约束作用。

在这样一个熟人社会，村内大事小事都会十分透明，哪家在集体事务中多获得了好处，其他村民是必定不接受的。因为他们有一种天然的想法，那就是同在一个村一个湾，大家都要"一般齐"才好，这是农业社会或者说乡土中国的一个思想遗留。可是伴随着城镇化和工业化进程，农村受到的震荡和影响十分巨大。有的人入城经商打工致富，有的人则因为不善经营越过越差，人们的心理和思维接受着前所未有的冲击，有的人被拜物的思维侵蚀，有的人开始放逐礼义廉耻。对于生于乡土的农民来说，这是一个全新的也无法掌握的瞬息万变的时代，农民的心理变动便显得十分自然。对于如此激烈变动的世界，农民失去了心理支柱而显得游离，对于难以捉摸的财富和崭新的物质世界，大多数农民显得难以把控甚至难以靠近，所以在《乡村志》中，农民常常会追求一种不论好坏的极端公平，追忆集体时代的平均主义，认为那个时代简直是他们所见过的最好的黄金时代，而对现代社会尤其是城市感到惶惑、抵触甚至是巨大的恐惧。

城乡二元对立是源于国家政策在早期布局中的向城市倾斜而产生的问题，因而在改革与发展中，城与乡渐行渐远，乡中之人也被时代抛在了背后，这也是当

---

① 贺享雍：《村医之家》，四川文艺出版社，2014年，第187页。
② 贺享雍：《天大地大》，四川文艺出版社，2019年，第103页。

代乡土文学的母题之一。现今国家对于城乡发展失衡的问题已经有了全局性的新规划，然而熟人社会本身作为乡土世界的普遍人性，应当如何被现代治理资源吸纳，是一个值得思考的问题。在卷十《天大地大》中，乔燕作为乡村振兴中的重要环节——精准扶贫的执行者，其实就是贺享雍对这一问题的思索结果，作为一个大学毕业生，她接受了现代政治理念的教育，具有很高的理论素养，但是当她进入具体的工作环境——贺家湾时，又能够摸清村内错综复杂的人际关系和利益关系，对小团体进行分而治之，她在调解中如果说没有对于农村的熟人社会的了解和运用，其工作不会顺利地开展。

2. 乡村治理中的"第三领域"

如果说借由贺家湾村人的某些行为动机和语言，我们可以得知熟人社会在此处的有效延续，这是一个十分直观的认识，那么对于贺家湾的深层秩序则需要进一步解读。村庄的大小事务离不开村委会，对村委会的角色定位和权力来源学界存在分歧。有的认为它是国家自上而下垂直治理基层的一个环节，权力来自国家权威；还有人认为，村委凭借运用乡土资源，以自治方式解决乡村事务。不管哪一方观点，他们对当今农村出现的现象都有一个共同的认识：即国家与社会之间存在着一个"相当自由的政治空间"①，被称之为国家与社会之间的"第三领域"（黄宗智提出的概念）为村委会权力运作提供了机会。在农村生活中，村委会扮演引路人和掌控者的角色，在国家结构序列中的位置处于末梢，且《组织法》对于它的性质规定是比较笼统和模糊的，这就使得村委会能够借助这种模糊获得一种相对自由的活动空间，并且"这一空间是国家和基层社会都默认的"②。在这种相对自由的尺度中，"村干部可以按照自己个人的利益来安排村庄的实际事务和做自己想做的事情的自由度"③。在《乡村志》中，村庄事务和村民利益就常常被这种难以被监督和掌控的"自由"所摆弄，《民意是天》不啻为对这种"第三领域"进行监管的呼告，为了实现自己的连任，贺春乾违背了《村民委员会组织法》，直接安排了选举委员会的成员，当贺端阳抓住此漏洞前

① 吴清军：《乡村中的权力、利益与秩序——以东北某"问题化"村庄干群冲突为案例》，《战略与管理》，2002年第1期。
② 吴清军：《乡村中的权力、利益与秩序——以东北某"问题化"村庄干群冲突为案例》，《战略与管理》，2002年第1期。
③ 吴清军：《乡村中的权力、利益与秩序——以东北某"问题化"村庄干群冲突为案例》，《战略与管理》，2002年第1期。

来质问时，贺春乾马上以村内的党组织领头人自居，声明自己作为党支部书记难道无权指派吗？尽管法律白纸黑字，但贺春乾敢在这个环节弄权，就在于他深谙白纸黑字具有一定的变通性，当事实与自己利益相悖时，他善于搬出不同的理由来为自己的行为冠名。

"第三领域"的存在，说明了乡村的政治秩序处在转型期，国家需要村委会作为乡政府的延伸机构来开展具体的工作，村委会在村内也具有威望和办事能力，在两种力量交叠之处就必然产生这样一个相对独立的空间。民主是一个连续性的过程，选举的完成只是实现了保护个人自由和权利的民主的一半，民主重要的一半则在决策、管理和监督中制约权力的运用。①村庄中的弄权者之所以能够恣意妄行，是乡村民主不完善的结果，《民意是天》中写到的如此艰难的民主选举不过是农村民主施行的一个基础，更为重要和困难的其实是其后的民主监督。由于信息的不对称性，农民在面对利益受损时不仅被蒙在鼓里，甚至连取证都难于登天，更遑论监督。贺享雍在《民意是天》中对农村选举的程序违规和贿选写得入木三分，但在其中最重要的还不是选举本身存在不公正不民主的问题，而是贺家湾的村民对政治的漠然态度已经到了很严重的地步，还有村干部对于规章制度超出"变通"的任意阐释行径，更是触目惊心。《乡村志》对于这样一片"第三领域"的展现，已经借由文学的翅膀抵达了对于乡村政治生态的思考，并且具有了一些"问题小说"的色彩。

3. "地方性知识"及其变动性

"Aura"（一般译作光晕或韵味），此词表达了本雅明对现代社会的忧思。由于工业社会的到来，艺术作品的地位受到了大规模机械复制品的冲击，它们身上原有的"独一无二性"被排斥乃至消散了。艺术作品与其背后仰赖的"传统""礼仪""膜拜"之间的联系遭遇隔断。在这里我们不妨借它来说明"地方性知识"的重要性，"地方性知识"之于《乡村志》乃至乡土文学的意义与"Aura"之于艺术品的意义如出一辙，它涵养和保存着乡土世界的风俗习惯、文化民俗、宗教信仰、神话传说、农事经验以及身份认同，具有地方色彩、民族风采，充溢着民间特色，它就是乡土文学的"独一无二性"所在。此概念出自人类学家格尔兹，强调的是独立于国家之外的力量，它们往往是与传统的血缘

---

① 熊烨、凌宁：《乡村治理秩序的困境与重构》，《重庆社会科学》，2014年第6期。

格局、地方宗教等因素联系在一起的，是一种"乡土社会"实现地方自我治理的形式。[①] 失去它或者忽视它，乡土世界和乡土文学将黯然失色以至于"泯然众人"，正是有了地方性知识，乡土文学才获得了一种超越平庸的"独异性"。韩少功也在其《文学的"根"》中反复强调那些"还未纳入规范的民间文化"和"乡土中所凝结的传统文化"，称这些俚语、野史、传说、笑料、民歌、神怪故事、习惯风俗、性爱方式等，其中大部分鲜见于经典、不入正宗，但他们却"像巨大无比、暧昧不明、炽热翻腾的大地深层"[②]。

在一个追求效率和速度的时代，贺享雍反而取用了一种不厌其烦的创作态度来对贺家湾村乃至川东北地区略显专业的"地方性知识"进行精细描画和反复书写，可以想见其心志之沉潜。在他的创作中，它不是被生硬引入作为背景知识，或者以地域奇观想象存在，而是被放置在前景中，作为创作对象存在，具有充分的主体性，在阅读中不难发现其惊人的出场广度和密度。"地方性知识"，并非评论家加于贺享雍头上的一个名词，他在创作谈中亦称"在全球化的背景下，世界各国的作家都在努力将区域文化作为审美对象来创作小说，以'地方性知识'来突出自己的民族文化特色，保存本民族文化之根"。他还直言文学的根即在于"民族传统的文化土壤之中"[③]。

方志作为保存民族传统文化的重要文本场域，在创作中对其加以取用，是贺享雍的自觉选择，而"地方性知识"作为乡土生活的精魂，便是贺享雍创作时无法绕开的文学资源与质素，它的屡次出场都令人印象深刻。时而是书写的主体，时而从人物的生活细节中发散开去，时而作为故事推进的重要环节而展开，其语言无激愤批判，无夸饰赞颂，是作者对目之所及的乡村"地方性知识"展开忠实的志书式记叙。他甚至有一本以此为内容的作品，名为《远去的风情》，专门抽录出了以往作品中涉及的民间风俗、婚丧嫁娶、请神拜神等方面的段落，表明了他的怀顾与钟情。"地方性知识"涉及许多灌溉、耕作、时令等专业知识，谈及了许多极具地方特色的婚丧、嫁娶、祭祀、占卜等习俗，当中非常具有特色的有立阴契、安灶、坝坝宴、杀过年猪儿，虽然与非本土读者的生活有着相当的距

---

① 吴清军：《乡村中的权力、利益与秩序——以东北某"问题化"村庄干群冲突为案例》，《战略与管理》，2002年第1期。
② 张清华：《民间理念的流变与当代文学中的三种民间美学形态》，《文艺研究》，2002年第2期。
③ 向荣、贺享雍：《〈乡村志〉创作对谈》，《文学自由谈》，2014年第5期。

离，但贺享雍在处理时往往关注它对于风俗民情、人际伦理的存续作用，而不显得卖弄，这便使得其专门性、实用性和人情人性的书写有所结合。以上便是贺享雍创作中所涉及的表层意义上的"地方性知识"，在广度上来说，《乡村志》无疑是对川东北乡土地方性经验的一次"文学平移"。

这里为避免笼统，我们简要对贺享雍作品中关涉"地方性知识"的文本进行了分类。

首先是民间风俗，在《人心不古》中，退休后回到贺家湾的县中校长贺世普被邀请去吃年猪肉，借他之眼我们得以看见随着时代的变化，杀年猪的地位逐渐上升为一个隆重和神圣的节日，这便是一项由于时代变动和城镇化、打工潮共同影响下的贺家湾村独异的地方性生存经验。

现在，湾里已经看不见有多少劳动力了，养猪的成本又高，赚不到钱，庄稼人养的猪更是为着"过年"了。庄稼人要是不养猪而是拿钱去买肉，也会被人看不起，认为是不会过日子。被议论为不会过日子的人户，在湾里是很丢面子的，甚至在很长一段时间抬不起头。那"杀过年猪儿"竟然渐渐地演变成了贺家湾村人的一个隆重和神圣的节日，并由此衍生出一些风俗来。风俗之一，是杀年猪儿要找阴阳先生看日子。杀过年猪儿的时间，选在腊月中下旬最好。可也不是腊月中下旬什么时间都可以杀的，得找阴阳先生选可以杀生的黄道吉日。风俗之二，是必须雇请技艺精湛的杀猪师傅。最大的禁忌就是必须一刀即准，不能复第二刀。如果出现一刀没有毙命，复了第二刀，这对主人意味着非险即凶，是十分不利的。风俗之三，是杀猪这天必须请家族的长辈或特别重要的人物吃饭，称为"吃过年猪儿肉"。请客除了热闹庆祝的本义外，还具有一种象征意义——那就是一种家族间人际交流。所以被请的人除非有非常紧要的事外，都要欣然前往。如果请了不到，便是不给主人面子，主人会因此非常生气，甚至会从此以后和这人断绝来往。

第二是民间传说，在这种传说中我们往往可以看到贺家湾的人世世代代延续和信奉的传说中透露出他们对于家族始祖的认同与敬仰。四川地区人口的变动受到"湖广填四川"的影响极大，在移民过程中需要众志一心，因而构建起对于祖宗先辈的认同感和对于自己血脉来源的自豪感是十分必要的。

相传唐朝皇帝李世民，在没当皇帝以前，被程咬金几个人撺掇着想夺他哥哥的太子位，被他哥哥晓得了，率兵追杀。李世民一路逃窜，就逃到了贺家湾，精疲力乏，已是十分狼狈。这时，正好有一个贺氏始祖，身披蓑衣头戴斗笠，手执牛鞭，在山坡上耕地。李世民情急之中，乞求贺氏始祖保护。贺氏始祖是个侠义之士，一看自己和这人长得倒有几分相像，于是便叫他脱下衣服，把自己一身衣服换给他，让他在这儿执牛鞭耕地，自己穿了李世民的衣服，往一边跑去。李世民哥哥的兵丁追上穿了李世民衣服的贺氏始祖，一刀砍了，以为杀了李世民，得胜收兵，高奏凯歌还朝。就这样，李世民躲过一难。李世民后来当了皇帝，为了感谢贺氏始祖的救命之恩，就来到当年贺氏始祖遇难的地方，要为他造一座土地庙以永做纪念。这个故事尽管荒诞不经，但贺家湾人代代相传，一是显示家族历史久远，二是表明自己始祖曾是唐朝皇帝的救命恩人，那是沾了龙恩的。后世子孙要记住祖先舍生取义的善良品质、恩及君王的辉煌经历。三是告诫后人，福佑村子的土地爷，不是别人，而是自己的始祖，敬起来须全心全意。只不知此等想法，只是修庙人一厢情愿。这传说也是那前人杜撰。贺氏家族只是明朝末年湖广填四川时，从湖北来的一支移民，何来那始祖救唐朝皇帝的事？

第三是民间信仰，在贺世普这个现代知识分子的身上考察信仰礼俗的因素，最具有代表意味，贺家湾的普通村民日常生活是离不开请神拜佛的，而贺世普虽然接受过现代科学知识的熏染，却也在心中留存着对于风水堪舆的信任，这不得不说是此处地方性知识强大的辐射力量在起作用。在《人心不古》就有这样一段：

世普受过现代教育不假，可他毕竟是在贺家湾这块土地上长大，骨子又浸透了贺家湾人的许多观念。在他做了县中校长以后，有很多时候他在心里暗暗地想，他能够走到今天，也许正是老祖宗留下的这块屋基地起了作用。还在他读小学的时候，父亲便悄悄地给他说过，说这块屋基地是他祖父请了好几个风水师来看过的，别看现在不怎么样，以后会是要出状元的。因为这屋子背后的道子梁，像一把椅子，而这房子又正好处在椅子正中。而前面的马鞍山，在风水学上叫作笔架山。而马鞍山左边的擂鼓山，则像是一只砚台。有笔有砚，这不是出读书人的象征么？当时他听了还把父亲的话当作了迷信，可后来他真的做了堂堂国家重点中学的校长，至此，世普就有些相信风水了。每次从城里回去，站在院子里眺望夕阳和霞光中的马鞍山和擂鼓山，越看越觉得这两座山真的一个像笔架，一个像砚台。

第四是农事经验与生存经验，这是当地农民在世代传承中积累的有益的经验教训，贺家湾人的这类经验十分丰富，随处可见，从中我们能够探知他们在世代生存中是何其坚韧与智慧，以及他们对于天地自然万物的天然亲切感。

> 打灶不能用好泥巴，乡下有句俗谚，叫"好心得不到好报，好泥巴打不到好灶"，说的就是这个意思。打灶最好就是竹林笆里的泥土，因为那泥土里有很多竹根，就像上了钢筋一样，再怎么烧都不容易裂。（《人心不古》）

> 什么叫熨一下？大侄儿你这就不知道了！我现在就来给大侄儿讲一下什么叫"熨法"，你知道了说不定今后也用得上。熨法是过去民间一种治疗痛症尤其是肚子痛的土方法，很多中医都会。熨法有很多种，如盐熨、酒熨、葱熨、姜熨、鸡蛋熨，这些东西是家家都有的，随手就可以取来。还有就是泡菜缸子里的泡萝卜，也是熨法的最好东西。如果吃多了，肚子不消化，犯饱胀，用泡萝卜浇热后熨胸腹，功效又快又好。（《村医之家》）

贺享雍认为文学之根在"我们生活的地域文化的土壤中"[1]，在志书式创作立场的召唤之下，他的创作必然会对地方性经验有所侧重，因而整体叙事显现出鲜明的地方色彩、民间特质和通俗趣味，在对具体叙事话语的选择上也呈现出呼应地方性语言风味的特质。许多乡土小说作家爱好一窝蜂地浓涂重抹、竭力渲染乡村生活的苦难，似乎苦难就是农民生活的全部，芸芸众生世界唯有农民是苦难的承担者。[2]贺享雍选择的是"呈现"乡村世界的自在运转过程，并以地方性知识作为对抗外界误读和美化乡村的利器，将他对乡土世界价值的理解借由它传达给所有读者。这实际上具有了罗伯特·雷德菲尔德所描述的"小传统"的气质。

有了广度还须得有深度，否则只是堆砌乡村的奇风异俗和别样景观，《地方性知识：乡土文学抵抗"去域化"的叙事策略》一文就提醒我们：地方性知识自身也存在着变动。它以乡土文学对抗全球化时代的消费主义文化的角度说明了地方性知识的重要分量，文章认为除了传统的地方性知识以外（丁帆先生所言的风俗/风情/风物），乡村在全球化进程和消费时代中的文化困境、伦理困惑和地方性的生存经验，包括地方性乡村的风俗风情风物的历史性变迁与衰落，这是我们需

---

① 晋瑜：《贺享雍：我想构筑清明上河图式的农村图景》，《中华读书报》，2014年11月19日。
② 雷鸣：《新世乡土小说的三大病症》，《文艺评论》，2010年第6期。

要关注的"新"的和"正在进行时"的地方性知识及其自身的变动过程。^①在此简要举隅，便可看出贺享雍对于在全球化进程和消费时代来临时出现的地方性知识的震荡与变动是有所了悟的。

贺端阳，从排除万难竞选村主任到忙于在各村承包建筑施工项目；贺世海，从绞尽脑汁包工程争项目到动用关系挤入县人大、政协。他们二人，一个是从渴望村内政治清明到利用权势获取经济效益，一个是盆满钵满后深感只有金钱和权力结盟才更能为牟利提供便利。面对强势的"现代"，农民不再珍惜祖辈传下来的文化，失去了往日的自信和自尊，不再固守物质和文化家园，亦步亦趋地跟在城镇化列车后面跟跄前行。现实的乡村无法安顿农民的灵魂，进而也无法安放一个有五千年农耕文明传统的中华民族的灵魂。这就是我们今天面临的乡村文化困境。^②不论是追逐权势还是追逐金钱，都说明现实价值追求的转变背后深刻的权钱共谋关系。传统中国社会所持有的义利观和鄙弃经商的观念至此已被现代价值理念影响，这一代农民的生存经验已经受到了震荡，产生了巨大的变动，他们对于金钱和权力的渴望不比任何一个城里人来得少。《人心不古》中，农村原有的"常识、常理、常情"（孙春晨认为它们是处理乡村社会利益关系和伦理关系的地方性知识）^③原本是作为一种赓续千年的习惯法存在的，在面对强大的成文法及其背后的现代法治规训时，必然引发乡村原生的秩序受到震荡，这亦是一种地方性的生存经验，最为紧要的是，如果没有外部的力量所带来的二元对立与冲突，"常性"的地方性知识便凸显不了其"常性"，乡村的内生伦理秩序也不会浮出水面，这本身就带有变动性。

贺享雍对于地方性知识本身的变动过程虽然不如对其本身的关注那么多，但在不经意间他实际上已完成了对于地方性乡村中风情风俗风物变迁的书写，下此结论的原因便是他的全书体量之宏大和缀述之连续，在第一卷到第十卷的创作过程中，地方性经验的变动已被他悄然记于案上，这种贡献还是应该回到他自觉的方志意识，最终回归到他在动笔之初就预设好的"为时代立传、为乡村写志、为农民发言"的创作理路上来。

① 向荣：《地方性知识：乡土文学抵抗"去域化"的叙事策略——以四川乡土文学发展史为例》，《当代文坛》，2010年第2期。
② 刘忱：《乡村振兴战略与乡村文化复兴》，《西部大开发》，2018年第6期。
③ 孙春晨：《中国当代乡村伦理的"内卷化"图景》，原载《道德与文明》2016年第6期，《伦理学》，2017年第3期。

4. 乡村伦理的"内卷化"图景

乡村世界的运转由何决定？皇权不下县的时代，我们可以回答是士绅文人、耆老族长在主持兴修水利、兴办慈善、教化乡民的具体事务，他们对于乡村的管理是表层，乡民对儒家伦理文化的内化与遵循才是深层。如今乡绅不复，农村的治理势力既存在政治能人，也有经济实力派的把控，甚至还有灰黑势力的侵扰。而传统的集体力量和宗族的凝聚力慢慢被削弱，市场经济和现代化建设提倡的个人主义成为人们普遍遵循的行为模式，知识和道德虽然被权力和财富挤下王座，但也并未丧失完全的影响力。因而我们很难对于乡村世界的现代运行准则给出一个确切的答案。在贺享雍的《乡村志》中，我们看到乡村伦理图景是"内卷化"的。

这是美国人类学家戈登威泽提出的一个概念，能够比较清晰地说明中国当前的乡村伦理图景。"内卷化"用来描述文化模式在变迁过程中的发展形态。当某一类文化模式变迁到一定的形态之后，并没有就此稳定下来，而且也不能使自身转变为一种新的形态，只是该文化的内涵和表现形式在其内部变得更加复杂化，这便是文化模式的"内卷化"[①]。"内卷化"表征着文化变迁和发展的复杂性，显现了某一文化模式内部的复杂化和精细化的演变过程，与革命和进化的文化伦理发展模式是不一样的。"内卷化"强调文化变迁过程中传统与现代、过去与现在之间的密切联系。实际上，"内卷化"是一种有希望的、可以期待的文化革新形式，这种革新需要以已有的文化结构作为基础，然后通过文化的"修补"工作来解决新出现的文化问题。这种"修补"内在地蕴含了保护文化传统的意义。[②]新农村的建设目的是要使古老的乡村进入现代社会，与现代文明相融合。在这一过程中，许多人将传统文化看作阻碍乡村进步的负面因素，倾向于强调传统与现代的冲突，强调传统文化的没落与不合时宜，而贺享雍却将传统文化看作建构乡村现代文明的可贵精神资源与物质载体。[③]

贺世海、贺兴成，这是从贺家湾走出去的在城内获得巨大成功的两个商界人

---

① 孙春晨：《中国当代乡村伦理的"内卷化"图景》，原载《道德与文明》2016年第6期，《伦理学》，2017年第3期。
② 孙春晨：《中国当代乡村伦理的"内卷化"图景》，原载《道德与文明》2016年第6期，《伦理学》，2017年第3期。
③ 曾平、向荣：《贺享雍新作〈村级干部〉笔谈/传统文化在建构现代乡村文明中的一种艺术想象》，《当代文坛》，2009年第3期。

物，与其他乡土小说中入城后发迹的人物不同（这类人物往往蔑视世俗规则，视道德法治为儿戏，将享乐和逐利放在了人生追求的塔尖），他们作为城里人，身上非常直接地体现出了乡土伦理秩序对他们的约束力，他们的内心深处还有着根源于乡土伦理价值的"底线"。《民意是天》中，角逐村主任一职的贺端阳无法应对村内选举的各种"弯弯绕"，因此来到贺世海处求教，贺世海尽管有私心，但仍对找上门来的同乡端阳十分亲切，对他道出了自己青年时代的为官经验，并动用自己的关系，尽量为端阳提供方便。贺家湾人所看重的就是宗亲血脉的巨大凝聚之力，尽管此时的贺世海已身价不菲，但对于同乡同族的贺端阳，不但不冷漠，反而亲热有加，可以说是尽心尽力，只为让贺端阳的道路更顺利，这其中不仅有宗族亲密程度的考量（二人同为一房），更有着贺世海作为城市之人对同村同族的照拂和关怀，还有着他对自己在村中族中名声面子的维护这一方面的考量，这种互助既有实用的考量，却也不乏责任感和荣誉感。

贺家湾的伦理秩序以其巨大的力量辐射到的不仅是贺世海一人，还有贺兴成。贺兴仁也有着对于血脉宗亲的维护和责任感，在《大城小城》面对父亲的赡养问题时，他不似那种置亲情伦理不顾的人，这种"六亲不认"的面目在乡土小说里十分习见，贺兴仁十分爽快地说"你们太把我贺兴仁看得虾子没二两血，老汉那点生活费还要你们给"①。他对于情人丽丽的选择上则体现出他对于乡土伦理价值的深层心理认同，对于为什么在夜总会众多女孩中选择一个看上去十分"土气"的女孩做情人，贺兴仁在私房密语时透露过，"我就是喜欢你这样又蠢又笨又丑的农村女孩"②。贺兴仁的儿子同样也经历过夜总会的选美现场，作者在这里毫不讳言贺兴仁和贺华彦父子在选择伴侣时的天壤之别。小说中这样写道，"和父亲贺兴仁头脑里还残存着几分农民朴素的价值观，喜欢那种淳朴、害羞甚至保守的姑娘不同，华彦喜欢姑娘身上那些时尚、放荡不羁和玩世不恭的现代品质"③，表面上这道出的是父子之别，实则隐藏着第二代农民贺兴仁对于乡村传统价值观念的内在认同，淳朴与天然是他在挑选伴侣时的首要选择，不论这种欣赏是他对于故土乡村的一种精神追认，还是因为他在城市酱缸中熏染洗练后对现代文明的本能排斥，都说明着乡土伦理道德直到此时此地仍对这样一个成功

---

① 贺享雍：《大城小城》，四川文艺出版社，2018年，第33页。
② 贺享雍：《大城小城》，四川文艺出版社，2018年，第40页。
③ 贺享雍：《大城小城》，四川文艺出版社，2018年，第78页。

商人具有很强的辐射性与影响力。

在《民意是天》中，贺世普想打破铁桶一般的民间正义，引入现代法治，他失败了，但败在一厢情愿，他没有意识到乡村的"内卷化"图景背后的复杂，只是对村民不断说教，难以为村民理解，知识分子和民间群众的隔膜在此可见一斑，乡村中的情理大于法理也依然具有实效，我们对于这样一种前现代的景观，似乎与贺世普一样产生了无奈，但更为重要的是，我们必须思考这样一种伦理景观存续的理由，它从我们古老的人情社会中来，包杂着人性和人情的温度，现代法治是否可以对其进行吸收，还是会渐渐将其改造；《村医之家》中的贺万山，一直自觉遵循着乡村伦理，除了医人治病，还以自己的善良、勤恳和古道热肠医治人心，他是作者赞扬的对象，在他这里延续着古老的村庄伦理中的有益成分，甚至带有了一些田园牧歌的色彩；在乡村伦理逐渐被现代文明冲击和侵蚀之下，收官之作《天大地大》中的乔燕，则是一个不思己利、一心为民的下派村官，她被塑造成一个感化村民和矫正贺端阳的角色，最终她付出了代价，但她成功了，她身上既具有现代品质，又吸纳了传统的资源。

在这里，乡村不是"人类最后的乐土"，乡村世界也充满了问题和危机，农民身上还残存着启蒙文学时代就已批判透了的劣根，比如短视、自私等，农民身上也因为现代性的入侵而生发出新的问题。贺享雍没有粉饰乡村的灰暗面，而是以一个时代记录者的身份，尽力还原给大众一个"自在的乡村"。作品中的许多人物都在以一己之力维护着乡村的有效运转。"自在的乡村"表现为不论是在历次政治运动中，还是在村民的内部矛盾斗争中抑或在对外争取权益的过程中，人们仍然对村庄生存伦理有认同，遵循着地方性逻辑规范。但是在这种看似自洽的运行之下，贺享雍没有试图遮蔽现代文明、消费社会规则和商品经济之手逐步深入乡村的过程，而是将这种变动性也记叙了下来。因而，我们说这不是一个"想当然"的乡村，而是一个"自然真实"的乡村，这是贺享雍的基本判断和从始至终的写作立场，也是他为乡村立志作传的价值追求。

国家治理将使乡村日益融入现代性进程之中，乡村正在获得超越任何一个历史时期的硬性发展，而伦理秩序和文化精魂作为乡村的软性内生力量，是不能被遗忘的。每个乡村都具有其地方性的文化结构，在传统向现代的过渡中如果放弃了它，千城一面的悲剧将推演至乡村，乡土的价值将被抹平。以鲁迅为代表的现代乡土小说家排斥传统乡土价值，将国民性问题等同于乡土文化传统问题，是源于救亡图存的现实之势和现代国家尚未成形的戡乱之需，这具有天然的正义性。时至今日，各种话语从西方"平移"至中国后，我们来不及咀嚼甚至来不及吞咽，便草草令之上马指挥我们的精神文化方向。城市在话语权层面保持着一贯的优越地位，但真实情况是社会生活中不难看到人心浮躁、人情淡漠、生态互害、诚信缺失以及传统失落，城市与"文明"二字的天然链接在不断被割裂。换言之，乡村的文化被漠视了，而现代文明对于乡村的治理目前显得捉襟见肘，在这样的情形下，传统与现代的和解尤其是现代对于传统资源的吸纳便成为贺享雍的诉求。

《乡村志》抓住了传统与现代、城市与乡村、过去与现在的复杂而又暧昧的关系。贺享雍曾言，"换个角度看乡村，也许过去被我们否定的或被视为落后的东西，也许会变成我们这个民族的稀有资源"①，这是他对于传统反哺和并入现代轨道的思考。站在启蒙文学的视点看待乡村，我们一直把礼俗传统视为愚昧，把占卜风水视作迷信，把经验习惯视作落后，但是事实上在广大的农村地区它们的延续性和实用性并未因为现代化冲击而完全断裂，还有熟人社会以及乡村内生的伦理秩序，仍然享有村民对其的认同和遵循。"熟人共同体提供了人际信任可以利用的充足人文资源，这是对现代社会契约信任和制度信任的有益补充。"②在这里应当看到，中国在传统向现代社会转型的过程中，一部分旧有秩序遭遇解体，而新的秩序与规则还不尽完善，关注宏观航向的同时必然造成对细节的忽视，因而造成了传统与现代的脱节与空白。农村作为接受震荡比较缓慢的地区，得以保存下许多文化的良根益脉。

通过《乡村志》全卷，贺享雍表达了他自己在农村建设问题上的思考，从他的笔下大致可以看出一条比较清晰的思想脉络，即当前的乡村尽管问题丛生，但基本有着内在的自洽逻辑，拥抱现代化的过程中不仅需要现代观念，还不可弃绝自己的文化遗产和民族之根。例如"今天不求人明天不求人，飞蛾飞到眼睛里，总要求人"这样一种熟人共同体伦理，在《乡村志》中反复出现，代表着贺享雍对这样一种朴素而实用的乡土价值伦理的认同。"法律总是作为习惯性道德的一

---

① 转自网络：《"乡土作家"贺享雍：记录自己亲验的时代》，https://www.sohu.com/a/327476491-120044822。
② 孙春晨：《中国当代乡村伦理的"内卷化"图景》，原载《道德与文明》2016年第6期，《伦理学》，2017年第3期。

种表现"①，我们如何自信地称如今乡村的习惯法或者说习惯性道德就不能具备向现代法律价值转换的可能呢？在这样的事实之下，对乡土价值的再思考就显得尤为重要。我们的国情决定了在很长一段时间内乡村还将继续存在，无法一蹴而就地实现现代化和城市化，对乡村工具理性层面的发展步伐已经渐渐放缓，对于价值理性层面的建设正在得到重视。那么地方性知识中的有益成分以及乡土伦理价值中的有益成分，无疑可以为乡村向现代秩序转换时提供助益。

《乡村志》中的那棵"大树"，无疑最具有代表性：据说它最初是"湖广填四川"时，贺家湾的开基祖手里的一根拄路棍。开基祖走到这里时，累得实在走不动了，便把手里的拄路棍往地上一插，仰身斜靠着一块石头睡过去了。可是等他睡过一觉醒来后，去拔拄路棍准备重新上路的时候，棍子却拔不动了。开基祖再仔细一看，一根枯棍上竟然长出了新芽。开基祖一看，便知道是祖宗和神灵在昭示他，急忙朝树棍跪下去拜了几拜。从此，开基祖便在这里立了根，后来在现在学校的位置上，建了贺家宗祠。枯棍生根，这自然只是一个美丽的传说，但贺家湾人世世代代对祖宗栽下的这棵风水树很爱护，却是不争的事实。据说在八世祖做族长的时候，他的孙子在那年冬天到树上砍了一股枝丫回去做柴，八世祖立即召开族人大会，在这棵黄桷树下当场将孙子按族规活埋。

"大树"代表着贺家湾的集体记忆，能够帮助村民进行身份认同，令他们获得文化归属，这是在城市文明的荒漠中找不到的。在民意被亵渎，选举被亵玩时，这棵树便生病了。树既是文化符号，又是乡土世界的一个寓言。除了传统反哺现代，传统拥抱现代也显得尤为重要。周保欣在《论乡土写作的困境》一文中指出当前乡土写作问题的关键是，作家们对于乡村的想象过于观念和老套，比如为了良心就一定要排斥经济的发展，财富和良心之间水火不容。这种想象全然地将乡村世界放置在怀古思旧的条框内，使其不得发展、不得前进。值得欣喜的是，作为农民写作，贺享雍不是以对抗现代化的方式和小农思维书写乡村，而是开放包容地看待现代理念，在《土地之痒》中，贺兴成首先购置了自动脱粒机，并且在村内张贴广告，制定一天20元左右的租赁金额。贺享雍没有用中国传统的道德理念，比如"义大于利"对贺兴成的行为进行批判，而借众人之口和其行为的转变，道出了"引入市场经济观念有益于乡村发展"这一观点。只要将对利的

---

① ［美］卡多佐著，苏力译：《司法过程的性质》，商务印书馆，2000年，第64页。

追逐置放在一定的规则和制度下行进，就不必如此大惊失色。贺兴成就是无意中把市场经济理念引入贺家湾的人。在"契约"和"法律"等制约下的"拜金"，有益于建立起竞争、效率、公平和民主等新型价值观念，发达国家的政治经济实践已为此提供了最好的历史佐证。

身为农民却又跳出农门，使得贺享雍得以在两个截然不同的交叠维度看待乡村的问题，既观察到现代文明发展的优势，又注意保护传统中的养分，以进一步思考更为符合乡村内在逻辑规律的发展路径。当代中国乡村伦理所呈现出的"内卷化"图景，展示了乡村社会道德生活世界的丰富性、复杂性和精细性，连接着中国人道德生活世界的过去、现在和未来，承载着中华民族的道德文化记忆。[①]这等于将原本视野中凝滞、静止的乡村放置在了既存在常性与又生出许多变动的新视野中。

应当指出的是，在城与乡普遍的二元对立书写面前，尽管贺享雍已经不再将乡村唱成"贫穷""守旧""愚昧""野蛮""落后"的老调子，也有着拥抱现代的观念，但却往往将城市作为欢场、欲场、利场来书写，而看不到它发展、进步、创新的一面，在面对乡村的负面价值时显得比较包容和体认。从这里可以隐约识别出他在面对城乡二元时的失重状态，这种状态在现当代文学领域非常普遍，这种情意纠结的形成，显然并非作家思想辨识力不足，而是变革期的中国面临的基本矛盾决定的。它既是现代中国的"现实"，也是启蒙理性的"镜像"……大多数作家都难以挣脱这个旋涡，很难以一种超越的眼光审视当下中国乡村矛盾与冲突。[②]

结　语

四川乡土小说从现代萌发，到当代蔚为大观，贺享雍的乡土小说创作尤其是《乡村志》系列以其忠诚的农民立场，浓厚的问题意识和朴实的现实风格成功地讲述了一个个具有时代感和当下性的乡土故事。生于乡土，长于农村，令他获得了内置的农民眼光，因而他的笔下有着乡土文学睽违已久的现场感，亦抓住了农民形象的真实性、复杂性与流变性。凭借着深厚的现实生活积淀和后期的勤恳习

[①]　孙春晨：《中国当代乡村伦理的"内卷化"图景》，原载《道德与文明》2016年第6期，《伦理学》，2017年第3期。

[②]　周保欣：《论乡土写作的困境》，《文学评论》，2011年第5期。

读，他拥有了全景式的文学眼光，"贺家湾"也因此成为当代乡土文学中一个丰沛自足的文学世界。在此基础上，贺享雍对于地域性的方志传统、说书情境、龙门阵的吸收和运用，更使他获得了超越主流叙事传统的地方性特色。贺享雍自踏入文学的大门便一直笔耕不辍，十卷本《乡村志》更是他热忱关注乡村四十余年发展变革的历史与现实问题给出的答卷。本文的研究是将其放置在四川乡土小说框架之下的一次尝试，然而《乡村志》的意义和价值，还有待更多的研究者进行探索。

不过，贺享雍的《乡村志》系列还存在一些显著的问题。其中最值得关注的就是其恢宏体量涉及的领域尽管广博，包括乡风民俗、基层民主、医疗卫生、法治下乡、土地流转、家庭伦理、道德人心、人口流失、养老恤孤、乡镇村之间矛盾等各个方面，可谓是无所不包地记录自改革开放以来这一川东村落的小历史，但这种藏纳的广博无意中妨害了观照人物内心的精神深度，与乡土启蒙文学时代开始便一以贯之的启蒙文学提倡的工具理性别无二致，价值理性在这里遗憾地有所缺失。文学是人学，尤其是乡土文学这样一种赓续了百年的文学类型，更需要对人的精神层面的追求和心灵世界的挣扎做出即时的观照。在《乡村志》里，这种志书式和历史化的叙写方式太过于粗线条和忽视乡村的情感结构，恰恰妨碍了对于乡土世界主体——人的内心世界深入追踪和观察，进而缺少对人性的打磨。在连篇之中疲于展示农民的物质追求和生存事件，这种写史的追求难免妨害了文学的美感，在这个意义上来说，贺家湾中的农民只是五四乡土小说中农民的又一次历史出场。

第十一章　阿来：英雄缺席的藏地乡村史诗

阿来是当代中国著名作家，生于1959年。在四川百年乡土文学史上，阿来是独具一格、标新立异的乡土文学作家。

四川是多民族聚居之地，也是中国第二大藏族聚居区。藏族主要生活在四川西北部的川藏边地。在四川乡土文学史上，首开边地少数族裔题材写作的是著名作家艾芜。但他的故事多设置在滇缅边地的时空中。另一个著名作家高缨曾在20世纪五六十年代创作过几部关于凉山彝族的乡土小说，其中的代表作《达吉和她的父亲》在当代文坛上影响较大。从当年写作的时间上看，他们的小说写的是现实题材。阿来迄今为止的全部小说创作，其题材和主题总体上都与他的藏地故乡休戚相关，书写故乡的历史与现实，诗意地深度展现边地藏族群众的文化传统及其生活世界，已然成为阿来乡土小说创作的文学理想和美学理念。

阿来的乡土文学创作引人瞩目，除代表作长篇小说《尘埃落定》《空山》外，还有中短篇小说《阿古顿巴》《旧年的血迹》《月光下的银匠》《遥远的温泉》《蘑菇圈》，等等。2000年，阿来凭其长篇小说处女作《尘埃落定》摘得第五届茅盾文学奖，成为该奖项有史以来最年轻获奖者及首位获奖藏族作家。2018年，阿来又以中篇小说《蘑菇圈》斩获第七届鲁迅文学奖。

一、双重语言：阿来的乡土创作之路

阿来出生于川西北阿坝藏族羌族自治州马尔康县一个嘉绒藏族聚居的小村

庄，母亲是藏族人，父亲是回族人。阿来虽是"回藏混血"，但因自幼长于藏地，故对藏族有更深切的民族认同。由于家庭条件不好，阿来的童年是在饥饿和辛劳中度过的，而能够给予他精神慰藉的是洁净壮阔的山川自然、淳朴温暖的乡土人情以及古老神秘的民间传说。这些都在他后来的文学创作中留下了深深的印记。阿来是使用汉语写作的藏族作家，这一点与他早年接受的识字教育有关。阿来曾在一篇文章中自述："在我成长就学的年代，恰恰在极'左'路线的统治下，藏区的藏文教育在学校里被彻底取消。于是，我就在一个藏族地区上汉文学校。"① 不过，虽然阿来没有用母语（藏语）来书写，但藏语仍然以一种特别的或者说更内在的方式影响着他的艺术感觉。他说："每当我走出狭小的城镇，进入广大的乡野，就会感到在两种语言之间的流浪，看到两种语言笼罩下呈现出不同的心灵景观，这是一种奇异的体验……正是在两种语言间的不断穿行，培养了我最初的文学敏感。"②

1977年，阿来考入马尔康师范学校。尽管当时学校教学条件并不理想，但正是在该校学习期间，阿来开始阅读大量经典作品，正式"遭逢了文学"③。1980年，阿来从马尔康师范学校毕业，先被分配到一所十分偏僻的山寨小学任教，不久后调入马尔康县中学任历史教师。虽然身处偏远县城，20世纪80年代席卷全国的文学热潮仍然强烈激发了包括阿来在内的许多当地青年的创作冲动。阿来以诗歌初登文坛，他的第一篇文学作品是1982年发表在《西藏文学》上题为《振响你心灵的翅膀》的诗歌。④ 之后又陆续发表了不少诗作。1984年，阿来调入阿坝州《新草地》杂志任编辑，同年在《民族文学》发表了第一篇短篇小说《红苹果，金苹果……》。大约从20世纪80年代中期开始，阿来的创作重心逐渐从诗歌转向了中短篇小说。1985年，他在《新草地》发表了以土司官制为题材的短篇小说《老房子》，《尘埃落定》中的一些意象在这篇小说中已经隐约可见。1986年发表于《西藏文学》的《阿古顿巴》是阿来早期短篇小说的代表作之一。此后几年，阿来又创作了《环山的雪光》《远方的地平线》《奥达的马队》《奔马似的白色群山》《旧年的血迹》《守灵夜》《芙美，通向城市的道路》等中短篇

---

① 阿来：《词典的故事》，《中学生阅读》初中版，2002年第1期。
② 吴怀尧：《专访阿来：想得奖的作家是可耻的》，《延安文学》，2009年第3期。
③ 阿来：《2008年度杰出作家阿来获奖感言》，《新作文》，2009年第9期。
④ 梁海编著：《阿来文学年谱》，复旦大学出版社，2014年，第25页。

小说。

　　1989年是阿来文学生涯中比较重要的一年。当年，经由著名作家周克芹的推荐，阿来第一部短篇小说集《旧年的血迹》由作家出版社出版，属于中国作家协会的"文学新星丛书"，从而提高了阿来的知名度。不过，这些成绩反而引起了阿来对于自己是否要把文学当作毕生事业的困惑和彷徨。他选择了到阿坝州若尔盖大草原漫游的方式来进行"自我确认"。"这次激情行走，成为他创作上的转折点。"①他为自己这一文学上的"成年礼"创作了长诗《三十周岁时漫游若尔盖大草原》。从此，阿来不仅坚定了文学道路，而且开始有了构造鸿篇巨制的想法。

　　进入20世纪90年代，阿来的创作热情高涨。在20世纪90年代的前五年，他陆续发表了《永远的噶洛》《蘑菇》《已经消失的森林》《银环蛇》《狩猎》《火葬》《群蜂飞舞》《红狐》《少年诗篇》《人熊或外公之死》《格拉长大》《月光下的银匠》等中短篇小说。在此期间，阿来还完成了后来成为当代文学经典的长篇乡土小说《尘埃落定》的创作。

　　1996年是阿来人生中重要的一年，这一年他离开阿坝高原，来到成都，担任《科幻世界》杂志编辑，后任该杂志总编辑、社长。20世纪90年代后半期是阿来文学创作的一个积蓄期。虽然忙于编务工作，他仍然利用业余时间阅读了大量中外作品，为后来的创作进行了有益的知识储备。这段时间，他的作品比较集中于中篇小说，如《望族》《非正常死亡》《行刑人尔依》《宝刀》等。1999年，阿来参加"走进西藏"大型文化创作出版活动，他把自己行走的路线安排在他的故乡四川阿坝州嘉绒地区，之后创作了首部"非虚构"作品《大地的阶梯》。此外，长篇小说《尘埃落定》的文稿在辗转了多个出版社，费尽周折之后终于被人民文学出版社选中并于1998年出版。《尘埃落定》出版之后很快获得热烈反响，1999年获第六届少数民族文学"骏马奖"，2000年获第五届茅盾文学奖。阿来本人亦因此一举成名，跻身当代中国著名作家行列。

　　进入21世纪的头几年，阿来发表了若干中短篇小说，如《玛杰阿米》《鱼》《声音》《遥远的温泉》等。经过《尘埃落定》之后的十年积淀，阿来进入第二个创作高峰期。从2004年起，阿来开始了第二部长篇小说《空山》的写作，前后历时四年。该书体量较大，由六个相对独立又有一定关联的单元构成。2006年完

① 梁海编著：《阿来文学年谱》，复旦大学出版社，2014年，第52页。

成《空山》之后，阿来旋即投入"重述神话"之《格萨尔王》的创作。该书是由三十多个国家和地区知名出版社参与的全球首个跨国出版合作项目的一部分，于2009年8月完稿（2015年由重庆出版社出版）。阿来的《格萨尔王》是在对口头传承的藏族史诗《格萨尔王》及大量研究资料进行核实、筛选和梳理的基础上写成的，既保存了口头史诗的精髓，没有颠覆性改写，又在语言和结构上有所创新，如采用了神话世界（以格萨尔王为中心）和现实世界（以神话讲述人晋美为中心）两个时空并行的结构线索。2009年阿来还当选四川省作协主席，并受聘为大连理工大学驻校作家。2013年之后阿来最重要的乡土作品是三部中篇小说，即"山珍三部"——《三只虫草》《蘑菇圈》《河上柏影》，其中《蘑菇圈》获得第七届鲁迅文学奖。

二、阿来乡土小说创作的总体特征

阿来的小说作品在中国当代作家中并不算多，而且，阿来是一位比较执着的故乡书写者，他迄今为止的绝大多数作品都以具有相对独特的地理环境和民族文化的川藏边地的村庄为空间背景，但这并不意味着他是可以用某种标签加以归类的作家。和许多优秀作家一样，阿来的创作特征不是体现在某一个点上，而是体现在变化的总体性上。阿来的乡土小说创作有相当大的多样性和丰厚的内涵。就文本的主题和内涵而言，他频繁地游走于历史与现实、传统与现代、乡村与城市、边缘与中心、神圣与世俗、虚幻与真实之间，在人性、自然、文化、族群等多重维度上表达复杂的意向，既展示出多元和开放的视野，又不失可以体察的质感和深度。

阿来用现代汉语书写藏族边地的过去和现在。他的作品不仅随处可见对藏地山川风物、藏族民俗文化的生动描写，更重要的是常常能够写出普通藏人生活的自在状态，在叙述中抵达生存的本真之境，并且充盈着一种对神圣信仰和智慧境界的追寻，这种精神追求与他的民族文化气质分不开或者说前者基于后者。这一特点使他与很多内地作家明显相区别。有评论者指出："阿来对汉语书写的一个贡献，就是使存在于日常生活中的凡人获得了追求神性层次上的高贵与高尚的可能性。"① 这是一个中肯的评价。此外，藏语思维与汉语表达相结合所带来的独特

---

① 陈晓明、陈欣瑶：《历史的衰败与虚化的叙事——阿来的〈尘埃落定〉及其小说艺术》，《阿来研究》第1辑，四川大学出版社，2014年，第61页。

的语言"边际间性"也使他有别于用藏语或其他语言写作的藏族作家。

　　阿来的藏地书写有着十分自觉的摒弃"东方主义"的意识。这也是阿来作品与很多藏族题材作品的不同之处。这种意识主要是指拒绝以一种中心的姿态对所谓边缘地区进行先验规定和文化消费，而对于处身边缘世界的作家而言，这种意识更是指主动拒绝在文学书写中向此类规定和消费献媚。因此，阿来力图在自己的笔下本真地还原川藏这片土地上人们的生活，他们的内心世界、社会关系、历史记忆、现实际遇等，绝不刻意地美化、丑化或神秘化。在反对任何形式的"东方主义"的同时，阿来的创作有着强烈的面向普遍性的文学追求，"致力于寻找人类最大限度的共同点"①。"特别的题材，特别的视角，特别的手法，都不是为了特别而特别"，而是"有一种普遍的眼光，普遍的历史感，普遍的人性指向"②。脚下的边缘性土地是阿来文学生命的根基和舞台，但他的目光却不局限于脚下，而是朝向永恒辽阔的意义之天际。因此，无论是早期作品中对族别和地域认同问题的忧虑，还是后来关于现代文明冲击的文学性反思，抑或是对隐秘的宿命感和伦理品格的表现等，本质上都要在上述特殊与普遍的历史辩证法中去理解。

　　阿来作品的美学风格同样有较大的内部差异性，很难一言以蔽之。这种差异不仅是由于文体的多样，更主要的是由于阿来自己生命体验的流转变化和坚持不懈的艺术形式探索。如很多评论者都注意到《尘埃落定》与《空山》在总体风格上的巨大差异，《尘埃落定》是"包含青春气息的、抒情华美的"，《空山》则"有如摩挲转经筒，参禅入道般"③。这个层面的差异显然主要基于存在体验的变化。阿来以小说闻名，却是以诗人身份初登文坛。虽然20世纪90年代以后，他的诗歌创作不多，但他的诗人气质却一直保持并渗透在其他体裁的文学创作之中。从语词细节到整体结构不同层面对诗性修辞的精致运用，使他的小说作品普遍带有浓厚的诗意和寓言般的效果。当然，阿来的诗意也有着比较多样的美学基调，或朴拙而沉郁，或冷静而深邃，或真挚而飘逸，或隐忍而悲悯，或杂而有之。他在叙事形式上的探索，如《尘埃落定》中的循环叙事，《空山》的扇面结构，《格萨尔王》中两个时空并行的线索，以及叙事视角的移动变换，多声部的

---

① 阿来：《看见》，湖南文艺出版社，2011年，第268—269页。
② 阿来：《看见》，湖南文艺出版社，2011年，第221页。
③ 徐坤：《阿来：尘埃如此落定》，《人民日报》，2010年9月9日。

交叉组合，魔幻化手法，等等，很少属于炫技式的设计，却能给人颇多回味的余地。

阿来的乡土创作，无论是在精神旨趣层面，还是在语言形式层面，都与他所接受的多重来源的文学滋养分不开。这些资源中最重要的无疑是藏民族丰厚的文学和文化，包括神话传说、民间诗歌、宗教信仰、民俗文化等，从某种程度上说，它们已经内化为阿来自觉的思维方式，并创造性地转化在文学书写策略之中。当然，除此之外，西方现代派文学、中国古典文学，乃至先秦哲学、历史学等都对阿来创作风格的形成和创作思想的成熟有着不同侧面的显著影响。

三、《尘埃落定》的创作及影响

长篇小说《尘埃落定》是阿来的成名作和代表作。该小说讲述的是20世纪上半叶四川西北部嘉绒藏族聚居区一个叫作"麦其"的土司家族由盛至衰的故事，以麦其土司家傻子二少爷"我"的视角和经历为基本线索，生动表现了土司衰亡过程中的爱恨情仇。小说历史背景宏阔，情节曲折跌宕，充满藏族文化意蕴，语言轻灵，结构精致，是当代四川文学史上一部不可多得的力作。

（一）《尘埃落定》的情节和人物

《尘埃落定》总体上是采用以历史大事件为枢纽穿插小线索的方式组织情节结构的。小说有三个"大事件"：第一个是种植鸦片。为了与汪波土司争斗，麦其土司在国民政府黄特派员的指点下大量种植鸦片，暴富之后组建先进武装力量，迅速打败汪波，崛起为实力强劲的土司。第二个是建立边贸。在其他土司跟风广种鸦片的时候，麦其土司由于傻子二少爷鬼使神差的提议而改种麦子。恰好当年大旱，粮食匮乏，而鸦片供过于求，价格大跌。傻子二少爷在边境接收饥民，开仓卖粮，建立边贸集镇，从而使麦其土司的领地、人口、钱财达到极盛。第三个是介入国共内战。麦其土司联合国民党残部试图阻止解放军的进剿，终于难逃覆亡的历史命运。多吉罗布兄弟的复仇故事是伴随上述三大事件的一条推动情节发展的辅线。在第一个大事件中，他们成为麦其土司强大后欲望膨胀的牺牲品。在第二个大事件中，多吉罗布的哥哥在集市开酒馆，与傻子相识。多吉罗布上麦其家寻仇，杀死了傻子的哥哥，中断了麦其家权力继承的风波。在第三个大事件中，多吉罗布加入解放军，他的哥哥为了完成复仇的规则性使命，杀死了傻子，故事至此结束。

《尘埃落定》以主人公傻子二少爷为人物关系的中心，塑造了一系列鲜活生动且富于象征意味的形象，如书记官翁波意西、麦其老土司、大少爷、土司二太太等。

傻子二少爷无疑是《尘埃落定》给许多读者留下最深刻印象的人物。傻子形象的特别之处在于既痴傻又聪明，既迟钝又敏感。傻子到底是不是傻子，让小说中的其他人物捉摸不定也让很多读者捉摸不定。小说中，傻子是麦其土司酒后与二太太所生，这似乎为傻子的傻提供了生物学意义上的解释。他的傻主要表现在他的日常举止言语和心理反应与周围"正常人"不同，他的聪明表现在麦其土司发展壮大过程中的几个明智而关键的决策都是由傻子提议或做出的，如提议种小麦、经营边贸等。因此，如何将傻子的痴傻与聪明统一起来，是理解这个人物形象的焦点。实际上，傻子身上痴傻与聪明的分裂完全是从异化于当下生活秩序中的常人视角来看的。这种分裂被极力突显，恰恰表明作者试图借助这个人物来获得超越小说中的当下生活秩序并朝向普遍生命意义的眼光。傻子可以看作作者的一个"面具"，是他所设定的一种带有老庄哲学意味的自然本性的表征。傻子没有机心，他的所有言行都高度出自混沌质朴的自然性情，这种自然性情的表达与善良智慧的伦理德性总体一致，但无论痴傻还是聪明都非刻意为之。在小说中，傻子固然是种种生活事件的参与者，但他的参与多数时候是被动式的，是被土司二少爷的世俗性血缘身份所安排的。与此同时，他作为文化符号所表征的纯粹自然本性使其言行举止与自己的社会身份常常互相龃龉。傻子言行与常人的种种差异为小说增添了喜剧色彩，而这种喜剧背后的悲剧性意蕴是自然人性在极不合理的人世秩序中的心路历程。傻子本质上不属于这样的人世秩序，虽然有时也沉溺于权力的快感。他每天醒来时对于"我是谁，我在哪里"的疑问并非哲学思考，而是表明傻子对于自己的生活世界有一种原生性的出离，这种出离使他与他所遭遇的各式人物（父母、兄弟、朋友、妻子、手下等）都保持着某种不太合乎社会期待的奇特关系。对这些奇特关系的出色表现是该小说在表层的藏族文化风情下最具陌生化效果和文学吸引力的地方。

书记官翁波意西也是《尘埃落定》中一个比较特殊的人物。他本是从拉萨来的格鲁巴教派传教者，在小说中，他作为宗教话语的真正代表试图挑战麦其土司的世俗权威，被麦其土司割掉了舌头，之后成为麦其家记载历史的书记官。在傻子凯旋回寨时，他奇迹般地恢复了说话能力。由于在土司面前为傻子的继承权直言又被再次割舌。无论是当传教者还是做书记官，无论是以口头方式言说还是以书面形式言说，翁波意西都充当着真理捍卫者的角色，他勇于献身，在小说中具有最坚忍正义的品质。他的两次被割舌表示世俗权欲对真理的戕害，表示存在与言说的在世分裂。他与傻子心有灵犀的关联似乎暗示着自然真理与其人世守护者之间的微妙联系。

麦其土司、土司二太太、大少爷三个人物代表土司体制下的统治阶层，他们虽各有性格倾向，但总体上都是世俗权力欲望的表征，他们贪婪、残忍，在对权、财、色的攫取中迷失了人性。这三个人物的叠加呈现了土司家族的黑暗专制。小说还刻画了家奴群体形象，如小家奴索朗泽朗、小行刑人尔依、侍女桑吉卓玛和塔娜等。他们既是土司制度的牺牲品，同时也是附庸或帮凶。作者并没有对他们做过于扁平化的处理，而往往是通过若干人生片段的选取，写出了这些人物和那个时代的悲情底色。

（二）《尘埃落定》的思想意蕴

阿来曾多次说过："（《尘埃落定》）总体来说是一部关于权力和时间的寓言。"[①] 如果这一说法对于理解《尘埃落定》是贴切的话，那么，"权力""时间"和"寓言"就是这部小说的三个关键词。《尘埃落定》所讲述的藏族末代土司的故事说到底是历史存在的一个缩影，在这个意义上，这部小说就不能仅仅被视为作者对故乡历史的艺术演绎，而确乎应该看作一个寓言，"权力"和"时间"正是寓意所指向的两个基本维度。"权力"和"时间"本身又是相互关联的。权力在时间中的展开与更迭便是《尘埃落定》所表现的外部历史，但时间这一概念在更高的层面上含摄了人类的权力操作，因而也就提示人们《尘埃落定》所具有的形而上意蕴。

1. 对权力欲望的反讽

在《尘埃落定》中作者的确用了大量笔墨描写在欲望机制驱动下对金钱、地位、女色的争夺。无论是在麦其土司家族的内部，还是在土司之间，抑或是在土司群体与作为外部力量的汉人之间，无论是亲情，友情，还是男女之情，都笼罩

---

① 杨晖、彭国梁主编：《点击精英》，珠海出版社，2003年，第191页。

在似乎密不透风的权力之网之中。作者反复书写权力斗争的阴险残酷和它所带来的灾难。如小说写麦其土司看上查查头人的太太央宗，为了把她据为己有，就密令查查的管家多吉次仁将查查杀死，并给查查扣上谋反的罪名。随后，背叛主人的管家又被嫉妒的土司太太派人杀死。又如饿殍遍野的大饥荒实质上是土司之间以邪恶方式争夺财富地位的后果。而面对灾难，已经富得流油的麦其土司仍然要以比平日高十倍的价格出售粮食。再如大少爷把傻子弟弟当成潜在的敌人，只有在自认为傻子不会对他继承土司之位构成任何威胁时才会偶尔顾念兄弟之情。

不过，作者没有停留在展示权力欲望之恶本身的层面上，而是在叙述中不断灌注反讽的意味，对权力欲望的世俗意义进行有力的消解。这种消解主要在两个方面展开。一方面，聪明人的欲望世界是通过傻子的视角来讲述的，傻子与聪明人的对比构成明显反讽的效果。在傻子的眼中，聪明人的欲望争斗处处显露出愚蠢、可笑、虚无的本相。傻子无心而直率的言说总是能揭去权力欲望蒙在自己脸上的虚伪面纱，把一本正经的聪明人置于哑然的尴尬之中。另一方面，小说的情节设计，对人物命运的反讽性安排，也将权力欲望归于虚无。妄图维持自己和家族霸业的麦其土司，一心想继承土司之位的大少爷，以及其他为权力地位彼此明争暗斗、费尽心机、日夜奔忙的各色人物，都无一例外地不得不吞下欲望种下的结果。最后，腐朽黑暗的土司制度在新的政治时代来临时的整体覆亡更是强烈指征权力斗争在欲望轮回中的虚无。尘埃落定的题中之义由此得到彰显。

2. 对现代文明的反思

在《尘埃落定》中，作者尚未引入像在后来《空山》《蘑菇圈》等作品中那样明显的自然生态视角，来作为思考现代文明的批判性和超越性的精神资源。这多少是因为《尘埃落定》的故事被限定在近代民族历史的框架之内。很多评论者认为《尘埃落定》的主题是代表传统势力的土司王国的必然灭亡。问题是君主专制形式的土司制并非真正的传统或者至少不是传统的完整面相。小说中"国王本德死了，美玉碎了，美玉彻底碎了"的童谣，以及翁波意西试图恢复政教合一或相互制衡的政治形态的言说努力都暗示了这一点。事实上，麦其土司一开始就陷入与现代文明的纠缠之中，绝对专制的土司制其实是被放在传统与现代之间的过渡位置上。与其说《尘埃落定》突出了传统与现代的对抗，不如说它以文学方式表现了两种现代文明力量与土司专制的复杂关系。

这两种现代文明力量一是现代军事，一是现代商业。在小说的前半部，麦其土司威权霸业的初步建立恰恰是依靠这两种力量的联合助力。麦其土司通过黄特派员介绍的鸦片种植业迅速获得对于原有的财富积累模式来说完全超常的收入，又用这些收入购买新式武器，从而轻松打败了汪波土司。但鸦片毕竟是毒品，作为盲目的非理性力量，鸦片贸易注定缺乏现代理性的规范，因而不能持久。跟风种植鸦片的其他土司很快尝到了苦头。傻子在边境创立的贸易集市则有所不同，它虽然还比较简陋，但毕竟是按照现代税收制度运作的，代表一种合乎现代理性规范的开放自由的商业模式。在小说设定的空间区域内，这无疑是一次历史性的转折。商业在这里似乎成为超越政治的力量，或者说直接促成了全新的政治生态。过去土司们凭借武力争斗不休，此时竟能铸剑为犁，欢聚一堂。小说的深刻之处在于随即以梅毒的可怖意象，释放出外表宽和有序的腐化堕落的气息。小说没有为消除这种气息提供任何象征性的解答，只是曾经促成麦其土司霸业的现代军事力量此时却摧枯拉朽般地将整个土司世界送入坟墓。这或许是因为土司专制与现代政治终究有着无法化解的内在冲突，或许只是由于土司世界的边缘位置使其难逃被中心裹挟的宿命，不管怎样，等待这一片土地的必然是现代文明的进一步规训。

3. 对生命力量的哀惋

《尘埃落定》无疑是一首苍凉的挽歌，但作者哀惋的绝不是黑暗的土司政治，而是有着人性光芒的蓬勃生命力。《尘埃落定》所表现的生命力量流淌在富于藏民族特色的文化血脉之中，充盈着自然的活力。出嫁之前的桑吉卓玛，虽是傻子的侍女，实际也充当了傻子的情人和姐姐的角色。她身上焕发着藏族少女的青春气息和带有些许野性的率真之美。汪波土司手下的武士一身肝胆，忠勇异常，明知必死也要完成使命，人头落地还带着"胜利者的笑容"。翁波意西有渊博的学识，可以在教义辩论中战胜济噶活佛，更重要的是，他在生杀予夺的权贵面前屡屡勇于直言，为了信仰和真相丝毫不妥协不示弱，一身凛然正气，令人感喟。甚至麦其土司和大少爷身上刚烈、骄傲、张扬的贵族气质，那种捍卫尊严和荣誉的精神，也体现了具有藏民族特色的生命力量。

小说在叙写上述内容时虽然不无激情张扬的渲染，然而，情节和人物设计其实流露出宿命般的悲凉感，留给读者的更多是哀惋感伤的回味。这是因为人物的生存处境受到等级权力体系的严格规定。一方面，权力体系愈黑暗，生命力量的光辉就愈显明亮和珍贵，但另一方面，那些正面的生命力量被黑暗的权力体系肆意损害，要么扭曲变质，要么过早地消逝，总之极其脆弱而短暂。桑吉卓玛很清楚自己与傻子的亲密关系只是暂时的，所以她必须选择嫁给银匠，选择变成一脸锅灰的厨娘。从一个看似有点不寻常地位的侍女到一个对主子唯唯诺诺的普通家奴，对她而言只是回归权力秩序中的本位。小说中短暂出场最后又不知所终的牧场卓玛很大程度上可以理解为桑吉卓玛的替身。牧场卓玛说："我不要到官寨里去做厨娘，我要留在牧场上。我是这里的姑娘。"① 作者其实是以一种虚化理想的手法寄托了傻子少爷或作者自己对桑吉卓玛之命运的惋惜。汪波土司的武士虽然忠勇可嘉，却是为了偷盗罂粟种子，他们不过是权欲争斗的工具。勇而无义，忠为愚忠。"耳朵开花"的寓意在于，他们的勇敢品质所滋养的只是邪恶的种子。他们属于生命力量被权力体制扭曲的典型。与汪波武士相比，翁波意西的德性品质无疑健全得多，但是他的命运并没有更好一些。在小说中，他受到权力秩序的残酷压迫和肆意损害。两次割舌暗示专制权力绝不容忍任何试图干扰既存秩序的正义言说。不过，作者并没有用过于直接的悲愤之情去抒写生命力量的流逝，哀惋的笔调在小说中总体上是含蓄而克制的。这或许是因为，在作者看来，生命力量的发生或流逝都自有其自然的规定，生命力量说到底就是永恒流转的自然力量本身。自然本身不会消亡，正如尘埃并不会随着小说故事的结束而真的落定。

（三）《尘埃落定》的艺术特色

《尘埃落定》是一部在艺术手法上颇有特点同时也不无争议的作品。本章从以下三个方面做简要评述。

1. 漂移的视角

《尘埃落定》表面上采用的是第一人称限知视角，以故事主人公傻子二少爷（"我"）的感受和意识为基准来讲述故事。用傻子或白痴类型的人物作为叙述者，即所谓"不可靠叙述者"，在一些著名作品中也出现过，如福克纳的《喧哗与骚动》，君特·格拉斯的《铁皮鼓》等。一般来说，这种修辞既有特别的好处，也有较大的困难。最大的好处是比较容易造成新奇化、陌生化的效果，因为这类人物的眼光不仅是不可靠、不稳定的，同时也是有别于正常人的，也就是

---

① 阿来：《尘埃落定》，人民文学出版社，1998年，第202页。

说，读者不会有先入的要求其思维意识符合正常理性的期待，作者也就不必处处照顾这种期待。应该说，在《尘埃落定》中，阿来比较充分地利用了这种写法的优势，对很多在常人看来熟悉的情景或事物进行了特别的描写。例如小说写傻子看见大少爷朝头人开枪，"子弹的冲力使头人高高地跳了起来。我敢肯定，头人一辈子也没有跳得这么高过，而动作那么轻盈。轻盈地升起，又轻盈地落下。"①这里的手法在于故意对头人极度受惊吓的情景看作似纯客观的动作描述，滤掉了其中的情绪因素，从而造成一种滑稽荒诞的效果。这种处理正是傻子视角所许可的。更重要的是，我们知道，阿来设定的傻子形象不是一般的傻子，而是既痴傻又聪明的矛盾体，他甚至具有某些超自然的能力，比如能够朦胧地预知未来。这就为叙述视角提供了较大的可灵活操作的空间。但对作者而言，要赋予这个人物以形象统一性，尽量减少其内部违和感，并暗中传达出作者想要人物去传达的信息并非易事。此外，阿来并没有像《喧哗与骚动》的第一部分那样严格按照不可靠叙述者的第一人称限知视角来叙述，而是在很多地方实质性地采用了全知叙述，即以傻子视角讲述隐含的作者自己的话。这种视角的漂移偶尔且隐蔽为之是可以的，但轻易使用就可能影响人物形象的统一性，并造成文本叙述逻辑的错乱，《尘埃落定》也存在这方面问题。

2. 神秘的桥段

严家炎在给《尘埃落定》的茅盾文学奖评语中曾写道："（该小说）轻淡的一层魔幻色彩，增强了艺术表现开合的力度。"②《尘埃落定》中的魔幻色彩主要是通过一系列具有不同程度神秘意味的场景设计或情节桥段来营造的，例如受刑者留下的紫色衣服引导多吉罗布复仇，傻子在因仇恨而挨打时感觉不到痛感，被割舌的翁波意西突然恢复说话能力，在特殊时间发生的两次地震，傻子经常做的"往下掉的梦"以及傻子对自己死亡过程的讲述等。此类手法多少受到20世纪90年代在国内文坛颇为流行的拉美魔幻现实主义的影响，但阿来进行了创造性的运用，既有大胆的想象，也有所节制。节制体现在阿来绝不是仅仅为了制造新奇的阅读体验而刻意使用这种手法，所以小说描写门巴喇嘛做法的情节就没有神秘感，而是以傻子的视角做了略带反讽意味的还原。在小说中，上述神秘性的场景桥段、人物设定可以视为一些小寓言，它们都有耐人回味的寓意指征，如衣服引

---

① 阿来：《尘埃落定》，人民文学出版社，1998年，第43页。
② 杨义主编：《中国文学年鉴社》，中国文学年鉴社，2002年，第457页。

导杀手的情节实际上将多吉罗布个人的仇恨幻化为更加深广的仇恨力量；又如傻子感觉不到特定来源的疼痛，这一人物设定可能暗示傻子偏离世俗欲望世界的亡灵属性。神秘性的内容与写实性的叙述相搭配，有效地增强了作品的表现力，如第一章第七节写地震，显然借用了汉藏文化传统中都有的天人感应式的灾异观念，把地震与麦其土司初种罂粟、和央宗野合以及和济噶活佛的关系等人事关联起来，以虚实相杂的笔法描写地震来临前的种种异象，渲染和烘托了人事的败坏性，同时也暗合全书表现永恒流转之自然力的意蕴。

3. 诗化的修辞

《尘埃落定》的修辞是极富诗意的，整体上达到了"使汉语回到天真，使动词直指动作，名词直指事物，形容词直指状态"[①]的审美高度。其语言诗性之美体现在诸多方面，如大量使用长句间杂短句，使文势舒缓而不失活泼洒脱；运用押韵、叠音、字词重复等修辞手段制造形式节奏感；常常以情感思绪的流动来联结表意片段，整个叙述带有浓郁的抒情氛围；大量运用比喻修辞（据统计，比喻语句有上百处），这些比喻充分调动各种感官感觉，渗透在文本细节之中，常常具有多义朦胧之美，极富藏文化特色和新奇的想象力。

《尘埃落定》的语言诗意很大程度上可以归功于诗歌性修辞的使用。很多评论者强调阿来的诗歌造诣和藏语思维对《尘埃落定》的语言影响。这固然不错，但小说修辞毕竟不同于诗歌修辞，藏语思维也不能直接用于汉语表达。《尘埃落定》在小说修辞的框架限度内借用诗歌修辞，在汉语语法的规则前提下融入藏语思维，才是其成就诗意语言的关键。应该说，以似傻又不傻的傻子视角讲述故事为诗意营构提供了很大空间。诗歌修辞遵循的是诗性逻辑，常常通过对日常事理逻辑的偏离来达到陌生化效果，而这恰好可以贴合小说中那个特别的傻子的言说思维。即便如此，阿来仍然在修辞上做了很好的控制，没有把小说写成诗。举个例子，小说中有一段颇为经典的关于爱的对话：

> 亲爱的父亲问我："告诉我爱是什么？"
> "就是骨头里满是泡泡。"
> 这是一句傻话，但聪明的父亲听懂了，他笑了，说："你这个傻瓜，是

---

① 阿来：《时代的创造与赋予》，《四川文学》，1991年第3期。

泡泡都会消散。"

　　"它们不断冒出来。" ①

　　如果把"爱就是骨头里满是不断冒出来的泡泡"这个暗喻从上述对话里抽取出来看，它就是一句诗，而且还带有藏语文化的意蕴。麦其土司的话"你这个傻瓜，是泡泡都会消散"看似有点多余，其实它的一个重要作用是把诗语转化为小说语，通过部分点出这个暗喻中本体与喻体的相似点，降低了语词层面的理解难度，从而使诗语符合小说修辞的特点。

（四）《尘埃落定》的影响

　　《尘埃落定》正式出版二十年来，魅力持续不衰，不仅受到广大普通读者的好评，也赢得了大多数评论家的盛赞，已然成为当代四川文学中的典范之作，并产生了较为深远的影响。

　　任何一部经典性的文学作品，总是会对以后的文学创作带来多方面的启发和影响。《尘埃落定》也不例外。作为少数民族作家母族题材汉语写作的一次成功实践，《尘埃落定》最重要的影响可能在于，激发了跨族别写作的热情，启发和引导了汉语作家去认真探索如何利用其他民族的文化资源尤其是语言资源来丰富和拓展汉语表达的可能性。而就作品的传播而言，《尘埃落定》除了多次再版之外，还被译成英文，在英语世界流传。《尘埃落定》的英文版是由著名翻译家葛浩文（Howard Goldblatt）和其夫人林丽君共同翻译完成的，于2002—2003年在Penguin、Houghton Mifflin Company等出版社出版，英文版书名为Red Poppies。②此外，《尘埃落定》还被改编为电视剧、川剧等艺术形式。电视剧版《尘埃落定》首播于2004年，获得第四届中国金鹰电视艺术节优秀作品奖。川剧版《尘埃落定》由成都市川剧研究院精心打造，2014年3月首演，2018年又推出新版。该剧广受好评，两次获得国家艺术基金资助，目前已演出一百多场，观众超过十万人次。

---

① 阿来：《尘埃落定》，人民文学出版社，1998年，第216页。
② 黄丹青：《阿来〈尘埃落定〉在英语世界的译介研究》，《当代文坛》，2014年第1期。

四、其他乡土小说创作

（一）阿来短篇小说概说及举隅

在阿来已发表的作品中，短篇小说为数不少，其中多数写的是当代藏人生活故事，或者同时写藏人和汉人，也偶有历史题材。部分短篇在故事背景或人物情节上与长篇作品有着隐约的关联，如《月光里的银匠》以及中篇小说《行刑人尔依》与《尘埃落定》的关系，"机村人物素描"和"机村事物笔记"系列短篇与《空山》的关系。阿来的短篇小说创作，研究者关注相对较少，其实达到了相当高的造诣，形成了颇为独特的整体风格，"除了具备其长篇小说所具有的那些基本品质外，还拥有长篇不可取代的更强烈的诗学力量和沉郁的魅力"①。阿来短篇小说中的成功之作，往往有一个基本特点，即行文质朴甚至有些拙态，但意蕴悠远，耐人深思。这些作品大多没有跌宕起伏、抓人眼球的情节，他的故事往往以普通人熟悉的世俗视角进入，却能在平常事物中写出灵机，最终显出空阔而不凡的境界。语言和结构则看似散淡、随意而实有张力，可谓寓巧于拙，大巧若拙。

《阿古顿巴》是阿来早期乡土小说的代表作之一，也是相对特别的一篇。它取材于藏族代代流传的民间传说故事。阿古顿巴是类似新疆的阿凡提那样的集智慧、勇敢、善良、正义于一身的英雄人物。阿来展开丰富的文学想象，用略带神秘色彩的笔调和简洁明快的语言，对这个民间智者原型进行了全新的艺术诠释，同时融入了对藏传佛教精神的深刻领会。这篇作品的独特之处是在保留民间传说情节生动性的同时着力刻画并提升了阿古顿巴的形象，赋予其深邃的内涵和某种哲理的韵味，从而突破了一般民间故事单纯以情节取胜，情节大于人物的叙述惯则。这篇作品对阿来后来的创作有比较重要的意义，阿古顿巴形象一般被认为是《尘埃落定》中傻子二少爷形象的雏形，此外，这篇作品也为后来阿来重述神话《格萨尔王》积累了写作经验。

《月光里的银匠》是从《尘埃落定》中剥离出来的，两者有类似的故事背景，还有一些身份相似但有内在差异的人物，在美学风格上也略相接近，因此可以视为《尘埃落定》的片段重构。银匠达泽这个人物的精神气质有点类似《尘埃

---

① 张学昕：《朴拙的诗意——阿来短篇小说论》，《当代作家评论》，2009年第1期。

落定》中的翁波意西，骄傲倔强，不畏强权和命运，不过与翁波意西基于宗教品质的抗争不同，这篇作品更多突显的是底层人物为了个人自由的身份性抗争。小说紧紧抓住银匠的"手"这一意象，刻画银匠的内心世界，并赋予该意象有关存在和尊严的象征意味。

阿来小说以藏族文化为底色，不少作品都有藏传佛教僧人形象，但专写僧人的很少，《群蜂飞舞》是其中一篇。小说采用了"元叙述"策略，营构了两个半僧侣之间的故事：一个是活佛，一个是活佛的经师拉然巴格西，还有桑木旦，他是小说中的核心人物。他曾是活佛的中学同学，天资聪颖，在选活佛的时候，格西原本看中的是他，但他主动拒绝了。多年后他自己选择入寺为僧，后又还俗进入学术界，所以算半个僧侣。格西一直以为自己当年选错了活佛，可是事情似乎又并非如此。在小说中，活佛看似俗性未泯，对桑木旦的过人智慧曾心生嫉妒。但桑木旦离开后他的修为日深，最后是他"踏着月光"，"把昔日的朋友从梦魇中脱出来。"①桑木旦看似悟性更高，但他身上热爱哲学智慧，喜欢追问所以然的天性最终使他偏离了佛心。佛心与俗性以及与哲学智慧之间的微妙关系大概是这篇小说的主题，而"人物在一念之间、转瞬之际的细微表情和心机，总会被阿来澄澈的目光照亮，引向一种邈远"②。

阿来有一系列与动物有关的短篇，颇为别致，如《鱼》《狩猎》《银环蛇》《红狐》《野人》等。这些作品的叙述手法各有差异，但核心情节都涉及人对动物（包括野人）的杀戮，而且这些动物都在叙述中被赋予了或隐或显的灵性。阿来实际上是以杀戮行为为切入点，挖掘人性深处的隐秘，展示人作为一种自然生命在如何对待其他自然生命问题上的困境，进而引发关于在广义的自然面前人与自我、与他人如何真实相处的思索。

（二）阿来的中篇小说《蘑菇圈》

中篇小说《蘑菇圈》2015年发表于《收获》杂志，是阿来近年来的一篇力作。这个中篇与他多年前的短篇《蘑菇》称得上姊妹篇，都是写由藏族聚居区特产松茸所引发的原生态文明遭遇现代文明的故事。《蘑菇圈》所表露的关于自然、关于现代性、关于民族精神传统的思想意蕴在《蘑菇》中已可见端倪，因此，《蘑

---

① 阿来：《阿来文集·中短篇小说卷》，人民文学出版社，2001年，第484页。
② 梁海编著：《阿来文学年谱》，复旦大学出版社，2014年，第61页。

菇圈》可以说是在《蘑菇》基础上的一次扩展、重构和提升。而《蘑菇圈》的获奖，从一定意义上说，是生态问题严峻化投射到文学领域的自觉与警醒，同时也将原生态文明与现代文明之间的冲突与调和做出了文学性的思考和表达。

《蘑菇圈》的中心人物是历经生活艰辛，一生守护蘑菇圈的藏族女性斯炯。与阿来很多作品（包括《蘑菇》在内）有所不同的地方在于，《蘑菇圈》的精神立场和情感倾向显得格外鲜明和强烈。尤其是主人公斯炯，作为自然生命和精神传统的守护者，作者几乎把她塑造成了一个完美而崇高的形象，在她身上倾注了溢于言表的感情，通过她展示和哀惋藏族聚居区原生态精神传统的美好，并与现代化大潮中的种种丑恶构成强烈对比。因为深谙人性，斯炯即使在自己心爱的儿子胆巴的请求下，也不愿意敞开蘑菇圈的奥秘。然而即便看透人性，斯炯却始终保持着一种母性与怜悯，在庇佑着蘑菇圈与得到蘑菇圈的庇佑中延续着家庭以及村子的生命。从技巧上说，这种理念外露的表达其实有些走险，有些"主题先行"的嫌疑，但是作者的悲天悯人和义无反顾最终还是促成了特别触动人心的悲剧效果。

"蘑菇圈"在小说中无疑是核心意象。松茸作为藏族聚居区的山珍，具有经济意义上的特殊性，也具有文化意义上的异质性。它不仅仅是一种特产，一个服务于情节的道具，而且象征了原生自然的存在方式。"蘑菇圈"之所以是一个"圈"，其实暗示了"生命之本不在一个点，而是一个由生命链条围成的圈"，暗示了"宇宙中所有生命的共同存在模式与相互依存关系"[①]。人类作为生命链条中的一环和有灵性的造物本应自觉遵循甚至主动守护这种自然存在法则。这既符合汉族古典文化，同时也是根植于藏族文化中的精神传统。小说写现代文化进入之前机村的藏族人对松茸的有度食用，写斯炯对蘑菇圈的呵护方式（细心照料，但不排斥其他动物吃松茸），写斯炯用自己采摘的松茸接济村民，村民亦以其他食物回馈斯炯一家，写村民们凝神谛听报告松茸破土而出的布谷鸟叫声，等等，都是在诗意而正面地表现前现代状态下藏族人的原生态思想观念和生活方式。不难看出，这种原生态既是人对待自然物的方式，也是人与人彼此对待的方式。

小说中的故事围绕原生态文化与现代文化的碰撞以及后者对前者的侵蚀来展开，可以分为前后两个部分，一是20世纪五六十年代极"左"政治思潮的冲击，二是改革开放之后商品经济思潮的冲击。这两次冲击都极大改变了许多机村人的

① 马力：《原始思维与古代智慧的现代光芒——读阿来的中篇小说〈蘑菇圈〉》，《阿来研究》第3辑，四川大学出版社，2015年，第75—76页。

生活，甚至影响到斯炯这个原生态文化的代表者，在第一次冲击中，斯炯曾参加工作组，还进入人民族干部学校接受培训，在第二次冲击中，斯炯学会了出售自己采摘的松茸。但这种影响是有限度的，可以理解为原生态文化对于强势的现代文化的包容和接纳，而同时，小说也通过斯炯显示了这种文化的自我坚守。斯炯从干部学校回到机村心态是坦然平静的，她为找不见哥哥而伤心，但没有为当不成干部而懊恼。她虽然售卖自己采摘的松茸，也为增加了收入而高兴，但这种交易行为基本还停留在前现代自给自足的经济模式中，她对丹雅的坚决拒绝就是拒绝经济模式的升级换代，坚持原生态文化的限度。无论历史与现实如何变迁，斯炯对于蘑菇圈一直抱着朴素的爱护与珍视。长达半个多世纪的风雨飘摇，让斯炯孕育了生命，也孕育了生存智慧，"山上的东西，人要吃，鸟也要吃"。这种天人合一、人与自然和谐相处、可持续发展的理念是斯炯的生命哲学。丹雅的项目花样不断翻新，但在斯炯看来，就像丹雅自己，只是外表美丽，骨子里的东西始终未变。然而，斯炯终究老去，在现代化的大潮中处处显得不合时宜，仅凭一己之力根本无法阻挡时代变化的潮流。丹雅也终究能够绕过斯炯，对蘑菇圈下手，通过现代技术，定位并偷摄了斯炯与蘑菇圈，并利用其画面作为商业营销的手段。面对自己一直以来小心翼翼守护的东西轻而易举被改变的现实，阿妈斯炯感到了空洞的迷茫，说出"我的蘑菇圈没有了"这样悲哀而绝望的话语。斯炯一直坚守的生命理念与信仰失去了守护的价值与延续的可能，悲剧看起来无法避免。

胆巴也是一个值得注意的人物。他是斯炯与汉族干部刘元萱的私生子，自小在机村生活，由母亲抚养长大，深受藏族文化的熏陶和感染，长大后又接受了现代性主导的文化理念，并进入官场，成为主政一方的官员。因此，胆巴是明显具有中间性的人物，他是两种文化的"融合体"，作者把他放在藏族与汉族之间，传统精神与现代理念之间。他的立场和选择本应暗示出路，无疑极为重要，但在小说中，这一点恰恰非常含混不明，或许是左右摇摆，或许是维持某种平衡。作者的这种安排发人深思，其中的模糊或许正是暗示了作者在回答此问题上的无奈。在敬爱而亲近母亲和忙于公务而无法脱身之间摇摆与挣扎的胆巴，显示出这个人物形象处于一种平衡和撕裂的状态之中，也象征着传统与现代之间无法避免的冲突与难以达成的调和。

阿来重视对人与自然之间关系的叙述，小说在语言上呈现出一种恬淡朴素而颇具诗意的效果。在他的文学世界中，自然景象常常以诗化的语言呈现，一种纯净的诗意与美感蕴含其中。而阿来嘉绒藏文化的背景，也使他在《蘑菇圈》中的表述流露着一种民间传说与神话故事的味道，包括阿妈斯炯充满生命哲理与生存智慧的话语，以及她与蘑菇圈之间隐秘的互动与联系，这类语言文字表达与故事情节设置，使他的作品在批判反思的同时，依然带有温情与浪漫的气息，使得小说的表述显得不那么生硬。机村人的劳作蕴含着传统农耕生活的韵律，在这种缓慢悠长而循环往复的节奏中可以看到人与自然和谐稳定相处的一面。乡土的环境与乡土的生存方式凝结了数千年来的智慧，在这样一种封闭、自给自足的原生态文明中，人与自然之间的关系是非主宰与征服，而仍存有赞美与感激的。阿来将机村的人们受到现代文明影响之下的急功近利与之前的生活方式进行了对比，显示出了作者对于"诗意失落"批判的视野。在文学作品中探讨传统与革新、原生态文明与现代文明之间的关系等问题时，阿来这些作品的妙处正是在于挣脱了"主题先行"的桎梏，在关注现实议题的同时并不放弃对于审美价值的追求，而这一点也正是《蘑菇圈》得以打动人心的原因。

阿来的创作中，总是包含着对人与自然、城市与乡村、汉文化与少数民族文化、农耕文明与现代文明、地方保护主义与全球化等关系的思考。在这部小说中，作者扎根于人本主义思想，对于当下人们生存状态与精神危机有着强烈的批判与反思。作者以辩证的态度指出，原生态文明与现代文明的冲突并不是关键点，真正重要的是处于其间的人们能够怎样适应与做出调和，阿来认为，"变成充满现代型的人，才是真正的现代化"。作者的讲述，并非要反对所有正在发生和发展的一切，而是要在一片喧嚣中强调，什么才是人类的精神本质，为什么要寻求原生态文明与现代文明的平衡点。现代科技对生态环境尽管带来了严重的破坏，但同时也推动着社会的前进与发展。自然万物有其独立于人类的内在价值和内在精神，而人类的能动改造和实践同时也具有合理性与合法性，关键在于如何在这些二元对立的关系之间明确其中的冲突并寻求到调和的方式。至于什么才是平衡点和如何找到平衡点，却也是作者小说中难以看清的迷雾，阿来在胆巴这一人物形象的设置上也正展现出了这个问题。

在《蘑菇圈》中我们可以看出，作者扎根于人本主义思想，对于在文明与文化冲突之间的人们的生存状态与精神危机有着深刻的批判与反思，并且在其中蕴藏着更深的对于未来的期望。作者同样也试图在小说中在关于如何处理现实矛盾的关系上拨开迷雾找到答案，尽管只是寄托在人性会变好的美好展望之中，但可以肯定的是，整体的和谐与协调也确实更需要人为的积极创设。

（三）阿来的"机村史诗"：《空山》

《空山》（副题"机村传说"）是阿来迄今为止体量最大的作品。该作采用了比较特别的"花瓣式"总体结构。全书共分为三卷，由六个相对独立又有一定关联的单元构成（分别是《随风飘散》《天火》《达瑟与达戈》《荒芜》《轻雷》《空山》），每个单元大约相当于一个小长篇或大中篇。这些单元自2004年起陆续在几家文学刊物上刊出，后由人民文学出版社分卷出版（至2009年出齐）。①

《空山》各个单元除了空间背景一致，故事时间大体前后延续之外，在人物和情节上的关联度并不一致，如第一单元《随风飘散》的情节是独立完整的，与后面各卷没有多少关联，只有个别很次要的人物在后面几卷中成为主要人物。第五单元《轻雷》与第六单元《空山》则既有情节关联又有人物关联，第五单元的主人公拉加泽里在第六单元中仍是主要人物之一，拉加泽里与更秋一家的纠葛在这两单元中也是贯通的。各单元的写法也有所不同，有的围绕一个中心人物来写，如第五单元；有的则有数个中心人物，如第一、第三和第四单元；有的围绕中心事件来写，如第二单元；有的则既没有特别突出的主人公也没有中心事件，如第六单元。整体来看，《空山》六个单元实际上组成了一种多节奏的交响诗一般的叙述结构。

就内容而言，《空山》描绘的是20世纪后半期一个处于边缘地带的藏族村庄（机村）在若干个时段中的社会人心之变。第一单元是有关少年格拉的故事。格拉是一个有着神秘出身又"没心没肺"的外来女人桑丹的私生子。他与还俗和尚恩波的儿子兔子是好朋友，由于特殊的家庭状况被机村人视为异类。此单元的故事线索是围绕机村人尤其是恩波一家对待格拉母子的态度变化展开。

第二单元以森林火灾为中心事件，其中人物大体可分为三类，一类是固守机村传统生存形态的老人，主要是巫师多吉和喇嘛江村贡布，实际上也包括大队长

---

① 值得注意的是，2018年1月浙江文艺出版社推出的新版《空山》有两个大的变化：一是小说更名为《机村史诗》，并取消了三卷划分，以"六部曲"形式出版；二是将大多曾单篇发表过的"机村人物素描"和"机村事物笔记"两个系列短篇（共十二个短篇）正式附于各单元之后，每个单元附一篇"事物笔记"和一篇"人物素描"。这些短篇与主体单元之间只是共享了时空背景，并没有情节和人物上的直接关联。

格桑旺堆；一类是主动迎合革命政治的机村年轻人，主要是民兵排长索波和胖姑娘央金；一类是外来汉人，如派出所长老魏、工程师汪邦全、防火指挥部领导等，他们是革命政治在机村的施行者，同时自身也被裹挟其中，成为革命的对象。在此单元中，作者反思极"左"政治的价值取向很明显，最大的亮点则是写出了在文明冲突中传统信念所显现出的倔强、高贵的精神力量。在技法层面，此单元中作者叙述宏大场面的腾挪调度颇见功力。

第三单元的中心人物是机村的书痴达瑟和猎人达戈。达瑟离群索居，嗜书如命，喜欢在树上看书并藏书于树中，纯粹的知识追求与代表藏族民间信仰的树神崇拜以一种特别的方式结合在一起。达戈则疯狂爱恋一心想当文工团员的色嫫，为了帮助她实现梦想，不惜违背猎人的习俗规则，毫无节制地屠杀动物，最后由于色嫫的背叛而心灰意冷，与格桑旺堆的熊同归于尽。达戈的行为和他的死，象征了人类敬畏生命，与自然和谐共处的传统信仰在经济时代来临时的沦丧。

第四单元也是一次机村"政治运动史"书写，表现了政治狂热对机村社会和自然生态的破坏。此单元对传统农耕生活方式之消逝的哀恸尤为动人。外来汉人林登全在机村人盲目迎合政治运动导致土地荒芜的时候，固执地开垦土地，一生为获得土地奋斗。这个人物"尤其凸显了人类渊深的土地意识，阐释了人类生存对土地的极度依赖关系"[①]。

第五单元以改革开放初期机村人疯狂追逐金钱，大肆砍伐森林为故事背景，集中塑造了藏族青年拉加泽里的形象。拉加泽里是一个心思沉稳机敏，身上有股韧劲的年轻人。为了改变贫穷命运，他不惜放弃升学机会和自己的恋人，加入非法木材交易的大军中，逐步取得来路神秘的茶馆李老板的赏识和木材检查站工作人员的信任，几经周折，终于赚到了不少钱财。有反讽意味的是，他被捕入狱并非因为非法木材交易，而是因为失手打死了羞辱其兄长的更秋家老三。作者没有简单地把拉加泽里写成反面人物，而是细腻刻画了在商品经济大潮中人心被普遍异化的过程。拉加泽里的这一段故事显然是那个时代机村或整个中国许多底层人物奋斗史的隐喻。

第六单元的故事时间已经推进到世纪之交，此时的机村由于地处旅游景区附近，偶尔也成为游客光顾之地。小说以回到机村的拉加泽里所开的酒吧为舞台展

---

① 吴道毅：《阿来关于藏族的叙事与生存》，《中国民族》，2012年第1期。

示了拉加泽里、达瑟、索波、林军、更秋家兄弟等人物的命运终局。

总体而言，《空山》虽然采用了看似松散的叙述结构，但内在的气韵是连贯的，整部小说弥漫着一种苍凉而锐利的痛楚感，显示了作者在宏大叙事破碎之后重建故乡史诗的努力。作者既精准地捕捉了在时代变迁裹挟下人们微妙的心理动向，也以坚定厚实的笔调刻画了机村人物对有价值的信念的坚守，为善良不屈的灵魂倾注了无限的同情。对生态的关注、对人与自然关系的书写，是贯穿全书六个单元的基本主题。藏族文化传统的原生态观念是作者抵抗并反思现代文明各种面相的重要精神支撑。故事的最后，拉加泽里一心植树造林，甚至准备以一己之力再造色嫫措湖，他的义举感动了机村人，也得到了机村人的支持。最后他的愿望虽然没有完全达成，但也没有完全失败，这或许表明作者仍然愿意相信，原生态文化和它曾经成就的自然人性与现代化进程存在某种和解的出路。

阿来坚定不移地走在藏地山高谷多的乡土道路上，许多年来创作了不少优秀乃至堪称卓越的乡土小说，为中国乡土文学拓展了藏地书写的纵深空间，打开了藏地生活的一扇深远的侧门。从地方上看，他的乡土书写在四川百年乡土文学史上具有显而易见的创新性，其乡土小说融汇了藏地民俗文化的奇异特色，突破了传统现实主义创作方法乃至拘囿，将现实与魔幻、历史与传说艺术地融为一体，极大地驰骋了乡土小说的叙事张力。但他的乡土书写，仿佛一曲挽歌式的史诗，特别是《尘埃落定》和《空山》，其英雄人物总是不在场的。这种情形，直到2019年的《云中路》，终于有了新的变化，但那将是另一个文学课题研究的文本了。

第十二章　罗伟章：回望故土的乡土小说

罗伟章1967年生于四川省宣汉县，屈指算来，他是四川当代乡土文学的第三代作家。他的乡土小说创作多反映农村问题、农民工进城问题及教育问题，具有强烈的现实主义精神。著有长篇小说《饥饿百年》《不必惊讶》《大河之舞》《世事如常》《磨尖掐尖》《声音史》，中短篇小说集《我们的成长》《奸细》《白云青草间的痛》等。

一、罗伟章生平与作品概述

四川宣汉位于四川盆地东北，大巴山南麓，境内纵横前河、中河、后河三条河流，蜿蜒的后河流经了罗伟章的出生地普光镇；罗伟章的乡土小说大多数都来自这片故土及故土之上的乡村集镇。生于农家的罗伟章家境并不富裕，在他很小的时候经历过一场天灾，方圆百里七十三天滴雨不下，六岁的时候母亲又因感冒不愿花钱医治，加之劳累，病死了。因为饥饿，也因为六岁丧母，这种农家人对土地深厚而复杂的情感、对饥饿的深切体会、对丧母之痛的万千感慨，在他后来的小说叙事中被不断地提及、不断地变形，然后以不同的方式呈现出来。也正因为苦难，读书成了少年罗伟章的精神寄托。通过读书，罗伟章走出了乡土，而无论在他的乡土叙事、农民工进城小说，还是在关注教育的小说中，都有对贫穷的乡村孩子读书经历的深刻描写，以及对"读书改变命运"同样深刻而复杂的感慨。

1989年罗伟章从重庆师范学院中文系毕业。读大学的时候他曾在《山花》《青年作家》《重庆日报》《重庆晚报》等报刊上发表作品赚取生活费，以散文为主，也发过一些短篇小说。毕业后，先后做过教师、编辑、记者，直到2000年，在《达州广电报》干了六七年的罗伟章辞职，开始进行大量的小说创作。关于辞职的原因，罗伟章这样描述："对文学的热爱，是唯一的原因，所有的原因。"①"我必须以写作的方式完成自己。"②辞职后，罗伟章一心创作，而故乡和成长经历早已在他的心中酝酿成肥厚的沃土，不断滋养着他的小说创作。

罗伟章的乡土小说创作主要关注三个方面：农村问题、农民工进城问题以及教育问题，为了方便表述，以下分别称之为乡村问题小说、农民工小说、教育小说。

（一）反映乡村问题的乡土小说

罗伟章对农村问题的关注，主要表现在对农民当下生存境遇的探讨。随着中国现代化进程的加快，城市与乡村之间的差距被迅速拉开，世代居于四川盆地偏远山区的农民正是在以城市发展为主导的中国经济崛起的浪潮中，一个一个、一批一批地从土上出走，奔向了更加繁华热烈的城市空间。这是时代背景，也是罗伟章乡村小说不断面向的命题：蓬勃的城市经济之下，是农村的日益荒凉与破败，这是幸还是哀？《饥饿百年》的结尾描述了承载着农民苦难命运的何家坡由传统开始走向现代。坡上出现了推销店、榨油坊、打米机，坡上的土货不断地往外流，坡上的女娃儿穿起了裙子，打工回来的人开始鄙薄何家坡的方言，从何家坡出走的人越来越多。小说展示了何家坡的这种变化，但它呈现的不是欣喜，而是一种宿命式的沉重。《不必惊讶》中，农村人小夭在承包的鱼塘连遭意外、田地被收、没钱买树苗、没钱供孩子读书等一系列重压下，不得不离开她热爱的望古楼，外出打工挣钱。正如小说的名字"不必惊讶"一样，一直热爱着土地并以劳动为荣的小夭、朴实善良勤劳的小夭、曾经把日子过得遭人嫉妒的小夭，为什么最终走向了生活的窘境？不必惊讶，这就是农村人在现代时代洪流中摆脱不了宿命，也是农村的宿命。小说结尾，小夭漂泊异乡、无依无靠、没有工作。但这

① 李永康、罗伟章：《罗伟章访谈录》，http://blog.sina.com.cn/s/blog_4842aed2010001nx.html（李永康博客）。
② 余红艳、罗伟章：《罗伟章访谈录》，《阿来研究》第4辑，四川大学出版社，2016年1月。

也不必惊讶，"生活就是这样展开。人类就是这样生生不息"①。似乎又留有了希望。这种希望在《大河之舞》里同样出现了。罗家坝半岛，这块"曾经消失的巴人"的聚居地最终被房地产商开发成一片观光农业区，半岛人被妥善迁出、安置，巴人的后代以一种局部与整体融合的方式继续生生不息。这不仅是罗伟章乡村小说中基调最为光明的乡村发展之路，事实上在现实乡村振兴的实施中，这一结果也是难得的佳例。但是，作者的态度显然是犹疑的，在面对传统乡土的消逝，"不知道为什么，我觉得自己想哭"②。如果说《饥饿百年》《不必惊讶》《大河之舞》着重展示的是乡村的过去，那么《声音史》则展现了传统乡村当下的彻底没落。农民为了更好地生活，放弃了土地，整座山村最终只剩下一个眷恋声音的单身汉和一个被男人抛弃的女人。

因为农民以土地为生，所以热爱土地、坚守土地，同时又对土地心怀敬畏。这是传统的农民，也是罗伟章的乡村小说通过一系列主要人物反复表达的情感。但这种情感在面对外力（时代的客观发展）时，又显得那么脆弱，那么容易被"影响"，如《大河之舞》里的罗家坝半岛人。确实，时代在逐渐改变乡村的传统面貌，也改变了农民对土地的依赖。农民大量从农村走向城市，去"支持"城市发展，却丢下了曾经供养他们的土地。这是罗伟章在面对传统农村变化时态度犹疑的原因之一——土地或者说故乡于作者是一种眷恋。除此，更重要的是因为苦难。《饥饿百年》中的何大自母亲去世后，成了一个讨口的，到处流浪，后来在一户人家里做长工，几年下来有了积蓄，重新回到何家坡。若干年后，走出何家坡的小儿子带妻儿回来省亲，孙儿问爷爷："爷爷，世界上那么多好地方你不去，为什么偏到这山坡上落脚？把我的腿都走断了！"爷爷整张脸都湿润了，回答："爷爷为了能在何家坡落脚，当了几十年的狗哩！"③何家坡承载着这种苦难，对于经历过苦难的人，反而更加不舍。《大河之舞》里，"消失的巴人"从丰都逃到了半岛，祖先曾在这里被残杀，半岛浸染着巴人祖祖辈辈的疼痛与艰辛。苦难也是家园。但还有另一种苦难，这种苦难不再是农民居于土地上的苦难，而是家园的丧失。当农民一个接一个地从土地上出走去寻找新的家园时，苦难是双重的，一个是故乡的丢失/农村的落败，二是自我身份的迷失。由此引出的

① 罗伟章：《不必惊讶》，四川文艺出版社，2007年，第218页。
② 罗伟章：《大河之舞》，四川文艺出版社，2010年，第349页。
③ 罗伟章：《饥饿百年》，重庆出版社，2007年，第155页。

是罗伟章小说多为关注的第二个方面：对农民工进城问题的关注。

（二）反映农民工进城问题的乡土小说

罗伟章反映农民工进城问题的小说很多仍可放入乡土小说的范畴。因为，城市空间并没有成为小说的主要叙事空间，小说的重心仍放在乡土空间上。比较典型的有《我们的路》《河畔的女人》等。《我们的路》讲述的是在广州打工的"我"和春妹回乡过年的故事："我"思念乡土，希望结束在城市里屈辱的打工生涯，回乡后却发现乡土已经无力支撑农民一家的生活这一事实，只好再次出门打工；十五岁的春妹为供哥哥读书，小小年纪外出打工，做了"小姐"，生下孩子后抱孩子回乡，却因孩子没有爸爸而遭家人和乡人的冷眼。农村的落败与城市的艰辛，在乡土空间的叙事中展现得淋漓尽致。同样地，《河畔的女人》虽然反映的也是农民工进城问题，但城市空间也不是叙述重点，故事的重心仍放在乡土空间之上。小说讲述了农村里的女人们在男人外出打工、长年不回家的苦境中的生活，她们中的有些明知遭到男人的遗弃，却依然勤劳地支撑一家大小的里里外外，有些因不堪忍耐而自杀。小说的女主人公莓子的男人春阳外出打工，莓子去浙江找他，在大河码头陡峭的石梯上，她看了春阳："春阳的头发很乱，都乱得像被野兽糟蹋过的庄稼了，头发上撒满了白色的颗粒，脸被肩上的重物压住，只能看到一个黝黑的轮廓，仿佛他没长脸，他的脸只不过是头顶上的一块伤疤。他的衣服为什么那么破烂？衣襟，袖口，都有好几个洞，蜡黄的皮肉从单衣里漏出来。秋天凉了，早上的河风呜呜地吹，可春阳还穿着破烂不堪的单衣……"[①]这是莓子看到的春阳，这也是大多数进城打工的男人们的普遍命运。无论是在城市还是在农村，农民夫妻似乎没有哪一方的生存是容易的。而虽说是城市，但也如罗伟章的诸多小说中描述的那样，农民工的工棚大多在城市郊区或荒凉之地，哪有什么繁华，即便是眼见的繁华也不是属于农民工的。因此大多数时候城市空间只是一个符号化的空间——工地、工厂、工棚等，很少有关于城市场景的细微刻画，相反，农村田地里的庄稼、农屋、夜色、狗吠、农村人的争执怒骂、家长里短等常被细细刻画。

造成这种空间叙事的另一个原因是身份问题。细读罗伟章的农民工小说，会

---

① 罗伟章：《河畔的女人》，载罗伟章中篇小说集《奸细》，四川文艺出版社，2007年，第48页。

发现无论是故事的叙事者还是故事主人公（包括农民工自己），始终是以农民的身份来看待农民工，而不是以城市里的劳动者的身份来看待农民工。两种身份，产生的是巨大的差异。罗伟章的小说以农民的身份来看待农民工，是通过农村人进城打工的事实来凸显农村的困境，城市问题不是着意表达的重点，城市空间更多的是作为一种简单的符号空间或者是作为一种衬托乡村中农民生活问题的功能空间而存在。以城市视角来看待农民工进城，农民工在城市生活的方方面面是小说反映的主要内容，底层城市生活是表达的重点。这也是为什么罗伟章的很多农民工小说可看作乡土小说的原因所在。如《大嫂谣》讲述的是一位农村大嫂为了支撑家用去广东打工的故事。小说的前半部分是典型的乡土叙事，以农村空间为主，刻画了一个吃苦耐劳、勤劳朴实的农村大嫂形象，同时道出了大嫂一家生活现状的窘迫；后半部分进入城市空间，讲述大嫂在同村人胡贵工地打工的经历：拌灰浆推斗车、因劳累而晕倒、识字"买马"、参加暴力讨债，城市空间在小说里仅浓缩为一个农民聚集的小小工地，而即便包工头胡贵也仍然"从骨子里到表皮都是一个农民"。在胡贵因暴力讨债坐牢后，工队解散，大嫂开始靠在城市拾荒赚钱。这里的城市空间是以农民为主体的城市空间，对城市空间的讲述是为了讲述农民的苦难——无论是在农村还是在城市，迎接他们的都是同样的艰苦命运，但故乡已经无法回去，因为城市无论如何艰辛也总能挣到更多的钱来供养贫瘠的农家生活。因此小说结尾，大嫂仍留在了城市，不过当她探望完胡贵，从监狱里走出来，恍惚间竟看到了开往故乡的列车，列车长着翅膀带着她飞到了清溪河、老君山……大嫂就这样在对故土的守望中流下了眼泪。也是就说，尽管小说的后半部分反映了农民在城市中的生活，但小说反映的重点仍是农村问题。

罗伟章的很多农民工小说属于乡土小说的范畴，但城市小说与乡土小说的界限也并非绝对的。比如《大嫂谣》，虽然可以纳入乡土小说的范畴，但小说后半部分确实较为多地涉及了农民工在城市的打工遭遇，在做城市小说的底层叙事研究时也可对其加以讨论。再如《故乡在远方》，故事场景在城市与农村之间反复切换。小说的主线讲述的是农村人陈贵春进城打工后的凄惨遭遇：被工头赶出工地、流浪街头、被白面书生骗入深山做苦力、钱被偷；辅线讲述了陈贵春出门打工的原因——缺钱，以及其走后妻子一人支撑农家生活的艰难。小说主线与辅线交替并行，将故事推向了高潮：家中不满五岁的女儿做饭时被火烧死了，陈贵春在钱被偷后无法买火车票回家，走上了抢劫杀人的道路，最终被枪毙。故乡是必须离开的地方，却最终无法回去。"故乡"也宣告了一种身份，农民的身份。罗伟章的农民工小说始终以（也近乎是仅以）农民的身份来讲述农民工的故事，这种农民的身份是典型的传统农民身份，没有多少知识，只有苦力，进入城市后只能靠卖苦力或卖身为生，这也是罗伟章这类小说底层叙事或悲剧性叙事的根源所在。在诸多这样的故事中，城市俨然乡村的对立面，接纳着农民的同时，却并没有真正容纳他们：那些高大干净的写字楼令他们害怕（《声音史》），涂着鲜红口红的女人令他们害怕（《故乡在远方》），就连进城打工的儿子死了，在面对城里人时他们连询问死因的勇气也没有（《不必惊讶》）。城市分明不是他们的生存之地，因为他们的身份是农民，是世代以土地为生的农民，但是现在，连土地也无法供养他们了。所谓"故乡在远方"，大概也就是，身在故乡却不是故乡，身在他乡（城市）却又思念故乡，而真正的故乡已无法回去了。

那么农民如何才能改变自己的命运？罗伟章的诸多小说里已经给出了答案：读书。《饥饿百年》中何中宝的儿子何光辉本来当了海军，却因为没怎么读过书（只读到了小学三年级）被退了回来，重新回到农村，与之形成对比的是何大的小儿子何本，靠读书走出农村在城市安了家。《大嫂谣》中更明确地指出，有了钱但没有文化的胡贵至今也无法融入城市，而村里唯一读过大学的"我"毕业后成为记者，顺理成章地留在了城市。《大河之舞》中同样靠着读大学走出去的乡镇人孙亚光成了一名房地产开发商，若干年后回到这里改变了乡土的发展面貌。《声音史》中的农民工东升在读诗、写诗中寻找心灵的慰藉，同样的还有《不必惊讶》里的成谷，书本成了他唯一的慰藉，虽然东升的最终命运我们无从知晓，成谷对书本的执着也源于他对农村生活的厌恶与逃避，但是知识确实强有力地改变了他们。对读书的关注，对知识的重视，也就衍生出了罗伟章小说关注的第三个方面：教育问题。

（三）反映乡村教育问题的小说

在罗伟章以反映教育问题为主的小说中，《奸细》《磨尖掐尖》最具代表。《奸细》讲述了新州城两所中学为了高考升学率而互挖尖子生的故事。《磨尖掐尖》讲述了巴州锦华中学全体师生备战高考的故事。两部小说反映了在以应试为主导的教育机制下，从学校老师到学生、学生家长的集体性"失常"，考试成绩与升学率成了衡量一切的最高标准。这类小说取材城市中学的高考大战，属于城市小说，这里不详细介绍。

除此，罗伟章也有反映乡镇的教育问题及讲述乡镇中孩子读书经历的乡村教育小说，比较典型的有《我们的成长》《哪里是天堂》等。《我们的成长》，讲述了许校长的女儿许朝晖的读书经历：原本热爱学习且成绩优异的许朝晖在父亲过于沉重的施压下变得厌恶学习，在经历弃考、离家出走、十七岁怀孕等一系列变故之后，最终变成了大巴山区里的一个真正的农妇。小说的讲述是沉重的，贫穷的许校长把一切希望寄托在女儿身上，他深知要改变贫穷就要读书，靠读书走出大山，改变命运，但也正是因为这种希望过于浓厚，当他发现女儿在读书上没有自己期望的优秀时，便又是责骂又是棍棒相加。小说深刻地反映了错误的教育方式带来的悲剧性恶果。《哪里是天堂》讲述了在乡镇的商业发展中，就连乡镇中学的老师也逐渐由教师的身份向小商贩的身份发展，开始向学生售卖食物、香烟等物品。小说不仅写出了教师这一身份的堕落，也通过老师孙永安与学生万千红这组人物关系写出了师生关系竟因"买卖"而产生了嫌隙。失去了老师关爱的万千红，自甘堕落，最后因跳河自杀（被救）被学校强行退学。小说尾声，孙永安送万千红回家，直到这时才了解到万千红家境的艰难：他的父亲在她五岁的时候跟漂亮的女人跑了，母亲靠找山货、拾荒、拾煤渣、卖血支撑女儿读书的费用。贫穷母亲供养孩子读书的艰难不禁令人潸然泪下。《佳玉》将贫困家庭的日常与这种家庭之下孩子读书的艰辛刻画得更为具体、详细，贫困学生在学校被孤立、欺辱的常态也得以展现。罗伟章的城市教育小说里也常常关注贫困学生的读书问题，如《磨尖掐尖》中的尖子生郑胜，四岁时遭母亲遗弃，父亲是个拾荒者，家境贫寒的他在考取"状元"的压力下，最终不堪重负，精神失常。

秉承了一贯的苦难叙事，罗伟章的教育小说以问题为主，而不在于展示美好。读书、受教育在乡村小说和农民工小说中是农民摆脱苦难命运的有效出路，是一条光明之路，但是到了教育小说中，读书更多的是一种黑暗体验。不过，这种矛盾只是表面上的，因为恰恰是社会阶层流动通道的相对逼仄，使读书在农民的心中纯粹变成了改变命运的手段。在日益功利化的教育实践中，读书失去了其原本所应有的自由属性，所以它作为一种出路和通过这条出路之过程的痛苦和压抑其实是一致的，只不过罗伟章在不同主题类型作品中对此问题的表现有不同的侧重而已。

总体而言，罗伟章对农民工问题、对教育问题、对农村问题的关注，都是对农民生存问题的关注。特别是他对乡村教育的书写，这在四川百年乡土文学史上，有着重大的现实意义，是以往乡村书写被人遗忘的一个角落。但仍需反思的是，农村落败，农民出走，那些出走的农民多数成了农民工，在城市的底层中挣扎，另一些则通过读书走出乡土，融入了城市。但农民的根本问题，或者说改变农民命运的最终去向，仅仅只是扎根于城市吗？乡村振兴的根本是让农村重新成为农民生存的依靠，让农民能够自由地选择是留在农村还是去往城市，是消除农村和城市间的界限，让农民愿意"回家"，让农村与城市的差距越来越小。

二、罗伟章乡土小说的叙事艺术

罗伟章的小说具有鲜明的个人特色，他的大部分小说以乡土叙事为主，一方面充满了写实精神，一方面又兼具知识分子的浪漫。

（一）沉重真实的现实叙事

罗伟章的小说读起来普遍让人并不轻松，因为他的小说呈现了太多苦难，这种苦难不是虚构的，而是真实地扎根于现实中的苦难，他的现实叙事"是回到苦难本身的经验叙事"[①]。这一特点在《饥饿百年》中体现得尤为突出。

《饥饿百年》以苦难叙事为主，在苦难叙事中小说首先呈现了农民与土地关系的真实性。小说开篇描述了曾祖父李一五的死。1914年的秋天，是稻谷长势最好的一年，"这些饱满的谷粒就是李一五企盼的好日子，而他的好日子才刚刚开始！"[②]李一五原本是一个无家可归的流浪汉，二十岁时当上了"背二哥"，因在一个风雪夜借住一个寡妇家，从此摆脱了背夫的艰苦生活。李一五和李高氏勤俭持家，终于购得二亩薄田，租了三十挑谷田。在这个谷粒干浆的好季节，正在水塘捉鱼的李一五眼见着水凼里和天空中的种种征兆，知道大灾年要来了，于是本能地扑伏在地上：

> "老天爷呀，你要长眼睛哟！"李一五祈祷，脚趾死死抠住田里的裂缝，屁股撅在天上，伸开双臂，本能地想护住一家人的命根子。
>
> 话音未落，他就感觉到光头上像被石头砸了一下。接着又被砸了一下。

---

① 向荣：《消费社会与当代小说文化变奏》，四川人民出版社，2015年，第241页。
② 罗伟章；《饥饿百年》，重庆出版社，2007年，第4页。

两下重击使他异常清醒：冰雹！几十年不遇的大冰雹！他听到了谷粒儿沙沙委地的声音。①

半个时辰后，冰雹停了，李高氏顾不着被冰雹击碎的满院的瓦砾，奔向田地里抢拾谷粒，突然她看见了自己的丈夫：

> 她看见了田中央两扇朝天打开的屁股！
>
> 屁股上两块猪肺形的补疤，是她给丈夫缝上去的。
>
> 李高氏奔扑过去，发现丈夫的脚和头都插进了田土的缝隙里，头部洇出一汪黑血。
>
> 她一推，李一五像张废犁倒了下去。
>
> 他死了。
>
> 在他护着的地方，是唯一一窝没被冰雹打掉的谷穗。②

李一五为了护谷穗被冰雹砸死了。谷穗是他的命根子，是他的好日子，就在好日子要来了的时候，土地将他的命根子，也连同他的命一起收走了。农民靠天吃饭，这是在缺乏现代科技的过去，千百年不变的道理。小说中李一五的死就是农民靠天吃饭的经验叙事。大灾年到来了，李高氏带着两个儿子逃荒，"老者死于沟壑，幼者弃之道路的惨景，随处可见"③。农民与土地相关的爱恨生死、复杂情感就这样在小说的开篇被极为浓烈地展现出来，也奠定了小说叙事的整体基调。

小说展示的农民与土地关系的真实性，不仅表现在农民对土地的"护"上，也表现在农民对土地的"弃"上。无论是为了改变自身命运走出农村，还是为了挣钱养家，老君山何家坡上的年轻人都纷纷离开了这里——

> 那些外出打工的人，走之前都挨家挨户问："要我的土地么？"
>
> "老子自己的都不想要哦！"被问的人回答。

① 罗伟章：《饥饿百年》，重庆出版社，2007年，第5页。
② 罗伟章：《饥饿百年》，重庆出版社，2007年，第6页。
③ 罗伟章，《饥饿百年》，重庆出版社，2007年，第7页。

"白种！要不要？"

被问的人差点笑破肚皮：这年月送人家土地，不是白种未必还给你称粮食？①

小说结尾这看似平淡的一幕，却与开篇李一五之死、李高氏看到被冰雹砸过的田地后的细节刻画形成尖锐的对比。篇首，就像古老歌谣唱到的那样："一寸土地舍一寸嘞金，田土呢才是那命根根"②；篇末，年轻人已经不看重土地，大片田土荒芜，地上荒草连天。一首一末却都是不同历史时期农民对土地的真实情感写照。

其次，小说也展示了残酷而真实的风土人情。小说在叙述何大及其一家人命运的同时，也全方位地描写了何家坡坡上众多村民的性格特征、情感命运，展示了一幅完整的何家坡民风民情图。这与同样属于苦难叙事且时代背景多有相似的余华的《活着》截然不同。《活着》与《饥饿百年》都是关注农民命运的现实写作，所不同的是，《活着》仅选取了福贵一家的苦难，外部世界的变化变革是通过福贵一家人的命运变化来展现的，是以小见大的写作，《饥饿百年》则呈现了百年来何家坡坡上所有人的生存命运，外部世界的变化变革是通过何家坡集体命运的变化来展现的，这两种写作方法都可以造就优秀的作品。《活着》中，集体作为一个整体概念隐藏在故事之下；《饥饿百年》中，集体表现为一个个鲜活的人物命运、迥然不同的人物性格、复杂的人际关系等，由不同个体凝结而成的集体直观呈现在故事之中——这众生相自然就构成了川东北老君山何家坡的风土人情。

关于风土人情，历来也有不同的描述，不同的地域风貌、不同的风俗习惯、不同的叙事侧重点等都可以造成作品中风土人情的差异化。与《饥饿百年》形成鲜明对比的是沈从文的《边城》。《边城》里的风土人情是美、是浪漫，《饥饿百年》中的风土人情却是不加遮掩的残酷写实，民风的荒蛮、人性的自私跃然纸上。

由四川过湖南去，靠东有一条官路。这官路将近湘西边境到了一个地方名

① 罗伟章，《饥饿百年》，重庆出版社，2007年，第466页。
② 罗伟章，《饥饿百年》，重庆出版社，2007年，第466页。

为"茶峒"的小山城时，有一小溪，溪边有座白色小塔，塔下住了一户单独的人家……小溪流下去，绕山岨流，约三里便汇入茶峒的大河。人若过溪越小山走去，则只一里路就到了茶峒城边。溪流如弓背，山路如弓弦，故远近有了小小差异。小溪宽约二十丈，河床为大片石头作成。静静的水即或深到一篙不能落底，却依然清澈透明，河中游鱼来去皆可以计数。（《边城》）①

何家坡在一座名为"老君"的大山中部，从山脚望上去，峭崖耸峙，似乎找不到能放稳一只背篓的平地……雄奇的山体，前面是坡，背后还是坡，坡坡岭岭之上，砂石、怪树和山岩比庄稼茂盛得多。薄瘠的黄土，像盖在死人脸上的黄表纸，默默昭示着日子的艰辛，石头上暗黑的青苔，静静述说着岁月的苍凉，挂着长长的、如龙头拐杖般粗大树须的古木，显现出傲视一切又排斥一切的刁蛮……（《饥饿百年》）②

仅仅通过边城茶峒和何家坡周遭景致描写的对比就可以发现：沈从文笔下的湘西边城是一个诗意的存在，蜿蜒的溪水清澈透明，溪边一座白塔，塔下住着一户人家——一个老人、一个女孩和一只黄狗，这是人与自然和谐相处的画面；而老君山完全是另一番样子，雄奇的山体之中，坡连着坡，坡上是贫瘠的黄土、爬满暗黑青苔的石头和挂满根须的古木，昭示了日子的艰苦——小说通过初来乍到的李高氏的眼睛描述出了何家坡的贫瘠闭塞，预示着一种不和谐。

《边城》的和谐不仅体现在人与自然的关系上，还体现在整个湘西世界人际关系的朴实和谐上。主人公翠翠是人性美的化身，天保、傩送两兄弟没有以决斗的方式而是以唱山歌的方式来赢得翠翠的心。当天保通过翠翠的爷爷得知翠翠的心意后主动离开边城，爷爷过世后镇上的人一起帮助翠翠料理后事，等等，人心的善美、人际关系的和谐、民风的朴实都通过《边城》这样一个浪漫而凄美的爱情故事展现了出来。《饥饿百年》里何家坡却与之截然相反。比如何地死后，年纪轻轻就做了寡妇的许莲，不仅没有得到坡上人的同情，反而成了坡上人的谈资，在众人的集体想象中，许莲成了一个荡妇、淫妇，就连许莲的三爹三娘也这样看待并羞辱她。小说真实反映了农村人爱嚼舌根、以讹传讹的陋习。许莲不堪

---

①　沈从文：《边城》，吉林美术出版社，2014年，第6页。
②　罗伟章：《饥饿百年》，重庆出版社，2007年，第9页。

谣言之苦，改嫁他乡，却最终落得了一个嚼鸦片自尽的结局。从女性关怀的角度来看，许莲的悲剧性命运更反映了男权社会中女性的地位问题，主要体现在贞节观上。丈夫何地的死成了许莲悲剧的起点，何家坡所有人对许莲的议论正是出于对男权社会中贞节观念的守护与遵从：女性被要求"从一而终""夫死不嫁"。宋代以前，贞节观念虽然存在，但社会影响力并不大，改嫁与再嫁的情况十分普遍，但自宋元起，"社会对于贞节的妇女有相当的鼓励，政府于贞节妇女有相当的褒扬。众人对于贞节的妇女有相当的敬仰，如果妇女不能保持她的贞节，社会对于她们也有明显的处罚，如名誉的损失、身份的减轻、人格的降低等，甚至使她们陷入不能生存的境地"[①]。这种贞节观念加上谣言现象，逼得许莲改嫁李家沟。虽然再嫁，但在贞节观的影响下，一个"再婚嫂"（尤其还带着两个儿子）已经丧失了挑选再嫁对象的资格。许莲就这样被命运抛到了李家沟，受尽男人的侮辱打骂后自杀。如果李一五的死反映的是人与自然的冲突，那么许莲的死反映的则是人与人、人与社会之间的不和谐。再如，成了孤儿的何大，坐在黄桷树下哭，坡上的人都听到了哭声，却没有一户人家愿意收留他。他晕死在黄桷树下，他的三老爷以为他死了，连埋都不愿意埋。总算遇到一户能收留他的人家，逼着他干活，又不给饱饭吃，最后还是把他赶了出来。他成了何家坡上的"野人"，坡上的人把他当作灾星，驱赶他、打骂他……这就是《饥饿百年》的何家坡，贫瘠山坡上人性的贫瘠、人与人关系的贫瘠都展示得淋漓尽致。何家坡是与《边城》里的湘西世界截然不同的世界，它荒蛮原始，充满了苦难与不和谐，但又真实得逼人，因为这些苦难不是无中生有的苦难，而是植根于真实的山村生活与现实问题中的苦难。如果说《边城》呈现的湘西世界是一种文人情怀下的边城小镇，它悠扬、浪漫，也凄美得令人着迷，但它缺少了那么一点真实的生活气息，《饥饿百年》则是以残酷的现实笔触，赤裸裸地展示了乡村生活的艰辛，揭示了人性与生活的阴暗面，它不加隐藏、不加修饰，这也正是《饥饿百年》的力量所在。当然，《饥饿百年》也展示善，如果全然只有对丑、恶的描述，便也不是真实，这一点尤其体现在诸多女性形象中，如许莲、小媳妇、菊花、陈月香等。

再次，人性表现的真实也是小说现实叙事的一大特点。小说里的大多数人物很难简单地用"好（善）"或"坏（恶）"来描述，更多的是还原真实生活中的

---

① 董家遵：《中国古代婚姻史研究》，广东人民出版社，1995年，第249页。

人性复杂，坏中有善，好中有恶。比如对陈氏的描写。孤儿何大晕死在黄桷树下的时候，正是陈氏救了他——陈氏去找何大的三老爷让其收养何大，遭到拒绝后，把晕死的何大带回了家，请来郎中救治，并收留了他。这是陈氏人性中美好的一面。但她不等何大的身体恢复，立刻就让他上坡割牛草，把从前一个青壮长工的活交给了年仅七岁的何大。"陈氏从来不看何大割了多少草，只到月亮从白岩坡升上来的时候，她就阴悄悄来到牛槽边，一寸寸地压三头牛的肚子，要是牛肚像打足气的皮球，她会不声不响地回屋，否则就快速迈动小脚，找到何大，何大在板凳上打瞌睡也好，在吃饭也好，她都会毫不犹豫地扭住他的耳朵，尖厉着声音斥责：'不识好歹的东西，再敢这样，就把你撵了！'何大最怕的就是这句话，顿时吓得魂不附体，不要陈氏教，他已经知道该怎么做——背上草花篮，摸黑上坡割草。"[1]可怜的何大有一次因为发烧，割不了那么多嫩草，于是割了马儿芯，当陈氏检查牛棚发现牛槽里装的竟是满满的马儿芯："陈氏将马儿芯拿起又放下，好像不相信这是真的，待她不得不相信了，就颠着小脚快速地转回来，扭住惊慌失措的何大的耳朵，往牛槽边拖去……叫他把槽里的草吃了……马儿芯是一种边口锋利的长叶草，何大的嘴被割得鲜血淋淋。"[2]何大要用嫩草喂饱三头牛，但"何大只能吃杂粮而不许沾米，他碗里的红苕根上有一粒米，也会被陈氏细心地刮下来……每顿饭，陈氏只给他添半碗，不许夹菜，半碗饭一完，碗就被夺去。"[3]一连串的细节又把农村妇人陈氏的刻薄、心狠刻画得入木三分，何大的悲惨经历也正是在对陈氏人性中恶的一面的展示中呈现于读者面前，令读者唏嘘不已。不过，当陈氏觉得何大能喂饱她的三头牛之后，又对何大好了一些，碗里的杂粮给多了，甚至想着为他添置一套衣服了。

再如，人物何中宝，一个极端的把田土看作命根根的角色。他一门心思守着田土，时刻谨记"一寸田土一寸金，田土才是那命根根"的道理，容不得何家坡有哪户人家比他何中宝的家过得好，他的思想和行为完全继承、内化、复制了他的父亲地主何华强；他也只让他的儿女读到了小学三年级，然后叫他们退学去坡上干活，侍弄田土。当他的儿子何光辉长大后报考了海军，有机会能走出山村，他却"恨得咬牙切齿"，"他遇到了一个新的敌人"，"这个敌人就是他的儿

① 罗伟章：《饥饿百年》，重庆出版社，2007年，第95—96页。
② 罗伟章：《饥饿百年》，重庆出版社，2007年，第97—98页。
③ 罗伟章：《饥饿百年》，重庆出版社，2007年，第99页。

子"；当他得知自己的儿子考上了海军，"他的灵魂处于了彻底的分裂状态，他觉得整个世界都在骗他"①。儿子不看重田土，要离开田土，背弃田土，这对他而言是致命的背叛与打击。何家坡上的年轻人终于都从土地上出走了，小说最后一幕，何大与何中宝坐在寨梁的风口上守望何家坡，何中宝对何大的敌意在这里化解了，因为在他看来包括儿子在内的年轻人全都背叛了土地，现在只剩下他们来守护何家坡了。但何大与何中宝不同的是，何大希望儿子们读书，希望儿子能通过读书把日子过得更好，守不守田土并不重要；何大对何家坡的执念是对亲人、对苦难、对过往的眷念。而何中宝认为只有土地才是金银才是命根，他对何家坡的执念是对土地本身的执着。何中宝的这种执着是固执、过分、偏激的，这种执着滋养着他人性中的恶——他的自私、冷漠、阴狠。但是当故事结尾，无论善恶，他对土地的执着又呼应着小说开篇李一五的死。农民以土地为生死，这一主题不仅通过何大一生的苦难、更是通过何中宝这样的人物一生的争斗展示了出来，这其中怎能说没有一种不可名状的悲凉与悲剧性色彩？

最后，强调苦难体验的真实。小说以老君山何家坡为中心舞台，展现了农民近百年的生存史，空间叙事与时间叙事的真实性相结合。小说描写的是真实的乡村生活，刻画的是真实的农民，展示的是真实的生存问题，这是空间叙事上的真实；小说从20世纪初写到20世纪末，军阀混战、抗日战争、斗地主分田地、"文化大革命"、饥荒、改革开放后农民大规模进城、留守村现象等，百年中国历史都融进了何家坡这个舞台上，人物命运与这些真实的历史事件或隐或显地发生着交错，这是历史叙事的真实，也可以认为是时间轴上的真实。因此，小说呈现的苦难体验是扎根于真实的历史，反映的是时间轴或空间地理上真实的苦难史。此外，就人物刻画而言，小说也强调了人物对苦难体验的真实反应。以何大为例，何大童年时期父母的离世、弟弟的死亡、被人遗弃、讨饭流浪、挨打等凄惨经历都造就了他吃苦耐劳的性格，而在这一系列的恓惶遭遇中，作者也不断地塑造了他老实巴交、逆来顺受的性格。能吃苦、老实本分、逆来顺受，这些都是人物在长期的苦难遭遇下真实形成的性格。略有不足的是，小说中何大说话多短句且话语不多——这其实非常符合何大的人物性格，但唯独在接近尾声的一处（小说第三部分的第八章），何大突然大段大段地说话，作者是在借何大之口回顾何家坡上的

---

① 罗伟章：《饥饿百年》，重庆出版社，2007年，第396—397页。

往事恩怨、揭开往事之谜，但这样的处理生硬了。生硬的原因之一就在于，使人物的性格发生了偏离——何大突然被赋予了一种大智若愚、把过往人事恩怨看得清透的智慧，这与人物的性格不符，显得唐突。当然，不是说苦难不能造就这种聪慧性格，而是前文的人物塑造中并没有塑造起这一性格特征。除此，小说的众多人物性格都合情合理，丰富且具有变化性，符合对苦难体验的真实反应。比如胡棉，小说将她从一个黄花大闺女到一个荡妇的过程刻画得真实辛酸，在人物主要性格没有发生改变的情况下又赋予了她性格的多面性和流动性。总之，《饥饿百年》是庞大而丰杂的，很难以简单的笔墨来讲清小说中每个人物的命运，只有在深入阅读中才能深刻体会人物的苦难，体会残酷叙事下令人惊叹的真实。

（二）浪漫的知识分子式写作

同样作为现实苦难叙事的《不必惊讶》，与《饥饿百年》有着截然不同的气质。《饥饿百年》带着一种粗粝的沉重，以一种深入农民的言说方式来描写农民、山村，《不必惊讶》却更多的带有一种浪漫气息，是以一种知识分子式的写作方式来关怀农民的生存问题。

《不必惊讶》讲述的是20世纪七八十年代中国农村的故事。这一时期中国开始实施对内改革、对外开放的政策，在农村改革方面主要表现为实行家庭联产承包责任制等方面，随后随着国家"允许农民进城开店、设坊、兴办服务业、提供各种劳务"经济政策的提出，"民工潮"开始出现。短短几年，农村发生了翻天覆地的变化。《不必惊讶》正是通过望古楼中的山坡一家人反映了这一时期乡村的变化，以及在变化发生的前后乡村人的生存与命运问题。一如既往，小说以暴露问题、展示真实的苦难为主，不着力于颂扬，小说中的人物命运总带有一种悲凉与凄苦的成分。从小说的主题来看，小说是一部典型的现实主义作品，但从写作手法上来看，又充满了知识分子式的浪漫。

小说的知识分子式的浪漫首先体现在叙事模式上——第一人称多声部叙事。自巴赫金在陀思妥耶夫斯基小说的研究基础上提出复调理论以来，复调小说的概念无论是在文学理论还是在文学创作上都产生着积极作用。复调，就是多声部。无论是中西方，传统的小说多是单旋律叙事，虽然故事也呈现了众多人物，但众多人物总是受制于"他人"——小说中的叙事者，因此单旋律小说又被称之为独白型小说，而复调小说则是让众多人物开口说话，形成多声部并行的叙事局面。《不必惊讶》中，故事在众多人物的第一人称并行式叙述中展开，以17个"人"（8个活人、1个死人、8个拟人化的客体）的内心独白来讲述故事并推动故事发展，形成了多视角的内心独白式复调叙事。从深层次讲，复调小说的出现是建立在哲学转向与人类认知进步的基础之上的。传统哲学追问世界的本源是什么，笛卡儿时代确立起人的主体性地位之后，人如何能认识世界成了哲学关注的重点，至现代哲学，哲学追问的重点是人如何精确描述所看到的世界。哲学思想潜移默化的影响是渗透在人类生活的方方面面的，尤其是对文化思潮、文学艺术方面的影响。在现代哲学的影响下，复调小说的出现其实就是在文学领域对"人如何精确描述所看到的世界"这一问题的探索及回应。在长期的生活实践中，个体以"我"来观照客观世界，由此而形成了常见的也是传统的单旋律（独白型）的叙事模式，复调叙事实际上就是打破这一固有的传统的认知模式，把作为个人的"我"隐去，让集体发出声音，以多视角多维度来看待客观世界，尽可能地将世界以一种客观准确的面貌呈现出来。从这一角度来看，复调叙事是一种带有精英性的叙事模式。

《不必惊讶》中的第一人称多声部叙事是浪漫并充满想象力的。首先，小说展示出的声部多达17个，这17个声部交叉并行，并且都在用第一人称讲述自己的故事；这些"自己的故事"共同构成了一个反映望古楼乡村人命运的完整故事，使得整部小说首先从结构上就充满了一种独特的浪漫气质。其次，赋予死人以生命、赋予万物以言说的权力，让万物开口说话的这种写作手法增添了小说的诡异浪漫。小说的17个声部包括8个人物、1个死魂灵和8个拟人化的客体。死去的五妹在棺材里诉说对亲人的思念、诉说关于自己死亡的秘密，就连通往五妹坟前的路、埋葬五妹的孤坟、坟里的血都在诉说；还有冬天、初夏、望古楼、时间、杏树也在诉说：望古楼在诉说自己历史命运的同时又诉说着"他"生养着的人类的命运，季节、时间、杏树同样如此——"他们"各自诉说各自的命运，又在对自己命运的讲述中观照人类的命运。正如罗伟章自己说到的那样，这是一部"齐物论"式的小说。小说赋予没有生命的物以生命，赋予没有意识的物以意识，让万物述说，这种手法的运用呈现了一个全方位的天地叙事，而在这背后隐藏的是关于生与死、人与万物对立共生关系的思考。

小说渗透着的哲理性思考以及蕴含其中的悲天悯人，正是这部小说知识分子式浪漫叙事的又一突出表征。第一人称多声部叙事手法的运用本身就蕴含了丰富的哲理性思考。如前所述，在叙事方法上，这种复调叙事体现了人对如何精确表述世界的哲理性思考，而在这一叙事方法之中又承载着中国传统哲学"齐物"的思想。《庄子·齐物论》说"天地一指也，万物一马也""举莛与楹，厉与西施，恢恑憰怪，道通为一"，又说"天地与我并生，而万物与我为一"，表达的就是一种"天人合一"的"齐物论"思想。万物归而为一，物与物、物与"我"的区别也就不存在了。《不必惊讶》中，无论是物（望古楼、路、杏树、冬天、初夏、时间、血、孤坟）还是人（山坡、成谷、小夭、成米、苗青、成豆、三月、卫老婆婆）都以"我"来发声、以"我"来讲述，也就是齐万物、齐物我。死生关系亦属于物我关系，齐物我也就是齐生死——"其生也天行，其死也物化"（《庄子·天道》）、"万物一府，死生同状"（《庄子·天地》）、"死生有待邪？皆有所一体"（《庄子·知北游》），因此，小说赋予了死去的五妹以同样诉说的权力。复调叙事是一种写作方法，"齐物"是一种哲学思想，《不必惊讶》中复调与"齐物"并用，使小说的哲理性与浪漫性进一步增强。

从内部而言，小说里人与物的独白也多充满哲理性。比如成米，是小说中内心矛盾及自我思辨最突出的一个。成米虽是农民，却不热爱农民的劳动生活，不欣赏劳作，喜欢读书休闲，偏偏农民瞧不起的就是休闲，认为清闲就是在偷懒，因此村里人都瞧不起好吃懒做的老光棍广汉。成米最敬佩的却是广汉，认为他敢于面对自己不爱劳作这件事就是敢于面对真实，并且他能够只为自己而活。来看一看小说第十五章成米的内心独白：

> 勤劳只是一种习惯。我很小的时候，爸就给我讲"头悬梁锥刺股"的故事。这个故事谁都懂，但很少有人愿意去想一想其中蕴含的荒唐、滑稽、无聊、欺骗！不管故事假托的谁，编造这个故事的人，百分之百是个刽子手，他刚刚绞死了一个人，或者兴致勃勃地用板子折磨了一个人的屁股，灵感突发，就想出了这个故事……故事中包含的丰富内涵，使全世界从古至今的哲学家黯然失色。它用十六个字，简洁地概括了人类的历史：不是揪掉你的头发，就是扎烂你的屁股！[1]

成米首先从对"头悬梁锥刺股"的看法论起，而后论及了劳动对于智慧的无

---

[1]　罗伟章：《不必惊讶》，四川文艺出版社，2007年，第48—49页。

用："劳动让人积累了经验，却大大地降低了智慧"。又将"劳动"与"需要"联系起来："你喜欢劳动是你的需要，我喜欢休闲是我的需要，你不能把自己的需要强加于别人，因为你的需要对别人是没有意义的，把无意义硬加在别人身上，就是扼杀，就是刽子手，与编造'头悬梁锥刺股'的那个家伙没什么两样。"还将"劳动"与"谎言"联系在一起："爸做着这些无用功的时候，还要不停地抱怨。这充分证明他并不是喜欢劳动。""人都喜欢在谎言中生活。谎言欺骗自己，并不构成犯罪，比如我说我抢了我自己十万块钱，拿到国际法庭审判，也不会去将我关进监狱，最多关到疯人院去。可是，如果拿谎言欺骗别人，固执地认为只有谎言才能把别人感化为有道德的人，就不仅是犯罪，而且是犯大罪。"最后又从"劳动"与"谎言"的关系引申到对"偏见"的讨论："清闲应该是最基本的生活状态，却把找闲暇说成偷闲，并以此表明自己是多么辛劳，以此企图求得别人的尊重。人是多么无聊啊。人们凭自己的偏见来制造圣贤。可人们不知道，一旦把偏见消除，那些千百年来被供奉起来的，就可能变成垃圾，变成败类。然而，要他们消除偏见，让自己真正聪明起来，是不可能的，因为他们的所作所为，不是为了真理，而是为了证实自己的偏见。"①

成米诸如此类的内心独白还很多，比如对"微笑"的讨论，对"孤独"的讨论等，他的身份说到底是一个农民，但是他的思维方式又不像一个农民的思维方式。成米声部总是充斥着众多形而上的思考与思辨，在这些思辨中，成米的自私、不满与愤怒被暴露殆尽。成米的性格是复杂的，山坡一家中，他是唯一一个对母亲五妹的死心存怀疑的人，他却从不对任何人吐露，他一旦吐露，也就默认了母亲的死是集体所为，是连同父亲在内的同村人的集体"合谋"。他如何能面对这样一个事实？因此在他的自我叙述中，只以"怀疑"来讲述关于母亲死亡的真相，他的敏感与懦弱也就在此之中同时被刻画了出来，而他对人的冷漠、对周遭的不满与愤怒也有了一个合情合理的发源地。

另一个在人物刻画中体现了哲学思辨的典型人物是卫老婆婆。她一百多岁了，六十年前就把棺材做好了，摆在床头，棺材比床还高、还大，每晚发出笑声。儿子每年给棺材刷一遍漆，但棺材最终还是烂了。卫老婆婆渴望活下去，但当她发现她的亲人都因她活得太久而厌恶她的时候，突然对活下去没有了信心，她跨

---

① 罗伟章：《不必惊讶》，四川文艺出版社，2007年，第49—50页。

进棺材匣里，"棺材吓得嗡嗡痛哭。时间剧烈地抖动了一下"①。罗伟章以一种浪漫的手法写出了卫老婆婆的长生，棺材比床还高、还大，每晚发出笑声，却直到烂了都等不来卫老婆婆这样的细节，给人一种卫老婆婆似乎真的躲过了阎王爷的朱笔、真的能与时间一道永生的错觉。人如何能够长生不死？就如同死去的五妹如何能够开口说话？只有以齐生死的观念来看待这一切才方显正常。但卫老婆婆最终还是死了，她的死又显出了一点现实的意味，传统乡间对待"老不死"的人的态度竟然可以使一个似乎能够永生的人死去，现实与浪漫就这样结合了在一起。

从内部描写来看待物声部，哲理性的意味更强了，也更富浪漫。这里仅以时间声部为例。时间："我的前面是空，后面依然是空。别的一切用我来计算寿命，我却不能用别的来估量生死。我没有生死。我的眼里也没有生长，只有死亡。"②时空与生死就这样在时间的自诉中展示在读者面前，除此呈现出来的还有一种巨大的孤独感。时间的孤独其实就是生命的孤独，所以卫老婆婆觉得孤独、成米觉得孤独，在一滴血与孤坟的对话中，血与坟也觉得孤独。悠悠岁月，浩渺时空，就是一个巨大的孤独空间，笼罩着望古楼、望古楼中的山坡一家以及他们的命运。不过小说的结尾，似乎有意化解这种芸芸众生的孤独感以及人类对自身命运的茫然感——望古楼以一种先知的身份道出了山坡一家以及人类的整体命运："生活就是这样展开。人类就是这样生生不息。""我爱你们！"③充满了人文关怀。

当然小说还有很多值得讨论的地方，比如物声部与人声部以及死亡声部如何共同构成一个巨大的时空画面，每个声部与其他声部之间的关联，再比如《不必惊讶》中对小夭和苗青两位女性的刻画：作者在小夭身上寄托了美好、希望，同时也注入了苦难与绝望，但刻画得最写实生动又令人无法释怀的却是苗青。总体说来，《不必惊讶》是罗伟章目前为止最为独特、也是最为浪漫的一部小说，从结构到内容都充满了一种哲思性的浪漫，文字也是如此。小说的文字肆意汪洋，有种通快的畅感，后期的《大河之舞》《声音史》虽也浪漫，但整体感觉偏向精致细腻，而没有这样的肆意效果。

在罗伟章的乡土写作中，早期的作品更注重外部真实，有些作品可能略显粗糙，但尖刻有力，后期罗伟章越来越偏向一种知识分子式的浪漫叙事，开始注重

---

① 罗伟章：《不必惊讶》，四川文艺出版社，2007年，第216页。
② 罗伟章：《不必惊讶》，四川文艺出版社，2007年，第126页。
③ 罗伟章：《不必惊讶》，四川文艺出版社，2007年，第218页。

内在真实，精致程度增加。无论哪个时期的作品，书写农民的当下命运都是罗伟章乡土叙事小说的主要主题。

（三）平实细腻的语言风格

想要概括罗伟章小说的语言风格或语言特色不是一件易事，其中一个重要原因是他的不同作品的语言风格不尽相同，这种差异有的是出于不同体裁、题材以及具体内容的需要。整体而言，罗伟章的小说在语言风格上有一种"柔婉低沉的阴柔气质"，体现在"叙述语式上的咏叹调形式、絮叨自述、'谣体'形式"等方面。[①]不过这一观察未必能涵盖罗伟章的全部作品。罗伟章早期的一些中短篇作品，如《我的同学陈少左》等，小说朴拙有余而细致不足，之后罗伟章将质朴与细腻结合，尤其是《饥饿百年》，整体呈现出一种粗粝有力却又浪漫柔婉的写作风貌，再后来的《大河之舞》《不必惊讶》《声音史》等作品在语言上更是朝着精致化的方向发展。不同时期的作品风格体现了罗伟章在小说语言上的自觉探索和不断成熟。要注意的是，罗伟章不是那种以特别奇诡或华丽的语言取胜的作家，他的语言表面看并没有非常明显、突出的特征，但是就其成熟作品来说，他的语言是于平实中见出细腻，于自然中见出隽永的，是浪漫而有分寸，令人赏心悦目的，达到了"辞达而已"的境界。

读罗伟章的文字，第一感觉是准确和细腻。语言准确本是对所有写作的一项基本要求，是语言之美的基础和前提。不过，小说的语言，尤其是长篇小说的语言，要时时处处做到准确、贴切，既准确地传达人物的思想感情，又准确地描摹客观物事，其实也只有为数不多的优秀作家才能做到。它不仅要求扎实的文字功夫，更需要对人物性情、心态的清晰把握和对场景物态等的细致敏锐的观察能力。因此，准确往往和细腻结合在一起，粗糙的文字是很难准确的。应该说，罗伟章的成熟作品是做到了这种结合的，无论是叙述语言还是人物语言，无论是写人还是写物，无论是描摹场景还是刻画内心，都是如此。例如《饥饿百年》开篇写大冰雹出现之前的物候征兆：

田中央一个脚盆大的水凼里，活跃着十几条鲫鱼。鲫鱼暗黑的脊背弓浮

---

① 白浩：《农村伤疤与新伤痕文学——罗伟章论》，《当代文坛》，2013年第5期。

于水面，头一律朝着太阳的方向，时扁时圆的嘴，唢呐似的吹奏着无声的音乐……他探步上前，又在水里搅了一下，水面上突然出现了六七条同样大小的麻花水蛇。眨眼工夫，坑里便密密麻麻堆拥起黏黏稠稠撩着信子的丑陋恶物……他的鼻子里就扎进一股辛辣的臭味。这是沤得发霉且流着脓血的热空气。紧接着，坑里的蛇悉数隐去，太阳兴冲冲地滚到了乌云的被窝里，蓝莹莹的天空突然黑得像女巫的脸。不远的前方，尘埃凝成气团，越积越厚，越转越高，形成山峦一样的云崖。那些在田间偷食稻谷的鸟儿，翅膀托着恐怖，遭到鞭打似的急匆匆越过变幻无常的天空。①

短短数百字，从水凼里的鲫鱼、水蛇，写到空气的味道，天上变幻的乌云和匆忙飞翔的鸟儿，空间层次错落有致，画面动感十足。以视觉描写为主，穿插着听觉和味觉，对物态和感觉的描摹精准而生动，写实与想象自然交融，句式长短相间，词语组合搭配灵活巧妙，比喻、拟人等修辞手法用得不落窠臼，从而在小说一开篇就显示出作者不俗的文字功力，成功地激发了读者的阅读兴趣。

又如《声音史》中对"新一代农民工"的描写：

新一代农民工，尽管很少再背标志性的编织袋，可稍有经验的眼睛，一眼就能看穿他们的身份。他们总是结伴而行，候车时聚成堆，抽烟吸得忒狠，路粮都带着，别人买盒饭或去餐车时，他们从鼓鼓囊囊的箱子里抠出方便面，另外可能还有用牛皮纸包着、剁得块头很大的卤鹅，男人再从衣兜里摸出一瓶老白干——若是清溪河流域的，便是"清溪白酒"②。

这一段群像性的描写，通过截取"典型"画面，平实而细致地把"新一代农民工"的整体形象刻画出来，表现出作者对生活现场的熟稔。叙述的语调看似平静客观，但又潜藏着对描述对象的某种难以言表的深厚感情。像这样的场景是很容易让读者意会的，因为很多人都在现实生活中见过，只是很少有人像作者这样去留心观察，更不用说如此质感地表达出来。

语言的细腻、灵动，加上内容上以底层叙事为主，并且融入了作者自身的情

---

① 罗伟章：《饥饿百年》，重庆出版社，2008年，第3—4页。
② 罗伟章：《声音史》，北京十月文艺出版社，2016年，第111页。

感经验和理性思考，这些都难免使他的语言带上某种浪漫的色彩，但这种浪漫是建立在高度尊重苦难之严肃性的基础上的，尽可能排除了刻意的煽情，尽可能地保持了叙述语言的冷静。事实上，罗伟章小说中的描写相当有节制，整体风格是从容稳重或张弛有致的，他可以把一个人一件事写得精彩纷呈，但落笔却往往精简，点到即止，很少铺陈，没有炫技之嫌。随意举个例子，如《万物生长》中写向遇春赌气找王尧索要两匹瓦的赔款，在山下喊王尧的名字，小说这样描写他的声音："向遇春叫他的声音就一波一波地浪上来了。那声音被空气擦得发热，发出哔哔剥剥的电光。"①这里用了通感修辞，非常形象地写出了王尧耳中所感觉到的来者不善，作者没有过多渲染却做到了言简而意丰，耐人寻味。

最后需要指出的是罗伟章对四川方言的精心提炼和灵活运用。四川方言幽默风趣，富于表现力，而且属于北方方言，与普通话接近，比较便于融入小说语言之中。作为四川乡土小说作家群中的一员干将，罗伟章的小说语言自然也离不开四川尤其是川东北大巴山的地域文化风味。不过，罗伟章对方言俗语的使用有乡土小说作家的共性也有自己的特点。有学者指出，罗伟章在小说中所使用的是"进行改造后的带有抒情性的方言"②。这固然不无道理，不过很难说会有什么作家是完全不加改造地使用方言。其实，如果把小说语言分为叙述语言和人物语言两个部分的话，那么罗伟章对方言的使用比较明显地体现在人物语言上，这当然也切合人物自身的地域性，改造也是有的，主要是在保持方言风味的同时尽可能减少语意理解上的困难。至于叙述语言，尤其是采用第三人称视角的作品中的叙述语言，基本上还是使用平易流畅并多少带些文雅之气的现代汉语，其中有意无意地掺杂了一些方言俚语，但并不容易从一般的现代汉语中分辨出来。这一点与四川当代乡土小说的另一个代表作家贺享雍有明显的差别。贺享雍不仅在人物语言中大量使用方言俚语，尤其擅长使用谚语、歇后语等，而且也时常在叙述语言中加入此类方言成分，他的整体风格是平易而偏俗朴的，读者可以很容易嗅出叙述者的乡土气息。而在罗伟章的小说中，比较典型的如《声音史》《银子》等，读者能够直观感受到的其实更多的是那种渗透在字里行间的与四川方言的幽默达观相契合的语言意趣和态度，这种语言意趣与其作品常见的沉重主题相搭配相对照，形成了独特的审美效果。

---

① 罗伟章：《万物生长》，《人民文学》，2008年第6期。
② 刘火：《罗伟章小说简论》，《当代文坛》，2016年第3期。

参考文献

专　著

［1］〔美〕爱德华·W. 萨义德. 王宇银译. 东方学. 上海：三联书店出版社，2007年.

［2］〔美〕爱德华·伯内特·泰勒. 连树声译. 原始文化. 桂林：广西师范大学出版社，2005年.

［3］〔法〕爱德华·萨皮尔. 陆单元译. 语言论. 北京：商务印书馆，1964年.

［4］〔英〕詹姆斯·乔治·弗雷泽. 汪培基、徐育新、张泽石译. 金枝. 北京：商务印书馆，2013年.

［5］陈勤建. 文艺民俗学导论. 上海：上海文艺出版社，1991年.

［6］陈勤建. 中国民俗学. 上海：上海人民出版社，2017年.

［7］陈世松. 天下四川人. 成都：四川人民出版社，2008年.

［8］陈思和. 中国当代文化史教程（第二版）. 上海：复旦大学出版社，1999年.

［9］春荣. 新时期的乡土文学. 沈阳：辽宁大学出版社，1986年.

［10］〔法〕丹纳. 傅雷译. 艺术哲学. 北京：人民文学出版社，1963年.

［11］丁帆. 中国乡土小说史. 北京：北京大学出版社，2007年.

［12］丁帆等. 中国乡土小说的世纪转型研究. 北京：人民文学出版社，2013年

［13］丁俊萍. 邓小平理论概论. 北京：首都经济贸易大学出版社，2011年.

［14］董晓萍．现代民间文艺学讲演录．桂林：广西师范大学出版社，2008年．

［15］董健、丁帆、王彬彬．中国当代文学史新稿．北京：人民文学出版社，2007年．

［16］范家进．现代乡土小说三家论．上海：上海三联书店出版社，2002年．

［17］方锡德．中国现代小说与文学传统．北京：北京大学出版社，1992年．

［18］费孝通．乡土中国．北京：中华书局，2008年．

［19］［美］费正清［主编］．杨品泉译．剑桥中国史．北京：中国社会科学出版社，2007年

［20］［美］费正清［主编］．谢亮生等译．剑桥中华民国史．北京：中国社会科学出版社，2007年

［21］［法］弗朗兹·法农．万冰译．全世界受苦的人．南京：译林出版社，2005年．

［22］［德］弗里德里希·尼采．周国平译．悲剧的诞生．上海：三联书店出版社，1986年．

［23］格勒．论藏族文化的起源形成与周围民族的关系．广州：中山大学出版社，1988年．

［24］郭廷以．近代中国史纲．北京：中华书局，2018年．

［25］郭绪印［主编］．洪帮秘史．上海：上海人民出版社，1996年．

［26］贺觉非、林超．西康纪事本事注．拉萨：西藏人民出版社，1988年．

［27］贺仲明．一种文学与一个阶层．北京：人民出版社，2008年．

［28］洪子诚．中国当代文学史．北京：北京大学出版社，2000年．

［29］黄曼君．论沙汀的现实主义创作．武汉：长江文艺出版社，1982年．

［30］黄曼君、马光裕．沙汀研究资料．北京：知识产权出版社，2009年．

［31］［法］佳亚特里·C.斯皮瓦克．严蓓雯译．后殖民理性批判．南京：译林出版社，2014年．

［32］贾大泉、陈世松等．四川通史．成都：四川人民出版社，2010年．

［33］蒋廷黻．中国近代史．武汉：武汉出版社，2012年．

［34］［美］克利福德·格尔兹．纳日碧力戈等译．文化的解释．南京：译林出版社，2006年．

［35］［美］勒内·韦勒克、奥斯汀·沃伦．刘象愚等译．文学理论．杭州：浙江人民出版社，2017年．

［36］［英］雷蒙·威廉斯．韩子满、刘戈、徐珊珊译．乡村与城市．北京：商务印书馆，2013年．

［37］李劼人．李劼人全集．成都：四川文艺出版社，2011年．

［38］［美］李怀印．乡村中国纪事．北京：法律出版社，2010年．

［39］李士文．李劼人的生平和创作．成都：四川省社会科学院出版社，1986年．

［40］李怡．现代四川文化的巴蜀文化阐释．长沙：湖南教育出版社，1997年．

［41］［英］理查德·托尼．安佳译．中国的土地和劳动．北京：商务印书馆，2014年．

［42］刘绍棠．乡土文学与创作．吉林：吉林人民出版社，1982年．

［43］刘稚、秦榕．宗教与民俗．昆明：云南人民出版社，1991年．

［44］［美］露丝·本尼迪克特．王炜等译．文化模式．上海：三联书店出版社，1992年．

［45］罗志田．权势转移（修订版）．北京：北京师范大学出版社，2014年．

［46］［加］迈克·克朗．杨淑华、宋慧敏译．文化地理学．南京：南京大学出版社，2003年．

［47］孟繁华．程光炜．中国当代文学发展史（修订版）．北京：北京大学出版社，2015年．

［48］［法］米歇尔·福柯．谢强、马月译．知识考古学．上海：三联书店出版社，2003年．

［49］［加］诺斯罗普·弗莱．陈慧等译．批评的解剖．天津：百花文艺出版社，2006年．

［50］［法］皮埃尔·布迪厄尔、［美］华康德．李猛、李康译．实践与反思．北京：中央编译出版社，1998年．

［51］钱理群、温儒敏、吴福辉．中国现代文学三十年（修订本）．北京：北京大学出版社，2011年．

［52］任乃强．西康图经·民俗篇．拉萨：西藏古籍出版社，2000年．

［53］任新建. 康巴历史与文化. 成都：巴蜀书社，2014年.

［54］四川省档案局［主编］. 抗战时期的四川. 档案史料汇编上. 重庆：重庆大学出版社，2014年.

［55］四川省作家协会［主编］. 四川文学作品选. 北京：作家出版社，2009年

［56］四川省作家协会［主编］. 四川当代作家研究·克非卷. 成都：四川文艺出版社，2015年.

［57］孙旭军、蒋松、陈卫东. 四川民俗大观. 成都：四川人民出版社，1989年.

［58］谭兴国. 艾芜的生平和创作. 重庆：重庆出版社，1985年.

［59］［美］汤普森. 郑凡译. 世界民间故事分类学. 上海：上海文艺出版社，1991年.

［60］万建中. 民间文学引论. 北京：北京大学出版社，2006年.

［61］王纯五. 袍哥探秘. 成都：巴蜀书社，1993年.

［62］［美］王德威. 写实主义小说的虚构. 上海：复旦大学出版社，2011年.

［63］［美］王笛. 跨出封闭的世界长江上游区域社会研究1644—1911. 北京：中华书局，1993年.

［64］［美］王笛. 茶馆：成都的公共生活和微观世界1900—1950. 北京：社会科学文献出版社，2010年.

［65］［美］王笛. 街头文化：成都公共空间、下层民众与地方政治（1870 —1930）. 北京：商务印书馆，2013年.

［66］［美］王笛. 袍哥——1940年代川西乡村的暴力与秩序. 北京：北京大学出版社，2018年.

［67］王光东［主编］. 中国现当代乡土文学研究. 北京：东方出版社，2011年.

［68］王恒伟［主编］. 中国秘密社会内幕. 长春：吉林文史出版社，1989年.

［69］温儒敏、陈晓明等. 现代文学新传统及其当代阐释. 北京：北京大学出版社，2010年.

［70］闻湜［主编］. 帮会势力珍闻. 北京：中国文史出版社，1995年.

［71］吴福辉. 沙汀传. 北京：十月文艺出版社，1990年.

［72］吴海清. 乡土世界的现代性想象. 天津：南开大学出版社，2011年2月.

［73］［美］萧公权. 张皓、张升译. 中国乡村. 北京：九州出版社，2018年.

［74］谢启晃［主编］. 藏族传统文化辞典. 兰州：甘肃人民出版社，1993年.

［75］徐杰舜. 雪球——汉民族的人类学分析. 上海：上海人民出版社，1999年.

［76］严家炎. 中国现代小说流派史. 武汉：长江文艺出版社，2007年.

［77］杨义. 杨义文存·第二卷·中国现代小说史（上中下）. 北京：人民出版社，1998年.

［78］张定璜. 鲁迅先生. 现代评论，1925年第8期.

［79］［美］易劳逸. 家族、土地与祖先. 重庆：重庆出版社，2019年.

［80］余荣虎. 中国现代乡土文学理论流变史. 北京：中国社会科学出版社，2011年.

［81］张丽军. 想象农民. 济南：山东人民出版社，2009年.

［82］张永. 民俗学与中国现代乡土小说. 上海：三联书店出版社，2010年.

［83］赵文林［主编］. 旧中国的黑社会1912—1949. 北京：华夏出版社，1987年.

［84］赵旭东. 本土与异域间. 北京：北京大学出版社，2011年.

［85］赵园. 地之子. 北京：北京大学出版社，2008年.

［86］钟敬文. 民俗学概论. 上海：上海文艺出版社，1998年.

［87］周秋良［主编］. 苦难的旧中国. 北京：中国和平出版社，1999年.

［88］周育民、邵雍. 中国帮会. 武汉：武汉大学出版社，2012年.

［89］朱栋霖、朱晓进、龙泉明. 中国现代文学史. 北京：北京大学出版社，2011年.

期 刊

［90］艾芜．《松耳石项链》序．当代文坛，1987年第4期．

［91］巴金．"过去的成都活在他的笔下"——巴金致李眉信．郭沫若学刊，2011年第3期．

［92］陈朝红．揭示生活的复杂性——读克非小说《头儿》随想．文谭，1983年第9期．

［93］陈朝红．农村的变革与作家的探索——评克非近年来的小说创作．当代文坛，1985年第1期．

［94］陈思和．民间的还原——文革后文学史某种走向的解释．文艺争鸣，1994年第1期．

［95］陈思和、何清．理想主义与民间立场．中山大学学报（社会科学版），1999年第5期．

［96］邓经武．解读克非《无言的圣莽山》．当代文坛，1999年第1期．

［97］邓经武．民族文化：地域人生与世界时潮的交融——关于新时期四川少数民族文学走向的思考．四川师范大学学报，2001年第1期．

［98］邓经武．民族文化生态悲歌——以四川少数民族文学为例．西南民族大学学报（哲学社会科学版），2010年第12期．

［99］邓伟．试析抗战时期左翼文学大后方书写的逻辑——以沙汀的川西北地域小说为例．当代文坛，2012年第2期．

［100］地山．强者的形象．当代文坛，1983年第8期．

［101］丁帆、李兴阳．历史的微澜荡漾在现代转折点上——李劼人《死水微澜》论析．天府新论，2007年第3期．

［102］段崇轩．从"讽刺"到"歌颂"的"过渡"——沙汀短篇小说论．当代文坛，2012年第1期．

［103］冯宪光．最后的山民——解读克非新作《牛魔王的后代》．当代文坛，1995年第2期．

［104］格勒．略论康巴人和康巴文化．中国藏学，2004年第3期．

［105］何希凡．李一清的农民体验与乡土作家的身份突围．当代文坛，2016年第3期．

［106］贺仲明．乡土文学的地域性：反思与深入．首都师范大学学报（哲学社会科学版），2012年第5期．

［107］贺仲明．论近年来乡土小说审美品格的嬗变．文学评论，2014年第3期．

［108］贺仲明．地域性：超越城乡书写的文学品质．广西师范学院学报（哲学社会科学版），2017年第1期．

［109］胡希东．藏地村庄演绎的描述与追忆——格绒追美小说创作论．当代文坛，2013年第2期．

［110］加晓昕．寻找回来的世界——从《木铎》的两个世界说起．当代文坛，2011年第6期．

［111］克非．挖掘生活的宝藏．当代文坛，1985年第11期．

［112］克非．耐人寻味的《母与子》．苏俄文学，1987年第4期．

［113］克非．难忘沙老对我的教导和关怀．四川文学，1993年第3期．

［114］克非．怀念沙汀老师．剑南文学，2015年第1期．

［115］克非、左泥．关于《微风燕子斜》的通信．小说界，1984年第1期．

［116］李发展．试谈《头儿》的是与非．当代文坛，1983年第10期．

［117］李建华、牛磊．学而优则仕的历史溯源与现代伦理意蕴．现代大学教育，2011年第3期．

［118］李庆信．拓宽自己的路．当代文坛，1987年第4期．

［119］李一清．作家的农民体验与农民关怀．当代文坛，2007年第2期．

［120］廖永艳．康巴文学的繁荣和成因析．四川教育学院学报，2009年第1期．

［121］凌立．康巴文化产生的特殊背景．四川民族学院学报，2013年第5期．

［122］刘国欣．罗伟章的符号密码：天空与大地．当代文坛，2015年第2期．

［123］刘虹利、孟繁华．感悟与发现——李一清的"乡村中国"．当代文坛，2011年第6期．

［124］刘婷．探析小说《木铎》的叙事特征．西昌学院学报（社会科学版），2016年第1期．

［125］刘兴禄．土地情思——李一清长篇小说《农民》探析．内江师范学院学报（社会科学版），2005年第3期．

［126］路晓明、陈惠．"命定"的"康巴"史诗——读达真的小说《康巴》及《命定》．当代文坛，2013年第2期．

［127］吕汝伦．历史使命发展契机——关于社会主义新农村建设的文学思考．当代文坛，2006年第4期．

［128］茅盾．评四、五、六月的创作．小说月报，1912年第8期．

［129］梅新林．文学地理学：基于"空间"之维的理论建构．浙江社会科学，2015年第3期．

［130］欧阳恩良．西南袍哥与辛亥革命．西南大学学报（社会科学版），2011年第9期．

［131］彭超．照亮历史深处的瑰丽之光——《布隆德誓言》的女性叙事．当代文坛，2013年第4期．

［132］蒲永川．作者青衫湿，吾解其中味——读《鸦片王国浮沉记》．当代文坛，1990年第6期．

［133］秦和平．对清季四川社会变迁与袍哥滋生的认识．社会科学研究，2001年第2期．

［134］邵雍．近代中国乡村社会权势关系演变——以刘文彩和袍哥为个案．上海师范大学学报（哲学社会科学版），2004年第9期．

［135］沈太慧．在幽默中显出沉重：读克非的幽默小说．艺种，1994年第10期．

［136］石硕．关于"康巴学"概念的提出及相关问题——兼论康巴文化的特点、内涵与研究价值．西藏研究，2006年第3期．

［137］疏延祥．《春潮急》的意义．文艺争鸣，2013年第6期．

［138］松笔．平凡而伟大——读克非的《老周》．四川文学，1962年第2期．

［139］苏永延．土地悲歌——评李一清的《农民》．当代文坛，2004年第4期．

［140］谭豹．试谈"头儿"的定性．当代文坛，1983年第11期．

［141］陶东风．人治模式的诱惑与误区——由电影《被告山杠爷》说开去．文艺争鸣，1995年第4期．

［142］［美］王笛．"吃讲茶"：成都茶馆，袍哥与地方政治空间．史学月刊，2010年第2期．

［143］［美］王笛．乡村秘密社会的多种叙事——1940年代四川袍哥的文本解读．四川大学学报（哲学社会科学版），2015年第3期．

［144］王光东．民间的现代价值——中国现代文学与民间文化形态．中国社会科学，2003年第6期．

［145］王菱．雪山：康巴之魂与信仰之索——评泽仁达娃长篇小说《雪山的话语》．当代文坛，2013年第4期．

［146］王锐．康巴之魅——藏族作家达真《康巴》论．西藏研究，2010年第5期．

［147］王瑶、黄曼君．论沙汀的现实主义创作．华中师范大学学报（哲学社会科学版），1981年第3期．

［148］王又平．从"乡土"到"农村"——关于中国当代文学主导题材形成的一个发生学考察．华东师范大学学报（哲学社会科学版），2003年第4期．

［149］魏福惠．乡土文学创作中的民俗描写与民俗文化批评．民间文学论坛，1997年第2期．

［150］吴野．漫评克非的《山河颂》．四川文学，1982年第7期．

［151］吴野．《满目青山》的艺术追求．当代文坛，1986年第5期．

［152］吴野．螺旋式上升的结晶体——《野草闲花》印象记．当代文坛，1987年第4期．

［153］吴义勤、王秀涛．人神共游史诗同构——评格绒追美长篇新作《隐蔽的脸——藏地神子秘踪》．文艺争鸣，2012年第6期．

［154］向荣．丰饶中的匮乏：四川小说的一种状态．小说评论，2008年第3期．

［155］向荣．传承与超越：四川乡土文学80年．绵阳师范学院学报（哲学社会科学版），2013第1期．

［156］谢有顺．绝望审判与家园中心的冥想：再论《呼喊与细雨》中的生存进向．当代作家评论，1993年第2期．

［157］言岚．论方言与地域文化对文学创作的影响．求索，2010年第6期．

［158］杨嘉铭．康巴文化综述．西华大学学报（哲学社会科学版），2008年第4期．

［159］杨曦帆．康巴藏区民俗乐舞考察与研究．南京艺术学院学报，2007

年第3期.

[160] 杨亦军.《死水微澜》的历史"反叙述"——对作品"历史真实"的思考. 当代文坛,2011年第5期.

[161] 詹玲. 茶馆叙事中的"现代性"考察——以李劼人、沙汀的小说艺术为对象. 美育学刊,2011年第5期.

[162] 张恒学. 文学人物形象：世纪之初的文学关怀——来自"世纪之交中国文学人物形象研讨会"的理论思考. 文艺理论与批评,2001年第4期.

[163] 张杰. 民国川省土匪：袍哥与军阀的关系. 江苏社会科学,1991年第3期.

[164] 张凯成. 论底层写作新变的可能性. 当代文坛,2017年第1期.

[165] 张瑞英. 四川现代乡土小说的巴蜀文化渊源. 北方论丛,2007第2期.

[166] 郑琳娜. 乡土文学创作中的民俗描写与民俗文化批评. 科教文汇（中旬刊）,2013年第11期.

[167] 朱洪国. 试谈克非同志的短篇小说. 四川文学,1963年第10期.

[168] 左人. 赏花观草漫笔——读克非《野草闲花》. 当代文坛,1987年第4期.

报　纸

[169] 冯俊锋. 李一清的本土化情结. 四川日报,2000年7月6日.

[170] 官晋东. 把根扎在土壤中——访作家克非. 重庆日报,1981年12月1日版.

[171] 石一宁. "我想记下中国农民划时代的变化"——访老作家克非. 文艺报,2005年第31期.

论文集

[172] 茅盾. 茅盾文艺杂论集. 上海：上海文艺出版社,1981年.

[173] 沙汀、艾芜、鲁迅. 关于小说题材的通信. 中国当代文学研究资料·艾芜专辑. 四川大学中文系编,1979年8月.

学位论文

［174］程艳．艾芜小说生命意识论．山西大学，2007年．

［175］冯琪．自然人性的关照与升华——李劼人袍哥叙事研究．重庆大学，2017年．

［176］免灵君．四川袍哥研究．四川师范大学，2012年．

［177］沈穷竹．袍哥文化与四川现代小说——以李劼人和沙汀为中心．苏州大学，2016年．

［178］张瑞英．地域文化与现代乡土小说生命主题．山东师范大学，2007年．

后　记

　　本书是国家社会科学基金西部项目（批准号：13XWZ019），并得到四川省作家协会重点扶持作品、四川省社会科学院巴蜀文化研究学科建设的支持。在课题组成员的共同努力下，历时六年，完成了研究和写作任务。具体分工是：向荣负责课题的内容设计、研究重点和体例结构，撰写了导论、第一章、第二章和第六章；高菱舟、向荣撰写第三章；游翠屏、陆王光华撰写第四章；魏宏欢、向荣撰写第五章；张小兰、向荣撰写第七章；何丹、向荣撰写第八章；李晓、向荣撰写第九章；陆王光华撰写第十章；陈琛撰写了第十一章和第十二章。全书由向荣修订和统稿。

　　本课题在调研采访过程中得到著名作家克非、李一清、贺享雍、罗伟章，以及周克芹女儿周雪莲女士的真诚帮助，谨此致以真挚的谢意。克非先生已于2017年辞世，追忆他在生前访谈中的乡音笑貌，至今依然亲切动人，牵引着我们的怀念之情。

　　张庆宁总编对本书出版的关心，柴子凡编辑认真负责的态度，都让我们由衷感动并致真切的谢意。

2020年仲夏